MINGUOWUXIAXIAOSHUO
DIANCANGWENKU

民国武侠小说典藏文库

朱贞木卷

七杀碑

朱贞木 著

中国文史出版社

朱贞木和他的武侠小说(代序)

上世纪三十年代至五十年代初是大陆武侠小说创作的一个黄金时期，名家辈出，佳作潮涌，领军人物就是学术界称为“北派五大家”的还珠楼主、白羽、王度庐、郑证因和朱贞木。朱贞木虽然敬陪末座，但他拥有一个响亮的头衔——“新派武侠小说之祖”！

朱贞木（1895—1955），中国现代武侠小说家、画家、篆刻家。本名朱桢元，字式颛，浙江绍兴人，出身官宦人家。自幼在家读私塾，喜爱诗赋和绘画，更喜爱文学。在绍兴读完中学后，考入浙江大学文学系，毕业后曾在上海求职并从事创作。1928 年经友人介绍，进入天津电话南局（位于今天津市和平区烟台道）做文书工作，后升任文书主任。1934 年将妻女接来天津，并定居于此。

1937 年“卢沟桥事变”爆发，华北沦陷，日本侵略军占领天津，朱贞木因家庭原因继续留在电话局。天津报界名宿吴云心先生曾回忆说，朱贞木因此在抗战胜利后被解职，曾在天津小白楼开过餐馆。此事属于误传。其实，朱贞木为人清高而自尊，不愿在日控电话局中长期做忍气吞声的工作，遂于 1940 年自动离职，在家闲居，以绘画、篆刻自娱，偶尔也写点散文和诗。此时有出版社登门邀请他写武侠小说，于是他将 1934 年起在《天津平报》上连载的处女作《铁板铜琵录》续成长篇，易名《虎啸龙吟》出版，结果销路很好，于是他又陆续写下了《龙冈豹隐记》《蛮窟风云》《罗刹夫人》《飞天神龙》等十余部作品。

1949 年后，朱贞木尝试按照新的文艺观念进行创作，写了一些独幕话剧，而正在创作的武侠小说由于政策原因半途中辍。1955 年冬，朱贞木因哮喘病与心脏病并发，在天津市总医院去世，享年六十岁。

朱贞木在天津电话局供职期间，与还珠楼主李寿民同事。还珠楼主哲嗣李观鼎先生对笔者说，幼时在北京家中见到过来访的朱贞木，身材瘦削，双目有神。他记得父亲和朱贞木一聊就是一整天，说到激动处，互用手指比画，显见两人关系相当好。

朱贞木的武侠小说创作大约始于1934年8月，他在《天津平报》上开始连载处女作《铁板铜琵录》。张赣生先生认为是因见还珠楼主在《天风报》发表《蜀山剑侠传》一举成名，朱氏见猎心喜而作，以两人密切关系而论，确有此种可能。《铁板铜琵录》究竟连载多久、是否连载完毕暂时无法得知，或许有两年之久。大约在1936年9月，《天津平报》上又开始连载朱贞木的另一部武侠小说《马鷂子传》。“卢沟桥事变”爆发后，《天津平报》不肯附逆，自动停刊，该书也就停止连载。

1940年10月天津大昌书局结集出版《铁板铜琵录》第一集，并自第二集起改名《虎啸龙吟》，并一直沿用至今。1942年11月，天津合作出版社出版了《龙冈豹隐记》，该书的前面部分就是只连载年余的《马鷂子传》，可谓是在续写该书。不过《龙冈豹隐记》也并未写完，据作者自叙写到第五集就搁笔了，也没有提到原因，不过笔者所见现存最后一部是第六集。后来在书商和读者的要求下，朱贞木以该书未完结的后半部分加上手头已有资料，写成一部故事完整的《蛮窟风云》并出版。另外，1943年9月的《369画报》中提到他还有一部小说《碧血青林》，却一直未见出版，但是1949年前后出版的《闯王外传》序言中提及本书原名《碧血青磷》，或许就是此书。

抗战胜利后至五十年代初这段时间，武侠小说的出版迎来一个短暂的新高潮，朱贞木的小说出版了不少，如流传极广的《罗刹夫人》、《飞天神龙》《艳魔岛》《炼魂谷》三部曲、《龙冈女侠》、《七杀碑》、《塔儿冈》、《闯王外传》、《郁金香》等，是日据沦陷期间的几倍，其中既有武侠小说，也有社会小说，还有历史小说，仅见之于广告未曾见诸出版的小说尚有数种。

根据手头搜集到的原刊本和相关资料，剔除同书异名者，从1934年至1951年，各种体裁的朱贞木小说一共出版了十九种，仅见广告未见出版者四种，具体内容可参阅本作品集后所附《朱贞木小说年表》。另外有一部《翼王传》乃是上海著名越剧编剧苏雪庵所作，他借朱贞木之名出版，朱贞木为此还写了一篇不短的序言。

朱贞木小说之所以受到读者欢迎，张赣生、叶洪生、徐斯年等专家学者对此早有精彩论述，笔者不打算再抄一遍，只根据个人的阅读体验，谈一谈朱贞木小说的特色。

看小说本身是一件轻松愉快的事，古人雪夜闭门读禁书，乃是读书人特有的一乐，其实用今天的话来说，就是消遣，武侠小说尤其适合做这样的消遣，而好看的故事则是消遣的核心。

朱贞木的小说构思精妙，叙述生动，引人入胜。如《蛮窟风云》，从沐天澜误饮金鳝血意外昏迷不醒开始，引出瞽目阎罗救人收徒、金翅鹏的出场以及被龙土司纳入麾下，而跟着红孩儿的出场，解释了瞽目阎罗的来历以及与飞天狐结怨的经过，又为后文狮王、飞天狐侵入沐王府，瞽目阎罗舍身血战等高潮部分做了铺垫。又如《庶人剑》，陕西山村中，一对拳师夫妇失踪多年突然归来，教徒自娱晚景。他们意外收了一个来历不明的上门徒弟，不久就遇到多年前的仇敌上门寻仇，老拳师怀疑这个徒弟，结果误中圈套，幸亏这个徒弟忠心为师门，救下了老拳师父子，而仇敌五虎旗之来，则源自老拳师夫妇二人当年离家，与师兄弟一起走镖，技震江湖时期。朱贞木以倒叙的笔法娓娓道来，他在平实流畅的叙事中，营造出一种氛围，创造出一种情趣。故事本身环环相扣，紧凑严密，令读者不知不觉陷入其中，欲罢不能。他的名作《七杀碑》，二十多年前笔者真是一口气从头读到尾的。邓友梅先生在《闲居琐记》中，记录了著名作家赵树理先生指着《七杀碑》对他说的话：“……写法上有本事，识字的老百姓爱读，不识字的爱听。学学他们笔下的功夫……”由此可见朱贞木讲故事的水平有多高了。

若要把故事讲得“识字的老百姓爱读”，只有凭语言的功力了。朱贞木接受过私塾和学堂两种正式和非正式的长期教育，其学历在武侠小说作者中大概是绝无仅有的。他的青少年时代又是在富庶的浙江绍兴度过的，他肯定接触过当时的鸳鸯蝴蝶派小说、新文学书籍以及翻译的西方小说作品。他的武侠小说处女作《铁板铜琵录》遵守中国章回小说的传统，采用对仗的回目，在描绘风景时更是不自觉地经常使用赋体，轻松自如，毫不佶屈聱牙，可见其古典文学素养深厚。自第二部《龙冈豹隐记》开始，包括之后的所有作品，他却都摒弃传统章回，章节名称全部采用“血战”“李紫霄与小虎儿”“金翅鹏拆字起风波”等名词、词组或短句，长短不拘，新鲜灵活。这一革新更为二十世纪五十年代以降大部分香港、台湾武侠作家写作的滥觞。他在武侠小说中有时还使用当时流行的新名词如“观念”“计划”“意识”等，然而用得自然爽利，反映出了一些语言跟随时代而来的变化。

严家炎先生在《金庸小说论稿》中说：“在小说语言上，金庸吸取新文学的某些长处，却又力避不少新文学作品语言的‘恶性欧化’之弊。他扎根于本土传统文学中，较多承继了宋元以来传统白话文乃至浅近文言的特点，形成了一个新鲜活泼、干净利索、富有表现力、相当优美而又亲切自然的语言宝库。”这些评价用在朱贞木——金庸的浙江同乡前辈身上，同样十分贴切。

追求自由恋爱是“五四”以来各种文学体裁的共同主题，武侠小说自然没有落后于这股时代潮流。在《蛮窟风云》《罗刹夫人》《飞天神龙》等朱贞木小说中，主要男女人物积极主动地寻找、追求自己的爱情，尤其是女性人物，一反全凭媒妁之言的传统，大胆示爱对方，甚至还有私奔、野合的情节。朱贞木有时还通过小说人物之口，表达他对于“情”字的解读，可以说，所有这一切都间接反映了五四运动之后反封建传统、反道学的社会流行风气。其实，在朱贞木前后期的很多武侠作品中，女性主角的地位已经大大提高，也出现不少以女性为主人公的作品，如顾明道《荒江女侠》、王度庐《卧虎藏龙》等，即使在还珠楼主的《蜀山剑侠传》中，女剑仙、女剑客也扮演了主要角色。只是多数作家虽然突出了女性的自主与独立，突出她们的纵横江湖，但在描写男女爱情上着墨不多、不细致，而在这个方面，朱贞木就显得比较突出。

他把恋爱中男女的哭、笑、逗、闹等言语和肢体动作描写得栩栩如生，淋漓尽致，而对于堕入情网中男女间的对话，更是绘声绘色，就连男女之间的武功切磋，有时也“写得花枝招展，脉脉含情”，表现了有情男女之间那种若隐若现、欲拒还迎的情致与趣味。有时他则用热辣辣的语言展现女性对于爱的向往，比如《罗刹夫人》中的罗刹夫人，《七杀碑》中的三姑娘、毛红萼，《飞天神龙》中的李三姑等等，这一特点被后起的香港、台湾武侠名家如金庸、卧龙生、诸葛青云、司马翎等人继承并发扬光大，同时穷追男主人公的侠女达数人之多，叶洪生先生称之为“数女倒追男”模式。相比之下，以“侠情”特色名传后世的王度庐，笔下恋爱男女的表现反而显得含蓄、收敛和传统。

至于男主人公的表现，除了在房梁上刻下“英雄肝胆，儿女心肠”的杨展，多数没有女性角色那么生动而有活力，《罗刹夫人》中的沐天澜竟然一副小男人的娇样儿，喜欢拜倒在两位罗刹姐姐的石榴裙下，仿佛有些《红楼梦》中贾宝玉的某些味道。

说来有趣，被划入鸳鸯蝴蝶派的顾明道笔下没有这样娘娘腔的男主角，王度庐笔下有些优柔寡断的李慕白也仍是男子汉一个，其他如更早的平江不肖生、赵焕亭和同期的白羽、郑证因等人都不弹此调，因此武侠小说中“娇男型”男主人公大概可以算得上是朱贞木的首创了。

对于爱情的结局，虽然同时期的王度庐偏重悲剧，但朱贞木还是和大多数武侠作家一样，选择了喜剧。大团圆的喜剧结尾对读者的感染力自然不如悲剧来得深刻，但在剧烈变动的时世中，对于经常听说和目睹人间惨事而无能为力的一般读者来说，也多少算得上一点安慰，多少能保留一点对美好事物的向往与期待，多少能暂时得到些许快乐与心情的放松！

小说作者迎合一般读者的需要，本是无可厚非的，而朱贞木这么做，却并不是“为稻粱谋”的需要。1943 年 9 月出版的《369 画报》第 23 卷第 1 期刊登了《天津武侠小说作家朱贞木》一文，作者毅弘在文中写道：“朱贞木先生并不指着卖文吃饭，他不过是闲着没事，作一点解闷而已，在写武侠小说的作家中，朱贞木先生是一位杰出人才，独树一帜，另辟蹊径，所以将来的成功，殊不可限量。”

可见，朱贞木写武侠小说虽是为了解闷和消遣，却也不肯胡乱涂抹，而是要有真正的消遣价值！

他在处女作《铁板铜琵录》的序言中感慨小说的出版有量而乏质，原因则是社会不景气，认真作品没有销路，大家都要有口饭吃，于是就“卑之无甚高论”了。他又写道：“在下这篇东西，本来用语体记述了许多故老传闻、私乘秘记的异闻逸事，借以遣闷罢了。后来因为这许多异闻逸事确系同一时代的掌故，也没有人注意过，而且看见小说界的作品，风起云涌，好像作小说容易到万分，眨眨眼就出了数万言，不觉眼热心痒起来，重新把它整理一下，变成一篇不长不短、不新不旧的小说，究竟有没有违背时代的潮流，同那个小说界的金科玉律，也只好不去管他，俺行俺素了。”

朱贞木显然十分清楚小说的真正要求是什么，客观环境所限，走消遣的路子罢了。即便如此，他也并不是向壁虚构，胡乱编些故事应付读者，而是有所依据的。他这样认真地选择和使用材料，显然是有成绩的，他的第二部作品《龙冈豹隐记》序言中是这样说的：“前以旧作《虎啸龙吟》说部，灾及枣梨，颇承读者赞许，实深惭汗，且有致函下走：以前书仅只六集，微嫌短促，希望撰述续集为言。……稗官野史，无关宏旨，酒后茶余，聊资消遣。下走亦以撰述说部为消遣。以下走消遣之笔墨，转供读者之消遣，消遣之途不一，消遣之理相同。然真能达到读者消遣目的与否，则须视内容之故事是否新颖，文字之组织是否通畅为衡。以各种说部风起云涌之今日，而欲求一有消遣真价值之作，亦非易易。”

待到数年后的《罗刹夫人》出版时，他对武侠小说创作题材已经有了比较全面的认识和思考，他在该书附白中指出，武侠小说有两弊，一是过于神奇，流于荒诞不经；一是耽于江湖争斗，一味江湖仇杀。他希望《罗刹夫人》一书可以为读者换换口味。他也的确做到了，该书影响范围之大、时间之长是他根本想不到的。

朱贞木虽然屡屡强调自己写小说只是消遣，但他身处一个战乱频仍的大时代，又从家乡绍兴北迁天津，个人际遇的变化、人生的起伏都会多多少少在作品中有所流露。他的小说题材不少出自明末清初的笔记，为何选择在那样一个动荡的、变乱的时代发生的故事和人物，背后的含义是不言自明的。在《龙冈豹隐记》等书中，轻松和趣味之外，作者自身感受的某种无奈时有体现——身处乱世的人们，无论高人愚氓，何处可以求得安定的生活！

随着 1949 年 1 月天津的解放，这种对于时势的困惑与无奈就消失了。朱贞木在这年 7 月出版的《七杀碑》第二集结尾处写道："烽烟未戢，南北邮阻，渴盼解放，当再振笔。""解放"二字表明了他当时的政治态度，也表明了他对于新时代的期盼。于是，在全国解放后，朱贞木主动学习新的文艺理论，尽力掌握新的文艺观点，并尝试运用在新的武侠小说和历史小说创作中。《铁汉》就是他的一次努力：一个侠士挺身而出，牺牲自己，意欲拯救无辜百姓，免遭官军的蹂躏。在《庶人剑》的序言中，朱贞木已经认识到了个人英雄主义的狭隘与局限，认识到人民的力量的可贵，他写道："'老百姓的剑'是用钢铁一般的意志铸就的，无形的，锋利得无可比喻的，而演出的方式，不是斗鸡式的，是集合大众的意志，运用脑力体力，推动整个社会机构，而与障碍前进的恶势力做斗争的……"

可惜类似这样的努力并没有进一步开花结果，《庶人剑》刚刚写了三集就停刊了，预告的不少新作如《酒侠鲁颠》等似乎都未曾出版。自 1951 年 6 月起，所有武侠小说都不准出版。1956 年文化部又颁布严肃处理反动、淫秽、荒诞图书的命令，并配发查禁图书目录，朱贞木的所有作品竟都赫然在列。其实，类似朱贞木这样努力学习、尝试运用新文艺观点创作武侠小说的还有还珠楼主、郑证因等武侠作家，他们的所有作品也一样榜上有名，一同被禁。此后三十年间，朱贞木的小说彻底消失，连朱贞木这个人也寂寂无闻至今。

朱贞木的武侠小说基本写成喜剧结局，可是他自己的写作生涯却以近乎悲剧收场，令人唏嘘不已。

上个世纪八十年代改革开放以后，武侠小说又重新出现在图书市场上，而且颇有声势，名家名作纷纷重现江湖，朱贞木的作品也出版了几种。时至今日，如《罗刹夫人》《七杀碑》等几部知名作品也再版过多次，只是因为出版人对于武侠小说仅仅停留在商业层面的认识上，因此版本混乱，存在这样那样的错误，影响了对朱贞木作品的研究。

中国文史出版社不惮花费巨大人力、物力、财力，出版“民国武侠小说典藏文库”系列丛书，为后世留下宝贵的研究资料，还中国武侠小说史上的知名作家一种本来面目，可谓功德无量！笔者作为该文库“朱贞木卷”原刊本提供者、编校者，于武侠小说资料的搜集与整理略有心得，承蒙社方信任，略谈一些关于朱贞木生平及其作品的粗浅看法，谬误不免，聊充序言耳！

顾 臻

2016 年 10 月 26 日于琴雨箫风斋

2020 年 11 月 16 日修订

目　录

第四集

第五集

第六集

第七集

序　　言

民二十五年春，故都琉璃厂书摊中，见一手写诗册，纸半破损，署名“花溪渔隐”，盖乾嘉时蜀人也。行楷圆劲，细于蝇头，中得一联“妻孥虽好非知己，得失原难论丈夫”。语颇隽，购归细读，诗百余首，誊以蜀中明季轶事十余则，约数万言，中有一则，题为《七杀碑》，略谓“张献忠踞蜀，僭号‘大顺’，立圣谕碑于通衢，碑曰：‘天以万物与人，人无一物与天，杀、杀、杀、杀、杀、杀、杀。’即世所传七杀碑也，碑文‘杀’字，不六不八而必以七，何也？蜀中耆旧有熟于掌故者，谓余曰，献忠入蜀，屠杀甚惨，而屡挫于川南七豪杰，恨之也深，立碑而誓，七杀碑者，誓欲杀此七雄耳。七雄为谁？华阳伯杨展、雪衣娘陈瑶霜、女飞卫虞锦雯、僧侠七宝和尚晞容、丐侠铁脚板陈登皞、贯侠余飞、赛伯温刘道贞是也……”其文分叙七雄事迹，诡奇可喜，杨展为七雄之魁，叙其生平及率义兵规复川南事尤详，谓杨展能识金银气，擅奇门五遁术，近于小说家言，然其叙述均有所本，吴梅村《鹿樵纪闻》及彭遵泗《蜀碧》等书所载杨展传中，亦有精五行遁术语，顾博雅之士亦不免也，岂世真有此神奇之术欤？

友人有于成都博物馆曾见七杀碑者，谓其文略异，无七杀字，有谓原碑已为清廷捶扑，未知孰是，而蜀人至今指杨展遗迹“万人坟”及七雄义烈掌故，颇能道之。余摭拾“花溪渔隐”所述，兼采各家笔乘、故老传闻，综合七雄事迹，演为说部，而删其怪诞不经者，并据“花溪渔隐”之说，以《七杀碑》名书，志其所由起。此七雄当明末之世，联袂奋臂，纵横川南，保全至众，而卒扼于阘冗大僚，自剪羽翼，身为国殇，全蜀因而糜烂，事至壮烈，可泣可风。作者余生烽火，冻墨磨人，文字游戏，聊遣岁月而已。

民国三十八年春朱贞木识于析津

第一集

第一章　新娘子步步下蛋

四川城内有巴、雒、泸、岷四大名川，故称四川。巴即嘉陵江，古有巴蜀之称；雒即沱江，一称外江；泸即金沙江，诸葛亮五月渡泸，便是此地；岷即岷江。这四大名川到了重庆，合而为一，经瞿塘三峡、巫山十二峰，奔腾激射而下，直趋下游，经洞庭、鄱阳，越苏淞而入海，成为中国大动脉之一的长江。

本书故事开始于岷江之滨的嘉定城。嘉定是川南一个山明水秀的小城，这座小城，一面靠山，一面临江，临江这一面，断岸千尺，下临江流，上游自成都、彭山、眉山到嘉定，下游是犍为、叙州、泸州，直达重庆，所以嘉定是成都重庆两江水道的中心，也是岷江这条水道上客商船只必由之路，城池虽小，地却驰名。城南的大佛寺、乌尤寺，尤为名胜之地。大佛寺的大佛却不在寺内，在矗立江流的千寻峭壁上。这尊大佛，足有一二十丈高，从后面大佛岩上去，穿过大佛寺的后殿，可以爬上大佛的头顶，纵眺岷江如画的远景。大佛寺的左首是乌尤山，山上便是乌尤寺，危崖曲涧，云影岚光，嘉禾华滋，上下一碧，端的钟灵毓秀，风物宜人。在明季时代，嘉定便有“十不得”的胜景，“十不得”里面，便有“大佛拜不得，乌鱼煎不得”的民谣。所谓“大佛拜不得”是一种神话，别个佛像都可拜，独有嘉定的大佛，拜了以后，岷江的水涨到大佛脖子上，便要淹没嘉定城了；所谓“乌鱼煎不得”，本地人把“乌尤”二字念作乌鱼的缘故，其实乌尤寺是黄山谷的出典，还有八个“不得”的景致，与本书没有多大关系，暂且不提。

明季时代，乌尤山山腰有一家出名的茶馆。这茶馆造得非常特别，五开间的瓦房，前后都可进出，好像一座长方形的亭子，屋外四面都有宽阔的走廊、朱红的栏杆，配上碧绿的纱窗，里外都裱糊得雪洞一般，前面长廊内的茶座上，一面品茗，一面靠着红漆栏杆，可以饱览江景。后面靠着上山必由之路，正是乌尤寺香客游客上下憩息之所。前后面门额上，都写着“曼陀罗轩”四个字。这轩名非常新颖，因为乌尤山是佛教圣地，春夏之际，山上山下遍地开着一种缤纷馥郁的曼陀罗花。曼陀罗花盛开时节，也是游人最多、茶馆生意最兴隆的时节，不知哪一位名士，便把“曼陀罗”三字题作茶馆的轩名。曼陀罗轩非但卖茶，还带卖点心酒饭，曼陀罗轩的“抄手”四远驰名，“抄手”便是馄饨，四川人喊作“抄手”。

有一年正值十月小阳春的日子，川南气候温煦，加上是个晴天，曼陀罗轩外面游廊上，坐满了茶客，轩内坐满了酒客。内外酒客和茶客正在议论纷纷，谈论一桩本地稀有的新闻。

廊座上一位花白胡子的茶客向对面一位穷学究问道：“老子（川人张嘴，便称老子）从彭山趁水下船，路过贵宝地，顺便上岸玩玩，一路听人讲‘乌尤寺和尚嫁女儿’的新闻，真奇怪，出家人哪有女儿！老子活了这么大，真是头一遭听到，其中究竟怎么一回事呢？”

那穷学究把一个橄榄脑袋摇得货郎小鼓似的，叹口气道：“异端，异端，攻乎异端，斯害焉矣！”

花白胡子的茶客听他酸溜溜掉了一句文，等于白说，依然莫名其妙，萍水相逢，不好意思掘根究蒂地问下去。不想茶馆里爱管闲事的人最多，这位茶客的坐处靠近里面酒座的一排敞窗，突然从敞窗内钻出一个酒气醺醺的脑袋来，哈哈大笑道：“听老先生是川北口音，大约路过此地，怪道不知敝处的事，便是这一屋子的人，也只有老子最清楚。”说罢，一个指头向自己酒糟鼻子上乱点。

花白胡子的茶客正苦没法探听真相，忙不及双手乱拱，殷殷求教。

窗内的酒客大约已经酒足饭饱，借此卖弄消息灵通，也许借此打诨，逃避掏腰包请客，先用两个指头，挟着酒糟鼻子，转身狠狠地擤了一下鼻涕，然后探出半个身子来，似乎这样好消息不愿意叫一个人知道，故意先打了个哈哈，大声说道：“你们知道嫁女儿的和尚是谁，便是山上乌尤寺老方丈破山大师。这还不奇，诸位一定要问，新郎新娘是谁呢？哈哈……说出来，诸位要吓一跳，新郎不是别位，是我们嘉定第一大户、新中第一名武举杨大相公！新娘便是杨相公义妹，而且是师妹，和川南三侠齐名的雪衣娘！新郎、新娘和那位高僧都是我们四川的奇人！奇人办奇事，才有这样新奇的奇闻。老子索性告诉你们，今天便是他们洞房花烛的良辰。老子怎的知道得这样清楚呢？

因为老子也姓杨，是杨大举人的本家。回头杨大举人到此‘迎亲’（川俗，新郎必先至女家迎亲，随同花轿回家，然后交拜成礼），老子便要赶去喝喜酒了。”

他这样一表白，果然里里外外的茶客、酒客，在窗内窗外把他包围住了，七嘴八舌，向他乱问，都想打听个细微曲折。因为嘉定上下游的人们都知道杨大举人名头远大，雪衣娘、杨相公上擂台的事（四川打擂的风气，在抗战时期还有所闻），更是平日茶馆里面的谈话资料。起初大家只知道乌尤寺和尚嫁女儿，不知和尚是谁，女儿是谁，更不知新郎便是本城鼎鼎大名的杨武举。现在听到这位酒糟鼻子一抖搂，真是一桩奇闻。凡是在曼陀罗轩喝茶吃酒的，恨不得一个人拉着他到一边去，细谈细问。无奈这人知道的也只有这一点，满肚皮早已抖出来了，再要问他细情细节、起末根由，连他自己还想打听别人去哩。

酒糟鼻子大约是杨武举五服以外远房远支，不然的话，当天是好日子，早应该在杨武举家里帮忙照料，还有工夫陪着朋友在曼陀罗轩帮吃帮喝，说闲白儿吗？这时被众人包围着，正苦无话可对，忽听得山脚鼓乐之声，细吹细打地响上山来，顿时直着嗓子大喊大嚷道：“诸位快瞧，杨大举人上山迎亲来了。”这一嚷果然有效，曼陀罗轩内的酒客茶客呼的一声，一窝蜂挤出茶馆外面，迎在山道上，等候迎亲的喜仗到来。独有两个雄壮大汉依然纹风不动，坐在轩内酒座上，浅斟低酌，悄悄谈话。

山脚下树林里转出四面彩旗，迎风舒卷，缓缓地涌上山来，旗后十几名披红插花的鼓吹手，吹手身后，一对对的垂发绣衣童子，分执提炉宫灯宝扇之类，前队过去，后面又是两面麟凤呈祥的五彩锦旗，引着一匹雪白川马，雕鞍鲜明，銮铃徐引，马上稳坐着一个剑眉虎目、面如冠玉的杨大举人，披着一身大红喜服，配着雪白的骏马，红白相映，益显得新郎器宇轩昂，不同凡俗。新郎马后，便是花团锦簇、五彩缤纷的一乘花轿，轿后又是一队十番细乐，吹笙按笛，一路奏着《齐眉乐》的曲子，后面一群牵羊担酒、挑盒挟包的杨府下人，个个衣履鲜明，喜气洋洋。这一大队迎亲喜仗，从山脚排到山腰，足有半里路长，山上山下，挤满了看热闹的人们。

马上新郎经过曼陀罗轩时，有许多本地茶客、酒客都认得杨武举的，便拥在道旁，齐声道喜。这时新郎不能下马，只好在马上含笑拱手。这当口，新郎在马上一眼瞥见曼陀罗轩茶廊内，立着两个汉子，有点异样，被众人一阵缠绕，只瞥了一眼，人已跟着队仗走过，也就忽略过去。

曼陀罗轩茶馆内一班看热闹的人们，有许多游手好闲的，会了账，跟着迎亲的喜仗，赶上山去。大家以为和尚嫁女儿，新娘子定在乌尤寺内上轿的了，和尚寺跑出新娘子来，真是天字第一号奇闻，哪知众人猜想的满错了，迎亲的喜仗并不进乌尤寺，却从寺后绕了过去。

在寺后不远所在，一条小径穿过一片松林，在一处突兀的悬崖上面，盖着极精致幽雅的一座小楼，楼外圈着短短石墙，墙上碧油油的朱藤翠叶，遮没了墙身，里面静悄悄的不像办喜事的样子。迎亲队仗在墙外草地上吹打了一阵，只新郎跳下马来，领着花轿抬进门去，其余的人都在门外候着。没有多大工夫，花轿抬出门来时，后面另有一乘小轿跟着走。轿一出门，新郎出来跳上马背，立时鼓乐齐奏，吹吹打打地下山了。

看热闹的人们，既没有瞧见新娘子是甚样子，也没有瞧见新娘子家里的人。花轿出门时，探头往里瞧，嫁女儿的破山大师似乎也没有露面。有几个好事的，拉着杨家管事的探问。管事的只微笑不答。问急了，手指着这座小楼笑道："这座小楼是我家相公从前读书之处，连这座楼都是我们杨家的，你还打听怎的！"

在管事的，以为这几句话答得要言不烦，包括一切了。在问话的人，一发弄得莫名其妙，满腹怀疑地又跟着迎亲队仗下山，回到曼陀罗轩茶馆内，三三两两，议论纷纷，一发把这档事当作奇闻了。

这天夜里，嘉定城内首户杨武举家中张灯结彩，贺客盈门，一番富丽辉煌的气象。在嘉定城内，也只有像杨武举这样的富户，才能这样铺张。最奇怪的是，这许多贺客里面不论近亲远眷，知道这头亲事底细的没有几个。接到杨家的喜帖，才知杨武举在今天结婚了，因为喜帖发得日子太近，想送点出色的贺礼，都赶办不及，所以这班贺客里面，大半和曼陀罗轩的茶客差不多，只知道杨武举娶的是有本领的雪衣娘，老丈人是乌尤寺高僧破山方丈。众人都不知破山大师的来历，只奇怪破山和尚戒律精严，怎会凭空钻出个女儿来，和杨家怎会结成亲事。人人肚里有一连串疑问，到杨家贺喜的，没有一个不在暗地打听，无奈杨家上上下下，能够说出这头亲事内情来的实在不多，大家都说，这头亲事除出新郎本人以外，只有杨武举母亲杨老太太一个人彻底明白。男女贺客人人想抓个机会一问杨老太太，或者杨武举本人，无奈贺客一班去，一班来，杨老太太和杨武举哪有工夫长篇大套地细谈细讲，所以内外男女贺客们，一个个肚子里都闷着这档事。

大家肚子里闷着这档事，一听到花轿到门，大厅上立时人山人海，要瞧一瞧这位雪衣娘是怎样的一个姑娘。无奈阴阳先生拣定了交拜的时辰，花轿搁在厅上，轿门兀是紧闭。好容易到了吉时，礼生高赞“降舆”，满厅的眼光集中花轿的门，门是开了，新娘子已和新郎并肩站在红毡上了，无奈看到的，只是新娘子身上的凤冠霞帔，凤冠前面，长长的一块红巾遮着面孔，好像一座山似的，隔开了众人眼光。好容易等得交拜礼成，送入洞房，不料女客们近水楼台先得月，布置得天宫似的几间洞房，早被女客们挤得风雨不透，有不少落后的女客们没有挤进房去，还在房外等着，想遇缺即补。男客们一瞧这样情形，只好吐舌而退。

这时已到申牌时分，洞房内珠灯璀璨，宝烛辉煌。新娘子面上红巾一去，露出真面目来，立时满屋子啧啧赞美之声。一屋子都是争看新娘子的人，其中自然有不少争妍斗艳的女子，一见新娘子真面目，心里嗵地一跳，觉得今天所有女贺客都被这位雪衣娘的美貌压下去了。有几个眼珠瞧着雪衣娘，心里起了微妙作用，似乎惭愧，又像嫉妒。有几对秋波仔细在雪衣娘面上搜寻，想搜寻出一些缺点来，安慰安慰自己，偶然回头在镜台上，照见了自己尊容，才觉自己实在比不过人家，一赌气，退出洞房去了。

内外开宴之际，乐声、笑声，酒香、花香，混成一片。俗例宴后有“闹洞房”之举，“闹洞房”时，在新娘面前可以长幼不分，随意笑谑，但是杨家男女贺客实在太多了，“闹洞房”没法排个儿，反而没法下手，加上杨老太太一辈子抚孤守节，家教严肃，乡党驰名，贺客中束身自爱的，便不敢跟着起哄。

只有一班风流少年，暗地安排了一个计划，寻着了新郎杨武举，向他说：“今晚人太多，洞房闹不成，便宜了新郎和新娘。此刻新娘在内，行完了朝见礼，定要到外厅来，拜见远近亲属。我们久闻雪衣娘本领超群，比新郎还强，今晚我们在场的贺客，定要见识见识，否则，我们还得闹洞房！这差事非新郎自己去通知不可，新娘子快出来了，你快去通知她吧。”

杨武举一听，暗暗为难，赔着笑说：“诸位吩咐下来，理应通知贱内照办，无奈新娘子头一天进门，怎能当着老少亲眷们，飞拳踢腿？诸位如果爱瞧武功，还是我来献丑吧。”

杨武举这样一说，围着他的一群少年齐喊：“不成，不成，你这点气力，留着伺候新夫人去吧，我们想见识的是雪衣娘的本领。而且我们也不能大煞风景，叫新娘子穿着凤冠霞帔蹿高纵矮，我们自有办法，叫新娘子武戏文唱……”杨武举忙问：“怎样武戏文唱，诸位何妨先说出来，我酌量着，才好进去通知她。”

众少年立时起哄道：“你倒想得蛮好，今夜我们要考验考验雪衣娘的本领。考官的题目，关防严密，岂能先漏给考生们，你不用想暗通关节这条道，快替我们进去知会好了。”

杨武举留神这班少年，虽然不是行家，其中很有几个出名促狭的在内，不知他们想的什么鬼主意，问既问不出来，驳又没法驳，只好进内知会去了。

这班少年都是本城绅宦世家的子弟，和许多老一辈的体面贺客，都在前面广厅上喝酒。厅内摆着十几桌喜筵，上悬珠灯，下铺锦毡，画栋雕梁，光如白昼。

片时，屏后环佩璆璆，香风细细，先有两个垂髫使女，提着一对红纱宫灯，从屏后冉冉而出，娇喊一声：“新娘子出来见礼了！”

厅前阶下的鼓吹手立时细吹细打起来，阖厅十几桌贺客，个个精神大振，几百道眼光齐注屏后，刚才出题目的一班少年子弟，更是紧张。有两个离席，跑到屏门口一堵，向屏内躬身说道：“久仰雪衣娘大名，想请新娘显点功夫，让我们开开眼界，借此代替了闹洞房的俗风，在新娘方面，也是有益无损。刚才已托新郎转达，谅蒙采纳。”

这当口，提宫灯的两个使女已经转过屏门，还有两个使女捧着新娘子，也到了屏口，被两个少年一堵，只好在屏口站住。听两个少年这样一说，新娘身边一个俊俏使女笑道：“两位相公，想见识见识新娘本领，也得让我们出去见了礼再说呀！”

两个少年身子往后一撤，指着地上锦毯笑道：“今天是良辰吉日，我们不敢请新娘子动刀使剑，飞拳踢腿，只好请新娘子施展一点小巧之技，劳动新娘子两瓣金莲，在这一段小玩意儿上走了过去。美人步步生莲，现在我们改作‘步步下蛋’，也无非替新郎新娘，取个吉利口彩罢了。”

大家听到两个少年说出“步步下蛋”的趣语，不禁哄堂大笑，连新娘身边那个俊俏使女，也掩口而笑。大家急向屏口一段地上看时，原来在两个少年堵着屏口说话时，另有一个少年，身上兜着许多生鸡蛋，撅着屁股，把衣兜内鸡蛋一个一个地放在地毯上，从屏门口起一直摆到大厅中心。地毯不比地砖，鸡蛋摆上去，还不至骨碌碌乱滚，可是地毯上一个个鸡蛋的部位和尺寸，非常促狭，也有两个鸡蛋并在一起的，也有两个鸡蛋虽然并放，却有三四尺远，也有一个鸡蛋放得很近，另一个却在四尺以外，不用说要步步落在鸡蛋上，便是没有鸡蛋，照这样的步位，叫一个凤冠霞帔的新娘子，一对金莲忽而细步，忽而劈腿，忽而一迈好几尺，试想，一个新娘子照这样走法，变成什么形状，还不使一厅的人笑掉了牙么？何况还要叫她在鸡蛋上走呢。大家一看，这个题目太难了，出这个主意的人。太损了！鸡蛋有多大的力量，不要说在上面走路，便是一脚踏上去，还不壳碎蛋飞。这简直不可能的。

这时新郎杨武举也在厅上，比别人更关心，一瞧地毯上鸡蛋，便知道主意太歹毒了，他知道新娘身上的功夫，倒不是怕新娘踩碎了鸡蛋，歹毒的是鸡蛋忽上忽下，忽近忽远的步位，一个踩不稳，便成了笑话，最可恨的是，堵着屏口的两人还巧立名目，叫作什么“步步下蛋”，竟把新娘子当成老母鸡了。

在新郎心神不宁当口，猛听得屏内使女娇声报道：“诸位相公上眼，新娘子出来了。”

这当口，全厅的贺客屏气凝神，眼光着力，一齐盯住了新娘裙下双钩，远一点的，便跳起身，站在椅子上，直眉瞪目地瞧这新鲜玩意儿，连阶下一群吹鼓手忘记了吹打，伺候的下人们忘记了待客，涌在厅口，个个踮着脚跟往里瞧。内外鸦雀无声，人人替新娘担心，只怕两瓣金莲下面，噗托一声，蛋碎黄飞。

可笑厅内厅外这许多眼珠，竟没有瞧清楚，新娘出现以后，裙下金莲怎样踩上屏口两个蛋上去的，只瞧见屏内新娘子身形微微一动，一对纤小的金莲已点在两个鸡蛋上了，虽然只一点脚尖，点在鸡蛋上，非但鸡蛋不碎，而且新娘子亭亭玉立，站得四平八稳，连头上凤冠挂下来的珠串子，都没有晃动一下，新娘子一张搓酥滴粉的娇靥依然低眉垂目，气定神闲。

众人心想，这真是邪门儿，再仔细一看，新娘面前，头一步迈过去，必须迈开四尺多远，才能落在鸡蛋上，大家又替新娘担心，站是站住了，往前要迈四尺多远，却不容易。不料新娘右脚下的一个鸡蛋，忽然向前滚了过去，新娘只左脚尖点在鸡蛋上，右脚并不落地，身上依然纹风不动，滚出去的鸡蛋，滚到二尺左右，新娘忽地身形微晃，右脚已落在滚出去的鸡蛋上，只一沾脚尖，左脚已到了四尺多远的鸡蛋上，并不停留，凡是左脚一落，右脚下的鸡蛋必定向前滚去，右脚一落，左脚下的鸡蛋也同样滚向前去。众人眼花缭乱，只见地毯上鸡蛋一路直滚，新娘一对金莲便在骨碌碌乱滚的鸡蛋上，活似点水蜻蜓似的点了过去，并不用迈开大步，身子像星移电掣一般，转瞬之间，两瓣金莲已跟着一路乱滚的鸡蛋到了大厅中心，站在最后两个鸡蛋上，和在屏口现身时一般，亭亭立住，鸡蛋也不滚了，全厅的人立时轰地喝起连环大彩来，喜得新郎杨武举笑得合不拢嘴。屏内两个使女慌忙赶出来，扶住新娘子，走下鸡蛋来，不料一个提宫灯的使女，走得略慌一点，一个不留神脚尖碰了鸡蛋一下，这个鸡蛋经不起一碰，骨碌碌滚去，碰在桌脚上，噗托一声，蛋黄流了一地，众人立时大笑起来。

新郎、新娘在厅心向众人行礼以后，由两个使女代替新娘向各席上敬了一巡酒，阶前细乐复又吹打了一阵，两个提灯使女引着新郎、新娘从厅左走了出去，绕到后面花园内，进了临池的一座水榭。

这座水榭内，也有一桌喜筵，只有三位与众不同的贺客，在内一面喝酒，一面豪谈。一见新郎、新娘进去，大家站了起来，其中一个阔面大耳的怪和尚，嘻着嘴，呵呵大笑道："今天雪衣娘只可称为红衣娘了。"

新娘见了这三人，并不矜持，竟微微一笑。和尚左面一个形似叫花的精瘦汉子，两丛耳毛刺出老长，头上一蓬鸡巢似的乱发，披着满身泥垢的短衫，下面一条破裤，露出半段瘦毛腿，光赤着脚，连草鞋都不穿一双。这怪汉向和尚骂道："你这酒肉和尚，依我说，你趁早还俗，赶快娶个花不溜丢的红衣娘，免得眼热。"说罢，哈哈大笑。

怪汉对面是个买卖装束的人，向新郎、新娘拱手道："恭喜，恭喜！珠联璧合，后福无量。"

那怪汉又哈哈笑道："余兄善颂善祷，我可斯文不来。依我说，新郎、新娘今晚够受的。听说新娘在前厅，在鸡蛋上施展轻功。本来这手轻功，在练过笆篱边儿幼功的，不算难事，难得的是随机应变，还保持了新娘的身份，这便是常人办不到的。依我说，两位趁此坐下来，喝一杯，休息一会儿。"

杨武举拱手笑道："里面女眷们席上还得去周旋一下。三位只管畅叙，恕小弟不能奉陪，诸位远来不易，务必在此下榻，明天……"

杨武举话还未完，姓陈的怪汉抢着说道："杨兄不必费心，这位狗肉和尚已和我们两人交代了，他说在一个地方偷偷地藏着几坛陈酒、几条风腊的肥狗腿，我们不能让他独享，好歹去吃他个海晏河清，两位不要管我们，快请进去吧。"

新郎、新娘笑着告退，转身之间，七宝和尚忽然想起一事，立起身来，悄悄地说："豹子冈两个狗强盗还不死心，刚才我进城来时，在街道上似乎瞧见这两人的身影，被他们钻进人缝里溜走了。我想他们并不是路过嘉定，定然不怀好意，两位还是当心点的好。"

杨武举恍然大悟道："被你一提醒，我也想起来了。白天上山迎亲时，在曼陀罗轩茶廊内，我原见两个汉子有点眼熟，定然是这两个人了。”说完，便向三人告辞进内去了。

水榭内三位怪贺客，是江湖驰名的川南三侠，一个是荤酒不忌，专吃狗腿的僧侠七宝和尚；一个是光脚蓬头，形似叫花，新郎称他陈兄的瘦汉子，是丐侠铁脚板；还有一个黑圆脸，土头土脑，一身买卖人装束的，是洪雅花溪人，姓余名飞，江湖上称为贾侠。这三位不伦不类的贺客如果杂在大厅缙绅酒席之间，大约一厅的人都要人人注目、称奇道怪了，所以主人特地在后花园幽静处所替这三位怪客另设一席，另派两名书童侍候。三怪客和前厅缙绅们气味不投，也愿意在水榭闹中求静，便于高谈阔论，谈笑不忌。

说起这三位怪客的来历，和主人杨武举的交谊，个个不同。三客中的余飞和杨武举还是新交，对杨武举和雪衣娘这头亲事，只知道一个大概情形。这时新郎、新娘告退进内，三人仍然就座，放怀畅饮，余飞便向七宝和尚探听新郎、新娘两人结合的详情。

七宝和尚笑道：“他们两位，真可以说是举世无双的奇缘。今天城内城外，满街都轰动了，人人都打听乌尤寺老方丈哪里来的女儿，真是嘉定城千古未有的大笑话。但是人们要探听这大笑话的内情，却是不易，因为其中详情，只有五六个人知道。头一位是杨老太太。这位老太太是素来内言不出、外言不入的贤母。第二位是破山老禅师，道高望重，面壁功深。再次之是新郎、新娘本人，他们两位自己讳莫如深，三缄其口。剩下来的只有他这个臭要饭的和我这个狗肉和尚了。余兄问得真是地方，今晚我这顿喜酒，是生平第一快事，便是我佛如来，马上拉我上西天罗汉正果，我也得把这份快事向你说明了再去……”说罢，仰天大笑，声震屋瓦，一低头，把面前满满一大杯酒，长鲸吸川般，喝得点滴无存。

姓陈的瘦汉笑道：“今天我看你乐大发了，别人成双作对，要你出家人这样兴高采烈作甚？我看你这狗肉和尚真个动了凡心了。”

对面姓余的不禁也狂笑起来，七宝和尚却一本正经地，轻轻敲着桌沿，说道：“不然，不然，你们不要打岔，听我狗肉和尚现身说法，把其中来龙去脉慢慢地讲出来，你们听得心里一痛快，保管要多喝几杯酒。”

（作者开手写了万把字，书中主人翁和几个主要之宾，特先一齐登场，作个提纲挈领的虚冒，读者一定急于知道这几个登场人物的来历，同老和尚嫁女儿的内情，现在便借这位狗肉和尚的嘴，一一披露出来。）

第二章　陈大娘的纸捻儿

杨武举单名展，字玉梁。杨展的祖父从盐商起家，嘉定城南二十五里以外有个市镇，地名五通桥，是四川有名的产盐区。四川产盐和近海省份的盐滩、盐坨不同，四川是凿井取盐，每一口盐井，井口不过七八寸左右，用人工和简单钻凿的器械，一点点凿下去，据说要凿到五十多丈的深度，才能取出盐水来，熬炼成盐块，再运到远近地方销售，有时辛辛苦苦掘到很深，依然无盐可取，只好把这口井的全部工程放弃。这种开凿盐井差不多都是私人资本，从明代迄今，没有多大变更，掘出盐来，便是一本万利的家当；十口井掘不出一口盐水来，耗财折本，也可倾家败产，这里边便有幸有不幸，而且为了盐井的争夺，酿成械斗仇杀，也在所难免。在杨展祖父手上却是一帆风顺，凡是杨家的盐井，从来没有失败过。

出产多，质地好，驰名全川，传到杨展父亲手上，五通桥的盐井密如蜂巢，其中以杨家产业居第一位，每年从盐井所得的利益，实在可观，城内城外许多店铺房地也渐渐变成姓杨的家当，年复一年，有增无减，杨家便成了嘉定首屈一指的大户。

杨家这样大的家当，几世都是单传。杨展的父亲名允中，进过县学，也是个独生子，连姊妹都没有一个。杨允中忠厚有余，干练不足，许多产业都托本家亲戚代为经营，而且乐善好施，有求必应，因此嘉定的人们都称他为杨善人，却喜有个贤内助，便是杨展的母亲，这位夫人对内对外，有条不紊。

在生下杨展来的一年，杨允中无意之中做了一桩善举。允中平日绝少出门，生下杨展的第三天，却值那年冬天腊月时光，头一天天上忽然飘下雪花，四川气候温和，下雪不常见，嘉定近着峨眉山，偶然飞雪，大约从山上高处被风刮下来的居多。第二天允中一早起来，忽然发了雅兴，坐了家中自备的滑竿（四川人竹轿子的名称），这种富家自备滑竿与普通不同，晴天有遮阳，雨雪有油篷，而且可坐可卧，允中坐着滑竿，带了两个家人，想到大佛岩应个踏雪访梅的节景，顺便望望岷江雪景。刚出南城，忽听得江堤下面隐隐哭泣之声，哀切动人，仔细一听，出自江边一只破船上，允中心里一动，吩咐停住滑竿，打发一个跟随到堤下去探个明白。跟随回来报告，说是破船上是一对遭难夫妇，大约是江中遭了盗劫，男的受伤甚重，女的又怀着身孕，受了惊吓，震动胎气，怕要分娩，逢着这样风雪天，行动不得，女的看着丈夫伤重，一息奄奄，又不是本地人，举目无亲，一无法想，所以悲哭不已。允中一看，江边一带，逢着风雪大，船只特别的少，堤上也没有人家。暗想船上的人，哭声这样凄惨，男的如果真个一死，女的怀着孕，也许便是三条人命，便留下两个跟随，吩咐他们立时雇了软轿，去到江边，向船内夫妇说明，把这两个落难夫妇抬回家去，拨给一间房子和吃用等物，招个医生，好好诊治，银钱到账房去支领。

他这善心一动，只吩咐寥寥几句话，那江边破船上一对夫妇，便算一跤跌入青云。其实他吩咐跟随们办了这档事以后，自己到乌尤山踏雪探梅，回家以后，早已搁在一边，类似这种善举，平日是常有的，家中闲房又太多，也见不到这对落难夫妇的面，连他们怎样落难的情形都没有仔细打听。允中夫人正在坐蓐，也没有理会这事。过了一个多月，杨夫人已经满月，办过了杨展的满月饼酒，两夫妻正在后堂，抱着杨展，弄儿为乐。前面管家忽然进来请示，说是“上月老爷在江边救回来的一对夫妇，男的病已痊愈，女的还生了一个女孩，感激老爷恩典，一定要给老爷和夫人当面叩谢”。杨夫人一问经过，才明白家里养着两个落难夫妇，便叫进后堂来，问个明白，在他们夫妇心里，以为定是一对小户人家夫妻。不料管家领着这对夫妇进来，远远便觉出这一男一女与众不同。先头走的男人，年纪不过四十左右，英气勃勃，顾盼非常；后面跟着的妇人，手上抱着孩子，年纪不过三十左右，生得蛾眉凤目，素面朱唇，两人虽然都是一身布衣，却显得雅洁潇洒，步履安详。杨夫人颇有见识，看出这对夫妇大有来头，忙暗暗通知杨允中说：“进来的两位绝不是平常人，我们不要失了礼数。”知会之间，管家已领进后堂来。

管家一闪身，向上面一指，说道：“上面是我家老爷和太太。”

男的上前向杨允中深深一躬，便要跪下。允中忙不及双手架住，不意这人两臂如铁，重于泰山，如何架得住，杨允中吃了一惊，一看自己太太，已把怀中孩子，交与身边使女，和那妇人在地上对拜，妇人臂上依然抱着孩子，起落却非常矫捷，忙也学他夫人的样，跪下地去，和那男的对拜了几拜。男的跳起身来，抱拳说道：“愚夫妇身受大恩，在尊府又打搅了这多天，理应叩谢，不料贤伉俪如此谦抑，教愚夫妇一发不安了。”

允中听他出语不俗，不亢不卑，忙说：“四海皆兄弟，偶然投缘，何足言恩。这许多日子没有趋前问候，反劳两位玉趾，更使愚夫妇惭愧极了。”宾主一阵周旋之后，便在后堂落座，杨夫人更是香茗细点，殷殷招待，问起姓氏邦族，和江行遇盗情形来，男的似有隐情，并没详细地说，只说：“姓陈，家住成都，经商为业，不意这次路过岷江，盗劫一空，受伤几死，万幸遇着善人爱护，真是生死肉骨之恩，没齿不忘。现在托庇多日，贱恙已愈，归心如箭，特来告辞，不过还有不情之请，贱内拟在夫人庇荫之下，暂留尊府，充作婢仆，稍尽犬马之劳，在下一人先回成都，清理账目，补办货色，再来趋府接她，未知能蒙俯允否?”说罢，又向杨允中夫妻深深一躬。

杨夫人便说：“尊驾只管放心回去，我一见尊夫人便觉有缘，便是尊驾不说，我也要留尊夫人多盘桓几天，婢仆之说，再也休提。”说罢，便吩咐在后堂摆起筵席，款待陈姓夫妇。

第二天，陈姓的男子便拜别登程，杨允中又送了许多盘缠银两、衣履行李。姓陈的也怪，毫不客气地笑纳，从此嘴上不道一个谢字，很放心把他妻子和初生的女儿留在杨家，径自回成都去了。姓陈的走后，杨夫人便把姓陈的妻子留在上房住宿，上上下下都喊她一声“陈大娘”。杨夫人很是另眼相待，还替她做了许多衣衫和她女孩子应用的东西，而且叫她和自己同桌饮食。

陈大娘也特别，平时对上对下，和气异常，只要探问到他们夫妻来踪去迹的详情，便有点沉默寡言，她只回答你不即不离的一言半语，教人摸不清楚怎么一回事。如果和她说起不相干的事，她一样有说有笑，而且见多识广，叫你听得舍不得走开，尤其是杨夫人，爱听她说的事儿，一天也舍不得离开她。陈大娘这样俊俏灵巧的妇人，唯独对于女红一切针线生活，却弄不上来，绣花针一上手，便断成两截，好在杨家有的是干细活的女红，杨夫人待以上宾之礼，一切用不着她动手。

她生下来的女孩乳名阿瑶，杨夫人要替她雇一个乳娘，她极力推辞，说自己乳水太多，乳一个孩子，还有敷余，有时杨夫人生的杨展，乳娘乳水不足，她便把杨展抱过去，和自己女孩一人一乳，一起抱在怀里，一左一右，分乳起来。杨展这孩子也奇怪，只要在陈大娘怀里，整天不会有哭声。日子一久，杨展原有的乳娘变成摆样儿的，一离开陈大娘，便大哭起来。陈大娘也爱杨展，乳水也真足，整日把一男一女两个小孩抱在怀里。有时杨夫人也把两个小孩都抱在怀里逗乐儿，无意之中，瞧见陈大娘女孩阿瑶右边耳珠上，有一粒红痣，和自己孩子杨展左边耳珠上一粒黑痣，部位大小，一模一样，不过一左一右，一红一黑罢了。杨夫人瞧得奇怪，叫陈大娘同看，笑着说："这两个孩子一般的粉妆玉琢，又有这两颗痣，配成一对，将来能够成为一对夫妻，才是佳话哩。"

在杨夫人一时高兴，随意一说，照说陈大娘应该谦逊几句，她却没有张嘴，只看了杨夫人一眼，微微一笑。

日月似梭，陈大娘在杨府已过了两个年头。奇怪的是她丈夫一走以后，非但没有来接她，连一点信息都没有，陈大娘也绝口不提此事。杨府运销盐块，在成都等处都有联号，常有便人到成都去，她也不托人打听丈夫的消息。杨夫人心里虽然有点疑惑，因为自己孩子和陈大娘非常投缘，离不开陈大娘，反而希望她丈夫不要来接她回去才对心思。有时杨夫人暗地里对杨允中说起陈大娘丈夫一去以后，消息全无，陈大娘毫不记挂，似乎出于情理之外，杨允中也觉得其中可疑。

有一天，杨允中在外面书房内，叫进一个老管家来，问他："那一年，我把陈大娘夫妻从江边破船上救回家来，据说是江中盗劫，受了重伤。后来你们替他请医治好，究竟她丈夫得的什么重病呢？哪一个伤科替他治好的？"

老管家想了一想，回道："老爷不提起此事，倒忘怀了。今天经老爷一提，我又想起陈大娘丈夫的怪病来了。老爷吩咐用软轿把他抬回家来时，我们看不出何处受伤，只瞧他两眼通红，面色发青，非常可怕，果然是重症。我们正想立时请一医生，陈大娘却把我们拦住了。她说她丈夫的病，普通医生治不了。她有家传秘方，只十二味药，不过得派四个人，分东南西北四处药铺，在同一时间，分头抓来，吃下去马上起死回生，否则便不灵了。她说了这古怪的话，居然能动笔，写了四张药方，每张三味。我以为妇道人家的妈妈经，但是人家落难之中，性命攸关，好事做到底，果真依言办理，派了四个人，分头抓药，十二味药抓齐以后，陈大娘自己在房内，生炉煎药。有人瞧见她从船上背来的一个包袱内，取出一个瓷瓶来，在药罐内倒下一点药面子，然后叫她丈夫吃下去，连药罐内药渣也吃得点滴无存。说也奇怪，第二天她丈夫果然好得多了，眼睛也不红了，面皮也转色了，已能坐起来说话了。我们相信她这秘方果然奇效无比，起初我们不注意她开的药名，抓药回来时，连药方还了她，这时想抄她这秘方，可以救人，她说：'这方子专预备给丈夫吃的，别人绝不会生这种怪病，胡乱地吃了，反而害人。'到现在我们还不知她丈夫生的什么怪病。既然从她嘴里说是怪病，和江边所说受了重伤的话，不是自相矛盾了么？还有一桩事可怪，她丈夫吃了怪药，过了三天，在屋内行动便和好人一般，但绝不走出房门一步，陈大娘却在她丈夫病好以后分娩了。分娩时节，并不叫我们请收生婆，只叫我们代办一切应用物件，也不知她小孩何时落地，两夫妻关了两天房门，第三天透出小孩呱呱的哭声，开出门来，陈大娘已抱着小孩，坐在床边乳奶了，小孩身上的崭新襁褓和夫妻两人身上的衣服都换得干干净净，而且两夫妻虽说是盗劫一空，却不断地掏出整锭银两来，有时托我们代办应用物件，有时请我们吃喝。除出借了他们一间屋子以外，其实账房里并没有支领什么银两。一个多月的光景，她丈夫竟没有出屋门一步。她丈夫走的时节，还拿出一包碎银，足有五十多两，分送前面一班管事的下人，而且再三嘱咐，这点小意思千万不要叫上面知道。姓陈的走后，我越想越奇怪，还有他们坐来的一只破江船，船上并没一个船老大，难道从成都溯江而下，都是两口子自己掌舵的吗？可是他们上岸以后，这只破船有无别人收管，倒没有打听过，他们两口子的怪举动，我只存在心里。陈大娘人尚在此，为人很好，小少爷又和她投缘，今天老爷不问，下人们还不敢直说出来，她丈夫一走以后，两年多音信全无，大约老爷也有点起疑了。”

杨允中听得，沉了一忽儿，突然面色一整，说道：“陈大娘夫妇是正经人，他们举动虽然有点奇特，也许一处有一处的风俗，她丈夫也许有事出了远门。与你们不相干的事，不要捕风捉影，随便乱说，你是我家老管事，尤其嘴上得谨慎，你明白我这话的意思吗？”

这老管家撞了一鼻子灰，只好诺诺而退，可是杨允中回到上房，悄悄和杨夫人一说，杨夫人对于陈大娘也暗暗地加一分注意了，但是陈大娘一切如常，毫无可疑之处。杨展这孩子，对于陈大娘越来越亲热，陈大娘爱惜杨展，无微不至，比自己女儿，似乎还加几分当心。

有一次，杨夫人瞧见陈大娘替杨展和自己女儿洗澡，另用一盆热气腾腾的不知用什么药味煎出来的药水，用块新棉花，蘸着药水替两个孩子遍身摩擦。

杨夫人问她：“这是什么药，有什么好处？”

她说：“这是祖上传下来的法子，将来孩子身体强健，不易生病。”

杨夫人也没有十分理会，后来瞧见她常常这样替孩子洗澡，也就视为当然。两个孩子在陈大娘手上，果然连疖子都没有长过一颗，渐渐地陈大娘已成为杨家的一分子，她丈夫一去不回的事，只要她自己不忧不愁，别人已不大理会了。

陈大娘在杨家一晃过了五年，杨展和阿瑶两个孩子都有五岁了，这五年以内，她丈夫依然信息全无。在杨展五岁头上，杨允中突然一病不起，杨夫人和杨展变成孤儿寡妇，偌大一片家私在两个孤儿寡妇手上，便有狐朋狗党暗暗窥视起来。所幸杨家几个有权的老年管事，感激主人在世恩义深重，个个忠心耿耿，绝无二心，加上主妇虽然居孀，家务依然井井有条，外面窥觑产业的一时倒无法可想。

有一夜，上房屋瓦上忽发奇响，竟会从屋上滚下两个飞贼，一齐跌得半死。管事们听得声音不对，一齐起来，赶到后院，毫不费事把地上躺着的两个飞贼捉住。杨夫人惊醒下床，陈大娘也抱着杨展进屋，和杨夫人一齐在窗内暗瞧，院心捉住的两个飞贼身上还带着闷香尖刀，杨夫人已吓得发抖，陈大娘却叫管事们先问一问贼人口供，有没有别情，再行发落。院心不少管事们已把两个贼人捆绑，两贼也醒了过来，经管事人威吓逼问，两贼竟自认倒霉，说是“你们杨家往后还要兴发，定有神道保护着你们。我们两人进宅以后，刚在堂屋前坡落脚，便觉腰后被人点了一下，眼睛一发黑，便骨碌碌滚下来了。我们两人也非等闲之辈，竟在你们杨家失风，我们自己认栽，认头吃官司罢了”。

贼人说话时，堂屋内陈大娘在杨夫人耳边说了几句，杨夫人壮着胆，吩咐管事们道：“这两贼身带熏香凶器，不是普通偷儿，你们仔细问他，其中定有别情，也许有人指使。如果从实招出来，绝不难为他们，非但立时让他们走路，还有重赏；如果不说实话，先把这两人脚筋挑了，这是江湖下三门的匪盗，先教他们识得我杨家的厉害。”

杨夫人照着陈大娘耳边的话，说是说了，心里却勃腾勃腾，老打着鼓，连院子里几个管事人，都听得诧异：我们主母怎的懂得这些门道？不料，两个贼人不用管事们费事，内中一个贼人，竟惊得喊了起来：“罢了，里面这位太太，竟是行家，怪不得我们失风了。不错，我们不是偷东西来的，是偷你们小少爷来的。有人想偷你们小少爷当押头，不怕你们不乖乖地把五通桥盐井换你们小少爷性命，这是我们两人的来意。可是我们只能说到这儿，如果定要问我们是谁指使出来的，行有行规，江湖有江湖门槛，不用说挑筋，便是立时脑袋搬家，我们也不吐露只字。你们太太既然是行家，大约也明白我们为难之处，不过丈夫一言，快马一鞭。倘蒙宽恕我们，我们两人从此远走高飞，非但不踏你们杨家一片瓦，从此也不进嘉定的城。”

贼人说毕，杨夫人唤进一个管事去，竟拿出五十两纹银赏与两个贼人，叫他们牵出前门，放两人走路，这一举动，又把几个管事的惊呆了，他们不知内有军师，全是陈大娘的袖里乾坤。

贼人放走，杨夫人可吓坏了，照着陈大娘一番话，果然从贼人口内，探出有人想在杨展这孩子身上出主意。这计策太歹毒了，以后防不胜防，如何得了？这时杨夫人把陈大娘当作瞎子的明杖，一个劲儿向她讨主意，也没有细想，两个贼人无缘无故会从屋上滚下来，陈大娘怎会懂得江湖门槛。杨夫人一时没有细想，只搂着杨展哭得泪人儿一般，陈大娘也只有极力劝慰，说是“现在最要紧的，必须暗暗查明指使的人，查明以后，再想办法”。

杨家出了这档事以后，杨夫人照陈大娘主意，暗暗派了几个忠心的老管事，四面探听主使的人，晚上多雇几个人坐更上夜。过了两个多月，居然没事，派出去探事的人，也探不出可靠的线索来。

有一天，杨家五通桥盐井总管事进城来见杨夫人。这人原是杨夫人的哥哥，是杨家的舅老爷，年纪五十多岁，人很能干，他对杨夫人说：“现在五通桥相近，牟家坪这地方出了一个恶霸，叫作牟如虎。从前牟家坪，没有这个人，听说牟如虎充过京城御营锦衣卫，和振武营参游一类的武职，还是某权监的门下，年纪已近五十，大约在上年年底罢职还乡，在牟家坪盖造房屋，耀武扬威，不可一世，就近官府多和他来往，他家里又常养着不三不四的江湖人物，时常到五通桥各盐井穿来穿去，一言不合，便蛮不讲理，恃凶殴人，这班人拳脚上下过功夫，盐场的工人们自然打他们不过，他们便向各盐井索取例规。城内李家的盐井管事气他们不过，私下约集一群打手，竟和他们械斗了一阵，被牟如虎手下打得大败亏输，还死了几个人，李家管事还被牟如虎手下绑去，私刑毒打，李家弄得没法，告到当官，因为械斗在先，是李家先约打手的，官厅又有意维护牟如虎，闹成一面倒的官司，结果，有人私下从中调解，李家忍痛拨出几座盐井，白送与牟如虎，才把管事人赎回来。这一下，牟如虎得着甜头，一发恃势横行，昨天竟派几个横眉竖目外路口音的打手，直进盐场，指名见我，百般恫吓，软硬兼施，硬说是‘李家约人械斗，你们杨家定然有份，杨家的盐井比李家多，识趣的趁早打点，免伤和气。如果敬酒不吃吃罚酒，便要后悔莫及了’。说罢，还声明三天以后，再来讨回音。这班人来过以后，把我气破了肚皮，牟如虎竟想强占我们盐井了。因此我立时进城来和妹子想个办法，看情形牟如虎竟比强盗还凶，地方上有了这种人，如何得了，我们总得想个法子，一下子把他制服了，才能安生。”

这位舅老爷气呼呼一说，杨夫人立时麻了脉。这时陈大娘领着杨展和阿瑶两个孩子也坐在一旁，便开口道："舅老爷主意一点不错，这种恶霸到处都有，你如果没有力量压服他，这种人得寸进尺，没完没结，想起上次闹飞贼的一档事，想必也是牟如虎做的手脚了。"

舅老爷说："是啊，宅里闹贼的事，我现在也疑心到牟如虎身上了，幸而祖宗佛爷保佑，事情真够险的。"

杨夫人叹口气道："我们世代忠厚传家，守分过日，从来没有和官府打交道，也没有和人争斗过，李家已有前车之鉴，我们有什么力量，制服他们呢？"

这位舅老爷一时想不出办法来，兄妹二人只急得长吁短叹。

陈大娘看杨夫人急得无法可想，忍不住说道："夫人休急，舅老爷也不必发愁，牟如虎自称退职武官，依我看来，连他这点前程都靠不住，他家里又养着不少江湖下流角色，这人路道定然不正。糊涂官府，在这天高皇帝远的地方，都被他蒙住了，这种人无非作恶乡里，没有多大气魄，还容易对付。不是说三天讨回音吗？舅老爷只管回五通桥照常办事，也许三天以后，没有人向你讨回音了。"

舅老爷很惊异地朝她看了一眼，不明白她话里的意思，暗笑女流之辈不知轻重，怎见得三天以后没有人讨回信呢。杨夫人经过上回闹飞贼的事，只觉得陈大娘见多识广，此刻听她口气，好像她有办法似的，便说："陈大娘，牟如虎可不比上回两个毛贼，你说三天以后，没人讨回音是什么意思？"

陈大娘微微一笑，半晌，才缓缓说道："府上积德之家，自然会逢凶化吉，上次两贼，无缘无故会从屋上跌下来，不由人不信的。"

杨夫人舅老爷都以为她另有好主意，不料她说了几句安慰的空话，舅老爷和自己妹子商量了半天，依然想不出好主意来，坐了忽儿，暂时只可先回五通桥去。

舅老爷走后，这天夜里，大家吃过了晚饭，陈大娘坐在杨夫人房里谈闲话，两个小孩子阿瑶和杨展，在杨夫人床上玩耍，杨夫人坐在床沿上，一面逗着两个孩子，一面和陈大娘讲话。

陈大娘嘴上讲着话，手上却没闲着，把一张桑皮纸裁成一指宽的纸条，裁好以后，又把一条条的纸条，用食拇两指卷成一根根笔挺的纸捻儿，手法迅速，一忽儿卷了二三十根一般粗细的纸捻儿，用另外一根纸条束成一小捆，有意无意地放入自己怀内。杨夫人看她卷这纸捻子，不明她用意，以为随手消遣，或者替孩子们玩的，也没有深切注意。

两人讲了一忽儿，陈大娘忽然盈盈起立，向杨夫人说：“今天不知什么事，身上乏得很，今晚两个孩子陪着夫人睡吧。”

两个孩子一般玉雪可爱，孩子们自己还非常亲爱，杨夫人对待阿瑶，和自己杨展一般地宠爱，时常留着两个孩子在自己床上睡，所以陈大娘这样一说，杨夫人立时答应，还说：“你平日在两个孩子身上太操心了，也许昨晚没有睡好，你早点上楼安息吧。”

原来杨夫人住的是后堂楼下正屋，陈大娘平时领着两个孩子，住在楼上，此刻把两个孩子交代了杨夫人，使自上楼去了。

第二天早上，陈大娘笑嘻嘻地下楼来，说是“睡了一夜舒服觉，夫人也许被两个孩子搅得失睡了”。

这样过了两天，已到了牟如虎限期回信的第四天上午了。这天杨夫人一早起来，愁得饭都吃不下去，更愁的是，她哥哥会不会像李家一样，被牟如虎手下人绑去。正在愁急，下人们忽报舅老爷来了。

杨夫人又惊又喜，想想舅老爷既然没有被牟家绑去，定然有人来讨回信，他又向自己讨主意来了。这还有什么主意，拼出几口盐井，白送与牟如虎，还有什么办法可想呢?

舅老爷一进后堂，一见杨夫人的面，便嚷：“怪事，怪事！你们杨家德行太大了!”

没头没脑说了这句话以后，一眼瞧见陈大娘坐在杨夫人身后，居然向她拱拱手，笑着说：“陈大娘，你那天说的话真有道理，真有佛爷保佑着我们。”

杨夫人平日非常沉静端重的，这时也有点沉不住气了，一个劲儿向她哥哥催问：“究竟怎么一回事，怎的不痛快说出来，老叫人悬着一颗心。”

舅老爷坐下来，喘了一口气，笑道：“我真乐糊涂了！你们谁也想不到，昨天五通桥沸沸扬扬，传说牟家坪出了怪事，轰动了五通桥各盐井，都说老天爷有眼，恶人自有恶报。我仔细一打听，原来，在我那次进城来的当天晚上四更时分，牟家坪牟如虎和一班狐群狗党邀集几个有钱恶少，在自己厅上聚赌，还弄来几个粉头，陪着作乐，正在兴高采烈，闹得乌烟瘴气。当时牟如虎高踞上面，捋臂揎拳，自己坐庄，推出一条牌九，散家翻出牌来，三门造反，不是九，便是杠，这一条下注还特别多。牟如虎瞪着一对三角怪眼，把自己面前两张牌，上下一叠，拿起来先看下面一张明的，是张天牌，嘴上便低喊一声‘有门儿’，做张做智的，把上面一张叠着的一张暗牌，一点一点地推动，颠来倒去地一看，哈哈一声大笑，猛喝一声：‘好宝贝，瞧老子的！’噼噗一声怪响，两张牌向桌上一亮，大家急看时，却是一张天牌、一张人牌，原来是副‘天杠’，通吃。败家垂头丧气之际，牟如虎双臂齐伸，把各门注子，一股脑儿掳了过来，面前白花花银子小山似的足有几百两。牟如虎得意非凡，仰头大笑，不料他一仰脑袋，上面屋顶大梁上，突然咔嚓一声怪响，好像房梁碎裂一般，牟如虎一睁眼，众人也一齐抬头，猛觉几缕尖风，夹着嗞嗞之声，激射而下。下面聚赌的人被桌上两支大红烛的火苗晃得眼花，梁上没有灯，黑黝黝的，看不出什么来，还以为外面起了风，刮下来的尘土，哪知就在大家一抬头之间，牟如虎忽地一声惨叫，往后便倒，同时，牟如虎身边几个凶眉凶目的人物也突然掩面惊喊，山鸡似的跳了起来。一群赌客，还没有看清怎么一回事，忽又呼的一阵疾风，从上面卷下，把赌桌上两支巨烛一齐吹灭。这一来，一群赌客如逢鬼魔，吓得山嚷怪叫，没命乱窜，立时一阵大乱，有的竟吓得失了魂，向赌桌下直钻，你也钻，我也钻，头皮撞头皮，拼命地在桌下顶牛；有的顶在桌面上，顶得嗵嗵直响，顶得满头紫血泡还不觉痛。几个粉头更可笑，滚在地下，连惊带吓，尿了一裤不算，却死命攥住钻进桌下人的大腿，这人以为鬼拉着他的腿，吓得哑声儿喊‘妈’，立时眼珠泛白，嘴里吐白沫。

“一厅赌客像粪蛆一般乱了一阵，厅前厅后的人们闻声惊集，掌着灯，赶进厅来，又把赌桌上两支蜡台重新点上，一看牟如虎兀自在地上疼得乱滚，急忙扶他起来，仔细一瞧，大家立时惊喊起来，敢情牟如虎两眼流血，每只眼眶内都插进一根纸捻子，眼眶外面还留着一寸多长的半截纸捻。再一瞧几个得力打手，不是左眼，便是右眼，照样插着一根纸捻子，一个个顺着纸捻流血。不过牟如虎是双眼齐瞎，这几个打手侥幸还保留了一只好眼。众人看清了这幕惊人把戏，又齐声呼起怪来，纸捻儿怎会飞进眼眶去，而且准准地都射进了眼珠子，眼碎血流，哪会不瞎。突然，人群里面又有一个惊喊道：‘快瞧，这是什么？’

“大家顺着他手指一瞧，只见赌桌上庄家通吃的那副‘天杠’，压着一张一指宽的纸条，纸是普通的桑皮纸，纸上用胭脂写着一行小字：‘欺侮良善，略示薄惩，如不悔悟，立追你命。’下面又用胭脂画了一只红蝴蝶。一群赌客，对于条上几个字当然明白，对于下面画的红蝴蝶却莫名其妙。不意瞎了一只眼，还存着一只好眼的几个打手，耳朵里听得赌客们乱嚷着‘红蝴蝶’，忍着痛抢到桌边，一瞧纸条上的话，立时面上变色，忙把纸条抢在手里，指挥几个人把牟如虎扶进后院去，受伤的几个打手也到里面治伤去了。一班赌客亲眼看到这般怪事，立时纷纷传说开来。更奇的，昨天李家盐井的总管事悄悄对我说，牟如虎已把霸占去的盐井交还李家了，已经霸占的还交出来，我们的盐井当然不会再来烦恼的了，你想这事奇不奇？李家为了牟如虎，还花费许多财力人力，你们杨家真是福大造化大，意想不到地便把这档祸事化解得没影儿了，我看一半是府上积德，一半是我这位外甥的福命，这孩子将来要大发的。"

舅老爷说得天花乱坠，照说杨夫人要喜出望外，不意杨夫人低着头，不知想什么心事，竟没有答话，倒是陈大娘微笑道："舅老爷的话一点不错，这位小少爷千亩田里一棵苗，骨骼、品性、模样，确是与众不同，事事逢凶化吉，当然冲着我们小少爷来的。"

杨夫人听了陈大娘这几句话，看了她一眼，暗暗点头。

这天，舅老爷走后，到了晚上，杨夫人把使女们遣开，房里只有她和陈大娘同两个小孩子。杨夫人轻轻把房门一关，走到陈大娘面前，竟插烛似的拜了下去，嘴上说："大娘，你我初会当口，我只看贤夫妇气度一切，不是平常人，万不料你暗地救我杨家两次大难。今天不是舅老爷说出牟如虎的事，我还在梦里。大娘，你是女侠客，你是我杨家的救星。现在我才明白，那天晚上，没有你，我杨展这孩子早落贼人之手。啊哟！大娘，你待我们这样大恩大德，原不是我一拜能了的，我拜的是另一档事，我知道你爱惜杨展这孩子，比我自己还厚一分。同时，我也爱惜你千金瑶姑，这两个孩子，我老看着是天巧地设一对似的，现在年纪都小，我不便说什么，可是我现在想求你一桩，我想把我们杨展这孩子暂时拜在你膝下，你平时常说，杨展这孩子骨骼异常，得好好地造就他，成个文武全才，但是在我手上，最多替他请个本城通品，教点诗书罢了，也许这孩子就耽误了。大娘既然爱这孩子，你就成全他吧，不但我感激一辈子，连他死去的老子，也在九泉之下感激大恩的。"说罢，流下泪来。

在杨夫人下跪之时，陈大娘早已把她扶起，纳在椅子上，听她说完了这番话，暗暗点头，故意笑道："我的夫人，你怎么啦，又是侠客，又是救星，你说的哪一桩事呀！"

杨夫人哭丧着脸说："大娘，你是真人不露相。你那晚在这屋里卷的纸捻儿，可有了对证。大娘，你这本领怎么学的，纸捻儿怎么能当兵器？大娘，你许是仙人降世吧。"

陈大娘哈哈一笑，这一笑以后，这一晚陈大娘和杨夫人在屋子里，叽叽喳喳，密谈了一夜，从这一夜起，杨夫人和陈大娘变了称呼，彼此姊妹相称，两个孩子也多了一个义母，阿瑶喊杨夫人为义母，杨展喊陈大娘也叫义母，而且陈大娘不在楼上住宿了，除出白天吃饭的时候和杨夫人在一起，此外领着两个孩子躲在后面花园一座典雅的小楼上，并不叫人伺候，杨夫人还不准叫人到那所小楼去。从这时起，陈大娘常常带着阿瑶到成都去，回来以后，照常住在后院小楼上，每隔一月或二月，又带着阿瑶上成都了。陈大娘上成都时，杨展跟着杨夫人，陈大娘回来时，仍然跟着陈大娘在后园小楼上住宿。

在杨展六岁时，杨夫人托舅老爷聘了一位有名的宿儒到家来教杨展念书，阿瑶也一块儿上学，不过在聘请时和先生讲明，这两个孩子身体弱一点，年纪还小，不能天天在书房里。进书房时，先生只管从严教导，不进书房时，先生不用过问。这位先生以为富家子弟多半娇生娇养，年纪实在也太小，也不以为异，杨家对待先生，礼数饮食一切又都比别家优异，也就乐得安享。

这样情形直到两个孩子十二岁，陈大娘同她女儿阿瑶到成都去时，竟把杨展也带了去，而且总得隔了两三个月才回嘉定来，杨夫人不以为奇，这位教书先生却得其所哉，真可谓饱食终日，无所用心了。可是事情很奇怪，杨展和家里先生好几个月不见面，等得回家来，进了书房，先生以为荒废了几个月，还得从头来，哪知杨展比他所教的还读得多，他没有教的都背诵如流了。先生觉得奇怪，问杨展时，他说：“义母教的。”更奇怪，每逢杨展跟着义母上成都一趟，不论时间久暂，一回家来，先生便要刮目相看，似乎那位义母教得比他高明得多，这位老先生越想越惭愧，有点不安于位了。到后来，陈大娘住在成都日子越来越长，一年之中，只在杨家住个一个月两个月，杨展似乎离不开这位义母，也是在成都日子长，回家来的日子少，这位西席变成摆样儿的，东家太太虽然礼貌不衰，实在觉得无法恋栈了，最后只好托词而别。

第三章　铁脚板

杨展在十五岁的那一年，居然提着考篮，参加县考，而且屡次名列前茅，由童生而秀才，很容易地披上蓝衫。在明朝时代，名器非常受重视，这件蓝衫相当的贵重，何况杨展是一个十五岁的童子，因此神童杨展已脍炙于嘉定缙绅之口。但自杨展中秀才这年起，陈大娘和阿瑶不再到杨家来。在这年秋天，杨展侍奉杨夫人到成都住了几个月，回来时，杨展身上穿着孝服，人家看得奇怪，细一打听，才知杨展义母陈大娘死了，杨展奉慈命替陈大娘穿孝，而且是和儿子一般的重孝，杨家的人都觉杨展的孝服有点过分，连舅老爷也不以为然。

杨夫人从成都回来以后，忽然拿出大量金银，捐助嘉定城外乌尤寺，大兴土木，添造殿宇，内外装修一新，而且在乌尤寺后一座悬崖上，添造一所幽雅的小楼，作为杨家别业。

杨夫人这种举动在一毛不拔的守财奴看来，以为杨家钱财多得没法花，被乌尤寺和尚骗去大批钱财罢了。在稍有心眼的人却觉得有点奇怪，独力捐修寺院是有钱人广结功德的一种豪举，原不足奇，可奇的是不捐修别的寺院，独独大修乌尤寺，而且偏在乌尤寺老方丈圆寂以后。承继衣钵的新方丈是成都来的一位破山大师，杨夫人出资捐修便在破山大师进乌尤寺当口，好像是破山大师向杨夫人捐募，出款兴修似的，但是破山大师和乌尤寺任何僧众，没有一个和尚踏进杨家门过，杨夫人也绝没到任何寺院拜过佛，乌尤寺山门朝向何方，杨夫人更没有见过一面，只有杨展常常到乌尤寺和破山大师盘桓。

杨展喜欢寺后风景幽雅，便把寺后那所别业的小楼打扫干净，搬去书籍床榻等物件，还有两个伶俐书童伺候杨展在楼上读书。每天晚上起更时分，不论天晴天雨，寺内破山大师定和杨展走向山后僻静处所散步。说是散步，必得过了两个更次才见杨展回楼去，天天如此。

杨展自从在这座小楼读书以后，一个月之中，有限几天回家去侍奉他母亲，杨夫人也不以为意，而且杨展中秀才以后，又是城内首户，不免有同年之友和许多攀交的人，杨展只淡淡地应付着，本城缙绅文酒之会，他也常常托故辞谢。还有在杨夫人面前替杨展说媒的人很多，杨夫人一味推说年纪尚小，此时攻读最要紧，不要把此事分了他的心。种种情形，杨家的亲戚本家，都暗暗纳罕。

这样过了三四年，杨展年近弱冠，长得英伟俊挺，仪表非凡，嘉定人们没有一个不说，杨家世代厚德，杨夫人柏节松操，难怪有这样好儿子。但是有一档事，人们也纷纷议论，这三四年内，本乡几场文闱，杨展好像忘记似的，杨夫人也绝口不提，竟没有叫儿子到成都考乡试，人人以为杨展只要进场，一名举人是稳稳的，但是一班秀才们在揣摩应试文字，极力下应考功夫当口，偶然去找杨展谈文，却见他案头摆着的都是六韬、三略、孤虚、风角，以及《孙子兵法》之类的书，关于应考的书籍一本都没有。这班秀才们摸不着头脑，问他时，却只微笑，再问时，推说是“在本县青了一衿已是侥幸，与其到成都入闱观光，不如家居藏拙，只有恭祝诸兄文战得意，静候捷音的了”。人家以为他财多志短，抱定在家纳福，做一个面团团富家郎罢了。

这年秋天，成都举行武闱。这一次武闱比以前不同，朝廷因为边塞不靖，陕甘等省流寇纷起，内外祸患交逼，天下多事之秋，特地分派重臣，到各省监临武闱，认真选拔真才，储为国用。监临成都武闱的大臣是兵部参政廖大亨，旨饬廖大亨会同新调成都巡抚邵宏业迅速赴蜀，认真办理。

这消息传到四川，各县武秀才个个预备一献身手，博一名武举人的头衔，有了武举人头衔，便可进京会试，飞黄腾达，名扬天下。考这武闱，注重的是弓、马、兵、石、策五项。弓是箭法，马是骑术，兵是马上步下各般兵刃，石是举重，只有策是动笔的，是对答几条关于行军打仗的重要题目。

这当口，杨展忽然辞别自己母亲和破山大师，雇了一只舒适的江船，带了一名书童和随身行李应用等件，悄悄地逆流而上，向成都进发。

嘉定到成都的水道不过三四百里路，因为逆流行舟，比顺流而下就慢得多了。过了青神，到了彭山相近的白虎口，却值上流连天淫雨，山洪暴发，上流无数支流都在彭山汇合，注入岷江，江水突然大涨，而且急流奔湍，建瓴而下，加上江风怒卷，暴雨倾盆，这时再想逆流而进，危险万分，便是船客胆大，船老大一家性命都在船上，也不肯冒这危险。杨展也是无法，只好依着船老大把船驶进汊港，泊在白虎口山脚下。

天色已晚，风雨却止，可是上流水势一泻千里，实在太汹涌可怕了，只好下锚，预备在山脚下停宿一宵。

杨展在船舱内用过了晚饭，听得自己船旁人声嘈杂，便走到船头四眺。却喜雨丝已停，天上一轮皓月已从阵阵奔云中涌现出来，一看泊舟所在，颇为荒凉，有名的白虎山像笔架般峰尖忽高忽低，排出好几里外去，几条山脚伸入江边，山脚上林木森森，屏风一般，把外边迅捷的江流挡住，船在山脚深湾之处停泊，好似进了船坞一般。山脚林木之间似乎有几条小道，杨展还是头一次停泊，地理不熟，不知小道通到何处，只觉这一带山脚并无灯光，可见绝无住户，大约连渔户都没有一家，端的荒凉已极。紧靠自己船只并肩泊着三只双桅头号大船，每只桅巅上悬起两只挡风红灯笼，船内也灯火闪烁，人影乱晃，船头上还有挂刀的兵勇，有几个跳上岸去，手上都拿着短刀长棍之类，故意把手上兵刃弄得叮当乱响，来回巡视，大约这三只大船内有官员官眷，所以闹得这样威武。

杨展在船头闲立半晌，正要进船，忽见汊港又进来一只大船，黑黝黝的不见灯光，一进港口，并不向这面驶来，远远地便泊住了。泊停之后，掌舵掌篙的船老大似乎影绰绰往篷底一钻，便鸦雀无声地停在那儿了。杨展看得心里一动，觉得那只黑船有点蹊跷，冷眼偷看岸上几个兵勇，并不理会那只黑船，却不断地向自己打量，其中一个竟踅了过来，大剌剌地向杨展问道："喂，你们上哪儿去的？这儿有的是泊船地方，何必紧紧靠在一块儿？你瞧那边那只船，不是远远儿地泊着吗？我们瞧你斯斯文文的，才对你好说好道，出门人眼珠亮一点，识趣一点，才不会吃亏，光棍一点便透，你还不明白吗？"

杨展无缘无故被这人教训了一顿，并不动怒，也不搭理，只一声冷笑，回头向后艄船老大唤道："老大，你听见么，我们没有可怕的，何必挤靠着人家，快替我泊得远远儿的，这样好月色，睁着眼瞧顾，也怪有趣的。"

说罢，自顾自进舱去了。进舱以后却暗嘱船老大快起锚，泊远一点，而且不要靠岸，要泊在离山脚一丈开外。

船老大也听见岸上兵勇们无礼的话，却不明白为什么要泊得离岸一丈开外，不便多问，便指挥船上伙伴，起锚解缆，果真照杨展吩咐，远远地离着三只官船泊了，这样，港内五只船分三处泊着，近港口的是后来的一只黑船，中间是三只双桅官船，靠里一面是杨展的座船，也唯独杨展这只船并不靠岸。

杨展待船泊定，把中舱右面一块隔水板抽掉，把舱内一只风灯移向遮暗之处，这样，从抽掉隔水板那块地方，可以望见中间三只官船的动静，因为自己的船离岸一丈开外，也可以望着港口那只黑船。

约莫到了起更时分，一听自己书童和后艄船老大等都已睡得像死一般，悄悄把自己身上略一结束，脚下一双粉底朱履换了一双薄底快靴，随手从行李卷内抓了把制钱，塞在怀里，外面长衣，并不脱下。一瞧三只官船，中舱灯火齐熄，船头和桅尖依然高悬红灯，船头灯影下似乎留着守夜的人。再瞧港口那只黑船上，从后艄漏出几丝灯火之光，片刻工夫，突又熄灭，却从船头上蹿出四五条黑影，没入岸上树影之中。

杨展瞧戏法似的，暗暗点头道，果然不出我所料，忙过去把自己舱内一盏风灯吹灭，在身上束了一条汗巾，把自己前后衣角曳起，向腰巾上一塞，走近船头，暗地向那面一瞧，在船头上一伏身，宛似一道轻烟，飞出两丈开外。一落地，已到岸上，一沾地皮，倏又腾身而起，蹿进山脚深林之内。在林内蹑踵提气，向官船停泊所在一路急驰，脚下绝不带出一点响声。霎时已到了三只官船近处，唰地又纵上林口一株两丈多高的黄桷树上，隐身在枝叶丛密处所，居高临近，脚下靠岸三只官船上情形，看得逼真清楚。

沉了半晌，林内飒飒有声，只见四五条黑影从那面林内箭一般穿了过来，到了近处，聚在一处，似乎交头接耳秘议了一阵，其中一条黑影，从林内向自己座船所在奔去，片刻工夫，在自己座船相近的岸上，停身向自己船上打量了半天，大约因为泊得远，便没有纵上船去，转身跑了回来。杨展在树上暗想，不要轻看这几个绿林，心思也很细，再一看三只官船上，在船头守夜的兵勇竟抱着刀蹲在一边打呼鼾了。

杨展已看清岸上预备动手的贼人只有五名，个个一身青的劲装，头上也用青帕束发，带着各种兵刃，而且举动很奇特，五个贼人凑在一处，并不纵下船去，竟在岸上立定，对着船头一字排开，中间一个斜背一柄厚背鬼头刀的，突然用食拇两指，向口内一放，呼咧咧地吹起一阵尖锐悠长的口哨。在这港湾静夜，突然发出这种怪声，水面山脚，隐隐起了回声，一发动人心魄。

三只官船头上守夜的兵勇，猛然被这一声口哨惊醒，睡眼惺忪地愕然四顾，一眼瞧见岸上屹然卓立身带兵刃的五个凶汉，立时“啊哟”连声，有一个手上兵刃，竟吓得当地掉在船板，像掐了头的苍蝇一般，自己先乱成一堆。

树上的杨展几乎瞧得笑出声来，猛听得岸上五个贼人里面，一人高声喝道：“乱什么，把手上家伙放下，抱着胳膊，往旁边一蹲，没有你们的事。”

船头上的兵勇们还在迟疑之间，三只官船的后艄也是几声口哨，每只船上都蹿起一个人来，落在船头上，手上都拿着雪亮的长刀，齐声威喝道：“老子们伺候了你们几个尿蛋一路，把你们送到了地头，还不乖乖地说好听的，定要送你们回姥姥家去么?”

这样两面一威逼，船头上的兵勇们真个都放下兵刃，蹲在一边去了。

杨展急瞧船头上的贼人，都是船老大的装束，于是恍然大悟，明白贼人计划周密，连这三只官船上的船老大都是盗党。这班盗党似乎对于这三只官船稳吃稳拿，步骤井然，倒要瞧明白了，再见机行事。

这时三只官船的中舱内已起了骚动，还夹杂着女子惊叫、小孩啼哭之声。岸上盗党里面，一人厉声喝道：“呔！船内狗官邵宏业听着，老子行不改姓，坐不改名，便是你冤家对头巴东摇天动！你在襄阳用诡计坏了俺几个弟兄，还不知足，几次三番想捉拿老子。哪知道老子并没有把你放在眼内，偏要和你斗一下。打听得你这狗官刮足了民脂民膏，带着妻妾老小调到成都来当巡抚了，天从人愿，老子略使手段，你三船财宝和一家老小尽落在俺们手掌之中。现在没有什么说的，你乖乖地把三船财宝和你两个娇滴滴的女儿留在船内，其余男的、女的统统替我夹着尾巴，溜上岸来，这样，老子们看在你这份财宝和你两个女儿面上，放你们一条生路，不然的话，刀刀斩尽，休怨俺摇天动心狠。”

树上的杨展听得勃然大怒，可恶这班亡命徒，非但劫财，还要劫人，正想飞身而下，忽见岸下靠右的一只船上，忽然舱门一开，走出一个白面长须、方巾便服的人来，很从容地立在船头，指着岸上几个贼徒喝道：“我便是钦派监临成都武闱的兵部参政廖大亨。你们也是父母所养，也是大明的子民，邵巡抚奉朝廷旨意，调任成都，你们竟敢拦截朝廷大臣，口出凶言！你们为什么不想一想，劫官如同造反，大兵围剿，还不是身首异处！本大臣偶然和邵巡抚同舟入川，碰着这档事，特地出来劝你们一番，趁此时还没有做出来，立时悔悟，感召天和，你们还可保全首级……”

廖参政还想说下去，岸上摇天动早已听得不耐烦起来，哈哈大笑道：“你倒还有点胆量，照说没有你的事，听自己一报角色，倒提醒了我，一不做，二不休，我们明人不做暗事，干脆有一个算一个，一刀两断，免留后患。”

摇天动话刚说完，廖参政身后舱顶上，一个盗党举着钢刀，已向廖参政身后扑来。

树上杨展暗喊不好，一抖手，一枚制钱已向舱顶盗党飞去。原来杨展看出情形不对，早已扣了几枚制钱在掌中，从树上到廖参政那只官船，也有三四丈远近，可是杨展暗运内劲，小小的一枚制钱疾逾闪电，哧地已钻入舱顶盗党的眼内，一声惨叫，扑通一声，舱顶的盗党一个倒栽葱，跌落水中去了。

这一下，非但船头上的廖参政吓了一大跳，连岸上五个强盗，也没有瞧清是怎么一回事。不料就在这一瞬之间，凡在三只官船舱顶上的盗党，预备挥刀动手的都无缘无故地个个受伤，也有掷了手上兵刃，滚到江里去的；也有跌倒舱顶，叫声不绝的。树上杨展也暗暗称奇，自己只发出一枚制钱，哪能伤这么多人，定然除自己以外，另有能人，暗伏一旁，打这不平了。

这时，岸上盗首摇天动等五个强徒已看出有人作梗，忽地四下散开，只摇天动拔出背上厚背鬼头刀，抱刀卓立，昂头四顾，厉声喝道："哪位江湖同源，不必藏头露尾，老子巴东摇天动在此候教。"

摇天动这一叫阵，树上杨展本想下去，忽一转念，想先瞧一瞧暗中出手的是何角色。这一来，摇天动空自嚷了一阵，半晌没有动静，大约暗中的一位也和杨展一般主意，先得瞧瞧人家的，暗下里这一挤，却把摇天动僵在那儿了。

摇天动一阵冷笑，向散开的四个强徒说道："白虎口这一带没有成名的老师傅，说到江面上线上的同源，和俺摇天动都有个认识，没有不开面的，除非是初出道的角儿。但是想从老子手上雁过拔毛，也得在我面前拿出点玩意儿来，像这样暗中取巧，江湖道上还没有这一号人物呢！"

摇天动这样一记敲山震虎，以为定能把暗中的人挤出来了，哪知仍然白费，岸上岸下鸦雀无声。岸上摇天动五个强徒弄得没法摆布，船顶上已伤了好几个同党，如果不把暗中扰局的弄清楚了，便没法伸手作案，可恶的暗中人存心恶摆布，同你干耗，这一带尽是深林，人暗我明，也无从搜起，闹得摇天动进退两难。

船头上立着的廖参政也愣住了，做官的怎知江湖上的把戏，他虽然有点明白，暗中有人和强徒斗上了，但听摇天动口气，似乎有人存了见面有份的主意，想从摇天动手中分点什么，无论如何，自己和邵巡抚已入强盗掌握之中，自己没有什么，邵巡抚家眷和细软实在不堪设想了。

摇天动和四个盗党在岸上僵了一阵，始终不见有人露面，心想，岸下三只船上金珠财宝和娇滴滴的美人儿已是到嘴的食，如果被这暗中的人一捣乱，把到口的食吐出来，从此我摇天动也不必在江湖鬼混了。这半天没有人答话，也许提出我摇天动的名头，把这人吓退了。他以为想得满对，再一瞧舱顶被人暗地袭击的几个党徒，掉下河去的，因为识得水性，都已带着伤，落汤鸡似的爬上岸来；没有掉下河去的，兀自在舱顶抚摩自己伤处。

摇天动瞧得是愤火中烧，一声大吼，鬼头刀一扬，指挥几个同党，喝声："上！抢下来再说。"

正要奔下船去，猛听得相近黄桷树上有人喝道："站住，我有话说!"

摇天动吃了一惊，想不到捣乱的人就在自己背后的黄桷树上，急忙一转身，横刀仰面，向树上大喝道："何人敢坏你家寨主爷好事？有胆量的，下来见个真章。"

摇天动喝声未绝，黄桷树上一声冷笑，唰地飞下一条灰影，其疾如风，呼地从摇天动头上飞过，活似一只巨鸟，直飞落三丈开外，一沾地皮，倏又腾身而起，落在靠岸中间一只官船的桅杆上，软巾直折，衣履翩翩，很潇洒地停身在桅杆上半截扯风帆的一块横板上，比舱顶高出七八尺上去。

杨展存心要保护三只官船，而且要搜索在暗中还没露面的人，所以一下树，便飞上中间官船的桅杆上，可以居高临下，一览无遗。在桅杆上停身以后，他指着岸上摇天动笑喝道："盗亦有道！像你这样一面劫财杀官，一面掳人妇女，简直是绿林败类，亏你还敢自报匪号叫什么摇天动，像你这种鼠辈，只配称'倒路尸'，还嫌臭块地。我还告诉你，这三只船上和我非亲非故，但是万事总有个天理人情，违背天理人情的事，谁也看不过去，现在既然被我赶上，再让你们动了他们一草一木，从此这条岷江我姓杨的也没法走了。"

杨展话风刚完，近岸左面一排矮树背后，突然一个怪声怪气的嗓音乱嚷道："骂得好，骂得好。"嚷了一阵，忽又嘟囔道："要命，要命，穷命的人，想出个舒服的大恭都不成，本来我想出完了恭，向这位寨主爷分点财香，现在被你这风急火急地一来，连我这顿大恭都被你骂得弯回去了，大约我到手的财香也要飞，生成穷要饭的命，有什么法想。"

说罢，树影晃动，从一排矮树后面，影绰绰钻出一个人来，高一步低一步地踱到月光底下，蓬头光脚，一身破衣，两腿滋泥，左臂夹着一根短拐，右手兀自把裤腰乱塞，可不是一个瘦猴似的穷要饭的？

这要饭的钻了出来，竟走到摇天动跟前，点点头笑道："寨主爷，你真福大量大，这三只船上油水不小，你寨主爷费了许多心机，已经稳稳地送到你面前，你还等什么，人手不够的话，臭要饭替你忙活忙活，事完，你寨主爷随便赏一点，够我臭要饭吃喝一辈子的。"

桅杆上杨展一顿臭骂已够摇天动受的，偏在这节骨眼上，又钻出一个要饭的来，嬉皮笑脸一套近乎，更把摇天动挖苦得淋漓尽致。摇天动在巴东一带，也有点小名头，明知今晚要糟，明知江湖上最不好斗的，是僧、道、文士、女子、乞丐五种人。这五种人，能在江湖上管闲是非，打抱不平，定有特殊的本领，万不料今晚碰着两位，眼看桅杆上翩翩儒雅的文生，已露了一手绝顶轻功，只这手轻功便得甘拜下风，不料又钻出这块蘑菇，句句都中着自己心病，奇怪的是，这要饭瘦猴子似的，通身没有四两肉，也敢在我面前作怪，不如我先把这臭要饭打发了再说。他心里风车似的一转，原是眨眼之间的事，在要饭的话锋一停，摇天动顺着他口气，猛地喝一声："好！寨主爷赏你一刀。"便在这一喝中，摇天动身形一动，一柄厚背鬼头刀呼地带着风声，一个横斩，先拦腰截去。

瘦要饭嘴上嚷着"啊哟！我的妈，你真狠"，嘴上喊着，并不出手，只斜着一上步，摇天动的刀便落了空，忙把鬼头刀往上一展，左腿向外一滑，独劈华山，刀沉势猛，又向要饭的肩头斜劈过去。

要饭的一甩肩头，身子旋风般一转，左臂夹着一支短拐，已到右手，拐随身转，铛的一声，拐头正点在刀片上。

摇天动顿觉虎口一麻，刀几乎脱出手，吃了一惊，慌一翻身，展开五鬼夺魂刀的招术，点、斩、挑、截、扫五字诀，上下翻飞，使出压箱底功夫，和要饭的短拐相拼。起初以为要饭手上一根短棒，无非是根木头，一上手才知是精铁铸就的短拐，在要饭的手上轮转如风，拍、砸、撩、压，点、打、拨、抡，招术精奇，点水不透，摇天动这柄鬼头刀用尽巧妙招数，休想占半点便宜，渐渐地步步后退，连招架都有点手忙脚乱起来。

这当口，一个盗党一个箭步赶到要饭的身后，右腕一翻，一柄钢刀顺水推舟，想从后夹攻。桅杆上杨展大喝一声："呔！无耻鼠辈，还不退后。"

那个贼党却也听话，"当"的一声响，单刀落地，捧着右腕，往后直退。原来杨展居高临下，早已监视着岸上四面散开的四个余党。这个盗党想从后暗袭，刀还没有送出，杨展一声猛喝，一枚制钱已中右腕，其余三个盗党也不敢上前了。正在这时，摇天动手上鬼头刀，撤招略微缓得一缓，已被要饭的铁拐震出手去，还算摇天动身上功夫不弱，脚跟一踮劲，竟倒纵出一丈开外，却并不逃走，高声喊道："今晚俺摇天动认败服输，请两位报个万儿，咱们后会有期。"

瘦要饭呵呵笑道："寨主爷，臭要饭还有万儿吗？"说了这句，却把自己一双满腿滋泥的光脚板，跷得老高，遥向摇天动笑道，"这便是我的万儿。"

摇天动吃惊地说道："我想起来了，原来尊驾就是岷江龙头丐侠铁脚板，幸会，幸会。"

说了这句，忽然向桅杆上杨展抱拳问道："尊驾轻功暗器，端的惊人，佩服之至，高人定有高名，请赐万儿。"

杨展刚要张嘴，岸上铁脚板抢着说道："这位杨兄，江湖上没有万儿，他也不是江湖道上的人。你定要打听，我可以提出一个人来，他便是破山大师最得意的高徒。"

摇天动一听得破山大师，嘴上"嗐"了一声，一跺脚，向几个盗党遥一挥手，从地上拾起自己的鬼头刀，转身蹿入林内，走得没了影儿。其余盗党也个个学样，钻入深林之中，船上还留着的几个盗党竟跳入水内，借水而遁，逃得一个不剩。

杨展在桅杆上双足一点，纵上岸来，向铁脚板躬身施礼道："原来足下便是眉山陈登皞兄，曾听七宝和尚提起大名，久已心仰，今晚幸会。但陈兄何以认识小弟，并还说出敝老师方面呢?"

铁脚板大笑道："我是奉令正雪衣娘之命，特来迎接吾兄的。我赶到乌尤寺，打听得兄台已经登程，我仗着自己一双铁脚，素喜走旱道，回身便赶，沿江一看，水涨风紧，算计今晚定然停泊白虎口，不料赶到以后，碰到这档把戏，倒会着杨兄了。"

杨展一听是自己未婚妻雪衣娘派他来的，忙问："雪衣娘那边定有事故，因为小弟赴成都之事她是知道的，不过未知小弟何日就到罢了。"

铁脚板说："那边停泊的定是尊舟，咱们到船上细谈吧。"

岸上杨展和铁脚板谈话时，三只官船上盗去身安，舱内舱外，灯火重明，纷纷活动起来，那位兵部参政廖大亨始终站在船头上，一切看得很清楚，早已派了两个贴身跟随跳上岸来，等得两人谈了一阵，两个跟随便躬身说道："奉敝上命，请两位降舟一谈。"同时船头上廖参政，也高拱双手，朗声说道："两位豪杰，务请屈尊一谈，下官在这儿恭候了。"

两人本想回自己舟去，被他高声一喊，只好遥遥答礼，铁脚板悄悄说道："我不喜和这种人周旋，吾兄下去敷衍几句便回，我在宝舟坐候便了。"

说罢，头也不回，径自走了。

杨展没法，把曳起的前后衣襟放下，跟着两个下人，走下廖参政立着的官船，向廖参政躬身一揖，却不下拜，嘴上说："嘉定生员杨展参见。"

廖参政一手拉着杨展，呵呵笑道："难得，难得，怪不得美秀而文，原来是位黉门秀士，老弟，老夫托大，请不以俗吏见弃。"

说罢，拉着杨展走进舱内，到了舱内，还未坐定，舱外报声："邵大人来谢杨秀才了。”舱门开处，一个方面大耳的胖子迈着大步挤进舱来，一见杨展，居然兜头一揖，嘴上还说：“今日不是杨兄扶危救困，下官一家老弱不堪设想，此恩此德，没齿难忘。”

杨展微一皱眉，只好极力逊谢，廖参政却呵呵笑道：“我却不这样想，我还感谢这班亡命之徒，使老夫得到一位允文允武的奇才。”

说罢大笑不止，却问还有一位，怎的不肯赐教，杨展忙说：“那位陈兄，生员也是初会，山野之性，尚乞两位大人鉴原。”

廖参政点头道：“何地无才，唯埋屠狗，往往交臂失之，这便是钟鼎山林，不能沆瀣一气的毛病，言之可叹。”

杨展觉得这位廖参政颇有道理，和这位邵巡抚满身富贵气大不相同，正想告退，廖参政忽又问道：“老兄大约也上成都，未知有何贵干？”

杨展一想他是钦派监临武闱，我怎能说出进闱应考，略一迟疑，廖参政呵呵笑道：“老弟非但文武全才，而且清高绝俗，前程未可限量，但是我却明白，老弟到成都定是应考武闱，因为老夫是监临，老弟避嫌，不愿说明，正是老弟宅心之正。照说老夫也不应接待老弟，但是像老弟身怀绝技，人中之豪，岂是区区武闱所能程限？老夫这样一说，老弟定必疑惑，我怎能断言应考武闱，其实事很明显，老夫两眼未盲，和老弟立谈之间，便觉老弟气清、神清、音清，是相术中最难得的三清格局，只就功名一途而论，已足拾青紫如草芥，但是今年乡试已过，老弟还是生员，这不是老弟文场中名落孙山，定是老弟不屑为章句酸儒，看得天下将乱，立志投笔从戎的缘故，等得老夫问起行止，不愿说谎，却又支吾其词，当然因为避嫌，欲以真才实学扬名于世，不愿因今晚救助老夫的一段因缘，自污了清名，几层一凑合，十之七八，便可断定，此去成都投考武闱无疑。老弟，老夫信口开河，还能入耳否？”

廖参政爱才心切，溢于言表，这一番话，杨展听得也有点知己之感，旁边邵巡抚也赞不绝口，恨不得留住杨展，同舟而行。他存心和廖参政不同，完全被强盗吓破胆了，老愁着到成都还有百把里路，万一摇天动一班盗党不肯放手，再在前途拦劫，如何得了！所以他顾不得大员身份，死命纠缠杨展，不肯放手。

杨展心里惦着自己船上的铁脚板，几次三番告辞，不能脱身，最后还是廖参政转圜，他说：“杨老弟耿介绝俗，武闱之先，绝不肯和我们盘桓一起的，不过邵兄所虑亦是，好在杨老弟宝舟同路到成都，杨老弟救人救彻，只要宝舟遥为监护，托杨老弟庇荫，安抵成都，邵兄一家老幼便感恩不尽了。”

廖参政这样一说，杨展只好应允，这才脱身告辞。廖参政、邵巡抚居然纡尊降贵，一齐送到船头，杨展上岸时，留神那面港口停泊的盗船，已踪影全无，想必悄悄溜走了。

杨展跳下自己船内，舱内灯光摇曳，阵阵酒香飘出舱来，进舱一看，这位要饭似的客人毫不客气，自己沿途解闷的一瓶大曲酒，家中带出来几色精致路菜，都被他席卷一空，而且在舱板上，枕着铁拐，跷着泥腿，径自高卧，居然鼻息如雷了。自己的书童愁眉苦脸地蹲在一边，正对着这位怪客发痴。

杨展一乐，书童正想开口，铁脚板已一跳而起，伸个懒腰，指着杨展笑道："三只官船，幸免洗劫，你的美酒佳肴却遭了殃，都在我臭要饭的肚里了。"

杨展笑道："这点不成敬意，到了成都，和陈兄畅饮几杯。"

铁脚板摇头道："杨兄还在梦里，雪衣娘这一次祸闯得不小，杨兄到了成都，怕没有自在喝酒的闲工夫。便是在下今晚权借宝舟打个盹儿，天一亮，我还要替尊夫人搬兵，到蒲江找那狗肉和尚去，再同狗肉和尚到成都，来回好几百里，够我铁脚板跑的，还有工夫和杨兄喝几杯吗？"

杨展吃了一惊，忙问："雪衣娘闯了什么祸？陈兄既然先到乌尤寺去过，我师父知道没有？"

铁脚板笑道："雪衣娘天不怕，地不怕，只怕她父亲，我临走时，她再三嘱咐，只要悄悄通知杨兄提前到成都，不要传到她父亲耳内去，所以我到乌尤寺去，像做贼一般，暗地探得杨兄已经动身，并没有和令岳破山大师见面。"

杨展说："我和雪衣娘已有几个月不见面，平时通信，她也没有提起，怎的弄出是非来了？"

铁脚板笑道："杨兄不必焦急，也没有什么不得了的事，听我一说，你便明白了。"

于是两人便在舟中剪烛深谈，杨展才知自己未婚妻雪衣娘发生了意外纠纷，但是作者要说明雪衣娘的事，先得说明"巫山双蝶"与"川南三侠"。

第四章　巫山双蝶与川南三侠

在杨展未出世以前，长江一带有两个神出鬼没的侠盗，还是一对情侣。这对侠盗一出手，必有特殊的记号，男的以黑蝴蝶为记，女的以红蝴蝶为记，但是两人形影不离，留下标记的时候，总是画着一对翩翩飞舞的蝴蝶，不过一黑一红罢了，江湖上有知道这对夫妻隐居巫山十二峰的，便称他们为“巫山双蝶”。长江一带的人们流传着“巫山双蝶”许多艳事和怪事，甚至疑惑这一对情侣是仙怪化身，讲得神乎其神，其实“巫山双蝶”无非武功已臻化境，举动隐现莫测罢了（巫山双蝶故事，不在本书范围以内，拟另编专册问世）。

巫山双蝶纵横江湖十几年，名望越来越大，可是仇人也越来越多。有一年，两夫妻厌倦江湖，离开巫山，隐居于成都城外偏僻之区，一享偕隐之乐，红蝴蝶还怀了身孕。快到足月时，偏在这当口，黑蝴蝶偶然外出，被一个厉害仇家跟踪找到了双蝶隐居之所。双蝶非常机警，又因红蝴蝶怀着身孕，没法争斗，对头是个非常厉害的盗魁，党羽众多，黑蝴蝶未免势孤，夫妻秘密定计，暂先隐避，拟出其不意，回到巫山老巢，待红蝴蝶生产后，再作计较。

不料敌人罗网密布，在岷江要口，已有高手党羽多人埋伏。巫山双蝶离成都时，特地雇了一只破船，只带一点随身包袱，顺流而下，到了嘉定附近，仍被敌人看破，先用暗器把两个船老大打下河去。黑蝴蝶一看不下毒手难逃虎口，遂仗着一口利剑和夫妻独门暗器蝴蝶镖，与敌周旋。黑蝴蝶在舱顶上，红蝴蝶不便纵跃，就在后艄一手把着舵，一手施展独门追命蝴蝶镖帮着丈夫，在江面黑夜中，与仇家邀出来的五六个高手血战。在两夫妻独门追命蝴蝶镖下，竟把敌手伤了好几个。这种蝴蝶镖，镖尖奇毒，一经中上，非残即死。

待把敌人打退以后，黑蝴蝶交手之际，受了严重的内伤，红蝴蝶也震动了胎气，两夫妻黑夜之间，行船的船老大又死盗手，上不靠村，下不靠店，一夜之间，尽力把这只破船支持到嘉定城外，黑蝴蝶已经伤发身僵，奄奄一息，红蝴蝶阵阵肚痛，行动不得，似乎就要坐蓐，想替丈夫上岸抓药已不可能，鼎鼎大名的巫山双蝶到了这地步，也弄得一筹莫展，困在一只破船里面了。

幸而天无绝人之路，碰着杨展的父亲杨允中，救了两人回去，才和杨家发生了密切的交情。

黑蝴蝶在杨家调养好内伤以后，红蝴蝶也养下一个女儿，两夫妻暗下一计议，杨家是嘉定首户，院宇深广，倒是绝妙隐身之地，仇人绝不会疑心我们在富户藏身，不过两夫妻在杨家坐食也不是事，仇人邀出来帮手虽然惨败，仇也越积越深，迟早有个了断，趁此由黑蝴蝶暗暗召集当年好友，和那仇人做个了断，能化解最好，不能化解，爽兴一拼，斩草除根。初生孩子虽是女儿，也是自己的根苗，杨家这样恩义，双双拂袖而行，也非侠义丈夫所为，这样，两夫妻才决计一留一去。彼时杨允中夫妇，以为男的真个到成都清理账目，贩卖货物去了，哪知道这是侠盗在不得已情形之下，才作劳燕分飞的呢！

红蝴蝶丈夫本姓陈，所以红蝴蝶在杨家以陈大娘名义出现，杨家上上下下，只晓得陈大娘足迹不出杨家大门，足足五个年头，五年以后，才和女儿瑶姑，不断回成都去，夫妇团聚。其实他们夫妻只离别了几个月光景。这几个月里，黑蝴蝶已邀集几个生平好友，把厉害仇家解决。仇敌一去，他隐身于嘉定乌尤寺内，因那乌尤寺方丈从前受过黑蝴蝶救命之恩，结为了方外之交。黑蝴蝶既然隐身乌尤寺，也就不断地在杨家后花园中和红蝴蝶暗中相会。两夫妻神出鬼没的功夫，人家看不出来罢了。

这当口，黑蝴蝶隐身乌尤寺，常常受寺中方丈佛法陶融，感觉本身杀业太重，已有出家之想，只放不下一生情侣红蝴蝶和女儿瑶姑，而且他们两夫妻纵横江湖，平时疏财仗义，毫无积蓄，直到牟家坪牟如虎一档事发生，杨夫人巨眼识英雄，一夜密谈，明白了“巫山双蝶”的来历，结拜了双层干亲，还暗暗订定了杨展和瑶姑的婚姻，一发情深谊固。杨夫人想请黑蝴蝶到自己家来和红蝴蝶母女团聚，蝴蝶夫妻都觉不妥，难免发生意外，累及杨家，还是仍回成都的妥当。于是，杨夫人就把成都南门外武侯祠附近一所房产送与“巫山双蝶”，作为他们夫妻偕隐之所，预先派人修葺一新，双蝶夫妻这才重回成都，得享偕隐之愿。红蝴蝶往返于成都嘉定之间，传授娇女爱婿功夫。把杨展带到成都时，照嘉定一般，请了位通品，教授娇女爱婿文学。到了杨展进学中秀才的前后几年中，瑶姑和杨展知识渐开，彼此都知道谁是谁，宛然一对小夫妇。双蝶夫妻的一颗心都贯注在这对小夫妻身上，杨展和瑶姑的武功可算得一出娘胎，便受了严格训练，哪会不突飞猛进，出色当行。

不过世间没有长久圆满的事，红蝴蝶享了几年家庭之福以后，在杨展中了秀才的那一年，突然生起病来。有功夫的人不易得病，一经得病，比普通人还厉害得多。杨夫人得讯，带着杨展赶到成都，干姊妹病榻相对，只相处了几个月工夫，红蝴蝶竟百药罔效，一病不起。

红蝴蝶一死，黑蝴蝶万念俱灰，立时把自己女儿交付了杨夫人，要落发出家，凑巧嘉定乌尤寺方丈，也在这时圆寂，圆寂时留下一封遗信，劝黑蝴蝶看破红尘，皈依三宝，信外还附了披度戒牒和方丈的衣钵袈裟，几下里一凑，黑蝴蝶主意更坚决，杨夫人百般劝阻也是无效。照黑蝴蝶意思，任何寺院，都可清修，并不要当方丈，再说初落发的人便当方丈，也是稀有的事，可是杨夫人和他夫人红蝴蝶情逾手足，出家的黑蝴蝶又是杨家的亲家翁，于是钱可通神，寺庙也讲势利，有杨家这样首户做乌尤寺大护法，何况前任方丈留有遗言，寺内和尚都知黑蝴蝶不是常人，这样黑蝴蝶一出家，便当了乌尤寺方丈。

巫山双蝶女的死了，男的出家，遗下的女儿瑶姑虽然是杨家的媳妇，有杨夫人收管，但是瑶姑身穿重孝，杨展也有孝服，一时未便结婚，如果把瑶姑接回嘉定，变成了乡村人家的童养媳，难免被人耻笑，遂和黑蝴蝶商量。黑蝴蝶也不主张把杨展和瑶姑天天聚在一块儿，因为两人一年大似一年，平时冷眼看他们两人，已经恩爱得蜜里调油，两人武功，又还没有到火候，还须刻苦深造，不便叫两小常在一起。

两位亲家一打算，杨夫人便在成都挑选几个老成的使女丫鬟，服侍着瑶姑，自己不断地到成都来，慈母一般尽爱护之职。黑蝴蝶虽然出家，一面在乌尤寺日夜督促杨展下功夫，一面忙里偷闲，还要赶到成都考查瑶姑的武功，所以，一个人真要到五蕴皆空、六根清净的地步，实在不易。

黑蝴蝶既已出家当了和尚，但这颗心依然缠绕在这一对娇女爱婿身上，他自己也明白和出家的初衷有点自相矛盾。其实，他在夫人死后毅然出家，完全为了一个“情”字。出家以后，一颗心牵缠在两小身上，还是一个“情”字。他眼中的杨展和瑶姑完全是“巫山双蝶”的一对影子，而且这对双蝶的化身将来比“巫山双蝶”当年侠盗的大名，似乎要光明得多。他还顾虑到另外一种深意，这种意思存在他一人心中深处，极不愿叫杨夫人知道，他自己明白当年“巫山双蝶”纵横江湖，仇人极多，最厉害的虽然已被自己除掉，难免没有另外冤冤相报的人，对自己无法报复，定必找到两小夫妻身上去。可是瑶姑和杨展一经成婚以后，两小夫妻身份和当年“巫山双蝶”绝对不同，他们不是江湖中人，杨展还要从功名中飞黄腾达，万一被自己料中，有人找到两小夫妻身上去，那就不是两好结亲，反而是遗祸杨家了。他存了这种深心，益发在小两口子身上刻刻用心，只有把杨展、瑶姑两人武功造就得比自己还强，便不怕人家寻仇了。他有这样的存心，杨展和瑶姑的武功当然与众不同了，而他在两人身上一番深情也到了无以复加的地步，所以世上最难看破的，便是“情”字这一关！世上没有这个“情”字，也不成为世界，我佛普度众生，还不是为了一个“情”字！

杨展在乌尤寺后面自己别业读书这几年，正是黑蝴蝶尽心传授武功的几年。黑蝴蝶既然做了乌尤寺的方丈，当然不能再用江湖绰号“黑蝴蝶”三字了。乌尤寺前任方丈留赐黑蝴蝶的披度法牒里面，已经注明一个法号，用“破山”两字做他出家的法名。“破山”两字怎样用意，圆寂的老方丈没有加以说明，还是破山自己静中生慧，参悟出“破山”两个字的用意。

他说常年和红蝴蝶隐迹巫山，出没江湖，不管人家称他强盗或侠盗，总是不入王法的草寇，说得好听一点，便是山大王，不论王法，照佛家因果循环来说，一生杀业太重，定要落到被官军破山，身首异处为止，现在幸保首领，跳出红尘，皈依我佛，无异两世为人，所以用这“破山”命名，教他时时警惕，自己是幸免官军破山，身逃法网的人，还不一心皈依，忏悔一生杀业么！

他自己这样一解释，倒符合了放下屠刀，立地成佛之旨。他除传授杨展瑶姑两人武功以外，确是戒律谨严，功德精进，嘉定一带，也渐渐知道了乌尤寺方丈破山大师的清名。

有一天，杨展自己在乌尤山僻静处所练完了功夫，提着破山大师赐他的一口宝剑，剑名“莹雪”，这口莹雪剑和红蝴蝶遗传她女儿一口“瑶霜剑”正是一对，瑶姑得了瑶霜剑以后，破山大师把她名字也改为瑶霜，人剑同名，真是人即是剑，剑即是人了。且说杨展提了莹雪剑，信步走上乌尤山最高所在。山巅高处有座亭子名叫旷怡亭，大约是登高四眺，心旷神怡的意思。杨展缓步而上，到了旷怡亭前，蓦见亭内石桌上，一个从来没有见过的和尚蜷身而卧，呼声如雷，从他身上发出来的酒肉气味异常浓厚。细看这和尚，蚕眉虎目，阔面大耳，紫巍巍面皮，泛着红红的一层酒光，一件僧衣，满身油渍，腌臜不堪，下面赤脚草履，也是泥浆满腿。再一看，亭角还支着一具黄泥小风炉，余火未熄，灶上破锅内还留着吃残的狗腿，地上肴骨狼藉，酒瓶乱滚。心想这野和尚绝不是乌尤寺的，便是相近大佛寺内，也容不得这样酒肉和尚挂单，便摇摇头走出亭来，独自在山巅上纵目远眺，看着嘉定斗大的城池如在脚下，乌尤山屹峙江上，宛如水晶盘里堆着一块苍玉，山上山下，嘉木蓊郁，蔚然一碧，和岷江内云影波光，互相映带，爽气徐引，涤虑清心，真有潇洒出尘，翩翩欲仙之概。

杨展披襟当风，幽然独立，正在游目骋怀当口，忽听得身后呵呵大笑道："秀才们看江景，也只读得几句风花雪月的歪诗罢了，怎及我七宝和尚的逍遥自在，物我两忘。"

杨展听得吃了一惊，平时听破山大师讲起川南三侠的名头，知道三侠是僧侠七宝和尚、丐侠铁脚板、贾侠余飞，不想这狗肉和尚自称七宝和尚。慌转过身去，只见七宝和尚身子斜依着亭柱子，手上拿着半段狗腿正在大嚼，突然把狗腿折下一根半尺长的腿骨，骨上还带着一点肉，猛不防把这块狗骨头向杨展一撩，还笑嘻嘻地喊一声："秀才，接着！啃狗骨头，别有风味。"

两人相距也有两丈开外，杨展不防他来这一手，那块狗骨头哧地带着一缕疾风，迎面袭来，而且方向直对自己嘴上飞来。杨展明知他有意相戏，微一侧身，右臂一抬，只用食拇两指，便把迎面飞来的那根狗骨头撮住，随势一抖腕，这块骨头毫不停留，唰地向那和尚头上飞去，嘴上笑道："请和尚自用吧！"

不料，这块骨头在杨展指上一出手，那面和尚草鞋一跺，燕子般向这面飞来，在半空里一张嘴，正好把掷还的狗骨头在半路用嘴衔住，落下地来，已立在杨展面前，笑嘻嘻地说道："我知道你是破山大师的高足——杨秀才，你手上这口莹雪剑我认识的。"

杨展知道，川南三侠对于自己岳父均自居晚辈，便抱拳说道："常听家岳提起川南三侠大名，仰慕已久，不想今日无意相逢，何妨到敝斋一谈。"

七宝和尚笑道："你说什么？你说敝斋，我可怕吃斋；你说有酒有肉，我非但立时跟你去，而且去了便不想走。"

杨展知他故意打趣，笑道："酒肉穿肠过，佛自在心头，和尚自有来历的。"

七宝和尚看了杨展一眼，点点头道："破山大师快婿，毕竟不同。好！我到你楼上谈谈去，可有一节，你不要惊动破山大师，他出世早一点，我又是大庙不收、小庙怕留的和尚，咱们谈谈倒对我心思。"

杨展笑着答应了。两人到了寺后小楼上，美酒佳肴，彼此细谈，从七宝和尚口中得知，川南三侠和巫山双蝶有很深的渊源，尤其是三侠中的七宝和尚和铁脚板，对于破山大师，以师礼待之。破山大师深知七宝和尚和铁脚板常在成都出没，曾托两人随时照料住在成都的女儿——瑶霜，因此雪衣娘也常和二侠见面，杨展也闻名已久，今日才和七宝和尚无端遇合，从此便和七宝和尚有了交往。

有时杨展笑问他：“自称七宝和尚，何谓七宝？”

他随口答道：“和尚有庙，而我无庙，幕天席地，两脚到处，便是我的庙，此一宝也；和尚必须拜师受戒，念经茹斋，而我荤酒不忌，无师无戒，不经不斋，此二宝也；和尚赖佛穿衣，靠佛吃饭，求财主，骗村妇，叩头礼拜，募化十方，而我不必募化，以狗为粮，天下之狗无尽，我亦无尽，此三宝也；和尚无家室之累，而有坐关参禅之苦，我有和尚之名，而无和尚之实，悠游天地，自在一身，此四宝也；和尚苦行苦修，只求早生净土，免堕轮回，我却只问是非，不问果报，现世现了，何必来生，此五宝也；和尚讲出世，我却讲入世，不平事，也得伸手管管，困苦人，也得尽心救救，和尚在庙内做功德，我在庙外做功德，此六宝也；还有一宝，却不能说。”

杨展问他怎的第七宝便不能说了，七宝和尚在杨展耳边悄悄说道：“七宝和尚到时也要杀人，最不济，也得屠狗，和尚手上有血腥，这话似乎不好出口了。”说罢大笑，忽又面色一整，大声地说：“什么叫七宝，满是胡说乱道，说实话，七宝者，‘吃饱’也，世界上不论出家人或在家人，谁不图一饱呢，往后你叫我‘吃饱和尚’便得。”

说罢，一声狂笑，拔脚便走，杨展一把拉住，笑道：“和尚慢走，我告诉你，从华严性海之义，可以悟到无人、无我、无去、无住、无垢、无净，加上一个真如无碍，这七无，便是和尚七宝。”

七宝和尚看了他一眼，摇摇头笑道：“哪有这许多‘无’字，我只晓得有了世界便有人，有了人，便有你我他，这儿有个你，成都有个她，因为有了你和她，便有我这七宝和尚替你们做捎书红娘，有吃有喝也。”

原来这时他要上成都，杨展托他捎信与雪衣娘，所以他这样说。七宝和尚疯了一阵，便到成都去了。

雪衣娘小名瑶姑，后改瑶霜，这雪衣娘外号怎样来的呢？

原来，瑶霜和杨展年龄相同，只杨展比瑶霜早出世一个月，两人平时兄妹相称。杨夫人对于瑶霜爱护得无微不至，红蝴蝶死后，宠爱尤甚。有杨展一份，便有瑶霜一份。因为瑶霜是女子，女子应用的东西当然比男子多，因此杨夫人加意调理这位义女兼儿媳，不论穿的、戴的、吃的，瑶霜都比杨展多得多。杨展在嘉定买了两匹骏马，在自己后园围了一处射圃，学骑射。杨夫人到成都时，也替瑶霜买了两匹出色的名驹，这两匹马一对似的，通体纯白，毫无杂毛，竹耳兰筋，非常英俊。瑶霜把这两匹马爱逾性命，杨展上成都时，两人并辔连骑，时常出游。杨夫人和杨展回嘉定时，瑶霜没有了管头，后园虽然也有跑道和射鹄，总嫌驰骋得不尽兴，仗着身怀绝技，不虞强暴，时常悄悄地把马牵出后门，到空阔郊野之处驰骋一下。

起初只在近处武侯祠一带放个辔头，后来看出两匹白马的脚程一般的飞快，便渐渐一二十里放下辔头去。瑶霜这时母丧未除，还是一身孝服，成都南郊一带的人们常常瞧见一个十七八岁的美貌姑娘，一身白衣，骑的又是一匹白马，往来驰骋，控纵自如，这种女子，成都还真少见，大家不知道她是谁家姑娘，便胡乱替她取了个外号，叫作雪衣娘。每逢她骑马而出，道上一班野孩子便拍手喊："雪衣娘又来了！"

瑶霜、杨展两人的武功都是巫山双蝶从小训练出来的，应该差不多，但是武术一道，同一师父，一人有一人的造就，各有所长，也各有所短，绝不会等量齐肩。杨展的武功虽然也是红蝴蝶一手教授，但是在乌尤寺这几年，经破山大师尽心指授，内外兼重，尤注重于长枪大戟，冲锋陷阵之能。瑶霜却专心一致于内家功夫和轻身小巧之技，她母亲的一身绝技可以说已经倾囊相授，一柄瑶霜剑，一袋蝴蝶镖，已经练得得心应手，对于内家功夫，如三十六手点穴、七十二把擒拿，似乎比杨展略胜一筹，不过年龄所限，与巫山双蝶那般出神入化的功夫自然不能并论。瑶霜聪明绝顶，人小志大，有时碰着七宝和尚和铁脚板时，一瞧见他们两人偶然露出几手绝艺，便想尽方法，要两人传授，真也难为她，过目不忘，一点即透，因此她身上的功夫比杨展多点，不过杨展禀赋极厚，天生神力，剑术拳术，务极精纯，却非瑶霜所及。

在杨展预备应考武闱这一年，瑶霜和杨展已都十九岁了，两人的武功，自然又进步不少。杨夫人的意思，这时两人孝服已满，预备杨展武闱以后，便要替俩人成婚。杨展托七宝和尚捎去的信内，便是通知她自己母亲的意思，和自己交秋到成都应考武闱的事。七宝和尚把这封信面交瑶霜，吃喝一阵以后，便自走了。

瑶霜接到杨展信时还是春季。她暗想，武闱大约在中秋前后举行，最多三四个月工夫两人就要结婚，成婚以后，当然住在嘉定和老太太在一起，但是成都地方实在比嘉定好得多，便是两口子到城外联骑并驰，嘉定城外哪有成都郊外那般可以绝尘而驰。

她一想到绝尘而驰，便在家中匆匆用过午饭，只吩咐了眼前两个婢女几句话以后，便把身上略一装束，又动了骑马游郊的兴致。这时她孝服虽除，改穿绸罗，但仍然爱穿淡雅的颜色，外面特地披了一件雪罗素裹一裹圆的风衣，她一半好奇，一半童心未除，外面既然有雪衣娘的雅号，所以特地罩这件纯白风衣，保持了这个雅号。她艺高胆大，成都又是省城，虽然郊外闲游，从不带兵刃和暗器。

这天她照常提了一支精致马鞭，从后门跳上马鞍，转上大道，一放辔头，便向南郊道上驰下去了。今天她又特别高兴，一口气便跑了十几里路。这条官道，她平时原是跑熟的，鞭丝一扬，本还想多跑一程，她又爱惜自己的马，瞧见马身上出了汗，便缓缓地松下缰来。

她这样按辔徐行，一路春郊绿野，鸟语花香，美不胜收，心里高兴极了，一阵轻风又飘来一种沁心的异样芬芳，她觉得这阵花香与众不同，站在马镫上，四面探望，瞧见右面一条小河上，架着长长的一座石桥，桥那面一片树林，林内一条小道，道旁杂花怒放，灿若云锦，似乎别有佳境。于是，瑶霜一拎马缰，便走上桥去，过桥穿进树林，信马由缰，不觉穿过了这片树林，一瞧却是一个池塘，池塘岸上几株高大的桐树，满树开遍了芬馥幽绝的桐花，这种桐花是绿萼红蕊，四面开放的花瓣却是雪白的，花既娇艳，香又浓郁，满树上蜂蝶交飞，落花阵阵。靠近几株桐花，开着一座茶馆，绿油栏杆，红漆茶桌，掩映于花树之下，衬着碧油油一塘池水，池塘内一群黄毛乳鸭，泛泛而游，颇似一幅画景。这是茶馆后身，靠池塘的一面，是茶馆的正面，情形便不同了，对面一排矮屋，参差不齐，有几家挑出酒招，进进出出的都是市井人物，中间一块空地上围着一圈人乱嚷嚷，不知闹着什么，茶馆门口也拥着不少人，指手画脚的，不知谈论什么。

瑶霜顺着池塘，赏鉴了一回桐花，不知不觉转到茶馆前面空地上，她在马上已看出一圈人堆内，地上坐着一个十六七岁的小姑娘，梳着双丫角，披一件破烂的旧红衫，赤着一双泥脚，掩面而哭，身旁放着一个小包袱。人丛中有一个歪帽敞襟的显眼汉子，指着地上小姑娘喝道："你不要得福不知足！你们走江湖的，官宦人家谁敢收留你们，现在有人收留你，还应允你父亲棺殓，这也可以了，你还哭得没了没结，凭你还想大宅门招你去当千金小姐吗？"

这人一阵呼喝，地上小姑娘哭得更悲切了。

瑶霜把马头一带，嘴上喊一声："诸位闪一闪，当心被马撞着。"

围着的人，忙闪开了一个空当，大家眼光一齐盯在瑶霜身上了，茶馆门口闲看的一班人内，便有人喊了一声："这是雪衣娘！"又有一个说道："马上也是小姑娘，地上也是小姑娘，一天一地，人比人，气死人！"

瑶霜不理会这些闲话，向旁边一个老头儿问道："老人家，这位小姑娘为了什么事，哭得这样伤心？她家里的人呢？"

那老头儿摇摇头，叹口气道："这孩子是外路来的，到成都还没有一个月。这孩子同她父亲每天在青羊宫练把势、走绳索，胡乱挣几个钱度日。不料日前父女回来，她父亲便得了重症，只一天工夫便死了。他死在茶馆对面小客店内，小姑娘没有钱棺殓，只一味傻哭，今天早上却来了一个汉子，也是外路口音，对小客店内的人说，她父亲棺殓一切由他来料理，这位小姑娘也由他领走，此刻有事不便，晚上再来，临去时，丢下一锭银子，教先棺殓了再说。不意这小姑娘不知什么意思，等得她父亲棺殓好以后，此刻悄不作声地竟想偷偷溜走，小客店老板已由来人知会过，原是防她私溜，立时追了出来，把她截住。她却赖在地上，哭得昏天黑地，再也不肯回店去了。"

瑶霜听得有点奇怪，一飘身跳下马来，预备向那小姑娘盘问一下，不意地上坐着的姑娘一看她跳下马来，突然跳起身，向瑶霜面前跪下，呜呜咽咽地哭道："小姐，小姐，也许你能救我一命，我情愿跟小姐去，做牛做马也甘心。"

瑶霜这时看她两手没有遮着脸，细细的眉毛，灵活的大眼睛，皮肤虽然风吹日晒黑一点，小脸蛋颇有几分秀气，哭得梨花带雨一般，更觉得楚楚可怜，便伸手把她拉了起来，说道："你不要哭，我问你，你姓什么？叫什么？替你父亲棺殓的是谁？你为什么要逃走？你对我说明白了，我好救你。"

那小姑娘向众人看了一眼，才悄悄说道："人多不便说话。我父亲死在仇人手上，想领我走的人，定是仇人一党，所以我要逃走，逃不了，我也得拼出命去，替父报仇！小姐，我瞧见你跳下马来，便知一身俊功夫，但是你自己酌量着，能救则救，不能救，快离开是非之地，不要连累了你。"

她说这话时，声音非常之低，瑶霜听得柳眉一挑，用手拍拍她的肩头，说："咱们有缘，我跟前也缺你这么一个人，好，我替你弄清楚了，咱们就走。"

瑶霜说罢，已定了主意，伸手在锦鞍皮兜内掏出两锭银子，转身向刚才答话的老头儿问道："开小客店的老板在哪儿？请老人家费心代叫一声。"

老头儿指着那显眼汉子说道："那不是客店老板么？"

显眼汉子看到小姑娘和瑶霜说话已经注意，这时一看瑶霜手上雪花花两锭银子，斜着眼早已盯在两锭银子上了。

瑶霜一看这人，便知不是正经路道，喝道："你凭什么拦住这位小姑娘不让她走路，你知道想领走她的人是干什么的？你做买卖的，也想串通匪人，拐骗人口么！"

显眼汉子吃了一惊，想不到这位美貌姑娘嘴上这么来得，慌忙赔着笑道："小姐，我们开客店的怎能做这种事，想领走这孩子的人干什么的，我们也说不清，不过他已丢下银子，替她父亲棺殓，这孩子如果一跑，那人向我们索还银子，我们也是麻烦，所以……"

瑶霜不等他说下去，笑道："你原来为了这点银子，那容易办。"说罢，把手上一锭银子，向显眼汉子面前一掷，喝道："那人来时，便把这锭银子还他好了。"手上还多余一锭，却向在场众人说道："诸位，我和这位小姑娘也是初见，诸位亲眼瞧见这位小姑娘求我救她一救，愿意跟我走，我也是姑娘，女人对女人，总有点同情心，我不管里面有别情没有，暂时收留她一下，免得她落于匪人之手。这儿还有一锭银子，索性托这位店老板，替她父亲刨个坟埋了，也是一桩好事，坟上留个记号，这位姑娘自己可以来上坟化纸，尽点孝心。"说罢，便把余下这锭银子，也掷在显眼汉子脚前。

众人看到瑶霜言语举动非常老练，偏又这样美貌，年纪又这样轻，无不齐声赞叹，齐说："姑娘好心有好报，我们在场的也尽份心，定照姑娘说的办好了。"

这时，小客店老板显眼汉子一面看着雪花花两锭银子有点眼热，一面又似乎不敢捡起地上银子来，两只眼睛只顾往茶店门口瞧，弄得没了主意。

瑶霜不管他，问那小姑娘道："你在客店里，还有要紧东西没有？"

小姑娘道："没有什么东西，无非摆场子的破刀烂铁片和几根索棍罢了。"

瑶霜笑道："跟我去可用不着，咱们走吧。"

第五章　七星蜂符

瑶霜马鞭一顺，把风氅一拎，左手一按判官头，回头向那小姑娘说：“你能骑马么？你只要在我身后紧紧揽着我的腰，便掉不下来。”

那小姑娘说：“小姐，你只管上马，我手脏，一抱腰，倒把你衣服弄污了，我在马屁股后一点地方便得。”

瑶霜明白她能走索，定有点轻身功夫，小剑靴一点马镫子，便先耸身坐上马背，那小姑娘把自己包袱向左臂上一套，一矮身，唰地蹿上马屁股，却是侧身坐在马鞍后屁股脊上，身上并不靠紧瑶霜，只右手微扶鞍后。

瑶霜看她坐稳了，正想上路，蓦见茶馆门口蹿出一人，喊一声：“慢走！”人已飞步赶到马前，伸手把马嚼环拢住，瞪着眼喝道：“你这小姑娘年轻不懂事，你身后的孩子是有主儿的。你和她陌不相识，怎能随随便便把她带走了？一半天有人问你要这孩子，你便要后悔！”

瑶霜打量这人，鼠眉鼠目，一脸奸邪，暗想：“怪不得她跑不了，原来还埋着暗桩哩，我既然伸手管了此事，顾不得有什么麻烦了。”立时娇叱道：“你是什么人，敢拦住我马头？”

这人大约心底下有点明白，但欺侮瑶霜是个年轻姑娘，丁字步一站，一手紧紧拢住马嚼环，哈哈笑道：“你管闲事，我也是管闲事，趁早叫那孩子下来，你走你的，否则，连你也走不了。”

这一句话使瑶霜大怒，她一声不响，右手马鞭一沉，顺着这人拢住嚼环这条胳膊下一穿，贴着这人胸脯往外一兜。

这一兜暗用了一点内力，这人万料不到这点年纪姑娘有这么大的能耐，“啊哟”一声，一个身子竟被马鞭兜起七八尺高，风车似的跌出一丈开外，跌得发昏，半晌才爬起身来看时，雪衣娘一马双驮，已穿出树林，走过那石桥了。

雪衣娘瑶霜把小姑娘带回家来，天色已晚，吩咐使女们替她沐浴更衣。

吃过了晚饭，瑶霜在楼上自己卧室内，叫使女把小姑娘带上楼来，一瞧这小姑娘沐浴更衣以后，宛然换了个人，眉目如画，玲珑活泼，非常讨人喜欢。

小姑娘跪在瑶霜面前，叩谢救命之恩，情愿终身服侍小姐。

瑶霜叫她起来，问她来历和她父亲怎样被人弄死，仇人是谁。她说，她叫小苹，姓什么，她自己也不知道。死的父亲有个外号，叫作花刀李。花刀李并不是真正父亲，花刀李妻子是小苹母亲的妹子，小苹母亲去世，家里没有照料她的人，花刀李夫妇便把她领来，当作自己女儿。花刀李妻子本来是个绳伎，夫妻终年漂泊江湖，小苹也跟着他们学了点江湖本领。三人搭档，混了好几年。

花刀李妻子死后，花刀李便仗着小苹跑码头，混饭吃，从长江下流，慢慢流浪到成都，在青羊宫摆了几天场子。

有一天，几个恶霸向花刀李索取规例，偏逢生意不好，手头奇穷，口头上大约硬了一点，几个恶霸也有意寻事，一个对付不得法，便被恶霸党羽们群殴。花刀李年纪上了岁数，身上也没有多大功夫，竟被他们打得内外受伤，回到小客店，便吐了血，医治又没有钱，折腾了一天便死了。死前从身边掏出一样暗器来，交与小苹，叫她拿着这件东西，想法到眉山，去找岷江哥老会首领丐侠铁脚板，定会替她想法找个安身之处，也许还替他报了仇，花刀李说完便死了。

谁知恶霸们党羽甚多，小客店老板也是他们的人，看小苹长得不错，串通着又从她身上想歹主意。小苹机灵不过，暗藏着那件暗器，假装一味哭泣，让恶霸们鬼鬼祟祟出钱棺殓以后，便想偷偷溜走，到眉山找铁脚板去，不料恶霸们罗网四布，逃不脱身，便又改变主意，预备把这件暗器带在身边，跟着恶霸们走，找着机会，冷不防用这暗器，打死一两个恶霸，替花刀李报仇，自己能逃则逃，逃不了，拼着一死，绝不落在恶霸手中。万想不到会逢凶化吉，被小姐救了回来。

瑶霜听她说完，笑道："原来是这么一回事，几个恶霸无非鸡毛蒜皮的人物，不值一谈，倒是你说去找眉山铁脚板，这人我认识，你先把那暗器拿出来我瞧瞧。"

小苹依言把随身带的小包袱解开，其中无非几件替换破衣服，小苹在衣服夹层里，取出一件东西，是个五寸长的黄铜圆筒子，一头像莲蓬似的，有七个小窟窿，一头是个螺丝旋盖，圆筒子身上，近盖处有一圈突出的铜帽子，连着筒内的机栝，原来是个精致的袖箭筒。

瑶霜把这黄铜箭筒拿在手内，反复看了两遍，看到箭筒身上，细细地刻着“洪武三年元月制”字样，连忙把底盖旋开，抽出弹簧，向桌上一倒，倒出七枚三寸长笔帽似的铜钉来。每一支铜钉尾上有一个窟窿，窟窿上缀着一撮黑绒，瑶霜嘴上“噫”了一声，指着桌上铜钉说道：“这是邛崃派独门七星黑蜂针，就我所知，现在能使用这独门暗器的，只有丐侠铁脚板。而且这种暗器现在已没有人能打造，因为身子必须用风磨铜，里面的弹簧机栝必须用千锤百炼、刚柔得宜的精钢，最难得的是黑蜂针，应该有两套，一套是用缅铁提炼出来的精钢打就，一套是用滇贵深山老苗采炼的樵铜做成，是有毒的，中上裂肤而死，无法解救。每套有七七四十九根。这七根是精钢打成的，没有毒。但是你说想用这暗器替花刀李报仇，难道你能使这暗器么?”

小苹睁着一对乌溜溜的眼珠向瑶霜望了半晌，才说道：“照小姐这么一说，这件玩意儿变成宝贝了，在我父亲身上藏着，我从来没有瞧见过，我也没有瞧见他用过，不过我学过袖箭，这玩意儿和袖箭也差不多，我想用起来也不难。”

瑶霜笑道：“你真是孩子话，这种独门暗器怎能和袖箭相比？不用说手法、眼神、腕劲须下特殊的功夫，而且不是邛崃一派的独门传授，也难以射得百发百中。这种七星黑蜂针，发一支，或者连珠而发，或者一发七支齐出，都有特殊的手法，可以打到百步开外。铁脚板是此道能手，打出去专找穴道，一等的铁布衫、金钟罩等功夫也挡不住这种七星黑蜂针。如用樵铜打的毒蜂针，更是霸道。我猜想花刀李未必能用这种暗器，奇怪的是，像他这种角色怎会藏着江湖少见的独门暗器？他临死时教你拿着七星黑蜂针去找铁脚板，其中定有说处，你年纪小，对于花刀李夫妻来历不清楚罢了。”

小苹笑着说：“我真因祸得福，得着小姐这样的主人。小姐在茶馆前面下马时的身法，我已瞧出小姐得过高人传授。后来瞧见小姐轻描淡写地一马鞭，把那恶徒兜起老高，我惊喜之下，暗想小姐比我大得没有几岁，竟有这样大本领，此刻小姐一瞧这七星黑蜂针，便能说得原原本本，小姐又和丐侠铁脚板认识，不用说，小姐定会使用这七星黑蜂针了，从此小苹是小姐的丫鬟，小姐有这样大本领，小苹也得跟着小姐学点像样的功夫，人家才会说，强将手下无弱兵呀！小姐，你说对不对？小姐，你是我恩主，也是我恩师呀！”说罢，真个跪在楼板上，叩起响头来。

瑶霜笑叱道：“小油嘴，起来！明天我得考考你轻身功夫。你们跑码头使的一套走索跑解的功夫，只图个好看，讲到真功夫，切合实用，却须下苦功。

你把七星黑蜂针看得容易似的，你没有几年纯功，还真使不上手哩。”

杨夫人替瑶霜买的两个使女笨手笨脚，真还没有对瑶霜心思的，凑巧得了玲珑活泼的小苹，瑶霜真还爱她，真有心思传她一点武功。当天这一晚，便留着小苹在自己闺房内设个地铺，伴着自己。

小苹也真会巴结，一张小嘴又活又甜，伺候得瑶霜百下里舒服，瑶霜还有点孩子气，主仆两人，唧唧哝哝讲不断头，临睡时，瑶霜把七星黑蜂针一支支装入筒内，旋紧了底盖，随手搁在床前一张画几上，小苹便睡在她床下楼板上，主仆灭烛就寝，还低低地说着话。

这夜月色甚佳，楼内灭了烛，楼外月光映在窗纱格子上，连窗内都像罩着一片寒光似的。瑶霜自从母亲红蝴蝶死后，杨夫人来成都时，陪着她睡，杨夫人回嘉定时，原派一个使女伴夜，瑶霜却喜一人独睡，一半厌那使女太蠢，现在有个得意丫鬟小苹伴睡，又比独睡强了。两人讲了一阵，瑶霜已经香息沉沉了。

小苹听得小姐睡熟，一人静静地想起白天的事来，忽忧忽喜，一时思潮起落，竟有点睡不着，偶然翻身朝外，忽见窗格子上显出一个黑影子，似乎像个脑袋，但是一晃而过，一时没有看真，心里却吃了一惊，一声不响，睁着眼向窗上瞧着。

半晌，又现出一个脑袋影子来了，而且一只手影也映在窗纱上，似乎窗外有个人，侧身贴耳，一手扶窗，偷听窗内的动静。倏忽之间，又一晃而逝。

小苹大惊，一听帐内小姐睡得很香，忙悄悄地像蛇一般从帐子底下钻进床去，轻轻地用手推瑶霜。

瑶霜人本机警异常，不过从小受人怜爱，娇宠已惯，住的又是高楼深院，从来没有风吹草动的事值得惊心的，当天在郊外救了小苹，无非得罪了一个市井下流，毫不搁在心上，得了一个心爱丫鬟，反而心里痛快，睡得格外香甜。这时经小苹轻轻一撼，便已醒转，正要开口，忽听小苹在耳边低低说：“小姐莫响，窗外有贼。”

瑶霜一听，一手已摸着枕边的瑶霜剑，并不立时跳起身来，却悄悄问道：“你怎样知道的?”

小苹道：“纱窗上瞧见了两次人影，第一次不敢响，第二次瞧见贼人半个身影贴着窗偷听，才惊动小姐的。”

瑶霜说：“你快下去，替我照常睡着。”

小苹身子钻下床去，瑶霜一张紫檀雕花大床前后都有帐门，她心里一转，暗地伸手把床前画几上的七星黑蜂针铜筒子拿进帐内，微一结束，人已出了后帐门，一柄瑶霜剑却搁在帐后，一耸身，人已到了窗口，一侧身闪在暗处，未见窗上现出身影来，却已听出对面屋瓦上微有响动，便知来人轻身功夫不见高明，窗格子上窗纱绷得紧紧的，想往外瞧是瞧不清晰的。

瑶霜艺高胆大，微微地把一扇窗户推开了一条缝，便瞧见一个贼人，一身夜行衣，斜背着一柄单刀，背着身，撅着屁股，蹲在窗外瓦檐上，用火折子点那熏香盒子；还有一个贼人，手上横着雪亮的一柄鬼头刀，似乎还挂着镖袋，立在对面前院屋脊上，大约在那儿瞭风。瑶霜究竟童心未退，暗地一笑，竟悄悄把窗户掩上，加上窗闩，过去把地上睡的小苹叫起，拉着她的手到了床后，把一柄瑶霜剑叫她捧着，附耳嘱咐了几句，悄悄开了房门，主仆两人蹑足而出。

瑶霜住的是后院三开间一座楼房，她卧室是楼上靠右的一间，中间是起坐室，没人住的，靠左一间，住着两个使女。瑶霜和小苹出了自己卧室，转入中间的起坐室，瑶霜悄悄把前窗推开了一条缝，正瞧见使熏香的贼人，点着了熏香盒子，在卧室窗口，弄破了一点窗纱，把熏香盒子的仙鹤嘴伸进窗去，侧着身，哈着腰，鼓着嘴，含着熏香盒子的尾巴，一口口地往里吹烟。瑶霜存心要教贼人认得自己厉害，一声不响地瞧着，还悄悄叫小苹也来瞧一下。

小苹一瞧却吓了一跳，原来中楼的窗户和贼人存身所在，不过二丈多距离，贼人的鬼相看得逼真。小苹不敢多看，她恐怕脚步重，坏了事，忙一缩身，静看自己主人怎样对付贼人。可笑对面屋脊上瞭风的贼人，眼神只照顾远处了，却瞧不出中楼窗内出了毛病。

使熏香的贼人把一盒子熏香都快吹完了，觉得窗内连喷嚏都不打一个，这和往常使熏香的情形是不同的，疑惑自己熏香不灵了，忍不住一翻腕子，拔下背上单刀，便要撬窗而进。在他刀尖刚插进窗缝去时，这边瑶霜手上咯叮一声，只听得撬窗的贼人一声大喊，一歪身，骨碌碌顺着楼檐滚了下去，吧嗒、哗啦哗啦震天价一阵大响，原来吧嗒一声是贼人掉落楼下院心，被他带下一摞窗檐上的鸳鸯瓦，于是发出哗啦哗啦一阵大响。在这当口，对窗屋脊上瞭风的贼人所吃的苦头，比掉下去的贼人还厉害得多。

原来瞭风的贼人本在对面屋脊上，他一见使熏香的贼人忽然用刀撬窗，以为得手了，就从前坡走向檐口，大约想纵过这边来，不过前院是平房，比后院楼房矮得多，而且中间还隔着三丈多宽的天井。他打量了一下，蹲了一蹲，上身向前，做了个飞跃的姿势，并没有真个飞起身来，大约觉得自己没有十分把握，万不料在他再次蹲身作势当口，撬窗的贼人已滚下楼檐去，心里刚一惊，猛觉一缕冷风直贯脊骨而下，好像脊骨内哧地钻进一件东西，他本来上半身向前微俯，微蹲着身的，这一下，只觉一阵剧痛，想直起腰来，自己身子竟不听话，好像有件东西从半腰脊心插进去，直贯尾尻骨，停在那儿不动，腰尾之间插进了这么一件东西，哪还直得起腰来？这还不算，他本想跳过对楼去，身子已停在檐口，这样腰既直不上去，上半身只好老往前探着，手上一柄鬼头刀，已脱手掉下去了，立的地方，只差几寸便是院心，这样跌下去，准死无疑，但是自己下半身已不听话，前进不能，后退无法，背脊上一阵阵抽搐，比死还难过，他竟忍不住了，出声喊叫起来。

这时，中楼窗内偷瞧的小苹捧着瑶霜剑，看得对面贼人这副怪相，只笑得蹲下身去“啊哟！啊哟！”嚷肚子痛。楼上楼下睡着的下人们，被两个贼人一阵大闹，哪还有不惊得跳下床的，开出门来一看，院子里直挺挺躺着一个，对面檐口上一个贼人摆着夜叉探海的式子，好像要扑下来似的，嘴上却又不顾一切地喊叫着，只吓得下人们齐喊一声“我的妈”，慌不及又逃回屋去了。

这时，瑶霜把七星黑蜂针交与小苹，从小苹捧着的剑匣内拔出剑来，一耸身，飞出窗外。小苹眉开眼笑地胆也大了，竟也跟踪而去。瑶霜身上还是临睡时换的一身白罗绣边的睡衣，只临起时腰上束了一条白罗巾，飘飘然横着一口晶莹耀目的宝剑，立在楼檐口，宛如波上洛神、云中仙子，向对面檐口的贼人叱道：“鼠辈，今晚叫你们识得雪衣娘厉害，还不实话实说，报上狗名！”

那檐口贼人已痛得活鬼一般，极声喊道：“小姐饶命，我们也是被人所使，我叫马潮，下面的叫张盛，只因白天小姐带走了一个江湖卖艺的小姑娘，有人吃了小姐的亏，茶馆有人知道小姐名号和住处，才叫我们两人到此，意思想把小姐和那小姑娘一同劫去。不想有眼不识泰山，求小姐大量宽恕吧！”

忍着痛结结巴巴说了几句话，哈着腰痛得冷汗涔涔，哼哼不绝，瑶霜喝道：“谁指使你们来的？说实话，还有商量，半句虚言，立叫你们做剑下之鬼！”

马潮急喊道：“小姐，我……我实在痛得没法说话了，你暗器把我……脊尻骨串住了，小姐，你……你慈悲，能救则救，不能救，干脆赏我一剑吧！”

瑶霜听得几乎笑出声来，却也暗暗惊奇，自己先发出第一支七星黑蜂针，向檐口撬窗的贼人发出时，明知道这种黑蜂针劲足力猛，不敢向致命处下手，特地向贼人身后腿弯处射去，不料跌下去半晌没有动静；这一个贼人，在他作势想纵过来时，又发了一支，居高临下，原想射他脊头，不意对面贼人身子起落了两次，并没有真个蹿起来，巧不过，七星黑蜂针到时，正值他上身低俯，尾尻高耸之时，黑蜂针竟串在尾尻骨上，几乎把督脉穿断。

瑶霜对于七星黑蜂针，无非在铁脚板面前学了一点皮毛，随便一用，两个贼人几乎命丧黑蜂针下。当时贼人一说伤处，瑶霜是家传点穴，立时明白自己发的黑蜂针串在贼人尾尻穴上了，所以直不起腰来，这倒费了事，自己不便下手医治，医治得晚一点，也许送命；下面还有一个贼人，死活还没一定，再添上一个，未免麻烦。心里一转，向身后小苹悄悄嘱咐了几句，自己一耸身，已蹿到对屋窗口，向马潮肩头一点，贼人“啊哟”一声，便向院心扑了下去，瑶霜随着贼人身影飘身而下，再用手一撮贼人肩头，贼人马潮并不倒下，依然夜叉探海的式子摆在庭心里了。

瑶霜把檐口贼人弄下来以后，招呼下人们出来，点起灯烛。小苹也从楼上飞跑下来，把空剑鞘背在身后，一手拿着一柄锋利的匕首，一手拿着一包药。瑶霜先瞧跌下来的叫什么张盛的一名贼人，一瞧这人并没跌死，捧着一条腿，坐在地上。敢情一支七星黑蜂针，兀自穿在腿膝弯的骨缝上，痛得他龇牙咧嘴，立不起来。瑶霜立时转了主意，向小苹身边说了几句话，小苹把匕首插在腰里，走到地上张盛身边，喝道：“要命，快转过脸去，我们小姐慈悲你们。”

贼人真还听话，忙别过头，小苹蹲下身去一瞧，贼人后腿弯露出黑蜂针头，进去二寸多深。小苹把左手上药包放在地上，右手一撮针头上一丛黑绒，冷不防左掌向贼人脑后拍了一掌，贼人杀猪似的一声狂叫，一枚七星黑蜂针已由小苹拔下来了。贼人的狂叫是拔针时的痛彻心窝，倒不是脑后一掌的关系，可是没有这一掌，据说七星黑蜂针便起不下来。普通针灸郎中下针起针也有这一套，这门道小苹怎会明白，当然是瑶霜指点了。

贼人张盛虽然痛得大喊，但是一喊以后，立时觉得腿上松动了，小苹从一包药里面，捡了一小包，掷与张盛，喊道：“这是小姐赏赐的家传秘药，你自己撕块衣襟把药敷上，包扎一下就得。”

贼人张盛如言办理以后，果然觉得痛楚大减，勉强能够从地上站起来了，瘸着腿，向瑶霜抱拳道：“小姐今晚宽宏大量，俺们也不是没有心的人，这一位马大哥，还得小姐高抬贵手……”

瑶霜叱道：“快说，谁指使你们来的？说明了，立时放你们一条生路。”

张盛叹口气道："俺们和小姐无怨无仇，俺们也不是此地人，偶然在南门外三十多里豹子冈黄大哥黄龙家中做客，黄大哥手下几个人献殷勤，想夺花刀李手上一件东西，又想把花刀李女儿献与黄大嫂做个丫头，不想被小姐坏了他们的事。黄大哥从手下人口中，又探出小姐貌如天仙，他又起了歹主意，俺们也糊涂了心，自告奋勇，小姐骑马回府时，黄大哥手下已经有人暗暗缀了来，所以俺们很容易找到此地，这是俺们实情。俺们自知理缺，也没有脸见人，蒙小姐宽恕我们，从此再不到成都来了。"

瑶霜问道："豹子冈黄龙干什么的，敢强劫好人家女子?"

张盛似乎有难言之隐，半晌才说："这一层，小姐只要仔细向江湖中人一打听，便可明白，俺们实在有点不便出口了。"

瑶霜说："好，今晚权且饶你们一次。"转身吩咐小苹道："你把匕首借他，叫他用这小刀在那贼人伤处割开一线，取出暗器，敷上咱们秘药，就不妨事了。"说罢自进堂屋去了，因为贼人伤在尻骨上，割皮取针，殊不雅观，其实她没有走远，在堂屋暗处，监视着两个贼人。

院内摆着夜叉探海式的贼人马潮，听说叫张盛用刀割开，又吓得心惊胆战，但是没法，他中的七星黑蜂针和张盛不同，是顺着脊缝穿皮而下的，不割没法取出来，不取出来，又没法走路，只好让张盛权充外科大夫。张盛真还下不了手，这份活罪真亏贼人受的。张盛咬着牙下刀时，马潮一声鬼叫，张盛便惊得手软了，本来一割了事，这一来，忽割忽停，无异凌迟，好容易把暗器取出，把药敷上，马潮已委顿于地，不像人样了。

这样，两个贼人折腾了半天，才由瑶霜吩咐下人们开了大门，让两个贼人你扶我架地狼狈出门，贼人连自己的一具熏香盒子、两柄刀都顾不得带走了。

瑶霜自从经过这档事以后，晚上便留了神，一面暗地打听豹子冈黄龙是什么路道，自己在家里教小苹练功夫，也不常骑马出门了。嘉定杨夫人派人到成都来看望时，瑶霜也不提起此事，免得杨夫人惦记，连杨展方面也没让他知道。转眼过了夏季，并没发生事故，派去打听豹子冈黄龙的下人们，也打听不出什么来，只晓得黄龙是个财主，家里养着几个护院的武师罢了，瑶霜也渐渐不把这事摆在心上了。

不料三伏过去，快到立秋这当口，外面下人们突然送进一封信来，瑶霜接过一看，信皮上写着"雪衣娘亲拆，内详"几个字。拆开信皮，取出里面一张黑色柬贴，上面写着："水旱两路，各门各派，诸位男女老少师傅公鉴，本年秋擂，以武会友，由打箭炉虎面喇嘛、沱江小神龙黄龙主办。擂台设于成都南门外豹子冈，谨择于八月朔开擂，擂期七天，敬候赐教。”原来是个公帖，下面并不具名。瑶霜一看，擂主内有小神龙黄龙，便明白向自己下帖的用意了。

四川打擂台的风气，明朝万历以后最为盛行，名曰以武会友，其实武师派别之争、帮会码头之争，以及私人的争雄夺霸，积愤成仇，没法和解的时候便在擂台上解决。凡是上擂台的并非都是当事的主角，各人都有同门同派的师友，谁也得请出助拳的几位好友，想把对方压倒，争得胜利，但是也有袖手旁观，乘机观摩各派武术的人们，也有存心看热闹，坐山观虎斗的，所以某处一开擂台，人山人海，做卖作买，比戏台下还热闹。

主办擂台的人事先照例在当地官府备案，请一张告示，贴在擂台上，开擂时官府理应派员弹压，可是官府深知，上擂台的十有其九是亡命徒，动拳脚，玩刀枪，说不定出几条人命。好在擂台也有传统的规矩，江湖上争斗更以经官动府为耻，擂台上不论死多少人命，绝没有一纸诉状告到当官的，因此开擂当口，官府假作痴聋，免去许多麻烦。这样相习成风，擂台又变成好勇斗狠的出头露脸之地，不论远近，自问有几手的，都得赶这场热闹，也许硬充一角上台去，露脸扬名，反过来说，也许闹得灰头土脸。

瑶霜从小便知擂台是怎么一回事，接到请帖以后，心里暗暗琢磨：“既然人家指名下帖，不去便算认输，连父母巫山双蝶的名头都要被我葬送了，凭自己一身功夫，何惧他们！可有一节，被我义母知道，她老人家绝不愿意叫我抛头露脸，何况上擂台和人动手呢！再说现已交秋，中秋武闱以后，我和玉郎（杨展字玉梁）便要成婚，新娘子上擂台，也是笑话。我父亲如果知道这档事，更得骂我无事生非。这档事，只有和我玉郎私下商量，可是他考武闱是中秋，便是早几天到成都，也在开擂以后了……”瑶霜并不怕打擂，而且很愿意赶这场热闹，瞧一瞧人家有什么出色的功夫，不过她左思右想，很有为难之处，一个从小无虑无忧的雪衣娘倒被这封请帖难住了。

凑巧，接到请帖的第二天，丐侠铁脚板来了。瑶霜大喜，正苦没有妥当的人捎信与玉郎，铁脚板出名的飞毛腿，成都到嘉定几百里路程，在铁脚板一双铁脚上，用不着骑马坐船，一天便到。只是铁脚板和七宝和尚一般有古怪脾气，不向他说明其中细情，休想他出力。

瑶霜设法先用好酒好肉款待铁脚板，待他吃喝到差不多时，掏出那封请帖来，向铁脚板面前一搁，不料铁脚板一看到这封请帖，酒杯一放，嘴上连喊“奇怪！奇怪！”一双怪眼，向瑶霜瞅了又瞅，蓦地跳起身来，拍手大笑道：“无事不登三宝殿，我便为这事来的，想不到你也有份，倒省得我求你帮忙了。”说罢，从自己怀内掏出皱得一团糟的一封柬帖，往桌上一掷，用巴掌把柬帖熨了熨。

瑶霜一看，封皮上写着“岷江龙头丐侠铁脚板陈师傅亲启”一行字，立时肚里暗笑，我这顿酒肉白喂他了，原来他急巴巴赶来，求我助拳的，正想问他，铁脚板已开口道：“我却奇怪，你父亲现在是得道高僧，久已不涉红尘，你呢，在杨夫人百般爱护之下，已是千金小姐的身份，何况不久便做新娘子，我还想偷偷地请你帮一下忙，有点不便张嘴，不料你自己和华山派的人结上梁子，这事奇怪，而且奇怪得出我意料之外，我得问个清楚。”

瑶霜笑道：“不用你问，我也得向你说明白内情。”便把无意之中，救了小苹一档事的先后情形统统说与他听。

铁脚板一听这事始末，立时瞪着一对怪眼，急喊：“快叫小苹到这里来。七星黑蜂针，也拿来我瞧！”

瑶霜看他猴急神气，便知其中有事，马上吩咐使女到楼上去，叫小苹拿着七星黑蜂针到这儿来。

这时的小苹，和坐在茶馆空地上傻哭的小苹，可不一样了，本来长得不错，经瑶霜爱怜之下，从头到脚一调理，苹果似的小脸蛋儿，配着一对水汪汪、黑白分明的大眼，衬着一身称身的讲究衣衫，娇小玲珑，非常可爱，下楼来在瑶霜身后一站，真有红花绿叶，相得益彰之妙。

小苹下楼来，还不知为了何事，只见堂屋内一张花梨镶大理石的八仙桌上，一个破破烂烂要饭似的人居中高坐，吃独桌儿，自己小姐还耐着心坐在一旁，陪着谈话，已觉奇怪。那要饭似的人，瞪着一对怪眼，又死劲地瞧她，还向她点着手说：“你过来，把你手上的东西，拿来我瞧。”

小苹不敢过去，用眼睛向瑶霜讨主意。瑶霜笑着说：“你父亲花刀李死时，教你拿着七星黑蜂针去找丐侠铁脚板，这位就是，你只管过去，听他说什么。”小苹吃了一惊，忙过去向铁脚板拜了一拜，把手上七星黑蜂针铜筒子搁在桌上。

铁脚板先不说话，把黄澄澄的铜筒子拿在手中，把底盖旋了下来，在瑶霜手上拆开七星黑蜂针时，只旋下一重底盖，现在经丐侠铁脚板左旋右旋了一下，底盖变成了两层。原来巧匠做就的子母螺旋盖，底盖里面，还有夹层，在夹层内部，用乌金丝嵌就一个栩栩欲活的蜜蜂，蜜蜂背上有极细的“邛崃老人”四个字，也是用乌金丝篆出来的，不细看，一时真还看不出来。

铁脚板一看到这四个字，猛地用手一拍桌子，叹口气道：“祖师爷有灵，现在我可得到这件宝物了。”瑶霜、小苹看着铁脚板失惊道怪的怪模样，都莫名其妙。铁脚板却凝神一志地把筒子里面的弹簧抽去，倒出七星黑蜂针来，仔细一瞧，向瑶霜笑道：“这里面两支，针尾黑绒风舵染上了血水，一望而知那两贼人没有当场伤命，算是万幸，但是两贼一腰一腿，定已残废了。这种黑蜂针，不到万不得已时，万不能用，和你家独门蝴蝶镖，路道虽不同，厉害是一样的。”

瑶霜道：“且不讲这些，你刚才失惊道怪，究竟怎么一回事呢？”

铁脚板道：“沱江小神龙黄龙派人弄死花刀李，死后又替他棺殓，又想把小苹劫去，不管他用什么花言巧语来掩饰，骨子里都为了这件宝物。这件宝物还关系着将来擂台争雄，其中关键，你们当然不知道，破山大师大约知道的。

“你要知道，四川遍地都有袍哥儿，但是其中派别很多，一时也说不得许多，只说从本朝洪武爷一统江山以后，我们祖师邛崃老人门下便分出两大支流，一支便是本门邛崃派，凡是岷江上下流一带的哥老们，都属于本门这一派；另一支却变了样，和别门别派混在一起，现在邪魔外道的虎面喇嘛、小神龙黄龙等，暗地一拉拢，想独霸沱江、涪江一带的水旱码头，再向长江发展，直达重庆。他们深知，江上下流是邛崃派发祥之地，根深蒂固，没法下手，沱江、涪江也散布着我们这一派的人，不过在沱江、涪江一带的邛崃派，是邛崃派的另一支派，群龙无首，非常散漫，其中有几位明白的和我商量，想把这一支派归入岷江我们一派之内。小神龙黄龙等也知道其中内情，也想把这班人收为己用，但必须先将邛崃派嫡系川南三侠压下去，否则，必须得到邛崃派祖师邛崃老人的乌金丝七星蜂符才能号召。

“七星蜂符只有两个，分赐两大支派的掌门人，一代代地传下去。属于岷江支派的一个在我手上，蜂符是用赤金丝嵌就的，另一个是用乌金丝嵌就的，在沱江、涪江一支掌门人手上。不幸这一支掌门人从军出征，阵亡异地，致蜂符遗失，多年没有下落。这几年有人传说，蜂符落在长江卖艺的一对夫妇手上，便是小苹父亲花刀李夫妻。花刀李软弱无能，七星黑蜂针他固然不会用，连蜂符来头都莫名其妙。最近黄龙得知此事，暗地派人跟踪花刀李，想探明他手上究竟有没有这件宝物，同时我也得着消息，派人通知花刀李，说明蜂符来历，叫他务必藏好了，万一有人欺侮他，叫他拿着蜂符找我去。黄龙手下的人真笨，把花刀李活活弄死了，还没有得到手，却被你无意之中，破坏了他们诡计，连这小姑娘都带回来了。巧不过，你自己蝴蝶镖不用，偏要试个新，用七星黑蜂针把黄龙派来的两贼伤了。你想，两贼回去，黄龙也是行家，定然看出是七星黑蜂针伤的，黄龙还未知你的来历，也许疑心你是邛崃派了，定然还疑心到蜂符落在你手上了。这种人举动不光明，派来暗做一次，弄你不过，只好在擂台上和你一较高低了。可是我此刻想起来，幸而你没有施展本门蝴蝶镖，万一被他们知道你是巫山双蝶的后人，一发不妙了，你要知道，虎面喇嘛是你父亲剑底下的游魂，他不感念你父亲饶他活命之恩，定然两事并一，把旧账算在你头上了。倘若你到了擂台上，不论到什么地步，能够不用蝴蝶镖还是不用的好，最好这档事，不要牵涉到破山大师头上去。我想暗地通知你那位玉郎，叫他早点动身到成都，我们川南三侠都接到帖子，当然必到，再加上你们两夫妻，我想也可以对付一气了。”

瑶霜静静听他讲明缘由，才明白其中还有这许多牵缠，这倒好，我正想托他找玉郎快来，不料用不着托他，他和自己一般的心意，现在铁脚板说出许多内情，这已不是一桩简单的事，得赶快和玉郎商量，便催他快走，还嘱咐千万不要叫自己父亲知道。

铁脚板把七星蜂符藏在怀内，笑道：“我谢谢两位巧得蜂符的盛意。”

瑶霜笑道：“你倒得了现成，天下没有这样便宜的事，你得传授小苹几手真功夫。”

铁脚板大笑道：“有你这样大行家，已够她一生学不完的，还叫我传授什么呢？也罢，总得各尽各心，过几天，我传她一点小玩意儿。”说罢，便直奔嘉定。

到了一打听，杨展已动身，他拔脚便赶，在白虎口汉港内碰着摇天动拦劫邵巡抚，会见了杨展，便在舟中向杨展说出雪衣娘闯祸的经过。

第六章　玉龙街单身女客

杨展知道了雪衣娘的事，暗想凭她身上家传武功，人又机智，倒不必十分忧惧，为难的是，破山大师和自己母亲万一知道此事，定要心神不安，自己也得受训斥，再说华山派虎面喇嘛、小神龙黄龙，似乎没有听人说起过，便问铁脚板道："主持擂台的虎面喇嘛和黄龙，有什么特殊功夫，敢做擂主?"

铁脚板笑道："你生长在富家，对江湖的事当然隔膜。我们川中打擂的风气，擂主并不定要功夫高人一等，有财力、人力，官私两面都兜得转，便可出面主擂。往往擂主发请帖以后，另请功夫高明的暗中镇擂，不过这两人党羽甚众，本人功夫也未可轻视。今年擂台，和往年又不一样，完全是黄龙想独霸沱江。虎面喇嘛本是打箭炉的野和尚，依仗身上武功，在蛇人寨占山称王，手下也有不少亡命。蛇人寨在涪江上游，他这次和黄龙同恶相济，定然也想发展自己势力，称霸涪江一带的码头了。今晚倒霉的摇天动一班宝货，便和虎面喇嘛、小神龙两人有渊源，我猜想将来擂台上出现的人物，华山派定然还有能手暗中主持，把沱江、涪江各码头视为华山派下的衣食父母，怎能不拼死相争呢！现在祖师爷门下两支派的七星黑蜂符都入我手，涪沱两江好汉凡原属邛崃派门下的，我便有法，使他们明白自己的统属，不致被外来的华山派花言巧语利用了。"

两人在船内，一直谈到天亮。铁脚板告别上岸，自去寻找七宝和尚。这里杨展一夜没睡，暗地瞧见廖参政、邵巡抚三只双桅官船起锚驶出港口，暗想既然答应人家，只好做个顺水人情，便命自己船老大远远随着，过彭山、双流直达成都，一路平安无事，在自己船中高卧了大半天，绝不和官船兜搭。

到了成都，天已起更，故意叫船老大等得前面官船上的人走净了，才靠岸登陆，打发了船家，命自己书童挑了行李，雇了一乘滑竿，悄悄地到了武侯祠雪衣娘住的所在。进门时将近三更，雪衣娘瑶霜还不防杨展来得这么快，和小苹早已睡了，一听下人们报称嘉定杨相公到了，喜得一跃而起，忙不及重整云鬓，再施膏沐，就和小苹走下楼来。

这一对未婚夫妻，在那个时代，如果是普通婚姻，万无见面之理。唯独这一对婚姻，可以说在那个时代中，是异乎寻常的一对了。他们二人从小便在一起，兄妹相称，而且从小便从父母平日口吻中，知道自己是预定的一对儿，所以他们二人从不识不知到半知半解，从半知半解到心领神会，爱情跟着年龄一步步往上长，到了这一次两人见面，已经是名正言顺，只差举行一种成婚仪式罢了。两人见面，种种亲密态度，在成都的下人们都已视为当然，他们两人也无庸避忌耳目，其中只有一个小苹，初来乍到，尚在一知半解之间，未免有点那个。

瑶霜一见杨展的面，便奔过去拉着手向他面上细瞧，嘴上说："玉哥，比上一次我们见面，似乎清减点，大约路上辛苦了一点，娘身体好吗?"

杨展笑道："这一点路程又用不着两条腿，哪会辛苦。母亲身体很好，岳父在寺里一切如常，母亲知道你爱吃的东西，都替你带来了。瑶妹，你却比上次丰满一点了。"

瑶霜笑得两个酒窝深深地凹了进去，眼神一转，微啐道："瞎说，我不信!"

杨展说："你不信，你拿面镜子瞧，不用说旁的，两个酒窝便比上次见面时深了半分，酒窝便是脸蛋儿发福的证据了。"

瑶霜刚要说别的，一眼瞧见小苹在身后发愣，笑着一闪身，指着杨展向她说："这是我的……玉哥。"话一出口，觉得"玉哥"两字也有点不妥，她却不知道，话病在"我的"两个字上，聪明的小苹肚里暗笑，暗暗琢磨她主人"我的"两字的滋味，心想谁还夺你不成，肚里笑着，人却已向杨展盈盈下拜。

杨展笑道："很好，很好，这便是铁脚板对我说的小苹了。我常向母亲说，瑶妹身边必得有一个像样的丫头才合适，小苹真不错，瑶妹赏识的，当然高人一等，这是一段奇缘。想不到从小苹身上，发生了打擂的事……"

瑶霜说："噫!原来你已会着铁脚板了，怪不得你都知道了，这双铁脚真比千里马还快。"

杨展大笑道："这双铁脚还到处露一手。"便把白虎口摇天动拦劫邵巡抚的事说了。

说话之间，机灵的小苹托着茶盘，献上两杯香茗，向瑶霜说："小姐，厨房已预备了消夜的酒肴，小姐平日不喝酒，今晚可得陪相公几杯。"

瑶霜向杨展一笑，吩咐把消夜开上来。

小苹走后，瑶霜说："你路上没有好好儿睡觉，回头早点安歇吧。"

杨展悄悄说："我还住在老地方么？我有许多话和你说，我们谈个整夜吧。"

瑶霜啐道："傻子，有的日子细谈，为什么要熬夜呢？小苹这孩子机灵不过，不像那两个蠢货，得避着她一点。"

杨展和瑶霜连日无拘无束的，尽情领略婚前的温柔滋味，连后园养着的两匹白马也懒得并驾齐驱。过不了几日，下人们报称新任邵巡抚接任的告示和钦派廖参政武闱观风的会衔告示都贴出来了。没有下人这一报，杨展几乎把考武闱的事丢在脑后了，这才骑匹白马，进城拜会了几家亲戚，又备了三代履历，托人办了改考武闱的应有手续，成都城内又有自己家中盐产运销的联号，不免也得去转个身，这一来，大家都知杨展到了成都，就难免有点应酬。

有一天，他独自骑马到北门外拜望一位父执，顺便到洗墨池、驷马桥几处名胜看了看，回来路过玉龙街，听得路上行人讲着："今年南门外豹子冈擂台藏龙卧虎，定有热闹看。刚才那个女子这一手，真有点邪门，愣把那个小伙子定在那儿，说不定小命要完，那女子定是上擂的女英雄。"

杨展在马上听得起疑，正想拉个人问个清楚，猛见前面不远处所围着不少人，一提丝缰，胯下马四蹄一放，便到了闹哄哄一堆人所在。杨展把马缰一勒，四蹄屹然停住，在马上踞高一瞧，只见这堆人围在一家体面的客寓门口，偶然一瞧，还瞧不出什么异样来，再仔细一看，才看出客寓门口，一个衣履华丽、面目油滑的少年目瞪口呆、满头大汗、纹风不动地站在那儿，右臂向前伸着，微哈着腰，像木头人一般，寂然不动，可异的是伸直的右臂，五指向下微撮，好像撮着一件东西一般，其实手上什么都没有。

杨展一看便明白了，知道这少年吃了苦头，被人点了穴道了，想起刚才听到路上行人的话，暗想成都竟有这样女子，心里一转，便跳下马来，随手把马拴在路旁一株树上，挤进人堆，便进了客寓，向客寓柜上一打听，据柜上人说："原来，这个少年住在这客寓内，预备进武闱考武举人的，偶然在客寓门口闲看，街上来了一乘滑竿，滑竿上坐着一位面蒙黑纱的妙龄女子，一双金莲露在外面，这位单身女客原是客店的房客，坐着滑竿在门口停下来，停下来时正在这位少年身旁。这少年也太不成话，自讨苦吃，竟乘机欺侮单身女客，伸手去撮女子莲钩，也没有看见女子动手，不知怎么一来，这少年便原封不动地定在那儿了。我们老掌柜见多识广，明白少年得罪了女英雄，被她停住了。虽然少年没有人样，但老掌柜怕时候久了性命攸关，小店也得受累，此刻，我们老掌柜正在后面求那位女客饶恕了这少年，请她救治过来。你瞧，我们老掌柜出来了。”

杨展转身一看，一个花白胡子的老者满头大汗地走到跟前，跺着脚说：“我一提这少年也是一位考武举的相公，她却说：‘如果是别人，还有可恕，既然是考武举的，学了武欺侮女人，更是情理难容，叫他多站一忽儿。’诸位请想，这不是要小店的好看么？算替我们小店添了一块活招牌。我活了这么大，这种事还是头一桩儿。”

杨展心里本也恨这少年太轻佻了，可是转念到这人也是应考的，里面女子还说是考武举的更得多站一会儿，未免心里有点不以为然，太藐视我们考武举的了，心里一转，便向老掌柜笑道：“我替你们解个围吧。”

老掌柜一听有人能解围，忙不及打拱作揖，求杨展救这少年一下。杨展一笑，过去低头向这少年伸出的手掌心下一瞧，只见掌心里有一点黑点，便已明白，右手捏住少年伸出的臂膊，左掌向他背上一拍，同时右腕一摇少年臂腕，只听得少年“哎呀”一声，立时眼珠转动，四肢自如了。门内门外的看客们顿时喝起彩来。

杨展向老掌柜说：“这少年不妨事了，你们把他扶进去，让他静养一会儿，劝他下次不要这样轻薄了。”说罢，转身出门。

老掌柜死命拦住，定要茶点道劳，这当口，里面忽然跑出一个伙计模样的人来，在老掌柜耳边说了几句，老掌柜面色立变，原来里面女房客得知有人能救了那少年，差一个伙计出来向老掌柜说：“多管闲事这位相公，务必请到后院一会儿，千万不要放走。”老掌柜死命留住杨展本是好意，这一来，留也不好，不留也不妙，他虽然不懂武功，江湖门道还是略懂一点，后悔自己求了半天，不应该再让人家管闲事，刚才没有想到这一层，仿佛让人摘了里面女客的面罩了，女人有这样身手，当然是难缠的角色，一阵为难。

杨展已有点明白，笑道：“里面女客说了什么话了？”

老掌柜为难已极，一看大门外人已散去，支吾着说：“那位女客佩服相公本领，想请相公到后院一会儿，老汉怕相公另有贵干，一时不敢直说出来。”

杨展微一沉吟，心想这女子也能点穴，不知何人门下，会她一会也未始不可，便点头道：“好，我也会会高人。”

老掌柜一听，手心里捏把汗，心想要糟，说不定怨家碰上对头，弄出事来，没法子，领着杨展往里走。

这座客店的房子真还不少，走过两层院落，才到了女客独住的一所小院落里。这所小院落并不止一间房，这位单身女客竟把这小院落独包了。

老掌柜把杨展领到这所院落的天井里，自己进了北面正房，没有一句话工夫，老掌柜出来，后面跟着一位二十左右的娉婷女子，虽然一身荆布衣衫，却掩不住苗条的体态，面纱已去，容光照人，尤其一对剪水双瞳，眼波远射，箭箭中心。

杨展暗想："这女子不知是何路道，如论姿色体态，和我瑶霜正如春兰秋菊，未易轩轾。"

那女子立在阶前，一见杨展，似乎略显忸怩，倏又面色一整，远远敛衽为礼，朱唇微启，声若笙簧，说道："相公英俊非常，定是高手。刚才那少年轻狂无理，略示薄惩，承相公从旁解围，免妾出去抛头露脸，非常感激，特地请相公屈驾，当面道谢。"说罢，复又深深敛衽。

杨展忙长揖答拜，嘴上说道："在下嘉定杨展，略识武术，冒昧解围，尚乞原谅。"

这时，立在一旁的老掌柜原本怀着鬼胎，老防两人说翻，不料两人酸溜溜的，满嘴斯文，竟客气得了不得，最奇自己进屋去时，还见她满脸肃杀之气，不料一见姓杨的面，顿时满面春风，照此刻的情形，谁也瞧不出，这样斯文女子会有那一手邪活儿。

杨展和那女子互相谦逊了几句，似乎词穷，杨展一想，还没有问她姓名宗派，便向她说道："不嫌冒昧的话，可否见示邦族和师父宗派？四川藏龙卧虎，内外两家，均有名宿。在下奉母家居，素鲜交游，小姐举止非常，定然渊源有自，尚乞见教一二。刚才那少年有人说是应考武闱，在下既恨其轻薄，又念他应考不易，才冒昧出手，并非自炫其能。好在这种无德无行的人，将来定有后悔之日，小姐身份高贵，也不必和这种人一般见识。"

那女子笑道："这样说来，相公定然也是应考武闱的了。像相公这样本领，这样英俊，考这武闱真是大材小用，但不知尊师是谁？有其徒必有其师，定然是位前辈英雄，可否先行见告呢？"

杨展心想："我问你，你故意拉扯，却一个劲儿探听别人。"不禁笑了一笑。

那女子立时觉察，也微微一笑。杨展觉得无话可说了，只好躬身告辞。女子似乎还想开口，却又说不出什么话来，娇脸上微现红晕，向杨展瞟了一眼，便轻移莲步，送到院落的过道口，忽然说道："这几天听说豹子冈有人设擂，杨兄有意观光否？"

杨展听得心里一动，又听她忽然转口称杨兄，忙转身答道："刚才听街上纷纷传说，才知道此事，如果有能手出场，或者从旁观光一下，小姐有兴，何妨也去看个热闹。"

这话原是随口一说，那女子立时接上道："好，我们在豹子冈再见。"说罢，姗姗地转身进屋去了。

杨展回到家去，不料七宝和尚和铁脚板都到了，正和瑶霜谈论擂台的事。杨展进门便把玉龙街客寓碰到的事说了个大概，向七宝和尚、铁脚板探问那女子是谁。七宝和尚铁脚板一时想不起来，瑶霜两道秋波盯住了杨展，说道："你们既然对面说了话，人家问你的，你忙着说了，你问人家的，却问不出来，还好意思回来向人打听，连姓名都不知道，叫人家往哪儿搜索呢？"

杨展本想把那女子形貌体态描摹一番，被瑶霜一堵，口气似乎有点严重，忙不及口上戒严，关于那女子的事，什么也不敢说了。

不料铁脚板偏问道："那女子什么形状？你说出来，或者我们见过面的，便可想得出来了。"

杨展违着心说道："无非一个普通的江湖女子，我也没有十分注意，她脸上又没有特殊记号，有什么可说的？"

三人信以为真，瑶霜听他说出是个普通江湖女子，立时心平气和，有说有笑了，杨展暗暗快乐，可是他肚子里从此暗藏着这个秘密了。

七宝和尚和铁脚板并没和杨展住在一起，忽来忽去，举动神秘，也不知他们两人忙的什么。

有一天，铁脚板匆匆走进门来，说不到两句话，拉着杨展便走，瑶霜问："拉他到什么地方去？"

铁脚板说："有一位同道想见一见杨兄。"

两人出了门，铁脚板笑道："一位斯文的秀才相公和一个臭要饭的同行，满街的人都要瞧我们两人了，我先走一步，在武侯祠柏树林内等你。"说罢，飞也似的走了。

杨展不知他捣什么鬼，暗想："这种风尘侠士看外表真像一个臭要饭，谁知道他举臂一挥，岷江上下游上万的袍哥儿们都听他指挥呢！做官的人们倘能纡尊降贵，收罗这类风尘侠士引为己用，真可以做到盗贼绝迹，路不拾遗的地步。可惜食肉者鄙，尽是盲目盲心之辈，天下焉得不乱！"忽然连带想起白虎口那晚的一幕，觉得廖参政言语举动还有点知人之明。他一面思索，一面安步当车，不知不觉便到了昭烈庙。

武侯祠在昭烈庙后，老柏成林，苍翠蔽天，走进柏林僻远处所，便见铁脚板和七宝和尚在一株千年古柏的根下席地而坐。杨展过去一看，地上茸茸浅草，非常匀净，便也盘膝坐下，笑问道："你们两位不到我家中谈话，鬼鬼祟祟地引我到这儿，其中定有别情。"

铁脚板向他一扮鬼脸，大笑道："我们引你到这儿来，为的替你方便，你不感谢我们，倒嫌我们鬼鬼祟祟吗？我们本来想告诉你一桩要紧事，是非只为多开口，不说也罢。"

杨展心里微微有点觉察，暗想这两人神出鬼没，手段通天，也许玉龙街客寓内的女英雄被他们探出来了，心里一转，故意假作不解，问道："你说的是哪一桩事，没头没脑的，教人摸不着头脑，事无不可对人言，何必这样做作！"

七宝和尚笑道："不必猜哑谜了，那天你说的玉龙街那个女子，我们察言观色，早知你在尊阃面前有难言之隐，其实我们比你还注意，在这邛崃、华山两派预备在擂台上一决雌雄之际，凭空出现一个异样人物，如何会不关心呢？既然这女子住在客寓内，近在咫尺，当然要探个清楚。"

杨展急问道："你们探明白没有呢？"

铁脚板微笑道："这点事还探不出来，我们也不必上豹子冈了。可是探明以后，倒有了为难之处，因为这样才请你到此，只有你才能破解这个难题。"

杨展皱着眉说："你不说还明白，你这样一说，我真越糊涂了。"

七宝和尚大笑道："一个臭要饭，一个狗肉和尚，再来一个风度翩翩的秀才相公，人家一看，还不糊涂死吗？哪知道，世界上最有趣的是一辈子糊涂，可惜人人自作聪明，明明是糊涂的事，他愣说不糊涂，我的秀才，你想不糊涂时，你的烦恼就来了。"

杨展笑道："我的和尚，此刻不和你参禅，把糊涂闷在心头也不是事，我已预备着承受烦恼，你们不必再绕弯子，直截了当地说出来吧！"

三人逗趣了一阵，铁脚板向七宝和尚挤挤眼说："秀才相公自己说明，愿意承受烦恼，君子一言，快马一鞭，这副担子就搁在秀才相公的肩上吧！"

七宝和尚一摸光头，吐吐舌头："阿弥陀佛，但愿秀才这一副担子，不要老搁在肩上才好，否则，臭要饭和狗肉和尚大有吃蝴蝶镖的希望。"

杨展恨道："你们还有正经的没有，没有的话，我要失陪了。"

铁脚板笑道："玩笑归玩笑，秀才不要急，我和你说，你是破山大师的爱婿兼爱徒，破山大师当然对你说过我们四川奇人鹿杖翁的名头。"

杨展点头道："这人听我师父说过，鹿杖翁隐居鹿头山中，与世无争，与人无忤，人也非常正派。听说此翁年已高寿，足迹不出鹿头山，你们提他怎的？和那女子有什么关系？"

铁脚板说："自然有关系！鹿杖翁早年是何来历，是不是姓鹿，谁也摸不清，因为他手上一支非木非铁的怪杖，杖头上有几个短枝杈形似鹿角，又隐居在鹿头山，人们才称他一声鹿杖翁。鹿杖翁绝迹江湖上二三十年，我们都没有见过庐山真面，只听破山大师说起此人，论武功是四川第一位人物，不过鹿杖翁多年不出鹿头山，江湖上早把这位老前辈忘记了。可事情奇怪，我夜入玉龙街那家客店，暗地一查柜上住客留名簿，写着独包后院的单身女客姓鹿，是从鹿头山来的，下面还注明到成都探亲。我一瞧到店簿，马上想到鹿杖翁身上去了。这还不奇，我去的时候，大约头更未过，我从屋上翻到后院，几乎和那女子撞个对头，原来那女子一身青绸夜行衣靠，背系宝剑，一溜烟似的，从内院屋上飞跃而过，我忙闪身隐入暗处，待她走远，跃入后院，没法子，只好暂时做回贼，在窗户上做了点手脚，进了她住的一间屋内。屋内熄了灯，用随身火折子一照，这女客一身之外，只有一个包袱。女人家的包袱毕竟不好意思去偷看，其余什么东西没有，却见桌上搁着文房四宝，一团皱乱的纸掷在桌角下，拾起来一瞧，满纸横七竖八写满了字，写来写去，却只四个字，你猜她写的什么？原来她写的是'嘉定杨展'四个字。"

铁脚板说到这儿，用眼看了杨展一下，又接着说道："我本想探探她的来历，在她屋内既然探不出什么来，便跳出窗外，纵上屋檐，不料那女子暗伏檐上静候，背上宝剑业已掣在手内，向我喝道：'黉夜暗探我室，意欲何为？快说实话，免死剑下！'我万想不到那女子回来得这么快，略一疏忽，便被她堵上了，她这一问，我真无话可答，猛地灵机一动，坦然说道：'姑娘恕我冒昧，我奉嘉定杨相公所差，有事请教姑娘，不想姑娘没有在屋，倒显得太冒昧了。'"

杨展听他说到这儿，发急道："你怎的信口胡说，人家问你杨某何事求教，你用何言对答呢？"

铁脚板说："你听着，我这样随口一说，她微一沉吟，冷笑道：'杨某是个正人君子，未必有此暧昧举动，你和杨某认识也许有之，大约从杨某嘴上，知道这儿有我这么一个人，你私下探查我的来历罢了，不然的话，刚才在屋上明明见我从身旁过去，为什么不招呼，鬼鬼祟祟地暗进我室，东探西查呢！不过，你这人尚有可取，居然不欺暗室，没有动我包袱，凭这一点，你也许是杨某的朋友。现在我问你，你说杨某差你到此，有事问我，究竟什么事呢？你说吧。’我听得吃了一惊，好厉害的姑娘，我还以为她走远了，原来我的举动都落入她眼内了。

“刚才我信口胡说，她这一问，我又得现编，还好三寸不烂之舌有点用处，我毫不思索地答道：‘鹿小姐，请你原谅，杨相公从这儿掌柜口中，知道小姐贵姓是鹿，又是从鹿头山来的，这几天又快到豹子冈摆擂的日期，杨相公深知这次擂台是虎面喇嘛、小神龙两个人在兴风作浪，说实了，也是华山派和邛崃派争雄夺霸。杨相公自己与擂台毫无关系，而且到时还想从中做个和事佬，他知道小姐是鹿头山来的，定然与老前辈鹿杖翁有关，他很惊奇小姐在这时驾临成都，又私下非常佩服小姐，他年轻面嫩，未便一再求见，只好托我暗地探明小姐来意。如果探得小姐被虎面喇嘛、小神龙等所请，他还想在擂台之前，和小姐一谈。’这一套话，真亏我急中生智，可是我也将计就计，暗藏用意。

“她一听，果然有点相信了，就说：‘现在我姑且相信你这话是真的，杨相公既然有事赐教，烦你转告，请他随时驾临面谈好了。’说完了这话，她突又问我道：‘足下身手不凡，既和杨相公一起，定是高人，请赐教大名。’她虽然不认识我，瞧我这身臭要饭的行头，也许有点明白，如果我一提万儿，万一她是华山派请出来的能手，我们就得比画比画。我却不愿横生枝节，忙答说：‘我是无名小卒，替杨相公跑跑脚而已。’说罢，来不及抱拳告辞，一跃而退，临走时，暗暗听她在背后一声冷笑。”

杨展说：“真亏你无中生有地乱编谎话，还替我定了约会，我不去赴约，失信于一女子，无事的去见她，又叫我说什么？”

铁脚板道：“你且莫急，我话还没有完哩，你听着，下面还有教你吃惊的哩。那一晚，我和七宝和尚都做了夜游神，我去探鹿小姐时，七宝和尚也去探豹子冈小神龙黄龙。我们两人原已约定聚会之所，我从玉龙街客店出来，便奔北门，不料还未到城门口，我已觉察有人盯上我了，我故作不知，头也不回直进北门，在大街小巷之间，好像走八阵图似的乱窜，出其不意地一隐身，暗伏在一家楼面上，一会儿，便见一条黑影，好快的身法，箭一般从那面过来，仔细一瞧，敢情是那位鹿小姐。

“她明知道与我隐身处所相离不远，故意冷笑道：‘大名鼎鼎的丐侠铁脚板，原来也是藏头露尾之辈，躲得了今晚，还躲得了豹子冈不露面吗？’说罢，她也依样葫芦，一纵身也隐入对面一所房屋的后坡，这样变成对耗局面，我只要一现身，她立时可以堵上我。在我没有明了她确实关系之先，实在不愿和她发生纠纷，她一路跟踪，无非想探明我落脚处所，多半想证明我是不是杨相公所差，也许她缀着我的作用，完全在探明杨相公的住址。

“我正想声东击西，金蝉脱壳，突然南面一层层的屋脊上，又发现了两条人影，风驰电掣般飞跃而至。对面后坡隐身的鹿小姐忽然一跃而出，向来人一探手，两条黑影便向鹿小姐奔去。两人一定身，和鹿小姐凑在一起，似在低低说话，隔着一条街，听不出说话声音，可是看上去，那两个夜行人也是女子，身上都带着兵刃。我想真奇怪，一时哪里来的这许多女英雄？忽见她们三人倏地一散，一伏身，都隐身不见了。

“一会儿，两个女子在我暗藏这面房屋上现身，远远向左右两面排搜过来。那位鹿小姐还在对面监视着。我立时明白，这两个女子和鹿小姐是一路，鹿小姐主意好不歹毒，定是请她们帮忙，想把我硬挤出来。当年虎牢关吕布战三雄，我是臭要饭戏三美，我一想，得，好男不和女斗，我惹不起，我还躲不起么。我那位老搭档狗肉和尚，还不知我臭要饭变成猪八戒，被三位女妖所困，大约已等得一佛出世，二佛涅槃了。一半我也有点内急，许久胀着一泡尿不是办法。我一抖手，斜刺里打出一小块碎瓦，落在右面三丈开外，又一抖手，照样向对面第三重屋上发了一块，逗得她们摸不着准处，我却在暗地里一滚身，从那家门楼上卷进檐下，身子往下一沉，已落到街上，我竟乘机尿遁了。”

杨展和七宝和尚听他说得有趣，又加上他飞眉斜眼、五官乱动的怪模样，不禁一齐大笑。忽听得柏林外面道上銮铃锵锵，三匹马驮着三个女子，款款而来。

铁脚板“啊呀”一声，吃惊地悄声说道：“快噤声！刚说‘曹操’，‘曹操’便到。今天臭要饭劫数难逃，我的秀才相公，万一冤家狭路，猪八戒和沙和尚在这三位女妖面前没咒儿念，全是你唐僧一个人的戏了。”

注：本集1949年7月正气书局出版。

第二集

第一章　武侯祠前

丐侠铁脚板诙谐百出，僧侠七宝和尚装疯卖傻，这两个风尘奇侠和杨展在武侯祠柏林下，谈论北门玉龙街单身女客的事。铁脚板趣语横生，暗藏用意，不料话未说全，道上銮铃响处，玉龙街单身女客同两个女友骑着马也来游武侯祠。铁脚板、七宝和尚在开擂之先不愿露相，暗嘱杨展几句以后，两人跳起身来，借着树林隐身，径自走得不知去向。

杨展明知这两人举动莫测，一半戏耍，一半另有用意，可是自己也存心要瞧瞧马上三女，究竟什么路道，立起身来，把衣衫拂拭了一下，假装随意闲游，从容不迫地缓步出林，便见三匹骏马缓缓而来。

马上三女子用马鞭指点沿路景物，一面走，一面说笑。头一匹马上，便是玉龙街客寓所见的单身女客，这时蛾眉淡扫，脂粉轻匀，头上锦帕抹额，身披紫色风氅，和客店相见时一身荆布裙钗又是不同。后面马上两个女子，装束妖艳，顾盼风骚，一个似已半老徐娘，虽有几分丰韵，可惜左鬓边有一大块青胎记；还有一个是二十出外的女子，细眉细目，体态风流，虽然一脸脂粉，却掩不住鼻尖上的雀斑。

三匹马进了柏林内的通道，第一骑上的女客一眼瞧见林边闲立的杨展，似乎蓦地一愣，倏又瓠犀微露，嘴角含春，到了跟前，含笑向杨展点点头。

杨展微一躬身，笑道："鹿小姐兴致不浅，今天同贵友来游武侯祠。"

马上女客，丝缰微勒，马已停住，第一骑停止前进，后面马上两个女子自然也把马缰勒住了，两对秋波，却盯在杨展脸上，第三骑上这位半老徐娘，抿嘴笑道："锦姑，你几时又变了姓鹿了？"

她这样一说，杨展才知道这位女客芳名锦姑，铁脚板暗查客店，名簿上写着姓鹿，谁知还是个假姓。第一骑上的锦姑似乎恨那徐娘多嘴，横了她一眼，却向杨展笑道："杨相公是诚实君子，不便相欺，贱姓虞，小字锦雯，世居鹿头山，鹿杖翁是我义父。”

说罢，又指着第二骑女子说：“这位是江小霞，江湖上有个雅号，称她为‘江燕儿’。后面马上的一位，便是豹子冈擂主黄龙的夫人，江湖上有个‘半面娇’的外号。”

杨展听得这个外号，几乎笑出来。

哪知这位徐娘半老的半面娇，似乎以说出她的外号为荣，故意向虞锦雯笑骂道：“还有说的没有？你恨不得把我们家谱都背了出来，你自己的外号，怎不向人说呢？”半面娇趁势向杨展兜搭道，“我们的外号听不听没关系，这位虞小姐的外号你可得记住了，我对你说，她虽然不常在江湖上走动，鹿头山的人们公送她一个‘女飞卫’的外号，我们却称她为虞美人，这位虞美人本领大极了，模样儿、性情儿又都是拔尖儿的，她今年二十一岁，还没有……”

一语未毕，锦雯娇喝道：“你敢……”喝了这一声，忙向杨展笑道，“那晚有人到敝寓探访，说是奉相公所差。我平常听人说过丐侠铁脚板怪相，这人多半是铁脚板本人，他说杨相公有事想和我一谈，我猜他多半是信口开河，想不到今天凑巧，又在此地碰见杨相公了。”她说了这句，一飘身，跳下马来，意思之间，表示出一个马上，一个地下，不便长谈。

她这一动作，杨展当然明白，而且她身后的江小霞、半面娇也都跳下马来了，杨展有点发窘，本来和她们没有细谈的必要，被铁脚板昨夜一阵胡闹，势又不能不承认有这回事，既然认了，便得和虞锦雯一谈。谈谈倒也愿意，可是昨晚铁脚板信口一说，好像我为了华山派、邛崃派争雄的事想和她一谈，好像自己有居中调和的意思，自己何尝有这意思？华山、邛崃两派的情形最近才知道了一点大概，这位虞锦雯又是萍水相逢的女流，何况还有黄龙的女人和江小霞在旁，这位虞锦雯既然和黄龙女人在一起，当然是他们一边的人，凭我一个萍水相逢、素未涉历江湖的人，居然敢挺身做两派相争的和事佬，我杨展未免太年轻无知，荒谬万分了。但是这原不是我主意呀，可恨的便在这儿，现在事情已挤到这儿，好歹也得把眼前难关先对付下来再说。

他心里风车似的，不知转了多少次，对面下马来的虞锦雯好像明白他为难一般，笑道：“祠堂内难免有来来去去的游人，我们还是在这柏林内，拣个幽静处所一谈吧。”说罢，不等杨展回话，竟先牵着马走入林内。

后面的江小霞、半面娇，依次而入，江小霞走过身边时，朝杨展瞟了一眼，低头一笑，半面娇却站在杨展身边，一手牵马，一手指着前面虞锦雯笑道："我们这位虞美人是出名有刺儿的玫瑰花，不想今天改了样，也许是……"

杨展心里一惊，知道她下面要说什么，忙抢着说道："在下年轻无知，不常到外面走动，今天得见三位女英雄，真是幸会。这两位小姐大约都是尊府贵客，也许是亲戚吧。"

半面娇不知杨展有意用话试探，以为他探听是要在虞锦雯身上用功夫，半面娇又有意卖俏，和杨展并肩往林内走，一面走，一面说道："昨日虞小姐对我们说起杨相公在玉龙街解围的一桩事，已知杨相公到成都是来考武举的，照说我们谈谈没有关系，不过听说铁脚板和杨相公也是朋友，我们就有许多话不便说了。但是虞小姐也和杨相公一样，和擂台争雄的事没有多大关系，因为我们和她平时有个来往，请她来瞧个热闹。她自己也要在成都访一个人，不料没有访着想访的人，却和杨相公巧会上了。"

杨展明知这半老徐娘说话半吞半吐，未必靠得住，不过说起虞锦雯想在成都访人，不知她访的是谁？嘴上随口应对，人已到了柏林深处，一瞧虞锦雯、江小霞已把两匹马拴在树上，站在一起相候，半面娇忙也把马拴在一起，四面一瞧，恰好有株大柏树，下面老根如龙爪一般，四面透土而起，被游祠的人坐得光滑平整，就出主意，请大家分坐在老根上，可以谈话。杨展一瞧，和刚才同铁脚板、七宝和尚席地而谈的地方，只差了两株柏树的间隔，他们两人此刻不知溜到哪儿去了。

杨展和女飞卫虞锦雯、江燕儿江小霞、黄龙女人半面娇坐下以后，半面娇先问道："听说杨相公府上是嘉定，嘉定杨府，久已驰名，是五通桥盐场大户，相公定是这家，未知府上还有何人？"

杨展答道："祖传薄产，何足挂齿。敝姓族人虽众，在下却是几代单传，现在舍间只有家母一人。"

半面娇向虞锦雯瞟了一眼，又问道："杨相公文武双全，看相公年纪不过二十左右，玉龙街解救那轻薄少年，没有深得内家点穴功夫是办不到的，未知尊师是哪一位前辈，可否见示一二？"

这一问，杨展不敢直说，推说："鄙人并没有真下功夫，只平时向几位高明请教，一知半解而已。"答语非常含糊。

虞锦雯瞧了他一眼，说道："依我猜度，杨相公已得内外两家之长，定然从小得有明师苦心指授，才能到此地步，何故讳言尊师，难道其中有难言之隐么？"

这一问，问得咄咄逼人，杨展心里一动，暗想她们一吹一唱，明明想探出我是何人门下，本来说明不妨，但是我岳父从前仇敌甚多，一个不慎，便惹麻烦，还是谨慎点好，略一转念，立时笑道："承虞小姐谬奖，我也不是讳言师父，我觉得江湖上有点能耐的人，一辈子光阴大半耗费在争胜斗狠、寻仇报怨上，实在觉得可惜。在下年轻，也不愿在江湖上走动，虽然平时有几位明师益友，我也不愿扯着师友旗号，自招是非，所以只好请虞小姐原谅了。"

虞锦雯笑道："尊见甚是，但也不能一概而论，因为杨相公席丰履厚，不必在江湖上谋衣食，换一个人，不问他，还得自报某师某派呢。"

这时坐在虞锦雯身旁的江小霞忽然开口道："杨相公，我请问一个人，最近几个月内，成都南门郊外，常常发现一个骑匹白马的年轻美貌姑娘，外面还有个雪衣娘的外号，在这半个月内，突然又不露面了。有人说她住在这武侯祠近处，老实说，我们三人到此，并不是玩武侯祠，实在想访一访这位雪衣娘，杨相公如果认识她，何妨替我们引见引见。"

杨展吃了一惊，暗想不好，小苹的事和黄龙有关，她忽然问到瑶霜头上，定有所为，忙反问道："江小姐想访寻雪衣娘，有没有要紧的事？据我知道，雪衣娘并不是江湖中人呀。"

江小霞微微冷笑道："照杨相公这么一说，认定我们都是吃江湖饭的了。"

杨展面孔一红，忙分辩道："江小姐误会了，我是说雪衣娘和我一般，绝少江湖朋友，江小姐想访她，怕不易找到她。"

半面娇立时接过去笑道："欲知心腹事，但听口中言，想访雪衣娘，只要问杨相公好了。杨相公明明说出雪衣娘和你一般绝少江湖朋友，可见杨相公和雪衣娘是熟识的了。"

杨展一听，自己说话露了缝隙，正想分辩，虞锦雯突然亭亭起立，面现秋霜，冷笑道："江湖上有好有坏，也不能一律看待，即如杨相公朋友中，也有铁脚板这种江湖人，而且是个鬼鬼祟祟、狡诈百出的人。"说罢，向江小霞、半面娇道，"我们走吧，免得杨相公沾染江湖气。"

杨展大窘，暗想一言不慎，便惹是非，忙立起身来，向虞锦雯一揖到地，说道："言出无心，尚乞海涵。"

虞锦雯欲前又却，向杨展扫了一眼，粉颈低垂，默然不语。

半面娇笑道："我瞧得出来，杨相公确是位正人君子，现在长话短说，想访雪衣娘的不是别位，便是这两位——虞小姐和江小姐。虞小姐到成都来，一半是见识见识豹子冈擂台，一半便为那位雪衣娘，女子对女子，慕名而访，也是极普通的事，杨相公果真和雪衣娘熟识的话，何妨给我们引见引见？拣日不如撞日，听说雪衣娘住在此地，就请杨相公领着一见便了。”

一语未毕，猛听得头上咔嚓一声巨响，近身一株柏树上，有人大喊道：“啊哟！要命，罗汉爷要归位。”

在这喊声中，大家不由得一齐抬头，只见上面遮天蔽日的枝叶虬结之中，肉球一般滚下一个人来，离地有七八丈高下，竟风车似的滚了下来，从这般高跌下来，不死也得断臂折腿，哪知这人跌下来，在地上旋风似的一转，竟好好地立在地上，而且是个和尚。

杨展暗暗直乐，早已看出是七宝和尚，明知他这一跌是给自己解围，免得给她们引见雪衣娘，自己难关已过，倒要瞧瞧七宝和尚怎样对付三个女子。

在七宝和尚从树上滚下来时，虞锦雯等三个女子万不料树上藏着人，倒也吃了一惊，一见跌下来的是个腌臜和尚，而且身法奇快，径自笑嘻嘻地站在地上，三个女子心里立时明白，暗暗戒备，且看这怪和尚闹什么把戏。

哪知七宝和尚先向杨展单掌问讯，呵呵笑道：“阿弥陀佛，托小相公和诸位女菩萨的福，和尚居然没有跌死，看来世上苦水还没有喝够。和尚别的能耐没有，看个麻衣相，起个文王课，保管又准又灵。小相公仪表非凡，今天带着宝眷来玩武侯祠，和尚也算有缘，和尚得奉送几句。相金随便……”

杨展暗暗好笑，七宝和尚故意说他带着宝眷来玩，明明占人家便宜，杨展忙向虞锦雯偷瞧，不料虞锦雯电光似的眼神，正在注视他，两人眼光一碰，杨展忙不及低下头去。

不料七宝和尚一转身，又向三个女子打个问讯道：“三位女檀樾都是有福的人，小相公将来飞黄腾达，和尚虽然不敢乱说，但三位女檀樾里面，准有一位是诰命夫人。三位如果不信，好在和尚没有跌死，如果不灵的话，尽管找和尚去，砸和尚寺金字大匾去……”

虞锦雯等明知他有意调笑，一时真还不好说什么，半面娇却忍不住了，喝道：“出家人休得胡说，我问你，你在哪一个寺里挂单？为什么故意藏在树上？你是谁？孔夫子面前休卖百家姓，趁早实说，有你便宜。”

杨展一听，马上要翻脸，哪知七宝和尚满不在乎，立时愁眉苦脸地说道：“我的……太太，你是活菩萨，你哪知做和尚的苦。我这和尚又比旁的和尚苦十分，大寺不收，小寺不留，没法子，饿着肚皮躲在柏树上喝西北风，连打个盹的福气都没有，被三位女菩萨头上的毫光一冲，便把我冲下地来，我以为这一下子活罪满了，哪知又被诸位福气往上一托，又没有死，和尚真活腻了，偏死不了，三天肚子里没有塞东西，这一翻腾，五脏搬了家，比死还要难受。没法子，小相公替我美言几句，不说相金，三位女菩萨不看僧面看佛面，随缘乐助吧。”说完，哈哈一笑，立时又开口道，“太太，你打听我是谁，我往常有个外号，叫苦中苦，你打听我哪个寺，可怜我苦中苦，哪有寺，刚才我却说过，不灵砸寺匾，太太圣明不过，看相没有钢口哪儿成。我的太太，我的女菩萨，善心有善报，随缘乐助吧。”

这一套装疯卖傻几乎把半面娇肚皮气破，她气的是被他说了好几句“我的太太”，好像她是和尚太太似的，但这是哑巴亏，一时不好发作，虞锦雯却勃然变色，从怀内掏出一个银锞子，一抖手，喝声“拿去吧”，哧的一道银光，向和尚脑门上射去。

七宝和尚肥大的破袖向前一拂，一个银锞子宛如泥牛入海，却见他右臂高举，两指钳着银锞子，哈哈大笑道：“好宝贝，谢谢女菩萨的功德。”

一语未绝，江小霞、半面娇齐声喝道：“接着！”两条玉臂一展，银锞子当暗器，分两面向七宝和尚左右太阳穴袭来，其疾如风，好不歹毒。

七宝和尚早已留神，只见他身子像陀螺似的一转，两只大袖，飘飘而舞，把两面袭来的银锞子一齐接住，在转身舞袖之际，他百忙里还向杨展递了一个眼风。杨展立时醒悟，一摸怀内，被两人拉来时走得匆忙，没带银两，立时变计，喝一声：“和尚休得逞能，你接我这个。”右腕一扬，好像有一样暗器发出。

和尚似乎两手都拿着银子，有点应付不过来，大吼一声：“小相公，你的布施我可受不了。”破袖护着后脖子，一纵身，蹿出二丈开外，好像受伤似的逃出林外去了。

其实杨展手上根本没有发什么暗器，七宝和尚做得活灵活现，江小霞、半面娇真还相信了，虞锦雯却笑道：“杨相公手法高妙，发的什么暗器，我竟瞧不出来。”

杨展一惊，忙说：“我没有带银子，只好把一枚制钱赏给和尚了，也够他受的。”

虞锦雯微微一笑，向他深深地盯了一眼，笑道：“这几天，我们曾见不少高人。这和尚满嘴胡说，却有这样能耐，不言而喻，是有来历的，看情形，不到擂台上，谁也不肯露出真面目来。本来我想访一访雪衣娘，探个究竟，现在一想，迟早要在豹子冈露面，也不必急于一见了。”

虞锦雯等三个女子，在七宝和尚身上白白花了三个银锞子，虽然是一种近乎滑稽的举动，明面上没有什么，暗地里也算扫了一点面子。虞锦雯暗中又看出，和尚与杨展似乎有关系，觉得杨展表面上好像初出茅庐的青年赶考相公，骨子里未必尽然，听杨展口吻，又像与雪衣娘很熟识，种种情形，很是可疑，这几个人都非寻常，黄家擂台未必稳稳操胜算，还得暗中探查一番。她这样一想，立时变计，把访雪衣娘的主意打消了，向江小霞、半面娇两人一使眼色，辞别杨展，各人拉着马走出林来。

杨展见她自己打消了访雪衣娘的本意，心头一松，从容不迫地送她们到了林外道上。

三女把马牵出林外，翻身上马，虞锦雯在马上，向杨展含笑点头道："今天我们虽然没访着雪衣娘，却会见了杨相公，总算不虚此行，我还是那句话，我们豹子冈再见吧。"说罢，盈盈一笑，和半面娇、江小霞一齐拎动丝缰，催马放蹄，半面娇还转过身来，和杨展点点头。

这当口，虞锦雯等刚一动身，对面道上，蹄声忽起，惊铃急响，两匹雪白骏马向这面嘚嘚而来，杨展一看，大吃一惊，头一匹马上，不是别人，正是雪衣娘陈瑶霜，身上依然披着雪罗一裹圆风氅，后面马上却是小苹，也装扮得小美人儿似的，披着一件玫瑰红的风氅，马跑得急，一红一白两件风氅，像蝴蝶翅膀似的，飘飘然飞舞而至。

这面虞锦雯等三人走不到几步，一见对面道上来了两骑白马，马上的人又是异常出色的女子，突然一齐把马勒住，停在道旁。虞锦雯回过头来，遥向杨展笑道："大约来的第一骑上披白风氅的一位小姐，便是雪衣娘了。"

这时杨展没法装傻，只好点点头。

转眼之间，两匹白马跑过三女身边，到了杨展面前屹然停住，第一骑上的瑶霜柳腰微扭，一对秋水为神的妙目把道旁三匹马上的虞锦雯、江小霞、半面娇三人盯了几眼，便向杨展娇唤道："玉哥，听说有位虞小姐到此探访雪衣娘，你怎不领回家去，让我也会会高人?"

这一声"玉哥"，娇喉特别尖脆，听在虞小姐耳内，便觉芳心一震。

在杨展耳内则一半受用，另一半却带点战栗，他明白，平日瑶霜在生人面前绝不会有这种亲密称呼，何况娇音特异，明是"取瑟而歌"之意，奇怪是谁去通报她这一段消息，让她赶来的呢？再看她雪罗风氅里面露出瑶霜剑的剑鞘，更是一惊。后面马上的小苹，一对乌溜溜的小眼不断地打量三个女子，一张小嘴撇得椰瓢似的，情形非常可笑。

杨展先不答话，走到瑶霜身边，悄悄说道："锦帕紫氅的便是虞小姐，面上有青胎记的是黄龙女人，还有一个叫江小霞，我看这三人另有别情，千万出言谨慎。"

在他们小两口贴身说话当口，那边三匹马上，六只秋波也盯在两人身上。虞锦雯手上丝缰一提，把马圈过身来，下面小蛮靴一蹬马腹，已到跟前，向瑶霜笑道："刚才向杨相公打听成都雪衣娘，不想机缘凑巧，得见姑娘。"

瑶霜在马上微一欠身，问道："虞小姐何事见教？雪衣娘的怪号是成都多事的人们信口胡云，不值一笑。"

两人马上问答之际，江小霞也拨转马头，凑了上来，抢着开口道："我们久仰姑娘英名，专程拜访，雪衣娘是姑娘外号，姑娘尊姓芳名，可否见告？"

瑶霜见她问得急，心机一动，随口答道："贱姓杨，小字瑶霜。"

江小霞听她报说姓杨，微微一愣，便看了杨展一眼，虞锦雯立时接口道："哦！原来姑娘和杨相公是一家。"

瑶霜一笑，随口说道："我们原是兄妹，诸位究因何事见访？道上谈话不便，请示尊址，当专程拜谒。"

虞锦雯一听他们是兄妹，面上立呈诧异之色，向两人扫了一眼，笑道："我们无非慕名造访，此刻巧会，足慰生平。听说姑娘也接到擂台请帖，相见有日，敝寓又远在北郊，姑娘也不必亲劳玉趾了。"说罢，和江小霞拨转马头，说声再见，玉腿一夹，三匹马立时向前，一齐飞驰，虞锦雯临走时还扭腰向杨展一笑，点点头，才绝尘而去。

瑶霜在马上目送三女走得没有影儿，才转过身来，满面含嗔地向杨展横了一眼，又回头向小苹说道："我们回家去吧，我以为是个什么了不得的虞小姐，原来也不过如是。"

小苹抿嘴一笑，跳下马来向杨展小手一招，说："相公上马。"

她一蹦一跳地走到瑶霜马后，一提风氅，纵身跳上马屁股，贴着瑶霜鞍后坐了。

杨展依言骑上那匹白马，挺着脸说："瑶妹，我们回家吧。"

杨展、瑶霜、小苹三人回到家来，七宝和尚同铁脚板已在客堂上开怀畅饮，一见杨展进来，两人大笑而起，七宝和尚举着酒杯笑道："秀才相公今天被臭要饭、狗肉和尚两个宝货带累不浅，最后一步棋，更使秀才相公大吃一惊，来来来……借花献佛，三杯压惊。"

杨展皱眉道："你们闹的什么把戏？据我看，那三个女子寻访我瑶妹，别有用意，你们故意叫她出去和那三女见面，又是什么意思？”

瑶霜在他身后把身上雪罗风氅一卸，摘下宝剑，一齐交与小苹，嘴上接口道：“不关他们事，是我自己要见识见识女飞卫虞锦雯，我还预备和三个女子马上见个真章，一瞧她们没有带兵刃，人还识趣，乖乖地跑掉了。姓虞的丫头不是说我接到请帖，相见有日吗？大约这句话是对我卖味，好，我们就在擂台上比画比画。”

杨展道：“我们没有摸清她们来历，贸然和她们争斗，总觉不妥。刚才瑶妹对她们说是‘姓杨，是我妹子’，这对答得太好了。”

瑶霜笑道：“我本来姓杨嘛，你不愿我姓杨吗？”

杨展道：“我只怕你说姓陈，被她们摸出根底来，牵涉到岳父身上去。”

七宝和尚拍手道：“秀才相公闹了半天，这一句话说到对题了。刚才我们三人在林下，话没有说全被三个女子闯来搅散了，等我和臭要饭回到这儿，和雪衣娘一说，你单枪匹马在柏林内被三位女将所困，她一听急了，没等我们话完，立时全身披挂，带了一员小将就上马救驾去了。我一想，那三个女子只有姓虞的有点道理，你们一对金童玉女应付有余，我便让她走了。其实，那三个女子的来历早被我狗肉和尚探出来了，两位坐下来，我狗肉和尚喝了你们酒，总得从嘴里面掏点出来。”

铁脚板笑道：“狗肉和尚说话都恶心，从你嘴里还能掏出象牙来么，无非几根狗骨头罢了。”

瑶霜刚从小苹手上啜了一口香茗，听两人一阵打趣，抿着嘴几乎把一口茶喷出来。

七宝和尚两手乱摇道：“臭要饭不要打岔，今天我白得三个银锞子，穷和尚穷命，身边存不得一星星银子，回头和你进城消夜去。”

杨展笑道：“和尚说正经的，你把探出来的说与我们听听。”

七宝和尚说道：“臭要饭夜探玉龙街这一晚，我也到了豹子冈小神龙黄龙的家中，而且，连去了两夜才被我探出一点消息来了，暗中听他们谈话，才知他们这次擂台本想请鹿杖翁下山镇擂。因为鹿杖翁是华山派名宿，黄龙的师父是鹿杖翁的师弟，黄龙师父已死，黄龙就常到鹿头山去，以师侄名义，到鹿杖翁隐居之处拜见师伯。这次黄龙亲自去见鹿杖翁，求他镇擂，不料被鹿杖翁训斥了一顿，据说鹿杖翁年逾古稀，晚年好道，终日静坐，早已不管闲事。黄龙一厢情愿，又说出虎面喇嘛与自己合力主擂，哪知鹿杖翁从前已知虎面喇嘛在西藏无恶不作，近年在蛇人寨招集同类，劣迹昭彰，如果鹿杖翁未隐以前，早已仗剑惩治虎面喇嘛去了，所以黄龙非但请不到鹿杖翁，反而遭了一顿训斥，自己也后悔，不该和虎面喇嘛合作，但是不和虎面喇嘛合作，自己一发势力单薄了。黄龙回到豹子冈家中，和自己女人半面娇一商量，半面娇出主意，由她暗暗到鹿头山去找鹿杖翁义女女飞卫虞锦雯，女飞卫并没和鹿杖翁住在一起，孤身一人，住在鹿头山脚亲戚家中，这家亲戚便是你们见过面的江燕儿江小霞。江小霞武功并不出奇，她的哥哥铁驼江奇却是沱江新近出名人物，说江奇没人知道，说江铁驼，江湖上不知道的已很少。江铁驼年纪大约三十几岁，天生驼背，但是他这驼背与人不同，和他交手，一不小心，中了他背后驼峰，不死必伤，最奇他形似老猿，而臂特长，练就独门通臂二十八手仙猿拳，这二十八手仙猿拳里面羼杂的独门琵琶功最阴毒，说起琵琶功原是少林七十二艺之一，是练就指上功夫，阴阳掌一挥一弹，可以致人死命，你们碰上时，千万注意。”

瑶霜说道：“这手功夫似乎记得听我母亲说过，而且讲解过破这类功夫的身法、手法，现在我忘记这类功夫出于何派门下了。”

铁脚板向她点点头道：“你哪知道，从前你老太太对你解释这类功夫的破法是有极大用意的。”

杨展惊讶地说：“嗯！我明白了，江铁驼兄妹定是当年沱江琵琶蛇江五的后人了。”

瑶霜说：“噫！你怎知道的？”

七宝和尚向铁脚板笑道：“你听听他们两口子的话，老太太果然爱自己小千金，老丈人爱小女婿还要加倍。不用说，破山大师这几年恨不得把自己一身出奇本领，一股脑儿都堆在小女婿身上，我们白替他们担心，老丈人早有指教。这位姑爷也真成，领了泰山锦囊妙计，守口如瓶，连在雪衣娘面前都没有说出来。”

瑶霜一听便急了，向杨展责问道：“你好呀！你对我也藏私了。父亲定然私下传授你许多绝招儿，你都没有向我提过。”

杨展笑道：“瑶妹，这两位一天不耍几次贫嘴是不过日子的，你怎又相信他们了？平日岳父当然向我说过各门各派的特殊功夫，最近又向我细说当年结怨结仇的几家门派和擅长哪一类功夫，瑶妹你也应该听岳父讲解过各家武功秘奥和各门各派的特殊家数，谁也学不全，略涉皮毛，更没有用处，反而白耽误光阴，不管他们什么毒招儿，只要自己功夫精纯，怕他何来？此刻和尚说的什么通臂仙猿拳、什么琵琶功，照武功正宗说起来，都是下乘功夫，出手虽然狠毒，也要看用他的人功夫到了什么地步。就当年琵琶蛇江五来说，十九年前，琵琶蛇江五帮同行凶，在岷江暗伏，拦截岳父、岳母，想用阴毒琵琶功置两位老人家于死命，动手的还不止琵琶蛇一人，哪知依然被岳父用内家五行掌打下江去，不过以后琵琶蛇江五是死是活，岳父便不得而知了，现在和尚提起江铁驼的功夫，定然是琵琶蛇江五的后人，怪不得今天江小霞、虞锦雯对于瑶霜妹报说'姓杨'，她们很有惊疑之色，其中定有说处。现在我们且听七宝和尚讲完了，再做商量。"

七宝和尚向瑶霜一竖大拇指，说道："嘿！英雄出少年！不是我当面奉承，你们这一位秀才相公，善藏若虚，将来一鸣惊人，登坛拜师，你等着稳做诰命夫人吧。"

杨展心里暗乐：你这狗肉和尚满嘴喷蛆，刚才在柏林树下还定下一位诰命夫人哩。

这时瑶霜却不管这些，心高气傲地说："我不信他功夫比我强。"

铁脚板大笑道："你们两位，功夫谁强谁弱，等嘉定杨老太太替你们搭好擂台以后，尽管比试去，我们管不着，现在豹子冈擂台要紧，快听狗肉和尚讲下去吧。"

七宝和尚笑得打跌，杨展红着面不敢笑，连小苹也捧着肚子躲出去了。瑶霜知道不是好话，粉面含嗔，却向杨展横了一眼，自己忍不住也噗地笑了。

七宝和尚说："秀才相公一语道破，江铁驼、江小霞两兄妹确是琵琶蛇江五的儿女，当年琵琶蛇被破山大师五行掌打下江中，虽然识得水性，逃出命来，人已受了内伤，回到沱江以后，从此没有出现江湖，有人说他得了吐血之症，不久便死了。江铁驼、江小霞当然记此一掌之仇，半面娇去寻女飞卫虞锦雯时，定然顺口说起雪衣娘义救小苹的事，又加上雪衣娘巧用七星黑蜂针，打伤两个贼人，这两个贼人当然是黄龙手下的走狗，回去一说，又多了一层疑忌，虽然一时摸不清雪衣娘来历，但是江湖上已知当年巫山双蝶，女的去世，男的出家，隐约知道有一个女儿被一家大户收养，这还不要紧，雪衣娘骑马出游，难免落在老江湖眼中，她又长得和当年她老太太红蝴蝶十分相似，人家当然又多一分猜度，这风声传到江氏兄妹耳中，更得注意。半面娇又借此引诱虞锦雯和江氏兄妹到成都来助拳，她们三人一到成都，黄龙欢迎非常，原想连虞锦雯一起供养家中，虞锦雯眼高于顶，看不惯黄龙手下一班角色，加上虞锦雯到成都来，并没有向她义父鹿杖翁禀明，完全是一时好奇，跟着江小霞来凑热闹，但黄龙夫妻却向人家说：'女飞卫是代表鹿杖翁来的。’在女飞卫，并没有把擂台的事揽在身上，她怕将来义父知道，落个不是，特地避得远远的，一人住在北门玉龙街客店里。到成都后便向江小霞探访雪衣娘。半面娇尽地主之谊，也夹在里面起哄。臭要饭那晚被虞锦雯堵在屋上，编了一套谎话，想自圆其说，又想秀才相公使点手段，用面子拘住虞锦雯，免得将来牵涉到鹿杖翁头上去，所以把秀才相公拉到柏林内谈话，不料……”

瑶霜突然截住和尚话头，问道：“你教他在一个不相识的女人身上使点手段，我不懂，这手段怎么使法，你说出来我听听。”

七宝和尚一吐舌头，暗想要糟，言多必失，旁边杨展也捏了一把汗，这当口，铁脚板微微一笑道：“这主意还是我出的，因为虞锦雯在玉龙街施展点穴法，把一个轻薄的赶考相公点住了，我们秀才相公一举手便解了围，这一手把虞锦雯镇住了，在开擂之先，秀才相公再使点手段给她瞧瞧，她又是偷偷地背着鹿杖翁来的，一看人外有人，便不敢轻易出手了，现在情形起了变化，又用不着这一套了。”

瑶霜点头道：“原来如此。其实这手段，你们要请教我，准比他来得干脆。”

旁边七宝和尚光头上先摸了一把汗，暗自叨念：“我的佛爷有灵，臭要饭的有几下子，今晚准得请他消夜。”

七宝和尚向瑶霜看了一眼，故意皱着眉说：“在你们这儿说话，比上擂台还得留神，几乎把我一口气噎在嗓子眼里，出不来了。”

铁脚板、杨展一齐大笑，瑶霜也笑得花枝招展，别过头去。七宝和尚却又一本正经地说道：“那时，我们三人在柏林下正讲得起劲，不料虞锦雯等三人骑马跑来，臭要饭戏耍过她们，不便露面，我虽然跟着一齐溜了开去，却蹿上了柏树顶，预防秀才相公年轻面嫩，抵挡不住三位女将时可以保驾，果不其然，她们一吹一唱，向秀才相公追问雪衣娘下落。在秀才相公发窘之际，我便假装跌下，发了一阵疯魔，白得了三个银锞子，一溜烟地跑了。跑出林外一想不对，秀才相公还在三位女将包围之中，又从这飞来的三个银锞上，试出三女手法不过尔尔，立时变计，狗癫疯般跑到这儿搬兵，果然不出所料，臭要饭已在这儿喝上了，三言二语，雪衣娘驾上白龙驹，一阵仙风，便把白袍小将撮回来了。”说罢，光头一晃，破袖一摆，立起身来向铁脚板说道：“臭要饭的，我说时候不早了，我们那位余老板请来的几位宝货也快到了，还不起驾，等待何时？”

铁脚板大笑而起，向瑶霜、杨展两人说道：“明天便是开擂之日，三天以内，照例是一班鸡毛蒜皮唱扫台戏，两位到第四天下午再去好了。在这三天内，我们也要招待几位朋友，我们准在豹子冈见面吧。”

说罢，两人告辞而去。

第二章　擂台上（一）

到了豹子冈开擂后第四天午后，瑶霜锦帕束发，内着劲装，暗佩镖囊，外面仍披素罗风氅，杨展依然袗巾直褶，不带寸铁，瑶霜硬迫着他把脚下朱履换了薄底快靴，又把他一柄莹雪剑叫他书童背着，自己的瑶霜剑叫小苹背在身后，两匹白马之外，又配上两匹小川马，吩咐小苹和那书童一同前往。小苹高兴得了不得，想随着主人开开眼，而且私下装了一筒燕尾小袖箭带在身上，这筒袖箭是瑶霜新近传授的，小苹本来懂得这类功夫，经这位大行家的女主人细心指授，居然能够随意射取空中飞鸟了。

主仆四人四匹马便向豹子冈进发，三十多里路，一路疾驰，用不了多大工夫便到地头，沿路尽是到豹子冈瞧热闹的人，杨展、瑶霜从来没有到过豹子冈，远远看到一座峻岭脚下，有一重平坦广阔的黄土坡，坡上人山人海，四面搭着不少芦棚，便知到了地头了，坡下清溪如带，碧清的溪水映着溪底五色鹅卵石，潺潺而流，夹溪都是房屋，有几家沿溪建着夏天纳凉的水阁，草帘半卷，阁内琴书炉鼎，隐约可见，颇有幽趣。

杨展主仆四匹马渡过溪桥，从一行枣林中踏上坡道，一到坡上，便有两个雄壮的青衣庄客前来引路，似乎要把主仆四人引到侧面一座芦棚里去，忽然有人在远处高声喊道："擂主有话，新到马上两位是嘉定杨相公和女英雄雪衣娘，请到正棚待茶。"

本来擂台下面的人们看得一对俊人物，骑着鞍辔鲜明一对白马上坡来，后面还有背剑的一对童男童女，早已人人注目，又被这人嚷了一嗓子，格外万目交射，都觉得马上这对俊人物定是擂主请来的特殊人物，不用瞧功夫，只瞧这份品貌、气魄，人是人，马是马，便知大有来头，往年哪有这样人物！

众人交头接耳之间，马上杨展、瑶霜已留神高声喝喊之处是擂台左面第一座棚内，有人立在高处喝喊。棚内虞锦雯、江小霞、半面娇等已坐在那儿谈话，便知这声高喊是出于虞、江等人的主使了。

两个引路庄客听了这一声高喊，立时转了方向，很有礼貌地引到了擂台对面正中一座芦棚内。杨展、瑶霜跳下马，小苹和书童早已下马赶过来，接住鞭缰，经引路庄客指点，棚后便是来客拴马之处，小苹把书童背上莹雪剑拿下，和瑶霜剑一齐捧在手中，四匹马交书童带到棚后看管。

杨展、瑶霜带着小苹走进棚内，一看这座棚与其他芦棚不同，打扫得特别干净，棚口拼放着两张朱漆八仙桌子，上面一字式放着一排太师椅，椅上还披着红缎，杨展和瑶霜贴肩并坐在靠左最末两张椅上，小苹便捧剑俏立椅后，可是这座棚内也只有他们主仆三人，还没有其他贵客进棚。一会儿，另有几个庄客把香茶、细点陆续献上，诸事具备，引路庄客才算尽到了招待责任，向杨展告退。

杨展来时，已有成竹在胸，居之不疑，只说："有劳擂主厚待，却之不恭，请先代为道谢，改日再图答礼。"

庄客去后，瑶霜却有点不安，悄问："他们把我们当贵客看待，什么用意?"

杨展说："大约是虞、江等故意如此，所谓先礼后兵，一半也是江湖上讲究过节的虚场面，回头我自有道理。"

两人坐定以后，举目打量全场布置，只见正中用几支牛腿粗细的杉篙支起五六丈高下、七八丈见方的一座篾篷挑角的大敞棚，四面挑角都挂着红绿绸子扎就的彩球，彩棚正中绷着一块黄绫匾额，写着"以武会友"四个大字，彩棚底下，另用极粗的柏木桩打基，上铺杉木厚板，搭就三尺高下、五六丈见方的坚实擂台，上面彩绷正把这四面凌空的擂台盖住，阳光不透，风雨无碍。

擂台四面都有几级厚木钉就的台阶，可以上下，擂台正面坐西朝东，除留出南北两头人来人往进出口以外，围着擂台都是一座接一座的芦棚，各面芦棚和中间擂台的距离约有三丈左右，赶热闹的门外汉，便可以在这距离之间，围着擂台，袖手看虎斗，这时擂台上冷清清的人影俱无，只有靠里陈设着红漆兵刃架子，十八般兵器擦得铮光耀目，屏风似的排着，其余没有可看的，所以这时擂台下人头乱拥，挤来挤去像波浪一般，芦棚背后，格外热闹，一片吆喝叫卖之声，和庙会一般，都是乘机赶生意的各种买卖摊子。

杨展、瑶霜留神铁脚板、七宝和尚两人，不意一个不见，只见左面芦棚有几座棚柱上插着旗子，上面写着涪江、沱江字样，右面芦棚有一座棚柱上插着岷江字样的旗子，插岷江旗的棚里已有不少人在内，却没有铁脚板、七宝和尚的影子，插涪江、沱江旗的棚内人更多。再暗地留神左面靠里第一座棚内，虞锦雯、江小霞、半面娇等和背后一班人说话，似乎对于两人到来故作不知，连正眼都不看一眼，擂主小神龙黄龙、虎面喇嘛等人物，杨展、瑶霜都没有见过，当然认不出来。

两人闲坐无事，四面仔细观察，一眼瞧见擂台正面左右分插着两块高脚木牌，左面一块贴着官府告示，这是照例文章；右面一块写着核桃大的字，却是几条擂台比武应守的规则，其中有一条写着："擂台上不准用暗青子（即暗器）。"

又有一条写的是："复仇报怨，须先向众声明，再行交手。"

杨展看了这两条，向瑶霜说："这两条有点道理。"

瑶霜冷笑道："休看他们这样写着，我听铁脚板说过，往往说得好听，到后来便乱了章法，或者他们对头有厉害暗器，故意这样写着限制人。回头我们两人万一被人挤上台去，一人上台，一人在台下监视着，免得着了他们道儿，你一袋金钱镖，我已替你带来了，马上替我带上吧。"说罢，暗暗从里面解下一袋金钱镖，逼着杨展带在身上，才没有话说。

杨展却叮咛她："蝴蝶镖能够不用，还是不用的好。"

瑶霜笑道："我明白，我自有道理。"

两人喁喁私语之际，庄客们又引进三四个人进来，坐在靠右一侧椅子上，其中一个老者背着身，竟靠桌打起瞌睡来了，庄客们暗地通知："这几位是官亲官眷，瞧热闹来的。"

杨展一听是官面人物，便没有理会。这几个人进棚，又是从后面走进，杨展正背身和瑶霜低语，在庄客暗地知会时才回头瞧了一瞧，那位老者已枕臂打盹了，杨展以为年老神衰，擂台未开，且自养神，也不以为异。

这样，待了半个时辰光景，有许多庄客七手八脚在擂台下正中和左右两面的空地上，用大铁锤打下两行木桩，再用极粗草绳，沿着两行木桩一拦，拦成台下正中和左右两面三条走道，是预备三面芦棚内各路好汉由棚内上台的，拦好绳栏以后，一个庄客上台去，手上擎着一面铜钲，"铛！铛！铛！"敲了几下，便走下台来。

铜钲一响，台下闲汉们便喊着"开擂了！开擂了！"南北两头进出口，立时像潮水般涌进许多人来，一霎时，台下各面绳栏外立满了人，各座芦棚内也黑压压地坐满了，这时，再想找寻铁脚板、七宝和尚也无从找起，因为岷江棚内高一头、低一头的人们也坐满了，如果躲在人家背后便无法瞧出来。

各面芦棚都坐得满满的，只有正中杨展、瑶霜坐的棚内依然是这几个人。

杨展的书童从棚后拉开一点芦篷，钻将进来，悄悄地在杨展手上塞了一个纸团。杨展、瑶霜暗地把纸团舒开，只见上面写着："今日不但华山、邛崃两派之争，尚有虎面喇嘛对头隐伏一旁，定有好戏可看。"下面署了个"七"字，便知是七宝和尚写的了。

片时，从擂台后身西面，走上一个魁伟汉子，大踏步直到东面台口。这汉子长得高额深目，浓眉大鼻，面上青虚虚的一脸杀气，没有胡子，大约四十左右年纪，穿着一身不伦不类的华服，腰上束了一条青丝鸾带，下面灯笼裤，薄底快靴，左手托着两个光亮的大铁球，俗名英雄胆，在掌心里搓得当啷啷乱响，滴溜溜乱转。

这汉子到了擂台口，把两枚英雄胆往怀里一揣，向四面一抱拳，大声说道："各门各派诸位老少师傅，各位乡里乡亲，在下黄龙承各位老师傅抬举，委办本年秋季擂台，还有一位老师傅，也是和在下合办擂台的主持人，诸位当然有个耳闻，便是鼎鼎大名的蛇人寨虎面喇嘛。"他说到这儿，干咳了一声，一对鹰眼恶狠狠地向对面棚内杨展、瑶霜盯了几眼，又开口说道，"我们四川真是藏龙卧虎的地方，有的是高人，所以每年擂台上都出几位鳌里夺尊的成名英雄。本来么，好练的访求名师益友，不论三九三伏，下了二五更的功夫，为的是成名露脸，功夫不亏人，不论哪一门、哪一派的传授，都是内练一口气，外练筋骨皮，吃得苦中苦，方为人上人。凡是到场的诸位，不论男女老幼，自问有几下子的，都可上台来切磋切磋。常言道，人不亲艺亲，擂台上较艺，行家看门道，力巴瞧热闹，不怕不识货，只怕货比货，不用说自己出手，便是袖着手瞧，瞧各门各派的真功夫，也是万两黄金买不到的机会。今天是擂台第四天，过去的三天，因为路远一点的各位师傅还没有到齐，未免减色。今天可不同了，诸位只要瞧插旗子的棚内，岷江、涪江、沱江的成名师傅差不多都到齐了。不插旗子的棚内和台下乡亲们，真人不露相，露相不真人，更不知有多少高人在内，诸位今天可真赶上了，也许有一位说：'你黄龙往常也有个小名头，你先露几手吧。'诸位不要忙，人外有人，天外有天，在下可不敢这么狂妄，在下又是地主，总得敬客，现在闲话少说，在下赶快退下去，请各位师傅上场，诸位慢慢上眼吧。"说罢，又向四面一抱拳，伸手把怀内两枚英雄胆掏出来，当啷啷一响，转身便走。

不料远远地有人怪声怪气地嚷道："黄龙臭贼，你等着，有你的乐子！"

台上黄龙一转身，瞪着眼向远处搜寻，嘴上喊道："哪一位开玩笑？有本领上台见高低，骂街可不许。”

黄龙一讲话，半晌也没有人搭理，谁也听不出发话的人在哪儿。黄龙没法，满面杀气地退下台去了。

擂主小神龙黄龙交代了开擂的几句过场，下台以后，便见左面插沱江旗棚内，蹿出一个一身青的大汉，年纪不过三十左右，腰阔膀圆，挺胸扎臂地从绳栏内走上擂台。在台口一抱拳，犷声犷气地说道：“在下姓刁行四，同道抬爱，都叫我一声铜头刁四，因为我练过几年油锤贯顶的庄稼笨把式，本不算什么，昨天在台上也会了几位高人，居然受不住我铜头，被我得了彩，今天可不比昨天，我这笨把式当然进不了在场老师傅的法眼，不过好戏在后头，我先来唱一出开场戏，我说哪位老师傅上台来，赐教几手高招儿，姓刁的接你几下。”

铜头刁四话音方绝，台下便有一个嫩嗓子接口道：“喂，吊死鬼（刁四谐音），小师傅上去和你玩几下。”嗓音未绝，“哧”地从人堆里飞起一条人影，像飞鸟般掠过众人头上，落在台上。

大家定睛细瞧，原来是个十六七岁的小孩子，头上一蓬乱发，满脸污泥，只剩了一对滴溜溜的圆眼珠，一身七钉八补的短袖衣裤，腰上束着一根草绳，下面露着半段泥腿，赤着脚，趿着一双烂草鞋，简直是个小叫花子。

台下的人们个个称奇道怪，心想这小叫花穷疯了，只要看他饿得麻杆似的两条小手臂，瘦得鹭鸶似的一对小泥腿，和金刚似的铜头刁四一比，一高一低，一壮一弱，不用交手，压也把小叫花压扁了。

在台下看客们替小叫花担心之际，台上的铜头刁四也觉得上台的小叫花太古怪了，瞧他飞上台来的身法奇快，这一手自问便办不了，但是瞧他小小年纪，长得一身皮包骨的小骨架子，能有多大能为？照他这副骨架子，自己一个指头也把他戳倒了，遂故意说道：“小孩子上来干什么？我会的是高人，谁和你小叫花一般见识，便是胜了你，也被人耻笑。你快下去，到外面去讨点残羹冷饭，治饱了肚子是正经。”

小叫花一对小眼珠骨碌碌一转，露出一副雪白细牙，哈哈笑道：“刚才黄擂主说过，不论男女老幼，有几下子都可上台，并没有说小孩子、小叫花不准上台的话，你是狗眼看人低！我还对你说，我本来无心上台，昨天在台下，瞧见有一位初学乍练的庄汉，被你冷不防用头锋冲下台去，连跌带伤，十九性命难保。像你这样恃强逞凶，欺侮庄稼老实人，俺便不服。闲话少说，来来来，小爷试试你这颗狗头，究竟是铜的，还是肉的。”

铜头刁四被小叫花说得气贯胸膛，大喝一声：“你自已找死。”便在这一喝声中，蹿到小叫花跟前，微一矮身，左掌一晃，右拳疾出，向小叫花左肩捣去。

小叫花身法奇快，右肩一甩，身子随势向左一转，人已到了铜头刁四身后，右腿一起，便向铜头刁四屁股踹去。铜头刁四一拳捣空，用力太猛，身子向前一冲，如果被小叫花这一脚实坯坯踹上，准得来个狗吃屎，幸而铜头刁四一拳落空，便知不好，慌不及右腿一上步，硬把身子转了过来，才算闪开一脚之厄，可是崭新的青布灯笼裤屁股蛋上，已印上了小叫花烂草鞋的泥脚印，这一来，小叫花和铜头刁四已经互换了个地位。

铜头刁四转过身来，眼珠通红，恨不得把对面小叫花一口气吞下肚去。小叫花并不出手进攻，笑嘻嘻地立着，向铜头刁四招招手，笑道：“吊死鬼，不要忙，我等着你的看家本领——铜头哩。”

铜头刁四被他逗得气冲斗牛，火杂杂又赶了过去，这回存了一力降十会的主意，拳头像雨点般擂了过去，无奈小叫花的身子像旋风一般，不但不还手，连招架都不用，只一味闪转腾挪，滴溜溜围着铜头刁四乱转，铜头刁四像疯牛一般，把一对油钵似的拳头抡圆了，四面乱冲，一下也没有摸着小叫花的身子，闹了个晕头转向，汗流气促。

忽然一眼瞧见小叫花身子立定了，而且正立在台口，铜头刁四以为这机会不可错过，而且一下子想制小叫花于死地，把头一低，一下腰，脚跟用力，莽牛触篱，连头带身子，整个儿向小叫花身上撞去，不料小叫花只一闪，又撞了个空，去势既疾，用的又是全身力量，屁股后面，似乎又被小叫花送了一脚，身子如何还留得住，箭头一般射了出去。

铜头刁四这一下罪可受大了，整个身子飞一般冲出台外，直跌出一丈开外，落在台下正中走道上，面皮都抢破了，而且一时竟爬不起来。值台的几个庄汉，忙赶过来，把铜头刁四扶起来，搀回棚内，治伤止血不提，这时台下的人，注意都在跌下来的铜头刁四身上，再抬头向擂台上看时，小叫花踪影不见，不知在什么时候悄悄地溜走了。

这场过去，右边一座没有插旗的棚内，走出一个精壮大汉，嘴上留着掩口浓髯，大步走上台去，大家一瞧这大汉长得油墩似的，便知孔武有力。

这人走到台口，抱拳开口道：“台下乡亲们，大约有认识俺马回回的。俺在成都住了多年，除每天卖点清真牛肉以外，平生好练，承众乡亲抬爱，叫俺一声马武师，其实几手笨把式，不算什么。前天俺在西门空地上，教俺几个徒弟练几下潭腿，有一位朋友，在旁边口出狂言，说俺花拳绣腿，误人子弟，俺便请教那位朋友尊姓大名，他说：‘你有胆量上豹子冈擂台上去，那时定教你见识见识。’那位朋友说了这句话便走了。俺马回回是个本分买卖人，从来不敢得罪人，随意教几个子弟们操练操练身体，根本和戳竿铺场子的老师傅们不同，想不到那位朋友寻上门来，俺马回回本领没有，胆子倒有，既然那位朋友当面吩咐下来，我明知本领不济，也得话出应点，不过俺要声明一句，俺找的是那位朋友，别位我可没有这么大胆……”马回回话还未完。左面涪江旗棚内，“唰”地蹿出一人，大喝一声：“好，教师爷有种！”喝声未绝，人已蹿上台来，是个瘦长少年，一脸凶狠之气，左颊上还有一个很长的刀疤。

这人一上台，向台下说道：“在下是擂主虎面喇嘛的门徒，叫作九尾蝎张三。刚才铜头刁四功夫不坏，小叫花根本不敢过招，仗着身体唧溜，人小心毒，才上了他的当，这种不算正式过手，说不上谁输谁胜。现在这位马教师爷是成都名武师，当然不能和小叫花比，回教的师傅们又是潭腿出名的，所以我九尾蝎约他上台玩一下子。”说罢一转身，在左面丁字步一站，一抱拳，向右面马回回喝道，“教师爷请。”这一个“请”字刚出口，一个箭步已到马回回跟前，左掌一起，右掌向左肋一穿，微一侧身，向马回回右乳下章门穴猛击。

马回回微一吸胸，右足退后半步，右臂拢掌如钩，由上向下一洗，一换步，左掌吐气开声，一个单撞掌，向九尾蝎肩窝撞去。九尾蝎倒也识货，一撤招，双肩一错，金豹露爪，两臂回环，滚斫而进，其势颇猛。马回回一看单撞掌没有用上，一个霸王卸甲，微一退步，九尾蝎乘机猛攻，一步步进逼。

哪知他棋胜不顾家，顾上不顾下，马回回有意诱敌，一个野马分鬃，向下一拨九尾蝎双臂，九尾蝎意狠心凶，踏进一步，两臂一翻，乘势一个双风贯耳，如果这一招被他用上，马回回十有九死，哪知马回回早知他有这一手，双臂一招，一个拨云见日，同时下面右腿一起，一个踩子脚，正踹在九尾蝎小肚上，九尾蝎经不起这一腿，被马回回踹出五六步出去，一个倒坐，“腾”地蹾在台板上了，九尾蝎面上立时变成黄蜡一般。

这时，马回回如果说几句好听的场面话，抽身一退，也没事了，他偏得意忘形，指着九尾蝎冷笑道：“这便是俺的花拳绣腿。”他这一句俏皮话已够瞧的了，台下一班唯恐天下不多事的人们又喝起彩来。

彩声未绝，涪江棚内已有一人，燕子一般飞上台来。

这人一上台，九尾蝎已勉强站起身来，捧着肚子走下台去了，大家一看上台的人，瘦小枯干，活似社庙里的泥塑小鬼，黑帕包头，一身黑的紧身短装，背着一柄绿鲨皮鞘子的轧把单刀，在马回回面前一站，阴森森地笑道："马师傅潭腿得有真传，在下雷九霄求教一二。"

马回回一听雷九霄名字，暗吃一惊，听人说过，此人是蜀中有名的独脚飞盗，绰号云里翻，素常手辣心黑，出没无常，后悔不早早下台，碰着这位魔头，忙抱拳笑道："雷师傅请你原谅，在下声明在先，是应约而来，只会一人，恕不奉陪。"说罢，一抱拳，便想转身。

雷九霄喝道："来时由你，去时可不由你了，想下台也容易，你向大家声明一句：'俺马回回仗着花拳绣腿混饭，请诸位师傅饶了俺吧。'你照这样说了，便让你好好儿下台。"

马回回大怒，厉声喝道："放屁！谁还怕你不成？接招。"一个箭步蹿近前去，黑虎伸腰，双掌齐出。这一手类似近代形意拳的虎扑，其实也是少林五拳的基本功夫，马回回这一招，实中带虚，有意试敌。

雷九霄不接不架，身形奇快，只向左一转，已到了马回回的右边，运臂如风，一个劈山穿海，右掌劈肩，左掌穿胁，立施杀手。马回回一撤招，斜身换步，变成海鹤抖翎，霎时之间，两人对拆了十几招。马回回识得雷九霄的招术是华山派的燕青八翻，以迅捷猛厉见长，论功夫实非敌手，可是他看出雷九霄身形虽然轻快，步下似乎虚浮，想来个出奇制胜，就先用了一招白猿献果，雷九霄随势一封，马回回侧身便走，乌龙摆尾，走时一掌护胸，一掌掩后，存心诱敌。雷九霄一声冷笑，举步便追，掌风已向马回回身后袭来。马回回斜着一塌身，倏地身形一起，一个十字摆莲腿，向身后雷九霄右膝踝踹去。雷九霄喊声"来得好"，左足一滑，右臂海底捞月，正把马回回足跟兜住，往上一撩，喝声"去你的"，马回回油墩似的一个大身躯，被雷九霄抖起几尺高，风车似的翻跌出去。还算马回回有功夫，被敌人抖起时，心神不乱，趁势双腿一蜷，一个风车筋斗落下地来，没有跌翻，喘吁吁地站起来，说一声"后会有期"，便跳下台去了。

第三章 擂台上（二）

雷九霄得意扬扬地站在台口，大声说道："老子承擂主虎面喇嘛邀请，到豹子冈凑个热闹，会一会平时知名的几位老师傅，像这位马教师爷，说他是花拳绣腿，未免少差，但是比花拳绣腿，强得也有限，这种把式，根本不必上台，俺会的是成名高人……"

雷九霄在擂台上一卖狂，岷江棚内便有一人喝道："还有一个花拳绣腿和你玩几下。"

雷九霄向台下右面一瞧，只见棚内出来一个连鬓胡子的矮道士，年纪五十不足，四十有余，头上绾个道髻，身上香灰色短道袍，只齐膝盖，白布高腰袜，套着一双蒲编凉鞋，背着一口连鞘宝剑，衫履整洁，举止沉着，慢条斯理地走上台来。

雷九霄似乎眼熟，张嘴喝道："来人通名。"

矮道士从右面台阶走到台口，离雷九霄五六步远对面立定，向雷九霄稽首道："雷当家贵人多忘事。三年前贫道云游剑阁，无意之中，仗义救了一位抚孤守节的女子，那时曾与雷当家有一面之缘，不意雷当家心不甘服，纠合羽党，半路拦截，定欲置贫道于死地，幸蒙洪雅余侠客解围，得免毒手，其实贫道皈依三清，与世无争，当年这段公案，早已置之度外，不料今天巧逢雷当家，而且还佩服雷当家胆大包身，竟不怕两手血腥，积案累累，居然在大庭广众之间，耀武扬威，贫道便是心如木石，也不由得想起三年前旧账了……"

雷九霄吃了一惊，想起此人武功非常，岷江一带，称为矮纯阳，是邛崃派能手，当年纠合同道，把他困在剑阁栈道上，偏被洪雅余飞拔剑救走，还伤了两个同道，今日狭路相逢，真得当心应付，心里一转，面上狞笑道："我道是谁，原来是青城矮纯阳道长，幸会幸会。"说到这儿，一哈腰，反臂拔下背上亮银似的轧把翘尖雁翎刀，把刀一抱，杀气满面，厉声喝道，"牛鼻子还不亮剑，等待何时！”

矮纯阳点头微笑道：“雷当家的燕青八翻拳术，早已领教过，今天再瞻仰瞻仰高明的刀法。”矮纯阳慢条斯理的话刚说完，正待伸手拔剑。

雷九霄大喝一声：“哪有这些啰唆，手上见高低！”便在这一喝声中，刀光一闪，人随刀进，一个独劈华山，疾逾电闪，已向矮纯阳斜肩劈了下去。

矮纯阳剑未出鞘，只向左一上步，刀已落空，右臂一展，顺着刀背一压，一错身，左掌一穿，便变成铁扫帚，向雷九霄脸上拂去。雷九霄刀势被封，势不能不后退一步，才能变招，便在他后退一步之间，矮纯阳背上崩簧一响，一柄青铜剑已经拔在手内，剑花一起，一个白蛇吐芯，剑尖已到雷九霄胁下。雷九霄疾忙身形一转，劲贯右臂，单刀一抡，破招进招，展开五鬼夺命刀法，挑、压、斫、搠、抡，把一柄雁翎刀舞成一片刀山，恨不得立时把矮纯阳搠几个血窟窿。

矮纯阳也怪，他这剑法也和人一般，不慌不忙地看关定势，随势封解，并没出手进招，台下看的人实在替矮纯阳担心。雷九霄得理不让人，尽是进手招术，一片刀光不离矮纯阳左右，不过雷九霄无论用如何厉害刀招，总被矮纯阳很巧妙地封挡出去，看着他手上剑招，慢吞吞地令人担忧，可是刀锋一近身，自然不即不离地被他化解了，雷九霄把压箱底本领都施展出来，也占不到半点便宜。

台下闲瞧的人不明白，还以为矮老道只有招架，无法还手；台上雷九霄可识货，知道不妙，这矮老道故意以静制动，想活活把自已累死，如果再不见机抽身，今天要难逃公道。雷九霄既狠且滑，故意把手上刀招，狠劈狠砍，心里却暗暗打脚底抹油主意。但是武术一道，练的是精气神，讲究心与臂合，臂与刀合，也就是“用志不纷，乃凝于神”的道理。雷九霄这时手上进招，心上想逃，递出去的刀招当然已不能心手相印，其实矮纯阳早已成竹在胸，故意把雷九霄圈住，折腾他一个够，再下杀手，哪会让他得机抽身。

这时雷九霄交手多时，已有点汗流气促，一想不好，慌忙极力把气提住，猛力用了几手五鬼夺命刀的绝招，矮纯阳依然左拦右隔，不慌不忙招架，雷九霄一想，此时不走，等待何时？倏地抽招撤身，正想倒纵到左边台口，转身说一句场面话，略留体面，再纵下台去，哪知矮纯阳剑法，静如岳峙，动若源流，在雷九霄撤身当口，万不防矮老道突然改了进手招术，雷九霄足跟一垫劲，刚要倒纵而退，身形还未纵起，矮老道“哧”地一上步，剑随身进，青铜剑一个巧女纫针，唰唰两剑，已在雷九霄两肩琵琶骨下穿了两个窟窿，而且吐剑时一使手法，存心把雷九霄连着两臂一条总筋挑断，只听得雷九霄一声怪叫，手上雁翎刀“当”的一声掉在台板上，人已站不住，似乎摇摇欲倒，台下值台的庄客忙奔上两个来，把雷九霄搀扶下去，一柄雁翎刀也拾了下去，从此雷九霄命虽不妨，两臂却废，大约不能再做独脚飞盗了。

青城道士矮纯阳，上擂台时一步三摇，慢条斯理，下台时却其快如风，在雷九霄被人搀扶而下时，矮纯阳把剑还鞘，双足一点，已从台上飞身而下，回进岷江棚内了。

矮纯阳身刚进棚，擂台上喝声如雷：“矮纯阳休走，老子虎面喇嘛会会你。”

虎面喇嘛在台上一声大喝，台下闻名没见面的，才知这人便是和黄龙主办这次擂台的虎面喇嘛。大家一瞧虎面喇嘛的长相，实在太凶了，连心眉，大环眼，蒜鼻阔唇，广额宽颐，一脸横肉，色如淡金，又长着焦黄猬髯，连眉毛眼珠，都是赭黄色的。头上包着一块红生绢，身上披一件枣红箭衣，腰束一巴掌宽的蓝丝板带，足穿跌死牛的搬尖牛皮靴，身材高大，浑如铁塔。左臂抱着一柄九环厚背大砍刀，右手指着岷江棚内，瞪目如灯，连喝：“矮纯阳休走！矮牛鼻子替我滚回来。”

不料，虎面喇嘛大喝如雷当口，突然又是一声怪吼，见他用右手一遮双目，手指缝里鲜血直流，把台板跺得山响，大喊：“你们快来，老子中了暗算了。”

这一嚷，突生怪事，台下各棚内立时一阵大乱，忽听得台下人丛内，发出一个刺耳的声音，喊道：“诸位休乱，这是俺们家务，别人管不着，听我对你们说。”

这一喊更是令人惊奇，千百对眼珠舍了台上的虎面喇嘛，转向台下，找寻突然怪喊的人。

这当口，台下人缝里挤出一个四肢不全的怪妇人来，向绳栏底下一钻，钻进绳栏内台口中间走道上，朝着台上虎面喇嘛哈哈怪笑，笑声刺耳，宛如枭啼。这时大家才看清这怪妇人年近五十，一身装束好像街上缝穷婆样子，凶眉凶目，满脸狠戾之气，左臂已断，只剩一条右臂，手上拿着两尺多长的一支竹管，人们还以为她拿着箫笛之类，识货的却明白，她手上是深山野苗用的吹箭。

这种吹箭是苗人练就的一种特殊功夫，箭藏细竹管内，聚气一吹，在两丈以内，可以命中，原是苗人预防深山毒蛇猛兽，骤出袭人，便用这种吹箭，专取蛇兽双目咽喉等要害，借以临险逃命之用，箭如钢针，尾有风舵，能手可以两箭齐发，深山采樵的苗妇，十九带着这种吹箭，取其轻巧便利，虽没有十分大用，中在脆弱之处，却也厉害非常。

虎面喇嘛在台上瞪眼发威，一心想替好友雷九霄报仇，指名要岷江棚内矮纯阳出场，做梦也没防到台下埋伏着这种吹箭，两箭齐中，双目已瞎，血流满面。左面棚内擂主黄龙和虎面喇嘛一班近友，一齐跳上台去，一面护持双眼已瞎的虎面喇嘛，一面查究凶手，哪知道用不着查究，这怪妇人已钻进绳栏走道，哈哈怪笑，用手上吹箭筒指着台上虎面喇嘛，大声说道："我是虎面喇嘛的原配妻子，五年前，我从打箭炉带着三岁的孩子寻到蛇人寨，虎面喇嘛已从别处抢来两个女子，安置在蛇人寨内供他淫乐，对我视若赘疣，这样过不到一年光景，他不知又从什么地方，掳来几个青年女孩儿，强迫为妾。我看他倒行逆施，越来越凶，已无人理，忍不住几次苦口相劝，劝他少作大孽，替自己儿子留点余地。

"哪知道这人心肠比禽兽不如，常言道，'虎毒不食儿'，虎面喇嘛一颗心比老虎还毒，竟趁我不防，把自己三岁儿子活活弄死，又把我赶出蛇人寨，我几次和他拼命，又被他砍断一条左臂。我逃入深山，左臂溃烂，眼看性命不保，幸蒙深山一家苗户收留，用祖传秘药把我断臂割掉，治好疮伤，保全一命，传授我独门吹箭功夫，今天我不用毒箭取他性命，还存一份忠厚，从此他两眼已瞎，大约也不能再做恶事了，这是我们一篇怨孽账，诸位不信，可以到蛇人寨去打听打听，各门各派行侠仗义的老师傅们，大约有不少在场，请诸位公评一下，如果以为我不该下此绝情，不论哪一位，只管拔出刀来，把我刺死。替虎面喇嘛雪恨报仇。"说罢，怪妇人昂头四顾，挺身而立，丝毫没有畏避之意。

台上台下的人们听了她这一套凄惨的怨孽账，一时安静得鸦雀无声，连擂主黄龙也呆在台上，不知说什么才好。

突然，从虎面喇嘛身后转出一个凶眉凶目的少年，站在台口，指着台下走道上的怪妇人喝道："你是胡说八道，哪有此事！你是受人指使，竟敢在众目昭彰之下，谋害亲夫，你对自己丈夫这样无情无义，我做门徒的，只好替我师父报仇。"说到这儿，右手已伸入胁下镖袋，猛地右臂一抬，一声大喝，"泼妇！看镖！"

众人吃了一惊，以为这怪妇人定然命伤镖下，不意这人右臂一抬，忽地嘴上"哎呀"一声，"当"的一声响，一支钢镖竟从他掌内溜了下来，掉在了台板上，再一细看，原来这人腕上钉着一支小小的燕尾袖箭。这人捧着右腕，痛得咬牙切齿地向四面找寻发袖箭的人，但是他自己正全神贯注在台下怪妇人身上，起初没留神，这时要想在这无数人内找出发暗器的人来，实在不易，便是棚内棚外、台上台下，个个神有专注，谁也防不到有这支袖箭，不过众人里面有几位大行家，默察袖箭方向，是从擂台对面正棚里出来的，但是正棚内除出几位官亲官眷以外，只有靠左并肩坐着的一男一女，和身后捧剑而立的俏丫鬟，有点与众不同，细察神色，这一男一女气定神闲，似乎连身子都没有动一下，这支袖箭究竟从何而来，连行家也有点莫名其妙了。

台上虎面喇嘛门徒，想替师父送师母的命，镖没有发出，反而中了一袖箭，捧着右腕，咬牙切齿地正想破口大骂，骂未出声，他师父虎面喇嘛却已痛得支持不住，出声怪叫，人也摇摇欲倒，大家七手八脚，把虎面喇嘛扶下台去，这一打岔，再一看台下，那位怪妇人已挤进人丛，走得不知去向。

这位门徒闹得虎头蛇尾，没法下台，这当口，忽见对面招待贵客的正棚内，从容不迫地走出一位英俊秀挺的文生相公，潇洒翩翩地从走道上缓步而来，他以为这人是个富家子弟，想到台前看得清楚一点，不料这位斯文一脉的书生，毫不踌躇地从台口几级台阶上，拾级而上，到了台上，连正眼都没有看他一下，却向擂主黄龙一揖到地。

小神龙黄龙早已有人通知他，正棚内并肩坐着的一对男女是何人物，杨展出棚上台，黄龙也早已注意到，这时忙抱拳还礼，嘴上说道："杨相公文武全才，早已久仰，此刻蒙杨相公纡尊上台，非但为今年擂台增光，在下也可瞻仰高人的惊人功夫了。"

杨展笑道："一介书生，有何本领？今天偶然到此观光，承蒙擂主厚待，平日又久闻擂主大名，乘机上台，来向黄擂主道谢盛意，还要请求黄擂主恕我年轻无知，冒昧上台献丑。"

这时黄龙十分注意杨展一切举动，觉得此人虽然年轻，气概相貌确实与众不同，可是说话文绉绉的，从外表观察，却看不出有多大本领，此刻一听他说"上台献丑"，当然是要露一手的了，便答道："杨相公一时雅兴，我们请都请不到，今天各门各派的老师傅到的不少，杨相公在台上一交代，定然有人奉陪，拳脚兵刃，悉听尊便。"

黄龙这话意思，是误会杨展特地上台，来找他比试的。他不知杨展深浅，自己先不出手，想叫别人试一试杨展本领，自己从旁瞧一瞧功夫门派，再打主意，不意杨展却出了新花样，只听他说道："在下身入黉门，总算是个文士，对于武功，无非学了一点皮毛，从来没有出手和人争斗过，现在我先来练一点粗功夫，请黄擂主和在场的各位师傅指教一下。现在闲话少说，请黄擂主打发一个人，到坡下溪涧内，捡两枚鸭蛋大小的鹅卵石来。”

杨展说时，原在台口，声朗音清，台下棚内的人们都听得很真，却猜不出在鹅卵石上练什么功夫。黄龙也有点莫名其妙，却不便细问，便打发一个值台庄客，马上到坡下溪流内，捡来了两块鹅卵石。

这种鹅卵石终年被溪水冲激得光滑圆浑，和普通石头不同，其坚如铁，如果用钢刀在鹅卵石上刻画，保管坚不受刀。两块鹅卵石捡来，黄龙亲手交与杨展。

杨展把几层长袖挽起，露出一段白玉似的腕臂，大家一瞧这样细皮白肉的手腕，便觉没有多大武功。杨展两手各握一块鹅卵石在掌内，一瞧那个腕中袖箭的宝货，已悄不声地溜下台去，台上只剩黄龙一人，在左边远远立着；对面正棚内瑶霜和小苹，已全神贯注各棚的举动；右面棚内，多半是七宝和尚、铁脚板的同道，自己一上台，他们定已替自己监视着黄龙手下人物，自己大可放心行事。

其实照杨展本意，尚不愿在此刻登台，完全为了这支袖箭而来。原来虎面喇嘛门徒中的袖箭，谁也料不到是瑶霜身后小苹所发。可笑小苹人小心灵，把偷偷带来的一筒燕尾小袖箭，居然发得巧，中得准，救了怪妇人一条命。小苹发箭时，并不抬臂作势，她原是双手抱着一对宝剑，右臂是捧着双剑的上半截，发箭时只身子微侧，右掌微起，左指在衣外暗揿右袖内机簧，“哧”的一支小袖箭便射向台上去了。袖箭发出，小苹没事人似的，依然纹风不动地捧剑而立，谁也瞧不出来，但是袖箭从瑶霜身后出去，瞒得住别人，瞒不过自己主人。杨展怕在这支袖箭上另生枝节，趁台上还找不到发箭的主儿，暗地和瑶霜一说，便自己出马上台了。

杨展双袖高挽，左右两掌内分握着两枚鹅卵石，走到台口，其势不能再下袖长揖，只好仿效江湖举动，比着一对雪白拳头，向四面乱拱，照他身上这身斯文装束，实在有点可笑。对面棚内，瑶霜和小苹瞧他这副怪模样，便先忍不住了，杨展自己却不觉得，向四面拱拳以后，左右两臂并没垂下，掌心紧握着鹅卵石，平端着立在台口正中，朗声说道：“在下嘉定杨展，读过几年书，也练过几天武，不论文字和武功，我自己明白，都不成气候，还得多读多练。今天偶然来到豹子冈，看到各位在擂台上各献本领，真是黄擂主说过的，万两黄金买不到的机会。不过在下从开擂时看起，一直看到此刻，我越看心里越难受，我不是自己难受，我是替天下练武的难受，就忍不住上台来，想把我心里难受的道理，在到场的各门各派诸位老师傅和诸位乡亲面前，请教一下。但是擂台上是掌来脚去，刀劈枪刺的所在，不是在下说闲白儿的地方，所以在下向黄擂主请求许可以后，捡了两枚鹅卵石，在我掌心里握着，一面说话，一面练功夫，说话完了，我功夫也练完了。我这手功夫无非上台来应个景儿，好歹等我练完以后，请诸位老师傅批评。”

他说到这儿，略微一沉，台下的人们还以为他口上说练功夫，这时定然要打拳踢腿了，不料他依然纹风不动地立着，忽然右拳向上一举，朗声说道："诸位请往上瞧，台上面不是挂着一块匾，写着'以武会友'四个大字么，诸位再请想一想，今天从开擂铜头刁四上台起，直到擂主虎面喇嘛被吹箭伤两眼为止，哪一场也逃不了为了怨仇相报，而且双方怨仇，一场比一场凶，一个比一个狠，不是你死，便是我活，这样下去，擂台上变成流血惨杀之地，上面'以武会友'这块匾，可以换一个字，换了'以武会仇'好了，我们到此想开开眼，瞧一瞧各门各派老师傅的真功夫，想不到看了几场流血惨剧，假如我们在街上看人家扭打，还得上前排解，现在我们却瞪着眼，瞧人家在台上，性命相搏，不死必伤，诸位请想一想，我们心里难受不难受？怎能再袖手旁观下去？这是一。

"有人说，江湖上讲究的恩怨分明，三寸气在，有恩得报，有怨仇也得报。话是这么说，可得占住一个理字。比如某人依恃一点功夫，为非作恶，杀人放火，受害的子孙，子报父仇，或者仗义的朋友打抱不平，这在理字上还说得出去，如果为非作恶的，也有子孙，也有朋友，也讲究三寸气在，为父报仇，为友仗义，把理字丢在一边，一代代地下去，仇越结越深，这篇疙瘩账如何算法？江湖上都变了狭路相逢的人，成何世界？江湖上多义气朋友，但是意气从事应该在理字上站住脚步，这义气才有着落，如果报复怨仇，在理字上讲得出去，站得住脚步，何必在擂台上性命相搏，朝廷有王法，乡党有公评，便是讲究来个干脆，不妨约一个地点，私下决斗一下，何必教擂台下一班不相干的人，瞧得伤心惨目呢，这是二。

"现在我丢开怨仇相报不说，只说擂台本身的事。人人都知道，上擂台是想扬名露脸，但是这种扬名露脸，必定有一胜一败，一荣一辱，甚至于一伤一死，种种怨仇，便从此而起。其实武功一道，学无止境，人外有人，谁也不敢说是天下无敌手，如果只在豹子冈擂台上称雄，还算不得扬名露脸，我想真有高人，定必善藏若虚，绝不肯轻意上擂台的，何况擂台上变成结怨结仇之地，真有高人，益发不敢上台了。

“要知道练武的人，不论本领大小，武功在身，小则强身保家，大则卫乡保国，现在国家多事之秋，边塞疆场，便是练武的扬名露脸之地，而且可以勋铭旂常，功垂竹帛，才不枉练武的访师求友，多年二五更的功夫，何必在这小小擂台上争强斗胜呢！

“可是话又说回来，擂台不是现在才有的，当年擂台比武的本意，原应该礼让在先，武功居后，大家练点功夫，互相切磋切磋，免得孤陋寡闻，借此结识几位高师益友，立意不算不对，能够这样，才符合了上面‘以武会友’的匾额本意，我想既然在擂台上互相观摩切磋，未必定要点名叫阵，动手过招，把自己功夫练一手两手也是一样，所以在下上台来，变个新样儿，独自练一点粗功夫，向诸位求教，在下话说得太多了，定然有人要说，姓杨的是嘴把势，尽说不练，诸位休急，在下现在说话完了，功夫也练完了。”

杨展说罢，平端的两臂往前一伸，两拳一齐舒开。

大家伸长脖子一瞧，他掌心里和刚才一样，整整的一手一枚鹅卵石，大家不由得一愣，鹅卵石还是鹅卵石，原封不动，真不明白他练的什么功夫，就在大家一愣的当口，杨展把左右两掌，慢慢地侧了过来，掌心刚才完整的鹅卵石，顿时四分五裂，变成一粒粒小碎石子，从两掌心里纷纷掉落下来，台板上一阵碎响，碎石子落了一地，这一来，台下的人们个个惊得目瞪口呆，这样细皮白肉的拳头，会把铁一般的鹅卵石捏得粉碎，这种功夫简直是邪门儿，突然从右面棚内，有人大喊道：“好功夫，这是最难练的混元一气功呀！”

被这人一嚷，台下四面的人们震天价喝起连环大彩来了。

杨展不理会台下众人喝彩，留神右面棚内大嚷的人，虽然一时瞧不出是谁嚷了这一声，心里却暗暗好笑，自己练的这手功夫，和混元一气功虽有几分相似，却和混元一气功是另一路道，这人大声疾呼，误认为混元一气功，未免贻笑行家。杨展猛地心里又一动，立时省悟，右棚内多半是铁脚板、七宝和尚的同道，这人出声一嚷，替自己报出这手功夫名堂来，是故意用混元一气功的名堂替自己掩盖的，自己一时大意，把破山大师嫡传功夫在擂台上显露出来，万一被行家识透，无异自己供出与巫山双蝶有关，对于瑶霜更是不利，百密难免一疏，自己老防瑶霜出错，不想自己先露马脚，也许这人替我一嚷，可以含混过去，不致另生枝节，我得见好就收，赶快离开是非之地。

杨展忙挽起双袖，向下一抖，正想下台，擂主小神龙黄龙原立在台上一边旁观，这时走了过来，大赞道：“杨相公这手功夫真不易，我黄龙便得甘拜下风，最难得是一面滔滔不绝地讲话，一面却在掌中运功碎石，杨相公贵庚大约不过二十左右，便有这样惊人功夫，依我猜想，定然从小便得高人尽心指授，非但功夫惊人，便是这一套苦口婆心，真是句句金玉良言，不过杨相公身份高贵，哪知江湖上有一言难尽之处……”

黄龙话还未完，突然左间棚内蹿出一人，一顿足便到了台上，嘴上大喊道：“黄擂主，让俺会一会这位高人。”

杨展一看，这人长相特别，驼背猿臂，浓眉怪眼，蓝绢包头，一身蓝色行装，满脸精悍之气，虽然赤手空拳，腰束宽巾，鼓鼓的似乎里边围着软兵刃。杨展一瞧，便知此人定是七宝和尚所说的铁驼江奇了，暗想古人说的一点不错，烦恼皆因强出头，江铁驼当然冲着自己来的，这一来，我上台容易，下台难了。

在杨展转念之际，江铁驼已到眼前，黄龙满面含欢地说道：“杨相公，这位是名震沱江的江铁驼江师傅，高人会高人，两位有缘相会，多多亲近。”说罢，身子很快地往后一退，好像江铁驼上台来，在他意料之中似的。

黄龙抽身一退，江铁驼怪眼一睁，立射凶光，面上却故作笑容，撕着一张阔嘴，抱拳笑道：“杨相公刚才施展秘传五行掌的功劲，金掌碎石，一鸣惊人，佩服之至！这手功夫得先从达摩老祖易筋经打底，可笑刚才右面棚内，一位假充行家，大喊混元一气功，不知混元一气功是纯粹武当内家的功夫，五行掌却是辰州言门的独门秘传，与鸡心拳独步江湖，讲究内外兼参，刚柔相济，与混元一气功似是而非，不能并为一谈的。杨相公，俺江铁驼孔夫子门前卖百家姓，大约有几成说对了吗？”

杨展听得暗暗吃惊，果然江铁驼识货，看清自己练的是五行掌了，既然被人说破，碍难掩饰，一面还礼，随口答道：“江师傅名不虚传，在下初学乍练，当然难入方家之目，无非献丑而已。”

江铁驼面现冷笑，立时接口道：“我还知道，这几十年内，深得这门五行掌秘奥的只有一人，这人便是当年驰名江湖的巫山双蝶，而且是黑蝴蝶尤擅这一门功夫，仗着这五行掌独门功夫，逞强争霸，横行一时。俺江铁驼这些年存心访求这门功夫，未偿夙愿，万不料今天在杨相公身上见到，真是幸会了，杨相公既然是五行掌的传人，不用说，当然与黑蝴蝶有师生之谊了，名师出高徒，杨相公已得黑蝴蝶真传，俺江铁驼访不着黑蝴蝶，会着了杨相公也是一样，今天好歹要讨教几手五行掌的高招，杨相公看在我几年访求的苦心上，定然不吝赐教的了。”

江铁驼说出这几句话，杨展便明白他来意，表面上江铁驼说得非常委婉，不明白他用意的人，听着真像为了武功，殷殷求教，杨展却明白他故意不提旧恨夙仇，骨子里却想乘机报当年他父亲琵琶蛇江五被黑蝴蝶一掌落江之仇，一时访不着黑蝴蝶，把这怨毒又移在杨展身上了。

杨展想起刚才自己向大众讲说，擂台上非寻仇报怨之地，万想不到话刚出口，便有仇家移祸江东，找到自己头上来了，看起来，黄龙说得不错，江湖上怨仇牵缠，真有一言难尽之意，偷眼一瞧对面棚内瑶霜，大约听清了江铁驼寻仇之意，满面怒容，小苹捧着的瑶霜剑已背在自己身后，大有上台较量之意，一想不好，如果瑶霜一上台，揭开真面目，事情更不好办，心里略一盘算，在江铁驼说出了来意以后，便已打算好对付主意，立时接口道："江师傅太谦虚了，可惜在下初学乍练，恐怕要使尊驾失望，倒是在下讨教江师傅几手高招是真的。"

江铁驼上台来，不是不知五行掌的厉害，当年他父亲便是前车之鉴，不过江铁驼另有如意算盘，他是看杨展年纪太轻，功大未必到黑蝴蝶地步，看情形又未必知道自己来历和寻仇用意，自己家传琵琶功和通臂仙猿拳，威震沱江，和这种初出茅庐的雏儿交手，定可稳稳成功，又听得杨展竟随随便便地答应了，更合心意，得机便下毒手，先出口恶气再说，主意打定，不再客气，一拱手，喝声"杨相公仔细，我要献丑了"。

第四章　鹿杖翁

杨展明知这时不动手是不成了，只得又把长袖挽起，把身上直褶前后下襟一齐撩起，反掖在里面腰巾上，留神对面江铁驼身子向下一蹲，全身一缩，双臂护胸，两手不拳不掌，五指紧撮，向内微钩，形如鸦嘴，两眼灼灼，注定了杨展，活像一个老猴子，杨展一瞧，便知他这是猴拳的架势，功夫全在指上，琵琶功也是指上功夫，把这种功夫藏在猴拳招术里面，确是最合适不过，只瞧他一露猴拳架势，全身紧缩，形若木鸡，便知武功已到火候，颇不易与。

杨展不敢怠慢，暗地运用功劲，抱中守一，屹然卓立，表面上好像神态自若，并不露出过招的架势来，只双拳一抱，微笑说道："我们萍水相逢，无非以武会友，请江师傅手下留情吧。"

江铁驼一听，以为杨展心虚，已露内怯，并不答话，身形微动，真比猿猴还捷，两条长臂，已到杨展胸前，一开招，二龙抢珠，左臂一起，臂随身长，右臂往左胁一穿，两指已向杨展双睛点来，杨展不接不架，双肩一错，左腿向外一滑，江铁驼一招点虚，右侧落空，一转身，双臂一伸一缩，倏又变为仙猿摘果，进步撩阴，杨展一个白鹤亮翅，身如旋风，又到了江铁驼左侧，依然没有进招，江铁驼两招落空，看出杨展存心滑斗，倏地一声怪啸，身子往后一退，不明白的还以为江铁驼不愿比试了，杨展却知道猴拳招术，退得快，到得更快，果然，江铁驼身子刚往后一退，一纵身，又逼到跟前，臂影纵横，猛鸡夺粟，竟施展迅厉无比的招术，向杨展猛攻。

杨展被他逼得有点发火，剑眉轩动，俊目放光，身法一变，立时展开师父绝技，把三十六手擒拿糅杂于五行掌中，吞吐如电，虚实莫测，江铁驼也把通臂仙猿拳的绝招，尽量展开，偏于抓、拉、啄、挂、腾、闪、搂、摘一路，可是招招都是阴毒迅猛的招数，这一交手，彼此乘虚蹈隙，争胜败于俄顷之间，台下看得眼花缭乱，目瞪口呆，只觉台上两人，身法如风，进退如电，已分不清一招一式来，打着打着，猛听得一声怪啸，两人霍地一分，江铁驼向左边一退，双眼通红，面如噀血，双拳一抱，恶狠狠说了句："杨相公端的不凡。"立时转身跳下台去了。

这面杨展神色自若，只微笑点头，并不答话。

台下看得莫名其妙，两人正打得热闹头上，何以没分胜败，便草草终局了？但是，两面棚内有的是行家，早已看出江铁驼吃了哑巴亏，甘拜下风了。

原来杨展已得破山大师真传，对于猴拳和琵琶功一类武术，早预备着破解之法，江铁驼身世，又被七宝和尚探得详细，杨展已成竹在胸，却不愿仇上加仇，伤害江铁驼。两人一交手，虽然越打越快，在江铁驼恨不得立时制人死命，在杨展却抱定稳扎稳打，守比攻多。江铁驼一交上手，便知杨展虽然年轻，两臂如铁，功夫非常稳实，对拆了二三十招，毫无破绽可寻，反而自己一味猛攻，常常露空，明明对方指力掌力已经用上，却是宽宏大量，一沾即走，并不存心伤人，这时江铁驼能够知难而退，倒也罢了，他却老羞成怒，立时施展家传琵琶功，向杨展要害下手。

琵琶功练的是五指一正一反的弹扫力，如果被他用上，不死必伤。不意江铁驼一施展琵琶功，每逢他铁指频挥或弹或扫当口，指头还没有沾到人家身上，自己寸关尺上，或者是曲池穴上，总被对方用指点上，或者用金龙手斫上，立时觉得全臂一麻，指头无力，虽然一麻即止，但好几次都是如此，简直无法破解，琵琶功算碰到了克星。江铁驼这才明白，姓杨的功夫比自己高得多，无奈江铁驼是个莽夫，到此地步，还不死心，以为对方忠厚，还想占点便宜下场，已知对方无意伤害自己，竟在杨展掌风上身之际，不管不顾，一个毒蛇入洞，身形一挫，十指如钩，分向对方两胁抓去。

杨展一声冷笑，乘势童子拜佛，双臂向外一展，江铁驼猛觉两臂一震，一阵剧痛，同时听得对方低喝道："在下不愿仇上加仇，尊驾就此停手吧。"

江铁驼惊心之余，这才明白万难占得便宜，只好忍辱含恨地退下台去了。

江铁驼知难而退，杨展忙不及褪下挽起的双袖，整理一下衣襟，以为这时可以顺理成章地下台了，哪知擂主黄龙始终没有下台，在台上远远立在一边，把杨展言语举动，看得非常清楚，江铁驼一下台，黄龙立即过来，满面堆欢地向他连连抱拳，嘴上说道："杨相公非但功夫惊人，而且言行相符，处处大仁大义，令我非常佩服，而且令我非常感动，杨相公今天光降的来意，从杨相公刚才一番金玉良言便可推测一个大概，杨相公既然有这番美意，真人面前不必再弄虚套，本年擂台完全是为了邛崃派和华山派两家的争雄斗胜，江师傅江铁驼下台时，华山派几位成名的老师傅便欲出场向杨相公求教，被我暗地阻止，因为我明白杨相公上台，和别人不同，完全是抱着息事宁人的好意来的，我黄龙两眼不瞎，还能识得好歹，不过我斗胆想请教一下，听人说杨相公和邛崃派首领丐侠铁脚板、僧侠七宝和尚等有相当交谊，对于两派纠葛谅必有个耳闻，但是，这档事和个人结怨结仇大不相同，关系着俺们华山派下许多门徒的衣食，邛崃派独霸岷江，还不知足，还想在我们沱江、涪江各码头抢夺华山派的衣食饭碗，理路上实在说不下去，杨相公是读书人，文武双全，前程远大，这个理请杨相公替我们评论一下，如果沱江、涪江也应该让邛崃派独占，只要杨相公一句话，我们马上偃旗息鼓，抱着胳膊一忍，更不必在擂台上见雌雄了。”

黄龙这番话，却比插拳过招厉害得多，杨展初离师门，未涉江湖，邛崃、华山两派之争仅在铁脚板、七宝和尚两人嘴上，得知一点大概，究竟内情如何，非常模糊，现在黄龙单面之词说得非常动听，还请他评一评这段理，教杨展如何张嘴？幸而黄龙话刚出口，右面岷江棚内有人大喊道：“黄擂主不必来这一套！杨相公是局外人，根本不明白我们的事，你教他如何评理？现在不必多费口舌，我们龙头在此，请他上台向大家说明内情好了。”

这人一喊，杨展如释重负，急向岷江棚内细瞧，以为这一喊，铁脚板定从棚内出来了，不料岷江棚内并没走出人来，却听得台下有人喊道：“请位老乡，借光借光，让我臭要饭见见世面。”转脸一瞧，铁脚板真是怪物，不知他在什么时候，钻在台下人缝里，拿着哭丧棒似的短拐，挤出人前，钻进绳栏，高一步，低一步地走上台来。

丐侠铁脚板一出现，台下人们便交头接耳，嘁嘁喳喳议论起来，左面棚内还有不少人低喊：“你瞧！这怪物便是邛崃派掌门人。”

台上黄龙一见铁脚板上台来，立时变了脸色。铁脚板若无其事地到了台上，抱着短拐，先向杨展拱拱手，笑道：“杨相公真有你的，你不在家纳福，居然也会到这种地方来，而且酸溜溜地讲了一大套仁义礼智，可惜对牛弹琴，满白费了。我臭要饭一字没有入耳，好鞋不沾臭泥，我劝你少管闲事，歇着去吧。”

这一顿抢白，杨展明白他用意，借题发挥，骂的是华山派黄龙等人，暗地又点醒他，教他趁坡而下，故意冷笑道：“谁高兴管你们这种事，苦心劝不醒钝根人，这是没法的事，少陪少陪！”说罢，一撩衣襟，哧地纵下台去，走进对棚，和瑶霜低低一说，且看铁脚板如何对付。

杨展一下台，铁脚板转身向黄龙一拱手，说道："在下忝为邛崃掌门人，刚才听得黄擂主对杨相公说邛崃派独霸岷江，又说邛崃门下在沱江、涪江抢夺码头，这话未免含血喷人，一只手遮不住天下的眼睛，在场的都是明白事理的老师傅、老乡亲，用不着我和黄擂主口舌争辩，是非自有公论。黄擂主不要误会我上台来和你辩论是非，或者和你拳脚上见高低，这都不是我来意，请黄擂主站在一边，听我向本派的同道，分派几句，也许黄擂主和华山派诸位师傅们，听了我这次分派，便心平气和了。"

黄龙怒冲冲地答道："没有人拦着你嘴，你说你的。"黄龙不明白铁脚板用意，想听他分派什么，再作道理。

铁脚板哈哈一笑，转身到了台口，向岷江棚内招手道："狗肉和尚、矮老道上台来！"

岷江棚内立时走出一个和尚，一个道士，和尚是七宝和尚，道士是矮纯阳，而且来得非常神速，一纵身一齐纵上台来，在铁脚板身后分左右一站，对于黄龙，连正眼都不瞧一眼。铁脚板唤两人上台，别有用意，一半也防备自己说话时，华山派暗下毒手，有这两人护卫，便不必顾忌了。

这时铁脚板把平时嬉皮笑脸一概收起，态度非常严肃，把手上短拐在台板上嗵嗵地击了几下，大声发话道："在场的邛崃门下听着，凡是邛崃门下都应该知道前辈祖师爷传下来两大支派，第一支在岷江一带，现在由我和七宝和尚管理门户；第二支在沱江一带，这一支的门徒，这几年因为第二支掌门人报效国家，命送疆场，弄得群无所归，异常散漫，其中有几位同道看到没有掌门人，群龙无首，乱了章法，难免有人做出弃师灭祖，背教离宗的事来，常常和我商量，想把两支门户，并为一支，但是我们祖师邛崃老人留下两个七星蜂符，见符如见祖师，由两支掌门人执掌蜂符，管束同道，一代代传下去。

"在我岷江一支的蜂符是赤金丝嵌就，沱江一支是乌金丝嵌就，这两具信符是我邛崃派的宝物，也就是威振江湖的独门七星黑蜂针，想仿造做假，都不可能。不料沱江一支的七星蜂符被掌门人遗失，好多年没有下落，没有祖师爷信符，便公推出沱江掌门人，也无法约束同道，现在可好了，祖师爷神灵呵护，不忍沱江同道散漫无归，居然被涪江第二支嫡派师兄，鼎鼎有名的矮纯阳访求到手，经过两支派几位名宿公议，公推矮纯阳继任沱江第二支派掌门人，从此我们两支派兄弟携手，患难扶持，遵照祖师爷遗规，各安生业，今天在场如有本门第二支派门徒，务于今晚起更时分，在武侯祠柏林下会齐，自然有人知会，领赴香堂，参拜祖师，面谒二支掌门人，验看祖师留传七星蜂符，领受慈悲，从此邛崃派两大支派，均由两派掌门人约束领导，各守范围，不得逞强恃霸，夺人衣食，亦不得受人诱惑，为非作歹，违背祖师遗训，两支掌门人随时监察，查有违背祖训之人，请出祖师蜂符，按十大家规处治，这是我向本门同道说的话。

“现在，在下还要在华山派诸位老师傅和诸位乡亲面前声明一下，刚才嘉定杨相公一番金玉良言，说明怨怨相报，不是真理，凡事总要占住一个理字，学武的人外有人，谁也不敢说打遍天下无敌手，可见打是打不出道理来的，这番话真有道理，凡是意气从事的朋友，何妨各人都退后一步想，刚才黄擂主说我们邛崃门下抢人衣食，凭这一句话，如果意气从事，今天邛崃、华山两派定然要打得不可开交，不过嘴唇两张皮，算不了什么，我们邛崃派暂时噎住这口气，诸位乡亲眼睛是亮的，耳朵是灵的，请乡亲们主张公道好了，今天还有一位擂主虎面喇嘛，又无端地闹了家务，黄擂主大约心情不佳，偶然出言不慎，我们也不愿恃强逞能，凡是到场的邛崃门下，立时退场，便是有人挑斗，我们也决定置诸不理，诸位乡亲大约也不愿瞧这种热闹，在下和同道们就此告辞。”

说罢，他向四面一拱手，竟没有再理会黄龙，和七宝和尚、矮纯阳三人竟各自施展轻身绝技，唰！唰！唰！宛如三只燕子从台上飞身而起，掠过台下一片人头，飞出四五丈开外，落地时，再一晃身，竟从南面出口飘身而出，三人一走，右面岷江棚内的人们一齐转身，拽开后壁苇席，走得一个不剩，再看左面各棚内，也纷纷走出不少人来，追踪着岷江棚内的人们走了，连瞧热闹的也涌出了一大半。

这一来把台上擂主黄龙气破了肚皮，万料不到邛崃派有这一手，最可恨的，铁脚板饶是口头上占了便宜不算，不防他找来了已经得到邛崃老人遗传第二支派的七星蜂符的青城道士矮纯阳，重整沱江邛崃第二支派，把左面棚内，自己费了许多心机，邀来沱江不少邛崃第二支派的人物，本预备收罗入华山派的，竟被铁脚板三言两语引走，自己一番计划付诸流水，事出意外，一时措手不及，把黄龙呆在台上，连右面各棚内几个华山派厉害人物，也被铁脚板用话封住，一时确难出场挑战。

表面上好像邛崃派仁至义尽，有意相让，其实骨子里有意拆台，把华山派阴干起来。如果华山派有人拦住邛崃派人们，定要在擂台上当场解决，胜负且不说，邛崃派先占住一个理字，更有话说，何况今日邛崃派几个首脑都在场，人手齐全，也许还请着高手隐在一旁，正棚内坐着的嘉定杨展和雪衣娘定然和邛崃派一鼻孔出气，刚才杨展在台上一番话，此刻看起来，好像故意说的，活像是邛崃派全套的诡计，先由姓杨的上台来说一套冠冕堂皇的话，替邛崃派伏一个下笔，然后铁脚板照方抓药，就此做文章，显得邛崃派大仁大义，面面俱圆，却把擂台阴干大吉，把华山派的人们闹得哭笑不得，只好睁着眼，看邛崃派的人们得意扬扬地走了。

华山派人们这样一想，未免迁怒到杨展身上了，擂台上争斗既失对手，一齐恶狠狠朝着杨展、瑶霜怒目而视。

这当口，杨展和瑶霜也觉察情形不妙，处在嫌疑之地，有点进退两难。照说邛崃派几位人物一走，擂台上定然无人出场，两人应该立时就走，但是两人跟在邛崃派人们后面走出，在华山派人们眼中，一发疑心两人和邛崃派有关了。

两人正在一阵犹疑，尚未离座当口，猛见左面棚内，蹿出两人，纵上台去，却是女飞卫虞锦雯和江燕儿江小霞，身上都带着宝剑。两女一上台，左棚内又飞出一人，也跳上台心，却是江铁驼。

江铁驼一到台上，立时解下缠腰软兵刃，黑黝黝，亮晶晶，是条蛟筋腾蛇棍。江铁驼把腾蛇棍一提，走到台口，向对棚杨展拱拳说道："邛崃派铁脚板一班人有名无实，不敢用真功夫在台上较量，轻嘴薄舌地用话遮羞，悄悄地溜走了，这种人不够人物，俺江铁驼还不屑和这种人较量，刚才我和杨相公在台上过招，像杨相公这身功夫，才教人佩服，不过我江铁驼还想讨教几手兵刃，再说，杨相公同来的那位雪衣娘，听说也是本领出众。江湖上已有人传说，雪衣娘是当年巫山双蝶的千金，不用说，更是家传绝艺，现在鹿头山有两位女英雄，想乘机会一会雪衣娘，这两位彼此都已见过，一位便是女飞卫虞小姐，一位是在下妹子江燕儿江小霞，已在台上恭候，请杨相公、雪衣娘赏脸，一齐请上台赐教吧。"

杨展一听便知事情不妙，江氏兄妹定然想报当年一掌之仇。江铁驼竟敢再上台来向自己挑战，定然别有毒计，何况还有虞锦雯，今天不用杀手，怕不易脱身了。杨展一时心口相商，还未答话，瑶霜已柳眉一挑，霍地起立，把身后瑶霜剑取到手内，向杨展娇嗔道："人家指名叫阵，还有什么话说。走！"

她走字一出口，一按桌面，人已掠桌而出。

杨展无法，从小苹手上接过自己的莹雪剑，低嘱小苹和自己书童看守住骑来马匹，万一出事，说走便走。

瑶霜听他吩咐小苹，回头悄说道："不妥，你忘记小苹和他们有过节，不能叫她走单了，跟我一块儿上台。"

杨展一想也对，提着宝剑，离座跟在瑶霜身后，两人刚走出棚外，猛听得右面靠里一座棚内，有人声若洪钟地喝道："两位留步，买卖人讲究两眼不落空，台上这批货色，成色不高，倒合小号胃口，两位请回，这笔买卖，作成小号吧。"

两人听得一愣，连台下的人们都听得诧异非凡，一齐向那面瞧去，杨展和瑶霜并不回座，一瞧那面一步三摇地走出一人，黑黑的圆脸，胖胖的身材，一团和气，满脸油亮，全身穿着土头土脑，宛然是个四川贩药材的道地买卖人，怪不得满嘴是买卖经，几乎把瑶霜笑歪了嘴，暗想江湖上什么角色都有，买卖人也上擂台，而且把台上黄龙、虞锦雯等都看作交易的货色，真是笑话，倒要瞧瞧他有什么出奇本领，敢这等卖狂。

台上黄龙、江铁驼、虞锦雯、江小霞四人突然听到这人可笑的话，又瞧见这样貌不出众的药材贩子，居然也敢口出狂言，真是气不打一处来。黄龙、江铁驼一齐转向右面，大喝道："你发的什么疯？拳脚无情，你大约是活腻了。"

那人并不动怒，哈哈一笑，且不上台，指着台上笑道："你叫黄龙，连泥鳅都不如。如果改作黄牛，也许可以掏点牛黄，还值几文。这一位偏又叫什么铁驼，为什么不叫龟板呢？龟板倒有行市。"

黄、江两人大怒，严声喝道："你上来，这儿不是斗嘴的地方。"

那人一笑，便要举步，忽听得头上一个苍老沉着的声音笑道："余侠客游戏三昧，不必和这种狂妄之辈一般见识，老夫自有道理。"

几句话突然而来，这位买卖人也吃了一惊，霍地向后一退，抬头往上一瞧，慌不及躬身施礼，笑道："鹿老前辈，想不到你老人家有此雅兴。多年不见，今天真是幸会了。"

原来擂台上面芦棚右面卷角上，飘飘然立着一个清瘦老头儿，须眉俱白，相貌清奇，一身道装，左胁下挟着一根奇特的短杖，杖头上四面尽是短角。杨展、瑶霜暗暗心喜，知道这位便是大名鼎鼎的鹿杖翁了，此翁一到，事情立解，冷眼看台上黄龙等一班人，都已变貌变色。但是在台上的人只听到鹿杖翁的语音，还未见着鹿杖翁身形，因为人在芦棚上面，尚未下来。

片时，鹿杖翁飘身而下，一转身，便到了台上，台上黄龙等立时跪倒迎接。

鹿杖翁用杖击着台板，喝道："亏你们不惶恐，连洪雅花溪余侠客当面会认不出来！你们没有见过面，也应听人说过他的长相举动。你们有眼无珠，在江湖上还混什么劲儿。"

鹿杖翁把黄龙、江铁驼骂得哑口无声，又指着虞锦雯说道："姑娘，你平日很好，这一手可不对了。你一个姑娘家，不知天高地厚，居然扯着我旗号，赶到这儿镇擂来了。这还不算，还替江氏兄妹撑腰，访寻巫山双蝶后人。你有多大本领，敢这样目中无人？幸而我赶来得早，从开擂起到此刻为止，我在上面看得清楚，你们这几个人，可以说没有一个赶得上人家的。铁驼自己肚内明白，刚才杨相公对你何等留情，何等宽宏，这样替你留脸，你还得福不知足，还想讨死，我本来不想露脸，你们原是咎由自取，我多年不在江湖露相，此刻现身，我是想会一会大仁大义的杨相公。"

鹿杖翁说到这儿，杨展和瑶霜慌不及把各人的宝剑交与小苹，向中间走道上紧走几步，向台上鹿杖翁躬身施礼，杨展说道："后辈杨展和世妹瑶霜参见，久仰老前辈德高望重，今天幸得拜识尊颜，足慰平时敬慕之愿了。"

鹿杖翁迈步走到台口，一面抱拳还礼，嘴上说道："杨相公真是谦谦君子，老夫佩服之至，两位请上台来。"又转面向右面台下说道，"余侠客也请上台，彼此都是有缘。"说毕，他又向台下四面拱手道，"诸位乡亲，擂台从此停止，我们无非闲谈，没得可瞧的了，诸位站了半天，也可以散一散了。"

鹿杖翁这么一说，台下和两面棚内散得果然不少，想看个究竟，舍不得走开的，依然有不少人。

杨展、瑶霜和买卖装束的余侠客一齐走上擂台，鹿杖翁向黄龙等一挥手，黄龙等四人含愧站起，退立一旁，鹿杖翁指着瑶霜向杨展问道："这位姑娘大约是破山大师的娇女了。"

杨展称"是"，鹿杖翁点头叹道："难得，难得，真是珠联璧合，破山大师得此娇女娇婿，毕竟是有福的。"说罢，看了虞锦雯一眼，微微地叹了口气，突然面色一整，向黄龙等说道，"你们以为我独处深山，多年不在江湖露相，万事都可以瞒住我了，哪知道你们一举一动，我都清楚，不用说你们总算和我有几分牵连，便是铁脚板、七宝和尚这般侠义道，我也略知一二。最近我又听得破山大师出家苦修，把本领教授了一女一婿，今天我在上面亲眼见到杨相公英俊不群，亲耳听到杨相公劝解江湖道怨仇宜解不宜结的话，因为杨相公是读书人，理解高人一等，说得非常激彻，连我听得都非常感动，无怪铁脚板临时改计，当众声明，率领门徒，毅然一走了之。可恨你们不知杨相公一番苦心，还以为和邛崃派一鼻出气。

“老实对你们说，我在上面看得非常清楚，如铁脚板、七宝和尚、矮纯阳这班人不被杨相公用话感动，定要在擂台上和华山派见个真章，今天你们便要吃大苦了。邛崃派交友广阔，除出在场的铁脚板等几个首脑以外，还隐藏着几个能手，绝非你们所能对敌，你们偏瞎了眼，冥然无觉，还以为人家诡计取巧，你们今天能够有这样结果，真是不幸中之幸，完全是杨相公片言解纷之德。

“可笑我这位干闺女还想替江氏兄妹会一会雪衣娘，说起当年琵琶蛇江五被黑蝴蝶五行掌打落江中，也是咎由自取，江五事不干己，依恃一点琵琶功，替朋友强自出头，才受一掌之厄，刚才江奇也想用琵琶功置杨相公于死地，老夫在上面，已经怒不可遏，便想下来制止，后来一看杨相公应付有余，三十六路擒拿手中羼着分筋错骨法，把江奇一点微末功夫消解于无形，最难得的是杨相公击穴斩脉，极有分寸，既稳且准，都适可而止，绝不用出杀手，如果杨相公也和你们一样，手法稍微一重，江奇早已两臂俱废，这种宽宏大量才是真英雄，江湖上尊重的便是这种人，老夫实在感佩得了不得，从此江氏兄妹如果不知自量，还要记着这段怨仇，再生事非，从我这儿起便不答应你们。”鹿杖翁说到这儿，忽然向虞锦雯看了一眼，向她抬手道，“姑娘，你过来。”

虞锦雯眼圈一红，走到跟前，满肚委屈地说道：“干爹，你老人家说我扯着旗号到此镇擂，可把我怨苦死了。”

鹿杖翁笑道：“我都明白，你自己还不知道，人家利用你，到处说是女飞卫代表鹿杖翁镇擂，江湖上却早已传开了，如果我不赶下山来，连我这张老脸皮都被你们抹黑了。我的干闺女，你完全是静极思动，想到成都来开开眼界罢了，可是你要明白，江湖上交朋友最得当心，像杨相公、陈小姐这两位才是你应该结识的好友，姑娘，干爹老眼不花，快过去，和陈小姐亲近亲近吧。”

虞锦雯虽然老练，不由得粉面一红，低下头去，瑶霜却玲珑剔透，乘机过去拉着虞锦雯的手，说道：“姊姊一身本领，小妹非常佩服，如蒙不弃，改日请到舍下盘桓，小妹可以面受指教，多交闺友。”

虞锦雯除出懊悔自己疏忽，被人利用外，心里又多了一种难受，她这难受只有她自己知道，嘴上只好和瑶霜谦逊几句，心里却想哭。

鹿杖翁未尝不爱惜这位干闺女，如果杨展没有一段姻缘，鹿杖翁早把这爱婿抱在手中了，在鹿杖翁心里未尝不暗称可惜，所以他刚才说出破山大师是有福的人时，还叹了口气，这时看得瑶霜和虞锦雯互相周旋，他心里又起了一种微妙念头，可惜他这念头一时不便出口，也只有他自己明白了。

鹿杖翁一出面，豹子冈擂台算是瓦解冰消，最难受的是擂主黄龙，闹得八面不是人，他被鹿杖翁一顿训斥，虽然不敢说什么，心里越发把邛崃派恨之入骨，连鹿杖翁也恨上了。原来他野心甚大，为了这座擂台，费了许多心机，因友及友，也请了不少厉害能手，预备最后出场，对付铁脚板、七宝和尚等人，邛崃派虽然巧言惑众，退出擂台，事不算完，擂台还有几天，自己早有安排，不怕邛崃派躲着不见人，好歹要把沱江、涪江两处水码头，归华山派独占，自己本觉得稳操胜券，万不料，事不由己，多年不下山的鹿杖翁竟会在这紧要当口赶来，以大压小，反而帮敌人说话，左面棚内自己请来的几位江湖能手，大约也恨鹿杖翁多事，枉称华山派尊宿，一个个都悄悄溜走了。

那班溜走的人逃不过双眼炯炯的鹿杖翁，他朝着左面棚内一声冷笑，向杨展说道："凡事总要讲个理字，无奈江湖上多一勇之夫，和他们费尽唇舌，也难使顽石点头，但是公道自在人心。杨相公涉世尚浅，这十几年内，四川有十三家山贼之称，黄龙、虎面喇嘛以及摇天动等都在十三家以内，偏偏这十三家内有不少是华山派门下，被人们说起来，脱不了这个贼名，因此老夫独行其是，息影山林，让他们自生自灭，今天老夫多事，不明白的人，还以为老夫不替自己华山派做主，反而胳膊愣往外弯，哪知道老夫和杨相公一般存心，总想替他们感召祥和，免去多少杀身之祸，可是此刻默察情形，恐怕迷途难返，枉费我们一片好心。老夫这把年纪，也管不了许多，从此老夫绝不干预他们的事。

"不过有一事，老夫要拜托杨相公，虞锦雯从小孤苦伶仃，由我收养成人，名为义女，实和亲生一般，老夫从来不收徒弟，只有她的功夫是老夫亲传，平日心情品德，都还不错，老夫风烛残年，务请贤伉俪看老夫薄面，万事照料，老夫言深了，似乎不应该说这些话，但是杨相公胸襟远大，陈小姐也是贤淑女豪，大约不致见怪老夫的冒昧了。"

第五章　诡　　计

鹿杖翁说出这番话来，言重心长，别含深意，听在黄龙、江氏兄妹耳内，越发不以为然。在虞锦雯却是芳心寸碎，心事重重。杨展想说出几句话来，心有顾忌，怕瑶霜多心。

这时瑶霜一面拉着虞锦雯的手，一面向鹿杖翁笑着说："老前辈这样看得起我们，是我们后辈的幸运。只要虞家姊姊不嫌我们，后辈愿和虞姊姊结为异姓姊妹，彼此都有个照应。"

鹿杖翁呵呵大笑道："姑娘，你这样多情，我干闺女是求之不得，老夫是喜出望外了。"

杨展乘机说道："此时日已西沉，老前辈和黄擂主大约有话谈，后辈斗胆，明午略备杯酒，想请老前辈和虞小姐光降敝庐，可以从容求教。黄擂主、江师傅、江小姐能够联袂光临，更是欢迎，敝庐在武侯祠后宏农别墅便是。"

鹿杖翁道："好，准定叨扰两位。别人不敢说，我和我干闺女必到。时已不早，两位先请回府吧。"

杨展又向洪雅余侠客抱拳道："余兄大名早已贯耳，不想在此会面，明午不诚之敬，务乞余兄拨冗下降，借此订交。"

余飞慌不及躬身还礼，笑道："杨兄抬爱，敢不从命？不过这次路经成都，同着几位朋友在此，我辈神交有素，不拘形迹，万一明午有事羁身，改日定然趋府拜访。"说时，略使眼色，似乎别有用意。

杨展猛地省悟，鹿杖翁和虞锦雯在座，有了外人，鹿杖翁反有顾忌，不能畅所欲言，有自己和鹿杖翁打成交道，对于川南三侠颇有益处，当下略一周旋，不再坚邀，便和瑶霜向鹿杖翁告辞，再和黄龙等口头上也敷衍了几句，瑶霜却诚形于色地拉着虞锦雯订明午之约。

两人离开擂台，小苹和书童已把四匹马预备妥当，一齐上马，回到家中，已是上灯时分。下人们递上一封信来，说是有人送来不久，两人一看信上写着“杨相公亲拆”，拆开一瞧，只见信上写着：“伟论敬佩，弟等退场以后，特留余兄及二三能手殿后，藉为贤伉俪暗中臂助，嗣得探报，鹿杖翁突然现身，对于贤伉俪赞不绝口。此翁性情怪僻，绝少许人，青睐如此，确是难得，但此翁在华山派中辈分虽高，隐迹已久，未必能使敌方悔悟，就此罢手，其中尚隐伏一二著名恶魔，敌方藉为奥援。雪衣娘踪迹已露，吾兄得鹿杖翁青睐，更为彼等所忌，弟等近日内整理沱江支派，恐难趋晤，务希随时防范，以防反噬，切嘱，切嘱。”下面具着一个“七”字。

杨展道：“我本意请鹿杖翁到此，同时想请七宝和尚等作陪，替他们解释怨仇，免去多少是非，照这信内所说，黄龙这班人已属无可理喻，怪不得刚才余飞连使眼色，婉辞赴席了。”

瑶霜说道：“你是脱不了书呆子脾气，对强盗们讲了一篇大道理，完全白费唾沫。我暗中留神，早看他们成群结党，绝不死心，便是铁脚板一片花言巧语，借此散场，也是针锋相对，另有安排。不过虎面喇嘛无端被他老婆一口吹箭射瞎双眼，最后又被鹿杖翁赶到镇压，这两档事一扰局，完全出于他们意料之外，可是事情不算完，擂台上被人扰了局，也许别生花样，我们两人的事，又被鹿杖翁倚老卖老地明说出来，又把你恭维得晕头转向，当然把我们当作眼中钉了，但是凭这些亡命之徒，能够把我们怎样？”

杨展一瞧小苹和几个使女不在跟前，悄悄说道：“今晚你把小苹照料到别屋子睡去吧，我们晚上在一起，彼此容易照顾一点。”

瑶霜笑啐道：“呸！不识羞的，我才不上你当哩。”

杨展笑着央求道：“好妹妹！我是正经话，别往邪处想。”

瑶霜在他耳边低语道：“小苹鬼灵精，教我用什么话撵她呢？那多的日子也过来了，你考过武闱，我们便要成礼，你算算还有多久日子，为什么官盐当作私盐卖呢？”

杨展故意逗她道：“官盐当作私盐卖，又是一番趣味，我不上楼，你不会下楼吗？”

瑶霜明知他打趣，笑骂道：“下流坯子，还说是正经话呢，我不理你了。”

两人在内室晚餐，小苹站在一边伺候，瑶霜说起白天豹子冈，小苹一支袖箭几乎惹出祸来，人小胆大，下次千万不可如此。

小苹噘着嘴说：“我实在可怜那个独臂婆娘，到了这地步，居然还念夫妻之情，只射瞎虎面喇嘛双眼，这种杀坯，还留他一条命作甚！”

杨展笑道：“嘿！瞧你不出，小小年纪，这样心狠手辣。”

瑶霜说："小苹这一袖箭，虽然鲁莽一点，却救了一条命。"

杨展道："强将手下无弱兵，小苹此可称'侠婢'了。"

三人正在说笑，外面下人送进一封信来，杨展在灯下一瞧，信皮上字迹歪斜，且写得稚弱不堪，细审笔迹，好像是女人写的，信皮上写着"杨相公密启，内详"。

杨展先不拆信，向送信进来的人问道："这封信何人送来？送信来的人走掉没有？"

那下人回话道："送信来的人形色慌张，自称北门外玉龙街客店伙计，奉一女客所差，限他即时送到，立等回音，现在送信人还在门房候着，没有走。"

杨展、瑶霜听得起疑，忙把信封拆开，取出信笺一看，只见上面写道："万恶贼党，竟敢以下犯上，佯称欢宴，暗下蒙汗药，将我义父劫走，生死未卜，雯先回寓，幸免毒手，亏得江小霞念旧，密通消息，始知毒计，拟于三更时分，仗剑赴豹子冈与贼党决一死战，生死已置度外，贤夫妇侠义薄云，倘蒙拔刀相助，救我义父垂危之命，至死不忘大德，虞锦雯泣叩。"

杨展把这封信反复看了好几遍，冷笑不止。

瑶霜道："万恶贼党真是丧心病狂，竟敢做出这样事来，可是鹿杖翁也枉称江湖前辈，竟也着了他们道儿，照说他们自己窝里翻，外人管不着，不过这种大逆不道的事，既然被我们知道，在侠义天职上，难以置之不理，何况那位虞小姐实在可怜，我已经出口和她结为异姓姊妹，更不能不助她一臂之力，走！我们倒要瞧一瞧这班恶徒，究有多大能为，敢这样倒行逆施。"

瑶霜说时，柳眉倒竖，义愤于色，杨展却坐得纹风不动，微微冷笑道："我的小姐，你少冒热气，这封信的来意，原希望我们两人风急火急地赶去打抱不平的，不过信上说的是三更时分，你先不要急，让我打发了来人再说。"说罢，站了起来。

瑶霜诧异道："你这是什么意思，难道这封信上有毛病么？"

杨展点头道："我先到外厅见一见送信人，回头再对你说。"说完，便和门外立着的下人出去了。

片时，杨展进来，大笑不止，瑶霜急问道："为何发笑，送信人打发走了么？"

杨展剑眉直竖，目射异光，冷笑道："我虽然未涉江湖，这样诡计，休想在我面前施展。刚才我仔细一瞧来信，很是可疑，特意亲自出去，把送信人唤进来，虽然看他一身衣服，倒像客店伙计，问他客寓地点和虞锦雯形状，也都说得对，无奈一脸一身的贼气，瞒不过我双眼，最可笑贼党们什么人不派，偏派了这人来，这人右手腕上，贴了一块金疮膏药。我一瞧这块膏药，再看他长相，便认出是虎面喇嘛的高徒，也就是中了我们小苹袖箭的一位。在贼党们还不知袖箭是我们小苹所发，更料不到我们认得他的面目，贼党们又把细过头，定要取得回音，以便稳拿稳捉，真把我姓杨的当作一个不识世故的纨绔公子了。”

瑶霜笑道：“你且慢吹大气，究竟怎么一回事，快说出来吧！”

杨展道：“我先说信上的破绽。虞锦雯的笔迹，我们果然没有见过，这封信上的字，骤然一看，笔划细嫩歪斜，好像一个女子慌慌张张写的一般，但是信文文通理顺，井然有序，毫无涂抹篡改之处，和慌慌张张的笔迹便觉不符，可见，笔迹细嫩歪斜是故意做出来的，这是小漏洞，不算数。我们此刻晚餐刚毕，信上所名‘欢宴’，是在我们离开豹子冈时，他们便欢宴鹿杖翁呢，还是上灯以后才欢宴呢？你想，我们回来时，业已万家灯火，到此刻我们饭罢，并没多久。你瞧信上，算他从我们走时便开始欢宴，虞锦雯却不在场，独回北门客店，后来江小霞看见欢宴出事，前去暗通消息，虞锦雯才知其事，再写起信来，然后打发客店伙计从北门外步行到南门外，把信送到这儿，你想得用多少时候？细算时刻，大有毛病。再说，贼党欢宴前辈鹿杖翁，自在情理之中，何以虞锦雯却不随宴，反而独回客店，却在情理之外。

“江小霞和虞锦雯是亲戚，又是同处已久的女伴，暗通消息，也在情理之中，但江氏兄妹与鹿杖翁同处鹿头山，虞锦雯又寄居江氏家中，同为鹿杖翁后辈，江氏兄妹在华山派中算是与鹿杖翁最为接近之人，平时受鹿杖翁、虞锦雯父女武功指点，危难扶翼之处，定然难免。江小霞既有暗通消息之情，岂无利害切身之念，即使江氏兄妹并不预谋，当场亦难坐视不救，此又大出情理之外，这都不算最大毛病。贼党们为什么对于本派尊长要这样下手，甘犯江湖大忌呢？

“照今日擂台上情形，凡是黄龙之辈，不免怨恨鹿杖翁不替本派做主，反而折断胳膊往外弯，把一座擂台弄得瓦解冰消，华山派下也许动了公愤，先来个大义灭亲，除掉内部的障碍，然后始能重振旗鼓，合力对外，这种情形，似乎有此一说，信上的本意，也是要我们从这条路上着想的，但是我们再想一想，鹿杖翁是何如人？何等武功？何等阅历？

“凭黄龙之辈，果然没有这样大胆，即使另有主使之人，这种诡计，鹿杖翁绝不会轻易上钩，即算暗箭难防，黄龙之辈，丧心病狂，为了畅所欲为，暂时把鹿杖翁软禁起来，免得阻碍已定之策，然而深得鹿杖翁真传的虞锦雯，既未预谋，彼等何以毫无顾忌，让她安处客店？只要从这种地方一想，便觉种种不合情理，信上好像言之成理，其实禁不住仔细琢磨，其中便觉毛病百出了。

"总之这封信是假的，送信人假称客店伙计，更是铁证，其中诡计，完全想在今夜把我们两人诱到贼党埋伏之地，群起而攻，制我们死命罢了。本来他们不必定在今夜行此诡计，大约为了明午鹿杖翁和虞锦雯到此赴约，他们认定，我们两人虽不是邛崃派中人，却与邛崃派首脑有密切关系，已把我们视为仇敌。

"如果鹿杖翁父女和我们接近，不免说出黄龙等平时不法行为，把他们的虚张之势，泄露无遗，多有不利，鹿杖翁在擂台上又把干闺女重重拜托我们，更遭他们之忌。为了他们争沱、涪两江水旱码头的利害前途，只好把强敌暗算除掉。对于我们，急于在鹿杖翁赴约之先，先下手为强，免得夜长梦多，但是他们不想一想，即算如了他们心意，纸里包不住火，事后鹿杖翁肯饶恕他们了么！

"哎呀！不好！这封信上的意思当然是无中生有，故意捏造出来的，可是言为心声，他们既然能捏造出这种事来，其中难免真有这种坏念头的人。鹿杖翁这次下山，实在有点自招烦恼了！"

这事经杨展详细一解释，瑶霜恍然大悟，勃然大怒道："玉哥，你既然看透了万恶贼党诡计，我们何妨将计就计，让万恶贼党们尝尝我们厉害！"

杨展笑道："我已定下主意，已经亲口对送信人说'届时必到'，而且故意说'我们自备骏马，脚力极快，绝不误事'，我还赏了几两银子，以示不疑，那贼徒欢天喜地地走了。此刻尚未起更，到三更时分，绰有余闲，我想以此信为证，先去会着鹿杖翁和虞锦雯，请他们一同前往，看贼党们如何摆布！"

瑶霜道："好是好，这时哪里去找他们呢？"

杨展道："依我推测，鹿杖翁和虞锦雯在一起，也许已在玉龙街客店了……"

一言未毕，忽听院子里风声飒然，一响便寂，瑶霜噗的一口，把桌灯吹灭，向小苹耳边嘱咐了一句"拿剑来"，杨展已一个箭步蹿出房门，到了中间堂屋门口。

两人闻声戒备之际，院子里已有人娇滴滴唤道："杨相公、陈小姐不必惊疑，虞锦雯奉命求见，望乞恕罪。"

两人一听是虞锦雯，瑶霜忙命上灯火，同杨展一齐出堂屋，虞锦雯一身夜行衣服，背着长剑，款步上阶。瑶霜赶上一步，拉住虞锦雯玉臂，笑道："虞姊姊深夜光降，定有见教，请里面待茶。"

虞锦雯笑道："初次造访，便从屋上进来，实在太失礼了。不过奉命而来，避免耳目，只好如此，尚乞两位原谅。"

瑶霜道："虞姊来意，略知一二，虞姊不来，他也要到玉龙街乘夜拜访了。"说着向杨展一指。虞锦雯听得却是一愣，杨展笑着把怀里一封信取出来，送到虞锦雯近身茶几上，说道："虞小姐一看信便知。"

虞锦雯急把信笺取出一瞧，立时粉面失色，杏眼圆睁，恨声说道："岂有此理，这种万恶诡计，两位大约已窥破阴谋，可恶的竟借用我的名义，引诱两位如陷，还捏造这种大逆不道的话来，我和义父都不能宽恕他们。怪不得我义父逼着我连夜赶来，命我通知两位，'休中诡计，慎防暗算'。我还以为没头没脑的两句平常话，巴巴地逼着我冒昧赶来，还愁着初次造访，这话如何说起。他老人家又不细说内情，两位一问我这话从何而来，叫我如何回答？万想不到他们已做出这种事来了。

"大约我义父察言观色，已经预料到他们这班人，难免有这样诡计，事不宜迟，命我连夜知会，请两位有个防备。如果这封信入他老人家之目，我义父真要气坏了，说不定把这班无法无天的恶徒们，一个个亲自手刃了。"说罢，又向杨展、瑶霜看了一眼，愤然说道，"瑶妹，愚姊略长几岁，我也不客气了。瑶妹，我也年轻无知，此番到成都来，几乎被人愚弄。我义父责备我一点不错，现在我先向两位谢罪。"

瑶霜忙说道："虞姊千万不要挂在心上，我们有缘结交，此后亲近日子多着呢。"

杨展笑道："小弟和瑶妹同岁，此后请姊弟相称吧。"

虞锦雯梨窝微晕，瞟了他一眼，立时低下头去，有点羞涩了。

瑶霜指着信说道："虞姊来得正好，信是派人送来的，派来的人，我们认得他是虎面喇嘛的门徒，来人还讨回声，我们说届时必到。现在虞姊来了，我们应该怎么办，还是置之不理？"

虞锦雯倏地面现青霜，指着信说道："信上不是说三更时分吗，我们三人三口剑，大约还不把这班恶徒放在心上，而且我先出场，我要问问他们，为什么借用我名义，万一两位真个上当，我有嘴也说不清，我还能见人么？”

杨展道：“虞姊，此刻鹿老前辈在什么地方，还在玉龙街客店吗？”

虞锦雯叹口气道：“他老人家这么大岁数，性情非常特别，隐现无常，谁也不知他准住处。白天两位走后，老人家又把黄龙一班人骂得狗血喷头，还是由我用话劝住。他老人家一顿骂完，跺跺脚就走了，也没有人敢问他到哪儿去。我也恨极黄龙夫妇，几乎把我也毁在里面。江氏兄妹染上他们恶习，义父走后，连江铁驼也敢编派义父不是，我是一赌气，独自回了玉龙街。此刻我推想，这封信的鬼主意定然在我走后想出来的。我回到客店用过晚餐，越想越气，后悔跟着江氏兄妹到成都来，染上这浑水，正在气闷，义父忽然走进房来，也不知他从哪儿来的，一见面，便命我速到此地知会两位，而且叫我越墙而过，避免耳目，还不准细问情由。”

杨展笑道：“如照虞姊所说，今晚黄龙等活该倒霉。虞姊以为鹿老前辈察言观色，无非叫我们预防诡计，但是小弟猜测，鹿老前辈表面上怒骂而走，大约仍在暗中监察这班恶徒举动，这封信内的诡计，也许他老人家早已明白了。不过小弟此刻代黄龙等设想，定此诡计，准能把我们两人制服么？还是其中隐有出色人物，稳操胜算呢，还是暗伏阻击，依仗人多势众呢？”

虞锦雯说：“杨相公料事如神，我义父也许知道这恶计了，至于他们……”

话还未完，瑶霜抢着笑道：“人家亲亲热热地叫你一声姊，虞姊还是见外，还是相公不离口，他号玉梁，你喊他玉弟不行么！”

虞锦雯被瑶霜天真烂漫地一说，不禁一阵忸怩，半晌，才接着说道：“他们一班人，白天在擂台上现世的几个，两位已经一目了然，我在黄龙家中没有久留，也因看得黄龙相处的人没有正经路道，才远远地避居客店。不过依我推测，未必有什么高手，物以类聚，无非是四川水陆两道，吃横梁子的匪人罢了。据江小霞对我说，虎面喇嘛请到了两个江湖厉害魔头，都不是近处人物，一个是川藏交界凶淫无比的独脚大盗，绰号小丧门，一个是甘蜀毗境摩天岭一股悍匪的寨主，绰号秃鹰。不用见人，只听那两个绰号，便知是两个混账东西。虎面喇嘛和黄龙，把这两个宝货敬如鬼神，听说许了重愿，才请来的。也许这条诡计，还是这两个宝货指使的呢！这倒好，我今天要开杀戒，先把这两个宝货做榜样，替世人除害，使黄龙破胆。如果我义父已知此事，更不用说，这班恶徒要自讨苦吃了。”

三人越说越投机，瑶霜把虞锦雯请到楼上自己香闺内叙话，杨展也陪上楼，小苹张罗香茗细点，殷勤待客。

虞锦雯看得小苹可爱，拉着小苹，略问身世。瑶霜便说出黄龙手下害死花刀李，劫取小苹，自己凑巧相逢，救了她，巧得七星蜂符，才和黄龙结上梁子，接到擂台请帖的一段经过。虞锦雯这才明白，其中还有这段故事，想起擂台上，铁脚板抬出邛崃派失而复得的第二支派七星蜂符，把黄龙网罗的沱江一带的邛崃门徒，统统引走，原来还从小苹身上所起，怪不得黄龙把雪衣娘、杨展一并恨上了。

虞锦雯笑道："我这次到成都来，真像瞎子一般。如果我义父迟到一步，也许冒冒失失地和瑶妹交上手呢，还算逢凶化吉，我们到底交上朋友了，不过我还有一事不明……"虞锦雯说到这儿，略一迟疑，似乎有点不便出口，却向两人看一眼，微微一笑。

瑶霜笑道："虞姊有什么不明，我和他毫无忌讳，只要是我们知道的，没有不据实奉告的。"

虞锦雯被她一逼，只好笑说道："我和瑶妹在武侯祠马上相逢，瑶妹自说姓杨，和……玉弟是兄妹，我真相信了，现在才知……不是。"说到这儿，虞锦雯自己倒有点不好意思了。

杨展一笑，正思开口，瑶霜心直口快，已接过去笑说道："怎么不是呢，实对虞姊说吧，我们两人一出娘胎便定姻了，而且我去世的母亲是他的义母，他的老太太也是我的干娘，我们从小便在一块儿，从小便兄妹相称，所以又是兄妹，又是……"瑶霜说到这儿，哧地一笑，便不说了。

虞锦雯暗想，他们真是世间少有的一对天缘，我义父称他们珠联璧合，一点不错，既然是夫妇，她对我说姓杨，女从夫姓，也讲得过去了，不禁笑道："你这一说，又使我顿开茅塞，既然如此，我从此称他妹夫好了。"

瑶霜大笑道："暂时还得喊他玉弟。"

虞锦雯惘然问道："这又什么缘故?"

瑶霜朝杨展瞟了一眼，微笑不答，却用话岔开道："虞姊，从今天起，你不必老远跑到玉龙街去了，我定要留你在这儿，咱们一块儿多盘桓几天，咱们联床夜话，才是姊妹结交一场的情分。"

虞锦雯朝瑶霜一笑，悄悄说道："府上闲房有的是，我也不客气，不过联床同眠，似乎……有点不便吧!"

杨展半晌插不进话去，痴痴地听她们一往情深的谈话，此刻听得虞锦雯忽然世故起来，知她还没有摸清两人的底细，不由得扑哧笑出声来。

瑶霜横了他一眼，在虞锦雯耳边，悄说道：“我们过了中秋才成礼呢，所以妹夫两字，还得藏一藏哩！”

瑶霜这一解说，虞锦雯立时粉面通红，心想真糟，这一世故又出了错儿，自己也是闺女，这一文不对题，倒有点不好意思了。他们也真怪，明明同居在一起，明明两人百无避忌，宛然是一家的男女主人，谁看得出他们还没有交拜成礼呢。

虞锦雯这一难为情，杨展旁观者清，忍不住口角露笑。瑶霜向他娇嗔道：“你敢笑虞姊，本来我们两人和别人不同，难怪虞姊瞧不出来，你得罪了虞姊，看我饶你！”

杨展忙分辩道：“我何曾笑你们来？你这么一说，倒真使虞姊不安了。”说罢，忙站起来，拱手说道，“虞姊海涵，真个不必独处客舍，务必在此下榻，我们也可朝夕求教。”

虞锦雯把两人举动看在眼内，芳心怦怦然，受了异样感动，嘴上故意笑道：“两位真是……连这一点小事，也要赔个礼，使我真不敢和你们亲近了。”说罢，三人一齐笑了起来。

三人这样剪灯深谈，虞锦雯感觉杨展、瑶霜都是一片热情，绝无虚伪，心里非常高兴，觉得来到成都，结交了这样朋友，总算不虚此行，不过心里也暗暗难过，这难过只好藏在心里极深处所，是无法对人说的。

三人一同用过宵夜点心，将近三更，杨展、瑶霜也把外面长衣脱掉，结束一身夜行衣靠，佩上宝剑暗器，嘱咐小苹在家小心看守门户，瞒着下人们，一齐穿窗越墙而出，施展轻功，掩着身形，向豹子冈进发。马匹全都不用，这是杨展主意，先对送信人故意说出骑马赶往，此刻却是步行，使贼党们难以觉察。

虞锦雯当先，瑶霜居中，杨展殿后，各自展开身法，疾如流星，用不了多大工夫，已走出十几里路去，绕过一处田园，前面一片荒林，并无村庄，虞锦雯倏地放缓脚步，向后面两人悄说：“当心前面树林。”说毕，把背后宝剑拔下，脚步一紧，却不使步下带出响声来，宛如一道轻烟，当先向前面树林赶去。瑶霜、杨展岂肯落后，却不亮剑，三人走成一条线，眨眼之间，已到林口，猛听得林内有人似哼非哼的一种哑闷怪声，三人合在一起，驻足细听，声音似在林内不远处所。

杨展艺高胆大，倏地伸手拔出莹雪剑，一个箭步蹿入林内，寻向哼声所在处。好在林木稀疏，天上月光照射入林，并不十分黑暗，杨展走了不远，已瞧见一株枯树上绑着一人，虞锦雯、瑶霜两人也赶到身后，一齐走近绑人那株枯树跟前。杨展一见绑着的人，便认出是送信的贼徒，也是虎面喇嘛的高足，这时手足被人用林内老树上细藤，紧紧地捆在树身上，两眼插着两支吹箭，顺着脸不住地流下血来，嘴上还塞着一团破布，哑闷的怪声从鼻孔内哼了出来。

三人觉得奇怪，这是怎么一回事？猛听得左近一株树上，一个苍老的妇人声音喊道："来的是杨相公杨恩人么？待难妇叩见。"

三人更是惊疑，一回身，只见左近树上跳下一人，飞步而至，到了跟前，立时向杨展跪了下去。三人微一退后，瑶霜业已认出，这妇人是白天用吹箭射瞎虎面喇嘛的独臂女人，便问道："你不是虎面喇嘛的原配妻子么！为什么又把这人弄成这般模样？"

这妇人在地上叩了几个头，站起来说："姑娘，你和杨相公是我的恩人，难妇没有两位暗中助我一袖箭，早已被这混账东西一镖送命了。"

她这样一说，三人立时明白，这又是怨怨相报，杨展问道："你怎知袖箭是我们所发的呢？再说，你在这人身上报了仇也就罢了，为什么又把他绑在树上？自己也没逃走，好像知道我们要来似的。"

那妇人说："杨相公明见万里，难妇在白天面向擂台，没有背后眼，怎知相公救助？难妇身已残废，只剩一臂，要把这人捆得这样结实，真还费事，这是刚才老爷子鹿杖翁通知难妇，才知两位是我救命恩人，这也是老爷子绑的。不止这人，还有几个，两位不信，请看老爷子留下的字条好了。"说罢，右手在怀内摸出一张纸来。

杨展接过，映着月光，瞧出纸上写道："今夜诡计，暗中监察，难逃余目，此事系著名恶盗小丧门、秃鹰两人主使，可恨两盗见机先遁，未能手刃。黄龙、铁驼辈，已由贾侠等事先邀截半途，尽情戏侮，丧胆而逃，其实不必看余情面，饶其一命。江小霞被半面娇蛊惑，违余教训，特留此两人，以供质讯，并嘱独臂妇留林看守。此妇可怜，贤伉俪倘能收留，感恩托足，堪供门户之役。老夫心灰意懒，悔此一行。明午之约，请俟异日。锦雯暂时托身尊府，俟余后命，余事乞杨相公裁行。鹿。"

三人一见字条，杨展笑道："恶徒枉费心机，弄巧成拙，非但鹿老前辈事烛机先，连贾侠余飞也早盯上他们了，这倒好，闹得我们三人无用武之地了。"

瑶霜笑道："鹿老前辈真有意思，把那位黄夫人半面娇和江姑娘江小霞，不知搁在哪儿了，还特地把送信人绑在树上，人证俱全，这要瞧我们三人的了。”

虞锦雯恨声说道：“江燕儿忘记本来面目，咎由自取，我真不愿见她的面。”

杨展道：“江姑娘跟着她阿哥走，身不由己，又惦记着上辈一掌之仇，情有可原。老前辈不知如何惩治，我们快找一找吧！”

一边站着的独臂妇人叹口气道：“人人都能像杨相公光明宽大，哪会有这种事！这两个人所在，难妇知道，三位随我来。”说毕，领路先走。

三人跟着她走进林木深处，没多远，便见一株大树的横干上，像称锤一般高高地吊着两个人，是背对背连双手捆住，再用长藤一穿，悬空吊起，逼近一看，可不是江小霞和半面娇？黄龙、江铁驼大约吓破了胆，不知逃往何处，连自己妻妹都顾不得解救了。

江小霞、半面娇身上毫未受伤，只是高吊树上，全身麻木，随风晃荡而已，其实两人早已听出虞锦雯和对头进林，又羞又愧，情愿在上面受罪，哪敢出声呼救。

这时三人已到树下，江小霞泪如雨下，忍不住哭出声来。虞锦雯喊声“作孽”，忍不住说道：“玉弟，你上去把藤束割断，放下两人来，我们在树下接着。”

杨展应声“好”，一耸身，独鹤冲霄，拔起两丈多高，纵上了树，再一腾身，到了横干上，一手挽住长藤，一手用剑轻轻割断，把两人缓缓堕了下去，下面瑶霜、虞锦雯两人接住半面娇、江燕儿身子，随手用剑，把捆身绳束也一齐割断。

半面娇和江小霞吊了半天，四肢麻木，哪还站得住，立时跌坐于地。半面娇一声不响，江小霞却哭得呜咽难言，突然惨叫道：“雯姊，你行好，快叫他们两位赏我一剑，我感恩不浅。”

虞锦雯叹口气道：“你哥哥素来有己无人，事事乱来。你不应该不把老爷子的话细细一想，竟会做出这种不光明的事来，更不该捏造出这种大逆不道的谎言，还捏作我的名义。别人或者不知老爷子的性情，你们兄妹不应该不知道，不用说有老爷子在此，哪有你们施展手段的余地，便是你们这条诡计，早被杨相公看透，何苦白白丢人！你们闹到这样地步，杨相公和陈小姐依然大度包涵，寻到此地，特来解救，譬如你们兄妹处于杨相公地位，肯这样诚心么？恐怕早已拔出刀来下手了，谁没有天良？趁早回头是岸，从此醒悟吧！”

虞锦雯苦口婆心地一劝，江小霞未尝不受感动，坐在地上，哭得梨花带雨一般。瑶霜道：“江姑娘，过去的事也不必提了，我们各存各心。江姑娘如果此后还记着我父亲一掌之仇，我也无法，只好听从尊便。不过我得问问，他们都逃的逃了，躲的躲了，你们两位怎的会落入鹿老前辈之手？”

咬定牙关不开声的半面娇，这时忽然答话道：“你还问个这干吗呢？这样已够瞧半天的了，算你们两口子交子午正运吧！”

瑶霜一听她开口便生气，娇喝道：“谁和你这种下流贱人说话！今夜看在江姑娘面上，权且饶你一次，下次如果再犯在我手上，便没有这般便宜你了！”

话刚出口，猛听得对面四五丈开外一株大树后面，有人厉声喝道：“休得逞强，我小丧门今夜有一片怜香惜玉之心，否则你们早已死在俺丧门钉下了！”喝声未绝，唰的一条灰影蹿了过来。

这当口，树上的杨展一声不哼，一顺莹雪剑，一个乳燕辞巢，从树上飞掠而下，正把小丧门截住。

小丧门原是个采花淫盗，本来看得江小霞略有几分姿色，在黄龙家中已经公然挑逗，今晚定了诡计，派好人手，分三批出发，江小霞、半面娇带了几个党羽先走，黄龙、江铁驼第二批走，小丧门、秃鹰最后出发，约定在这林内会齐。不意黄龙、江铁驼走到半路，便被贾侠余飞截住，而且是暗中戏耍，吃尽苦头，等得小丧门、秃鹰出发，黄龙、江铁驼已狼狈不堪。小丧门、秃鹰明知事已败露，被人占了先着，又听说鹿杖翁竟在林内等候，吓得两人避道而行。避开以后，小丧门却惦着江小霞，未知能否脱身，过了半晌，算计鹿杖翁已走远，重又回身到此暗探，凑巧碰着瑶霜、虞锦雯两人正和坐在地上的江小霞说话。

小丧门白天在豹子冈棚内看见瑶霜，已经魂不附体，虞锦雯也是他目中之物，知道这两人不大好惹，想先在江小霞身上打主意。不料此刻一寻江小霞，却碰见了瑶霜、虞锦雯在林内亭亭并立，立时色胆包天，不顾一切，现出身来。万不料半空里会飞下杨展来，不禁吃了一惊，望后一退，丁字步一站，一翻腕子，从背上撤下一柄宽刃厚背砍山刀来，把刀一横，冷笑道：“我道是谁？原来是白天在擂台上用掌力碎石的小白脸儿。来，来，来！我小丧门会你一下，免得你到处逞能。”

杨展细看这人，鼠目獐头，一脸凶狡之气，一身银灰川绸，密扣夜行衣，腰挎镖囊，头包绢帕，旁边还插着一朵生绢红山茶。杨展恨他出言无礼，一个箭步，蹿到跟前，立时剑随身进，手起剑落，一个乌龙入洞，剑锋直点心窝。小丧门这柄砍山刀颇具功夫，一闪身，刀光电闪，一洗一封，猛地进步，一个直劈华山，向杨展斜肩便劈。杨展一塌身，剑光罩体，一个枯树盘根，剑如匹练，绕向小丧门的下部。小丧门一耸身，接招换招，施展六合刀的刀招，崩、挑、劈、抡、截、撩六字诀。

杨展一看此贼刀招，既狠且滑，差一点的真还不是他对手，立时展开了破山大师悉心传授的内家峨眉九宫太极剑法。初搭上手觉不出厉害来，几十招以后，移步换形，似虚却实，按实避虚，剑花错落，剑点缭绕，小丧门觉察不妙，而且贼人心虚，还有未出手的两位女子，也不是省油灯，再不想法逃走，要自讨苦吃，难逃公道。他虽然起了逃跑的心，手上刀招可不敢大意，提着一口气，勉强奋勇再接了几招，倏地一抽身，脚跟垫劲，往后倒纵出去丈把路，一转身，正想纵进树林深处，不料一声娇叱："贼徒看剑。"剑如游龙，已到身上。

小丧门大惊，仗着轻身功夫过人，慌不及斜刺里一纵，避开一剑，一看是娇媚如花的瑶霜拦住去路，再向四面一打量，还有一个美艳如仙的虞锦雯，也横剑玉立，挡住一面。三个人鼎足而立，把小丧门包围在核心了。这时小丧门已没有犹豫的时间，也顾不得江小霞怎样情形，自已逃命要紧，故意用刀一指虞锦雯，冷笑道："华山派竟有吃里扒外的人，连你也和他们在一起了，多半是看上……"

一语未毕，虞锦雯已怒不可遏，娇叱一声："万恶狂徒，死在临头，还敢斗口！"人到剑到，一柄青铜剑像电闪一般，向小丧门身上刺来。

小丧门弄巧成拙，本想用话掩饰，趁虞锦雯略一疏神，便可从她那儿逃去，不料一语刺心，惹得虞锦雯立意除淫凶，展开鹿杖翁亲传绝招，绝不留情，唰唰几剑，逼得小丧门步步后退。小丧门人急智生，手上竭力招架，眼神四面乱招呼，退到一株大树近身，猛地一跺脚，旱地拔葱，居然拔起两丈多高，右臂挽住枝干，风车似的盘了上去，立在树干上，刀交左手，右手一探镖袋，正想掏出独门暗器丧门钉来，蓦地一声狂叫，身子站立不住，直扑下来，吧嗒跌落树下，直挺挺地一动不动了。

原来小丧门恶贯满盈，自取灭亡。杨展和他交手，意在警戒，尚没决心取他性命，瑶霜却恨极了小丧门，完全是为了小丧门见面就说了一句“怜香惜玉”的无礼话，又加上把虞锦雯也惹得愤怒填胸。小丧门飞上树枝，只要自己逃命也就罢了，偏又逞凶，还要伸手掏镖，这才招出瑶霜、虞锦雯不约而同，一个独门见血封喉蝴蝶镖，一个袖筒夺命梅花箭，双管齐下，镖中命门，箭封咽喉，当然一命呜呼。

杨展叹口气道：“想不到，这万恶凶徒自来送死，但是这尸骨怎么办呢?”

虞锦雯道：“不要紧，我有办法。”说罢，和瑶霜在贼尸上各自取回自己暗器，她还把小丧门的丧门钉也取到手中，又从怀内贴身取出一小瓶药末来，在小丧门致命见血地方撒了一点，便把药瓶藏好，向贼尸点点头道：“这贼坯这点药末便够了。”

瑶霜说：“虞姊倒有这样宝贝，从前我听母亲说过，江湖几位行侠仗义的老前辈常有此物，名叫‘化骨丹’，现在渐渐失传，很少有人能配制了。”

虞锦雯道：“正是。这是我义父赏给我的，赏给我时，义父还教训我一顿大道理，说是此物不同寻常，行侠光明正大的人才配佩带此物，我想起擂台的事来，非常后悔，几乎违背训示了。”

三人处置了小丧门，转身一瞧，江小霞、半面娇已踪影不见，只独臂妇人迎上前来，说道：“她们两人回复了血脉，站了起来，姓江的姑娘说：‘既蒙杨相公宽宏大量，别人不敢说，我江小霞从此绝不向他们寻仇了。小丧门的死活，我们也没脸管他，请你替我转告，我们就此走了。’难妇已知三位施恩释放，不敢留难，只教她们把树上绑的小鬼带回去，她们也依我办了。现在此地事情已了，只有难妇的事，要请杨相公和陈小姐慈悲的了。”说罢，又跪了下去。

瑶霜伸手把她搀起，说道：“你放心，便是没有鹿老前辈的训示，你这样可怜的人，我们也要收留的。便是虎面喇嘛不甘心，托人辱恼，我们也有法治他，你安心跟我们回去就是。”

独臂妇人垂泪道：“小姐这样慈悲，难妇碎身难报。”

去时三人，回来时却多了一个独臂妇人，小苹看得奇怪，一问情形，才知贼党诡计不成，还遭到致命打击，连小丧门性命都饶了进去。

瑶霜向独臂妇人笑道：“你口口声声称我们恩人，其实袖箭不是我们两人发的，是我小苹发的。以后彼此一家人，休得恩人难妇的肉麻了。”从此这独臂妇人对于小苹感念恩义，十分情厚，杨家的人，却称她为独臂婆。

大家谈了一阵，时已不早，便各安息。瑶霜这夜便和虞锦雯同榻，真个成为异姓姊妹之交。

第二天，杨展打发下人到北门玉龙街，取回虞锦雯随身包袱。虞锦雯深感两人相待之厚，一时又不便再回鹿头山江小霞家中，只好在杨家静候义父鹿杖翁的后命。

虞锦雯在杨家宾至如归，不觉一晃多日，已到了杨展武闱应考的日子了。在这几天里，豹子冈黄龙一班人毫无动静，派人一打听，擂台果然冰消瓦解，连黄龙一家都搬走了。奇怪的是，铁脚板、七宝和尚这班人也没有露面，好像也离开成都一般。

虞锦雯盼望她义父鹿杖翁的后命，竟也音信俱无，她猜测鹿杖翁定然回鹿头山去了，便欲回鹿头山寻义父去，瑶霜死命拉住不放走，说道："没有鹿老前辈的命令，万不能让你溜走。鹿老前辈深山修道之所，你也不便久留，江氏兄妹家中，大约你也无意再往，既然认为小妹为可交之人，请你把我当作骨肉一般。我有了你这个姊妹，凡事也有个商量之人，鹿老前辈举动莫测，安知不在暗中监察，知道我们姊妹相处情热，断难分离，才不来信息呢。再说他要进闱应考，姊姊更得陪我，怎的忍心说出分别要走的话来。"

虞锦雯这几天和瑶霜相处，彼此情义越深，原也舍不得分离，不过虞锦雯也有说不出的心事，这时瑶霜热情流露地一说，虞锦雯也无话可说，却私下打趣道："我也知道，咱们要好，情逾骨肉，但是你们不久要回嘉定成礼去了，难道我也跟着你去吗？"

虞锦雯虽然趣话，也是实情。瑶霜却笑道："到了那时，我自有办法，总之没有鹿老前辈的话，我是绝不让你离开的。"在这样情形之下，虞锦雯也只好在杨家盘桓下去了。

第六章　雪衣娘与女飞卫

武生进武闱应考，不比擂台比武，有紧张热烈的场面，武闱内都是刻板文章，平淡无奇，尤其是像杨展这样人物和本领，何况还有主考廖参政和邵巡抚，在汜江白虎口受过救命保家之恩，早已简识在心，这名武举在杨展手上，可以说毫不费事地手到擒来。

闱中照例的几场考试完毕以后，启闱散考，各武生纷纷出场，中与不中，静候一报。杨展回到宏农别墅，瑶霜、虞锦雯都不明白闱中怎样考试，不免问长问短，杨展笑道："说起来稀松平常，考试重力不重技，只有较射，还够得上技字，真有奇才异能的人，限于朝廷考试程式，也无法随意称能。不过，国家以此取士，文武两道要谋正途出身，不能不走这条路径，其实一名武举未必便是将材，真够材料的未必都中武举，这其间有幸有不幸，不知埋没了多少真英雄。不过这次武闱，那位主考廖参政却是比较开明的人物，唯独对我，却有点故意和我过不去。在演武厅较射，轮到我挽弓时，他特意吩咐换了头号硬弓，箭鹄移到百步左右，而且大声对众人说：'嘉定杨展，以文秀才投考武举，定有奇才异能，立志报效国家，普通程限，未能尽其所长，所以另加特试。应考武生等倘有自问能参加特试者，本主考为国家选拔真材，多多益善。'这一下，全场武生都要瞧我一人百步穿杨了。我也有点狂妄，照例步下三箭，马上三箭，我却把一壶箭袋内的十几支鹅翎箭，箭箭都中红心，却把一支支箭攒满了红心箭鹄，全场武生忘记了站在何地，一齐喝起大彩来。"

瑶霜抿嘴笑道："由你说得嘴响，如果我和虞姊也在考场，这百步射红，有甚稀罕！"

杨展笑道："我百步射红本没稀罕，那天演武厅，因为我得了全场彩声，却引出一桩稀罕事来了。"

虞锦雯、瑶霜齐问："什么稀罕事？大约武生里面有真本领的不服气，也显出特别能耐来了。”

杨展大笑道：“一点不错，你们听我说，武生里面有一位姓关的，失心疯似的跑上演武厅，向主考躬身说道：‘姓杨的箭法，原是他上代杨由基的家传，但是他学得功夫不到，只能射鹄，还不能穿杨哩。’这一句话，廖参政听得不禁微笑，这位姓关的武生，把古时养由基改了姓，变成了杨由基，硬把养由基当作我的上代，廖参政原谅他是武生，读书不多，也不多说，只问他：‘你有什么特殊本领，尽管当场试来。’

“姓关的说：‘俺家传青龙偃月刀，与众不同，考场里的头号关王刀，还不称俺手，必须俺自备祖传青龙偃月刀，才显得俺的本领。’

“廖参政便说：‘看情形你家传青龙偃月刀定已带来，你就下去好好试来。’

“姓关的得意扬扬走下演武厅，立在台阶上，两手合在嘴巴上，向远处长长地喊了一声：‘抬刀来！’便见四个大汉，抬棺材似的抬着一柄黑黝黝、硕大无比的大刀，从校场角里抬了过来。

“虽然四个大汉抬着，八条腿写着之字，好像吃不住劲似的，抬着走非常吃力，可见这柄大刀重得异常。好容易抬到演武厅阶下，大家一看，齐吃一惊，这柄刀黑黝黝的，当然通体精钢铸就，足有丈余长，刀片薄似门板，刀杆便有桌腿那么粗，比演武厅阶下躺着的一柄头号关王刀，沉了十几倍，怕不下六七百斤重量，没有千斤神力，休想舞得动它。我也瞧得奇怪，实在瞧不出姓关的居然有这样神力，哪知道会者不难，姓关的走下台阶，哈哈一笑，右臂一伸，搭在刀杆上，单臂一起，毫不费力似的便把这柄硕大无比的家传青龙偃月刀，单臂拿起，四个抬刀大汉，骤释重负，纷纷倒退，几乎跌倒，越显得姓关的神勇绝伦。他把大刀一举以后，马上一个盘旋，左三右六地开起四门来，越舞越欢，这柄大刀在他手上，真像灯草一般。我瞧他刀法并不出奇，蛮力实在大得骇人，自问把这柄刀单臂独擎，也许办得到，要像他舞得轻如无物，大约要甘拜下风了。这时厅上厅下，却被这柄大刀镇住了，连喝彩都忘记了。大家都说今年武闱出了大刀神，便是他老祖宗关二爷当年使的青龙偃月刀，也未必有这样呆重。

“这时，姓关的露足了脸，霍地收住刀法，拄着刀向厅上唱个喏，听不清上面对他说什么，却听得台阶上高声传杨展，我吓了一跳，心想要糟，如果叫我用他这柄大刀，准得丢脸，上面既然指名传唤，不能不上去，哪知怕什么有什么，果然，廖主考定要抬举我，却说得很有分寸，他说：‘你箭法出色

当行，压倒全场，如果把这柄大刀也能舞动，岂不全美，我也知道武功不讲浊力，不过朝廷程式如此，总得应点。'

“我明白廖参政一力抬举，没法子只好应命下阶，但是这柄独一无二的大刀，没有第二柄，当然得向姓关的借用。不料我刚向他走去，大约他留神上面吩咐的话，知道来意，不等我近前，右手拄着大刀，左手向我乱摇，大声说道：'我这柄宝刀，祖传遗训，不能借人使用。'

“我听着一愣，姓关的好像怕我夺刀似的，已向远处大喊：'快来，把宝刀抬回家去。'他这声大喊，厅上厅下满都听清了，廖主考已派军弁下来喝道：'借刀一用，不缺不折，有何妨碍？主考有令，谁敢不遵。'

“姓关的满头大汗，急喊道：'这名武举我情愿不要了，还不成么？'喊罢，径自把刀向肩上一扛，拔步便走，竟想退出场去。这一下真是出人意外，厅内喝一声，'把这个人拿回来。'立时有两个军健赶去，姓关的惊得拔脚便逃，不意臂有神力，腿却虚浮，一个不留神，脚下被石块一绊，整个身子直跌出去，手上一柄大刀又长又阔，也出了手，撞在演武厅旁边的旗杆石上，咔嚓一声，刀头竟会断折。刀一折断，全场武生们立时看清，个个轰然大笑，笑声震天。两个追他的军健也是哈哈一笑，一个扭住姓关的，一个提起折断的大刀，居然也单臂轻提，并不费事，连刀带人，解往厅上。

“原来，这柄家传独一无二的青龙偃月刀，刀片、刀杆全是木胎，无非外面薄薄地包着一层铁皮罢了，刀一折断，自然露出里面本胎来了，最可笑四个抬刀的大汉，大约主人许了重赏，装得活灵活现，好像抬不动似的，想不到主仆扮演的一台好戏，西洋景马上拆穿，你们想，这不是稀罕事吗！”

虞锦雯、瑶霜怔怔地听了半天，还替杨展担忧，想不到结果是这么一回事，忍不住一齐大笑，只笑得眼泪出，肚皮痛，小苹还笑得蹲在地上喊妈。

内室里大家正在说笑，外面家人奔进来报道：“老太太已从嘉定来到，在门前下轿了。”

这一报突然而来，杨展、瑶霜齐吃一惊，怎的一点没有信息，老太太突然驾临成都了？杨展头一个拔脚向外便跑，瑶霜也急急赶了出去。

虞锦雯也身不由己往外迎去，刚转出外厅屏门，已见杨展、瑶霜一边一个，搀扶着一位慈祥的夫人缓步进厅，身后跟满了一班下人们，只听得瑶霜撒娇似的喊着：“娘，怎的不先打发个人来，悄没声地便到成都来了，我们也没有到码头迎接去，娘，路上没累着么！”

杨夫人笑道：“你们两个孩子都不在我跟前，我也动了游兴，故意偷偷地跑来，让你们吓一跳。”

杨展说：“母亲故意说笑话，儿子知道其中定然有事，家里平安么？”

杨夫人笑骂道：“胡说，家里太太平平的，难道一定要有事才到成都来？你娘趁现在腰脚还健朗，和你们凑个热闹不好吗！”

这当口，虞锦雯已迎到跟前，便盈盈下拜。杨夫人忙伸手拉住，一面向虞锦雯仔细打量，一面脱口而说道：“这位定是鹿老前辈的千金虞小姐了。”

虞锦雯低低喊声：“伯母，侄女正是。”

瑶霜惊讶道：“噫，娘！你怎会知道的？”

杨夫人笑道：“孩子！你们闹的把戏，我都知道，我知道的比你们还多得多呢。”

瑶霜向杨展对看了一眼，都猜不透老太太怎会知道成都的事，而且是近十几天内的事。

大家簇拥着老太太进了内室，在中堂坐下，杨老太太自己带了一个老家人和一个使女来，搬着行李等件进来，叩见了杨展、瑶霜，自去安置物件。在别墅的男女仆人也一齐进来，叩见老太太，小苹端着一杯香茗，送到老太太身边几上，然后跪下去报名叩见。

杨夫人向瑶霜道：“这孩子怪可怜的，被我见着，也得想法救她，想不到为了小苹，你们还上了擂台，我听到这消息，吓得什么似的。”

杨展诧异道：“真奇怪，这儿的事，母亲什么都知道了，谁和母亲说的呢？”

杨夫人笑道：“你们且闷一会儿。你们两个孩子，胆子太大了，都是什么丐侠、僧侠引起的祸头，我不来，你们两个孩子瞒着我，商商量量，还不知做出什么把戏来呢。”

杨夫人说到这儿，向虞锦雯笑道：“姑娘，你不要看他们两人此刻在我面前守规矩，尽孝道，哪知他们小时一般的淘气，淘气得令人不能相信，天上的星星，如果摘得下来的话，他们也摘下来了。说也奇怪，他们不是一样的异常淘气么，可是他们两人从小便你亲我爱，谁也没有红过一次脸，闹得哭哭啼啼的，真是天生的一对……”

杨夫人说到这儿，忽然截住，改了话头，笑道：“姑娘，我和姑娘也是一见有缘，听说姑娘和我们瑶霜非常说得来，这就好了，寒门虽然薄有资产，无奈几代都是单传，门祚衰薄，除出一堆下人们凑个热闹以外，人口太少了，我一到成都，家里便没正主儿了。姑娘也是女英雄，凡是英雄心肠都是热的，从此姑娘不要见外，大家相处不分彼此才好，不瞒姑娘说，你义父已把姑娘托付我了，从此老身托大，看待姑娘定和看待瑶霜一般。”

虞锦雯听得心里一动，而且满腹狐疑，连杨展、瑶霜也听得奇怪，怎的鹿杖翁会和老太太见面的呢？虞锦雯头一个急于想问个明白，还没有张口，那个独臂婆偏在这当口进来，叩见老太太来了。

独臂婆一打岔，三人暂时都不便开口。杨夫人看着这残废的独臂婆，却有点惊愕，向瑶霜细问这人来历。

瑶霜笑道：“娘，这事你却不知道哩。”

杨夫人笑骂道：“事事知道，娘变成神仙了。”

瑶霜笑着，便把收留独臂婆的事大略一说，却把凶险节目删去，免得太太耽惊。

杨老夫人听得，不住地念阿弥陀佛，向独臂婆吩咐道：“我们世代忠厚传家，我们小姐和相公把你收留在家，深合我意，你身已残废，比我小得也没有几岁，虽然身有武功，总是和不残废的人不一样，你尽可安心住在我家，我们也不把你当下人看待。只有一事，我要托付你，你有了年纪，江湖上事又明白。我在嘉定听说我们小姐和相公，这次已和江湖匪人结下怨仇，他们年纪轻，只会顾前不顾后，请你在我两个孩子身上多留点神，晚上门户也当心点，我便感激不尽了。”

独臂婆流泪道：“难妇死里逃生，逢凶化吉，此后余年，皆老太太和小相公、小姐所赐，难妇早存粉身碎骨相报之心，老太太不必担忧，难妇虽然残废，晚上守夜报警，还担承得下来。”

虞锦雯暗地留神杨夫人容止言动，觉得这位夫人于慈祥恺恻之中，另有一种肃穆雍容之概，心想有其子必有其母，这位夫人有这一对佳儿佳妇，真非常人能及，也唯有这样载福之家，才能有这一团祥和之气，不禁想到自己身世和杨夫人刚才吐露的口气，不免芳心历乱，百感交集。这当口，杨夫人母子又谈论起武闱中的事，插不下嘴去，一会儿家庭开宴，虞锦雯又没法不参加，心里难受，面上还不敢露出些许来。杨夫人好像知她心意一般，殷殷慰问，体贴入微，虞锦雯从小孤苦，早失母爱，不想以孤苦之身，参加这样美满家庭之宴，竟得这位杨夫人青睐，绝不说初次会面的客气话，语语都是诚形于外，情出于衷的体己话，虞锦雯深深感动，眼圈红而又红。

杨夫人道：“姑娘，你不要难过，先请看点东西。”说罢，吩咐贴身使女，在行李箱内，捡出两封信来。

杨夫人把两封信看了看，藏起一封在身边，只留一封递与虞锦雯，说道："姑娘，我替你义父捎信来了。"

虞锦雯急忙拆开一看，只见上面写道："信入汝目，余已飘然远引，身离巴蜀矣。黄龙等多行不义必自毙，早夕萦心者，唯汝之归宿耳。玉郎瑶姑，人世之祥麟威凤，得此良侣，大慰余心。破山大师本余旧友，特赴乌尤寺，促膝禅房，互剖肺腑。次晨，破山介余于杨老夫人，夫人今世之贤母，亦汝等之福星，问汝身世，慨然以爱护自任，立命备舟，亲赴成都，仁心侠胆，并世无双，盖夫人之赴成都，专为迎汝也。叩见之日，事之以母，悉听所训，毋违慈意，汝既得所，余始无累，从此别矣，幸汝自爱。鹿示，年月日。"

虞锦雯信一入目，顿时粉面失色，珠泪直挂，噗地向杨夫人膝前跪下，哭得哀哀欲绝。

杨夫人转身一把抱住虞锦雯，极力抚慰道："姑娘，且勿悲苦，人家以为瑶霜是我义女，其实是我儿妇，老身不说泛泛的话，从此我把你当作闺女了。"

这时，瑶霜把虞锦雯放下的信匆匆一瞧，丢与杨展，急忙离席把虞锦雯扶起，吩咐使女们拧把热手巾来，却笑道："虞姊，现在看你还往哪里去，我和玉哥也奇怪，鹿老前辈怎会杳无信息，原来老前辈为了虞姊见我娘去了。"

这时杨展看了鹿杖翁的手谕，似有所思，瑶霜娇嗔道："你怎的不劝劝虞姊，你瞧见我娘爱护虞姊，你不乐意了！"

杨展笑道："哪有此事，我正在这儿猜想，鹿老前辈为什么说出'从此别矣'的话来。"

杨夫人朝杨展看了一眼，才说道："鹿老前辈对我说过，为了黄龙这班恶徒，益发恨透了心，不愿再隐迹四川，从此云游四海，逍遥物外。话虽这么说，这位鹿老前辈宛如神龙一般，也许想起干闺女，说不定突然出现，和我们相见了。"

杨展明白母亲的意思，忙顺着意思，向虞锦雯委婉地劝慰了一番，而且说："从此虞姊和我们无异骨肉，家母多了个女儿，小弟和瑶妹添了个姊姊。小弟万一侥幸中举，明年便要赴京朝考，家母身边有了雯姊、瑶妹伺奉，小弟也可放心，瑶妹也不愁寂寞了。"

从这天起，虞锦雯正式拜了杨夫人为义母，下人们都改了称呼，不称虞小姐称为雯小姐，瑶霜不称虞姊，一口一个姊姊了。

第二天，杨夫人进城拜了几家亲戚，却把虞锦雯带了去，杨展也有事出门去了，家中只剩瑶霜，在楼上自己房内，悄悄地细读一封信。这封信是她父亲破山大师的手笔，由杨夫人带到成都，瞒着杨展和虞锦雯暗地交与瑶霜。

这时，瑶霜把这封信看了又看，心里默默地盘算了一下，打发小苹到前面去看杨展回来没有，回来时，请相公上楼来。

小苹领命而去，凑巧杨展刚回来，小苹一说，杨展立时上楼，却见瑶霜面色有点不大自然，斜依在美人榻上，向杨展玉手一招，道："你来，我有话和你说。"

杨展一笑，便侧身向美人榻上坐了下去，小苹非常乖觉，每逢他们两人在一起时，便悄悄地避了出去，这时，替两人斟了两杯香茗，便避开了。

瑶霜问道："武闱几时放榜？大约你此刻探听这事去了。"

杨展道："不必看榜，自有报喜的人。我奇怪的是，从那天擂台事了以后，铁脚板、七宝和尚两个宝货形影俱无，难道和鹿老前辈一般，都不别而行了？"

杨展一面说，一面伸手把瑶霜玉腕轻轻握住，瑶霜把玉臂一缩，娇嗔道："放稳重些，现在家里人多嘴杂，不要落了闲话。"

杨展听得一愣，从来没有听到瑶霜正颜厉色地说过这种话，一时竟呆住了。瑶霜看得可笑，忍不住哧地笑出声来，杨展立时明白她故意放刁，也故意叹口气，说道："现在你有了好姊姊，便把哥哥忘记了。"

瑶霜忍住笑，假装赌气似的转过头去，悄说道："是啊！将来有了好姊姊，便把妹妹忘记了。"

杨展听得一惊，似乎这话并非无因而至，身子往前一凑，伸手揽住粉头，惊问道："此话从何而来，这不是儿戏的事，我昨晚便想和你私下一谈，母亲面前没有机会约你……"

瑶霜急问道："你约我谈为什么？此刻没有人，你说吧。"

杨展道："昨晚吃酒当口，下人们在行李箱中拿出来的是两封信，母亲却把另一封信很快地藏了起来。那时我便奇怪，母亲哪会有瞒我们的事，不意母亲始终没有把这封信拿出来，可惜我坐在母亲下手，以为母亲当然要把藏起来的信取出来的，没有偷眼看一看封皮上的字迹。"

瑶霜朝他瞟了一眼，用指头点着他心窝说："好呀！你连娘都疑心起来了，你约我私谈的就是这个么？"

杨展道："我疑心的不是母亲，却是你。"

瑶霜心里一动，假作吃惊道："这话我不懂，娘藏着的信，也许和我们没有关系，是亲戚家捎来的，所以没有拿出来，你瞎起疑心已不应该，怎的又无端疑到我身上来了，这是什么缘故？我得问个一清二白。你说不出道理来，看我依你！”

杨展微笑道：“你说的也很近情理，但是我也不能无故乱起猜疑，举一反三，其中自有可疑之处。”

瑶霜笑道：“哟！越说越上脸了，你偶然窥破了贼党一封鬼信，自以为能算阴阳的诸葛亮了，连家里人都猜疑起了，从什么地方让你举一反三呢？我听听你的鬼画符。”

杨展仔细地瞧着瑶霜面孔，笑道：“你呀！我的聪明的好妹妹，你脸上写着字呢。”

瑶霜笑啐道：“胡说，我不是发配犯人，脸上刺了字，你不用狡赖，快给我说出道理来。”

杨展倏地面色一整，直起身来，说道：“瑶妹，你听我说，昨晚我们都瞧见了鹿老前辈的手谕。鹿老前辈先到乌尤寺和岳父深谈了一夜，第二天才和岳父到我家会见母亲。岳父降临家中还是第一次，我母亲又马上为了此事赶到成都，似乎隐含着一桩非常郑重的事。鹿老前辈写信托母亲带来，这是题内文章。但是岳父怎的没有手谕呢？母亲到此以后，也没有说起岳父有什么吩咐。你想，母亲在家已知道我们这儿的事，当然由鹿杖翁说出来的，岳父当然也知道了江五后人寻仇和我们一切举动，定然十分开心，岂无片言只字，训启我们？所以，我推测母亲藏起的信，定然是我岳父的手谕，为什么要藏起来呢？依我推想，母亲到此是鹿杖翁、岳父和我母亲三方面商量好才来的，岳父的信定是写与你的，其中却有关碍着我的事，暂时不能让我知道。岳父对于我们两人，以及我们两人的情分，没有什么事用得着这样闪闪烁烁的，除非……”

瑶霜急问道：“除非怎样？”

杨展不理会这话，又说道：“此刻母亲和雯姊都出去了，你派小苹叫我上楼，当然有话商量。你却故意不说，脸上神色，又有点异样，我用话一引，你也使刁，故意说出姊姊妹妹的话来，我可以断定你心里有话，想试探着脚步开口。这种情形和我们两人平日相处，绝对不同，平日我们爱说什么，便说什么，用不着绕弯子，费心机，今天你改了样，当然为了岳父一封信而起，前后一琢磨岂止举一反三，已可十得八九了。但是我虽然十得八九，却不便直说出来。瑶妹，我们两人从小到现在，可以说世上稀有的一对同命鸳鸯，少一个果然不成，多一个也是扰局。我们两人看着是两个身体，其实只有一个心，我们的心宛如一块四四方方、平整无瑕的羊脂白玉，缺一角不可，多一角也不成。我们两人的情爱又像天然造就的一张美丽图画，想在上面再添点什么景致上去，非但画蛇添足，而且也没法再画上去，除非存心想把这幅美丽图画涂坏了。瑶妹，我说这些话，你明白我意思了么？”

杨展说时，瑶霜一对秋水如神的妙目，睁得大大的，瞅着杨展，眼内泪光莹莹，也不知是喜，也不知是悲，杨展话刚说完，瑶霜娇喊一声：“玉哥！”立时纵体入怀，紧紧抱住杨展，玉体乱颤，呜咽有声，再也说不出什么来了。

两人这样互相拥抱，心神交融，似悲还喜，似梦却真，只觉大千世界，霎时无踪，只有一团精气，紧紧裹住两颗火热的心，越裹越紧，浑成一片，连这浑成的一片也异常模糊，好像化为清气，荡入高空。

两人在这样光景之中，沉酣了足有一刻工夫，房内鸦雀无声的，也沉静了一刻工夫，这一刻工夫是世界上最真、最善、最美的时间，可惜这时间延长不下去，只有一刻工夫，但是难能可贵的，也因为不可多得的只有一刻工夫。

“玉哥！”这一声玉哥，便把房中的沉静打破，两情的沉酣唤醒，一切一切都恢复到平淡，似梦非梦的沉酣境界只剩下一点回忆了。

瑶霜两颊红馥馥的，宛似醉酒一般，喊了一声“玉哥！”从杨展怀中跳了起来，悄说道：“我们怎的发了痴，幸而没人进来，否则多难为情！”

杨展还是念念不忘，叹口气道：“你和母亲悄悄地说，雯姊处境可怜，本领又高，性情也好，我们真应该好好地待她，将来我们替她物色一位如意郎君，厚厚的妆奁发嫁，我是她唯一无二的兄弟，更得爱护她，这样才是正办，才对得起鹿老前辈一番托付的厚意。瑶妹，我自己不便说，你务必把这话，悄悄地禀报母亲。”

瑶霜低头沉思，半晌不语。楼下使女们却报称老太太和雯小姐都回来了。杨展忙不及跳下楼去，瑶霜在镜台面前匆匆整理了一下，也急急下楼。

瑶霜下楼，老太太、虞锦雯坐在中堂谈笑风生，老太太向杨展说：“城内几家亲戚瞧见虞姑，都说‘我来一趟成都，便得一个美貌的干女儿，将来成都拔尖儿的姑娘，都要被我搜罗去了’。我心里想，你们还做梦哩，我瑶姑、雯姑，岂止美貌，都是文武双全的女英雄，成都怕找不出第三个来，将来我发喜帖时，还要使你们吓一跳哩。”

老太太又说又笑，瞧瞧杨展，又瞧瞧瑶霜、锦雯，乐得合不拢嘴。可是老太太说的“发喜帖”一句话，非常含混。瑶霜、杨展听得不以为意，原是意中事，虞锦雯听得，心想老太太乐大发了，发喜帖没有我的事，怎的把我也含混在里面了。

忽听得前厅人声乱嚷，一阵噹噹的锣声，敲个不绝。

几个下人一阵风地抢进来，向老太太叩头道喜，说是：“我们相公榜里夺魁，中了第一名武举。此刻头批报子已到，前厅高贴起金红报单，还向咱家探询各家亲友地址，分头报喜，已有一拨报子，马上乘下水船，到嘉定去报喜去了。”

老太太一听，喜上加喜，锦上添花，乐得从太师椅上站了起来，一迭声吩咐多多开发赏钱，打发报子，又吩咐快到香火堂前点上香烛，待我率领相公、小姐叩谢祖宗庇荫。

吩咐以后，老太太忽然喜极而泪，颤声唤道：“玉儿，瑶姑，你们两人亲自在这儿，点上一副香烛，可怜我义妹、我亲家母，没有亲眼瞧见玉儿中举。要知道玉儿得有今日，完全是我义妹把玉儿从小训练出来的，我得先向义妹叩谢。”说罢，眼泪婆娑，竟要哭出声。一想今天是儿子一举成名之日，怎能如此，但是想起当年红蝴蝶两番救护之事，情发乎中，忍不住眼泪直挂下来。

瑶霜、杨展一面点香烛，一面也涟涟下泪。虞锦雯扶着老太太，也陪了许多眼泪。这样大喜事竟哭了个满堂，这是天地间自然流露的至情，一毫勉强不来，人间世完全靠这点至情在那儿维系，无奈世上人欲横流，伪情、矫情淹没了至情，一切分崩离析、覆雨翻云之祸，都从汩没至情而起。

杨展中了武举，宏农别墅内上下人等，忙得个马不停蹄。杨武举谒主考，拜同年，一番忙碌自不必说，家里接待道喜的亲友们，一批来，一批去，设筵庆贺，轿马盈门，足足乱了三四天，才略略安静下来。

这一天晚上，老太太、虞锦雯、瑶霜上楼安睡以后，杨展在楼下自己房内，想起岳父乌尤寺破山大师处，虽已打发使人禀告，还得写封详函，禀告一切才好。虽然中个武举不算什么，也可稍慰老人家一番期望，想定主意，挥毫拂笺，正要下笔，忽听得门上有人轻轻地叩了一下，杨展正想说门是虚掩的，叩门的人已飘身而入，依然把门虚掩而上。

杨展笑道：“你这几天太累了，怎的还没安睡呢。”

瑶霜一笑，走近前来，问道：“你预备和谁写信？”

杨展道：“明天有人回嘉定去，我想写封信禀报岳父。你来得正好，你有什么话没有？一块儿写上吧。”

瑶霜说：“且慢写信，我和你商量一桩事。”

杨展笑着站了起来，离开书案，拥着瑶霜，并肩坐在榻上，笑道：“有什么急事和我商量？雯姊和你同榻，你悄悄下来，她不知道么？”

瑶霜笑道：“这几天你真够忙，楼上的事，你统没清楚。老太太早把雯姊拉去一床睡了。”

杨展笑道：“你怎不早通知我？早知这样，我早已飞身而上，跳窗而入了。”

瑶霜昵声说道：“你倒想得好，你哪知我这几天为难极了。”

杨展诧异道：“有甚为难之处？快说。”

瑶霜说：“那天我们在楼上，话没有说全，老太太回来，接着你中了武举，忙得不亦乐乎。我父亲来信，始终你还没有瞧过。你现在先瞧瞧信再说。”说毕，把破山大师的信取了出来。

杨展接过信，皱着眉说：“还是这档事纠缠不清。”说了这句，细看破山大师信上写道：“瑶儿知悉，鹿杖翁来，得悉豹子冈擂台事，玉婿初显身手，一鸣惊人，苦口劝人，所见甚大。惜江湖莽夫，未可理喻。诡计虽破，防备宜严，鹿翁翩然莅止，剪烛深宵，倾心玉婿，赞不绝口。据称义女虞姓，得其衣钵，性淑质慧，与汝相契，倘得娥英并事，更是佳话。此翁豪迈任性，数十年如一日，远道惠临，实为此事，出家人未便置可否。为鹿翁介见杨夫人，夫人慨然就道，其意盖欲亲见虞女，再定取舍，而鹿翁以为夫人仁诺，事已大定，欢然揖别，竟作浪游。余意，夫人时以累代单丁为忧，如见虞女可爱，或亦力主撮合，然知徒莫若师，玉婿志卓情专，此举未必惬意，撮合沟通之任，非汝莫属，非此亦不足以见汝之贤淑，闺阃琐琐，老僧实不愿多所置喙，寥寥数行，未免又堕一劫矣。破山，年月日。”

杨展看完了信，叹口气道：“岳父毕竟知道我的。我母亲未始不深知儿子的性情，但她老人家喜欢热闹，多多益善，却没有替我们两人细想一想，也没有替雯姊想一想。这档事千万不能让雯姊知道，事成她未必满意，不成她真个难以在此安身了。君子爱人以德，她现在可以说无处安身了。照我主意，大家姊弟相处，一样热闹，何必定要如此。瑶妹，你该快把我主意偷偷地通知母亲，可是我明白你为了难，没法子，只好我自己去说了。”

瑶霜道：“你去说和我去说是一样的，不用我们自己说，谁不知道我们两人是一个心呀！这几天，娘在无人处对我说，她老人家实在爱惜雯姊，舍不得把她嫁出去。这几天，暗地考查雯姊性情举动，非常贤慧，自问还不至于如此老悖，无端地替儿子、儿媳添块病。

“娘说：‘玉儿从武科进身，将来定要离家出仕，报效国家。有两个有本领的贤德媳妇，可以轮流着一个在家，一个跟着丈夫。我和玉儿两面都不寂寞。将来你们两人，各人替我抱出孙儿、孙女，儿孙满堂，我真乐死了，但是你们两人的恩爱，和玉儿的左性，为娘的怎会不清楚。我的儿，你是孝顺我的，我们母女先暗地商量一下，这档事，为娘的也得慎重，雯姑毕竟是初来乍会，我得先把她接回家去，放在身边，慢慢地体察。不过娘的主意是有了，你们两口子也细细商量一下，娘的主意，要得要不得。’

“娘对我这么一说，你想，娘说的，比我们想得还周到，教我敢说什么？我们在娘面前，不敢说孝顺，总还不至于不孝顺。你对我说的一番话，还能出口么？如果冒冒失失地一出口，好像把娘一番好主意，满声驳回，等于说娘的主意要不得了。便是你在娘面前，也一样的没法出口呀！”

杨展听得，跺着脚说：“真料不到打擂台，打出这么一段事来。千不该，万不该，鹿老头子发的什么疯，转弯抹角地会跑到嘉定去，把自己干女儿硬往外一推，他倒满心满意地跑得无影无踪了。”

瑶霜推了他一下，笑道：“轻一点儿说，如果这话被雯姊听去，她定要气苦了。其实我知道你的心和我的心一样，对于雯姊只有爱护之心，绝没有嫌她之意。但是娘的一番话，我也仔细想过，老人家也是一番好意，而且深知道我们虽然恩爱，也知道我并不是捻酸吃醋的一流人物，娘放心得过，才暗地和我商量，担心的是你这一关，怕有点阻碍，所以叫我们暗地先私下考量一下。

“我为这事，整整地琢磨了好几天，我们虽然两人一心，这事我却另有个想法，娘说得好，‘自问还不至于无端替你们添块病’。只要娘考查得万无一失，你就依了娘的主意吧。我和雯姊相处虽只几天工夫，我认为雯姊也是我辈性情中人，我们也添个得力臂膀。而且雯姊对于你我，时露知己之感，三人同心，未始不是佳话。”

杨展笑道：“古人只说二人同心，其利断金，没有听说三人同心过，这事变成缠葛账。好在母亲也主张慎重，并不是说办就办，我自有道理。我们且说别的，我去拜谒主考廖参政时，廖参政把我邀请到密室谈心，他还问起你来。”

瑶霜诧异道：“这事奇怪，他怎知道有我这人？”

杨展笑道：“一点不奇怪。你还记得，我们到豹子冈那天，坐在正棚内，随后有一批进棚的贵客，说是官亲官眷，其中有一个老头儿，进棚便枕臂假寐，那时我们没有注意，原来这人便是廖参政乔装的，怕我认识他，大家见面不好意思，才装闲睡。他是存心瞧瞧擂台上有无杰出人物，暗存着为国搜罗真才之意，不料瞧见的都是江湖上怨仇相报的凶杀惨剧。他听了我在台上劝解的一番话，他也说我白费苦心，地方上有这般蛮横之流，是有司不善教化之责。他问起我带着小婢同行的一位女英雄是谁，我便直说了，他赞了句'祥麟威凤，同一不凡'，这老头儿还要纡尊降贵，到此造访，主考拜访新武举的真还少见呢。"

瑶霜道："娘昨天还对我说，明年春天，你便要进京会试，考武状元了，我们的事，决定在本年十月举行，和我父亲也商量好了，她老人家带着雯姊先回家，你陪着我到了吉期相近再回去。不过回去时，在吉期相近几天内，我们不能在一起，把我送到乌尤寺后你读书的那所房子去，叫小苹和几个使女伴着我……"

杨展笑道："这是古礼，要我亲自迎接进门，才举行交拜大典。瑶妹，这可趁了我们的心愿了。"

瑶霜低啐道："少带们字，趁了你心愿罢了。"

杨展在她耳边笑道："你自己刚说过，我们两人一条心呀！"

瑶霜不理，低低自语道："娘也不知什么主意？我们的事，日子已近，雯姊的事，毕竟怎么办呢？"

（原刊本附注：本书首集第一章为全书楔子，杨展新婚，川南三侠于水榭喜宴中，贾侠余飞探询杨展、雪衣娘姻缘始末，由僧侠七宝和尚口中叙述经过，作者借此描写二人奇缘，至二集六章始告段落。自第三集起，续写杨展等七雄诡奇雄壮之故事，约需十余万言，始能尽其底蕴。烽烟未戢，南北邮阻，渴盼解放，当再振笔。）

注：本集 1949 年 7 月正气书局出版。

第三集

第一章　铁拐婆婆

嘉定杨府的前厅后院，到处花团锦簇，笙管嗷嘈，挤满了吃喜酒的男女贺客，贺客里面唯独川南三侠，另在后花园水榭内，独设绮筵，谈笑无忌。三侠里面的贾侠余飞，在豹子冈和杨展、瑶霜仅仅会过一次面，而丐侠铁脚板、僧侠七宝和尚忙着重整本门沱江第二支派，帮着青城道士矮纯阳开香堂、立帮规，一面还监视着华山派黄龙等人兴风作浪，自从豹子冈擂台瓦解以后，也没有到宏农别墅和杨展、瑶霜会面，不过这两位怪杰，耳目灵通，举动不测，对于杨展、瑶霜的举动非常清楚，到了杨展、瑶霜两口子带着小苹、独臂婆，从成都回到嘉定，在举行婚礼这一天，这两位怪杰便突然出现，而且把贾侠余飞也拉了来，参与贺客之列。这三侠的光临，一半是贺喜，一半是追踪华山派下的党羽，发生了钩心斗角的角逐。

这三位怪贺客的光临，也是与众不同。在新郎押着花轿仪仗到乌尤山迎亲当口，家中杨老太太和义女女飞卫虞锦雯忙着接待远近亲友女眷们。杨老太太人逢喜事精神爽，陪着几位女眷到新娘洞房去参观，新娘虽然尚未到来，洞房内富丽堂皇，珠光宝气，原是一班贺客目标集中之地。

杨老太太领着一班女眷，进了正楼上并排三开间的洞房，由外屋进到新娘卧室，装饰得像仙宫一般，真是琳琅璀璨，美不胜收。女客们啧啧称羡当口，杨老太太却发现了一桩怪事，她突然瞧见窗口前紫檀雕花镶大理石的梳妆台上，整整齐齐摆着一尺多高、羊脂白玉的三尊福、禄、寿三星。这三尊玉三星非但雕得鬼斧神工，须眉逼真，栩栩若活，而且三尊三星连底座都是整块脂玉雕成，通体莹润透彻，光彩夺目，绝无些微瑕疵。杨老太太生长富厚之家，却没有见过这样稀罕东西，一班参观洞房的女贺客也有识货的，都说："这件宝物，嘉定城拿不出第二件来，绝不是送东西的贺礼，定是杨老太太爱惜新娘子，连传家之宝都拿出来了。"

杨老太太面上微笑，不加可否，肚里却满腹惊疑，她记得贺礼内虽有不少贵重珍物，却没有这样东西。最奇杨展出门赴乌尤山迎亲时，自己到新房转过一个身，并没有发现这玉三星，怎的一会儿工夫，便摆在梳妆台上了，这不是怪事吗？

杨老太太惊疑之际，虞锦雯也陪着另一批女眷进新房来了。杨老太太悄悄地向她一说，她走近三尊玉三星跟前，仔细赏鉴，被她看出中间一尊寿星的拐杖头上，放着一个小小的纸卷儿，取下来，舒开纸卷一瞧，纸卷内写着比蚊脚还细的字，仔细辨认，才看清是："臭要饭、狗肉和尚、药材贩子同拜贺"一行字，立时明白，这份重礼是川南三侠送来的，在这大白天，内外人来人往，耳目众多的地方，居然神不知鬼不觉地把这样珍奇礼物送进洞房来，川南三侠的功夫也可想而知了。

到了杨展迎亲回家，新娘子花轿进门，交拜成礼，送入洞房，时已入夜，内外掌灯摆席。杨展得知三侠暗送三星，知道礼到人必到，定必隐身在僻静处所了，忙悄悄和雪衣娘瑶霜一说，自己避开耳目，赶到后花园内留神察看，果然丐侠铁脚板、僧侠七宝和尚、贾侠余飞这川南三侠一个不少，一齐现身。

七宝和尚见面便打哈哈，笑着说："我的相公，你快救命，你们府上厨房靠近花园，一阵阵酒香、肉香老往鼻子里钻，闻得到，吃不到，这份活罪可受不了！第一个臭要饭的，饿得直咽唾沫，照他主意，贼无空过，贼头贼脑地想往厨房去，偷点残羹冷肴，也算吃着相公喜酒了，还是我们这位余老板觉得初次进门，面孔下不去，好歹把他拦住了。"说罢，三人都大笑起来。

杨展和贾侠余飞还是初交，一面道谢三人的厚礼，一面请三人到内室，另辟雅室，请三人畅饮。

丐侠铁脚板双手乱摇，连喊："不必！不必！余老板虽然土头土脑，勉强充个贺客还说得过去，如果让我们两位宝货到内宅去，非但让你们高亲贵友笑歪了嘴，我们吃点喝点也不受用。如果这样，还不如跟狗肉和尚啃狗骨头去哩！"

杨展知道他虽是有意取笑，一半也是实情，便在花园内，一所临池的精致水榭内，指挥两个心腹家人，在水榭内立时摆设盛筵，小心伺候，由三人自由自在地吃喝。

这一夜，杨宅的一班贺客兴高采烈地闹到二更过后，才渐渐散席，本城的亲友，扶醉而归；远一点的便在杨府下榻。杨展周旋亲友之间，百忙里抽身到后园水榭，去瞧川南三侠，酒席已撤，人影全无。伺候酒席的两个下人说，三侠走时不准他们通报主人，只说改日再和主人相会。

杨展回到内宅，杨老太太业已身倦早息，留下的亲眷们也各归寝。他便上楼走入洞房，他上楼时，女飞卫虞锦雯正从新房内出来，两人在楼梯口觌面相逢，杨展便说："雯姊今天接待亲友们太累了，快请安息吧。"

虞锦雯不知什么缘故，面孔一红，低着头轻轻地说了一句"不累"，便匆匆地下楼了。下楼时，转过身来，嘴上嗫嚅着，似乎想说什么，忽又默然转身去了。

杨展进了洞房，瑶霜坐在梳妆台前，小苹和几个贴身使女们正在替她卸妆。梳妆台上的三尊玉三星，已移到侧面一张红雕漆的琴台上，琴台前面一对鎏金鹿鹤同春的高脚烛台上，明晃晃点着一对头号的龙凤花烛，三尊白玉三星被烛光一照，格外光彩夺目。

瑶霜背着身坐着，从梳妆台上一架镜子内，瞧见杨展进来，不由得扑哧一笑，斜身指着琴台上玉三星笑道："我不信那三位宝货拿得出这样好东西，不知从什么地方想法弄来的。刚才我拘着礼数，不然真想问个明白。"

杨展笑道："你不要多疑，铁脚板这种侠义道，平时虽然玩世不恭，遇事不择手段，但是大节目一丝不乱，肝胆气节，可以羞煞一班通儒学士。这样稀罕之物，当然另有来历，他们既然送出手来，也不是真个来历不明之物。所有贺礼之中，除出这件宝物以外，还有廖参政、邵巡抚专差送来一批厚礼。邵巡抚送的几件东西，虽然名贵，还是俗物，他无非借此报答我白虎口救护的一番恩情。倒是廖参政送的近代名手唐解元画的《十二花神长卷》和一轴南宋缂丝的《幽风图》，确是不可多得的精品，和这玉三星可以并驾齐驱了，廖参政还附着一封典丽堂皇的贺信，信内说起来春进京会试，务必叫我到他寓所下榻，此老巨眼认人，在一班仕宦当中，总算难得的了。"

夫妻说话之间，使女们已替新娘卸完凤冠霞帔，头上只松松地绾了个宫样高髻。杨展也换了便服，坐在梳妆台侧首，细细地打量瑶霜，只觉得她今天开了脸，益显得玉润珠圆，容华绝代，越看越得意，不禁看呆了。

瑶霜一阵娇羞，笑啐道："从小看到大，今天我面上添了花样不成？"

杨展微微一笑，瑶霜又说道："今天真把我闷苦了，坐在八面不透风的花轿里，已够受的了，头上、身上插的、戴的、挂的，累累坠坠，叮叮当当，把我妆成四不像的怪物，还要屏着气儿，垂着眼皮儿，迈着小步儿，由着人摆布。可恨你前厅那几个刁钻子弟，还要想出毒招儿捉弄我。你倒好，没事人似的，自由自在地立在一边，也瞧我的哈哈了。早知做新娘是这么一股劲儿，我真不愿……”说到这儿，娇脸上红云滃起，一低头，也哧哧地笑了。

小苹一瞧洞房内诸事俱备，辰光不早，指挥几个使女退去，自己在杨展、瑶霜面前放了两杯香茗，道了安息，便要抽身。

瑶霜忽然唤住道：“小苹，我和相公的宝剑暗器呢？”

小苹悄悄说道：“老太太吩咐过，叫我收起来，说是新房内取个吉利，不准搁兵器呢。”

杨展笑道：“你悄悄地只把小姐的蝴蝶镖拿进来，两柄剑搁在外屋好了。你不是在新房外屋打铺吗，晚上可得留点神。今天经过曼陀罗轩茶馆，似乎瞥见几个不三不四的角色，刚才七宝和尚也提到了，也许豹子冈一班匪徒没有死心，跟下来出点花样也未可知。”

瑶霜皱眉道：“这儿可不比成都，万一有点风吹草动，千万不要惊吓了老太太。”

小苹笑道：“相公小姐望安，刚才独臂婆私下对我说，宅里屋大人杂，相公、小姐的喜事震动了远近，贺礼又堆了一屋子，她早已存心守夜了。老太太那边，有虞小姐伴着，万无一失。虞小姐刚才还对我们小姐说，今晚不比往常，小姐和相公，无论如何，不许动刀抡剑，也不会有事发生，她自会当心，到前前后后巡视的。”

小苹说毕，含笑退出，顺手把房门虚掩上了。良宵苦短，杨家表面上，好像平安无事地度了新婚之夕。

第二天杨展夫妇清早起来，到老太太屋里坐了片刻，留宅的亲眷们相见之下，彼此又是一番道喜。早膳用后，老太太又替新夫妇安排好一件大事，吩咐外面轿马伺候，新郎、新娘到乌尤寺拜谒老丈人破山大师，照俗例便是“回门”，不过新娘“回门”回到和尚寺去，可是一桩笑话。

杨老太太却有办法，她早已预备下几百套僧帽僧衣僧鞋布施全寺僧众。有钱人家好办事，新郎、新娘动身赴乌尤寺时，轿马后面，许多家人挑着香烛和布施衣鞋担子，另外备了体己的几色礼物，是孝敬老泰山破山大师的。人家一瞧，杨家敬佛修善，杨武举新婚之后便拜佛，聪明一点的，便知道是新郎、新娘回门，只要瞧这许多布施东西，为什么不挑到别处寺里去呢。

乌尤寺全寺僧众早由杨宅家人通知，新郎、新娘轿马到了山门口，全寺僧众按照檀樾布施的例规，擂鼓敲钟，排班迎接。老方丈破山大师却没出来，杨展、瑶霜拈香点烛，参拜了前后殿诸佛以后，吩咐家人们把布施衣帽按名发放，全寺僧众，皆大欢喜。布施完毕，只命两个书童挑着体己礼物，到了后面方丈清修之所，双双拜见破山大师。

这位老泰山瞧着面前自己训练出来的一对娇婿爱女，真是威凤祥麟，天生佳偶，让他平日禅悦功深，多年面壁，也不由得呵呵大笑，十分得意。想起当年自己“巫山双蝶”的前尘，面前这一对无异当年老一对的影子。尘海沧桑，如露如电，又高兴，又感慨，觉得当年“巫山双蝶”纵横江湖，居然能够得到这样善果，都由于后来和载福积善的杨家，气机相感，情义交孚所致。现在唯求我佛慈悲，降福于这对小夫妻了。

两夫妻在方丈屋内并未坐下，因为破山大师向他们说：“昨夜你们家里，亲友满堂，喜气洋洋地过了一夜，哪知道川南三侠替你们足足忙碌了一夜，替你们杨家做了挡风牌，把事情整个揽在自己身上，你们才能风平浪静地度过良宵吉夜呢。有友如此，真是难得。”

杨展夫妇听得吃了一惊，瑶霜忙问道：“爹爹，昨夜怎样一回事？我们两人一点没有觉察，家里也没有动静，真个被三侠蒙在鼓里了。爹爹既然知道，当然和三侠见过面了，三侠现在什么地方？来的定是黄龙手下一班人了！”

破山大师摇头叹息道：“事情没有像你们想的简单，里面还套着不少古怪的事由儿，我也不大十分清楚，你们跟我来，你们自己问三侠去。”

杨展、瑶霜惊疑之下，跟着破山大师离开方丈室，出了乌尤寺后山门，到了从前杨展读书的那座小楼前，双门紧闭，好像无人。

破山大师上前微一叩门，两扇黑漆门“呀”的一声，从内开了半扇，探出一个小孩子头，一对猴儿似的小圆眼向外骨碌碌一转，呲牙一笑，倏又缩进身去，便听得门内有人哈哈大笑道：“新姑爷、新姑奶奶双双回门来了，今天我们三块料暂充接待娇客的美差，乌尤寺驰名远近的一顿素斋，又稳稳地落在臭要饭肚里了。”

双门大开，杨展夫妻一瞧，门内说话的是丐侠铁脚板，身后贼秃嘻嘻的七宝和尚、土头土脑的贾侠余飞都迎出来了，敢情川南三侠一个不少，把这所现成的房子暂时充作三侠的落脚处所了。三侠身后掩掩藏藏的，跟着瘦猴似的一个小孩子，一身玄色紧身短打扮，腰里围着亮银九节链子枪，看年纪不过十六七岁，却没有见过，不知是谁？

杨展、瑶霜跟着破山大师进门，大家进了楼下向阳的一间客厅落座，寺里几个小沙弥立时提壶挈盒，跟了进来，忙着张罗香茶细点。铁脚板向七宝和尚眉目乱飞，乱做鬼脸，七宝和尚脖子一缩，向他点点头，笑道：“臭要饭的，你不用装怪样儿，我明白你昨晚忙碌了一阵，别的不要紧，肚里的酒虫又作怪了。我劝你忍一会儿吧，我肚里酒虫比你只多不少。你要明白，这儿是有尺寸的地方，我野和尚在大佛似的老方丈面前，吓得连大气都不敢出，你少和我做鬼脸吧！”

两人怪模怪样的一吹一唱，引得众人大笑，破山大师也禁不住笑道：“两位宽心，这儿是杨家别业，与敝寺无关，我知道三位无酒不欢，早已打发杨府管家骑马赶回去，向杨老太太讨取家藏美酒去了。”

破山大师这样一说，七宝和尚、铁脚板突然从座位上一齐站起，一脸正经地齐声说道：“长者赐，不敢辞！”

然后，七宝和尚还低低地念着“阿弥陀佛”，这一动作，又惹得大家大笑。

瑶霜忍着笑说道：“你们两位不开玩笑，不过日子，昨晚究竟怎样一回事？故意在我们面前瞒得紧腾腾的，没有我父亲说起，到现在我们还蒙在鼓里呢！”

铁脚板道：“姑奶奶！我们喜酒吃在肚子里，事情搁在心头，昨晚是什么日子，如果让一班吃横梁子的动了杨府的一草一木，惊动了姑爷、姑奶奶大驾，我们喝的几杯喜酒，算喝在狗肚子里去了。我们三块料从此在川南这条道上，便没法鬼混了。但是事情也够险的，想不到多年匿迹销声的魔崽子也出现了。昨晚这出戏真热闹，三侠拼命战群魔，最后如果没有尊大人，佛法无边，施展袖里乾坤，把群魔吓跑，此刻我们三块料，也许接待不了姑爷、姑奶奶，也许落不了整头整脚了。”

杨展惊道：“咦，连我岳父都出手了，究竟是怎么一回事？两位不要再吞吞吐吐了。”

瑶霜更性急，催着快说，七宝和尚笑道：“事情已过去了，说不说两可，不过事由儿是我们这位药材贩子起的头，两位要听个热闹儿，让他细情细节地说明好了。”

杨展、瑶霜忙向贾侠余飞请教，余飞正要张嘴，铁脚板双手一搁，指着门外笑道：“慢来慢来！美酒佳肴齐来，药材贩子肚里一篇旧账，且等在席上再说。我和狗肉和尚陪着大师细斟细酌，新姑爷、新姑奶奶斯文一派，酒菜都有限，可以当作说书似的听你这段闲白儿，你就好好地孝敬一段吧。只是一张嘴怕有点忙不过来，还是说呢，还是喝呢？各人自扫门前雪，你就哑巴吃黄连，我们顾不得你了。”

众人大笑之间，果然门外抬进整坛佳酿，当面打开，酒香四溢，铁脚板、七宝和尚耸鼻乱嗅，手舞足蹈，大赞“好酒”。沙弥们调桌布椅，精致的素斋也川流不息地送了上来，于是大家让破山大师居中首座，杨展夫妇居右，川南三侠居左，大家就席吃喝之间，贾侠余飞便把昨晚三侠战群魔的始末，详细地说了出来。

贾侠余飞是洪雅花溪乡的富户，上代以贩卖四川药材起家，长江各大码头都有余家的药材栈，药材以外，还开设了几家当铺，成都城内一家最大的当铺，字号叫作“大来”的，便是余家的产业，不过，这些药栈和当铺是余家祖上传下来的公产，不是余飞一人所有。对于这类当铺营业，余飞认为名曰便利穷人，其实剥削穷人，平日不以为然，让族人们经手经营，自己从不过问，一年到头，以采办珍奇药材为名，走遍蜀中各大名山，结交的都是江湖侠义一流，近朱者赤，偶然也伸手管点不平的事，江湖上便有了贾侠的美名。他又和铁脚板、七宝和尚气味相投，列在川南三侠之列，外表上土头土脑，是个道地的买卖人，其实他深藏不露，身怀绝技，知好如铁脚板、七宝和尚、矮纯阳一流人物，只看出他的拳剑功夫近于武当内家一派，问他是何人传授，他说是祖传。他的祖父和父亲都是世传的本行商人，在江湖上绝无名头留下，当然也无从查考。

豹子冈黄龙、虎面喇嘛摆立擂台，发帖通知水陆各码头有名人物，其中便有贾侠余飞一份帖子，这份帖子是就近送到大来当铺，托铺友转交的。其实余飞本人，这时正在青城山中流连忘返，凑巧碰着青城道士矮纯阳结束下山，说起豹子冈擂台的内幕，铁脚板、七宝和尚正在四处探听他的行踪，余飞便和矮纯阳一同下山，顺便又替邛崃派拉了几个有名人物，同到成都，以壮声势。余飞来的几个朋友，便同在大来当铺托足。

豹子冈擂台被杨展一篇正论、独臂婆一口吹箭、铁脚板一张利嘴、鹿杖翁一顿臭骂，弄得瓦解兵消，矮纯阳统率邛崃沱江第二支派大功告成，余飞请来的朋友们无事可做，各自星散，余飞自己和铁脚板、七宝和尚畅叙了几天，也想回花溪老家去看看，不料在这当口，自己寄寓的大来当铺突然发生了奇事。

那天傍晚时分，余飞在城外和七宝和尚、铁脚板盘桓了一阵后，回去大来当铺，刚进城门，当铺里一个伙计气急败坏地奔出城来，一见余飞，喘吁吁地说：“相公快回去，铺里分派好几批人，四城寻找相公，不想被我碰上了。”

余飞问他：“有甚急事？要这样找我？”

伙计说："路上不便奉告，相公回去便知。"

余飞回到大来当铺，主持铺务全权的大老板原是余飞的远房伯叔，年纪已五十开外。一见余飞，如获至宝，一把拉住，同到后面密室，悄悄对他说："昨天早晨，当铺开门时分便来了一乘轿子，从轿内出来一个衣履华丽，气度不凡，年纪四十上下的人，身后还跟着一个下人，提着一只精巧的朱漆箱子。一进铺门，提箱子的下人便向柜上说：'我家老爷一时急用，有贵重宝物在此，柜外不便说话，快接待我们老爷进去。'

"我们当铺本来可以从权内议，一半因为东西贵重，怕有失闪，一半也替乡绅大户遮羞，以免外观不雅，当时开了腰门，请他主仆两人到内柜落座，由我们二老板接待，问他'当的什么东西'。来人把下人手上的朱漆箱提在桌上，揭开箱盖一看，原来是三尊白玉三星。讲到这三尊玉三星，质地、光彩、雕工，确是稀罕之物，论年代，最少也是宋元以前的东西，问他要当多少，来人说：'这件玉三星是传家之宝，别家当铺真还不敢轻易交铺，因为你们余家"大来当"是多年老字号，才敢拿出来。少则五天，多则十天，定必备款来赎，不折不扣，要当三千两银子。'

"我们二老板是多年老经验，鉴别珠宝一类的东西在成都也算头把交椅，明知这几尊玉三星不比等闲，这类宝物碰着认货的，便是无价之宝，来人当三千两，不算狮子大开口，但是一个当铺，交易一笔三千两的买卖，也是平常不易碰着的，我们二老板做事小心，又请我出去过一过目，我出去一瞧东西，确是宝物，便和来人说：'当有当规，定的十八个月满期，敝号放出去的款子，便不能不作十八个月打算。至于十八个月内，主家早取早赎，与敝号无关，而且这种物件，易残易缺，存放更得当一份心。尊驾说的数目，未免太多一点，如果是千把两银子，敝号还承受得下来。'

"后来说来说去，照来人所说数目，打了个对折，一千五百两银子成交，写好当票，兑清银子，玉三星仍然放在原箱子内，挂号存库。来人主仆拿着一千五百两银子，依然坐轿而去，临走时，那位主人向我笑道：'别人当东西，故意说马上就取，那是无聊的门面话。我可不然，现在我再说一句，五天之内，定必取赎，止当五天，愿认一月的利息，老板，这笔交易你做着了。'当时我对于他的话，也没有十分留意，这是昨天午前的事。

"今天晌午时分，我们二老板还觉得这笔买卖做得很得意，对于存库的玉三星还要过过眼，细细地鉴赏一下，万不料他到天字号存放珠宝库去看玉三星时，那件宝物和朱漆箱子踪影全无！门不开，户不启，常年还有两个护院的坐更守夜，别的珠宝一件不少，独独新当的玉三星不翼而飞了，这不是奇事吗？最可怕的，当主临走时，明明说出五天以内必取，当票上虽然照例写着带残带缺，宝玉写成劣石，无论如何，总得拿出原件东西来还人家，现在拿什么东西还人家呢？

“别的东西也许还有个法想，唯独这种宝物，独一无二。当主如果咬定要原当之物，我们只有死路一条。现在出了这样祸事，还不敢向外声张，我们余家‘大来当’百把年老字号，在成都是数一数二的，这块牌匾如何砸得起！祸从天上来，真把我们急死了。我和二老板暗地商量，这档事定然是江湖上飞贼的手脚，也许来当东西的人，便是飞贼。我们知道你和江湖上人们有来往，外面还有侠客的声名，这档事，只有你可以救我们的命。一笔写不出两个余字，为了余家‘大来当’的老牌匾，眼看要被人家摘下来了，你也得伸手托住呀！”

这位远房伯叔的大老板说得泪随声下，几乎向余飞要下跪了。

余飞听得心里暗暗吃惊，余家“大来当”老字号，在成都许多年，从来没有发生过这种事。早不发生，晚不发生，偏在我托足铺内当口发生了，这不明明冲我余飞来的吗？这不是来摘“大来当”的牌匾，明明是来摘我余飞的牌匾了！看情形，我这位远房伯叔也明知道这档事冲着我来的，嘴上故意不说，却用苦肉计把我套下了。余飞心里暗暗打算，面上不露神色，而且一声不哼，站起身来，命大老板领着到天字号当库，仔细踏勘了一下，只冷笑了几声，一言不发便飘然出门去了。余飞的举动，更令“大来当”内的人们惊疑莫测，是吉是凶，只有等他回来再说了。

余飞刚回来得到了这桩消息，马上又走了，这一走让当铺里上上下下足足盼望了两天两夜，大老板、二老板在这两天两夜里，寝食不安，头发都愁得白了一大半，幸喜这两天以内，当主没有持票取赎，两眼望穿地盼望余飞，盼望到第三天天色刚亮，铺里徒弟伙计们起身得早早的，偶然经过后面余飞寄宿的那间屋，忽从窗口看见余飞在床上蒙头大睡，呼声如雷，慌忙去通报大老板、二老板。

两位老板素知余飞忽来忽往，举动不测，平时连问都不敢问，这次可不一样，这块老招牌和两位老板的性命，可以说都在余飞手心里了。两人身不由已地飞步赶往余飞卧室门外，一看门是虚掩着的，两人推开了半扇门，轻手轻脚，偏着身走了进去，正想叫醒余飞，问个明白，猛地一眼瞧见桌上一条铜镇尺，压着一张当票和一张信纸，两人拿起当票一看，惊得几乎喊出声来，原来这张当票正是那三尊白玉三星的原票！再看那张信笺时，写着“当票已回，从此无人取赎玉三星，当本一千五百两，一月利息若干，算清后，向归飞记名下来往账划取可也。幸不辱命，乞勿惊睡。飞白”。两位老板惊喜之下，带起当票，吐着舌头，缩着脖子，蹑手蹑脚地溜出去了。

原当主的当票怎会到了余飞手上，两位老板只有佩服得五体投地，哪会晓得其中奥妙，更哪知道余飞为了这档事，也闹得晕头转向，费尽了心机和周折，才把这档事勉强弄平了！

理想与事实往往不符，事实往往比理想来得复杂，江湖上奇奇怪怪的举动更复杂、更微妙。在贾侠余飞知道了“大来当”的玉三星出事，踏勘了库房以后，认定华山派黄龙这班人无气可出，以为余家“大来当”是我的私产，做出这样暧昧举动来报复了。他存了这样主见，马上出了“大来当”，想去找铁脚板、七宝和尚商量对付办法。

他知道铁脚板、七宝和尚两人存身之处，向东一条街上走去。这时已快到掌灯时分，他出当门时，便觉察身后有人暗暗跟着，假作不知，走了一段路，暗地向后面留神时，看出跟着自己的是个小叫花般的精瘦孩子，年纪不过十六七岁，一蹦一跳的，假装着随意游玩，其实一对小眼珠骨碌碌地老盯在余飞身上。余飞是什么角色，一瞧便知道这孩子路道不对，眼神脚步都漏出得过传授，猛地又记起豹子冈擂台上，戏耍铜头刁四的小叫花，似乎便是这孩子，这孩子暗暗跟着我为什么呢？难道玉三星这档事和这孩子有关联么？且看他闹出什么把戏来。

余飞走完了一条街，向北面一条小胡同一拐，顺眼留神身后时，那孩子踪影全无，一转脸，那孩子却在对面胡同底出现，依然一蹦一跳的，笑嘻嘻地向自己对面走来。余飞心里一乐，这孩子好快身法，大约他地理熟，从别条小巷蹿过来，故意搁在我头里了。他心里一转之际，那孩子已到了身边，却双手一垂，悄悄地说了句：“余侠客想寻丢失的东西，请跟我来。”说罢飞也似的向胡同口跑去。

这一句话，比什么都有力量，不由余飞不跟着他走，忙一转身，跟在孩子身后，出了胡同，见他顺着大街向东飞跑，不时还回过头来。

小孩子在前面忽东忽西乱拐，不拣正道走，只在小巷中乱窜，余飞也不即不离地跟着，这样走了一阵，走到北门相近文殊院的大寺前面，这处是冷静所在，天已昏暗下来。小孩子走过了文殊院，转入了一条极僻静的小巷，在一家门楼下面轻轻叩了几下门，余飞脚步一紧，进入巷内。只听得那家门一开，小孩说了一声“来了”，一面向余飞小手乱招。余飞过去一看，原来是所小小的尼姑庵，依稀看出门楼上有块“准提庵”三个字的小匾，余飞心里虽然疑惑，但也不怕，跟着小孩昂头直入。

余飞一进庵门，小孩便把庵门关上了，却向余飞笑嘻嘻说：“余侠客不必多疑，我们不是黄龙狗党，我祖母在后院恭候呢。”

余飞笑道：“我早知道，擂台上铜头刁四是败在你手里的。”

孩子大笑道：“这种鸡毛蒜皮，提它作甚。回头见了我祖母，求你不要提起此事，我瞒着她老人家的，她知道了，了不得，我又要挨几下重的了。”

两人说着话，穿过了一重小小的殿屋，殿上寂无人影，只佛龛面前点着一盏昏黄的琉璃灯，殿后一所天井，种着几竿凤尾竹，上面台阶上，小小的三间平屋射出灯光，中屋门口，立着一个发白如银，黑脸如漆，瘦小枯干的老婆子，手上拄着一支比人高一头的拐杖，朝着余飞呵呵笑道：“小孩子淘气，把余相公引到此地，实在太不恭了，诸事请相公多多包涵吧。”

老婆子一张嘴，音吐如钟，看不出这样皮包骨头的瘦老婆子，有这样洪亮的嗓音，余飞吃了一惊。他吃惊的倒不是为了嗓音洪亮，他一眼瞧见这位白发黑脸的老婆子，虽然枯瘦如柴，脸上一对眼珠却精光炯炯，威棱远射，手上拄着一根拐杖，也很奇特，杖头雕出似人指路的一只小手，通体黑黝黝的油亮。他一见这位老婆子的异相和手上拐杖，猛地想起一个人，忙不及抢上前去，躬身施礼道：“老前辈，莫不是十几年前，江湖传说的巴山铁拐婆婆么？想不到今晚在此幸会。”

老婆子仰天打了个哈哈，笑道：“想不到余相公一见面便认出老身的来历，老身隐迹多年，早晚便要入土，当年的事不值一提。余相公被我孙儿无端引到此地，肚皮定然饿了，快请屋内落座，老身备了几样粗肴，请相公将就用一点，老身还有点小事求教。”

余飞从前听人说过神偷戴五的名声，戴五便是铁拐婆婆的儿子，后来戴五死于同道暗算，下手时做得非常阴毒，无人知道凶手是谁。戴五死后，连铁拐婆婆也匿迹销声，多年无人说起，想不到会在成都出现，而且特地想法将自己引来，酒食相待，其中定然有事。想起她儿子以神偷出名，难道大来当的玉三星，是这位老婆子的手脚么？余飞一面和铁拐婆婆说话，一面不免起疑，从前听人说过，这位铁拐婆婆性如烈火，心狠手辣，翻脸无情，未到分际，一时不便探出真相。可是铁拐婆婆很殷勤地接待余飞，几色素斋做得非常精致，由一个中年尼姑进出搬送，铁拐婆婆自己陪着余飞，她小叫花似的孙儿，却不知走到哪里去了。

饮食之间，铁拐婆婆只说一点不相干的事，到了饭后，请余飞到旁屋落座，煮茗清谈，才向余飞说道："从前我儿子戴五，在下江被人暗暗害死，连尸骨都没有下落，为什么事要下这样毒手？下手的是谁？死在什么地方？江湖上各执一说，谁也摸不清，变成疑案。这桩事发生当口，我这孙儿刚只八岁，我媳妇产下我那第二个孙儿，得着这样消息，连惊带急，母子俱亡，由我这老婆子，把八岁孙儿抚育成长。我明白我儿子死得下落不明，完全是仇人怕我老婆子替儿子报仇，特地毁尸灭迹，但是，天下事除非不做，既做总有水落石出之日。

"从那时起，我离开巴山旧居，匿迹销声，把孙儿暂时托人抚养，我自己到下江一带，暗探我儿子死前死后的线索，仇人心计细密，做得非常干净，两年以后，才被我探出一点痕迹来了，才明白我儿子的死，完全为了一件宝物。这件宝物是南京田皇亲家里的东西，原是大内的宝物，不知怎的落在田皇亲手上。我儿子知道了田皇亲家中这样宝物，想得到手中，才生出事来的……"

余飞急问道："究竟是什么宝物呢？"

铁拐婆婆叹口气道："便是余相公出来寻的玉三星了，在'大来当'一班朝奉眼内，只知道是件稀罕东西，其实还有异样之处，从这三尊玉三星身上，可以辨别当天的阴晴风雨，有风时起晕、雨时滴汗的异处，据说是古时于阗进贡的温凉玉雕就的。这件宝物的异处，我还是最近从一个人的口中偷听来的。"铁拐婆婆一说出玉三星出处，余飞嘴上不由得"哦"了一声，铁拐婆婆不等余飞张嘴，又摇着头说，"人为财死，鸟为食亡，一点不假，这件饥不能食、寒不能衣的东西，却染上我儿子的血，唉！今晚，也许我这风烛残年的老婆子和那暗下毒手的仇人，……横竖总有一人的血，又要染到这玉三星身上了……"铁拐婆婆说到这儿，头上萧疏的白发竟像刺猬般，根根倒竖起来，两道眼神放出野兽般的凶光，形状非常可怕。

余飞暗暗吃惊，心想古人说的怒发冲冠，一点不假，于此也可见这位铁拐婆婆的内功气劲，已到火候，可是这么大年纪，还是这样大火性，从她话里，已有点听出玉三星这件宝物，还牵连着一段血海怨仇，问题越来越复杂，大来当这桩事，怕不易落到好处，我这次也要弄得灰头土脸了。

第二章　秃尾鱼鹰的血债

铁拐婆婆说到自己儿子的血海怨仇，不由得怒发上冲，一想到有佳客在屋，难免惊疑，忙把自己怒火压下去，心气一平，刺猬似的白发慢慢地平复下去了。又向余飞说道："那时我虽然探出我儿子死在玉三星这件宝物上，但是凶手是谁，依然无从查考，而且我儿子一死，玉三星便无下落，可见玉三星落于仇人之手了。要找寻杀我儿子的仇人，还得从探查玉三星下落着手。可恨那仇人，已知我暗访明查，故布疑阵，当时江湖好友帮我探查的，被仇人的疑阵迷惑，有凶手嫌疑的似乎有不少人，经我老婆子细心考验，才知一个都不是，全是仇人暗地布置的手段，竟想移祸江东，教我摸不着路道，到处结仇，居心狠毒奸猾，无与伦比。

"我老婆子走遍长江两岸，白费了好几年工夫，依然得不到仇人的真名实姓。哪知道我那仇人，真个奸猾无比，在我离开巴山，遍游下江当口，他却溯江而上，隐名易姓，改装换服，隐迹川中了，这还是我最近才知道的。那时我用尽心机，在长江一带找不着仇人踪迹，弄得心灰意懒，心里又惦着我孙儿，只好权且回来，但已不愿再回巴山，把寄养人家的孙儿领回来，隐迹成都城外偏僻处所，祖孙相依，以度余年。哪知道天网恢恢，疏而不漏，我这样志灰心懒地一忍，却于无意之中，竟找着我仇人踪迹了。"

铁拐婆婆说到这儿，天井里微微的一阵风飘过，凤尾竹的竹叶影子在纸窗上一阵摇摆，余飞已听出有人跳墙而入，铁拐婆婆并不起身，喝道："是仇儿吗？"喝声未绝，她的孙儿腾地跳了进来。这时她孙儿身上虽然还是小叫花一身装束，腰里却缠着一条亮银九节链子枪，脚下一双烂草鞋也换了崭新的搬尖纳帮薄底小洒鞋了。

一进屋来，向他祖母说道："仇人毫未觉察，依然在青牛阁，看情形一时不会离开。"

铁拐婆婆冷笑道："好！便是他摆下了刀山火海，我老婆子也要和他算清这本旧账！”又向余飞叹了口气说，“这孩子是我的一块累赘，没有这块累赘，这层怨孽，也许拖不到现在，早已可以解决了。”

余飞笑道：“我看这位小哥，轻身功夫已得真传，从小在老前辈手里锻炼出来，当然不同凡俗。”

铁拐婆婆摇着头说：“余相公不必客气，他小名仇儿，我家姓戴，替他取个仇儿小名，无非教他不忘父亲戴天之仇的意思。取名时节，我确已意懒心灰，只希望他长大成人，自己去报父仇。但是这孩子和他父亲一般，淘气异常，教他小巧之能，倒是易学易精，讲到真实功夫便差得远了。”

余飞一心注意着玉三星的事，随口称赞了仇儿几句，便问：“后来仇人踪迹怎样探到的呢？”

铁拐婆婆向仇儿一挥手，仇儿出去以后，向余飞说道：“我起初隐迹城外，极少在外面走动。我果然不知仇人近在目前，大约仇人也不知我会隐迹此地，而且事隔多年，大约仇人心里以为我早已入土了，防备的心思自然也松懈了。直到最近几月内，我听到豹子冈擂台的风声，传遍了成都人们的耳朵，我才触动了心思，在开擂这几天，我混迹人丛，暗地留神各门各派的人物，到了夜深人静，暗暗地到黄龙家中，和一班江湖人物寄身之所，静心探听，一面命仇儿扮成小叫花一般，出入热闹处所，随地留神。这样暗探了几天，关于擂台的起落，我都知道，因为事不干己，心无别用，没有摆在心上。后来，黄龙受了鹿杖翁的挟制，又被你们川南三侠步步占先，闹得八面不是人，豹子冈没法存身，和一班狐群狗党想法搬到别处，徐图复仇之策。

“在这当口，有一晚，快近四更时分，我从黄龙家中退出来，到了冈下一片林内，暂时歇一歇脚，忽见冈下两条黑影一前一后，越溪而过，来到林外，月光照处，瞧出前头走的是个道装的少年，身上背着一只小箱子，后面走的是个女子，认出是黄龙女人半面娇，在林外走了几步，到了黑暗处所，后面的半面娇把前面走的人唤住了，嘱咐道：‘箱子里东西，我本想自己送去，现在我没法离开这儿，这东西是你师父的性命，你回去对你师父说，我替他藏了这许多年，连我男人都不知道，现在我们家里情形弄得乱七八糟，没法再替他保藏了，可是有一件，叫他千万当心，他因这件东西和人结过梁子，这人手辣心狠，已在此地，千万叫他当心，你路上也得留神，你就快走吧。’

“这几句话，钻在我的耳内，如何不动心！虽然摸不准是否与我有关，也非一探不可了。一看林外半面娇已回身跳过溪去，我忙借着林木隐身，瞄着前面道装少年的身影，一路追踪，我本可沿路拦截，先看一看箱内什么东西，但是我志在仇人踪迹，又摸不准究竟与自己有无关系，不便打草惊蛇，所以我始终一声不响地远远跟着，一直跟到城内这儿文殊院相近的青牛阁。

“青牛阁是所道院，规模不小，却已破败不堪，香火全无，平时人迹罕至。背箱子的青年道士绕到青牛阁后墙，纵了进去，我暗暗跟到里面，才知青牛阁前面几层殿院虽然破败不堪，后面一大片荒废的园圃内，倒有一所较为整齐的楼房，前面种着一排高梧，楼下黑黝黝的，灯火全无，只楼上左面一间，透出一点灯光。那时我已存身楼前一株梧桐树上，背箱子的少年道士进了楼门，听到噔噔的楼梯直响，接着便听到左面有灯火的房内，有人说话。我又飞渡到左面一株树上，隐身梧桐枝叶内，幸无窗户开着，向楼窗内瞧时，只见云床上盘膝坐着一个四十开外的魁梧道士，背箱子的少年道士站在一旁，背上的箱子已搁在楼板上，师徒两人正在问话。

“我在树上，离楼窗大约总有三四丈远，楼内说话声音略低一点，便听不出来。我正想飞上楼檐，听个仔细，蓦见围着园子的墙上，现出一条黑影，一伏身，踪影不见，一会儿已在楼顶屋脊上现身，一迈腿，跨过屋脊，蛇一般伏在瓦上缓缓移动，一面贴着耳朵，听楼内动静。楼内道士机警异常，似乎已知瓦上有人，袖子一拂，把灯扇灭，立时一条黑影，穿窗而出，在檐口微一定身，便向上面楼角纵去。

“我看出这人是背箱子回来的少年道士，肘后已隐着一柄宝剑，可是在这少年道士翻身跳上楼角时，伏在瓦上的人，早已跳起身来，翻过楼屋，隐在后坡不见了。奇怪的是徒弟出来捉贼，楼内他师父却没有现身，少年道士在楼顶前后坡搜索了一遍，找不着贼影，回身跳下楼来，落在楼下平地上，又前后转了一个身，依然贼影无踪。

“这时，左面楼房内灯火复明，窗口探出他师父身子，向下面唤道：‘徒儿，贼子早已跑远，让他诡计多端，也是白费！’说罢，冷笑了几声，转身回到云床上去了。

“我留神房内楼板上的箱子，业已踪影全无，立时明白他自己没有现身追贼，是把箱子隐藏到别处了。我没有见着箱内的东西，尚难断定这人是我仇人，无奈贼子已经藏过，一时无法可想，只有先把这师徒两人是何路道，弄清楚了再说。那几天我暗探各处，怕有人认出我真面目，面上特地套着面具，黑帕包头，一身黑色短打扮，不男不女，谁也认不出我老婆子的真相。身上更是寸铁不带，十几年卧薪尝胆，报仇原不在一时，只要被我摸着了线索，认清了仇人真相，便不怕他逃上天去。

“当时，我在梧桐树上摘了十几粒梧桐子，扣在手心里，时近中秋，梧桐子坚老如铁，权充暗器，却是合手，一抖手，发出三颗梧桐子，一颗打灭楼内灯火，两颗分向师徒两人身上袭去，并不真当暗器使用，无非借此引逗罢了。我把三颗梧桐子发出，自己身子已纵到别一株的梧桐树上了，转身一瞧，楼内灯火已灭，师徒两人已飞身出窗，立在窗外瓦上。

“那师父一抬手，向我原立的树上发出几颗暗器，打得梧桐叶哧哧乱响，我在旁的树上，听风辨声，知是铁莲子一类的暗器。老道认定那树上有人，不意暗器发出，寂无影响，嘴上不禁‘咦’了一声，立时发话道：‘哪位道上同源，是否有意枉顾，如和那贼子一路，为那件东西而来，也请现身出见，当面赐教。我摩天翮皈依三清，多年隐迹，如有开罪之处，亦请明白见教。’

“我一听他自报摩天翮，立时记起有人提过他的名头，从前也是长江一带的飞贼，还有人评论他，除出风流好色以外，尚无大过，不想隐迹此处。照这样看来，摩天翮也许是我仇人，因为从前我儿子是神偷，他是飞贼，难免为了玉三星的宝物，起了争夺，他把我儿子暗地害死以后，惧我老婆子寻他，乘我下江寻仇当口，他悄悄地来到青牛阁，匿迹销声，充这修行的老道了。

“那黄龙女人半面娇鬼鬼祟祟的，定和他有暖昧勾当，豹子冈擂台下，摩天翮没有露面，似乎和华山派不是一党，也许因为我儿子的事，不敢露面，奇怪的是半面娇在林外叮嘱他徒弟的话，好像已经知道我老婆子到了成都，正在找寻他，难道我在豹子冈露了形迹了？还有在楼顶上伏瓦窃听，忽然隐去的人，照摩天翮此刻口气，似乎这人和玉三星也有关联，不管他们什么关系，皇天不负苦心人，到底被我找着仇人踪迹了。我要叫仇人死而无怨，认识我老婆子的厉害，非得把那箱内东西认清了，果然是玉三星的话，才算贼证俱全，然后叫他死在我铁拐之下。放着你的，等着我的，暂时且不露面，明晚再和你算账。

“我主意打定，让那贼子报了一阵字号，我便在暗中抽身回来了，回到城外隐居之所，略一思索，收拾一点随身应用东西，连夜和仇儿挪到此处。这准提庵内的师太，无意之中我帮过她一次大忙，她又不知我祖孙底细，地又僻静，和青牛阁只隔了文殊院一段路，摩天翮万不料我老婆子会隐身近处，但是我还不放心，不到天亮，便命仇儿扮作小叫花模样，隐身青牛阁近处，暗窥摩天翮一师一徒第二天作何举动，幸而有此一招，不然又要多费手脚了。

“仇儿别的不行，叫他做这种事，颇有点鬼聪明，他在青牛阁左右藏到天色大亮，寅初时分，便见青牛阁后园小门内，匆匆出来一个青年道士，向街上走去，一会儿叫来两个轿夫，抬着一乘体面轿子，由青年道士押到后园小门停下，青年道士退去。隔了不少工夫，走出一个四十开外的绅士，后面跟着一个下人，手上提着一只朱漆箱子，这只箱子的尺寸形式，我已和仇儿说过，他当然非常注意。他又看出绅士身后的下人，明明是刚进去的青年道士改扮的，那绅士坐进轿内，下人提着的箱子便塞进轿内去了，轿夫抬着就走，改扮的青年道士跟在轿后飞跑，园内并没有人送出来，连那扇小门，还是改扮的青年道士伸手带上的。

“我们仇儿便有点难料了，一声不响远远跟在轿子后面，一直跟到‘大来当’门口，轿子停下，改扮的青年道士伸手从轿内提出箱子，跟着绅士，大模大样地进当铺了，仇儿虽然不便跟进当去，假装玩耍，便在当铺门口台阶上坐着，还可探进头去，窥见铺内的情形。隔了许久，朝奉送着绅士出来，青年道士手上的朱漆箱子不见了。绅士临走时，斩钉截铁说了一句‘五天以内，必定取赎’的话，仇儿也听在耳内了。他又跟着轿子回到青牛阁，眼看绅士和改扮的青年道士付了轿钱，进了园内，才赶回准提庵来对我报告。

“我立时明白，坐轿的绅士不是别人，定是摩天翮的化身了，他为什么要把那东西当掉？这又是贼人的故技。夜里瓦上的人和我暗中几颗梧桐子一闹，贼人心虚，唯恐箱子内东西有个失闪，才想出借用当铺，权作隐藏之地，神不知，鬼不觉，又稳妥，又得不少银子。连自己师徒的真面目都化装了一下，然后施展飞贼的老手段，自己去偷自己的东西，然后手上有当票为凭，还可大大地讹‘大来当’一下，主意真不错，世上便宜的事，都被他占尽了。只要听他临走说出五天必取的话，便可料定他要来这一手了，哪知道有个小叫花似的仇儿，盯着他们呢！

“我还断定，他贼胆心虚，不敢再待在青牛阁了，所以他五天必取这句话，是有用意的，我又料他这些年确没有在江湖上鬼混，否则余相公的名头，和‘大来当’是余相公落脚处所，不能不知道。正因他不知余相公在‘大来当’落脚，才毫无顾忌地把那东西搁在‘大来当’内了。我老婆子既然明白了仇人的手脚，欠缺的，还不知箱子内的东西，我也得亲眼看一看让我儿子丧命的祸胎。存了这样主意，自己又报仇心切，顾不得冒犯余相公，便于昨夜赶先暗入‘大来当’存库，揭开箱子一看，果然是那起祸的玉三星。我见着箱内的宝物，宛如见着我儿子的灵魂，几乎要放声大哭。

“这还说什么，摩天翮贼子果然是害我儿子性命的凶手。那时我又转念，这件宝物原是我儿子的，又是凶手的凭证，不如就此带回，万一被我料着，贼子今晚也来下手，得了这件宝物，马上离开成都，又得费好些手脚。贼子到来，如果偷不着这件宝物，他不疑东西落我之手，定以为当内另有收藏之处，便舍不得离开成都了。

“于是我背上那箱子，在‘大来当’前前后后，探查余相公安卧之处，想和余相公当面说明我的苦衷，待我手刃仇人以后，那张当票可以取回，应花取赎玉三星的本利，由我老婆子付清，免得‘大来当’吃亏。不意那晚竟找不着余相公踪影，大约那晚余相公没有回去，没法子，只好先回准提庵来，因为在当内四处找寻余相公，费了不少工夫，回来时快近天明，不便再找仇人算账。

“照说这件宝物由我老婆子取回，也可说物归原主，不过被贼子施行诡计，东西进了当库，我老婆子倒还做了一次偷儿，心里何等惭愧！所以一到天亮，马上授意仇儿，在‘大来当’门口，不论等候多久，必须想法请余相公来到此地，由我老婆子当面说明就里，在余相公面前亲自谢罪，这便是我老婆子冒昧请余相公光临的一点苦衷。川南三侠，义声侠胆，传誉江湖，今日一见余相公一团正气，处处谦和，果然名不虚传。昨夜老婆子不大光明的举动，更觉得万分抱愧了，事已做出，只有请求原谅老婆子身上背着血海怨仇，多多担待吧。”

余飞听了铁拐婆婆讲明前因后果，才明白那件玉三星的丢失，其中有这么大的纠葛。铁拐婆婆所说的仇人摩天翮，自己虽无交往，从前却听人说起过，此人擅长少林南派翻腾术与鹰爪功，平日行为，和江湖上一班穷凶极恶之辈比较起来，还算是束身自好的中流人物，怎的和神偷戴五结下这笔血债？

现在铁拐婆婆母报子仇，恨切哀肠，摩天翮大约难逃一命了，当下向铁拐婆婆说道：“‘大来当’是敝族公产，在下无非暂时安身，老前辈事出无奈，谁也得敬佩老前辈一番苦心，在下今晚得和老前辈会面，还认为非常荣幸呢。”

铁拐婆婆拍着手说：“余相公真不愧一个侠字，我这讨厌的老婆子，今晚请余相公光降，除出当面告罪，说明‘大来当’一档事以外，实在还要求一求余相公帮一点忙，今晚二更时分，我老婆子带着孙儿，便要和仇人摩天翮算清当年一笔血债，儿子的血债要我老婆子来替他报复，实在是世间上的一桩惨事。也许我们祖孙两人，老的老，小的小，不是摩天翮的敌手，我们老小两人情愿再死在仇人手内，绝不皱眉。万一能够手刃血仇，我老婆子洗手多年，到老还要和仇人一拼，不论谁生谁死，也要做得光明磊落，让江湖上正人君子，下个评论。

“所以今晚老婆子恳求余相公从旁做个见证，但是也只袖手旁观，不论我老婆子能否敌得过仇人，绝不许余相公出手援助，因为老婆子还识得是非黑白，我们这笔血债和余相公绝没有一丝关联，也不愿连累他人，牵入我们纠葛之中。再说，玉三星当票当然在摩天翮身边，老婆子对于‘大来当’的事，也要顺带办出一个起落，玉三星原物也罢，当票也罢，总有一件请余相公带回，老婆子这点请求，不知余相公肯应允么?”

余飞一听，心里有点为难，暗想这老太婆真够厉害，明知我对于她儿子的血债，无非一听了事，关心的是本身找寻“大来当”丢失的玉三星，既然得到了线索，怎肯空手而回，她却借此要挟我看个最后的起落，不过她的话，不是没有道理，情理上教人没法推辞，也只好点头应允了。

二更时分，贾侠余飞一半好奇，一半没奈何，跟着铁拐婆婆和她孙子仇儿，到了青牛阁。这时，铁拐婆婆既不蒙脸，也不包头，白发纷披，完全本相，而且带着那支仙人指路的铁拐。照余飞暗地估计，这支铁拐最少也有四十斤重量，铁拐婆婆挟在胁下，轻如无物，依然纵跃如飞。仇儿还是那身小叫花装束，只腰里围着九节亮银链子枪。

看情形，今晚祖孙两人绝不藏头露尾，决计揭开脸来，要和仇人一决生死的了。只是朱漆箱内的玉三星，既然由铁拐婆婆偷回，大约总藏在准提庵内，铁拐婆婆终没有把这件东西拿出来，余飞也不好意思张嘴看一看这件东西。

三人到了青牛阁后园，地颇僻静，离开有人家处所，隔着几亩池塘，一片竹林，铁拐婆婆嘱咐余飞藏在暗处，不必露面。这层余飞求之不得，便和他们祖孙两人，分途而退。

余飞越过一重不高的土墙，便眼见南面一排梧桐树后面，一座孤零零的楼房，楼上楼下，灯火全无。这夜却值月圆之夜，一轮皓月，照彻大地，余飞蹑足潜踪，远远儿地转到楼房侧面梧桐树下，距离楼前台阶下，有好几丈远。蓦见台阶下两梧桐树中间，搁着青石矮桌，两个青石礅，左右石礅上分坐着一男一女，女的认出是黄龙女人半面娇，男的是个四十开外的黑脸道士，当然是铁拐婆婆所说的摩天翮了。

青石桌上搁着两只茶杯，余飞见到时，女的已站起身来，向摩天翮说：“你知道这一次我们华山派吃了哑巴亏，但是事情不算完，这几天我男人正和一班同道秘商办法，好歹有一天，要和敌人们见个真章。你和两面都没有过节，你隐身在此，无非为了我，现在你踪迹已露，你那仇人，出名的毒辣手段，明枪易躲，暗箭难防，万一闹出事来，我也不了。一时我又没法脱身，你既然把那件东西，有了妥当存放之处，你就不必三心两意，赶快离开这是非之地吧。那件东西，能带走时便带走，不能时，存在当里也好。”

摩天翩沉思了一会儿，冷笑道：“好，我依你，我并没惧怕那厮，为了你，我就暂时离开成都，明天就走，这样，你可放心了。”

半面娇叹了口气，转身便走，摩天翩跟在身后，向园门所在走去。两人走过一段树影叶密之处，似乎互相拥抱着，亲密了一阵，才把半面娇送出园门。

在摩天翩送客出园时，屋上纵下一条瘦小的黑影，一落地，哧地又蹿进楼内，余飞认出是铁拐婆婆的孙子仇儿，年纪虽小，轻身功夫，真还不弱。片时，摩天翩从树林里走了过来，到了楼前，仰头看看天色，又低头看看青石桌，微微叹息，大有风去楼空之感。

余飞在暗地里好笑，想不到这黑牛鼻子倒是个多情人物，可是黄龙却变成绿毛龟了。

在摩天翩徘徊楼前，情思昏昏当口，蓦听得楼上一声惊喊，从楼窗口跳出一人，纵身向下一跳，落地时，只喊了声“师父！快捉贼，我中了暗算了”，喊声未绝，这人双手捧着胸口，一个趔趄，便跌在地上起不来了。摩天翩吃了一惊，顾不得再看徒弟伤处，一撩道袍，双足一顿，人向楼上纵去。

万不料摩天翩身子刚起，窗口前一株梧桐树上，传来一声猛喝：“恶鬼，今天你的报应到了！”便在这一声猛喝中，从树上飞下一人，横刺里截住摩天翩上楼之路，从半空里，连人带铁拐，向摩天翩横腰扫去。

这一招险极，恶极！摩天翩身子是直纵上楼，身子已到半空，哪料得到会从旁边树上飞下人来，两下里势子都非常迅捷，眼看拐已快要上身，照说这种猝不及防的袭击，两脚又不沾地，非常难以躲闪，连在暗地里偷瞧的余飞，也替摩天翩捏把汗，心想要糟，这一拐杖糊里糊涂把仇人打死，这位铁拐婆婆也忒心急了，而且举动也欠光明。在余飞吃惊当口，忽见半空里铁拐横扫过去当口，摩天翩两臂一抖，身子在空中，宛似游鱼戏水一般，两腿往上一飘，一根铁拐，正贴着他肚皮扫了过去，竟没有受伤，接着一个风车筋斗，翻落地上，在楼下台阶前站住。

大约这一下，摩天翩也是死里逃生，闹得变脸变色，两眼如灯，指着铁拐婆婆大喝道：“老鬼婆！你是什么人？我和你素不相识，无缘无故跑到这儿，撒野行凶，是何道理？”

这时铁拐婆婆连人带拐，已纵落摩天翮身侧一丈开外，满头蓬松的白发，又根根倒竖起来，两目焰焰，活似怪物，用铁拐指着摩天翮，狞笑道：“恶贼道，你休害怕，我和你仇深似海，岂肯叫你糊涂死去，这一铁拐，无非是先叫你识得我铁拐婆婆的手段……”

铁拐婆婆语音未绝，摩天翮惊得大喊道：“你……你原来是当年神偷戴五的母亲，你找错人了，我非但不是你的仇人，而且是……”

铁拐婆婆性如火发，不待摩天翮再说下去，厉声喝道：“住嘴！万恶的贼道，凭你口似悬河，舌似利剑，今晚也逃不出我手心去，该死的恶贼，照你口气，不是我仇人，还是我恩人哩。”

摩天翮叹口气道：“老太太，这么大年纪，还有这么大火性，我是说，我非但不是你仇人，而且是只有我知道你的仇人是谁，假使我真被你一拐打死，你真一辈子找不到仇人了。”

铁拐婆婆把手上铁拐，在脚前石板上舂得山响，左手指着摩天翮怒喝道：“恶道，到此地步，还要花言巧语！我问你，我儿子的玉三星怎会在你手上？半面娇劝你避开仇人，这仇人是谁？你为什么巧施诡计，改装绅士把玉三星放入‘大来当’内？害死我儿子的人，既然只有你知道，究竟是谁？你说！你说！”

摩天翮被铁拐婆婆逼问得两眼如灯，跺着脚，大声说道：“事到如今，我也顾不得许多了。说来话长，我现在干脆先通知你仇人是谁，不瞒你说，你的仇人也是我的对头，这人现在成都，他就是……”

一语未毕，摩天翮脑后哧哧两缕尖风，从屋内黑暗处激射而出，袭向身后要穴，同时叮叮两声，几件暗器落在石阶上。

余飞却在这时从梧桐树后一跃而出，大呼：“屋内暗藏的贼人便是你们仇人，快追！”嘴上喊着，人已从楼屋左侧，兜向楼后。

事出非常，摩天翮全神注意在对面铁拐婆婆身上，万料不到楼下堂屋内有对头藏着，从他身后发出两支喂毒三棱飞鱼刺。这种暗器纯钢打就，尖锐如刺，上有倒齿，入肉难拔，异常恶毒。

总算摩天翮五行有救，余飞暗藏树后，旁观者清，已觉出摩天翮神情言语，不似铁拐婆婆的仇人，另有一条黑影，在楼下堂屋门口一闪而过，躲在门后，偷听阶下铁拐婆婆和摩天翮对口，屡次探头伸手，不怀好意，大约怕阶下对面铁拐婆婆瞥见，一时不敢发动。余飞却已暗中注意，把自己金钱镖扣了几枚在手上。

在摩天翮要说出仇人姓名时，猛见门后的贼人突然露出半个身子，右臂一抬，暗器出手，贼人也不防暗中监视有人，余飞手中的两枚金钱镖，也同时出手，针锋相对，两枚金钱镖把两只飞鱼刺撞落，暗器和暗器对撞，叮当有声，这一下，非但摩天翮吓得跃过一边，回头惊看，屋内的贼人，也惊得闪入暗中，向屋后飞逃。

对面怒冲牛斗的铁拐婆婆也愣了神，被余飞纵出来，大呼你们仇人在屋内，摩天翮立时警觉，转身向楼基右面纵去，和余飞一般，向楼后兜拿。

铁拐婆婆这时也觉情形不对，自己孙儿进楼以后，怎的没有出来？铁拐一顺，双足一顿，飞身上楼，蹿进楼窗，取出随身火扇子，迎风一晃，冒出火光，立时瞧见了仇儿目瞪口呆，纹丝不动地靠墙而立。铁拐婆婆用火扇子上下一照，立时明白，自己孙儿被人点了穴道了，正要用法拍醒，唰的一条黑影从后窗口蹿进屋来，抬头一看，却是余飞。

余飞向铁拐婆婆说道："贼人狡猾已极，竟被他逃出手去，摩天翮已追了下去，我料定那人是你家真正仇人，老前辈你快追上去，仇儿交与我好了。"

正说着，猛听得墙外不远处所，突然一声惨叫，铁拐婆婆也被这局面闹得六神无主，究竟谁是仇人，自己也无法断定了，听得余飞这样一说，远处又有这声惨叫，铁拐一挟，飞身出窗，纵下楼去，飞一般向围墙奔去，刚要越墙而出，摩天翮背着一个女人，跳进墙来，一见铁拐婆婆，便咬牙切齿地说道："老前辈，你放心，仇人逃不出我手去，我和他已誓不两立，你我误会，总得说明了，你才能一心寻找仇人，老前辈暂请屈留一会儿，我们先回楼去。"匆匆说了这几句，背着人飞一般奔到楼下，连进楼登梯都来不及，直纵上楼，钻入窗内，一会儿又跳下楼来，把地上直挺挺躺着的徒弟也背了上去。

这时楼上灯火通明，铁拐婆婆提着铁拐，惘然无主地也走上楼来，自己孙儿已被余飞拍醒，盘膝坐在外屋一张椅子上，余飞正替他推宫过穴。外屋床上，直挺挺躺着少年道士，心口插着一支纯钢飞鱼刺，三寸长的钢刺，进去了二寸多，命中要穴，业已死掉。里屋云床上，躺着一身夜行衣靠的黄龙女人半面娇，右胁下穿进一支鱼骨刺，正痛得宛转哀啼，急得摩天翮眼流情泪，背流急汗，在床前乱转，伸手想替半面娇拔下飞鱼刺，又不敢拔，因为这种钢刺有倒钩，钩上有毒，拔得不得法，立时可以送命，急得摩天翮几乎发疯，铁青着脸，跳出外屋，向铁拐婆婆跳着脚说："老前辈，我和你何怨何仇，被你这一闹，两条命便葬送在你手上，我也几乎遭了仇人毒手，这是何苦!”说到这儿，忽又转身向余飞拜了下去，嘴上说道，“今晚小道没有余大侠暗中救护，我也和我徒弟一般了，此恩此德，没齿不忘，小道生平，最讲究恩怨分明，小道今晚算是两世为人，这条命便是余大侠所赐，此后凡是余大侠有事吩咐，便是粉身碎骨，绝不皱眉。”

他嘴上说出恩怨分明这句话，听在铁拐婆婆耳内，也像贼人飞鱼刺一般，直刺心坎，异常难受，“咚”的一声响，手上铁拐蹾在楼板上，默默无言，原来余飞向楼屋后身兜拿贼人时，摩天翮碰上了他，大家已通过彼此姓名了。

这当口，余飞已经治好了仇儿，向摩天翮说道：“救危扶贫，是我辈本分，道长也无须挂怀。这位小哥，便是神偷戴五的儿子，也是戴老前辈的孙儿，这位小哥也几乎遭了贼人毒手。当时我在暗中瞧见他暗进楼内，一会儿令徒从窗口跳下，倒地身死，那时我还以为他人小心毒，令徒命伤其手，心里不以为然，后来才瞧出令徒胸口中的贼人飞鱼刺。此刻问他时，才知他由楼下蹑足上楼，正值令徒已中暗算，提着最后一口气，由里屋逃出外屋，跳出窗去。一个蒙面贼人也由里屋钻了出来，他贴墙一躲，已被贼人眼光扫到，顺手给他点了穴道，定在那儿，幸而贼人一心奔赴楼下，没有下毒手，否则这条小命也是难保。

“你看他们，本来一门三代，现在只剩老的太老，小的太小，卧薪尝胆了七八年，硬是找不着仇人踪影。突然知道起祸根苗的玉三星在你手内，你的举动，和半面娇几句闪烁的话，在戴老前辈心目中，当然认为可疑，事情太凑巧，难怪他们老小两位，认定你是他们的仇人了。

“真是真，假是假，真金不怕火炼，现在已快到水落石出之日，那逃走的贼人太心狠手辣了，江湖上绝难容留此人，今晚既然被我赶上，不由我不伸手了，从我余飞说起，我也不能放过贼人，不过此事回头再说，你令徒一下致命，已难挽救，里面伤的一位怎样了？救命要紧，我瞧瞧去。”

摩天翮一听，似乎余侠客懂得伤科，嘴上乱念无量佛。余飞向铁拐婆婆安慰道：“令孙静坐一会儿，便可活动如常，老前辈且勿焦心，我们回头再商量办法。”说罢，跟着摩天翮进了里屋。

刚一进屋，猛听得床上半面娇鬼也似的大喊一声，“冤家！我忍不住了，你不替我报仇，我死不瞑目!”摩天翮一个箭步蹿到床前，只见半面娇极喊了一声后，身子蹦起老高，落下来，眼珠瞪得老大，业已死掉。余飞近前细看时，原来半面娇忍不住痛楚，咬牙伸手，一拍胁下飞鱼刺，尽根没入，斜穿心房，竟是自绝生命。

摩天翮立在床前，两眼盯着床上半面娇，面如凶煞，一声不响，忽地一跺脚，把外面道袍脱掉，奔到床前，抽出一柄积尘满鞘的宝剑，背在身上，又把一只镖袋系在腰里，转到床前，岔着嗓音，朝半面娇尸首喊道："你等着！待我取了仇人脑袋来，和你携手同行。"说罢直着眼，转身便走。

摩天翮迈步时，余飞伸手把他拉住了，高声说道："小不忍则乱大谋，你得沉住气！报仇的不止你一人，外屋还有老少两位。再说，床上的死人，你不要忘记了，她是黄龙的女人。"

这几句话很有斤量，摩天翮听得目瞪口呆，愣住了神，突然朝余飞一跪，泪流满面地说道："小道方寸已乱，余大侠金玉良言，小道无不遵命，现在事情闹到如此地步，除出和贼人一拼，还有什么办法呢！"

余飞伸手把他架了起来，纳在一把椅子上，却向外屋唤道："戴老前辈，你们老少两位，请进屋来。"

铁拐婆婆和仇儿应声而入，余飞叫铁拐婆婆也坐在一边，转身向摩天翮说道："今晚连下毒手的贼人，果真是戴老前辈的仇人的话，你们两家已经是同仇敌忾，刚才你说过，只有你知道戴老前辈的仇人是谁，现在你可以说出来了，免得他们祖孙心里还存着芥蒂。大家说开以后，再商量报仇办法，我也可以看事做事，助你们一臂之力。"

摩天翮向铁拐婆婆扫了一眼，又向床上半面娇的尸首，痴痴地瞧着，忽地一声长叹，掉脸向余飞说道："七八年前，小道在长江下流，两湖地面，独来独往，有时也伸手做点没本钱的买卖。那时，神偷戴五的名头很是不小，不过戴五常在江苏南京一带出没，从来没有和他见过面。

"有一年正值八月中秋的明月之夜，我独自在洞庭湖边君山上面，登高望月，直到三更过后，才下山来。我本来在东面山脚下泊着我的坐船，下山时，没有从原路下山，信步游行，却到西面的山脚下了，去自己泊船处，还要绕着山脚走很长的一段路。山脚下便是烟波缥缈的洞庭湖，一片湖光，托着天空一轮皓月，万籁无声，只天水相涵的月色，在波心射出万道粼光，风景无边，心胸奇畅。

"我沿着山脚贪玩月色，慢慢地向西走了里把路，转出湖边一座高岩，猛见岩脚下一带芦苇丛中，隐着一只双桅官舫，桅杆上既不扯旗，也不点灯，连船上也黑黝黝的没有灯火。后艄舵楼上，船老大一个不见，只船头上却有人在那儿高谈阔论，我觉得有点奇怪，便缩住脚，看准近官舫的藏身处所，再掩入芦苇深厚之处，偷眼向船头瞧时，只见有两个人半蹲半坐的，似乎在船头上对酌，一个全身穿着油绸子水靠，腰里围着亮晶晶、映月生光的一件兵刃，似乎是柄缅刀；另一个身形瘦小，全身玄色夜行衣，背插单刀，再一听两人对答的话，我一发要看个水落石出了。

“穿水靠的一个语带北音，向瘦小的人冷笑道：‘百言抄一总，你神偷戴五的名头，我不是不知道。平日井水不犯河水，各走一道，我秃尾鱼鹰，绝不能无事生非，找上你们去。现在你不在南京田府内下手，暗地跟着田家官船，到了我秃尾鱼鹰的地面，而且等我下了手，你又来赶现成，天下哪有这样便宜事！这几杯酒，虽然借花献佛，不成敬意，我们总算好言好散，我言尽于此，今晚我们成友成仇，全在于你了。’

“神偷戴五哈哈大笑道：‘这洞庭湖是你秃尾鱼鹰的地面，今天我第一次听到。如果我在江湖上早知有你这位秃尾鱼鹰的大名，无论如何，也先得和你打个招呼。看情形你也和我一般，独木不成林，凭你一个秃尾鱼鹰，单枪匹马想霸占偌大的洞庭湖，倒令我佩服之至。

“‘这且不去说它，我平生做事，绝不无故杀人，不论做什么案子，手上不沾血腥，现在你把官船上主仆五口统统杀尽，连船老大一家老小，也被你做掉了，都丢在水内，这种行为犯了江湖之忌，亏你还有脸说出是你地面的话，明人不做暗事，这船上不论有多少珠宝财物，本没放在我心上，照你这样满手血腥，我更不愿意沾染了，无奈船上那只朱漆小箱子，是我一路跟来的目标，实对你说，这件东西是我存心孝敬我老娘的寿礼，你既然愿意彼此好来好散，满船珠宝，我全不要，我只要那个朱漆小箱子。我话已说明，我也是那句话，今晚我们成友成仇，全听你一句话了。’

“秃尾鱼鹰似乎震于神偷戴五的名头，一时不敢变脸，满不在乎地笑道：‘老哥既然话已说尽，多说无益，小小一只朱漆箱子，不管里面装的什么稀罕宝物，我譬如没见，一准奉送。老哥是陆上朋友，小弟是水里买卖，难得会在一起，来来来，这是田府家藏的佳酿，我们喝完了酒，彼此哈哈一笑，各奔东西。’说罢，提着酒壶，在神偷戴五面前，满满斟了一杯，殷勤相劝。

“那时我藏身所在，和那船头斜对着，相距只两丈多远，船头上一言一动，在一轮皓月之下，看得非常清楚。只见戴五把自己面前斟满的一杯酒，拿起来，在秃尾鱼鹰面前一放，冷笑道：‘常言说得好，将酒劝人无恶意。此刻情形可不同，这杯酒，可得请老兄先喝，老兄愿意和我交朋友，或者不愿交朋友，全在这杯酒上了。’

“戴五这么一说，我立时明白，秃尾鱼鹰在酒内做了手脚，被戴五看出来了。

“在戴五把手上酒杯一送，说出这样话时，秃尾鱼鹰忽地跳起身来，似乎就要翻脸，不料戴五手脚更快，不用站起身，就地一个扫荡腿，扫个正着，秃尾鱼鹰正着了一下扫荡腿，‘嗵’一声跌下水去。船头上，酒壶、酒杯一类也跟着秃尾鱼鹰的身子，扫下水里去了。

“戴五把秃尾鱼鹰扫下去之后，转身跃入舱内，一会儿挟着一只朱漆箱子，一跃而出，立在船头上，向秃尾鱼鹰跌下去的水面看了看，转身向着岩脚，正要作势跃上岸去当口，他身后水面上，哗啦一响，忽然涌起半截身子，右臂一抬，月光之下，一道亮晶晶的闪光，已袭到戴五背心，猛听得戴五一声厉吼，胁下朱漆箱子，掉落船头，身子往后一仰，一个倒栽葱，也翻下水里去了。

“隔了片刻，水面上水花乱涌，起了一阵水泡，戴五没有冒上水面，秃尾鱼鹰却水淋淋地纵上了船头，自鸣得意地一阵怪笑，转身指着水面笑道：‘凭你鬼灵精，也逃不了我手心去。’

“那时我实在看不过去了，一时义愤，从芦苇丛中纵了出来，纵起身时，手上已扣了两粒铁莲子，身子一落，离船头已只一丈远近，手上两粒铁莲子，已向秃尾鱼鹰脑后背心发去，嘴上喝了一声：‘万恶贼徒，且慢得意！’

“当时，秃尾鱼鹰绝不防芦苇里还藏着人，猝不及防，打个正着，一声怪叫，也和戴五一般，身子一晃两晃，扑通一声，跌下水心去了，我明白这两粒铁莲子，虽不至取贼性命，受伤定也非轻，不过贼人识得水性，是他便宜之处。果然，沉了片时，从几丈开外的江心里，突然冒起半截身子来，向我鬼喊道：‘有种的，报出万儿来！’

“那时我还年轻气盛，一耸身，跳上船头，指着江心秃尾鱼鹰喝道：‘长江摩天翮惯打不平，教你识得俺的厉害。’

“秃尾鱼鹰并没还嘴，一头扎入水里，逃得无影无踪，那恶贼水性真有过人之处，倒不愧鱼鹰之称。”

第三章 拉萨宫

“照那时情形，好像鹬蚌相争，渔翁得利，但是我对于那只船内的情形，确实连正眼都没瞧一下，唯独对于戴五落水时掉在船头上那只朱漆箱子，我一时好奇，要瞧一瞧箱内究竟什么东西，顺手牵羊，把它提上岸去。回到西面山脚下自已船上，且不忙着开箱，立时开船，连夜赶到岳阳。我为什么要到岳阳去呢？因为那时我和半面娇已成了露水夫妻，半面娇出身绳伎，后来不跑码头，在岳阳城内落籍，依然是卖笑生涯，自从和我结识以后，才闭门谢客，属身于我。那晚我赶到她家里，才取出箱子一看，箱内还有锦盒，很严密地装着三尊玉三星，我也懂得一点古玩一类的东西，认出确是稀世之宝，便嘱半面娇好好地收藏起，这样过了一年多光阴，我已把君山脚下戴五和秃尾鱼鹰一档事置之脑后。

“在我和半面娇孽缘不解当口，我自身却发生了一桩事。我有一个拜把盟兄，在北道上发了迹，居然做到总兵，跟着皮岛大帅毛文龙，坐拥貔貅，化外称雄，把我也举荐上去，派了几名材官，直访到岳阳，定要我前去效力。我不该一时雄心勃发，答应同往。临走时，答应半面娇，日后迎她同享富贵，还叮嘱她，千万保藏好那件玉三星，这件宝物便是两人见面的信物，那时我无非爱惜这件宝物，才这么一说。

“离别以后，我千山万水地奔到皮岛，确也得到一官半职，不意好事多磨，毛文龙和袁督师不睦，毛文龙命伤袁督师之手，凡属毛帅帐下的大小将弁，人人自危，各自星散。我盟兄忠心为主，同为袁督师所杀，我报仇不成，几乎伤命，隐迹黄冠，才慢慢地溜进山海关，一步步逃回长江，这一折腾，光阴似箭，已过了五六年。

“我回到岳阳，赶到半面娇家里时，尘海沧桑，房屋换主，半面娇已走得不知去向，细一打听，才知半面娇在我走后，仍然高张艳帜，跟着华山派小神龙黄龙到四川去了。我并没有怨恨她薄情，却惦记着那玉三星宝物，身不由己赶到四川。因为我从皮岛变装逃进关内，只剩了一个光身子，做过官的人，再要伸手做没本钱买卖，不是不敢做，是怕人耻笑，那件宝物，却是无价之宝，正用得着，于是一路探访，到了成都，先在这儿青牛阁落脚，把道路探熟以后，乘夜偷进豹子冈黄龙家中，暗地和半面娇又会了面。

“半面娇哭哭啼啼，反怨我一去多年无消息，她跟黄龙进川，情出无奈，那件玉三星仍然秘密收藏，预备和我有重见之日时，作为破镜重圆的信物。她咬定牙关，要逃出黄家，跟我远走高飞，我想起从前情义，又昏了头，一时不好意思向她索回玉三星，反而劝她暂时忍耐，等待机会，因为黄龙人杰地灵，手下党羽不少，我单身孤客，独龙难斗地头蛇，一时不便乱来，这样，我才在青牛阁存下身来。半面娇背着黄龙，明去暗来，我两人又结了孽缘。

“直到最近黄龙和虎面喇嘛摆设擂台，存心和邛崃派争夺码头，请了不少助拳角色，有几个远地赶来的凶淫大盗，其中一个绰号小丧门的，听说已命丧邛崃派之手，另有一个是甘蜀毗境摩天岭寨主秃鹰，半面娇从黄龙口中探出秃鹰原是洞庭湖水盗，在内地被仇人搜索，存不住身，才投奔甘蜀边界的摩天岭，几年下来，练就了一身软硬功夫，做了寨主。半面娇疑心秃鹰便是当年洞庭湖的秃尾鱼鹰，做了山大王改称秃鹰了，也许怕厉害仇人寻他，特意改成秃鹰，也未可知。因为当年君山脚下一档事，我对半面娇说过，也许半面娇嘴巴不慎，从前露出一点口风，江湖上才知道戴五死于一件宝物上，戴老前辈起初打听出的一点风声，大约起因于此。

“最近她暗地到青牛阁通知我，说秃鹰受黄龙供养，把他当作一尊人物，秃鹰却作威作福，而且色胆包天，在半面娇跟前，风言风语，丑态百出，存心不良。我得知秃鹰消息以后，暗暗到豹子冈擂台下，偷瞧了一次，虽然瞧出秃鹰身影似和当年秃尾鱼鹰有点相像，因为事隔多年，当年君山脚下一档事，是在月光之下，并未十分认清，这时却难断言真相。直到最近这几天，黄龙被邛崃派几位能人，戏弄了一场，有点存身不住，全家离开豹子冈，隐身别处。

“半面娇想在这时乘机和我双双远走高飞，先把秘藏的玉三星私下运出，交我徒弟带回。不料那万恶秃鹰，对于半面娇一举一动，随时留神，她暗地常到青牛阁的举动也许早落在秃鹰眼内，那晚暗暗跟着我徒弟，来到青牛阁，大约已知道我是当年渔翁得利的人，旧恨新仇，一齐攻心，今晚又暗藏楼内，预备暗下毒手，不料阴差阳错，戴老前辈把我当作杀死戴五的仇人，他在暗中听得明白，大约也知道铁拐婆婆的厉害，一听我要说出仇人是谁，忙不及发出暗器，想把我杀死灭口。哪知道天网恢恢，余大侠暗中救了我性命，帮我捉贼，才把他吓跑。

“这样一来，我才断定，现在的秃鹰准是当年的秃尾鱼鹰了，他随意行凶，害死我徒弟，又把尚未走远的半面娇截杀，可见这万恶凶贼，业已人性毫无。我料定这些年他占山为王，目中无人，自以为本领高强，党羽众多，而且玉三星尚未到手，我摩天翮还活在世上，他绝不放手，也许在黄龙面前，还要搬弄是非，纠合党羽，和我们周旋，我们也应该立时下手，小道从今晚起，立誓不和他两立了。”

铁拐婆婆祖孙两人听了摩天翮讲明前因后果，才如梦方醒，明白了自己儿子是被秃鹰所害，而且仇人近在咫尺，当面错过，自己误把摩天翮当作仇人，胡乱一搅，害了人家连伤两命，几乎连摩天翮也毁了，想不到自己到老，还做了这样丢人的事。

铁拐婆婆越想越难受，嘴上“嗐”了一声，倏地站起，把铁拐放在一边，向摩天翮福了几福，叹口气说：“道长，今晚恕我老婆子荒唐，我老婆子也活腻了，让我把那万恶凶贼碎尸万段以后，今晚的事，我定有法子教道长顺过这口气来。”

摩天翮正想张嘴，余飞已抢着开口道：“老前辈痛子心切，情出无奈，今晚的误会，谁也得原谅谁，现在要紧的，不要叫秃鹰逃出手去。看情形，秃鹰还在黄龙家中落脚，不过黄龙业已离开豹子冈，隐身在什么地方，一时不易查明，我们几位同道，也正在探查他们踪迹，这时想找寻秃鹰下落，还得费点手脚呢。”

摩天翮道：“不要紧，半面娇早和我透出他们的底细了，事不宜迟，我们就此前往……”

余飞点着头，向床上半面娇尸首扫了一眼，说道：“青牛阁留着一具男尸，一具女尸，实在不妥。她身上中的是秃鹰的飞鱼刺，依我之见，不如乘便把她背到黄龙隐藏之所，教黄龙明白明白，他女人是他好朋友下的毒手，先让他们来个窝里反。”

摩天翮把背上宝剑一顺，咬着牙，说了一句“也好”，奔到床前，向床上死人又说了句：“生有处，死有地，我送你回黄家去！”说毕，用床薄被把尸首一卷，扛在肩上，向余飞铁拐婆婆说道，“诸位跟我走，今晚好歹要和仇人见个起落。”说罢，当先扛着半面娇尸首，抢下楼去。

时已快到四更，天上皓月犹明，街上沉寂如死，摩天翮扛着半面娇尸首，当先飞驰，铁拐婆婆、仇儿、余飞三人在后跟着，出了北门，走了将近十里路程，过了汉司马相如留传古迹的驷马桥，长长的一条河堤，夹堤尽是槐柳，绿荫如幄，风露凄迷，走尽长堤，又过了一座石桥，向左一拐，穿进一片枣林，露出一带上盖玻璃瓦的黄墙，墙内琳宫梵宇，气象崇宏，大家认识，这是成都有名的敕建西藏黄教拉萨宫，拉萨两字是藏语，翻译出来，便是“圣地”的意思。

原来，这座拉萨宫还是洪武初年，明太祖一统中国，西藏活佛达赖，由藏入川，朝贡明廷，明太祖替他在成都敕建行宫，以示怀柔之意，后来，这座拉萨宫便由一群喇嘛盘踞在内，日久弊生，由藏入川的黄教喇嘛，把这座拉萨宫当作行乐窝，种种不法的事，便层出不穷，成都居民恨如切骨。主持拉萨宫的大喇嘛，出名的叫作活僵尸，凡是川藏边界水旱各路大盗，都和他有点来往，豹子冈主持擂台，被独臂婆一口吹箭射瞎双眼的虎面喇嘛，也是活僵尸的死党。

摩天翮扛着半面娇尸首，走近拉萨宫黄墙，向后面跟进枣林的余飞、铁拐婆婆一做手势，大家会意，已到地头。

余飞更暗暗吃惊，想不到，黄龙这班人躲在拉萨宫内，真是物以类聚，听人说过，活僵尸出名的一个难缠人物，黄龙既然和他同党，华山、邛崃两派之争，不久还有一番凶斗，今晚借此探他一下，倒是一举两得。余飞心里打着主意，脚下已和铁拐婆婆祖孙两人，走近墙下，猛见几丈开外的黄墙上，黑影一闪，一阵风般翻下一个人来。

那人也一眼瞧见了这面余飞一班人，嘴上“噫”了一声，大袖一展，像一只灰鹤般扑了过来，到了余飞跟前，悄悄说道：“果然是你，我的余老板！想不到你和这里一班藏鬼，也做了交易。”嘴上说着，眼神已扫到铁拐婆婆、摩天翮两人身上，神色一动，指着摩天翮肩上的尸首，向余飞耳边笑道，“老板！你这位伙计扛的什么道地药材？千年成形何首乌，也没有这么大呀！”

余飞笑道：“隔墙有耳，休得取笑，你来，我和你说。”说罢，把这人拉进林去，悄悄地略说经过，两人一同走出来，余飞指着铁拐婆婆祖孙和摩天翮介绍见面，才知来人便是川南三侠之一的七宝和尚。

余飞向摩天翮说：“你把扛着的东西暂时放在墙脚下，我们退到林内去再商量一下。”

摩天翮依言办理，连铁拐婆婆祖孙都跟着余飞、七宝和尚重行退入一片枣林，离开拉萨宫的围墙，有好一段路。

余飞向摩天翮、铁拐婆婆说道："我们这位狗肉和尚，今晚也是第一次摸着了黄龙隐迹之所，暗进拉萨宫，探出黄龙、虎面喇嘛、江铁驼等党羽，已和活僵尸一班凶徒勾结一起，川中几家贼寇像摇天动之类，都已麇集一起，照拉萨宫一班贼党口气，已知鹿杖翁把义女虞锦雯寄身杨家，自己远离四川。

"这班贼党对于鹿杖翁到底惧怕几分，现在知道鹿杖翁离川，一发肆无忌惮，非但日夜密谋，要和邛崃派见个高低，连嘉定杨相公和雪衣娘两位，也恨如切骨。但是今晚你们两家找的是秃鹰一人，和余人无涉，也不必牵入邛崃、华山两派的争斗上去，可是今晚你们一进拉萨宫，便难分清皂白。一进去便能手刃仇人，倒也罢了，无奈拉萨宫内正值盗匪聚集当口，你们仇人秃鹰又是黄龙那班人待如上宾的角色，一经动手，那班盗匪定然依仗人多势众，替秃鹰卖力，这样一来，变成打草惊蛇，报仇二字，便没有把握了。

再说，我们预备把半面娇尸首送进去，让黄龙瞧出他女人身上中的是秃鹰飞鱼刺，让他们先来个窝里反嘛，如果我们跟着死人一块儿出现，这笔账便不易划到秃鹰身上去了……"

余飞话还未完，七宝和尚听得不耐烦起来，笑道："我的老板，你少说几句吧，说了半天，一句没有说到骨节上去。老实对你们说，秃鹰这家伙，诡计多端，外带见色如命，我们臭要饭对于此人，早已派人盯上了，这色鬼另有落脚处所，只白天到拉萨宫来，和群贼混在一起，上更以后，便到城内一家私门子，找乐处了。这家私门子离青牛阁不远，你们今晚舍近就远，算是白跑一趟。这秃贼老在城内逗留，不是好事，我们也容他不得，你们几位的事包在我手上，明晚此刻，定教你们和仇人对面……"

七宝和尚还要说下去，铁拐婆婆忽地一闪身，低喝"噤声"！语声一绝，大家听出来路靠堤石桥上有人说话的声音，接着一阵急步沙沙之声，向林外奔来，大家身形一散，掩藏暗处，向林外偷瞧时，两个背插兵刃、一身夜行衣靠的人，步履如飞，奔到拉萨宫围墙处，其中一人，忽地惊喊了一声，"咦！这是什么?"林内余飞等便知发现了半面娇尸首了，又听得另一人也惊讶万分地喊道："不得了，这是我们头儿的宝贝，定是遭了敌人毒手了，快进去通报吧。"

两人好像抢功劳一般，谁也不肯留着，一齐翻过墙去了，七宝和尚喝道："此时不走，等待何时?"

他光头一晃，头一个蹿到林外，身法奇快，已拐过弯去，大家岂肯落后，不大工夫，进了北门，到了文殊院前面一片空地上，大家停下身来，七宝和尚向大家说道："此刻时已不早，明晚起更时分，大家在准提庵会齐，诸位放心，凡是城内的私门子，都在袍哥儿们手心上，秃鹰一举一动，逃不过袍哥儿们眼目，我这一说，便可明白，现在我们各归洞府，我说余老板，臭要饭正在找你，我今晚预备下两条黄狗腿，炖得扑鼻清香，三瓶茅台酒，足喝一天，还不跟佛爷同上西天么？"

余飞哈哈一笑，说道："你这野和尚，狗腿不离嘴，不怕人家听得寒碜么？话说回来，我今晚也有点难见江东父老，也只好借你野和尚的狗窝蹲一宵了。"说罢，又向摩天翮道，"你回青牛阁可得当心一点，秃贼和你也是仇上加仇，你回去把你令徒就在园中暂时掩埋一下，事后再买好棺殓吧。"

摩天翮连声应是，铁拐婆婆却急急地问道："七宝和尚既然知道秃贼落脚在这儿近处，何妨见告，我们也可防备一点。"

摩天翮也忙说："这话不错，快请告诉我们吧。"

七宝和尚笑道："我的老婆婆，我知道你们报仇心盛，恨不得立时找着仇人，你们瞧瞧，片时便要天亮，报仇不争这一晚，你们胡乱摸了进去，一个不巧把贼人惊走，便后悔莫及了，我说过在我身上，包你们如愿，还不成吗？"

七宝和尚这样一说，铁拐婆婆和摩天翮不好再说什么，只好大家分手，约定明晚起更时分，在准提庵相会。七宝和尚临走时，笑道："明晚我暗中替你们守住了秃贼，叫我们老板做你们向导便得，如果和尚、道士齐进尼姑庵，这出戏真够瞧半天的了。"说罢，哈哈一笑，拉着余飞，拔腿便跑，霎时跑得无影无踪。

第二天晚上起更时分，余飞至准提庵门口时，黑暗中蹿过一人，低低说道："小道在此恭候多时了。"

余飞一瞧是摩天翮，暗想他怎的不进庵去，一人在门外相候，难道和铁拐婆婆还存芥蒂吗？忽地想起昨夜分手时，七宝和尚打哈哈，随口说了句和尚、道士进尼姑庵的玩笑话，这位道爷听在心里，便不好意思进庵了，凭这一点，可见摩天翮还是个爱惜名誉的人，他和半面娇这段孽缘，也只可说人非草木，孰能忘情了。余飞心里暗笑，嘴上却说："我辈只要居心光明，何必拘泥小节，我们一块儿进去吧。"

两人在庵门口一说话，铁拐婆婆的孙儿早已蹦了出来，开门迎接。

摩天翮跟着余飞进庵，和铁拐婆婆见面以后，大家刚在屋内坐定，铁拐婆婆转身进了里屋，提着一只朱漆箱子出来，搁在外屋桌上，向余飞说道：

“这箱内便是‘大来当’存库的玉三星，起初我误把摩道长当作仇人，才把它取来，现在这件东西已为摩道长所有，我便不能妄取，照说我老婆子应该将原物送回‘大来当’存库才是正理，但是我老婆子今晚和仇人誓不两立，谁生谁死，都没一定，所以当着两位的面拿出来，听凭余相公、摩道长处置。”

铁拐婆婆话刚说完，摩天翮倏地站起，从身上摸出一张当票，送到余飞面前，惨然说道：“戴老前辈的意思当然也有道理，但是小道也有一点下情，这件东西，当年小道顺手牵羊，不劳而得，万想不到戴老前辈仇人踪迹，直到现在才有眉目，如果当年没有小道隐藏这件宝物，始终在秃鹰手上，也许凭这件宝物，戴老前辈不必耽误这许多年，这一点小道此刻想起来，很是不安，再说，因为这件宝物伤了好几条性命，可见福薄之人，不易享受宝物，何况小道现在皈依三清，出家人更不宜有这样东西，戴老前辈说得好，与贼誓不两立，小道今晚也是视死如归的人，此时与小道到‘大来当’当东西的局面，大不相同，小道孽缘牵缠，自种恶因，连悔悟都来不及，何敢还要这种身外之物，昨夜小道这条命还是余大侠暗中救下来的，权把此物贡献我救命恩人，略表寸心，也只有像余大侠这样仁心侠胆的人，才能守得住这件宝物……”

余飞不等他再说下去，面色一整，高声说道：“道长休得如此！你既然知道为了这件东西连伤多命，这样不祥之物，还好意思送人么？”

语音未绝，窗外有人接口道：“老板替我收着，你们不要我臭要饭的要，我有用处。”说罢，烛影一晃，腾地跳进一人。

余飞一瞧，是蓬头赤脚的丐侠铁脚板。摩天翮、铁拐婆婆对于铁脚板闻名已久，不必余飞介绍，一见来人的怪模样便可推测八九，都站起来和他寒暄。

铁脚板哈哈笑道：“你们放着正事不办，为了这件劳什子，你不要、我不收地推来推去，白费唾沫，我们狗肉和尚替那家私门子的婆娘做了看家狗，有点等得不耐烦了。”说罢，向余飞耳边悄悄说了几句，竟伸手提起桌上朱漆箱子，却向摩天翮笑道，“你不是愿意送我们老板么，余老板面嫩，拉不下脸，我替他收了，你们快去报仇吧。”阔嘴一咧，哈哈一声怪笑，右臂挟着短拐，左手提着朱漆箱子，径自拔脚便走，越墙而去。

大家看得这位丐侠铁脚板突然而来，突然而去，不免有点惊异，余飞却微微笑着，而且把面前那张当票也揣在怀里去了，向铁拐婆婆、摩天翮说道：“你们两位既然推出这件宝物，我和铁脚板也不稀罕这种东西，他拿去，另有用意，物能寻主，自有应得之人，现在我们就走，领你们找秃鹰去。”

铁拐婆婆、摩天翮闻言站起身来，铁拐婆婆却向余飞说道：“余相公，老婆子还有一桩事拜托余相公，我老婆子风烛残年，有今天没有明天，我这孙儿想托庇余相公门下，不论为牛为马，总比流落江湖好一点。再说，这孩子如果没有正人君子督教，也许又走上他父亲的一条路，余相公倘然能够成全他，我老婆子死也瞑目了。”

余飞嘴上不免谦逊几句，心里暗想，这位铁拐婆婆处处流露与仇人同归于尽的口气，其实生姜老的辣，秃鹰未必是她对手，何必怀抱死念？这么大岁数还是和当年一般的火暴性，也是江湖上的一个老怪物了。当下对于托付孙儿一节，也只随便应了一声，并没十分注意。

距文殊院两里多路，相近北城根一处僻静的地方叫作青龙巷，树多屋少，高高的垂杨，浓浓的槐树，密层层地围住了几条窄窄的小巷，遮得黑沉沉的，益显得幽深僻静。白天如此，到了更深人静，巷内家家户闭人静，更是岑寂得如同墟墓，便是明月在天，几条窄窄的小巷内，也被墙头的树荫遮得一段暗一段明的，幽阴可怕。

贾侠余飞领着铁拐婆婆、摩天翮和仇儿，在敲二更当口到了青龙巷，拐进一条长长的窄巷，余飞立在巷口悄悄和他们说：“那头第一家，门内两株高大的垂柳，枝梢探出墙来的，便是你们仇人藏身之所。”

话犹未毕，巷口一株大槐树上，枝叶飒飒一响，从树上旋风似的飘下一人，一看是七宝和尚，摩天翮忙稽首道谢。

可笑七宝和尚礼数全无，人家向他稽首，他只淡淡一笑，连和尚应有的合掌都懒得做，却一把拉住余飞，悄悄笑道：“凭这臭贼，何必劳师动众，他们只管去瓮中捉鳖，我们且喝酒去。”不由分说，拉着余飞便走，忽又回过头来，向铁拐婆婆笑道，“那家婆娘，出名的叫作‘迷昏人’，成都一班色鬼，都被她迷得由她使唤，平日窝匪聚赃，无恶不作。你就顺手赏她一铁拐，免得再害人。”说罢，把余飞拉出巷外去了。

余飞明白，七宝和尚不愿自己混入他们的缠葛账内，并不真个要去喝酒。两人走出巷外，纵上人家屋顶，依然潜入巷内，暗地偷瞧铁拐婆婆和摩天翮如何下手。

可笑摩天翮、铁拐婆婆二人，一经知道仇人处所，都存着争先亲刃仇人的主意，唯恐对方占了先去，行动之间，便露出这种神色来，进而两人口头上起了争执。可是铁拐婆婆身边却多个助手，手脚灵活的仇儿趁两人在巷口争执当口，紧了一紧腰里的亮银九节链子枪，一下腰，小活猴似的先向巷底跑下去了，到了那一家门口，人小胆大，一纵身，蹿上墙头，向墙内高柳上一接脚，便钻进随风飘拂的柳枝内去了。等得摩天翮、铁拐婆婆两人商定分屋前屋后进身，谁先碰着仇人，谁先下手时，仇儿已踪影不见，大约已登堂入室了。

原来仇儿从墙头跳到院内高柳枝干上，居高临下打量院内院外情形，瞧出这所房屋也只两进，前院是一间平房，后院是座两开间的小楼，左首连接邻居的屋子，右首是巷外一片草地，草地周围，杂种着一圈槐柳。仇儿一看前院屋内，灯火全无。后院楼上，似有一线灯光映在窗纸上，侧耳细听，前院屋内，透出熟睡打呼的声音。

仇儿机警，认定仇人定在后院楼上。好在院子不大，从柳树上便可翻上屋檐，越过一层屋脊，到了后院，一瞧下面后院内种着花草，院心还搁着一对鬼脸青的大号金鱼瓷缸，他存心先探一探楼下屋内有人没有，轻轻向下一纵，居然落地无声，一闪身，躲在金鱼缸背后。

不料堂屋口的石阶上，突然站起一只大黑狗，领毛直竖，一对亮晶晶的狗眼，直注仇儿藏身之处，喉咙内呼噜呼噜发起威来，大嘴一张，便要汪汪大叫。仇儿心里一急，从镖袋掏出一支小钢镖，正想抬臂发出，猛见那只大黑狗大嘴一张，还未出声，忽地喉内呜的一声闷喊，四脚朝天，骨碌碌滚下阶来。仇儿赶过去借着月光一瞧，敢情暗中有人帮助他，不知用什么暗器，打入狗喉，顺嘴流血，业已死掉。

黑狗虽然死得快，多少已有点响动，楼上房内有一个娇声娇气的女人，唤道："小银儿，小银儿，你开出门去瞧瞧，多半阿黑又和隔壁偷鱼腥的猫儿打架了，吵得人睡不稳。"

便听楼下一间屋内，一个小女孩的口音，似乎在睡梦里惊醒过来一般，迷迷糊糊地答道："娘！我瞧见了，隔壁花家的猫儿，已逃过墙去了。"

楼上女人似乎顺嘴骂了一句，便不响了。仇儿暗地好笑，这样却听出楼下只睡着一个小女孩，楼上发话的女人，定是七宝和尚所说的私门子了。

仇儿报仇心切，只听楼上女人说话，却没听出男人的声音，究竟仇人是否在内，还不敢断定，急于探个明白，一耸身，跳上金鱼缸的缸口，再一踮脚，纵上一道腰墙，由墙上蛇行到楼檐口，然后伏在女人说话的窗口，屏息静听，只听得楼内女子似乎伸了个懒腰，俏骂道："该死的，今晚怎的变了乏货，睡得这样实腾腾的，不知又上哪儿偷野食去了。折腾了个够，到老娘这儿来养精神了。”

女人骂声未绝，床上一个外路口音的男人，朦胧着说道：“不要闹，今晚不知怎的，老觉心神不安，提不起兴致来。”

女人咯咯一笑，床上一响，又骂道：“挨刀的，瞧你没人样的货，教老娘哪只眼看得上你。”

那男子“扑哧”笑道：“你不过和马王爷一般，有什么稀奇呢……”房内刚说到这儿，伏在窗外的仇儿猛觉一阵疾风到了身边，一瞧自己祖母来了。

铁拐婆婆一闪身，贴在窗侧，竟用铁拐向窗上轻轻一叩，发话道：“秃尾鱼鹰，老朋友到了，请出来吧。”

这一声不要紧，房内的女人一声惊喊，床前一点灯光立时熄灭，半晌，后窗“吱”的一声，似乎贼人要往后窗脱逃，却听得后窗口有人喝一声：“滚回去！”

这声是摩天翮的口音，楼内一阵急步响动，忽然有人哈哈狂笑道：“堵住了前后窗户有什么用处，明人不做暗事，有胆量的，到外面空地上比画。”

前窗铁拐婆婆立时接口道：“好！不怕你逃上天去。”说罢，向仇儿耳边略一吩咐，一个黄莺织柳，便飞身到前院屋坡上。

仇儿一耸身，攀住了楼顶屋檐，一卷身，翻上楼顶去了。

铁拐婆婆一撤身，在对屋监视着，前后窗户居然终没有打开，楼下堂屋门，却“咯吱”一响，蹿出一条黑影，在院子里一踮脚，倏地纵上左边隔邻的腰墙，不料脚未站稳，邻院屋角上，有人喝声：“不要脸的狗强盗，此路不通，你们到右边墙外比画去。”

这人嘴上喝着，两颗铁莲子已袭到秃鹰身上，秃鹰在墙上身未站稳，暗器已到，忙趁势两臂往后一抖，一个风车筋斗，依然翻落院中，原来他不敢从楼上前后窗现身，故意用话稳住了敌人，自己却暗地下楼，想乘人不防，从邻院逃走，不料余飞早在邻院暗中监视，用了两颗铁莲子，便把秃鹰逼回去了。

秃鹰这时真个暗暗心惊，想不到来了这么多的敌人，落在院内，一跺脚，高喝一声：“老子岂惧怕你们，走！”

这个“走”字一出口，人已上了右面一堵腰墙上，向墙外一瞧，嘿！墙外空地上早已站着一人等他了，秃鹰这时预备一拼，绝不踌躇，纵下墙去，不料脚一沾土，背后一声冷笑，秃鹰吃了一惊，斜刺里一纵，转身看时，才知他纵下墙时，一个白发飘飘的老太婆，也如影随形地跟踪而下。

秃鹰对于别人尚不惧怕，唯独一见这位老太婆，便自胆寒，他在青牛阁暗中已经见过，而且知道此人是谁。除出这位铁拐婆婆以外，那面站着的摩天翮也一个箭步纵了过来，背上一口青钢剑，业已出鞘，在肘后隐着。秃鹰四面一瞧，并无别人，两手一松腰口，右臂向外一抖，月光下电闪似的一亮，他手上横着一柄银带般的缅刀。这种缅刀锋利无比，看着软软的，但能使用这种缅刀的人，另有家数，功夫到时，能够刚柔如意，变化无穷。

秃鹰把缅刀掣在手内，唰地向后一退，指着两人冷笑道："你们两人一起上，倒省了我的事……"

摩天翮怒喝一声："住口！万恶凶徒，青牛阁连伤二命，此刻俺摩天翮单剑取你狗命。"左手剑诀一起，正要动手。

不料铁拐婆婆白发根根倒竖，两眼如灯，一纵身，铁拐一横，拦住了摩天翮，厉声狂喊道："道长慈悲，成全我老婆子一片苦心，八年积恨吧！"

其声惨厉，连摩天翮听着，都有点惊心动魄，暗想今晚我和她一争执，定然便宜了凶徒，反而让他逃跑了。

他心里一转，叹了口气，只好收剑一退，暂且从旁监视，且看两人如何结果再说。

铁拐婆婆一看摩天翮收剑后退，转身哈哈一阵怪笑，手上铁拐一横，一张皱纹层叠的漆黑脸上，嵌着两点猫头鹰般怪眼珠，凶光直射秃鹰，一步步逼近过去。秃鹰一见铁拐婆婆这副怪相，活似凶神恶煞附体一般，想起当年杀死她儿子的光景，不由得汗毛直竖，冷汗直流，不由得一步步往后退。

突然，铁拐婆婆厉声喝道："恶徒！你当然知道我是谁，我儿子死在你手中，到现在整整八年，狡猾的凶贼，怨我老太婆无能，让你多活了八年，你定以为有这八年长时光，我老太婆定然死了，哪知道天网恢恢，天留着我老婆子和你算账，今晚便是你恶人遭报之日。"

铁拐婆婆话音未绝，一个箭步，已到秃鹰跟前，呼的一声，一支铁拐带着风声横扫过去。秃鹰自知今晚凶险万分，除出把当前两个仇人杀死一个，或者还有逃命希望，两眼早已注定了铁拐婆婆手上的铁拐，这支铁拐，早年在江湖上颇为有名，哪敢怠慢，一见拐到，知道拐沉势疾，不敢硬接，一闪身，身形疾转，刀花一起，一迎招，猿猴献果，刀随身进，向铁拐婆婆左胁一点，却是虚招，拐影一起，倏地一撤，一个盘旋，又到了铁拐婆婆右侧，刀光疾闪，顺水推舟，横刀猛截。

铁拐婆婆一看秃鹰使的八卦连环刀招，既溜且滑，一声猛喝，拐随身转，展开多年不用的三十六路仙人拐，把手上一支铁拐抡转如风，迅厉无匹，秃鹰自以为功夫到家，但和铁拐婆婆一对手，万不料这位老太婆招数这么厉害，自己用尽招术，寻不着敌人半点破绽，身后不远处还立着另外一个仇人，一面招架，一面不断地打主意，再不想法逃走，便要难逃公道。他心里转主意，手上不敢大意，步下却借着招架之势，往斜刺里逐步后退，预备离开摩天翮远一点，容易溜走。

这时铁拐婆婆手上铁拐，正展开一招指天画地，藏拐尾，现拐头，拐头上仙人指路的一只铁指，向秃鹰气海穴点去。秃鹰忙凹胸吸腹，手上缅刀贴着铁拐一封，铁拐婆婆不待敌人还招，拐头往上一起，藏拐头，现拐尾，向敌人兜裆一挑。秃鹰一看不好，乘机脚跟一踮劲，向后倒纵出六七步去，眼光扫着身后并立着两株大槐树，立时得计，脚上又一踮劲，"哧"地又向后倒纵出六七尺去，身子已到树下，立时刀交左手，右手掏出一支飞鱼刺来。

那面摩天翮大呼一声"凶徒要跑"，业已飞步赶来。铁拐婆婆斜拖铁拐，双足顿处，一鹤冲霄，人已凌空，连人带拐，泰山压顶般，向秃鹰当头砸来。

秃鹰想不到铁拐婆婆还有这样轻功，来势太疾，万难抵挡，右臂一抬，正想发出凶毒的飞鱼刺，阻挡敌人，再纵上树巅，隐身再发暗器，不料右臂一抬，飞鱼刺将发未发当口，树上飒啦一响，一大蓬枝叶兜头砸下。秃鹰大吃一惊，百忙里把手上飞鱼刺发出，不管中与不中，身子霍地往树后一退，刚闪避开上面砸下来的东西，脚未立稳，又是哗啦啦一声怪响，一条亮银九节链子枪，银蛇穿塔，电闪似的向背后袭到。

秃鹰身形疾转，刀交右手，一抡一洗，刚格开链子枪的枪头，还未看清敌人是谁，耳边"呼"的一声，铁拐婆婆的铁拐已当头砸下，秃鹰一声惊呼，把头一甩，缅刀用力往上一架，不料架了一个空，拐头一抽，横扫千军，拦腰一拐，劲足势疾，揍个正着，秃鹰"吭"的一声，整个身子被铁拐兜起来，横飞出一丈开外，跌落地上，居然还想挣扎起来，仇儿从树荫下飞步赶去，抡圆了九节链子枪，往下拼命一砸，秃鹰脑浆崩裂，顿时气绝。可笑摩天翮闹得有力没处使，赶过来，咬着牙，手起一剑，直贯秃鹰胸窝，总算替情人和徒弟报了仇。

铁拐婆婆立在秃鹰死尸身边，仰头哈哈狂笑，其声惨厉，宛如枭鸣猿啼，令人听着肌肤起栗。

第四章　活僵尸

前面玉三星的来历和铁拐婆婆母报子仇一桩故事，是在破山大师款待娇婿、娇女和川南三侠同席谈心，由贾侠余飞口内说出来的。

余飞说到这儿，话锋略停，雪衣娘瑶霜听得出了神，向余飞问道："秃鹰既然遭了恶报，那个下流女人，叫什么'迷昏人'的，怎么样了呢?"

余飞指着七宝和尚笑道："这又是他作的孽，铁拐婆婆的孙子——仇儿，人小手辣，他听得七宝和尚说过，这女人是害人精，他在秃鹰下楼时，钻进窗去，一链子枪，把那女人穿了个透心凉。"

雪衣娘点头道："杀得好，铁拐婆婆祖孙二人，大约报仇以后，安心回巴山去了。"

余飞摇着头一声长叹，惨然说道："谁也想不到，铁拐婆婆这么大岁数，性如烈火。那晚报仇以后，第二天竟偷偷地自杀了，想起那晚在青牛阁上，铁拐婆婆向摩天翮说过，'今晚恕我老婆子荒唐，事后我定有法子，教你顺过这口气来'的话，后来铁拐婆婆又想把她孙子仇儿托庇于我，那时我还以为她存心和仇人同归于尽，哪知道她早存死志了呢!"

破山大师听得连连念佛，瑶霜、杨展也嗟叹不止，杨展问道："那位摩天翮呢?"

铁脚板大笑道："可怜的牛鼻子，他对于半面娇也算得一位情种，秃鹰死后，他悄悄地掩埋了自己的徒弟，偷偷地在青牛阁替半面娇设了灵牌，一个人对着灵牌哭了几天，念了几天经，算是超度他情人。我们一瞧这牛鼻子痴得可怜，把他拉出来，做了我们帮手，昨晚大战乌尤山也有他，此刻他替我们去监视几个漏网之贼。这牛鼻子不坏，他也一心要想拜见两位哩。"

瑶霜明白了玉三星的前因后果，指着铁脚板笑道："我们承情你们送这份厚礼，原来你们是慷他人之慨。不过这件东西太可怕了，我算一算，神偷戴五、秃尾鱼鹰、铁拐婆婆，连半面娇、迷昏人以及摩天翮徒弟都算上，恰好三男三女，六条性命都可以说送在玉三星身上。这件东西真可以说是不祥之物，你们……”

七宝和尚不等瑶霜再说下去，双掌一拍，向铁脚板、余飞哈哈大笑道：“如何？我早说姑奶奶要责问我们，姑奶奶非但不见情，我们还落个灰头土脸，依我看，我们横竖喜酒已经落肚，姑奶奶既然把我们礼物看作不祥之物，我们再拉下一点脸皮，明天到杨府去，请出三尊玉三星，我们一人一尊抱回家去。姑奶奶一看，祸去身安，心里一高兴，说不定再来一顿好酒好饭，这是白捞的，对，我们准这么办。”说罢，一桌的人笑声震屋。

瑶霜忍着笑道：“和尚休打如意算盘，既来之，则安之，你只好学铁拐婆婆的法子，到我们家里偷去，偷到手，算你能耐。”

余飞笑道：“姑奶奶休听狗肉和尚满嘴嚼蛆，吉凶祸福，唯人自召，原与玉三星无关。这三尊福禄寿玉三星，进了尊府这样厚德祥和之家，才算物得其主，姑奶奶不信，有事为证。昨晚我们在乌尤山上折腾了一夜，姑奶奶、姑爷洞房花烛，美美满满的一夜，三尊玉三星也安安稳稳地陪了二位一夜，如果三尊玉三星会开口的话，定然要说，‘从前落在摩天翮手上，哪一天不提心吊胆地过日子，最后穷得进了当铺，倒足了霉，便是跟着臭要饭等三个宝货，跌跌撞撞地到了嘉定，也是一路灾星当头，现在可福星照命，要在杨府过几年太平日子了。’这不是笑话，这里也真有点说处。”说罢，众人又大笑起来。

破山大师连连点头道：“余檀樾虽是善颂善祷，但是和气致祥，乖气致戾的道理是颠扑不破的。”

杨展笑道：“玉三星的来历，经余兄一说，我们才明白，可是昨晚的事，端的怎样一回事呢?”

铁脚板大笑道：“嘿！这档事又得费一车箩的话，一客不难为两主，余老板你就多费神吧!”

瑶霜抿嘴一笑，提起酒壶，替余飞斟了一杯酒，笑说道：“余相公刚才说得嘴渴舌干，没有好生吃点喝点，这档事我们向他们两位请教了。”

瑶霜一说，铁脚板向七宝和尚一扮鬼脸，说道：“嘿！你听听，世上会拍马屁的，总占点便宜。”

七宝和尚脖子一缩，悄悄说道：“话不是这么说，我们不是拍在马腿上吗?”话音虽低，口齿却清。

瑶霜笑着，手上酒壶顺手替铁脚板、七宝和尚也都斟满了，然后说道：

“我也拍拍马腿，先替两位润润喉，我们好洗耳恭听，昨晚三位辛苦了一夜，明天到我们家去，好好地再请三位喝几杯。”

瑶霜这么一说，铁脚板一颗鸡窠的毛头不住地乱点头，嘴上说着：“一言为定，一言为定。”却用手一拍七宝和尚肩膀，喝道，“你听见没有，朝廷不差饿兵，快开金口吧。”

七宝和尚忙不及把瑶霜斟满的一杯酒，“咯”的一声喝下肚去，然后向铁脚板说道：“敢情没有你的事。”两人眉目乱飞地一做作，大家又笑了起来。

七宝和尚先不开口，抢着酒壶，自己斟了满满的一杯，喝了下去，然后喉咙里响亮地咳了一声，把筷子当作醒木，“嗒”地一响，敲了一下桌沿，然后闭着眼，神气活现地说道：“花开两朵，各表一枝。余老板说的是前部《玉三星》，我现在说的是《玉三星》后部。”

他气派十足，居然有点像说书的派头，瑶霜诧异道：“怎的又缠上了玉三星？昨晚的事和玉三星又有什么关系？”

铁脚板笑道：“姑奶奶不要打岔，你听他说出来，便明白了。”

原来，那晚青龙巷铁拐婆婆祖孙两人结果了仇人秃鹰以后，时候已不早，快到五更时分。余飞并没露面，却在暗中看着摩天翮和铁拐婆婆在空地上一阵商议，由摩天翮扛着秃鹰尸首，仍然跳入私门子家中，一会儿空手出来，便和铁拐婆婆祖孙各自走了。余飞明白，他们把秃鹰尸首放在迷昏人床上，明日事发，官府还以为因女妒杀哩。余飞一看大事已了，怀里揣着那张玉三星当票，回了“大来当”，这便是第二天清早，“大来当”的老板们，突然瞧见余飞在屋里高卧，玉三星、当票搁在桌上的场景了。

这天，余飞足足睡到过午才起来，匆匆盥洗用饭以后，昨夜铁脚板、七宝和尚和他约定有事相商，正想出门，忽然当铺伙计进来报称：“门口有个小叫花似的孩子，口口声声求见余相公，问他姓名不肯说，只说余相公一见，便认得他。”

余飞猜测定是铁拐婆婆的孙子——仇儿，却不知找他什么用意，便吩咐伙计领那孩子进来。

仇儿一进屋内，便跪在余飞面前大哭道：“我祖母死了。”

余飞吃了一惊，问他怎样死的？

仇儿哭诉道：“昨晚事了，把仇人身上的一柄缅刀、一袋飞鱼刺，统统送了摩道爷，各自分手回家。祖母和我回准提庵时，路上一声不响，到了庵内，抱着我眼泪汪汪地说：‘你长大起来，千万不要走上你父亲的路子，跟着我老太婆，也一世出不了头。余相公是鼎鼎大名川南三侠里面的贾侠，为人正派，我已拜托余相公关照你，万一我死了，你不用三心二意，快去求余相公收留你，在他身边做个光明正大的人。’

“那时我也哭着问她，为什么要说这样绝话，我们大仇已报，我们祖孙相依为命，仍回我们巴山去吧。我祖母没有搭理我的话，把我推开，命我好好儿去睡。

“我本来和祖母一房睡，一夜过去，并没出事，我今天早上醒来，不见了祖母，那支铁拐也不见了，忙去问前面做功课的师太，她说：‘你祖母拄着拐到城外看江景去了。’我一听这话，便觉得奇怪，我祖母轻易不出门的，出去总在晚上，忽地想起昨夜吩咐的话，吓得出了魂，飞一般赶到北城外，沿着江边一路寻找，走出十几里路去，人烟逐渐稀少，忽见前面一座石桥上聚着许多渔户，在那儿纷纷议论，过去一打听，说是‘清早石桥上发现一个白发黑脸、拄着拐杖的老太婆，突然从桥上飞上天空，从空中又飞下来，直钻入江心，便踪影全无，也许是龙王奶奶显圣了’。

“我一听这话，跑到没有人的江岸，跪在岸上大哭，哭得昏厥了好几次，如痴如呆地不知哭了多久，突然想起昨夜祖母吩咐的话，就没有回准提庵去，一直跑到这儿。现在我一个举目无亲的孤儿，情愿在相公身边当个小童，您做个好人，让我祖母死去也可瞑目。”说罢，哭得呜咽难言。

余飞把他拉起来，安慰了几句，答应替他想个妥当办法，知他清早起来，突遭大故，水米没有沾牙，让他在当铺里吃了饭，然后带着仇儿去找铁脚板、七宝和尚两人。

铁脚板、七宝和尚两位怪侠倏隐倏现，并没准处所，有时连余飞都找不着他们，不过这一天是约好的，余飞知道两人在城中心一个成都的袍哥儿头儿家中落脚。四川袍哥儿遍地，其中五花八门，各有支派，各有统率，两人落脚的一家是属于邛崃派下的，铁脚板、七宝和尚能够耳目灵通，呼应敏捷，全赖自己派下的袍哥儿们，黄龙一班华山派隐迹拉萨宫，和活僵尸一班党羽的一举一动，都能探出一点眉目来。便是拉萨宫内，也有自己派下的袍哥儿们混迹其间。

一个大帮的袍哥儿头儿，表面上和绅士一般，出入轿马，宅第宏深，余飞和仇儿进了这家袍哥儿首领宅后面的密室，和铁脚板、七宝和尚见了面，余飞一说铁拐婆婆投江自尽，仇儿变成可怜的孤儿的话，铁脚板点头道：“铁拐婆婆不愧是江湖上老一辈的人物，把侠义二字还看得很重。明知在青牛阁做错了事，不愿在江湖上落一个笑柄，干脆一死，以谢摩天翮，如果换了现在后几辈的江湖人物，便没有这样烈性了。”

七宝和尚笑道：“铁拐婆婆把这位小孙托付了我们老板，他是神偷戴老五的后代，‘大来当’内的朝奉如果知道小神偷进了门，大约愁得连饭都吃不下了。”说罢大笑。

余飞笑道：“这是笑话，不过我终年到处漂流，我又素不收徒，跟着我倒是个累赘。”

铁脚板笑道：“看在铁拐婆婆面上，总得想个办法。暂时跟着我，臭要饭收个小叫花，倒是红花绿叶，最合适没有了。”

余飞笑道：“这不成，你得好好儿替他换身衣服。他这身破衣服原是改装追踪仇人用的。”

仇儿从这天起，便跟着铁脚板在一起了。

余飞说道：“昨晚你们约我有事相商，七宝和尚虽然对我说过一点大概，我还是不大清楚。”

铁脚板道：“我们为了矮纯阳重整沱江第二支派，忙了这许多天，没有到宏农别墅去。听说杨相公中了第一名武举，杨老太太也到了成都，收了虞锦雯做义女，先回嘉定，预备两小口婚礼，锦上添花，杨相公、雪衣娘不久便回嘉定，要洞房花烛了。哪知道黄龙、江铁驼这班人，为了鹿杖翁胳膊朝外弯，虞锦雯弃暗投明，加上当年琵琶蛇江五一掌之仇，旧恨新仇，把杨相公、雪衣娘也恨如切骨了。瞎了眼的虎面喇嘛不怪自己不对，知道了他前妻独臂婆也投了杨家，还有狐群狗党里面的摇天动，记着白虎口杨相公和我搅得他落花流水，这几笔账也添在里面了。

“这班宝货一时没法奈何我们三人，他们和活僵尸商量了好几天，想在有家有业的杨家出口怨气。我和狗肉和尚一听到这个消息，倒有点焦急了，事情起头是邛崃派和华山派的争执，万不能连累了杨相公。

“其实杨家有杨相公、雪衣娘、虞锦雯三位大行家，加上独臂婆、小苹凑凑数，群贼也未必能得手，可虑的是那三位大行家，本领虽然高明，都是锦衣玉食的主儿，对于江湖上许多鬼鬼祟祟的鬼门道，毕竟经验差一点。这几天杨家喜气洋洋，杨相公、雪衣娘心里乐得浑淘淘，哪会防到贼人们在他们身上转主意呢！万一有个疏忽，着了贼人道儿，不用说有个失闪，便是动了杨家的一草一木，我们三块料从此便不能见人，更对不起破山大师平日相托之意，我们也只有手拉手，走铁拐婆婆那一条路了。”

余飞道："既然得知这样风声，为什么不赶快通知杨相公，让他有个防备呢?"

七宝和尚笑道："是呀！我本预备到杨家通知去的，臭要饭却把我拦住了，他一套臭主意，真还不错。"

余飞忙问："什么主意?"

铁脚板笑道："杨家现在什么情形，大约你也想得到，平日两口子一个玉哥，一个瑶妹，已够浑淘淘的了，这几天预备做新娘、新郎，到处是良辰美景，一团喜气，尤其是杨老太太这许多年抚孤守节，巴巴地望到膝前一双两好，美满姻缘，在这当口，我们狗癫疯般跑去告诉他们，替他们添上一段堵心的事，两口子堵心且不说，万一被杨老太太知道了，还不吓死急死吗？还不把臭要饭、狗肉和尚骂得狗血喷头，认为引祸进门的好朋友吗？所以，这当口万不能通知杨家，既然不能通知杨家，就得想法釜底抽薪，让他们照常平平安安地度美美满满的洞房花烛去，怎样才能办得周全，便要瞧我们三块料的神通了。"

余飞摇头道："难！难！难!"

铁脚板微笑道："哪有这许多难字！天下无难事，只怕有心人。"

余飞笑道："听你口气，仿佛有把握似的，我且听听你怎样的高招儿。"

铁脚板道："我和狗肉和尚请你到此，便是商量安排金饵钓龙驼。金饵是什么，不瞒你说，便是我昨晚顺手牵羊带回来的玉三星。"

余飞诧异道："原来你这臭主意，还是昨晚在准提庵窗外偷听时才想出来的，你这臭主意怕要不得。"

铁脚板得意扬扬地说道："臭要饭虽然不敢比诸葛亮神机妙算，但是像黄龙、江铁驼这班东西，还逃不出臭要饭手心去。"

七宝和尚坐在一旁哈哈大笑，余飞却急得摸不着路，正色说道："我和杨相公虽是初交，但是我一见他气度品貌，确是一位人杰，这事你们不要儿戏，老卖关子干吗？快说出来，我们也可斟酌斟酌。"

铁脚板道："老板休急，请你来便是为了大家斟酌斟酌，我这主意要得要不得。三个臭皮匠，抵得一个诸葛亮。我们三块料，总比三个臭皮匠强点。事情是这样的，活僵尸拉萨宫内，有我们的暗探，不过都是做点杂务的下人们，探得的只是一点零零碎碎的事情，但是几下里一印证，也可十得八九。凑巧出了铁拐婆婆一档事，现在半面娇、秃鹰一死，看情形，黄龙这班人未必明白内情，半面娇身上致命的飞鱼刺，和青龙巷内秃鹰、迷昏人两具尸首，定把黄龙这班人闹得疑神疑鬼。

“现在我们只要如此如此、这般这般地做去，不怕他们不上钩。擂台上没有见起落，他们还不死心，趁此也得让他们见个真章，便是拉萨宫活僵尸这家伙，也是成都一害，成都一班袍哥儿早已容他不得，屡次要我出手，这就一举两得。”

余飞沉思了半天，才说道：“华山派这次摆擂，弄得一无结果，步步丢人，自然怨毒攻心，格外要和邛崃派誓不两立，没有不出脓的疖子，迟不如早，免得连累别人。不过，你这主意虽还可取，还得看事做事，不要大意才好。”

铁脚板大笑道：“诸葛一生谨慎，我们老板大有卧龙之风，现在不必多说，既然三人同心，臭要饭便要升帐调兵了。”

拉萨宫的大喇嘛活僵尸，原是个阴狠凶辣的劫盗，非但长相奇特，性情古怪，便是嗜好也和常人不同，专喜生吃普通人不敢吃的毒物。早年和虎面喇嘛出没川藏边界，被鹿杖翁所制，隐迹多年，年纪已到五十出头，躲在拉萨宫内，据说练成了出奇阴毒无比的独门功夫，但是他练功夫时，隐秘已极，谁也不知道他练的哪一门功夫。

豹子冈摆擂当口，虎面喇嘛本想请他出来助拳，因为他和华山派名宿鹿杖翁有过节，没有答应，后来擂台被鹿杖翁弄得瓦解冰消，黄龙这班华山派连鹿杖翁也恨上了，鹿杖翁又已远走高飞，才由虎面喇嘛牵线，把黄龙这班人和活僵尸结合一起，拉萨宫做了集合的大本营，活僵尸自以为独门功夫练成，雄心勃发，也想利用黄龙这班党羽，扩张自己势力，预备在水陆码头上自己伸进一脚去。

活僵尸、黄龙、江铁驼一班人发现了半面娇尸首，又得知了秃鹰和他姘头迷昏人骈死床上，疑心遭了邛崃派毒手，但是半面娇身上致命处，却是秃鹰的飞鱼刺，弄得莫名其妙，一面分头棺殓，一面暗派党羽，侦查真相。

隔了好几天，黄龙手下的党羽居然从外面侦查出详细内情，回到拉萨宫，向黄龙报告说：“秃鹰为了一件宝物玉三星起的祸苗，这件宝物是田皇亲家的无价之宝，被巴山铁拐婆婆追踪到此，母报子仇，下手杀死秃鹰。”把这段内情查得非常确实，不过说到半面娇的死，以及玉三星落在何处，情形便不同了，说是“秃鹰早年在洞庭湖当水盗时，半面娇正在岳阳倚门卖笑，两人早有交情，秃鹰从戴五手里得到玉三星，便藏在半面娇家中，秃鹰血腥满手，屡犯大案，被官府认真兜拿，存不住身，远走高飞。半面娇跟了黄龙，把玉三星也暗地带到豹子冈，秘藏多年，绝不让黄龙知道，凑巧擂台事起，秃鹰到此，两人旧欢新续，瞒着黄龙秘密交往。

“最近黄龙搬家，宝物玉三星无法再秘藏下去，才由半面娇暗地交与秃鹰，哪知秃鹰又和迷昏人弄得火热，把玉三星藏在迷昏人家里，对于半面娇有点爱理不理起来。半面娇不免起疑，随时暗地跟踪，有一天亲眼瞧见了秃鹰和迷昏人的亲热情形，妒火中烧，和秃鹰拼命，秃鹰得新忘旧，竟和半面娇交起手来，半面娇不敌，逃回拉萨宫来，哪料秃鹰心狠手黑，深怕半面娇在黄龙面前搬弄是非，一不做，二不休，暗暗追到墙外，下了毒手。

“正想从尸身上拔下暗器飞鱼刺，免得被人认出暗器，不料他的祸根——铁拐婆婆身边的孙子仇儿，业已如影随形，暗暗跟踪身后，故意从树林内向他放了一镖，秃鹰闪避之下，瞧出树内藏人，顾不得再从尸身上拔下暗器，进林搜查，仇儿故意露出身影，飞逃回城，秃鹰知事泄露，岂肯干休，逃的又是一个十六七岁孩子，立时飞步便追，哪知道仇儿是故意引他进城，铁拐婆婆早已隐在一旁，跟在他身后。仇儿身小体灵，只几个拐弯，秃鹰便追失了前面飞逃的人，再回身出城，又怕半面娇尸身已被黄龙手下发现，无精打采地只好回到青龙巷迷昏人家里再说。

“他一进青龙巷，铁拐婆婆祖孙早已埋伏停当，双方交手，秃鹰功夫虽好，却非铁拐婆婆敌手，立死铁拐之下。铁拐婆婆早把迷昏人家里情形侦查明白，提着秃鹰尸首，跳进迷昏人家中，连迷昏人一齐杀死，搜出起祸根苗的玉三星，便和她孙子成功而回，但是可异的是，铁拐婆婆不知为什么缘故，第二天便投江自杀，那件宝物玉三星和她孙子仇儿，已投奔城内铁拐婆婆生前一个朋友家中，这个朋友是谁，一时却不易探出来。”

这人把听来的话据实一说，哪知其中半真半假，可笑的是半面娇和摩天翮一篇风流账，却划在死无对证的秃鹰身上，摩天翮反而变成事外之人。

照说这档仇杀惨案，除出已死的几个当事人物以外，知道的只有川南三侠和摩天翮、仇儿几个人，黄龙党羽从什么地方，能够探得这样详细呢？不言而喻，这是铁脚板的袖里乾坤，故意授意手下袍哥儿们，透风给黄龙党羽的了。

黄龙听了这个消息，气得半死，认为半面娇、秃鹰该死，派人把几具尸首，草草埋葬了事。活僵尸和其余一班匪盗，对于无价之宝的玉三星却都注上了意，立时分头派人到城内去，查访铁拐婆婆孙子仇儿，投奔的是谁，什么路道，仇儿是什么长相，这件宝物的大小形式是什么样子，最好都探查明白，再行下手。活僵尸贪心大炽，老奸巨猾，恐怕黄龙手下的人捷足先得，暗地又密派自己几个亲信徒弟出去查访，这一来，拉萨宫一班匪徒，全副精神都在宝物玉三星身上了。

拉萨宫匪徒们分头出发，寻找宝物玉三星的下落，接连许多日子，有几拨探出一点线索，但是回来报告时，一人一个说法，一个说的是东，那一个探得的却是西，再跟着探得的线索去实地探查，才知满不是那么一回事，白费了许多日子光阴，什么也没有探出来，反而因此大家起了猜疑，活僵尸的徒弟们疑惑黄龙手下已经探出痕迹，恐被别人夺去，故意乱造谣言，在黄龙一班党徒，也疑心活僵尸诡计多端，故意叫徒弟们瞒住真相，彼此一猜疑，几乎先来个窝里反。

这期间，要算活僵尸真个老奸巨猾，暗地一琢磨，觉得情形不对，定然上了人家的当，暗派两个细心大胆的徒弟，吩咐他们："表面上依然打探玉三星下落，暗地里却注意以前各种不同的消息来源，不论什么处所，只要你们张嘴谈到玉三星身上，有人兜搭上来，或者故意当着你们的面，谈论这档事的，你们早晚盯着这人，探明了这人什么路道和落脚处所，再回来通报。"

这一来，果然被他们探出苗头来了，查明了凡是对他们乱放谣言的人，每晚都在城中心一家很像样的人家内，半天才吃得醉醺醺地出来，这家人家不用打听，人人知道的成都出名的袍哥儿头儿，是属于邛崃门下的。活僵尸得了这样报告，才明白是邛崃派的把戏，为什么要玩出这样把戏来，还得往深里探查。

活僵尸自己暗想了个主意，并没通知黄龙一班人，在一个星月无光的晚上，他依仗身有独门功夫，居然寸铁不带，只带了一个知道那家地方的徒弟，改换夜行装束，悄悄进城，到了起更以后，由那徒弟指明地点，闪过一旁，活僵尸依仗身有特殊功夫，毫不迟疑，越墙而入。

他是从屋后僻静处所进身的，暗地一打量，原来墙内是一所小小的花园，也有玲珑的假山、小巧的亭子，亭子内挂着两盏明角风灯，正有两个人在亭心对酌，一面吃酒，一面在那儿聊天。

活僵尸借着园内花木隐身，掩了过去，藏在假山背后，仔细向亭心瞧时，瞧出亭内对酌的，一个是叫花模样的人，一个却是光头和尚，心里暗吃一惊，原来他没有和川南三侠会过面，时常听黄龙说起三人的模样，推测亭内吃酒的定是丐侠铁脚板、僧侠七宝和尚，静心偷听亭内说话时，更是心惊，两人正在讨论玉三星的事。

听得那和尚把酒杯一放，叹口气说道："这一次，你这鬼画符弄得太丢人了，你派出去的虾兵蟹将，得着了铁拐婆婆报仇的详情和玉三星的下落，应该预先叮嘱他们口头谨慎，不应该让华山派一班鬼崽子一五一十地探去，等到你后悔不迭，再故意乱放谣言时，风声已经传开，虽然玉三星下落，他们还没有十分摸清楚，但是铁拐婆婆孙子投奔的主儿，听说不是本地人，自从得知外面注意这件宝物的人很多，吓得他在城外雇了长行下水船，一半天带着宝物和仇儿，便要离开成都了。被你鬼画符一闹，煮熟的鸭子，眼看要飞，不用说华山派一班鬼崽子闹得晕头转向，白欢喜一场，便是我们也枉费心机呀！"

七宝和尚一阵埋怨，铁脚板只管冷笑，突然发话道："那件宝贝，我听人说过，确是一件千载难逢的奇宝。如果真想要它，那主儿带着宝贝坐船一走，从成都到重庆，沿路码头总要靠岸，更容易下手。在水面上，也有法子，但是兔儿不吃窝边草，船只一进岷山，我们哪能拉下脸皮，做这种见不得人的事，再说那主儿是斯文一脉的规矩人，更不好意思乱来，被江湖上耻笑。还有，我们沱江第二支派还没有布置停当，一时也离不开此地。细想起来，我们生成穷命，大约没福得这件宝贝，只好丢开手吧。"说罢，两人一阵瞎聊，说到不相干的事上去了。

活僵尸暗中听得又惊又喜，原来是这么一回事，今夜总算来着，心里还暗笑，铁脚板这种人居然还有头巾气，这也是平日人们称他们为川南三侠，替他们戴上了高帽子，这个侠字便把他们管住了的缘故。他们既然放手，我只要马上查明码头上长行船只，暗暗盯住，沿江都可下手，那件宝物便可稳稳到手，心里一喜，不再流连，忙不及退出墙外，寻着了同来的徒弟，赶回拉萨宫去了。

哪知道活僵尸听到的一番话，是铁脚板、七宝和尚两人唱的好戏，故意说他听的。这几天，川南三侠早已料到，拉萨宫内一班匪徒要走上这条路子，每天一到起更，三侠里面总有一位登高监视，暗布机关。这天晚上，余飞带着铁拐婆婆孙子仇儿伏在房上隐蔽处所，果见有人探道进身，仇儿立时纵下屋去，悄悄通知铁脚板预备去了，这样安排罗网，一步一步地做去，等候华山派匪徒自钻圈套。

活僵尸回到拉萨宫，悄悄地到了自己屋子，换了装束，徒弟们进来向他说："前面华山派当家黄龙和一班同道，正在商量要事，派人好几次来催请师父前往。"活僵尸心里暗笑，他们这班人又在那儿瞎起哄，且到前面听听他们说什么。他大模大样地到了前面黄龙所在，瞧见坐了一屋子的人，正在得意扬扬地高谈阔论，连瞎了眼的虎面喇嘛手上拿着明杖，也坐在一边。

活僵尸一进门，黄龙这班人真还把他当作人物，处处恭维他。活僵尸高坐上面，便问："你们议论什么？定有好消息。"

黄龙说道："他们去探玉三星，却探到了另外一档事。巡抚衙门派出人来，在城内几家大铺子采办礼物，说是巡抚送新武举杨展的贺礼，细一打听，才知我们这许多日子都在那件宝物上打主意，没有理会姓杨的小子，这小子却和雪衣娘回了嘉定老家，已经定出日子要结婚了。姓杨的小子势力不小，连巡抚都要送份厚礼，此刻我们摇天动老弟，说起他和杨小子在白虎口结过梁子那档事，邵巡抚定然感激姓杨的保护了一家老小财宝，才送这份人情了。

"现在我们暂把玉三星的事放在一边，大家商量着先在那杨小子身上出口恶气，姓杨的是嘉定首富，连巡抚都送礼去，这场婚事的排场定然不小。杨小子和雪衣娘志高意满地做新郎、新娘，定无防备，我们多备船只，假充进香客商，顺流而下，在嘉定城外等候他们花烛洞房之夜，齐到杨家，搅他个落花流水，人财俱尽，攻打个猝不及防。杨家是嘉定第一富户，也许我们还可来个满载而归，一举两得。邛崃派虽然和杨家有交情，也防不到我们会到嘉定去，而且借此敲山震虎，先教邛崃派识得我们厉害。"

黄龙趾高气扬地说罢，其中有一个匪党说道："黄大哥的主意不错，不过，嘉定城外乌尤寺的破山大师是雪衣娘的父亲，我们也得防着一点。"

这人话刚出口，活僵尸阴森森地一阵冷笑，厉声喝道："少说泄气话，什么破山大师，不就是当年巫山双蝶的黑蝴蝶么！懂得一点五行掌，算什么稀罕，何况现在已是个六七十岁的糟老头子，你们只管放胆上杨家去，黑蝴蝶如果露面的话，我来对付他。"

众人听得大喜，夹七夹八的恭维话、五颜六色的高帽子一齐向活僵尸头上堆去，活僵尸并没见情，鸡爪似的双手乱摇，大声说道："休乱，休乱！我也有点事和你们商量。"

黄龙忙问："何事赐教？"

活僵尸睁着一对鬼眼，向一屋子人扫了几眼，咧着一张寡肉少血的干瘪嘴，磔磔怪笑道："你们为了那件玉三星，白忙了这许多天，连我几个徒弟也跟着瞎闹，我气不过，刚才我自己出去一趟，费不了什么大事，一下子便探得一清二楚了。

"我还通知你们，杨家的事你们尽管放开手做去，你们华山派的对头，人们称为川南三侠的三块料，现在正忙着他们沱江第二支派的事，分不开身来，你们上嘉定更不敢碍手碍脚，事不宜迟，明天马上到城外雇船去，最好船上的水手也用自己人，免得透露风声。

“不过我向来做事，讲究斩钉截铁，明人不做暗事。我先说明，我已探明那件宝物，也在这一半天内从水道往下江去，到下江没有第二条水道，当然要经过嘉定，我和你们一路同行，正好一举两得，而且我只要一举手，便可把那宝得到手，绝不用别人帮忙。不过，那件宝物不比杨家财物，可以大家二一添作五对分，我也不是把那宝物独吞私得，得手以后，那件宝物作为拉萨宫的镇山之宝。话得预先说明，你们愿意时，便这样办；不愿意时，我们另说另议。”

说罢，两条灰黄吊客眉往下一耷拉，见棱见角的一张青虚虚的骨牌脸绷得鼓也似的紧，一点笑影俱无，真有点像棺材里绷出来的僵尸。

大家虽然也垂涎宝物，但是正在用人头上，宝物的下落又是他一鸣惊人地探出苗头，头一个黄龙便满口答应了。

活僵尸正在神气活现当口，瞎眼的虎面喇嘛突然喊了一声：“窗外有奸细！”

坐近门口的几个匪党听说有奸细，向外一拥，屋上、屋下地搜查，黄龙、活僵尸也亲自出去，在拉萨宫前后各处巡查了一遍，却查不出一点痕迹来，疑惑虎面喇嘛错听了什么响动，当作奸细了，怎的屋内许多人，谁也没有觉察，偏是他听到呢?

其实，瞎眼人的耳朵比别人灵敏一点，虎面喇嘛确是没有听错，而且还听出窗外似乎有人微微冷笑了一声，屋内正说得热闹，人人注意活僵尸的口风，没有觉察罢了。窗外冷笑的是谁呢？却是铁拐婆婆孙子——仇儿。

原来活僵尸从城内回来时，铁脚板带着仇儿，马上跟了下来。铁脚板很欢喜仇儿的机灵聪明，轻身小巧术也有专长，不愧神偷之子，教他翻房越屋，偷偷摸摸，居然比老手还精，所以把他带在身边，同进拉萨宫。

他人小心灵，把活僵尸、黄龙一班人的说话，听了个满耳，听得屋内活僵尸一个劲儿吹大气，把听来的假话当真事讲，年轻沉不住气，不禁冷笑了一声，几乎露出了马脚来。

第五章　大佛头上请客

活僵尸、黄龙一班人商量停当以后的第二天，黄龙为首，率领华山派下一班死党，加上虎面喇嘛的徒弟像铜头刁四、双尾蝎张三之类，共有十几名匪党，扮作峨眉进香的香客，分坐两只双桅长行船，连船上的水手都是清一色的同党，先行出发，从成都顺流而下，和活僵尸约定，在沿江的彭山、青神两处码头停泊，彼此可以会面联络。

原来，活僵尸已把那件宝物玉三星视为自己囊中之物，当众声明用不着别人帮助，自己带了两个得意徒弟还是为了杨家这档事，替黄龙这班人虚张声势的，如果为了玉三星，原是稳稳地手到擒来，根本连两个徒弟都是多余。

黄龙一听这样口气，只好各行其是，希望他马到成功，不要误了杨家这档事便得。所以黄龙这班人开船以后，活僵尸和两个徒弟另备了一只快船，泊在码头上，并没开船。

活僵尸自己高卧舱内，令两个徒弟在码头上时时留意沿码头的船只和下船的主儿，瞧见了什么时，随时禀报。

到了黄龙一班人先开船以后的第二天，日色过午，从城内抬来一乘轿子，轿上捎着一个薄薄的行李卷，轿后跟着一个十六七岁的青衣书童，在码头上歇下轿子，从轿内走出一个四十开外的绅士，自己伸手从轿内提出一只两尺见方的朱漆小箱子，书童扛着那个小行李卷，跟着绅士下了一只新油漆的下江快船。主仆一下船，一个船老大跳上岸去，匆匆地去办沿途吃喝的东西。

活僵尸两个徒弟看在眼里，一个下船禀报，一个忙跟在上岸船老大的背后，想法一兜搭，探出下船的一主一仆不是本地人，是赴重庆去的，船是包定的，不搭另客，马上就要开船。问这人干什么、姓什么，船老大却说不清。两个徒弟先后下船去和活僵尸说了，活僵尸自己立刻上岸去，假作闲游，走近那只船头，向船内打量，只觉舱内坐着的绅士，身形颇为魁梧，书童是一个精瘦的小孩子，眉目之间，却透着精灵，那只朱漆箱子搁在桌上，那绅士两手扶着箱子，很仔细地四面察看，隐隐地听他向书童说：“上上下下非十二分当心不可，万一里面东西有点磕撞破损，世间上大约没法找寻修补这宝贝的巧匠了。”

这话钻在活僵尸耳内，暗暗点头，肚里暗说：“准是那话儿!”

活僵尸暗喜之下，认清了船只，慢慢蹓蹉着，预备回自己船去。忽见岸上又抬来了一乘滑竿，在码头上停下来，跳下一个土头土脑的买卖人，双手抱着一只朱红描金箱子，跑到码头上，神色慌张，东看西瞧，嘴上自言自语地说着：“这孩子真该死，叫他在码头上等着，偏又跑得不知去向。”一面嘟囔，一面沿着码头，找寻船只，从活僵尸身边跑过，活僵尸两只怪眼向他手上箱子盯了几眼，吓得他紧紧地抱着箱子便跑，好像要抢他似的，嘴上却向岸下一排船只喊着：“仇儿！仇儿!”

活僵尸一听他喊“仇儿”，立时吃了一惊，仇儿不是铁拐婆婆的孙子吗?在活僵尸念头急转当口，自己坐船隔壁一只船上，从中舱横窗内，钻出一个头来，喊道：“在这儿，在这儿!”

岸上抱着箱子的买卖人立时面色一宽，却战战兢兢地从一块跳板上，走下船去，在船头上向后艄船老大问了一句：“我们什么时候可到重庆?”

船老大回答：“下水船虽然比上水快得多，可是岷江这条江面水势太急，晚上更不易行驶，出门人不要贪快，还是稳当的好。”

买卖人问不出所以然来，一低头钻进舱里去了。

这当口，岸上的活僵尸愣住了，亲眼看到的两只船上都是一个大人、一个小人，都有一只朱漆箱子，一般地到重庆，情形都像那话儿，可是宝物只有一件，到底是哪一只船上是对呢?照说隔壁这只船内，明明听他喊着“仇儿”，似乎应该这只船上才是货真价实的，但是天下也许有同名的，可惜探出头来的仇儿没有看清，这人一进舱去，四面又关得实腾腾的，情形真有点可疑，一时委绝不下，下了自己的船，暂不进舱，立在船头上，望那面船上打量打量，又向隔壁船上听听动静，乱转主意。

舱内两个徒弟也瞧得有点奇怪，到后艄去向隔壁船上的船老大兜搭，偏碰着这个老大是个懒惫人物，热气换冷气，反说：“出门人老打听人家干吗?吃我们这碗饭的，最忌这个。”

两个徒弟受了一顿抢白，换了平时，早已拳脚齐上，这时却不敢鲁莽，怕坏了师父的大事。

活僵尸立在船头上，满肚皮搜索主意当口，忽见那面船上的船老大，从街上买办回来，提了一大筐东西下船，一会儿，船上的水手们起锚点篙，动手开船。活僵尸心里急得了不得，一瞧隔壁这只船，自从土头土脑的买卖人进舱以后，声音全无，后艄几个船老大，很自在地攒在一块儿，抽旱烟，摆龙门阵（川语，聊天之意），不像要开船的光景。活僵尸暗想，那只船且让他开出江去，晚上不会行驶，沿江码头总得停泊，我们船上的船老大是自己人，快慢随意，先盯住了隔壁的船再说，这只船上有仇儿，更得注意。

无奈隔壁的船很奇怪，隔了多时，依然没有开船的动静，眼看日影慢慢西沉，船内声息毫无，好像坐船的主儿在船内睡觉一般，活僵尸恨不得跳进舱去，把那朱漆描金箱子弄开来，瞧一瞧箱内是不是宝物，无奈青天白日，码头上下，人来人往，只好看着干着急。

直到一轮红日挂在远远的西山脚下，江面上反映着万道金蛇，猛听得隔壁船上有了响动，两面船窗都打开了，活僵尸和两个徒弟忙偷眼瞧时，只见中舱内那个土头土脑的买卖人，似乎刚睡醒起来，睡眼惺忪地还打着呵欠，忽又向后舱喊道："寿儿！寿儿！"

活僵尸听得又是一惊，刚才听这人在岸上大喊"仇儿"，此刻喊的声音不像"仇儿"，变成"寿儿"，虽然仇寿两字的发音相近，但是喉舌尖团之间，却有点分别。

那人喊了几声寿儿以后，一个二十上下的雄壮少年从后舱提着一壶开水，替那人面前，沏了一杯茶。活僵尸一见这个少年，心里便起了疙瘩，铁拐婆婆孙子仇儿的形相，早已听人说过，是个十六七岁的瘦孩子，和这少年的年龄、长相差得远，倒是那只已经开走的船上书童，年纪长相，十九相合，自己昏了头，听了风便是雨，在这不相干的船上，白耽误了许多工夫。可是事情真怪，怎的这只船上的情形和开走的船上，一般地只有一主一仆，一般地只有一只朱漆箱子，一般地把一只箱子视同性命？不同之处，不过这船上的朱漆箱子外带描金罢了。

活僵尸认为自己看走了眼，不便和徒弟们直说出来，正想吩咐徒弟们立即开船，还没有张嘴，忽又听得那船上主仆说起话来。

那个被喊作寿儿的少年说道："老板，你把这只箱子看得好像性命一般，老说里面是宝贝，既然是宝贝，不会藏在家里，为什么老远的带往下江去？万一路上有个失闪，岂不丢了你命根子么？"

这一句话又把活僵尸耳朵拉住了，急向下面听时，那个土头土脑的老板发怒道："你这小子，出门跑道，连句好话都不会说，专说丧气话。"忽又哈哈笑道，“说也不要紧，别的宝贝，怕偷怕抢，我这宝贝，不识货的人是看不上眼的！不信，我叫你开开眼。”说罢，从身边摸出一个钥匙来，把桌上朱漆描金箱子的铜锁通开，揭开箱盖，露出箱内的宝贝。

那边舱内箱盖一揭，这边舱内活僵尸和徒弟们不由得伸长脖子，三颗脑袋从船窗里探了出去，六道眼光齐注箱内时，哪里是什么宝贝，满满地装着一箱子的四川道地药品，还听得那个老板指着箱内说：“这是牛黄，那是马宝，这是透油紫桂，那是千年茯苓，这批货到了下江，利市百倍，足够一年浇里，不是宝贝是什么！”

活僵尸听得气不打一处来，回头大唾，跺着脚吩咐赶快开船。船离开码头时，明明听得那船上主仆大笑之声，活僵尸正在自己骂自己，瞎了眼，活见鬼，心烦气结，一时没有理会，等得离开了成都一段路，到了江面空阔处所，江风拂面，心神一清，猛地省悟，那船上的一主一仆，其中有诈，哪会有这样凑巧的事，在同一时间和地点，发现了情形相同的两拨客人！

最可疑的，自己常听人说起川南三侠的长相，贾侠余飞的长相正和那船上土头土脑的老板相同，听说余飞是贩卖药材出身，所以一箱子装的都是药材。啊哟！不好，姓余的明明是一派做作，明明是故意靠着我的船只，有意戏耍我，明明已看出我要向玉三星下手了，特意在我面前弄出这套诡计，牵住了我的船只，让那带着玉三星的船逃出我眼目之下，飞驶而去，这样，更可断定先开走的船上，藏着货真价实的玉三星了。

从姓余的把戏上，又可推测，带着玉三星的绅士和他们有关，也许川南三侠没法得到这件宝物，也不愿我们得去，特意暗中捣乱，也未可知。哼！哼！我活僵尸不伸手则已，既然伸手，非得到手才罢，那只船既然走的是这条江面，不怕他逃上天去。

他自己一阵暗鼓捣，一个劲儿吩咐徒弟，沿途留意新油的那只坐船，不管白天黑夜，顺流而下，凡是沿江停泊船只的大小码头，务必加意留神。

活僵尸不分昼夜，兼程而进，当天更尽时分，已到彭山。船靠码头时，岸下只寥寥的几只货船泊着，另有一只小船钻出一个人来，向活僵尸船上一递江湖切口，活僵尸知是黄龙留下的手下人，叫过来一问，得知黄龙这班人的两只大船因为顺风顺水，贪赶路程，深夜江行，又不碍眼，彭山并没停下，直放青神，青神下面，便是嘉定，大约在青神停泊了。活僵尸并没十分注意黄龙的事，忙问这人：“有没有瞧见一只新油漆的坐船，船内只一主一童，在这儿停泊没有？”

那人思索了一回，点着头说：“有这么一只船，起更时分，到了彭山，泊了没有顿饭时光，船客催着开船，赶到青神再靠岸。照说一般客船上的船老大，不管上水下水，岷江一带，向来不肯深夜赶路，这船也奇怪，居然船老大听客人的话，有这么大胆。”

活僵尸一听，便知那船无疑，命这人留在自己船上，立时开船，向青神进发。

从彭山到青神也有百把里路，赶到青神时，已是第二天的近中午时分了，船上的船老大，一夜没好生睡觉，已闹得精疲力尽。船靠青神码头，预备下锚时，活僵尸走上船头，一眼便看到并排靠岸第五只客船，正是成都码头先开走的那只新油快船，那个四十开外的魁梧绅士，也正立在船头上，背着手四面闲瞧，船头船尾的几个船老大已在起锚点篙，从两只船缝里倒退出去，显然是要开走了。

活僵尸又是一喜一惊，喜的是毕竟追上了这只船，惊的是自己的船刚靠岸，它却开走了，好像知道自己不怀好意似的，这一次，可不能叫它逃出眼底去了。一伸手把船老大抛下去的铁锚提了起来，忙不及吩咐两个徒弟，帮着水手们，开船追踪，也来不及再留神黄龙这班人的船只是否靠在青神码头。

这一次追了个首尾相随，走的是同一条江面，又是大白天，自然不怕前面的船逃出手去，可喜的前面快船，这样顺风顺水，不防它竟没挂帆，自己的船预防落后，特意扬起风帆，船似奔马，反而越过了前面快船，急驶而下。活僵尸心里一琢磨，这样也好，在下站嘉定城外等着它，追得紧，反而令人起疑，大白天江面上来往船只很多，也不便下手。

从青神到嘉定，比较近一点，快近日落时分，已到嘉定，瞧见黄龙等两只进香双桅船泊在嘉定城一二里外沿江山脚下，人已上岸，船上只留着一两个手下，瞧见活僵尸的船到来，暗地一打招呼。活僵尸觉得，从成都赶到嘉定尚未得手，不愿叫黄龙一班人知道，这几年自己在江湖上绝少露面，也不怕被人瞧出破绽，索性直靠城外码头，今晚得手以后，再和他们见面也还不迟。他有了这样主意，便把船上风帆落下，驶过黄龙等坐船，逼近嘉定城外的码头上停泊了。

停泊了不大工夫，远远瞧见那只新油快船扬帆而来，活僵尸心里暗笑，开船不挂帆，半路里又挂了起来，大约半路改主意，要在日落以前赶到嘉定的缘故，这一来，倒像追我来了，思想之间，那船上已落下风帆，渐渐驶近，向码头靠拢，巧不过，竟贴着活僵尸坐船定篙抛锚子。

活僵尸心里暗喜，步上船头，假作闲眺，暗地留神那船内时，那个四十开外的绅士从船内走上船头，后面跟着那个十六七岁的精瘦书童，提着那只朱漆箱子，似乎要上岸，因为上岸的几块跳板搭在活僵尸隔壁一只大货船上，主仆一先一后跨上活僵尸船头，从他身边擦过。活僵尸心里一紧，暗想事情要糟，怎的他们在嘉定上岸，还得盯上他们，看到哪儿落脚才对。念头刚起，前面的绅士已跨上货船船头，后面的书童右手提着朱漆箱子，左肩上扛着一个小行李卷，一脚已经跨上货船的船舷，不知怎么一个失神，书童后脚一滑，嘴上一声惊喊，身子向前一栽，肩上的行李卷滚落船头，手上的朱漆箱子竟从两边船舷的空当里掉下江去，“扑咚”一声水响，连活僵尸也惊得“啊哟”一声出了口。

那绅士惊得转过身来，乱蹦乱跳，直喊“要命，要命!”

那书童倏地跳起身来，顺手在活僵尸船舷内抽出一支长篙，篙头上原附着倒铁钩，那书童不慌不忙，手脚灵便，竹篙一下，便钩起一只水淋淋的朱漆箱子来。

立在货船上的绅士喊着:“你快瞧瞧，里面进水没有?”

原来这只箱子，并没加锁，书童蹲着身子，便在活僵尸的脚边，把朱漆箱子揭开箱盖，把箱内东西一件件拿出来，整理了一下，向绅士笑道:“还好，只上面一层略微沾了一点水渍。”

那绅士向活僵尸看了一眼，笑骂道:“你这孩子，年纪也不小了，兀是失神落魄地不当心，几乎吓掉了我的魂，你瞧着这箱子不稀罕，人家可当作宝贝哩!”说罢，一声冷笑，催着书童把箱子盖上，提着箱子，扛上行李卷，跟着绅士上了岸，在人丛中一挤，便不见了。

这一幕活剧只把船头上的活僵尸弄得目瞪口呆，定在那儿作声不得。原来他一心一意，认定这只船上的朱漆箱子准是货真价实的玉三星，书童在他们面前开箱时，他还暗骂混账，在码头上万目睽睽之下，竟把这样宝物抖搂出来，哪知道他两眼直注箱内，只见书童把箱内东西一件件翻腾，哪里是甚宝物，竟是一箱子破烂账本。

果然，这一箱账本在有用的人眼内，也可以当作宝物似的贵重，但在活僵尸眼内，只气得他两眼翻白，真像僵尸一般，僵在那儿了，连他带来的两个得意徒弟也觉这一次自已师父丢人丢大了。

师徒三人气糊了心，一时没做理会处，其中一个徒弟一眼瞥见活僵尸脚边，搁着一封信，以为那书童翻腾箱内账册时掉出来的，拾起来一瞧，只见信皮上写着“拉萨宫大喇嘛亲拆”，不觉惊喊了一声，“噫！”

活僵尸低头一瞧，劈手夺过信来，一步跳进舱内，拆开一瞧，只见信内写道：“尊驾远来不易，今晚且请休息养神，明晚三更，大佛岩上，恭候赐教。川南三侠全拜启。”

这寥寥几句话，在活僵尸眼内，每个字都像一支支穿心箭，箭箭中的，他被人闹得迷迷糊糊的心窍，也被这几支穿心箭穿通了，前后仔细一琢磨，恍然里钻出大悟来：非但成都码头先后开出两只客船，故布疑阵，有意戏耍，便是派人探听玉三星下落，和自己亲耳听到铁脚板、七宝和尚说的一套鬼话，也都落入人家计算之中，人家步步为营，自己步步上当，这样看来，非但自己举动人家看得清清楚楚，大约连黄龙这班人的行踪也逃不过人家耳目，现在事已至此，成了骑虎难下之势，只有凭自己一身功夫，和他们比画下来再说，也许还可挽回一点脸面。他这样把得宝念头丢开，贪念一去，神志便清，明白自己行踪已露，船舶在众目昭彰之下，多有不便，忙又把船退出码头，驶到一二里外，和黄龙的船只泊在一处。

恰好黄龙业已回船，正要派人去请活僵尸商量要事，两人一见面，大约黄龙已经明白他被人戏弄，得宝之念成了画饼，绝口不提，免得扫他面子，从自己怀里，取出一封川南三侠的信来，请活僵尸过目。

活僵尸一瞧，信内的话和自己得到的一封大同小异，也是约在明晚三更，在大佛岩候教的话。活僵尸不想提起自己也有这么一封，却说道：“事已如此，除出到时赴约，并无别法，不过你们想乘杨家举办喜庆下手的原意，已不能用，川南三侠既然赶到，杨家定然有了防备了。”

黄龙皱着眉说道：“我们上岸去到城内杨家探道，杨家正在内外张灯结彩，轿马盈门，打听出明日是结婚正日，定然还要热闹，想不到，一个武举有这样势力，越热闹越易下手。可恨邛崃派三个对头明明已知我们来意，故意不先不后，下了明帖，约在明晚三更比画，我们如果怕事不去，从此江湖上便难抬头，如果堂皇赴约，我们便没法再到杨家去，杨家小子和雪衣娘便可高枕无忧地洞房花烛了。我偏不中他诡计，无论如何，也得搅杨家一下好看的。”

活僵尸道：“难道你明晚不预备赴约吗？这可泄气，你们华山派以后还能在江湖道上立足么？你们不去，我既然和你们同来了，我一个人也得会会他们。”

黄龙苦笑道：“不是这个意思，明晚大佛岩上，便是摆下了刀山火海，我们也得闯一阵子。不瞒你说，我们船只一到彭山，便有道上同源通知我们，岷江一带邛崃派羽党甚多，劝我们多邀帮手，因此摇天动老弟特意在彭山登陆，已邀了水陆两路的出色同道，这几位同道和铁脚板、七宝和尚结过梁子，情愿助我们一臂之力，所以我们人手，并不单薄，为什么不敢赴约？

“不过我们几位重要人物，在按时赴约之际，除出几位留守我们船只以外，另派我们手下几个能蹿高纵矮的，仍然摸进杨家去，明枪易躲，暗箭难防，去的人不用去找寻杨小子、雪衣娘，只要偷进杨宅，不论什么地方，到处纵火，顺手杀人，而且得手即退，搅得杨家天翻地覆便得。川南三侠，势必在大佛岩等候我们，绝不防我们有这一手，我们几位重要人物，依时赴约，把这档事，还可假装不知，我们也可稍出恶气，总算不虚此行了。”

活僵尸点头道：“这样双管齐下，倒是办法，我派两个徒弟帮着他们上杨家去好了。”

黄龙大喜，满嘴称谢。其实，活僵尸得不着宝贝，此刻又起贪心，想叫两个徒弟同到杨家，浑水摸鱼，从杨家得点什么了。

照说黄龙、活僵尸行踪显露，处处受制，竟然还想双管齐下，主意未尝不毒，无奈人家棋高一着，铁脚板又是岷江一带邛崃派的掌门人，沿江码头都有他的手下，黄龙等的一举一动，哪能逃过人家耳目，所以在杨家洞房花烛之夜，川南三侠，成竹在胸，照常在杨家后花园参与喜宴，到了二更将尽，三侠才离开杨家，直赴大佛岩，等候黄龙等到来。而在杨家前后，另有布置，又暗地通个消息与虞锦雯，叫她照计行事，而且请她在杨展、雪衣娘面前，休要说出来。

虞锦雯明白三侠主意，她只嘱咐小苹、独臂婆加意当心，并没说出所以然来，侍候义母杨老太太安睡以后，悄悄出房，到杨家练功夫所在，拣了一张可打百步开外的铁胎弹弓，背在身上，系上弹囊，背上宝剑，在屋面上前后巡视。

杨家层层院落占地甚广，前门临街，后门地势较僻，却夹着一片池塘，左右两面，并没临空，都紧毗邻家，却有风火高墙，墙内还有夹弄更道。虞锦雯一看，只有靠后门的花园贼人易于进身，将近三更，便隐身花园高处，待了顿饭工夫，忽听得后门外池塘边，有人喝了一声：“下去！”便听得“噗咚”一声水响，似乎有人跌下池塘去了，半晌，又听得一个童子嗓音，笑骂道：“我道是谁，原来是擂台上会过面的铜头刁四，像你这种鸡毛蒜皮，还来现世，去你妈的！”骂声未绝，便听得“啊哟”一声，又是一个“噗咚”掉下水去了。

虞锦雯心想，铁脚板真厉害，用不着我动手，早已在屋外埋伏上人了，正想飞身而起，赶到后门一带墙上，瞧瞧外面埋伏的是谁，忽见左面夹墙上，现出两条黑影，身手颇为矫捷，一伏身，向内院纵去。虞锦雯双足一踮，一个黄莺织柳，便越过一层屋脊，褪下弹弓，隐身暗处，一瞧那两个贼人，似乎看得杨家屋宇太多，聚在一起商量下手地方，其中一个，右臂一晃，手上发出火星，原来拿着火折子，虞锦雯暗喊："不好！这人要放火。"弹弓一响，连珠迸发，那边两个贼人虽然也闪开了几个飞弹，无奈虞锦雯手法高妙，弹飞如雨，两人身上业已中了几颗，身子站立不住，只好忍着痛跳过夹墙，从邻居屋上逃跑了。

虞锦雯赶过去一看，两贼业已落荒而逃，不知去向，她不敢大意，飞一般从左面又绕到右面，在长长的一道夹墙上，展开身法，一路巡查，蹚到前厅几层屋面上，并无动静，从前院又返回来，到了后面新郎、新娘洞房所在，从侧屋望见楼内烛光微透，茜窗静掩，内外寂寂无声，心想楼内两位梦甜神安，还不知有不少好朋友替他们前后守夜，抵挡群贼哩！川南三侠果然热心为友，洞房内两位也真得人缘。

虞锦雯对着洞房静掩的楼房，不禁痴痴地立了半晌，一颗心也不知想到哪儿去了，蓦地芳心一惊，暗啐道："我发的什么痴，我为什么来的呢？"正想转身，忽听得后园似乎有人惊喊了一声，一点足，向后园飞驰，到了水榭近处，一眼瞥见一株柳树荫下，闪出一个人来，却是独臂婆婆，手上拿着吹箭筒。

虞锦雯飘身而下，一打招呼，独臂婆婆悄悄叫一声："虞小姐，你来得正好，刚才一个贼人从那座假山上蹿了下来，被我在暗处一箭吹个正着，不过是侧面，只中在贼人面颊上，那贼惊喊了一声，带着箭纵上假山，逃出墙外去了，我们开后门，到外面瞧瞧去，也许还有余党。"一言未毕，相近假山背后，闪出一个瘦骨伶仃的孩子，十六七岁年纪，一身黑衣黑帕，腰围亮银九节链子枪，向虞锦雯笑道："两位可以不必出去了，来的五六个小贼没有什么了不得，我和摩天翮道长早已把他们一齐赶回去了，我们现在要到大佛岩去，特地进来通知一声，贼人不会再来了。"说毕，一转身，便纵上了假山。

虞锦雯忙问："你是谁？还有你说的那位道长，怎的没有露面？"

假山上的孩子笑道："丐侠铁脚板和七宝和尚再三吩咐我们，不要多言多语，今晚大佛岩事了，明天横竖要见面的，您大约便是虞小姐，丐侠还嘱咐我，务必转告虞小姐，今晚的事，新郎、新娘面前千万一字不提，明天他们要向新郎、新娘讨酒吃呢!”说罢，便跳墙出去了。

原来这孩子便是铁拐婆婆孙子仇儿，他在成都也替川南三侠做了不少事。余飞把青牛阁道长摩天翮拉到邛崃派门下，按照定下的计划，叫摩天翮带着仇儿，假扮一主一仆，带着一箱子破烂旧账本，余飞自己带着一个邛崃派门下，也扮作一主一仆，带着一箱子药材，在成都码头先后下船，先开船的是摩天翮和仇儿，后开船的是余飞，这都是川南三侠商量好的把戏，把活僵尸折腾得不亦乐乎，其实两只船上都没带着玉三星，在活僵尸开船追踪以后，铁脚板、七宝和尚才带着真正的玉三星，坐另备的一只快船，稳达嘉定，送进杨家，作为川南三侠的特殊贺礼了。

大佛岩在嘉定南门外，与乌尤山并肩耸峙，峭壁千寻，下临江渚，岩上石佛数十丈，俯瞰江流，为嘉定第一名胜。

这天晚上，三更敲过，黄龙、活僵尸为首，率领七八个著名同党，走上大佛岩。黄龙立在高处，还向城内东张西望，满想派去同党得手，几把火把杨家烧个精光。他看着嘉定小小一座城池，宛在脚下，可是望了半天，也瞧不见城内半点火光，痴心妄想，还以为杨家一场大喜事，这时上下人等也许尚未入睡，派去的人尚未动手，心里想着，步步登高，已到了大佛岩的岩顶。

凉月当空，秋风袭体，大石佛背后，静荡荡的一片广坪，月色平铺，如披银霜，四围松涛谡谡，和岩脚江流急湍之声隐隐互答，如奏异乐，却没见川南三侠的影子，黄龙便怒喊道:“我们应约而来，他们却一个不露面，这还算人物吗?”

话犹未毕，猛听得空中哈哈大笑，这笑声很奇特，宛似有声无人，从云端里被天风送下来一般，虽然声高音小，两面山谷却起了回音，众人急抬头看时，找了半天，才见大石佛的左肩上，并排立着三个小小黑影。因为这尊大石佛太高太大，上下数十丈，从下面望到石佛肩上，站着的三条人影便像小孩子一般，黄龙等惊愕之下，却见石佛肩上三条人影，霍地分开，顺着石佛身后雕凿出来的衣领摺痕之间，星移电掣般飞泻而下，晃眼之间，已到大佛下身莲座之上，离下面还有三四丈高下，三人微一停身，倏又双臂一抖，飞纵而起，活似三只怪鸟，舞空而下，难得的三人动作如一，轻飘飘地落到广坪上，依然三人并肩而立，众人定睛看时，这三人正是川南三侠，一个也不短。

在黄龙一班人心目中，以为岷江一带是邛崃派的势力范围，大佛岩上不知有多少邛崃派下的人物，摆成威严阵势，等候他们。来的时候，完全是充硬汉、跳油锅的拼命主意，不料依然只有三个首脑。这三个人中，只有丐侠铁脚板，拿着坐卧不离、哭丧棒似的短拐，僧侠七宝和尚和贾侠余飞两手空空，好像不带寸铁。黄龙回头瞧瞧自己带来的人，个个背刀带剑，只有活僵尸赤手空拳，暗想这三个怪物真是狂妄绝伦，算他本领高强，也挡不住我们人多势众。

黄龙心头起伏之际，对面三侠向他们拱手为礼，立在三人中间的铁脚板向黄龙呵呵笑道："贵人不踏贱地，想不到诸位善心大发，到峨眉进香，路过这小地方，也上来玩玩，"说到这儿，又向活僵尸拱拱手道，"难得，难得，这位大约便是拉萨宫首座，鼎鼎大名的活僵尸了，活佛一般的身份，居然也光临贱地，更是难得。总算凑巧，我们三块臭料，不先不后，迎接着诸位大驾，虽然有心无力，总得表示一点东道的敬意，诸位平日山珍海味吃腻了，此刻请诸位换换口味，我们这位狗肉和尚是专炖狗腿的名手，捞了几只不花钱的黄狗、花狗，炖得稀烂，趁着今天城内杨家办喜事，又偷得几瓶陈酒，东西不算什么，无非表示我们一点小意思，难得诸位远道赏光，真使我们受宠若惊了！"

黄龙、活僵尸这班人以为铁脚板素性滑稽，随口取笑，眼面前除出川南三侠，哪来的狗腿、陈酒。活僵尸和三侠初次见面，更看不起叫花似的铁脚板、邋遢不堪的七宝和尚、土头土脑的余飞，便冷笑道："三位不必客气，咱们不吃偷来的东西，这样空口说空话，白费唾沫，还不如直截了当，说出真意来，倒有商量。"

活僵尸刚闭嘴，便听得七宝和尚自言自语地说："偷得着倒也罢了，便怕白费许多日子心机，没法到手，还得丢大人。"

这话别人还不以为意，唯独活僵尸听在耳内，实在哑巴吃黄连，心里明白。

铁脚板却已大笑道："我们非但不是空口空话，而且也不是虚情假意，诸位不信，往上瞧！"说着向那尊大石佛脑袋一指，笑说道，"这尊石佛非但是嘉定独一无二的名胜，大约四川省内，也没有这般高大的第二尊石佛了。石佛头上可以摆好几桌酒席，不用说诸位十几个人，便是再多几倍，也容纳得下。上面又凉爽，又望得远，景象无边，我们一番敬意，所以在佛头上早预备下狗腿、陈酒，而且恭候多时了。"

将酒劝人无恶意，铁脚板在石佛头上请客，说的句句都是极和平、极殷勤的话，但是黄龙、活僵尸这班人却不敢领情，不用说石佛头上只有几条狗腿，几瓶好酒，便是上面摆满了燕窝鱼翅、龙髓凤精，也没法领这份人情。

他们一鼓作气到了大佛岩顶，已经是被人挤得没法儿，才提心吊胆地赴约，现在再要请他们爬上几十丈高的石佛头上去坐席喝酒，仰着脑袋望上去，石佛的头便像在云端里一般，被风吹雨淋、光滑滑的石佛头上，不论上面有多大地方，不论各人身上功夫上得去上不去，筵无好筵，会无好会，还不知川南三侠存着什么心，在上面埋伏着什么毒招儿，鸿门宴好闯，这石佛头上的狗腿却没法领情。

铁脚板这一下便把黄龙这班人唬住了，所以活僵尸起头说了“咱们不吃偷来的东西”，倒合了此刻黄龙的心思，铁脚板一说出狗腿席摆在石佛脑袋上，黄龙马上接口道：“三位盛情，咱们心领，明人不必细说，三位也不必故弄玄虚，既然亮面，定有赐教，彼时豹子冈擂台上，我黄龙和几位同道本想光明正大地向三位求教，不意尊驾们花样百出，巧言退场，弄得一无结果。江湖同道知道我黄龙一片苦心的尚无话说，不知道的，谁不骂乘机取巧，有始无终，算什么人物呢?”

黄龙话还未完，七宝和尚破袖一展，指着黄龙呵呵大笑道：“好一个光明正大的黄擂主，不说远的说近的，诸位偷偷摸摸赶到此地，存着什么主意?如果真个光明正大地峨眉进香，我们绝不露面，绝不拦阻诸位雅兴，无奈你们做的事，是正大光明的反面，孔子门前不卖百家姓，诸位回头回到船上去，便知你们派去偷鸡摸狗的几位朋友，尝着什么滋味了!”

黄龙听得暗暗吃惊，明知自己这一步棋又落了空，派去的几个人功夫有限，只要杨家有了防备，便难得手，能够逃回去还算好的，其实这是黄龙单面的想法，他没有料到，从中作梗的人根本不愿惊动杨家，赶走完事，否则派去的人，一个也回不去了。

黄龙被七宝和尚几句话，点破心病，吃惊之下，还想答话，猛听得身后有人厉声喝道：“动嘴皮子当不了什么事，是汉子，功夫上见高低!”

人随声出，一个铁塔似的黑大汉越众而出，黄龙一看是雷九霄的盟友，绰号傻金刚，一身横练，力大无穷，本来是雷九霄代邀助擂的人物，到得晚一步，擂台瓦解兵消，雷九霄被矮纯阳剑废双臂，在黄龙家中养伤，气得傻金刚跳脚大骂，想找矮纯阳代友报仇，黄龙见他是个猛将，请他同到嘉定，随众赴会，这时听着双方唇枪舌剑，心头火发，一跃而出，双手叉腰，站在三侠面前，瞪着一对大环眼，气势虎虎，向三人喝问道：“你们三人里面，有矮纯阳没有？我傻金刚要会会他。”

七宝和尚看着这位猛汉好像要吃人一般，暗暗好笑，便向他说道：“你认识矮纯阳么？”

傻金刚向七宝和尚看了又看，摇头道：“我听说矮纯阳是道士，你却是和尚，不对。”

七宝和尚笑道：“你再瞧瞧我们三人，哪一个是道士呢？”

傻金刚心想：“对呀，我这一问太傻了。”他最怕人家说一个傻字，偏偏人家背后都称他傻金刚，如果有人当面称他金刚，使乐得张着嘴傻笑；如果在他面前，不留神加上一个傻字，他不问亲疏，立时翻脸拼命，这时并没有人说出傻字，他自已却想到问得太傻了，自己想着傻，也一样发怒，不过这怒气，想在七宝和尚身上发泄，立时竖着两道扫帚眉，瞪圆了一双怪眼，晃着一对醋钵似的拳头，便要和七宝和尚放对。

七宝和尚大笑道：“我的傻哥，你要打架，不用忙，可是还得动动嘴皮子，问个清楚。”

傻金刚一听当面叫他傻哥，这可真急了，一声大吼，脚下一上步，够上步位，左臂一晃，右臂一个贯心搬拦捶，泼风似的向七宝和尚当胸擂去，傻金刚人虽猛浊，功夫却不弱，拳带风声，势疾劲足，如果被他捶上，准得躺倒。不意傻金刚一拳捣去，猛觉眼前一黑，鼻子里闻着一阵狗肉香和酒气，自己的身子却跟着自己拳头，直冲了过去，幸而平时马步功夫下得坚实，慌不及脚下一拿桩，站住身子，转身看时，那个腌臜和尚没事人似的，站在一边，笑嘻嘻地瞅着他。

傻金刚怒极，一声狂喊，又要赶去，忽听得黄龙在那儿向他招手，喊着：“金刚回来，大家说明了，再较量不迟。”

傻金刚一看自己同来的一班人，一个个都在那儿束腰活腿，抽剑拔刀，耀武扬威地预备动手，黄龙、活僵尸却和一个叫花似的人，指指点点地在那儿说话，一面向他招手。

傻金刚指着七宝和尚喝道：“回头和你算账！”说罢，回到那边去了。

第六章　五毒手

原来傻金刚一出场，黄龙带来的人一个个摩拳擦掌，便要动手，只有活僵尸纹风不动地立在一边，一对毒蚊似的鬼眼只注意川南三侠的动作。

这时铁脚板卓立当场，向黄龙说道：“看情形，今晚诸位非要比画比画不可，不过话得声明，诸位到此总算是客，其实我们也不是嘉定土生土养的，不过外面说起来，好像岷江一带，我们邛崃派门下多一点，所以我们今晚到此并无恶意，也没有存心和诸位比画。不过诸位要彼此过过手，也未始不可，现在从嘴皮上说出天大道理来，诸位也听不进去，这是没法子的事，看情形，诸位带刀带剑，全身披挂，原是预备打架来的。可是，比画比画也有个章法，你们是一拥齐上，乱打一锅粥呢，还是斯斯文文地单打独斗呢？诸位是客，只要画出道儿来，我们全接着。”

黄龙怒形于色地喝道：“不用卖狂！同我黄龙一道的都是响当当的角色，现在我们借用大佛岩这块地，接着豹子冈擂台的后场，同我来的，内中有好几位没有赶上擂台，平日又久仰川南三侠的威名，趁此机会，正可求教。”

黄龙这几句话倒够味，一半他看出一点便宜，自己这面不但人多，功夫都不弱，其中有几位更有独门功夫，还有隐迹多年，身怀绝技的活僵尸把场，那边出面的始终只有川南三侠，便是车轮战，也把这三人累倒了。

黄龙觉得有点把握当口，已有一个阔腮暴眼、头大腿短、倒提九环大砍刀的汉子，大踏步走了出来，向铁脚板双拳一抱，天生的大嗓门张开便嚷：“黄当家退后，让俺先会一会鼎鼎大名的铁脚板。”

黄龙一瞧，这人是摇天动请出来的好友，黄龙和他也是初会，一见他闯了头阵，忙一撤身，向铁脚板说了一句“这位是潼川秦兄，单名一个猛字，江湖上称为矮脚豹子”。

铁脚板早已把黄龙带来的人物看在眼内，其中江铁驼、摇天动等是认识的，里面有四五个人是生面孔，一瞧出来要会自己的绰号矮脚豹子，不禁哈哈一笑，向矮脚豹子说道："你老哥外号是矮脚，我是铁脚，咱们真应了俗语，脚碰脚了。"

秦猛大喊一声，一个箭步蹿了过来，猛喝一声："谁和你斗口！休走，看刀！"

只听得刀环哗啦啦一声怪响，一柄厚背大砍刀泼风价斜肩劈了过来，铁脚板笑嘻嘻地喊了声："来得好。"胁下挟着的短铁拐动也不动，只微一闪身，刀便落空。

矮脚豹子抽刀换招，再一进步，一个顺水推舟，却是虚式，倏地一塌身，刀光平铺，卷向脚下，铁脚板嘴上喊着："你真狠，存心废我一双铁脚来了。"一耸身，大砍刀呼地带着风声，从脚板底下滑了过去。

矮脚豹子招数迅捷如风，一刀又落了空，倏地一旋刀，原式不动，大砍刀又呼地回扫了过来。换了别人，这一招真还不易招架，铁脚板耸身避开了着地卷来的头一刀，如果双脚一落地，势必挨上了敌人返扫的第二刀。矮脚豹子也以为这一刀，瞧你往哪儿闪，不料大砍刀扫回来，依然落了空，连当面的敌人都不见了，矮脚豹子刚喊出一声"不好"，猛觉自己右腿弯里，被人扫了一下，立时一麻一屈，不由得单膝点地，却听得身后有人笑道："你这矮脚豹子，暂时改称三脚猫吧。"

矮脚豹子愤火中烧，用刀头一点地皮，身子一站直，便觉右腿出了毛病，没法再斗，只好认输，瘸着腿跛回去了。

这边矮脚豹子变成三脚猫，那边傻金刚也闹了笑话。

傻金刚起头被黄龙唤住，他虽然回到自己人这一边，两眼斗鸡似的，远远盯住了七宝和尚。矮脚豹子下场时，他也一跳而出，又向七宝和尚奔去，七宝和尚一看这位傻哥找上他了，心里好笑，嬉皮笑脸地对他说："你又来了，你腰里缠着一条连环节鞭，为什么不解下来，让我见识见识？"

傻金刚怒骂道："贼和尚，你用拳头，我为什么用家伙？胜了你，也被人家耻笑！"

七宝和尚瞧了他一眼，笑道："好，你这人不坏，可惜没有交着好朋友。"

傻金刚怒喝一声："你也不是好东西！"便在怒喝声中，一个箭步，逼到跟前，一个黑虎掏心，又是劈胸一拳捣了过去。

七宝和尚一错身，拳已落空，并不还招，却笑喝道："傻小子，输了可不准哭！"

刚才叫他一声傻哥，已经怒气勃发，此刻又喊他一声傻小子，几乎把傻金刚气疯了，拳头像雨点一般泼过来，恨不得把这和尚捣烂了才对心思。无奈人家一个身子，好像飘风一般，使尽招数也挨不上人家一点衣角，傻金刚两条腿，擂鼓似的跟着七宝和尚的身影打盘旋，不知怎么一来，傻金刚眼前一黑，和尚的腌臜破袖在他眼皮上一拂，他两眼一酸，眼泪像雨点般直掉下来，耳边却听得那和尚哈哈大笑道："如何？真个撇起酥来了。"

在傻金刚掉泪、矮脚豹子瘸腿当口，黄龙那班人里面"唰、唰、唰"纵出三个人来，第一个是豹子冈上过擂台的江铁驼，腰里缠着一条蛟筋腾蛇棍；第二个是三十开外，瘦小精悍的汉子，绰号飞天鼠，腰里挎着一具皮袋，右臂上绕着一圈圈发光的细铜链，手掌内铃铃发响，盘着争光耀目的两颗茶杯口大小的黄铜球，这可不是玩的英雄胆，而是一种很难练的武器，叫作紫金流星锤，他臂上盘着的铜链子是和两个锤头连着的，这种流星锤，有单锤、双锤之分，飞天鼠用的是双锤，这人是虎面喇嘛的朋友；第三个是黄龙认为华山派中佼佼出群的人物，原是阆中大盗，人家只知他姓牛，阆中一带，称他为"牛魔王"，叫开了，"牛魔王"便成了他绰号，他自己也以此为荣，年纪似已四十开外，长得凶眉凶目，一脸连须倒卷胡子，真有点魔王魔相，拳剑两道却有真传，背上一柄长剑，也是一口斩金截铁的利器，他到得成都晚了一点，没有赶上擂台，却赶上了大佛岩的约会。

三人一出场，江铁驼把腰间腾蛇棍阴阳扣一松，两手一握，找上了铁脚板做对手，飞天鼠奔了余飞，牛魔王双足一点，纵出一丈多远，背上长剑业已拔在手内，指着七宝和尚喝道："俺牛魔王不斩赤手空拳之人，快取出你的兵刃来！"

七宝和尚曾经听人说过阆中凶盗牛魔王的名头，一看铁脚板、余飞两人已和江铁驼、飞天鼠交上了手，黄龙和活僵尸远远地立在一块儿，不知商量什么诡计，知道眼前这三个对手和傻金刚、矮脚豹子不同，不要弄得不巧，阴沟里翻船，那才是笑话哩！心里转念之际，听得牛魔王向自己叫阵卖狂，向牛魔王凑了一凑，笑道："原来你就是阆中牛魔王，久仰，久仰！我穷和尚没庙没寺，不偷不盗，连一天三餐都混不全，哪有闲钱买家伙，你要和我比家当，我可比你不过，你要和我比拳脚，那是现成，你明知我穷得快要光屁股了，特地拿出宝剑来吓人，你这是存心欺侮穷人，你不是也有脚吗，你不会收起你的宝剑吗？"

牛魔王气得倒卷胡子直竖，怒喝道："叫你识得俺牛魔王拳脚的厉害！"喝罢，右臂一招，似欲把宝剑还鞘。

七宝和尚忽然向他摇手道："慢来，慢来，我明白你离开宝剑不成，你且等一等，我有现成的家伙。"说罢，双足一顿，飞身而起，蹿出一丈开外，到了相近一棵松树底下，这棵松树年份不多，松身只有海碗口那么粗，上下一丈七八尺长，七宝和尚微一蹲身，暗运内功，施展横推八匹牛的排山掌，两掌向树身一贴，脚跟一用劲，便见树上的松帽子无风自摇，松针乱落，下面松根四面的黄土像沸水滚泡一般，纷纷翻起，七宝和尚双掌一收，前身一俯，两臂合盘，牢扣树身，大喝一声："起!"竟把一丈七八尺的松树连根拔起，顺势两手阴阳把，横着连根带叶的整株松树，飞一般抢了过来。

这一下，可把自命不凡的牛魔王镇住了，牛魔王识货，知道这种排山掌非内外兼修童子功打底不可，这和尚身有排山童子功，怪不得他赤手空拳，不带寸铁，现在他拿着一丈七八的整棵松树当兵器，像他这身功劲，不用说难以近身，他只要拿着松树，横扫千军，二丈以内谁也站不住，算我倒霉，碰着了顶头货，不如见机而退，落个整脸。

牛魔王心里一怯，嘴上喊着："你这疯和尚，世上有这样比武的么?"说罢，径自退走了。

七宝和尚哈哈大笑，把手上松树向远处一送，整棵松树像怪蟒一般飞了出去。七宝和尚这一手惊人举动，非但吓退了牛魔王，连黄龙和没有交手的几个同党，都暗暗吃惊，唯独活僵尸阴森森地冷笑几声，毫不动容。

七宝和尚拔树退敌当口，那边飞天鼠和余飞、江铁驼和铁脚板早已龙争虎斗，打得有声有色。

飞天鼠提着紫金流星锤奔向余飞时，余飞明白这种兵器浑身都是解数，肩胯肘膝都可借力发锤，臂上盘着的锤链子一丈多长，攻远击近，捷于流星，所以称为流星锤。余飞不敢轻视，一哈腰，从两腿高腰袜筒里面抽出两支长仅尺二的精钢判官笔来。余飞这对判官笔平时轻易不用，绑在袜筒里面，可以代替练轻功的铅沙，他把一对判官笔交在左手上，右手把身上灰布直襟的下摆掖在腰巾上。飞天鼠已走近前来，站在六七尺开外，彼此拱手，请教了万儿。

飞天鼠霍地又退一步，臂上铜链子哗啦一响，一侧身，嘴上喝一声："仔细，我要献丑了!"便在这喝声中，一颗流星锤带着一溜黄光，"呼"地飞了出来，向余飞脑袋上砸去。

余飞身形一动，步法活开，对面流星锤倏地一掣，便到了飞天鼠手中。这一颗锤头刚掣回去，第二颗锤头已向下面袭到，余飞一偏腿，让过锤头，正想进步还招，飞天鼠一上步，身形一转，双臂一悠，两锤齐发，向余飞左右太阳穴砸来。

余飞两臂微招，双笔一分，巧不过，“叮当”一声响，两支判官笔的笔尖正把夹攻的双锤点开，飞天鼠喝声：“好!”趁着两锤悠开之势，单臂一抖，一对紫金流星锤跟着他身上一个盘旋，忽地又身形一塌，一个犀牛望月，一颗单锤，疾逾电闪，从上向余飞华盖穴击下。余飞判官笔一起，又是“当”的一声点开，不料上面这个刚点开，侧面一个锤头又到，霎时之间，上下左右，黄光乱闪，呼呼有声，满是流星锤的锤影子，换了别人，不用说招架，连眼神也弄迷糊了，余飞却是行家，识得流星锤的家数，眼神充足，展开流水步法，一对判官笔上下飞舞，只听得叮当乱响，凡是飞到身边的锤头，都被一对判官笔点开。

飞天鼠施展了无穷解数，休想近身，可是余飞只守不攻，好像要瞧瞧飞天鼠还有什么绝招没有，果然，飞天鼠突然身形一矮，一对流星锤改上为下，铺地乱串，两颗锤头此往彼来，忽分忽合，穿梭一般，卷向余飞脚下，余飞喊了一声：“好本领!”身形一起，一鹤冲天，斜纵起一丈五六，人刚从空中落下来，不料飞天鼠赶上几步，右臂一抬，长链一悠，一颗单锤飞去一丈开外，向空中落下来的余飞猛袭。

余飞不等锤到，忽地双臂一抖，腰里一迭劲，一个细胸巧翻云，竟在空中变了直下之势，避开了锤头，落下身来，离开了原地几尺。飞天鼠哪肯干休，不等余飞立定身，双锤一收，右手向左腰皮袋一探，一扬手，连珠般发出三颗铜弹，分上中下袭向余飞身上。余飞被他逗得兴起，怒喝一声：“有本领尽管尽量施展，让我见识见识!”嘴上喝着，身手可没闲着，左避右闪，把三颗铜弹丸笔打脚侧，一齐闪开，正想反守为攻，飞步进招，给飞天鼠一个厉害，一眼瞧见铁脚板对手江铁驼，久战无功，汗流遍体，手上一条腾蛇棍，招数已透出散漫来，眼看落败，黄龙和傻金刚、矮脚豹子、摇天动等六七个同党，刀光乱闪，纷纷出动，大有一拥齐上之势。

正在这当口，树林内有人大喊道：“好呀，打不过人家，便想群殴，我们也凑凑数。”喝罢，蹿出两个人来，原来是从杨家回来的摩天翮和仇儿。

黄龙一班同党，谁也不认识这两人，唯独活僵尸一见这两人，鬼眼乱闪，恶气攻心，瞧出成都码头上先上船的一主一仆便是这两人，连身上衣服还是船上的一套，他越想越气，陡生恶念，一声冷笑，向在场众人一摆手，止住黄龙这班人出手，大步向场中走来，指着摩天翮喝道：“你们闹得好鬼戏，你等着，有你的乐儿！”说罢，又大模大样地向铁脚板冷笑道，“我在一边瞧了你们半天，号称川南三侠的，也不过如是。”说到这儿，回头向黄龙一班人说道，“你们退后，我叫他们识得拉萨宫活僵尸的厉害！”

铁脚板大笑道：“三分不像人，七分倒像鬼，人不人，鬼不鬼，你吓得了谁？只配吃我洗脚水！”

铁脚板骂得有韵有辙，连傻金刚都“哧哧”笑出声来了。

活僵尸听到铁脚板这样笑骂，在场的人都以为活僵尸马上便要动手，哪知道他一张死人面上，不怒不笑，呆板板的好像没有听进耳内似的，慢慢地把身上红袍的两只长袖卷得老高，露出皮包骨的两只黑黝黝的枯柴长臂，两臂往前一伸，腰背慢慢地向前驼了下去，一颗头却仰着，其形活似一只蝎子精。活僵尸一做出这般怪相，全身骨节却咯咯地乱响，脸上和臂上本已瘦得见棱见骨，此刻又格外凹了下去，只有一对鬼眼注定了铁脚板，几乎夺睛而出，往前伸着的两只枯柴似的长臂，五指张开，向内微钩，形如鹰爪，一伸一屈，向空乱抓，下面两腿微屈，跟着上面一伸一屈的怪手，探着脚步，向铁脚板身前，缓缓地逼近前去，他这副怪形状简直毫无人形，真个变成僵尸恶魔一般。

铁脚板和七宝和尚、余飞都暗地吃惊，明知他这种吓人怪相是一种外门的特殊功夫，一时却想不起这种功夫是什么路数，哪一门的传授。铁脚板不禁往后微退几步，眼神盯住了活僵尸两手，暗暗戒备。七宝和尚、余飞、摩天翮、仇儿四人也用心监视着黄龙一班同党。这时全场鸦雀无声，连黄龙一班同党也被活僵尸可怕的怪相慑住，猜不透这是什么功夫，个个用眼盯在活僵尸的一对鬼爪上。

这时，活僵尸虽然一步步逼近前来，举动却非常迟缓。

铁脚板和活僵尸的四只眼神斗鸡似的互相吸住，眼看活僵尸两爪，只离铁脚板胸前四五尺远近当口，猛听得铁脚板身后松林内，有人声若洪钟地喝道：“火速后退，休被沾身，这是五毒手！”

这一声猛喝，全场的人都耸然一惊。铁脚板何等乖觉，喝声未绝，足跟一踮劲，“唰”地往后倒纵了七八尺，同时活僵尸也突然发动，两足一登，飞身而起，张着两只鬼爪，向铁脚板身上扑去。

在这危机一发当口，松林内飞出一道灰影，疾逾飘风，抢在铁脚板身前，举起飘飘大袖，向猛扑过来的活僵尸兜头一拂，众人一阵眼花缭乱，只见活僵尸一个身子，似乎被那大袖兜起，断线风筝一般飘了开去，虽然没有跌倒，但已倒退了一丈多远。

那铁脚板身前，卓立着一位慈眉善目、花白长须的老和尚，大袖一扬，指着活僵尸喝道："这是清净佛地，你们三更半夜在此抡剑动刀，已是一片杀机，你却依仗一手阴毒无比的五毒功，动手便想制人死命。你要知道，当年神医马风子为了制炼起死回生、救治百毒的秘药，特地练了五毒手这种功夫，亲入深山瘴地，活捉各种毒虫恶兽，配药救人，并不是用来争强取胜，贻毒江湖。

"他练的也是一只左手，因为他自己医理通神，虽然把左手练成五毒手，依然有内服外敷的克制灵药，平时不致伸手害人，可笑你不知从哪儿偷得马风子五毒手一点皮毛，妄人妄用，居然两手齐练，妄想倚仗两只毒手，称雄江湖，哪知道你害人不成，反而害己，瞧你这副怪相，定已奇毒入骨，不久遍身毒发，无药可救。如在二十年前，我今晚定要替世除害，现在老僧皈依我佛，不动无明，恶因恶果，只好听你自生自灭了，只可怜和你一起的朋友们，难免要遭无妄之灾了！"

这位老和尚说出这番话来，黄龙一班人听得目瞪口呆，暗想，活僵尸这手功夫平时绝不显露，连虎面喇嘛都说不清，只知他身有绝技，平时性情古怪，好吃毒物罢了，忙一齐向活僵尸瞧时，说也奇怪，活僵尸自从被那老和尚大袖一兜、一拂以后，退回一丈多远，仍然是驼腰张爪一副怪形状，却摆得纹风不动，张口如箕，嘴角上直流白涎，好像被和尚不知用了一手什么功夫，把他制成了这个形状。

众人惊疑之际，那老和尚从容不迫地走近黄龙一班人，单掌问讯，缓缓说道："老僧事外之人，一念慈悲，现身出来，既然和诸位会面，彼此总算有缘。"说到这儿，指着活僵尸道，"这人毒气已透华盖，早晚便得奇疾，无药可救，自作自受，原无话说，不过，和这人靠近的朋友们千万当心，此人奇疾一发，形若疯魔，毫无人性，不论亲疏，万一沾上他身上一点余毒，便治不了，便是这人死后的尸骨，也要深埋深葬，免得腐毒之气发泄出来，贻害人群，这是老僧一片婆心，诸位千万记住才好。"

这番话，老和尚说得恳切动人，不由黄龙等人不信，本来他们和活僵尸没有多大交情，经老和尚一点醒，眼看活僵尸这般鬼相，人人心里已把活僵尸当作毒虫猛兽，反而希望眼前这位老和尚伸手除害，一了百了，免得同舟回去，毒发害人，心里这样想，嘴上毕竟说不出来。

当时黄龙便向老和尚问道："老禅师是得道高僧，未知禅师上下法号怎样称呼？这人被老禅师一挡，许久纹风不动，定是被老禅师功夫制住了，彼此无怨无仇，还得请禅师解救。”

老和尚呵呵笑道：“檀樾们误会了，老僧怎敢伸手制人，这人未得真传，瞎摸瞎撞地妄练五毒手，起初他自己蓄气鼓劲，把全身功劲聚在双臂上，妄想一发制人，劲未发泄，被老僧出其不意地一挡，退了回去，一时岔住了气，缓不过这口劲来，全身便僵住了，这是练功夫时，旁边没有高明指点，练时又一心速成，不能循序而进，所以用的时候便出了毛病，这倒不妨事，最多到明天，缓过这口劲来就没事了。”

老和尚说到这儿，忽然向黄龙这班人看了几眼，叹口气道，“世上你争我夺，不外为了名利两字，生出无穷的怨缠孽障，其实到底都是一场空。诸位今晚的事，老僧虽然不便探问，总也不外乎争名争利。江湖上的朋友依仗身上一点功夫，比普通人争得更厉害，一动便讲究拼命。其实世上没有解不开的结，大家退后一步想，没有不了的事，何必定要分个你死我活？讲到武功强弱，这里面没有止境，练功夫的人真到了纯化之境，便已心平气和，理智明澈，反而不易起争执了。

“不瞒诸位说，老僧当年也是好争闲气的人，现在才明白争闲气的无聊，练功夫不是为了争斗才练的，正为世上争斗得太厉害了，太没有意思了，才苦练出一身本领来，防止争斗，熄灭争斗，这里面道理一时说不尽，诸位只要瞧一瞧‘武’字，明明不就是‘止戈’两字嘛！诸位都是聪明人，毋庸老僧饶舌，奉劝诸位，大家回去都细想一想，双方都退让一步，消解了多少杀机，种下了多少善根，岂不是好！”

老和尚苦口婆心地说完这一番话，黄龙突然惊呼道：“嗯！我明白了，你定是乌尤寺的方丈，破山大师了！”

黄龙一喊出破山大师来，身后站着的江铁驼，一声怒吼，抢了出来，指着破山大师喝道：“满嘴假仁假义，你当年用五行掌把我父亲击落江中，害得我父亲吐血而死。你现在倒充没事人，来说风凉话了！”

破山大师向他点头道：“不错，当年有这段事。原来你就是琵琶蛇江五的后人，也就是擂台上的江铁驼。好，子报父仇，理也说得过去，但是你要明白，当年你父亲用琵琶掌煞手，想制我死命，我不能不救自己的命，才用五行掌把他推落江中，那时我这一掌，并非致命，以后你父亲吐血而死，是否因为我这一掌致命，还是另有别事，其中很有分别。即使为了我一掌致命，请你想一想，假使你处在我当年情形之下，怎样办呢？

“事隔二十年，和你也没法解释，你也听不入耳，来，来，来！老僧成全你一片孝心，父仇之报，一掌还一掌，天公地道。老僧风烛残年，死也不屈，不论你用什么掌法，尽量施展，老僧不闪不躲，也不动手还招，承受你一掌之仇，了结当年一段孽障。诸位在场的都是见证，你就下手吧！”说罢，双手一背，垂眉闭目，静等江铁驼一掌击来。

这当口，江铁驼把手上腾蛇棍向腰里一围一扣，一个箭步蹿到破山大师面前，一瞧破山大师低眉闭目，满脸慈祥之态，忽地心里起了一种莫名其妙的感应，竟狠不起这颗心来，突然面色惨变，大喊一声：“罢了！”一跺脚，转身便走，头也不回，竟一人向大佛岩下走了。

江铁驼出其不意地一走，似乎又出于黄龙一班人的意外，破山大师却点头叹息道：“不忍之心，人皆有之。江铁驼这点善因，将来也许得到善果。”说罢，向黄龙等连连合十，微微一笑，便也飘然下山去了。

破山大师一走，铁脚板过来，向黄龙拱拱手，说道：“破山大师句句金玉良言，我们都得自己反省一下。如果今晚的事还是为邛崃派和华山派的争执，我可以明白地说一句，以后华山派只要不和我们过意为难，各凭天理良心做事，过去的事都可一笔勾销，在下言尽于此，今晚虚邀，改日再行赔礼，失陪失陪！我们要先走一步了。”说罢，向众人一拱手，反身便走。七宝和尚、余飞、摩天翮和仇儿也一同跃入林内，走得踪影全无，生生把黄龙这班人僵在那儿。

黄龙这时已闹得意兴索然，满盘打算全都落空，用智用力都不是人家对手，这次劳师动众地来到嘉定，依然落得个灰头土脸，越想越不是味儿，只好和同党们把活僵尸弄下山去，回到船中，立时开船，回转成都去了。

上面的事，便是七宝和尚神气活现地向杨展、瑶霜两口子所说的后部《玉三星》。两人听得前后《玉三星》的故事，才明白这件东西竟起了这么大的风波，昨晚的事，虞锦雯、独臂婆都清楚，说不定连小苹都有点知道，只有咱们两人被人家瞒在鼓里，换了平常日子，第一个雪衣娘便要翻了，定得责问人家，为什么把两人瞒住！可是昨夜是什么日子，人家完全是一番好意，让两人美美满满地安度洞房之夜，说起来，还得感激人家，还得谢谢人家，但是这种道谢的话是无法出口的。

杨展却有主意，旁敲侧击地说道：“原来，三位在那三尊玉三星身上费了这么大的心机，我们却安然坐享其成，这叫我们心里太不安了。我们没法报答三位，拣日不如撞日，今晚我们两人在敝宅另备一点体己酒肴，好好儿地请请三位，还有那位道长摩天翩，昨晚和仇儿光降敝宅，更是不安，务请代邀一同光临。”

铁脚板向七宝和尚、余飞大笑道：“你们听听，我们口福不错，今晚这一顿是姑爷亲口说的体己酒肴，那还错得了。”

七宝和尚也笑道：“既然如此，我们还得送点体己东西。”

铁脚板双手一拍，笑道：“对！那三尊玉三星虽是宝物，毕竟是死的，现在我们三人，人情做到底，还得送一尊鲜活蹦跳的东西。”

杨展、瑶霜听得莫名其妙，连破山大师也被他们蒙住了。余飞向杨展笑道：“我们三人在成都便商量停当了，臭要饭的意思是，姑奶奶收了个得意的小苹，姑爷身边还没有得意的书童，未免减色，凑巧铁拐婆婆的孙子仇儿，心地玲珑，祖传的轻身功夫，很有可观，跟着我们三人不是事，也耽误了这孩子的上进，不如请姑爷收在身边，做个贴身童儿，将来姑爷飞黄腾达，仇儿庇荫之下，也许有点出息，不负铁拐婆婆临死的托付，这便是臭要饭说的鲜活蹦跳的东西，这件事得请求姑爷、姑奶奶成全了。”

余飞话刚说完，铁脚板便喊：“仇儿！仇儿！”

仇儿从外屋进来，余飞便令向杨展、瑶霜叩拜。杨展向仇儿仔细瞧了几下，向三人说道：“既然是铁拐婆婆后裔，都是江湖同源，怎能屈为书童？”

三人一听，知道杨展已经应允了，铁脚板便说道：“我的姑老爷，你到底还中点书毒，好汉不怕出身低，书童有什么关系？只要他肯努力上进，忠心为主，将来仆随主贵，这领青衣还怕脱不掉么？一言为定，回头便跟着两位进府好了。”

仇儿托身之所，片言定局，大家又说起活僵尸的事来，连川南三侠也不明白，活僵尸练的五毒手有这样厉害，沾身便受其毒。瑶霜更是追根究底，向她父亲探问这手功夫什么练法，他这两手鬼爪子怎会这样毒法？

破山大师大笑道：“这种算不了什么出奇功夫，除出自己找死的活僵尸，也没有人愿意练这手冷门功夫。活僵尸如何练法，我不得而知。当年马风子练这手功夫，我倒有点知道，据说练法并不困难，困难的是找齐了各种应用东西，必须于清明节交节的时候，取用夹底泥三十斤。所谓夹底泥，便是要掘到五丈以下的净土才合用。三十斤夹底泥存在砂缸内之后，再到深山里去，活捉四脚双头蛇一条、绿背朱砂肚的大蜥蜴一只、尺长金背蜈蚣一条、碗大黑毛蜘蛛一个、雌雄金线蛤蟆十对，这五种毒虫都有出产之处，得到各省出产地去用心捕捉，捉活的更不是一件容易事。捉全以后还得好好喂养，必须到五月端午交节时，把五种毒虫一齐放在砂缸夹底泥里边，用木杵捣烂，再用铁砂、白醋各十斤，烧酒五斤，青铜砂二斤，混在泥里边，然后把这几十斤奇毒无比的干泥放在坚实的木臼内，朝夜不断地向木臼内的毒泥拍、打、抓、斫，和练习各种掌法一般，寒暑不断地练过三年才能功成，一沾人身，毒便入骨。

“不过初练习时，每次练完以后，必有解毒秘药洗手，等到功夫快成时，手臂其黑如漆，只要一吐劲，毒气便从指上发射，中人必死，端的阴毒无比。不过，把‘隔山打牛’或混元一气劈空掌等功夫练到家时，不等他近身，一挥手，把他打出去远远的，这种阴毒功夫便没有用了。”

瑶霜笑道：“这种功夫真没法练，那五样奇怪毒虫，我听也没有听见过，我真佩服活僵尸，真肯下死功夫，练这种鬼功夫。”

破山大师笑道：“这种功夫称作‘鬼功夫’一点不错，活僵尸不出十天，定然变成真僵尸。活僵尸自作自受，不去说他，昨晚，华山派黄龙这班人又受了一次教训，依我看来，黄龙从此大约不易兴风作浪，最不济也可相安一时，他有了悔悟之心最好，如依然对你们怀恨，也不敢再轻举妄动了。”

大家散席以后，杨展、瑶霜向破山大师告辞，和川南三侠约好当晚在家相候，杯酒谈心，便带着铁拐婆婆孙子仇儿返城回家去了。

川南三侠和杨展盘桓了几天，离开了嘉定。杨展、瑶霜新婚燕尔，也转瞬过去了好几天，杨老太太对于义女虞锦雯的一番打算，因为杨展和他母亲在暗地里母子商量了一阵，杨老太太明白了自己儿子的心意，一时不便硬作主张，只有过几时再说，冷眼看他们夫妻对待虞锦雯，非常体贴周到，真和同胞手足一般。虞锦雯深受感动，自己也不以外人自居，相处如一家人，伺奉杨老太太也和亲生女儿一般，杨老太太有这三人在膝前侍奉，笑口常开，一门和洽，也是其乐融融。

有一天，外面家人传报，成都监临武闱兵部参政廖大亨返京复命，路过嘉定，上岸登门拜访。杨展慌忙衣冠出迎，盛筵款待。席上廖参政说起陕北饥荒激变，流寇蜂起，势成燎原，东虏变衅迭起，后患堪虞，国家多事之秋，正是豪杰奋袂而起的机会，再三嘱咐杨展，来春务必进京会试，扬名天下，替国家出力。杨展对于这位师座，算有知己之感，自然唯唯答应，师生盘桓了一阵，廖参政才分手登舟，自回京师。这时已到冬季，转瞬便要过年，杨展预定过了新年，便动手北上，赴京会试。杨老太太把这桩事当然看得非常郑重，老早指挥家下人等，替杨展预备出门长行的应用东西。

瑶霜暗地和丈夫私下商计，要跟着杨展同赴京师，做一次壮游，只怕在杨老太太面前没法启口，只好暂闷在肚子里。同时虞锦雯心里也暗暗起了一种念头，她在杨家相处非常和美，对于杨老太太的一种慈母之爱，更是感入骨髓，但是她对于义父鹿杖翁一去无消息，心里也常常惦记，恨不得出去四处寻访，才对心思，无奈到了杨家，安富尊荣，已成了闺阁千金的派头，和在鹿头山江小霞家中情形大不相同，哪能说走就走。

这几天，杨老太太预备儿子出门的事，瑶霜在她面前暗地吐露愿和丈夫到外面走走的意思，她心里便起了念头，自己能够同他们夫妻一块出门，沿途探听自己义父鹿杖翁消息，岂不是好？无奈想到杨老太太跟前侍奉无人，怎能三人一同离开，这是万难办到的事，便是瑶霜想和丈夫同行，也是白费心思，杨老太太绝不会允许的。其实瑶霜和虞锦雯原非闺阁中琐琐裙钗可比，每日深处高堂大厦，锦衣玉食，日子一久，便像飞鸟困笼一般，未免有点静极思动了。本书至此暂告结束。

原刊本附言：本集一段故事占了许多篇幅，因其关系贾侠余飞来历，借以收束华山、邛崃两派的争斗，未便简略。自第四集起，由江湖意气之争转入铁马金戈之局，情节益繁，结构略异，预计约需二十余万言，始能尽之，草草付刊，难免挂漏，尚希读者指正谬误为幸。

注：本集1949年9月正气书局出版。

第四集

第一章　铁琵琶的韵律

在明季时代，从四川到北京，道路修阻，交通工具又没有像现代般便利，关山跋涉，当然是很艰难的。如果起旱长行，由成都出发，走剑阁，进汉中，踏上褒斜栈道，越秦岭，由长安出潼关，遵太行而趋冀北；如果走长江水道，溯江而下，直达荆宜，出川入楚，由楚转豫，然后弃舟楫，登车骑，渡黄河向北，经邯郸古道而抵京城。旱道险峻难行，那时候，陕西农民叛乱已经有蔓延邻省之势，这条旱道当然商旅裹足，大家都从水道转入楚豫，走通向北京的官道。但是也有奔长江下流，从运河搭粮船，直驶天津，抵北通州进京的。年老身弱的人们吃不消车鞍之劳，或者另有其他情形，情愿走得慢一点，多耽搁一点日子，便走运河这条长行水路。这便是明季京蜀交通的大概情形。

封建时代的北京是人们心目中的巍巍帝都，也是文武两途谋出路的大目标，而那条邯郸古道也成了奔赴皇都的要道之一。凡是从河南出虎牢关，陕西出潼关，山西出娘子关，以及从江左济、兖走大名旱道的，都要踏上这条邯郸古道，然后由邢台、正定、清苑、高碑店、涿州，按站而抵北京。长长千把里路的一条要道，冠盖络绎，车马载途，同时，三教九流以至鸡鸣狗盗之辈也隐现出没于其间，在明季战乱迭起之际尤甚。

邯郸这个地方在战国时代是很出名的，到了明季，不过是冀豫交界的一个小州县。过了邯郸，便到邢台，邢台便是汉代有名的“巨鹿”，这条道上，紧靠着连亘燕、冀的太行山脉，有崎岖盘旋的山道，也有平衍开展的沃野，原是古代用兵之地。

邯郸、邢台之间有一处热闹市镇，地名小沙河镇，是从邯郸到邢台的必经之路，长长的一条街，市廛栉比，足有两里多路长，前站邢台还不及小沙河镇热闹便利，所以行旅商贾都在镇上打尖憩宿，镇上市面也一年比一年繁荣起来，大小酒馆饭铺，应有尽有，几家招待客商仕宦的客栈，也驰名远近。

日落时分，镇上灯烛辉煌，行人摩肩接踵，不时还有游娼舞妓，淡妆浓抹，出入客店酒馆之间。沿街楼头帘底，一片丝竹管弦之音夹杂着醉汉呼幺喝六的叫喊，往往直闹到三更以后，才渐渐地安静下去。

这一天正值仲春时节，日影将次西沉，大批北行客商，车马纷纷，涌到小沙河镇上，打尖的打尖，投宿的投宿，镇上酒馆饭铺立时热闹起来。这当口，镇北市梢，人声喧哗，却夹杂着"丁零！丁零！"一阵阵钟磬之声，一路闹嚷嚷地响了过来。沿街酒楼店铺的人们都挤到街上来看热闹，等得黑压压一群人涌到眼前，才看清前面走着两个凶眉鼠目的魁梧和尚，并肩而行，一个手执黄布短幡，上面写着"十八盘拈花寺，苦行肉身募化"两行黑字，一个手上敲着佛钟，这种乐器是用一根小木棍，顶着一个小铜钟，另外用一根东西，一下一下地敲着，发出"丁零丁零"的声响，一面走，一面嘴上喃喃地宣着佛号。两个和尚后面，一头健骡套着一辆铁轮子的敞车，车上盘膝坐着一个上下精赤、只腰下围着大红袈裟的一个古怪和尚，可怕的是头面以下，不论前心后背，上臂下腿，凡是精赤的皮肤上，都密层层地钉着两三寸长、雪亮锋利的钢针，简直变成了"人猬"。细看这个人猬时，身上插了这许多钢针，面上垂眉闭目，似乎毫不觉得痛楚，可是脸上血色全无，在车上坐得纹风不动，好像死人一般。在人猬前面，另有一个跨辕的和尚，手上扬着赶车的长鞭子，身边放着一个笆斗，里面堆着不少碎银，也有几两整块的。

跨辕的和尚一路喊着："拔一针，救苦救难；拔两针，广种福因，我佛慈悲，普度众生，有缘的莫错过机会呀！"

他这一喊，沿路真有不少善男信女抢到车前，掏着银子往笆斗里掷的。每逢有人掷银子的当口，跨辕的和尚便伸手向人猬身上拔下一根钢针来，插在笆斗圈上，若瞧见结缘的人出手大方，银子掷得多一点的，便拔下两针或三针不等。奇怪的是，拔下针来，人猬身上，点血毫无。车后跟着一群游手好闲的人们，每逢拔下一针时，便大声叫起好来。镇上的人们瞧见这样稀罕景儿，越聚越多，前面两个摇幡敲钟的和尚越发卖弄精神，腆胸突肚地大踏步向前走去。

这一群人拥着车上的人猬，沿街闹嚷嚷地由镇北向镇南走去，走到镇心一家老字号鸿升客店大门口时，街南铃铛急响，一匹乌黑油亮、白蹄白鼻白眼圈的俊驴，蹄声嘚嘚，驮着一个面蒙黑纱、身背琵琶的红衫女子迎面驰来。

鸿升客店门口站着不少客商，其中便有人笑喊道："哟！今天真巧，三姑娘难得赶夜市的，今晚我们可以听几段好曲子了。"

这人喊时，驴上的女子把驴缰一带，避开了道，让人猬车子过去，黑纱面幕里面，两道电射似的眼光却盯在车上人猬身上。前面摇幡、敲钟、跨辕的三个和尚都转过头来，六道眼光一齐盯在驴上女子身上。车后跟着的一群闲汉大约都认得这女子，七嘴八舌地嚷着："三姑娘，快掏钱，替活佛拔针，结个善缘。"

驴上女子娇声笑骂道："老娘三天没有开张，哪来的钱？孩子们替你娘垫上吧！"

一阵胡嚷，人猬车子和一群闲汉蜂拥而过，三姑娘也在鸿升客店门口跳下驴来，店内跑出来瞧热闹的一群客商中，有认识三姑娘的，便和她兜搭打趣。

一个客店伙计，狗颠屁股似的跑出来，在三姑娘手上接过驴缰，牵去喂料。门内店柜内管账的先生居然迎出柜来，立在门口，满面春风地笑着说："前几天又是风，又是雨，三姑娘有三天没露面了，今天怎的高兴赶起夜市了？这倒是头遭儿，可是上灯还有一会儿，我先替您预备一间干净屋子，让您先休息一下，您看怎样？"

鸿升客店里的人们对于一个赶市卖唱的窑姐儿，竟还这样小心奉承，不明白内情的，当然瞧得奇怪。身背琵琶，头蒙黑纱的三姑娘，却处之泰然，只含笑点立，款步进店。

三姑娘前脚刚迈进店门，猛听得街上一阵骚动，她转身一瞧，只见许多人从北往南奔去，同时街南也有许多人像潮水般往北退下来，有几个还没命地嚷着："不要过去，好凶的和尚，动了家伙，真砍真杀，准得出命案！"

三姑娘心里一动，霍地一转身，正想向街上的人探听一下，忽觉从自己身后，掠过一人，其疾如风，蹿向街心，急瞧时，却是个十六七岁的精瘦孩子，一身青衣，似乎是贵家的书童，飞一般向街南奔去。

这当口，街南人声鼎沸，鸿升客店内的客商又挤挤嚷嚷，拥到门外，打听街南出了什么事。三姑娘转身一瞧，蓦见店内出来的客商后面，一位雍容华贵、面如冠玉的少年缓步而出。

这人虽然软巾朱履，一身文生相公的装束，一对双目黑白分明，开合有神，却隐隐威棱四射，光彩非常。三姑娘一见此人，心里暗暗吃惊，嘴上也情不自禁地"噫"了一声。她在这条道上见过千千万万的人，觉得此人于儒雅之中，蕴藏着英挺俊逸、异乎寻常的气概，她本想到街南去瞧热闹，一见此人，不由得停住了步，多看了几眼。

那位文生相公一对明察秋毫的眼神，也远远地射到了她脸上，而且似乎射进了她蒙面的一层黑纱，久混风尘的三姑娘居然觉得自己粉面发热，柳腰一摆，娇羞似的扭过身去。她这一转身，身后背着的琵琶落入那文生相公的眼内。

她这琵琶原与普通的琵琶不同，这个镇上原有“铁琵琶三姑娘”的声名，不过，镇上的人们和听三姑娘奏铁琵琶的客商们，只知道三姑娘的琵琶与众不同，是铁制的，三姑娘为什么喜欢弹铁琵琶，三姑娘自己没有说过所以然，大家也不求甚解，只听出铁琵琶弹出来的声音和普通琵琶的不同罢了。此刻，她身后的铁琵琶落在那位文生相公的眼内，他并没十分注意三姑娘的人，却注意上她的铁琵琶了。

三姑娘不好意思地转过身来，街上已经闹得开了锅一般，一会儿，街南车辚辚，马萧萧，许多人潮水般涌了过来。人潮里面挤着一辆骡车，便是刚才载着人猬沿街募化的那辆车子。这时，车上的人猬身上一针俱无，倒卧在车上，另有一个满面血痕的壮汉和人猬偎在一起，车后几个弹压地面的官役，推着一个两臂倒剪的和尚，跟着骡车走。另有一个紫膛面皮、短髯如戟的大汉，巍巍然骑在马上，鞍旁挂着一柄绿鲨皮刀鞘的长刀，后面还跟着驮行李的一头长行健骡，也跟着这群人走去。

立在街檐下瞧热闹的人们，便有指着马上大汉说：“没有这位壮士打抱不平，今天准得出人命，现在三个贼秃，拿住了一个，解到衙门去，一过热堂，不怕贼秃不供出真情来。”

闹嚷嚷的这队人过去以后，街上你一言，我一语，立时聚头接耳，纷纷议论。

三姑娘心里有事，来不及打听细情，忙转身留神店门内，那位文生相公已不知何往，多半回自己客房去了。她不见了那位文生相公，心里好像失掉了一件东西似的，懒懒地随着门口闲看的客商们，重行回进店内，眼光到处，刚才飞步出店的那个书童，这时也从街上回来了，一进店门，匆匆地奔向后院而去。

这天，鸿升老客店生意特别兴旺，前后三层院子，正房和厢房，差不多住满了南北来往的客商。一到掌灯，店里柜上的伙计们忙得脚不点地，每一层院子的客房内都不免引朋聚头，喊酒叫菜，外带叫粉头，陪酒取乐，闹得乌烟瘴气。照说，这时候也是铁琵琶三姑娘上市的时候，不意三姑娘这晚变了作风，她先在前面柜上，暗地向伙计们把店里寄宿的几批客商打听了一个大概，然后悄悄地在最后一层院内开了一间单身东厢房，推说身上有病，把几批慕名想听三姑娘铁琵琶的客商都辞谢了。店里的伙计似乎暗暗听她调度，绝不敢违背她。她一人躲在自己厢房内，把门一关，却从镜内暗地偷看上面坐北一明一暗两间正房内的住客。两间正房内的住客便是她在店门口瞥见的文生相公，和一个书童、两个长随。从伙计口中已探出，这位年轻相公是四川人，姓杨，大约进京去投亲访友，举止不凡，出手大方，官宦子弟的派头，其余便摸不清了。

三姑娘注意的年轻相公不是别人，正是由四川进京，博取功名的杨武举——杨展。

他和雪衣娘瑶霜成亲以后，新婚宴尔，在家过了新年，到了二月初头，带了铁拐婆婆之孙仇儿，做个贴身书童，另带两个长随，分挑着行李等件，离家长行。

杨展未动身以前，雪衣娘静极思动，原想跟着杨展，夫妻同游，但是两口子私下打算了好几天，无奈在杨老太太面前，难以张嘴，而且新婚以后，到了杨展动身时，雪衣娘觉得身上有了喜讯，事情还未十分证实，杨老太太已得知了这件事，喜上加喜，对于雪衣娘更是嘘寒问暖，早夜当心，雪衣娘想和丈夫出门的主意更是受了一层阻碍，只好老实待在家里，连带女飞卫虞锦雯跃跃欲动，去寻访她义父鹿杖翁的念头也受了影响，她本私下暗打主意，希望雪衣娘夫妻同行，也许她可以顺带公文一角，现在雪衣娘既然不便同行，她也不便和杨展并辔联舟，只好另打主意了。

杨展带着仇儿和两个长随，由嘉定启程，溯江而下，走的是出川入楚，由楚转豫的路线，过虎牢关，渡黄河，便走上了邯郸大道，一路平平安安地过了邯郸，到了沙河镇，便在鸿升栈内，闹中取静，住了后院两间正房，暂息风尘。

这天傍晚，听得住在店内的客商纷纷讲说街上人猬募化的奇闻，一会儿，又有人嚷着“人猬出事，和尚打架”，杨展便命仇儿出去打听一下，自己也缓步踱到门口柜上，一眼瞥见了门口头蒙黑纱、身背琵琶的三姑娘。

这种游妓，四川码头上时常可以碰到，并没引他注意，只是她背上的琵琶，非常奇特，比普通琵琶小得多，颈长肚小，黑黝黝，光油油，似非木制，杨展瞧见了她背上琵琶，心里蓦地一动，记起小时候听义母红蝴蝶讲过，江湖行道的女子有两个厉害的帮会：江南凤阳帮，祖师传下来随身雨伞十八手，尽是绝招，这种雨伞铁杆铁骨，容易认出来；北地五台帮，祖师传下来阴阳手三十六路铁琵琶，后人又在琵琶胆内夹藏暗器，非常歹毒。这两个帮会传女不传男，年深日久，江湖上能够施展铁伞、铁琵琶的女子已不多见了。

杨展瞧见了三姑娘背上琵琶，想起了当年所听说的话，虽然不能断定这女子是不是五台帮的传人，也不免多看了几眼，但彼此风马牛无关，街上闹嚷嚷的一阵过去，便自回房，也没有把这事放在心上。

到了上灯时分，杨展一人无聊，也不上街到酒饭馆去，便在自己房内，向客房伙计叫来几色精致酒菜，一人在房内独酌，另外替戴仇儿和两个长随在外间开了一桌饭菜。这时，戴仇儿正从街上打听得人猬新闻回来，一面伺候杨展喝酒，一面便报告街上见到的新闻。原来，十八盘拈花寺的几个恶和尚，带着一辆人猬骡车，沿街募化，由镇北往镇南一路走去，从鸿升客店门口过去后，刚走过十几间店铺，对面来了两头长行牲口，一马一骡，马上骑着一个紫面猬髯、鸢肩狮鼻的大汉，一身劲装，鞍鞘武器，好像是个军官，身后一头健骡驮着行李，两个壮年骡夫跟在牲口屁股后面，跑得满头是汗，和募化的人猬车子，正走了对头。

人猬车上跨辕的和尚直着嗓子喊："拔一针，救苦救难；拔两针，广种福因。"

马上的大汉向车上人猬瞥了一眼，并没十分注意，马缰一带，正想让路，忽见自己马屁股后面的一个壮年骡夫，向人猬车子直扑过去。跨辕的和尚还以为卖苦力的骡夫也发善心，哪知道这个壮年骡夫攀着车沿，直眉直眼地瞧着人猬，突然没命地大喊起来："天呀！这不是我失踪的兄弟吗！"喊声未绝，跨辕的和尚脸色一变，举起赶骡子的长鞭，"呼"地向那骡夫夹头夹脸抽去。

骡夫正在大声叫喊，不防有这一下，一下子抽个正着，面上立时流下血来。

凶恶的和尚转鞭一抡，抽向驾车的骡背上，嘴上"嘘！嘘！"长嘶，想赶车急走。前面两个摇幡敲钟的和尚也推开簇拥的行人，往前飞步直奔。

这时，另外一个壮年骡夫听到同伴的喊声，看到车上和尚行凶，已料着是怎么一回事，一声大喊："这三个贼和尚，不是好人，快截住他们！"一面喊，一面飞步赶去，拦在摇幡敲钟的两个和尚面前，健膊一伸，想扭住和尚，不料摇幡的和尚身手矫捷，短幡一掷，随手一托骡夫臂膊，下面腾的一腿，骡夫直跌出去，幸而人围如墙，跌在人身上。

这一来动了众怒，四面的人大喊："这还了得，出家人也敢行凶，不要放走了三个贼秃！"这一喊，"呼啦"一声便把几个和尚、一辆骡车围住，四面拳头像雨点般向几个光头上招呼。

地上走的两个和尚毫不惧怕，一顿足，都跳上了骡车，一哈腰，竟在高腰袜筒内各自拔出一柄雪亮解腕双锋尖刀。跨辕的和尚也站起来，跳上骡背，把手上长鞭抡得呼呼风响，把四周逼拢来的人，抽得抱头乱窜，百忙里抽一下驾车的骡子，不管前面有人没人，带着车子，向前街直冲过去，嘴上还喊着："不要命的，只管过来！"

这一来，街上的人们虽然义愤填膺，看着车上三个贼秃凶神附体一般，驾车的骡子被和尚抽得奋蹄扬鬣，横冲直撞地拖着车子奔了过去，空白咒骂，一时真还没法奈何它。

眼看着这辆骡车已要闯出重围。忽听得蹄声急骤，刚才骑马的紫脸猬髯大汉，翻身追来，转瞬之间，业已追上骡车，大喝一声："站住！"

骡背上的和尚岂肯听这一套，顺势悠起长鞭，"呼"地向马上大汉抡去。

那大汉哈哈一笑，随手一扯，便把鞭梢扯住，顺势往后一带，喝声："下来！"

骡背上的和尚真还听话，一个倒栽葱，跌下骡背，驾车的骡子立时屹然停住，恰好这时镇上弹压地面的番役也闻讯赶到，动公愤的群众也一拥而上，把跌下来的和尚制住。车上还有两个手持尖刀的和尚，一看情形不对，径自一声呼啸，从车上双足一顿，跳上沿街店铺屋檐，蹿房越脊，逃得踪影全无。大家真还料不到，这两个和尚能高来高去，马上的大汉大约自问对于此道也无把握，只好干瞪着眼，让这两个贼和尚逃跑了。这时街上里三层，外三层，挤满了人，七嘴八舌，打听出事的情由，那马上的紫面大汉把两个起事的骡夫找来，才问出了所以然。

原来，这两个骡夫是紫面大汉渡过黄河时，连长行牲口一齐雇用的，讲明到了沙河镇，再换脚程。其中一个骡夫是黄河北岸木乐店人，他有一个兄弟，在汤阴贩卖瓷器为业，上月突然失踪，遍访无着，不想被这几个贼和尚弄成这般模样，不知吃了什么毒药，弄得半死不活，任人摆布，无意中被这骡夫当街碰到，一声大喊，和尚心虚，挥鞭逞凶，事乃败露。

大家一听，便逼着捉住的和尚，当众起下人猬身上密密层层的钢针，掏出还原的解药。这两桩事，捉住的和尚没法不答应照办，可是当大家追问他，"十八盘拈花寺也是有名的寺院，为什么要这样恶毒募化？逃走的和尚高来高去，简直和飞贼一般，绝不是安分的出家人，你们是不是真的拈花寺里的出家人？是邪魔外道？"那和尚牙关一咬，什么也不肯说了。

和尚不肯说真情，大家越发起疑，紫面大汉早已明白这和尚不是好人，主张送有司衙门，大家为镇上安全起见，也不肯善罢甘休，于是凡与此事有关的人，连打抱不平的紫面大汉也算上，同到衙门去作个见证。

这便是仇儿到街上去打听出来的经过，他还说："打不平的紫面大汉口音，也是咱们川音。"

杨展听得仇儿报告，微微一笑，想起成都豹子冈擂台上发生的许多事，觉得江湖上善善恶恶，奇奇怪怪，南北都是一样，其实都是上无道揆，下无法守，没饭吃的人太多，老弱的转乎沟壑，强梁的便铤而走险，江湖上什么稀奇古怪的事，因此层出不穷地发生了。杨展举杯独酌，正在感喟，忽见房门口帘子一掀，店里伙计笑嘻嘻地钻了进来，在下面垂手一站，满面堆笑地说："相公还要添点饭菜不？"

杨展只微一摇头，那伙计嘴上一阵嗫嚅，似乎还有话说，却又不敢说出口似的。

仇儿在旁喝道："你干什么？鬼鬼祟祟的，想说不说？"

伙计面上一红，身子退到门口，向仇儿一招手说："小管家，我和你商量一桩事。"

仇儿过去，和伙计到了外屋，嘁喳了一阵，仇儿翻身进屋，扑哧一笑。

杨展问他："笑什么？那个伙计鬼鬼祟祟的，是什么事？"

仇儿笑道："那伙计不是好路道，无非想骗相公钱财罢了，这点鬼门道，敢来哄我们，不是相公吩咐过，我真想揍他一顿。"

杨展笑道："怎样的鬼门道呢？"

仇儿道："他说，这儿店中有个出名的三姑娘，善弹铁琵琶，是沙河镇一绝，你家相公独酌无聊，何妨逢场作戏，叫三姑娘弹儿套琵琶，解个闷儿。他一说这话，我立时回绝他，我们相公不爱这调调儿，免开尊口。他一听我话锋决绝，连外屋我两位同伴也恨他不识相，连啐了他两口，他才明白财路断绝，垂头丧气地走了。"

杨展听了仇儿的话，微一沉思，悄悄向仇儿吩咐道："刚才我在店门口，瞧见一个背琵琶的女子，非常怪道，后来在这房内窗户上，张见那女子竟住在这东厢房内，有几批客商来叫她，听她一口回绝，这时伙计却替她来兜生意，事有可疑，我疑心这女子有点门道，并不是真的风尘卖唱女子，也许是北道上的绿林，而且也许注意上我们了，可是事情还料不准，不如乘机把她叫来，当面盘盘她，免得着她道儿。"

杨展这样一说，仇儿面上一呆，而且看了他主人几眼。仇儿也是十七八岁的大孩子，从前跟着铁拐婆婆涉历江湖，什么事不懂？他误会主人故意这么说，其实真个想逢场作戏了，心里暗笑，转身便走。

他刚回绝过店里的伙计，不好意思再去找他，灵机一动，走到院子里，便往东厢房奔去。蓦见那女子正倚着门框，手上拿着一支银挖耳，正闲着剔牙，蒙面的黑纱已去，一对水汪汪的大眼正怔怔地向上房注视着，瞧见了仇儿从上房奔出去，便想转身。

仇儿笑唤道："三姑娘，你的买卖来了，我们相公想听你琵琶哩。"

三姑娘向仇儿瞧了一眼，只微微一笑，并没说话，却向仇儿一招手，便转身进房。

仇儿莫名其妙地跟进房去，房内只一榻、一桌、一椅，桌上刚吃完了饭，残肴冷饭，还没有搬走，一支黑黝黝的琵琶也搁在桌上。

三姑娘随手把琵琶拿起，向仇儿一递，笑道："小管家，劳驾，请你把我这吃饭家伙先拿过去，我马上就到。"

仇儿漫不经意地单手一接，不料那琵琶看着比普通琵琶小得多，拿在手上却很沉，几乎失手，换一个人，真还非掉在地上不可。仇儿吃了一惊，一掂斤量，约有三十多斤分量，才相信三姑娘琵琶真个是铁的，怪不得自己主人疑她有点门道了。

仇儿也机灵，依旧单手提着琵琶，向三姑娘点点头道："三姑娘快来，我先走了。"说罢，提着琵琶，三脚两步跑回上房，和杨展一说，杨展趁三姑娘未到，从仇儿手上拿过铁琵琶仔细一瞧，发现看着黑黝黝，其实做得非常精致，全身非铜非铁，是五金之英合铸而成，周边雕就极细双龙戏水的花纹，中间刻着几首有名的宋词。

杨展点点头道："这是百年以上之物。"

他拿起琵琶，在耳边摇了几摇，觉得声音有异，普通琵琶肚内都有铜胆，唯独这铁琵琶，虽然肚内没有铜胆，却觉里面也装着东西，反复一瞧，立时明白，原来铁琵琶头上有暗钮，肚下有暗门，不用说，定然内藏机栝，装着厉害的针弩之类了。杨展心里一惊，她把这铁琵琶先叫仇儿拿来，似乎故意自露行藏似的，如果说她有意示威，却又不像，这倒难以猜度了。

杨展把铁琵琶横在桌上，无心饮酒，低着头，不断地沉思，忽听得耳边仇儿报道："三姑娘来了！"

杨展猛一抬头，只见房门口婷婷地立着一位北方姑娘，向他嫣然一笑，便大大方方地走了过来，向杨展敛着衫袖儿，当胸福了几福。

立在桌边的仇儿说道：“这便是我家主人——杨相公。”

三姑娘又是一笑，露出编贝似的一副细白牙，轻轻地叫了一声：“杨相公！”

杨展在客店门口见她时，无非在人丛中瞥了一眼，那时她又面上蒙着黑纱，这时仔细打量她，只见她弯弯的眉儿，溶溶的眼儿，直直的鼻儿，圆姿替月，姣好如花，实在是个美人胎儿，只是眉毛略浓一点，颧骨略高一点，身材略长一点，亦婀娜，亦刚健，原是道地的北地胭脂，燕赵佳丽的典型。

杨展从来没有风月场中的经验，对于这位三姑娘，恰正合着“目中有妓，心中无妓”的那句道学话，叫她进房来，原是别有用意的，所以杨展竟在座上欠了欠身，指着左面客椅上说，“请坐请坐！”

三姑娘长长的睫毛一动，亮晶晶的眼珠儿一转，微微一笑，没有理会杨展的话，却风摆柳似的走到桌边，伸出手来，抢过仇儿手上酒壶，贴近杨展身旁，斟上了一杯酒，笑盈盈地说：“借花献佛，先敬相公一杯酒再说。”

杨展到底年轻面嫩，没有经过这种阵仗，仇儿又立在桌边，不禁踌躇不安地站了起来，忙说：“不敢，不敢，你请坐！”

仇儿立在桌边，忍不住要笑。三姑娘却向杨展深深地盯了几眼，眉梢一展，把头一点，倏地伸手，拿起桌上琵琶，往后一退，竟坐在左面客椅上了。

三姑娘抱着琵琶一坐下，向杨展点点头，笑道：“贱妾虽然是个风尘女子，两眼尚能识人，相公果然是位非常人物，相公只管用酒，贱妾弹套曲子，替相公下酒。”说罢，面色一整，琵琶一竖，先调正一下弦音，素手一动，便叮叮咚咚地弹了起来。

杨展虽然不会琵琶，对于音乐一道也懂得一点门径，起首只觉得，她弹出来的音韵和普通琵琶有点不同，声调显得那么沉郁苍凉，后来听出来是商音，弹到妙处，忽徐忽急，忽高忽低，忽而如泣如诉，宛若游丝袅空，令人透不过气来，忽而如吟如啸，又似巫峡猿啼，秋坟鬼哭，令人肌肤起栗，满屋子被铁琵琶弹得凄凄惨惨，连仇儿也听得鼻头发酸，心里难过。杨展更无心喝三姑娘斟上的一杯酒，留神三姑娘时，却把她一张粉面，半隐在琵琶背后，虽然低着头，烛光斜照，已看出眉头紧蹙，有几颗亮晶晶的泪珠挂在眼角上。

杨展心里一惊，不觉豪兴勃发，倏地跳起身来，向三姑娘摇手说道：“三姑娘不必弹了，音从心出，音节如此，姑娘定有不得已之事。彼此虽然萍水相逢，倘可为力，不妨见告。”

三姑娘一听这话，一抬头，噙着泪珠的一对秋波，透露出无限感激的意思，手上却依然不停地弹着，嘴上却轻喊着：“窗外有人。”

三姑娘一喊出窗外有人，琵琶上弹出的声音，立时改了调门，几根弦上，铮铮锵锵，起了杀伐之音，细听去，有咚咚的鼓音，噔噔的金声，还夹着风声、雨声、人声、马声，突然手法如雨，百音齐汇，便像两军肉搏、万马奔腾的惨壮场面，也从音节中传达出来，原来，起先弹的曲子是《长门怨》，这时改成《十面埋伏》的曲子了。这《十面埋伏》是一套长曲，弹到紧张的当口，杨展听得气壮神旺，把面前一杯冷酒，“咽”的一口喝下肚去，酒杯一放，拍着桌子喊道：“妙极！妙极！”

不料他刚连声喊妙当口，窗外院子里，忽然有人大喊道：“好呀！三姑娘爬上了高枝，把老客人也甩在脖后了！”

又有一个哈哈大笑道：“姐儿爱俏，天公地道，老哥，你自己拿面镜子，照照尊容去吧！”

一阵胡嚷，足声杂沓，似乎一拥而出，奔向前院去了。

房内三姑娘听了个满耳，长眉一挑，娇嗔满面，哗然一声，琵琶停止，随手把琵琶向身旁几上一搁，便要挺身而起。

仇儿也觉得外面偷听琵琶的几个客商，话里话外，有点侮辱主人，也要奔出去寻找胡说的人。

杨展却把仇儿喝住，又向三姑娘笑道：“这种市井趋利之徒，何必与他们一般见识，他们懂得什么？”

这几句话，三姑娘听得，似乎心里非常熨帖，立时转怒为喜，回身走到杨展跟前，悄悄说道：“相公说得对，今晚也不知什么缘故，见着相公，便像老早就认识似的，弹着弹着，便把心里的结郁都弹出来了。”

杨展向她看了一眼，说道：“姑娘如有需人相助之处，只要在情在理，我虽然是个过路远客，也许可以量力而为。”

三姑娘立在桌边，叹口气道：“多谢相公。贱妾来到沙河镇也有个把月工夫了，没有把贱妾真当作沦落风尘下贱女子的，也只有相公一人。刚才在店门口瞧见相公，便知不是常人，江湖上身有功夫的很多，像相公外表上英秀斯文，内里深藏不露，却真难得。贱妾今晚存心拜见相公，故意推病把几个邀弹唱的客商回绝，一面叫个伙计以兜揽生意为名，想借此拜见，不意被小管家一口回绝，自己后悔不迭。相公不是这种人，原不该以此进身，正在后悔，想不到小管家竟奉命来唤，索性变计，不再掩饰行藏，把师传铁琵琶先托小管家送来，相公行家，一见琵琶，也许便知贱妾不是真个卖唱游妓了……”

三姑娘话未说完，前院乱嚷嚷的，似乎又到了一批客人。一个暴跳如雷的客人嘴上骂着大街，一路骂进杨展住的一层院落。一个伙计领着他到了三姑娘住的对面一间厢房，伙计百般奉承，这位客人坐在房内，兀自高声大骂。

杨展在正房内，以为客人骂的是店里伙计，后来一听是乡音，却卷着舌头打京腔，骂的也不是伙计，他骂的是："皇帝老子瞧不见老百姓苦处，偏又相信一班混账行子的太监，把江山搞得一塌糊涂，咱还进什么京去，回老子的老家是正经。”

杨展听得非常惊异，这人难道是个疯子？一个人坐在房里海骂，而且从四川进京到这儿，算是十停走到九停了，这位老乡居然预备一怒而回，这事真新鲜了。听他这阵海骂，是人人想骂而不便出口的，原不足奇，何至于一怒而回，奇便奇在此处了。

仇儿笑道："听口音，这位海骂的老乡定是白天镇上，打抱不平的马上壮士。”

三姑娘点点头道："一点不错，他骂的话，相公大约莫名其妙，凭我猜想，大约从和尚骂到太监，从太监再骂到皇帝头上去的。”

杨展愕然问道："这是怎么一个故事？”

三姑娘笑道："贱妾也是瞎猜，这容易，这位小管家多聪明，一打听便明白了。”

仇儿脚底痒痒，巴不得望外蹦，顺着三姑娘口气笑道："相公，那客人是我们老乡，如果真是街上见过的马上壮士，长得真威武，大约有点武功，相公何妨和他谈谈，否则我先探探去？”

杨展微一点头，仇儿如得军令，飞一般出去了。

第二章　疑云疑雨

仇儿一出房，三姑娘一摸酒壶，便说："只顾和相公说话，酒也冷了，饭也耽误了，贱妾叫伙计来，拿出饭菜去热热才好。"说罢，翩若惊鸿地也出去了。

杨展瞧着她背影暗想，这女子究竟是何路道？刚才弹琵琶时落泪，绝不是做作，这种身有武功的女子，如果为非作歹是很容易的，可见刚才下泪，并不是为了穷，其中定然有难言之隐，我一时说出量力相助之意，也得看事做事。他正在心口相商，瞧见三姑娘进来，背后跟着伙计。

三姑娘笑道："强将手下无弱兵，小管家有几下子，和那西厢房的客人攀着乡谈，几句话便讲得非常投机，也许一会儿便把那人领了过来。"

杨展一笑，便命伙计把酒菜撤去，从新做几样新鲜的来。伙计出屋，房内无人，三姑娘正想说话，仇儿已笑嘻嘻地进房来了，西厢房的客人却没有同来。

仇儿笑道："那位老乡真特别，他一听到相公姓名，高兴极了，连说：'早已知道相公名头，想不到异地相逢，快极快极！'他说时已经立起身来，我以为他马上就要过来了，他忽然立住问道，'你们相公进京去，大约是想夺本科武状元，赶去会试的？'我说：'是！'他立时眉头一皱，怪眼如灯，噗地坐在椅子上，叹了口气，向我说道，'我今天街上喝多了酒，见了你们相公，在生朋友面前，酒言酒语，倒不方便，明天再说！'我一瞧，这人有点心病似的，我便顺着他口气哄他，探问他捉住和尚和人猬的下落。这一问，倒引起他满腹牢骚，骂骂咧咧地把那段事都说出来了。"

原来，这位老乡姓曹名勋，也是川南人，还是个世袭指挥。他有这个世袭前程，原是雄心勃勃，想进京去有点作为，不料刚才在镇上碰着装人猬、骗钱财的三个贼和尚，又凑巧，看出车上人猬是自己兄弟的那个骡夫，正是曹勋在黄河北岸连长行牲口一起雇来的骡夫，曹勋是个见义勇为的角色，不由他不出手打抱这个不平。三个贼和尚，逃走两个，捉住一个，由镇上几个番役押着，连同曹勋等一班人证，解到镇北巡检小衙门。

可笑那位微末前程的巡检，官职虽小，门路却熟，他一听捉住的和尚是十八盘拈花寺里出来的，顿时吃了一惊，立时眉头一皱，计上心来，暂不问案，先请曹勋到别屋去坐，以示优待。他却在几个亲信爪牙耳边，低低地吩咐了一阵，安排妥当以后，自己便来陪着曹勋说话，说的都是海阔天空、不着边际的事，曹勋哪里听入耳去，正要发作，一个番役进来，在巡检耳边低低地回了一句话，便退了出去。

曹勋瞧着巡检鬼鬼祟祟。心里有气，怪眼一瞪，大声说道："俺赶路进京，身有要事，此刻天色又晚，还没找着宿店，那贼和尚在这儿作怪，原没俺的事，俺可要失陪了!"说罢站起身来。

不料曹勋这一发作，倒对了那位巡检的心思，眉开眼笑地抢上一步，向曹勋耳边悄悄说道："老哥常在外边跑，当然懂得眉高眼底，那个贼和尚，我也明知不是好人，可是他背后靠山太硬，老哥赶路是正经，犯不着为了一个骡夫，发火烧身，现在老哥自愿脱身事外，这就好办了，老哥只管请便，街南鸿升客栈是老字号，招待周到，老哥只管自便。"说罢双手乱拱，表示送客。

曹勋被他这一做作，几乎要举起拳头来，把巡检揍一顿再说，姑且忍住气，问道："你说什么？一个山贼似的野和尚有什么靠山？靠山是谁?"

那位巡检只想送这位太岁出门，自己多说了几句，偏又被他刨根掘底地问了起来，万分无奈地说道："现在，当今皇上身边最得宠的公公要算司礼太监曹化淳。曹公公现在又兼着九门提督，权势赫赫，谁不敬畏？十八盘拈花寺的方丈，便是曹公公的心腹人。你想，拈花寺出来的和尚，俺区区巡检，怎敢得罪？便是拈花寺一只狗，俺也惹不起呀。老哥是明眼人，一点就透，请便……请便……"

曹勋听得怒火上升，一张嘴，"呸!"夹头夹脸向那位倒霉巡检唾了一口，把头一昂，拔步出门，匆匆地离了巡检衙门。

那位巡检老爷倒是涵养功深，伸手一抹脸上的唾沫，竟没动气，摇着头说："浑小子，懂得什么!"忙不及向屋外喊着，"快请那位师父进来。"

原来，街上捉住的贼和尚一进巡检衙门，早已恢复自由，安坐在另一间屋内。曹勋一走，那位巡检反向贼和尚赔了不少小心，竟从后门把贼和尚送走了，回头吩咐手下番役，把那骡夫连哄带吓，勒令把奄奄一息的人猬领走，便算了事。

伸手打抱不平的曹勋，无端在巡检衙门受了一肚皮腌臜气，到了街上，拣了一家饭店，进去大喝其闷酒，一面越想越气，“砰”地一拳抵案，情不自禁地大喊一声：“这还成什么世界？老子还上什么京！”

他这一声大喊，虽然是满嘴川音，酒座上的外省人不易听清楚，却都惊得抬头朝他瞧，把他当作酒疯子。曹勋满不理会，自顾自风卷残云般吃完了饭，便到鸿升客店来投宿了，进了客店，还是骂骂咧咧的气往上冲。这便是那位曹老乡街上打抱不平的结果。

杨展听了仇儿报告姓曹的举动，暗暗点头，向三姑娘笑道：“我倒不奇怪我们那位老乡的举动，却奇怪你刚才早猜到姓曹的海骂，是从和尚恨到太监，又从太监恨到皇帝头上去的，你和姓曹的并不认识，你也没有和姓曹的到巡检衙门，怎会未卜先知，猜得这么准?”

三姑娘一听这话，眉梢一挑，眼射精光，似笑非笑的朱唇一动，似乎想说什么，忽又咽住，却向房门口一指，笑着说：“贱妾搅了相公半天，待相公用完了饭，相公如不嫌琐碎，贱妾把其中原因说与相公听好了。”

原来这时伙计把重行整治的饭菜端进来了。三姑娘也怪，流连在杨展屋内，竟舍不得离开，而且花蝴蝶似的抢着端饭端菜，很殷勤地伺候着杨展。

杨展也有点好奇，明知这个风尘女子逗留在屋内，定有所为，存心一观究竟，并没有下逐客令，但是仇儿和外屋两个长随却暗暗好笑，心想杨家相公离开了雪衣娘，便有点不老实起来，和这种江湖女子打什么交待，看情形，这个弹琵琶的三姑娘全副精神扑上了他，当然相公不在乎一点银子，愿意挨她一下竹杠的了。

杨展饭罢，仇儿把残肴碗碟撤出外屋，自去用饭，屋内只剩了三姑娘和杨展。

三姑娘红袖轻飘，皓腕微露，捧着一盏香茶，放在杨展座前，秋波闪处，向杨展瞟了一眼，忽地双肩一敛，凄然欲泪，竟向杨展插烛似的拜了下去。

杨展从座上一跃而起，忙说：“我早知三姑娘有事见教，有话尽说，不必如此。”

三姑娘盈盈起立，眼角上晶莹的泪珠已夺目而出，举起红袖，拭了一拭眼泪，低低说道：“贱妾初见相公，便知是位不同寻常的人物，此刻和相公接谈之下，便看出是位有胆量、有胸襟的少年英雄，明知萍水相逢，不便冒昧相求，但像相公这样人物，平时绝难碰到，机会难得，也顾不得羞耻了。”说罢，又要拜下去。

杨展忙止住她行礼，正色说道："不必多礼，我早说过，姑娘求助的事，如在情理之中，定当量力而行；如若爱莫能助的事，姑娘虽然哀求礼拜，也无济于事，姑娘且请坐下，说出来让我斟酌斟酌再说。"

三姑娘被杨展话锋一镇，低着头，倒退了几步，坐在杨展侧首的一张椅上，脸上带着一种凄楚可怜之色，半晌没有开声。

杨展心里有点不忍，微笑道："姑娘究竟有什么为难之事？不用管我能否有力量相助，萍水相逢，总算有缘，让我听明情由以后再作商量，也未始不可。"

三姑娘眼皮一抬，泪光溶溶，满脸带着一种娇羞乞怜之色，沉了片时，才缓缓说道："距这儿二三十里路，太行山十八盘拈花寺的住持，现在被人们称为八指禅师，受着北京声势赫赫的司礼太监曹化淳供养，其实，此人就是当年出没晋北，出名的凶淫无比的大盗——江湖上有个怪绰号叫作花太岁的便是他。

"先父以保镖为业，世居大同。有一年，先父押镖路过晋西苛岚山，花太岁率领同党，在要路口埋伏，竟想截留先父的镖驮子。狭路相逢，交起手来，花太岁被先父削掉右手食拇两指，落荒逃去，从此结下深仇。先父也时常戒备，后来听说花太岁被先父削指以后，落发为僧，不知去向。过了几年，先父一病逝世，家中只有贱妾姊妹三人，贱妾年纪最小，那时只有十几岁光景，大姊已招赘先父一个门徒为婿，二姐年亦及笄，尚未嫁人。

"万不料横祸飞来，一天晚上，花太岁突然寻踪而至，飞身入室，声言报仇。我姊夫武功并不算弱，大姊二姊也有一点防身本领，三人合力抵御，无奈花太岁几年隐踪，武功大进，右手二指虽已削去，一柄厚背锯齿左臂刀，招术精奇，右臂一筒丧门钉更是歹毒。我姊夫和大姊，双双毕命于丧门钉之下，最惨的是我二姊，力绝被擒，先奸后杀。只贱妾预先逃出屋外，得免于难。

"事后，贱妾立志报仇，投奔五台山姨母家中学艺。我姨母便是五台铁琵琶一派的掌门人，当年江湖上称为'铁姆'的便是她。我姨母得知贱妾家中闹得家破人亡，恨极花太岁，一面传授贱妾武功，一面探寻花太岁踪迹，一晃五六年，竟查不出花太岁落脚处所，我姨母年岁已高，不久便死。

"贱妾自知武功没有大成，可是报仇心切，背着师父铁琵琶，扮作卖唱的风尘女子，出入黄河以北各省码头，立誓踪迹仇人，吃尽风霜之苦。直到今年新正，从山西辽州路过黄漳镇，瞧见一群被十八盘匪盗劫掠的客商，说出拦路洗劫的强盗中，竟有光头受戒的和尚。黄漳镇的人一听这话，立时变貌变色，暗暗告诫那班客商说话留神，十八盘拈花寺方丈八指禅师是司礼太监曹公公的心腹，十八盘一带只有一座拈花寺，明知寺僧是强盗，也不能说出口，万一被寺里和尚听去，小命便难保了。

“贱妾一听出家人敢这样无法无天，已经可疑，又听出拈花寺方丈叫什么八指禅师，贱妾仇人花太岁不是只剩八个指头吗？一发听在心里去了。当时不动声色，便在黄漳镇宿店住下，探明了拈花寺路径，夜入寺内，暗地侦察了一下，果然寺内聚着不三不四的人物，而且藏着女子，无恶不作，却没见八指禅师本人，暗地偷听寺内一班贼秃的谈论，八指禅师定是花太岁无疑，但是花太岁已经离寺进京，被司礼太监曹化淳供养在家里了。贱妾探明了仇人踪迹，悄悄退出拈花寺，想了一个计较，第二天从黄漳镇路过邯郸，便在这儿沙河镇停留下来，借卖唱为生，掩饰耳目。

“好在仇人花太岁行凶以后，事隔多年，没有见过贱妾，也不会知道贱妾是五台山铁琵琶派下的门徒。仇人从北京下来回他拈花寺去，势必要经过此地。他寺内的和尚如此不法，仇人更必不脱当年凶淫的面目，原想等仇人到此，以卖唱近身，行刺报仇，不意等了一个多月，音信毫无。

“最近从北京下来的客商口中，探出八指禅师被曹太监留住，异常宠信，好像变成曹太监保镖的一般了。贱妾得知这样消息，急得了不得，不用说一个孤身女子想进京混入声势赫赫的曹太监府内，刺死仇人很是不易，便是现在京城，因为山海关外骚鞑子常常入寇，震动京畿，京城进出，盘查非常严密，一个单身江湖女子容易惹人注意，恐怕连混迹京城都不易了。正在无计可施，凑巧碰见了相公这样人物，不敢请求相公助妾报仇，只求在相公荫庇之下，能够隐迹京城，便感恩不浅了。”

三姑娘说出自己的来历和立志报仇的事，声音非常之低，好像怕外屋人们听见似的。在外屋的仇儿和两个长随还以为房内喁喁情话哩，可是杨展听她说出这番凄惨的遭遇和花太岁的淫凶，不禁剑眉微竖，不住点头，暗想白天拈花寺和尚的人猬恶劣，沙河镇巡检的卑鄙，以及同乡曹勋的海骂，更觉花太岁这种恶人万死犹轻，同时反映出三姑娘冒死寻仇，志坚心苦，可嘉可敬。只是她最后说出来并不想求人帮助复仇，只求荫庇进京，如果只想求人携带进京，任何人都可想法挈带，刚才窗外吃醋乱嚷的几个客商恐怕求之不得，何必定要自己荫庇呢？却有点可疑。

其实他想左了，三姑娘求人挈带，进京报仇是一档事，不求别人挈带，只求杨展挈带，虽然一客不难为二主，却是报仇以外的另一档事，也可以说是三姑娘芳心里暗藏的私事。不过，女人的心曲折而又曲折，杨展一时不易猜透，便认为可疑了。

杨展心里转念之间，三姑娘又开口了："相公，像贱妾这样来历不明的女子，又在相公面前明说进京报仇，自己也觉得太唐突了，相公是进京应试，飞黄腾达的人物，怎能挈带一江湖女子，贱妾实在太冒昧了，恕贱妾失言吧！"说罢，柳眉紧蹙，凄楚万分，缓缓地站了起来，玉手一伸，似乎想拿起桌上琵琶告退了。

杨展一伸手，把桌上铁琵琶揿住，忙说道："姑娘请坐，杨某虽然天涯作客，尚不是胆小怕事的人。姑娘苦志寻仇，不用说姑娘是一位女子，便是男儿也是不易，我并不是嫌姑娘冒昧，我正在替姑娘设想，进京以后，怎样才能了你心愿。这种事鲁莽不得，京城不比他处，万一打草惊蛇，仇报不成，姑娘自己反脱不了身，便不值得了。"这几句话，听在三姑娘耳内，无异说是"挈带进京，小事一桩，只愁你怎样下手，才能了你心愿呢"！

三姑娘心里一松，立时长眉一展，秋波深注，盈盈地走到杨展身边，悄悄说道："贱妾托相公福庇，只要混迹京城，拼出一死，也要报此深仇！"

杨展微一摇头，笑道："定法不是法，到了京城，总得看事行事才好，不过你这身打扮，不大合适，换一身雅淡点才好。"说罢，站起身，从床边行囊中，取出一锭纹银，搁在桌上，向她说，"明天我便进京，你拿着这锭银子，快到镇上找一套合身衣衫。"

三姑娘瞧着桌上银子，微微一笑，向杨展溜了一眼，咬着牙说："相公权且安坐，贱妾去去便来。"说罢，不等杨展开口，行如流水，姗姗出房而去。

她这一动作，杨展有点明白，定然因为拿出这锭银子来，以为看轻了她，仍然把她当作串店卖笑的下流女子了，她这一去，当然是改换身上装束去的。

三姑娘一出房，仇儿进来说："三姑娘把铁琵琶搁在这儿，她却没有回房，径自出店去了，这女子有点怪道，相公得防着一点，不要着了她道儿。"

杨展微微一笑，仇儿以为主人不信他的话，正想说出当年听自己祖母铁拐婆婆讲过，江湖独身女子多有替盗贼做眼线，这女子步履轻疾，也许她便是女盗，话未出口，忽听得院子里步履声响，店里伙计领着客人看房子。

仇儿觉得奇怪，这后院几间屋内都住满了，那有闲房让客？转身赶到外屋门口，向院内瞧时，只见伙计领着一个彪形大汉，推开三姑娘住的一间厢房，走了进去。伙计沏茶倒水奔进奔出，当然这个新到客人，住在三姑娘屋内了。

仇儿瞧得格外起疑，忍不住走到院心，把伙计拉在一边，悄悄探问：“三姑娘住的屋子，怎的又让别人占了？难道这位客人是三姑娘的……”话未说完，伙计抢着说：“年轻小伙子，不要轻口薄舌，三姑娘卖嘴不卖身，从来没有陪过宿，刚才这位客人到来，前面柜上回复他客已住满，没有闲房，这位客人气粗心暴，硬要我们腾房子，几乎大闹起来，凑巧三姑娘出店去，瞧见柜上为了难，自愿把这间屋子让出来，好在离镇不远住所，她另有寄身之处，她又单身一人，除出随身琵琶以外，原没有什么东西留在屋内。当真！说起琵琶，她出门时身上似乎没有背着这家伙，此刻我领客进东厢房时，屋内空空，也没有留在屋内，这倒奇怪……”

伙计刚说着，东厢房的客人，在屋内犷声犷气地喊着“伙计！伙计……”

伙计被客人打断了话头，嘴上忙不及应着，便奔了进去。

仇儿听得三姑娘退了房，已经出店，琵琶却留在主人房内，这是怎么一回事？心里总觉拴着一个疙瘩。回到房内，便向杨展报告三姑娘退房出店的事。

杨展看着桌上琵琶，似乎也有点愕然，却没有说什么，只吩咐明天一早起程上路，早点睡觉。仇儿领命退出，随身替主人带上了房门，自己和外屋两个长随一处睡了，睡在床上，心里老惦着里屋桌上的琵琶，迷迷糊糊一觉醒来，听得镇上已敲二更，两个长随睡得死猪一般，觉得有点内急，轻轻地跳下床来，忽见里屋门缝里兀自漏出一线烛光来，侧耳一听，里面竟嘁嘁喳喳，压着声音在那儿说话。

仇儿大疑，可是憋着一泡尿，顾不得别的，蹑手蹑脚地出了外屋，悄悄地在院子东面角落里一株大树根下，放了一泡尿，系好了裤，正想蹿到主人窗下，偷看一下房内和谁说话，忽听得正房后坡微微地“咔嚓”一声响，同时主人房内烛火立灭。

仇儿心里一动，一耸身，蹿上了槐树，身子一缩，隐身在树枝杈缝里，树上已有几条初芽的嫩梢垂下来，帘子般把身影遮住，忙把腰上缠着的一条九节亮银链子枪按了一按，抬头向正面房顶瞧去，借着一点稀微的月色，瞧出房脊上有一条黑影，从后坡闪到前坡，一矮身，蛇一般到了檐口，略微一沉，在檐上一转身，便见他背上斜系着一个包袱，又插着一柄单刀，刀光一闪，人已垂下檐来，两腿一拳，手一松，身子已落在院子里。

可是一落地，脚上便带出一点响声来。树上的仇儿看他轻功不过如此，便放了心，且看他闹出什么把戏来。

这人从房上下来以后，鹭行鹤伏，沿着正房几间窗下，挨着窗口，贴耳细听，一会儿转过身来，向西厢房奔去。这一来，树上的仇儿瞧清了这人面目，虽然头上包着黑帕，上下一身短打扮，可是一张凶眉凶眼的骨牌脸，明明是白天挥鞭跨辕，驾着“人猬”骡车的那个贼和尚，脚上兀自套着高腰袜，灰黄僧鞋。只见他在西厢房窗下听了很久，房内姓曹的客人呼声如雷，有时一翻身，睡梦里兀自喊骂着：“可杀的和尚！混账的太监！”

仇儿听得逼真，几乎笑出声来，在窗外偷听的人却惊得往后倒退，忽地一转身，奔了东厢房，在门上轻轻地弹了几下，便见房门轻轻地推开尺许宽，从房内闪出那个投宿的彪形大汉，这时长衣去掉，一身劲装，两腿鱼鳞绑腿布上，分插着两柄攮子，一出房门，在弹门的贼和尚耳边喊喳了几句。

贼和尚一翻腕子，拔下背上单刀，彪形大汉也把一柄尺许长的雪亮攮子拔在手内，两人霍地分开，贼和尚倒提单刀，蹿到西厢房的窗下，身子背窗朝外蹲下身去，那个彪形大汉却奔向西厢房门口，微一俯身，用手上攮子，偏着锋，轻轻地插进门缝，似乎先试一试房门里面有没有落闩，看情形大约里面是闩上了的，彪形大汉竟费了大事，躬着身，用刀尖慢慢地拨着里面横闩，微微地发出吱吱的声响。隐身柳树上的仇儿是此道中的祖传，瞧得暗暗好笑，暗暗骂声“笨贼”。彪形大汉拨了半天，似乎已经得手，房门已推开了一条缝，房内的曹客人兀自鼾声如雷，毫未惊觉。彪形大汉身子一起，似乎便要迈步而入。

树上的仇儿看得逼真，暗喊不好，正想解下九节亮银链子枪，纵下树去解救，蓦见彪形大汉不知怎么一来，嘴上竟“哟”地出了声，而且上身往前一栽，“通”的一声响，一颗头正顶在房门上，把门顶得大开，几乎直跳进房内去，同时又听“当”的一声脆响，手上那柄攮子也跌落在房内。这一来，房内酣睡的曹客人大约已被声响惊醒，床上有了动静，蹲在窗下巡风的贼秃，却惊得一跳而起，死命拉着彪形大汉，跌跌冲冲地逃进了东厢房，把门关得严丝密缝，声息毫无。

可笑西厢房里的那位曹客人，虽然被响声惊醒，跳下床来，赤手空拳走出房门来察看，因为屋内没有掌灯，贼人掉落房内的一柄攮子，大约尚未瞧见，立在院子里，昂头回顾，嘴上喃喃地骂着：“老子真倒霉，不想又落在贼店里，拚却半夜不睡觉，看贼子有甚能耐，偷老子什么去！”嘴上骂着，奔到柳树下小便了一阵，便马马虎虎地回进房去，把门掩上了。

仇儿躲在树上，看得这幕活剧，又乐又惊：可笑这位老乡，白天在街上，手脚上很明白，不料是位初出道的雏儿，把两个要命鬼当作寻常偷儿，连店家都没惊动，径自马马虎虎地回房了。可惊的是那个撬门的彪形大汉似乎受了伤，闹得虎头蛇尾，外带丢人现眼。仇儿想到彪形大汉定然受伤，便向杨展窗上看了一眼，暗暗点头，没有别人，定然是我主人，暗地用金钱镖伤了贼人，替同乡解了一步危难。

这时，院内依然恢复了虚静无声的局面，自己主人房内和东厢内两个贼人也绝无声响。只有西厢房那位老乡，似乎在床上翻来覆去，嘴上兀自喃喃地骂个不休。

仇儿听得一乐，心想这倒好，这位老乡存心守夜，两个贼人一伤一惊，不致再出什么岔子，街上已敲四更，离天亮也不差什么了，我倒要和贼人开个玩笑，把那房上下来的贼秃堵在屋内，且看他到天亮时，怎样脱身?

仇儿暗暗地想了个主意，自己白天瞧见过东西厢房的内容，和正屋不同，窄窄的屋子并无后窗，不愁贼人偷逃，主意打定，悄悄地溜下树来，一耸身，到了正房门口，故意把房门，“呀”地推响了一下，加重了脚步，走到院心。

西厢房的曹勋听出声音，便跳下床来，开门而出，向仇儿说道：“小管家，你大约也听到响动了?这样老字号的客店竟有不开面的毛贼，想到太岁头上动土，真是气死人!”

仇儿嘴上故意说道：“也许你弄错了，不过出门人，总是当心一点的好。”嘴上说着，却暗暗把曹勋拉进西厢房，悄悄地把自己见到一贼翻下房来，一贼预先在东厢房卧底，怎样撬门，怎样受了自己主人暗器，受伤落刀，逃回屋去的情形讲了一遍，显而易见，这两贼是拈花寺凶徒，一心来报街上之仇的。

曹勋听得吃了一惊，忙点了一支烛，向房门口一照，果然地上落着雪亮的一柄攮子，而且门框上还留着几点血迹，曹勋明白了内情，气冲斗牛，把手上攮子一顺，便要赶到东厢房去捉拿凶徒。

仇儿忙死命把他拉住，一面把烛火吹灭，悄悄地劝他不要把事办决裂了，事已过去，并无把柄，一闹开，我们究系路过的客帮，反而缠绕不清，不如让受伤的贼人，摸不清路道，躲在屋内的贼秃没法脱身，和他们干耗到天亮时，看他们怎样露相。

曹勋一想有理，索性把房门开着，故意在院子里进进出出，一面和仇儿天南地北地瞎聊。仇儿对着东厢房暗暗直乐，心想彪形大汉定然受伤不轻，那个贼秃想硬往外闯也不可能，如果他不顾一切地在我们眼皮下逃走，留下受伤的，也是不了，何况那贼秃轻功有限，下房时还费了那样大劲，上房去更不易了，大约那贼秃自知不行，只好硬着头皮顶天亮了，这一夜活罪也够两贼受的。

春夜苦短，东厢房的屋角上，已现出鱼肚白的晓色，渐渐地便天光发亮，远近鸡声报晓，街上也有了车马的声音。片时，店里的伙计和前院住客预备起早赶路的，也都起来了。西厢房的曹勋和仇儿，四只眼却盯住了东厢房的门。这当口，店里伙计提着一壶开水踅到后院来，一见西厢房门已开着，便提着壶进来沏茶倒水，一见仇儿也在屋内，笑着说："小管家起早，清早便和曹客人攀乡谈了。"

仇儿拉着伙计，向对面一指，悄悄说道："那面东厢房内住的什么人？怎的门上插着一柄刀，这是怎么一回事？"

原来这是仇儿在天没亮时使的坏，一半替曹勋敲山震虎。伙计莫名其妙地回过头去一瞧，果然对面房门上插着雪亮的一柄攮子，立时吓得变了脸色，疑心那面屋内出了事。忙不及把手上水壶一放，赶了过去，却不敢贴近门去，哆哆嗦嗦地喊着："客人起来没有？俺替你提滚水来了。"喊了一声，一看手上没有提着水壶，忙不及翻身奔到西厢房，拎起水壶，又三脚两步跳了出去。

这当口，东厢房的门"呀"的一声开了，却只开了一点缝，伸出一只手来，把门上插着的一柄攮子拔进去了。伙计提着水壶立在院子里，朝着那扇门翻白眼，头皮有点发炸，瞧不透是怎样一回事。

突然房门一动，一个光头僧衣的和尚，一阵风似的闯了出来，低着头便向外走。伙计惊得直喊起来："喂！师父，你是怎么进来的，那位客人呢？"和尚不睬，飞一般跑了出去。伙计拔步想追，一想不对，先瞧一瞧房内昨夜投宿的客人再说，提着水壶，探着脚步，向房内一探头，只见客人倒是好好地歪在床上，不过脑袋上、手上都缠着布条，一见伙计探头，便向他点点头道："你来得正好，我病了一夜，渴了一夜，快替我沏壶茶水。"

伙计起初疑惑这屋子出了凶案，此刻看见原住客人好好的，便放了心，可是门上插着凶器是怎么一回事？昨夜明明是一人投宿，怎会清早多出一个和尚来，而且慌慌张张地跑掉了？还有这位客人病得也奇怪，昨夜投宿时好好儿的，一夜工夫，头上手上都缠着布，这是什么古怪病？伙计满腹疑云，一面替病客沏茶，忍不住问道："刚才从这屋内跑出去的一位师父，是什么时候进来的?”

那床上的病客朝他看了几眼，冷笑道:“你是活见鬼了，我进来是一人，此刻也是一人，门不启，户不开，哪里来的和尚师父!”

伙计不明白这话是装傻硬赖账，反而被他蒙住了，蒙得晕头转向，一手提着水壶，一手拍着脑门走出房来，一见仇儿站在院子里，便问道:“小管家，刚才从这屋子里蹦出一个和尚来，大约你也瞧见了?”

仇儿摇着头笑道:“我倒没有留神。”

伙计惊喊道:“我的妈!我大清早，真个碰见活鬼了!”一面喊着，提着水壶，推开上面正房。仇儿惦记着自己主人昨夜在屋内和人说话的声音，也跟着进了屋。

伙计在先，仇儿在后，先进外屋，两个长随正在床上起来，里屋主人的房门却已微开着，伙计迷糊糊地提着水壶，推门而入，蓦见房内多了一位淡妆素服的年轻女子，和杨相公隔桌对坐，正在含笑低谈。这一下，比在东厢房瞧见蹦出一位和尚来还要惊奇，惊得伙计往后倒退，心里一迷糊，一失手，右手提着的水壶掉在地上，大半壶滚烫开水飞溅出来，溅在伙计脚面上，疼得他尖声怪叫，跷着脚山鸡似的跳得团团乱转。幸而后面跟着仇儿，伸手把他扶住了，否则准得躺在地上，可是仇儿突然瞧见了主人对面的女子，也惊得目瞪口呆了。

失手掉壶的伙计，清早起来连受惊吓，在院子里瞧见和尚已经疑惑是活见鬼，万不料这屋子里又多出一个女子来，闹得他迷糊糊的魂不守舍，等得开水壶一失手，脚面上烫得起泡，这一疼倒把他心神一收，神志略清，再一细瞧坐着的女子，衣服虽然生疏，面目却甚熟悉，他这一认清了女子面目，又把他闹糊涂了，竟两眼发直，伸着指头点着女子，嘴唇皮一阵牵动，挣命似的哑喊着:“你……你不是三……三姑娘吗?昨夜我……我亲自送你出门的，你……你并没有回来，怎的……怎的……”

这位可怜的老伙计接连碰见怪事，几乎痰迷心窍，只剩了嘴皮乱动，竟吓得没法说话了。改装的三姑娘一笑而起，走到伙计面前，从身上掏出两个银锞子来，塞在伙计手心里，满面春风地笑道:“三姑娘一向是响当当的角色，卖艺不卖身，昨夜可是例外，但是我三姑娘自己的事，没有什么可惊可怪的，多挣钱，少开口，顶好一壶水被你流了一地，快去重倒一壶来!”

俗话说得好，银子压人心，伙计手上捏着银子，心神立时安定了许多，嘴上说话也利落了，忙不及连声道谢，把银锞子揣在怀里，乐得心眼儿都在那儿笑，提起水壶便转身出去了。

伙计一出屋，仇儿痴痴地瞧着三姑娘，觉得她昨夜今朝大不同，非但身上换了装束，而且容光焕发，眉梢眼角尽是笑意，举动也活泼得多，昨夜一脸脂粉、满身窑气的三姑娘简直换了个人，听她向伙计开门见山的一说，这又证实了昨夜房中喁喁小语的一切了。

在仇儿心头起落之间，三姑娘咯咯一笑，向他说道："小管家，小兄弟，你小心眼儿转的念头，我满明白，你不要把我刚才对伙计说的话当真话听，满不是这么一回事，我的事，将来你们相公会对你说的。我昨夜明里出去，暗地进来，你也和伙计一般，犯了嘀咕，其实毫不稀罕，你也是练家子，三姑娘虽没有出色的真功夫，从这样的后窗户进出还办得到，我这一说明，我的小兄弟，你还不明白吗？"

仇儿微微一笑，并没答话，心里却暗暗好笑，你昨夜弹琵琶时，愁眉苦脸的直掉泪，今天你却笑得合不拢嘴，百灵鸟似的，叽叽呱呱，满是你的话了，这是什么缘故，还用细推细详吗？他心里想着，眼神却向自己主人扫去。只见他主人坐在床前，按着茶盏，眼神注定了三姑娘背影，默默出神。

仇儿这一视察，又起了一点误会，小心眼儿里暗暗不平，心说："你家里搁着千娇百媚的雪衣娘，听说老太太还有意锦上添花，拉上那位女飞卫虞小姐，你却在这儿招事生非，沾上了这个来历不明的江湖女子，像这样串店卖唱的下流女子，比小苹都不配，替雪衣娘拾鞋还嫌损……"仇儿心上暗暗气愤，小脸蛋儿便绷得紧紧的。

杨展坐在上面却有点觉察了，微微一笑，说道："仇儿，我们午前便动身，这位三姑娘跟我们一块儿进京，你到前面账柜，算清了店饭钱，雇牲口时，顺便替三姑娘雇一辆轿车好了。"

仇儿一听更吃惊了，心说："好呀！这女子够厉害的，一夜工夫竟滚上了，订了长期合同了。"心里有气，嘴上却应着"是！"一转身，正要迈步出房，忽听得外屋脚步声响，有人嚷着："小管家，你替我引见引见，我来叩谢你家杨相公来了。"

仇儿一听，是西厢房的曹勋，声到人到，竟大踏步闯进里屋来了。

曹勋闯进屋内，远远便向杨展一揖到地，嘴上说着："久仰杨兄大名，昨夜又蒙解围，心领盛情，理应叩谢。"说罢，又举手乱拱，忽地一眼扫见了桌边立着一个女子，立时感觉一阵惶恐，忙不及说道，"在下来得冒昧，不知杨兄同着尊夫人一块儿进京，这位尊纪又没有预先说明，恕罪！恕罪！"一面说，一面往后倒退。

这一来，杨展倒被他闹得难乎为情，忙跳起来，一面还礼，一面说道："曹兄不必避嫌，这是同行的舍妹，顺便护送进京，贱内并没有同来，曹兄不必拘泥。"

曹勋一听，觉得话说错了，愣把人家妹子当作夫人，未免可笑，但是一冲性的曹勋只觉可笑，并没不安，睁着一双怪眼，吃人似的向三姑娘瞪了一瞪，便坦然不疑地和杨展宾主分坐，打着乡谈，说起昨夜贼人行刺的事来了。

杨展和曹勋谈了一阵，问他进京有何贵干，他说："新任兵部右侍郎廖大亨家中一位西席刘道贞，字墨仙，也是我们川南临邛人，是位名孝廉公，非但学问渊博，而且晓畅兵机，最难得的是义气侠胆，绝不像酸溜溜的文人。这位刘孝廉是俺最佩服的好友，他差便人捎信与俺，劝俺进京，在边疆上替国家出点力。俺信他的话，巴巴地赶到此地，不想昨天受了腌臜气。听得京城里成了太监们的天下，皇帝老子偏信五体不全的混账行子，大明江山哪会不一塌糊涂，哪会不使天下忠义豪杰灰心？我一赌气，便不愿晋京，连我好友都懒得看望了。"说罢，怪眼圆睁，气势虎虎，尚有余怒。

杨展微笑道："曹兄骨傲性直，使人佩服，不过凡事不能一概而论，正唯君子道消，遂使小人炎长。如果正人君子都像曹兄般明哲保身，小人一发得势，天下事一发不可收拾了。我想贵友刘孝廉既然千里劝驾，定有高见，如果曹兄一怒而回，别的不说，岂不辜负了贵友一片热心？再说刘孝廉安砚的廖家，和小弟也有渊源，这位廖侍郎便是小弟的座师，从前是兵部参政，大约是新任的右侍郎，事有凑巧，小弟本要去拜访廖侍郎，曹兄何妨观光京都，与小弟结伴同行呢？"

曹勋被杨展几句话说得心里又活动起来了，点着头说："杨兄的话当然是有道理的，但是俺功名之心已冷，和杨兄一路同行，借此攀交，倒是求之不得，既然到此，不去看望我久别的好友，确也理亏，杨兄何日起程？俺单身一人，说走就走，准定偕行好了。"

杨展这几句话说服了曹勋，也很高兴，便和他约定当日起程。两人又谈了一阵，曹勋便回自己房中，收拾行李去了。

第三章　且食蛤蜊休问天

仇儿年纪虽轻，却是忠心护主；尤其是远在嘉定的雪衣娘，是仇儿平日感恩敬服的主母。他觉得一个江湖卖唱的三姑娘，鬼鬼祟祟地在主人房中，盘桓了一夜，哪有好事？我主人也太对不起主母雪衣娘了。非但他如此着想，连外屋两个长随，和一清早闹得迷迷糊糊的伙计，心里都是这样想。不论是谁，只见表面，不明就里，大约都要作如是想。其实仇儿枉屈了三姑娘，而且也轻视了他主人了。不是三姑娘冰清玉洁，不愿如此如彼，无奈中有曲折，势不可能。

原来那天晚上，杨展取出一锭银子，叫三姑娘改换装束，三姑娘似嗔非嗔地留下琵琶，袅袅出房而去，而且退房出店，一去无踪。杨展瞧着她留在桌上的铁琵琶，却明白这是她随身之宝，此去定有所为，也许明天一早便来了。一听镇上已经起更，外屋仇儿和长随们业已呼呼大睡，便把房门掩上，正要预备安息，忽听得后窗有人轻轻弹着窗上的花棂，杨展一愣，喝问："是谁?"

窗外立时接口道："相公噤声，是贱妾三姑娘。"

杨展奔近窗口，悄喝道："深夜不便，你明天再来吧。"

窗外急道："相公，你不知道店里进了匪人，多半是来对付贵同乡曹客人的，相公，相公快开窗，待妾进来说明就里。"

杨展听得微微一惊，便把窗闩轻轻拔下，悄悄地开了半扇窗，身子一闪，窗外的三姑娘一个燕子穿帘，业已飞身而入，随手把后窗掩上，落了闩，俏生生地立在杨展面前，似笑非笑地瞧着他。杨展一瞧，她身上身下改了样，好像换了一个人：一色青的短打扮，背着一个包袱，头上用青绉勒额，腰上也紧紧地束着青绉绣花巾，脸上蛾眉淡扫，薄薄地敷着一点宫粉，却显得雅淡宜人，别具妩媚。

她觉察杨展不错眼地打量她，低鬟一笑，把背上包袱取下，背转身，打开包袱，取出一件素净的淡蓝对襟衫子，披在身上，系好了胸前琵琶结，缓缓地转过身来，笑道："相公！你瞧，这一改装，便像你的……"她说到这儿微微一顿，杨展听得心里一跳，却又听她缓缓接着说道，"像你府上的使女们了。"

杨展忙说："不敢当！不敢当！可是这一改装，果然比刚才好得多了。"杨展这个好字，无非说她雅淡一点，比刚才一身庸俗的妖艳装束好得多罢了，原是指着系带进京说的，在三姑娘耳内，却把"好得多"三个字当作杨相公怜香惜玉的总评，反而有点脉脉含羞了。

杨展一瞧，孤男寡女，深夜相对，情形很是尴尬，忙不及心神一定，面色一整，指着侧面客椅上说："三姑娘请坐，刚才你说匪人进店，想不利于曹客人，端的怎样一回事?"说完这话，自己先在床沿坐了。

三姑娘向他瞧了一眼，把包袱结好，随手搁在杨展床上，一转身，并没走向客椅去，却坐在床头一张杌子上了，笑盈盈地说："贱妾隐身此处，探询仇踪已有一个多月，平时寄身之处，在这镇南市梢，花了一点钱，向一家开小饭铺的老婆子租了一间后院闲房，权且安身。刚才遵照相公吩咐，预备回到安身处所，改换装束，算清房钱，明天清早再到相公这儿，伺候同行。

"到前面账柜时，预备通知柜上退掉了东厢房一间客屋，凑巧柜上有个投宿大汉正在争闹，硬要柜上替他腾出一间房子来，贱妾便做了顺水人情，那时只觉投宿的那个大汉举动凶蛮，路道不正罢了，并没有十分注意。

"后来回到镇南安身之处，在自己屋内坐了一会儿，换了身上衣衫，走向前面去找开饭铺的老婆子算清账目，忽听得隔屋酒座上有人说着江湖唇典(黑话)，暗地在门板缝里向外一瞧，时已不早，饭市已过，却有两个贼眉贼眼的和尚在座头上对酌，满嘴都是黑话，而且我认出那两个秃驴便是白天在街上用人猬募化，闹出事来的贼和尚，一听他们黑话，竟说的是要在今晚刺死曹客人，以报街上之辱，而且已经派遣同党，进店卧底。

"贱妾一听这话，便想到柜上碰到争吵腾房的大汉，应是他们的同党了，偏偏贱妾做了顺水人情，把那间东厢房让了他们，正和曹客人住的房间，面对面在同一个院里，举步可到，一想到事情凶险，心里立时不安起来，明知有相公这样大行家在此，曹客人也非弱者，贼秃未必得心应手，但是明枪易躲，暗箭难防，贱妾知情不举，良心上也说不过去，故而匆匆算清店饭钱，拿了随身包袱，便悄悄地赶来，特地绕到屋后，偷偷地从后窗进来。"

杨展大赞道："三姑娘侠肠义胆，不愧巾帼须眉，现在不必先知会曹客人，我倒要瞧瞧贼秃们如何下手？有何本领？敢这样横行霸道。”

三姑娘笑说：“割鸡焉用牛刀，相公只管安睡，有贱妾暗中监视着，谅这几个匪徒，也讨不了好去。”

杨展一听，她简直打定主意要在这屋内同处一宵的了，自己问心无愧，可是被外屋随从们瞧在眼里，将来回家，传到雪衣娘耳内，未免有点解释不清，心里一转，一时又没法轰她出去，只好微笑道：“我知道你要施展铁琵琶内的透骨钉了，这太霸道，重则伤命，轻则残废，定然替这鸿升老店留下祸患，你不用管，我来打发他们。”

杨展一说出透骨钉来，三姑娘立时明白，自己铁琵琶内的机关已被人家一觉无遗了，同时也明白了杨展的用意，暗想这位翩翩公子，少年老成，真是难得，便用话套话，渐渐地探询杨展的家世和武功的师门宗派，杨展有问必答，并没十分隐瞒。

三姑娘这才明白人家是川南首富，而且家里还有一位本领出众的夫人，便是外屋那位小管家也是大有来头，自己这些年心高气傲，虽然混迹风尘，自问还没有辱没自己，好容易碰着一位可心人物，不料人家宛如一只凤凰，和人家一比，自己好像野地里的小麻雀，也许人家还把自己当作聒噪的乌鸦，自己心头暗藏的主意立时打了折扣，虽然打了折扣，似乎还没有完全绝望，好像随风漂流的一棵浮萍，好容易得着一个有力的依靠，如果轻轻舍去，太不甘心，于是打叠起精神，预备用起水磨功夫来，款款地细探细谈，殷殷地问寒问暖。

无奈在杨展一方面，观于海者难为水，除却巫山不是云，虽然青衫红粉，促膝深宵，未免有情，也无非隐有护花之意，却无问鼎之心，护花本于侠骨，问鼎便成挟恩，而且负义了，何况匪人隐伏，祸变将来，西厢之客，危机瞬息，这样局面，也无法视若无睹呢！

三姑娘和杨展娓娓清谈，心神耳目都集中在对方身上，连外面敲过几更，都有点惘惘然不大入耳。可是杨展却明明听得敲过二更，心里便惦着西厢房那位同乡的安危，转念之际，听得屋瓦上，微微的“咔嚓”一声，似乎裂了一块瓦，再听便又寂然，微一点头，向三姑娘一摇手，顺手举掌向灯台一拂，烛火立灭，身子微动，疾逾飘风，已到了贴近院子的窗口。

花窗是纸糊的，有一点窟窿便可看清院落内的动静。这当口，正是仇儿蹿上柳树的分际，柳树在正房对过，仇儿上树，贼人下屋，一切举动，都落在杨展眼内，同时也落在三姑娘眼内。原来房内漆黑，杨展伏窗窃窥时，三姑娘不敢落后，也走上前来，和他穴隙同窥了。看到了贼人里应外合，拔刀撬门，危机一发当口，杨展料定树上的仇儿定必鲁莽出手，忙从身边摸出两枚金钱镖，先把花格窗纸弄湿了一块，悄悄地揭下来，手法一展，两枚金钱镖便从窗格内飞了出去，一中后脑，一中右腕，遂使撬门而进的贼人疼得出了声，惊得慌了手脚，向前一栽，把门顶开，攮子跌落，闹得章法大乱，飞逃回房。接着，就是曹勋惊起，仇儿搭腔，解救了曹勋这场灾难。

杨展发镖以后，知道两个贼人轻松平常，已无施展余地，便要退身，猛觉三姑娘软绵绵一个身子正和自己紧靠着相并站着，自己身子一动，三姑娘猝不及防，身子一歪，杨展防她跌倒出声，慌急伸手扶住。三姑娘也早把身子站稳，二人同在床沿上坐下，少不得彼此谈些闲言闲语，以解寂寞，又恐隔墙有耳，彼此把声音压低，倒像在喁喁情话哩。

杨展抬头一瞧窗外，离天亮还有一段时间，佳丽当前，未免有情，同时想起新婚初别的娇妻，也是不无怅惘，不觉向三姑娘说道：“这次你跟我进京，报仇是第一大事，只要我能为力，定必助你一臂，将来大仇得报以后，像你这样的人物，不难得到如意郎君，共享唱随之乐。江湖上不但风霜劳苦，而且鱼龙混杂，人品不齐，一个大意，容易上当，我是希望你早日跳出这种生涯呢。至于我们这次萍水相逢，总算有缘，我想从此以后，我们结为兄妹，此去一路上起居饮食方面，可以免去多少顾忌，你看好吗？”

三姑娘感动身世，霎时间悲从中来，竟抽抽咽咽地哭了起来。杨展虽然心地光明，是烈烈轰轰一条汉子，终究此时夜深如海，客邸斗室之中，和三姑娘暗中相对，心理上多少受到些影响，常在自戒之中，此时听三姑娘哭得悲伤，也就为之啼笑皆非，弄得不知如何是好，只好忍着心肠，假装麻木不仁。

幸而这样僵局没有十分延长，耳听邻鸡报晓，眼见窗棂发白，由漫漫黑暗之夜，渐渐趋入光明的白天。杨展神志一爽，不禁长长地嘘了口气，宛如在万马军中，拼死杀出重围一般，暗暗喊声：“好险！”

这时三姑娘业已止啼，静静地好像入睡。杨展叹口气说：“可怜的姑娘！我定要助你报仇，我还想替你谋一归宿。”

杨展话方出口，三姑娘突然一跃而起，这时晓色射窗而入，可看清彼此面貌，只见她跳起身来，满脸啼痕地跪在杨展膝前，呜咽说道：“相公真是顶天立地的英雄，难得相公垂怜，刚才说过愿以兄妹相处，从此贱妾视相公为恩兄，但不知真的肯收留我这样风尘沦落的小妹否？”

杨展伸手把她扶起，概然说道："丈夫一言，我从此把你当作义妹了，祝你此去心愿得了，和我一同回川，我母亲膝前也有一位有本领的义女在家，你回我家去，定然可以处得像一家人似的。"

这时三姑娘心神也和窗外晓色一般，清光徐来，浮云尽扫，便和杨展细细商量一同进京的事，直到仇儿和伙计进房，曹勋求见，误把三姑娘当作杨夫人，杨展脱口说明是"舍妹"。从此杨展和三姑娘，成了口盟的义兄义妹了。可是在当时，仇儿和长随们只看表面，不明底蕴，当然要疑云疑雨，想到暧昧关系上去的。

在杨展进京当口，正值明季怀宗当国，崇祯十年以后的时期，内忧外患，已把大明江山弄得风雨飘摇，危乎其危。可是北京城内，还是文酣武嬉，有家无国，有己无人，处处是漆黑一团。纵有几个志行高洁、器识远大的人，在这一泻如崩的浊流狂澜中，也没法做个砥柱中流，只可做个消极的忠臣义士，拼作牺牲；再不然，在明哲保身的个人主义下，做了鸿飞冥冥、弋人何慕的逃世之流。

这样趋势之下，小人益众，君子更危，时局一发不可收拾，这原是封建之世，"家天下"没落时代的应有现象，可是那时北京城内，依然被一班昏天黑地的人维持着粉饰的升平、纸糊的尊严，便是四方有志之士，也还把它当作扬名显才的唯一中枢，这是封建时代为少年造成的一条锁链，像杨展这样人物，也无法挣断这条锁链，总得观光京都，可是粗豪的曹勋，却已使酒骂座，几乎望望然而去之了。

北京东城大佛寺街北头，闹中取静的地方有一所不大不小的房子，便是新任兵部侍郎廖大亨的府第。前进三开间敞厅左侧，有一个小小的垂花门，门内一条鹅卵石砌就的小径，通到一处花木扶疏的园圃，凿着浅浅的一圈金鱼池，池旁点缀了一丛玲珑假山，临池南面是一座精致的小花厅。

时已掌灯，厅前一排花窗上，灯光闪烁，人影掩映，时时透出觥筹交错、高谈阔论的声音，原来主人廖侍郎正在接待远客，设宴洗尘。

厅内酒席上，坐在下面主位的是白面长须的廖侍郎，坐在廖侍郎肩下，一个方巾直裰，年龄三十有余，四十不到的清臞文士，长得额挺颐丰，眉疏目朗，于一脸儒雅之中，隐隐透着英毅沉练的气概，这人便是曹勋的同乡好友，廖侍郎赏识的西席，临邛孝廉刘道贞，别号墨仙。上面客位上两位远客便是杨展和曹勋了。侍郎专为得意门生洗尘，因为曹勋和杨展同来，又是刘孝廉的好友，爱屋及乌，遂得并列洗尘之宴。

原来杨展主仆带着三姑娘和曹勋，从沙河镇鸿升客店起程，第二天进了京城，早有鸿升联号——京师鸿远老店的伙计在城门口迎接，杨展一行人便落在鸿远店内。一看这座客店比沙河镇鸿升客店规模大得多了，门口粉白照壁上刷着“仕宦行台”四个大黑字，八字墙门两旁，停满了车马，进进出出的都是衣冠楚楚的人物，送往迎来的店伙礼貌周到，招待殷勤，果然皇都气象，与众不同。

杨展原是挥金如土的人，又带着三姑娘同来，便包了一所三合的侧院，安置主客绰绰有余，三姑娘也独占了一间正屋。大家落店以后，盥洗吃喝了一阵，杨展一看日影西斜，原拟休息一夜，第二天清早再去拜谒座师廖侍郎，不料气粗胆豪的曹勋一心访友，也没知会杨展，竟独自溜出店去，雇了一匹牲口，快马加鞭，先奔廖府，去看望好友刘孝廉去了。

凑巧廖侍郎正在家中和西席刘孝廉一局围棋消遣，曹勋一到，廖侍郎并没进内，曹勋叩见之下，谈起杨展一同进京，廖侍郎立时打发两个亲随，套着自己上朝的双套轿车去接杨展，还嘱咐把杨武举行李随从一起接来。这一来，杨展只好带着仇儿和家乡土仪，赶来叩见座师，而且被迫当面说谎，说是“因为奉母命，带着一位义妹进京访亲，不便在老师府上叨扰，望乞恕罪”。同时请求到内室，以门生礼叩见师母。

廖侍郎对于这位门生是夙契在心，刮目相待的，但是他的正室夫人还在原籍，只有一二姬妾带在身边，说明就里，便邀刘孝廉、曹勋陪席，在小花厅内设宴，替这位得意门生洗尘接风。

酒酣耳热之间，廖侍郎兴高采烈，向自己西席刘孝廉提起岷江白虎口杨展如何退盗救危，清介绝俗，豹子冈擂台，亲眼见杨展如何当众苦口婆心，武闱场中，如何绝艺惊人，他夫人雪衣娘又是如何的一位绝世无双的女英雄，说得有声有色，掀髯大笑。

其实，他这许多话平时对这位西席不知讲过了多少次，现在杨展千里进京，师生相对，不免又旧事重提，好像在这位西席面前，证明自己这番话毫不虚假一般，一方面也可见得廖侍郎对于这位门生如何得意了。

廖侍郎说得滔滔不绝，这位西席刘道贞只是微笑点头，眼神却不断地打量杨展。廖侍郎话锋一停，刘道贞转过头来，说道：“东翁，这位杨兄骨秀神清，英挺绝俗，果然是人中之豪，怪不得东翁赞不绝口，可惜今生之世，如果生在太祖开国之初，怕不是凌烟阁上人物。”

廖侍郎忽然停杯长叹，捋了一把长髯，缓缓低吟道：“余欲望鲁，龟山蔽之，手无斧柯，奈龟山……何……”说到最后几个字，声音细得像游丝一般，接着又是一声长叹。

杨展听得暗暗吃惊，说道：“老师吟的是孔子《龟山操》，也是孔子当时的牢骚，老师吟此，似乎感慨甚深。像老师执掌兵政，当然简在帝心，正可讦谟入告，克展经纶，何致抑郁如此呢？”

廖侍郎向杨展看了一眼，点头叹息道：“贤契！你生长天府之国的蜀南，从小席丰履厚，这次千里远游，初次到京，只觉耳目一新，哪知道国势阽危，已如危卵呢！不过老夫这种杞人之忧，不应该对你说，不应该阻你英年锐进之心，天生我材必有用，自有你作为之地，像老夫饱经忧患，一味颓放，原是万万学不得的。”说到这儿，忽又向刘道贞苦笑道，“墨仙！我居然得到这样门生，应该自豪，偏在这大厦将倾当口，得到这样门生，这又叫我万分难过。当朝大老昏颓至此，难道我忍心把他送入虎口吗？他这次进京会试，一半还是我怂恿他来的呢。”

刘道贞笑道：“东翁身处廊庙，所见所闻都是不如意事，日子一久，难免灰心到极处，但是天道常变，事难执一，真到了不可开交之时，中国地大人众，岂无一二豪杰之士，奋臂一呼，保障半壁，少康偏旅，亦能中兴，人定也许胜天，未来事岂可逆料，也顾不得这许多，且食蛤蜊休问天，对！一杯销万古，再酌失乾坤。”说罢哈哈一笑，端起面前酒杯，一饮而尽。

刘道贞对席是曹勋，他听了他们闹了半天文绉绉的之乎者也，自己插不进话去，虽然听不大懂，察音辨色，自然也明白他们牢骚的意思，他又想起了沙河镇那位巡检的卑鄙行为，几杯下肚，酒兴上涌，他也没有考虑身居客席，也没有顾虑主位上是身居显职的兵部侍郎，在刘道贞话锋一停，哈哈举杯当口，他不知怎么一来，怪眼一瞪，把手一拍桌子，高声说道：“朱家坐了二百数十年皇帝交椅，一代不如一代，大约气数已尽，偏又宠信一班混账行子的太监，活该倒霉，这是朱家的事，让朱家自己料理去好了，要我们愁眉苦脸怎么？俺在沙河镇受了一肚皮腌臜气，不是杨兄苦劝，俺早快马加鞭，回转自己家乡了！”

这位粗豪的曹勋毫没遮拦地敞口一说，大家听得惊呆了，廖侍郎更是惊得瞠目直视，背脊冒汗，暗想，这位傻哥竟敢在我面前，大声疾呼地说出这样大逆不道的话来，如果被东厂校尉们听去，不但这位傻哥罪灭九族，连我也得陪他吃一刀，这可受不了，正想发话阻止，刘道贞忙站起来，拉着曹勋急急地说：“你吃醉了，快上我屋去，静静地躺一回便好了。”说罢，不由分说，拉着曹勋便出厅去了。

席上的杨展也满身不得劲，忙说：“老师恕罪，曹兄来自田间，性又粗直，说话不知禁忌，实在太……”

廖侍郎不住地摇头，忽然低声笑道：“你以为我恼他么？我是惊他这样大胆，愣敢说这样石破天惊的话，正唯他来自田间，突然在这儿说出这样话来，正是我们在朝的连做梦都不曾想到的话，他既然说得出来，可见在野的无数人们心里，都难免有了这样念头，民心如此，大事去矣！不过他说的在沙河镇受了一肚皮腌臜气，这又是怎么一回事？”

杨展便把沙河镇人猬募化，曹勋打不平的事说了。

廖侍郎叹息道：“原来那位曹君未到帝都，便受气恼，这就无怪其然。其实这种腌臜气，在天子脚下的人们已是司空见惯，受之若素了。不用说寻常百姓，即就执示钧衡的大学士魏德藻和我们那位兵部尚书张缙彦两位大佬来说，哪一天不仰承权监曹化淳、王之臣等的鼻息？堂堂宰相和尚书都变成虚设，几乎成了权监的清客，这里边也要怨几位大佬骨气毫无，一味恋栈，遂弄得斯文扫地。我这不合时宜的侍郎也只有满腹牢骚，书空咄咄罢了。”

杨展一听朝廷弄成这样局面，怪不得陕、晋等省份变乱纷起，剿抚两穷。最可注意的，廖侍郎提到了司礼太监曹化淳，立时想起三姑娘报仇之事，不禁问道：“老师所说权监曹化淳等，这种不学无术的宫掖小人，偶得至尊宠信，便要妄作威福，颐使廷臣，古今原是一辙，学生在路上，还听说曹监提督九门，掌握金吾，家中还养着匪盗一流的亡命之徒，照这样情形看来，大明二百几十年的江山，真要断送在这班人手上了。”

杨展是故意用话打探，果然廖侍郎轻轻一拍桌沿，悄悄说道：“岂但如此，府第连街，广置姬妾。一个太监居然广置姬妾，你想，这其间还堪设想吗？我们这条大佛寺街南首尽头，一所崇焕辉煌、胜似王侯的府第，便是他的私宅。你路过时冷眼一瞧，便可推测八九了。”

杨展听得，便暗暗记在心里。

师生密谈之间，忽然门外抢进一个亲随，向廖侍郎禀报，说：“此刻张尚书派人来请大人，火速到宰相魏大学士私邸，商议机密大事，张尚书已经先去了，下人们私下打探，据张尚书派来的亲随说，‘新派陕西总制傅宗龙傅大人，到任不久便受了闯王李自成圈套，傅大人已经生死不明。’这消息和上年总制陷身时一般，仍然从河南福王府转来的消息，用八百里火急塘报，飞递进京。塘报来投兵部，先送到尚书私邸，还是刚才的事。”

廖侍郎一听这样消息，倏地站起，一跺脚，长声喊道："完了！我这位前任傅年兄，又踏上了乔年兄覆辙，局势糟到如此，京师屏藩的陕晋，非我有矣！看情形，潼关一道锁钥岌岌可危，河南的福王大约已寝不安席了！"说罢，命亲随们快去套车，又派一个下人，"去请刘孝廉替我陪客"。

这时杨展已离席而立，便说道："师座军书旁午，国事要紧。学生改日再来叩谒，就此告辞。"

廖侍郎连连摇手道："我们通家世谊，非比寻常，不必拘泥，墨仙才高学博，识逾恒流，你们大可一谈，便是你进京会试的事和都城一切情形，他也可以原原本本告诉你。"正说着，刘道贞已雅步而入。廖侍郎把新得消息匆匆一说，便自赶赴相邸，议事去了。

刘道贞陪着杨展终席以后，邀到他安砚的书室，促膝茗谈。杨展一瞧曹勋不在室内，问起情形，才知刘道贞已派人送他回鸿远客寓去了。

刘道贞笑道："曹勋是我总角之交，性情亢直，宁折不弯，世传武艺，臂力绝伦，又是世袭指挥，上年春季，东寇窥边，震动畿辅，我偶托回川便人，捎封信札与他，劝他驰骋边疆，克振家声，不料他真个来了。可是今昔异势，局面不同，他到了沙河镇，一怒欲回，虽然他素性如此，其实此举却非常人所及，便是小弟在此孤寄，毫无官守，无日不起莼鲈之思，只因居停情重，一时不便出口，现在体察情势，危巢覆卵，凛乎不可再留，也许和诸位可以联辔出都呢。"

杨展说道："看情形，小弟进京会试也是多此一举，老母倚闾，白云望切，小弟也心灰意懒了。"

刘道贞道："这却不然，天生人豪，才为世用，冥冥中自有安排，便是杨兄甘愿韬光养晦，事情到来，恐怕不由自主。至于武闱应试，凭真才实学扬名天下，与阿媚权门、尸位素餐者不同，贵座师爱才念切，到时定有安排。川南来人及贵座师时道吾兄及令阃侠义逸事，久已心折，我看老兄现在像是怀着什么心事似的，而且辞色之间，也带着肃杀之意，难道此来京师，曾有什么不平之事遇到，动了扶危救困的侠义肝胆，想要一试身手么？"

杨展听得猛吃一惊，暗想这人真了不得，居然观我面色，就隐隐道着了三姑娘一档事，此后言语举动，还得当心才好。

转念之间，不觉微一沉吟，刘道贞拍手笑道："何如，事蕴于心，气现于面，这一猜测许是给我料着了吧！吾兄初到京城，地理不熟，人情隔膜，小弟虽无缚鸡之力，也许可以借箸代谋，参与末议，借他人杯酒，浇浇自己块磊，也是一桩快事，”说罢，呵呵大笑。

杨展被他当头一罩，微微一笑，却暗地留神刘道贞辞色之间，锋芒毕露，豪迈过人，并非有意推敲，确是肺腑之语，大有倾心结交，一见如故之意，心里暗暗打了个主意，故意不理会他的话锋，很从容说道：“此番进京，得与先生结交，便觉此行非虚，倘蒙不弃，明晚在寓所当治杯酌，恭候驾临，还要替先生引见一位风尘奇士，借此也可倾谈一切。”

刘道贞向杨展看了几眼，笑道：“奇士定有奇闻，却之不恭，一定遵召。”

杨展暗暗好笑，便与刘道贞订了明晚之约，告辞返寓了。

第二天白天无事，杨展又是世代守乡居富，并非仕宦一流，京中也没有几个戚友，只和曹勋到近处名胜处所，随意游玩了一阵，便回寓来，暗地和三姑娘说明自己听得的曹太监家中的情形，又说出今晚约廖府西席刘道贞到寓便酌，“此人虽是文士，却非常人，人既豪爽，胸多智谋，京城地面他又熟悉，你报仇的事，也许着落在这人身上，他来时，只看我眼色行事便得。”当下吩咐仇儿，知会店柜，在寓中代办一桌精致可口的酒席，晚上应用。

西山日落，灯火万家，刘道贞翩然而来。杨展迎入自己屋内，曹勋也闻声赶入。曹勋是中途结伴，同行同寓的同乡，又是刘道贞的好友，当然是请他作陪，不过心头蕴藏着三姑娘一段事，在这位心口如一、时发傻劲的曹老乡面前，能否透露出来，却有点踌躇了。

灯红酒绿，主宾入座，仇儿在旁伺应。酒过数巡，刘道贞问道：“昨夜杨兄所说那位风尘奇士，何以未见?”

杨展指着左面空座上说道：“早已虚左而待，一会儿便来。”说罢，向仇儿说道，“拿琵琶来!”

仇儿出去，把三姑娘铁琵琶拿进房来。杨展接过，搁在空席桌沿上，向刘道贞说：“刘兄博通今古，请鉴赏一下，这琵琶的异样处。”

刘道贞站起来，俯身细察，用手弹了弹弦索，掂了掂轻重，立时面现诧异之色，向杨展看了一眼，正想说话，忽见房帘闪动，袅袅婷婷地走进一位蛾眉淡扫，装束雅素的美人来。

杨展站起身来，指着上面刘道贞说：“义妹，这位便是我说的刘孝廉道贞先生。”又指着三姑娘说，“这是小弟在邯郸道上结盟的义妹，也就是昨夜所说的风尘奇士，我辈襟怀磊落，萍踪偶聚，刘兄定不拘泥世俗之见，以男女为嫌，正可请我这位义妹，弹套琵琶，向刘兄请教。”

刘道贞万不料所谓风尘奇士是个女子，而且被杨展恍惚迷离地一介绍，桌上琵琶又是精铁所制，与众不同，明知杨展这样人杰无端在半途结识这位义妹，其中定有非常之事，既称义妹，却又令同席献技，事甚兀突，颇出意外，一时倒有点莫测高深了。

三姑娘垂眉敛目，向刘道贞福了几福，又和曹勋打了个招呼，便盈盈地在左席坐了下去，拿起桌上铁琵琶，微一侧身，正了一正弦音，竟默不出声地叮叮咚咚弹起琵琶来了。

刘道贞是个九流杂学无所不窥的人，原是一个倜傥不群的人物，音乐一道，自然也是内行。一听铁琵琶弹出来的音韵格律，和普通琵琶完全不同，弹的调门却听得出来，是失传的古调《风尘三杰》。他一听她弹着此调，心里一动，不禁向三姑娘背影掠上一眼（因为三姑娘是侧身朝外的），同时又向主位上的杨展察看，见他面含微笑，拿着一支牙箸，轻轻敲着桌沿打拍子。女子对席的曹勋，音乐完全外行，统没理会，只顾喝酒。

刘道贞静心细听，觉得音韵非凡，渐入佳境，似乎几根琴弦中，有时曲曲传出儿女的柔情，有时也隐隐地起了英雄的叱咤，忽柔忽刚，忽扬忽抑，便像风尘三杰在那儿对话一般，等到调终音绝，刘道贞还昂着头，痴痴地在那儿欣赏，耳朵边似乎还存着袅袅的余音。

第四章　卖荷包的家

三姑娘一曲弹罢，轻轻把琵琶搁在身后茶几上，盈盈地立起身来，对杨展低低地不知说了一句什么话，便退下席来，远远地向刘道贞微一敛衽，竟悄悄地退出房去了。

刘道贞离席还揖时，见杨展任她退席，并没挽留，自己嘴上急想说话，一时又不便说些什么，两道眼神把三姑娘一直送出房外，如有所失，心想这女子有点怪道，悄悄地进来，悄悄地退去，始终没有开口说话，只轻轻和杨展说了一句，也听不出字音来，所谓风尘奇士之奇，大约便在此处了？他无精打采地坐下，一时竟有点惘惘然。

刘道贞的神情逃不过杨展两眼，遂故意问道："这位义妹的琵琶还能入耳否？"

刘道贞精神一振，连赞"妙绝，妙绝！"忽地上身一探，很迫切地问道："杨兄恕我冒昧，这位姑娘端淑中寓流丽，秀媚中隐英爽，用的是生平仅见的铁琵琶，弹的是《风尘三杰》的逸调，吾兄又故作惊人之笔，布成匣剑帷灯之局，如此种种，定有所为，如蒙不弃，认为可交，何妨肝胆相示，遣此良夜呢？"

杨展暗暗一乐，先不开口，却向曹勋瞟了一眼，刘道贞立时觉察，嘴上"哦"了一声，向曹勋问道："你和杨兄结伴来京，杨兄和那位姑娘结盟义妹的经过，你当然比我清楚得多了？"

曹勋大笑道："俺在沙河镇拜识杨兄时，那位姑娘已经在杨兄身边，俺又不像你事事讲究掘根刨底，怎会比你清楚呢！"

刘道贞微一思索，笑道："我现在要和杨兄密谈一下，也许事关隐秘，只许你听在耳内，却不许你随口乱说。"

曹勋怪眼瞪得老大，高声说道："我喝我的酒，你谈你们事。听不听由我，说不说由你。你们信得及我时，便在我面前说，信不及我时，等我吃喝完了，避开了你们以后，再说未迟。”

杨展一听，这位老乡说话真像打铁一般，刘道贞却满不在意，点点头说：“好了！我信得及的。”说了这句，又向杨展笑道，“我这位总角之交刚而非愎，勇而有信，关系朋友重大之事，他是极有分寸的。”刘道贞这样一说，明明是催杨展开口，急于一探三姑娘的隐情了。

杨展挥手命仇儿退出，一面殷殷劝酒，一面便把“三姑娘立志报仇，进京寻访花太岁——便是司礼太监曹化淳养在府中的拈花寺八指禅师”的事说了出来。又说自己怜她一番苦心，业已允她相机臂助，带她来京，男女同行不便，又怜她身世孤单，遂结为义兄妹，预备助她成功以后，再替她谋个终身的归宿。但是初到京城，人地生疏，万不能鲁莽从事，必定要布置周密，一击而中，还要事成以后，一毫不露破绽，使人无从捉摸才好。“吾兄才识过人，这档事还得请教大才相助，示以机宜，非但三姑娘感铭骨髓，戴德如天，连她家惨死的幽魂也衔恩于地下了。”

杨展悄悄地说出底蕴，曹勋也听得两眼直勾勾的出了神，刘道贞却默不出声，两眼微闭，不住地在那儿思索。

他半晌不说话，大家都沉默了。许久，才见他双眼微睁，射出精光，向杨展点头道：“此事如若先探仇踪，然后飞身入室，潜身伺隙，阻击歼仇，非但三姑娘身有武功，还有吾弟这样大行家扶持臂助，也许手到擒来，并非难事，但是据我所知，曹宅确有八指禅师其人，据说武功绝伦，为曹监侍卫之首，八指禅师以下恩养的四方武士，不下二三百名，平时曹监出入，前呼后拥的校尉也不下百余人，夜晚防护院宅，稽查出入，必定戒备更严，万一稍有疏漏，一击不中，便误大事，何况京城非外省僻县可比，吾兄又是扬名乡土、具有身家的人，加上武闱廷试之日，大约还要半月以后，岂能轻身涉险，贻害无穷？正如杨兄所虑，必须一击而中，还要不露破绽才好。这样看来，当然要计策万全，才能下手，因此我想到一条线索，从这条线索上得到一个奇计，不过此时还不便明言，明天我得先暗暗访明了这条线索，才能安排下手的步骤。大约明天廖侍郎下朝以后，定要来请吾兄叙话，那时或可与兄密商此事了。”

杨展听他想得奇计，满心喜悦，不料还得查明线索，话来明说，不知他葫芦里卖的什么药？倒被他弄得心痒难搔。自己还未开口，曹勋便抢着说话了：“我知道你肚皮里有的是稀奇古怪的鬼八卦，不然，我们小时候一道玩耍的弟兄们，为什么替你取个绰号叫作赛伯温呢？不过你既然替杨兄想了个鬼八卦，何必再扭扭捏捏、吞吞吐吐的令人难受？直截了当地先说明了，岂不痛快！”

杨展听得大笑，刘道贞伸手拍着曹勋肩膀，笑道：“没有你的事，喝酒是正经。”

曹勋忽地一跳而起，指着刘道贞说：“怎么没有我的事？那不行！你们用计的用计，出力的出力，去充除强助弱的好汉，却把我老曹当废物，蹲在客店里受闷气，那我不干，我也得替三姑娘卖点气力，回家乡去也说得嘴响，否则，我得嚷嚷……”

杨展一听要糟，他竟学起充惫赖的小孩子来了，又笑又气，却又爱他见义勇为的一股傻劲，自己和他初交，不便说什么，却听得刘道贞向他说道：“谁也没有把你当废物，不过你这一身铜筋铁骨，我都尽知，如果在长枪大戟、十荡十决的疆场中，你倒可以去得，现在需要的却是飞行绝迹、随机应变的本领，这种本领非你所长，如何去得？也罢，明天我和杨兄商量停当以后，总得叫你出身汗，你才没有话说，可有一桩，你得自己留神你的嘴，不要误了人家大事。”

刘道贞这样一说，曹勋立时笑逐颜开，坐下喝酒了。酒席散后，大家又闲谈了一阵京城掌故。

到了起更时分，刘道贞告辞别去。杨展拉着曹勋又谈了一阵，探出刘道贞家世，才知道贞原是黎州大族，黎州有一个牢不可破的恶习，凡是有人登科，有了孝廉或进士身份，便要建立旌坊，逞雄一乡，而且可以役使穷户，摊派富商，名曰“免差”，简直等于土豪恶霸，官不能禁，沿为绅例。到了刘道贞登科成名当口，他独排众议，谢绝应得的恶例，竟率了妻子，搬到临邛去住家了。黎州的人弄他没法，从此这个恶风气，自刘道贞起便革除了。后来他发妻去世，断弦未续，便进京浪游，曾经上书当道，条呈救时之策，当道虽不能用，却被廖侍郎赏识，请到家中，屈为西席，廖侍郎时时向他请教，宾主极为投契。现在他家中还有老母寡嫂，前妻一子也由寡嫂管领着。杨展探明了刘道贞家世情形，想起了眼前一档事，心里便暗暗打了主意。

第二天午后，杨展正和三姑娘密谈，说刘道贞有妥策，先去打探线索的事，谈话间，廖侍郎已派车来接，杨展嘱咐三姑娘安心在寓，对于同院住着的曹勋，想法和他谈谈，用话笼络住他，免得他单身出外，酒醉漏风，吩咐以后，自己带着仇儿，上车到廖府去了。

这天杨展到廖府时，廖侍郎把杨展请到自己内书房，密室谈心。问起刘孝廉时，左右说是清早出去访友，尚未回来，杨展猜是探访线索去了，便一心和廖侍郎盘桓，顺便问问武科廷试的情形。

廖侍郎斥退左右，悄悄对他说："你既然进京，这次武科当然得应试一下，在你又是轻而易举的事，定然高中无疑，不管时局如何，总得了此心愿。不过武闱高中以后，难免钦派职司，指省效力，到那时却须看事论事，我自会替你想法。老实说，我希望你早回家乡，早慰高堂倚闾之望。我谬充座师，对于有为英年，竟这样劝人勇退，对于朝廷提拔真才、勤劳王事之旨，也说不过去，但是我另有想法。平时和墨仙讨论未来局势，墨仙见识比我彻透得多，他说：'朝廷饷兵两绌，屡失戎机，晋陕民变，已成燎原之势，万一晋陕一失，京城必危；潼关一破，楚豫难保。真个到了这样不可挽救时候，只望江南半壁，划江自守，蜀国天险，防堵得人，或可保存东南数省几分元气，留待中兴之机。'

"他这几句话，我时常暗存心中。昨夜在相府密议傅总制失陷以后的办法，衮衮诸公，竟无一人说句像样的话，最可笑魏德藻，堂堂元辅，别的主意一点没有，却主张把这火急塘报压下，不使上闻，预备暗地和一班当权太监密商以后再说。你想，元戎陷贼，兵心解体，这是何等重大的事？大祸已在眼前，还要蒙蔽君上，我忍不住说了几句利害关系的话，反笑我迂执之见，不合时宜。我回来以后，气得一夜没睡。

"像我这样无补时艰的老朽，早该挂冠而隐，无奈见危授命，杀身成仁之念横亘于胸，此时已非我高蹈之时。至于你，现在尚无官守，和我又不一样了，我也得为国家保全才杰之士，预备他日中兴之佐，何况你在川南，夫妻双杰，人望所归，你的好友像川南三侠都是绝好臂膀，你如回到家乡，逢到西蜀危难之时，正可振臂一呼，保障一方。墨仙足智多谋，也是绝俗超群之杰，我也预备请他和你们联袂出都，将来可以同你声应气求，保卫桑梓，比较在此作扑火灯蛾，同归于尽，岂非有意义得多？此刻出我之口，入你之耳，务必铭记在心！"说罢，径自老泪纷披，长叹不已。

杨展长眉剑立，俊目电射，朗声说道："师训定必铭心！门生不才，到那时愿毁家纾难，率川南数万乡子弟，乘流而下，扫荡中原，迎师座于黄河之滨。"

杨展正慷慨激昂地说着，一个长班在门外禀报："居庸关总兵张偶、宁武关总兵周遇吉进京陛见，特来请谒。"

廖侍郎向杨展说："我到外厅会客，你在此等墨仙回来，回头我们再谈。"

说罢，到内室更换冠带，预备见客去了。

杨展独自在内书房坐不到一盏茶时，长班来请，说是“刘师爷回来了，请杨相公到外书房叙话”。

杨展到了刘道贞屋内，两人相见，杨展便问：“刘兄古道热肠，今天外出，定是探寻线索去了？”

刘道贞微然一笑，一看左右无人，从自己书桌上青毡底下取出一封柬帖，交与杨展。杨展仔细一瞧，柬帖上写着怎样布置、怎样探仇、怎样进身、怎样下手，连如何退身，如何结束，都一步步写得层次井然，后面还附着街道四周的简明地图。

杨展瞧得暗暗点头。刘道贞拱手笑道：“小弟效劳，只有到这地步为止，此后只有静听吾兄的喜音了，要紧的临时运用，随机应变，不要执滞，还得吾兄逐步留神，不要拘泥定策才好，还有我们曹老弟面前，只好实行古人‘民可使由，不可使知’的那句老话了。”说罢，呵呵大笑。

杨展却皱着眉道：“刘兄，你这条计真够得上一个‘奇’字，佩服是佩服，不过却苦了我，万一陷身香国，泄漏春光，闹得焚香捣麝，柳惨花愁，或者阴错阳差，把我当作踰墙穴隙的狂徒，这可掬西江之水，难洗此辱，从此也无脸见江东父老了！”

刘道贞大笑道：“杨兄望安，这样重任，非大将军自己出马不可，好在令阃不在此地，尽可放胆而行。”说罢，笑得打跌。

杨展看了他一眼，心里想说出一句话，觉得时机未至，便没出口。彼此又仔细商量了一阵，已经日影西斜。探得廖侍郎贵宾不断地到来，应接不暇，便辞了刘道贞，悄悄回寓了。

杨展返寓，当天晚上把三姑娘、仇儿叫到跟前，悄悄地密谈了一阵，把第一步应该做的事，仔细吩咐明白。

三姑娘自然心领神会，感激涕零。仇儿却如梦方醒，才明白自己主人带三姑娘进京，原来目的在此，心里正奇怪三姑娘进京以后换了个人，整日淡妆素服，沉默寡言，无异一位幽娴贞静的闺秀，主人和她分居别室，平日兄妹相称，亲而不密，看得莫名其妙，直到此刻主人说明就里，自己暗暗惭愧，觉得自己在沙河镇有点错疑主人了。

第二天下午，曹勋正在杨展屋内聊天，刘道贞到来，身后却跟着一个乡下装束的仆妇。杨展更不细问，便领着仆妇到三姑娘房去了。半晌，杨展回来，身后跟着三姑娘和仇儿，仇儿还扛着一个铺盖。

三姑娘进房，向刘道贞含笑见礼，款款道谢道：“诸事蒙刘先生费心关照，实在感激不浅，现在同我兄弟特来告辞，改日再一并道谢吧。”说罢，向刘道贞、曹勋都福了一福，便退出房去。

仇儿也笑着向杨展说了句：“相公，此刻送我姊姊到亲眷家安身，回头再来伺候相公。”说罢，忍着笑，跟在三姑娘身后也出去了。

曹勋瞧得乱翻白眼，不想三姑娘原有亲眷在京，可是仇儿和她怎的忽然变成了姊弟？而且带去的女仆，还是由道贞替她找来的，忍不住问道：“三姑娘大事未办，怎的走了？”

杨展道：“办事不在一时，女流同处一寓，到底不便，让她在亲眷家安身也好。”

曹勋听得理路满对，便不再问了。

刘道贞却对他说道：“此刻我来接你们两位到廖府寄住，比在嘈杂的客寓毕竟好得多。你行李不多，也得收拾一下，外面车辆已经备好，我们马上便走。”

曹勋听得又是一愣，觉得事情都是突然而来，其中定有说处，定是刘道贞在那儿捣鬼，一时却想不出所以然来。刘道贞又连连催促，只好先到自己房中收拾行李去了。

廖侍郎原预备接杨展到自己家中，现在听得他同来义妹已经访着亲眷，另有安身之处，杨展已经迁来，便将花圃一座精致小花厅拨作门生寄寓之所。杨展带来的长随们，也安置在小花厅旁耳房内，可以早夕伺候。刘道贞却把曹勋安置在自己书屋的邻室，廖侍郎看在西席面上，对于曹勋当然也另眼相待。

从这天起，杨展和廖侍郎师生周旋以外，常和刘道贞安步当车，出外游览京城景物，偶然也带着曹勋同行。一连好几天，曹勋觉得三姑娘、仇儿两人一去无踪，杨展和刘道贞也绝口不提，问起时，两人又浮光掠影地一说，听得摸不着头脑。

有一天，杨展独自外出，刘道贞也拉着曹勋到街上闲步，向大佛寺街南首走去。经过司礼太监曹府门口，向右一拐，绕到曹太监府后一条僻街上，几步又拐进一条长长的、静静的小胡同，走没多远，一家破旧的红漆双扇门外，挂着一块半旧的木招牌，招牌上漆着一个五彩荷包，下面写着“南北巧绣，识绵串纱，四季时样，色色俱全”。

曹勋笑道：“久闻京城荷包有名，却不料在这小胡同破落户门口出卖，这样冷清清地方，鬼也没得上门。”

刘道贞道：“你知道什么，京城闹市绣货铺里，有的是带卖荷包的，但是要挑选上上的出色货，还得上这儿来，你可得记住这地方，回家时，可以买几件去送人。”

两人串了一阵胡同，便转到热闹街上，进了一家酒馆，对酌了一回，便回廖府了。

第二天掌灯时分，杨展换了一身华丽的衣冠，只和刘道贞、曹勋打了个照面，说是另有约会，便独自走了。刘道贞和曹勋在自已房内对酌，刘道贞问道：“我记得你从前善使一条精铜连环锁子蛇骨鞭，这是你祖传的得意兵刃，这道来京，防身利器想必带在身边的了？”

曹勋指着腰里说：“这是我的性命，当然刻不去身。”

刘道贞一看房内无人，悄悄问道：“你不是愿意帮助三姑娘一点忙吗，现在还愿意不？”

曹勋听得一愣，说道：“这何消说得，丈夫一言，如白染皂，你问这话什么意思？三姑娘安身亲眷家以后，一无消息，连杨兄那个小管家都不见了，我正想问你哩。”

刘道贞微微一笑，喝了口酒，缓缓说道：“今晚三更，便是你帮忙的时候了。”

曹勋一听，全身一震，霍地跳起身来，把自已坐的一张椅子，端到刘道贞下首，坐得靠近些，探着身，压着嗓音说：“哦！我说这几天杨兄常常独自外出，你也有点鬼鬼祟祟，不用问，都是你的鬼八卦了？却把我瞒得实腾腾的，到底也用着老子了，好！只要不把老子干搁在一边，由你们捣鬼去，我的军师爷，我明白现在你是升帐发兵，想指挥老曹出马了，用不着激将法，水里火里，老子都去，你就痛快说吧！”说着，说着，嗓门的话音不由得便高了起来。

“嘘！”刘道贞急用一指，在嘴上拢一个“中”字，曹勋脖子一缩，舌头一吐，轻轻地说，“没有外人，快说，这几天闲得没事做，连周身筋骨都不得劲儿，拳头痒痒的，揺几个王八羔子，臊臊皮也是好的。”

刘道贞正色道：“你不要把事看轻了，也许你用不着出手，也许你这条蛇骨鞭要替人家抵挡一阵，不论如何，得听我调遣，事情出入太大，一毫乱来不得！”

曹勋点着头说：“依你！依你！”

刘道贞接着说道："今晚二更过后，你换身短衣，暗带蛇骨鞭和一条坚实绳索，悄悄地蹲在那条胡同背暗处所，快到三更时分，定有一辆朱轮绣幰、驾着黑驴的精巧车子，在卖荷包的门口停下，车内也许下来一个或两个女子，你不用管它，等女子进门，赶车的汉子拉到远一点地方息着当口，你便出其不意地扑过去，一下子把他制住，第一不准他出声，把他身上号褂剥下，捆住手足，藏在车内，你却把剥下的号褂套在身上，抱着赶车鞭子，坐在驾车的位子上，假装抱头打盹，暗暗地留神那家门口进去的人。

"如果瞧见一个身材魁梧的和尚进去，你得仔细留神和尚的随从，有几个跟进去的，有几个等在门外的。如果你瞧见有人在暗中料理和尚的跟随，已进门的你不必管，留在门外的你得帮同下手，不管死活，一个不准他们逃出胡同去。假使风平浪静，你却不许动手。此刻我和你说的，无非是一种猜测，也许到时，情形有点不同，好在到了分际，定然有人替你打接应，怎样悄不声地退回来，也有人知会你的。"

刘道贞和曹勋密谈的时分，杨展打扮得纨绔子弟一般，早已进了那条胡同内卖荷包家的门。其实，他已是轻车熟路，成为这家的入幕之宾了，而且摇身一变，变成了脂粉堆中出色当行、挥金如土的王孙公子。原来，这家人家并非真个出卖荷包的破落户，荷包招牌是个幌子，也是个暗记，门外好像是破落户，门内前几进闲屋也瞧不出什么来，可是再进去便别有洞天，曲房复室，宛如迷宫，锦帷绣闱，有如内苑。这家主人是个四十多岁的胖夫人，上下人等都称她为九奶奶而不名。

据说，当年权倾朝野的奉圣夫人客氏是九奶奶的干娘，因此京城内皇亲国戚、权门豪奸的姬妾们，十九和九奶奶有来往。客氏死后，气焰冰消，九奶奶却手段通天，密营香窟，替赫赫门第的荡妇妖姬，辟一方便之门，同时替一班公子王孙做了蚁媒蝶使，两面凑拍，于中取利，九奶奶便成了旷夫怨女的广大教主。但是九奶奶眼高于顶，普通人休想问津，凡是入幕之宾，都是经九奶奶亲自选就的有财有貌的风流男儿，或者是具有特别权势的人物。

前几年，香窟并不在此，却是门庭如市，车马盈门，而且黑车四出，用计劫取俊壮男子，囚入迷香窟里，许多少年子弟竟有因此失踪伤身的，风声闹得太大，御史登了弹章，九奶奶几乎弄得锒铛入狱，人财两失。幸而她平时背有靠山，声气相通，居然弥缝了事。这一来，九奶奶匿迹销声，借着司礼太监曹化淳的庇护，悄悄迁居于这个僻巷之内，不敢像从前般明目张胆地大做，居然异想天开，用荷包为记，只偷偷摸摸做些旧日生涯。可笑曹太监庇虎伤身，引狼入室，府内一群姬妾正在广田自荒，得此近水楼台，岂肯放过？早和九奶奶结成不解之缘，另订密约了。

刘道贞倜傥不羁，也许在九奶奶家曾作入幕之宾，也许耳熟能详，深知内幕，为了三姑娘的事，运筹帷幄，居然想到这条线索上去。他自己并没露面，指明地点，暗授方略，由杨展单独前往，以挑选荷包为名，敲门而入。

杨展进门时，只有一个龙钟的老妪应门，领到第二进院落穿堂小坐，老妪便自退出。堂内设备并不起目，无非应有尽有而已。半晌，一个垂髫雏婢从屏后出来，捧着一盏香茶待客。杨展已经明人指教，九奶奶诡计多端，恐怕这盏香茶内有把戏，哪敢沾唇？便向雏婢道："我要挑选上等的各式荷包，你家货样可曾完备……"

一语未毕，屏后笑道："上等货应有尽有。"随着这句话音，转出一个画眉裁鬓、面如银盆的贵妇人来，看脸上依然明眸皓齿，还留着一点少妇丰姿，而且翠羽明铛，一身内家装束，颇有点华贵气象，只可惜发胖得有点身材臃肿。

杨展明白，这妇人定是盛名之下的九奶奶，故意学出纨绔子弟的样子，跳身而起，兜头一揖，笑嘻嘻地说："幸会幸会！想不到九奶奶今天亲自出来待客，面子不小，有幸！有幸！"

九奶奶嘴上"噫"了一声，咯咯一阵笑，笑得面颊两块肥肉，像凉粉般哆嗦了一阵，指着他笑道："小伙子，九奶奶面前，休弄鬼吹灯！你不是想挑选上等荷包吗？这儿不是谈话之处，来！跟我走！"说罢，便往屏后走。

杨展吃了一惊，心想自己还没有说出所以然，她倒开门见山，单刀直入，为了三姑娘大事，既然到此，也只好冒险一闯的了，心里转念，脚下已跟着九奶奶转过屏后，见她没往后院引，转入侧面一道黑黝黝的夹弄。

九奶奶一面走，一面和他说笑。杨展心头直跳，不敢搭腔。九奶奶立时觉察，"哧"地一笑说："小伙子，你还是初出道的雏儿哩！"

这条夹弄足有四五十步长短，夹弄尽头，却是一堵砌死的墙，黑沉沉地看不出有门来。九奶奶抢上一步，伸手在墙上摸了几下，吱喽喽一响，整堵墙壁竟向右面缩了进去，面前顿时一亮，立时鸟语花香，嫣红姹紫，换了一个天地。九奶奶和杨展走出墙外，一按机关，整堵墙壁，依然严丝密缝地还了原。杨展留神这堵墙壁，原来是极厚坚木做就，下有铁轮子，嵌在石槽里，里外都有暗藏的启开机关，暗暗记在心里。

杨展跟着九奶奶，踏上一条花园正中的卍字画廊，这画廊中间是十字形，把一座精致花园划分为四面，除这面暗藏机关的木墙似乎是出入的总门以外，其余三面画廊尽头，都通着一式的雕栏朱户的抱厦，四周花木映带，池沼萦回，益显得曲径通幽，重门叠户后面还有妙境。

杨展逐步留神，看出此处定是当年公侯府第的花园，大约因为先后衔接，仅一墙之隔，被九奶奶圈了过来，整治一新，辟为秘窟。

九奶奶领着杨展，穿过画廊十字交叉的中心，向对面正中一重绣户走去，立时从里面走出两个妖娆侍女，打起猩红软帘，让两人进内。杨展举步进室，只觉宝光璀璨，陈设富丽。九奶奶并没在这屋内待客，穿过这重堂屋，只一拐，又转入一处目迷五色的华屋，屋内绣帷锦幛，似乎前后还套着不少复室。九奶奶和他在这屋内靠壁的绣榻上并肩坐下，侍女们立时分献香茗，端上果盒。九奶奶微一挥手，侍女们便悄悄退走。

九奶奶笑盈盈地向杨展说道："你既然知道我九奶奶名头，当然经过明人指教，才敢到此，你为什么不挨到起更进来呢？你要知道，你要挑选上等货，有的是，可得等到三更时分。再说，看你模样，当然是一位阔公子，但是京城里几家说得出的公侯府第都在我九奶奶肚里，这几家的子弟们都没有像人样的，你又带着川音，可见不是这儿人，而且陌不相识的，居然敢单身独闯，胆子真不小！小兄弟，你得说实话，你是谁家子弟？进京干什么来了？今天上我这儿来，是瞧见了谁家可人儿，没法想，想九奶奶施点手段替你医相思病呢？还是想见识世面，求九奶奶画符点将，替你做个媒呢？小兄弟，不用害臊，你就痛快说吧。"

杨展一听，明白晚上才有鬼戏，心头一松，故意摇着头说："你猜的都不是。我不是四川人，不过从小在四川长大的，至于我姓甚名谁，谁家子弟，关系我父亲名头，我不便说，你也不必问，我也不愿对你随意捏造。指点我到此的人说，只要你肯接待，照例不问人家姓名出身的，怎的破例问起我来了？"

九奶奶说："咦！此刻几句话很是在行，好，我暂不问你出身姓名。你刚才说过，我猜的都不是你到此的原因，我问你，你巴巴地为什么来了？难道你只要见见我九奶奶么？"说罢，咯咯一笑。

杨展故意笑道："也许有一点，说实话，我想求你帮个忙，不过初次见面，一时又碍口，不知怎么才好。"

九奶奶笑道："说着说着，又显出雏儿的嫩相来了，九奶奶是干什么的，这儿是什么地方，孔夫子门前休卖百家姓，用不着假撇清，哪一家的雏儿摄了你的魂了？”

杨展故意嗫嚅了半晌，才说道：“实对你说，我无意中瞧见了大佛寺街曹府的七姨，实在长得和天仙一般，害得我眠思梦想了许多日子，经人指点了一条明路，才知那七姨是你干女儿，常到你这儿来的，所以……”

九奶奶一听他说出七姨，立时眉头一皱，不待他再说下去，抢着说道：“要命！你怎的偏偏看中了七姨呢？真是情人眼里出西施，依我看，曹府几房姬妾，最美的要算五姨和十二姨，你怎的偏偏看上七姨呢？曹府十几房姬妾，除出七姨，不论哪一房，我都可以替你手到擒来，唯独那七姨，连我九奶奶一时也没法想了。”

杨展有意绕着圈子说：“我的九奶奶，七姨是你干女儿，你便作难了，事成以后，你要我怎样重谢，都可以。”

九奶奶叹口气道：“小兄弟，实对你说吧，七姨现在被一位魔王占住了。这位魔王不是别人，便是曹府的总教师爷八指禅师，此人武艺高强，杀人不眨眼，手下统率着一二百名打手，是曹公公唯一保护身家的高人，你怎的想虎口上拔毛呢？”

杨展假作吃惊似的问道：“我真不懂，八指禅师一个出家人，不守清规，替人家护院已是不该，怎的又占了主人的姬妾，曹公公难道睁着眼充王八么？照说曹公公是净身的太监，怎的府内养着十几房姬妾，这不是没事找事，自讨没趣么？”

九奶奶哑然笑道：“初出道的小伙子，你不懂的事多着呢，你知道太监净身怎么一回事？宫里太监多得数不清，能够巴结到皇上面前，得到宠信的没有几个，这许多太监里，真个净身的当然不少，也有在净身时花了钱，弄得半净不净的，曹公公便是这种人……”

杨展听她说得离了题，慌拦住道：“九奶奶，老虎口上拔毛，我没有那么大胆子，我只好死了这条心，可是你这地方太好了！九奶奶，现在我再和你商量一档事，明晚我想借你地方，会一个人，请你替我办一桌精致的消夜菜席。九奶奶！你如应允的话，请你把这个收起来。”一面说，一面从腰兜里掏出一锭黄金，搁在九奶奶身边。

九奶奶看都不看，用手指着杨展笑道：“九奶奶这儿本来没有这个规矩，别人来是办不到的，今天老姊姊存心交你这个小兄弟，可有一节，下不为例。明晚起更时分，你们悄悄地进来，一切都会替你预备好的。九奶奶存心交友，这锭金子快收起来，将来老姊姊求你的事，多着哩！”

杨展站起来，拱拱手道：“彼此心照不宣，这点小意思，你留着赏人吧。”说罢，便举步告辞。

九奶奶亲自送出抱厦，却命身边侍女们，陪着通过进来时那道装有铁轮石槽、活动的假墙壁。

杨展出了九奶奶香窟，马上赶到三姑娘安身之处，说知备细，叫她和仇儿预备明晚应办的事。原来三姑娘安身之处是刘道贞替她租了几间僻静的闲房，叫仇儿伴着她，姊弟相称，又雇了一个乡下女仆伺应，遮蔽耳目。白天深居不出，每到了晚上，人静更深，仇儿和三姑娘隐身九奶奶香窟左右，早已探明花太岁——改称八指禅师的仇人，每夜三更时分必到香窟。曹太监的几房姬妾也常常在香窟进出，唯独七姨，差不多每夜必到。

有时杨展也施展轻功，潜踪隐伺，而且深入曹府，暗地窥探花太岁手下有什么扎手人物，大致探明后，才按照刘道贞定下的计划，伺机动手。照说三姑娘访着了仇人，有杨展等臂助，尽可直入曹府下手，何必费这周折？这里边完全是刘道贞智深虑远，顾全事后不生枝节，杨展等仍可逍遥京都，不致变了黑人。因为曹府屋宇深沉，戒备相当严密，不论事情得手与否，稍一败露，立时可以掀起滔天风波，非但杨展难以露面，进不了武闱，连带廖侍郎也难免受了牵连。京城究非外省可比，曹太监又是炙手可热的人，不能不计策万全，利用九奶奶的香窟了。

在刘道贞授计曹勋这天晚上，起更时分，杨展和三姑娘在街上雇了一辆车子，悄悄到了九奶奶门前，先打发了车子，然后敲门进内，深入香窟。这时杨展和三姑娘都内着劲装，外罩华服。三姑娘更打扮得螓首蛾眉，珠光宝气，而且湘裙百褶，宫发堆云，飘然是一位大家姬妾。杨展的莹雪剑、三姑娘的铁琵琶并没带着身边，却叫仇儿背在身上，施展他家传的小巧功夫，从屋上进身，隐在暗处，听命行事。

注：本集1950年4月正气书局出版。

第五集

第一章　秘窟风波

鱼更初跃以后，九奶奶秘窟香巢内，洞房邃室，兀自静静的寂无人声，唯独卍字走廊通到东首的抱厦内，左边一间富丽堂皇的屋子珠灯掩映，画烛通明，而且时有笑语之声，从茜纱窗内，透曳出来。

这间屋内，中间紫檀雕花的圆桌面上，摆着一桌精致的酒席。杨展居中上座，打扮得珠光宝气的三姑娘，含羞带笑地坐在右面相陪，左侧坐着谈笑风生的香巢主人——九奶奶，两个垂髫俊婢执壶侍立。绣帘外面，几个伺应使女不断地送进珍馐佳肴。九奶奶风流放荡，不减当年，伸出肥藕似的手臂，翠镯叮当，和杨展猜枚行令，锐利的眼神却时时打量三姑娘。

在九奶奶眼中，见她低头时多，抬头时少，偶然对答几句，也似羞羞涩涩的，以为大家姬妾初次做这风流勾当，毕竟胆虚。其实三姑娘久闯风尘，相当老练，此刻好像有点羞答答，一半是故意做作，一半是暗自担心：事情能否顺手？不免低头沉思。同时还想起沙河镇鸿升老店内，和杨展深宵相处的一幕趣剧，想不到今夜又和他扮演一幕“蓝桥相会”。虽然假戏假唱，为的是要和仇人一拼，血溅画楼，可是绮筵绣榻，情景逼真，回忆前情，免不得有些芳心历乱，惘惘无主，好像身入梦境一般。

酒尽席散，二更已过，九奶奶咯咯一笑，移动胖胖的娇躯，把相连的内室门帘一撩，笑道：“小兄弟，时已不早，你们两位进去瞧瞧，老姊姊替你们预备得怎么样?”

这一句话，三姑娘面上立时飞起两朵红云。九奶奶更是得意，哈哈一笑，赶到杨展身边，在他耳边悄悄地说：“老姊姊多知趣，明天却要和你算账，你可得掏出良心来，替老姊姊效点劳。”

杨展忙拱手道：“多谢多谢！以后有事吩咐，无不遵命。”

九奶奶点点头道：“好，过河不准拆桥，老姊姊不再啰唣你们，我也要张罗别的去了。”说罢，向三姑娘扑哧一笑，在一个俊婢扶持之下，出房而去。

外屋几个侍婢使女忙着撤筵调席，杨展向三姑娘一使眼色，便进了内室。三姑娘低着头，也姗姗跟入。

一进内室，异香袭人，中人欲醉，鸳帷雀帐，色色俱全，画烛珠屏，处处夺目。三姑娘奔波风尘，从来没享受过这样的华屋，处境又非常微妙，耳边又听得外屋侍女们异样笑声，顿时心头乱跳，低着头，不敢用眼去瞧杨展，却听得房门“呀”的一声，被杨展关上，而且加上插销，她觉得一颗心要跳出腔子来，身子好像驾了云，不知如何是好。

猛听得耳边有人悄声说道：“义妹！你先定一定心，快到你报仇雪耻的时候了！你惨死的两位姊姊，冥冥之中也要默护你的。”

杨展这几句话，不知是有意，还是无意，落在三姑娘耳边，宛如晨钟暮鼓，芳心一惊，神志立清，一抬头，咬牙说道：“全仗义兄扶持，只要大仇得报，小妹和那凶贼同归于尽，也所甘心……”

语音未绝，杨展嘴上微微地发出一声“嘘”，一耸身，跳上了侧面贴近一排花窗的长案，一伸手，把上面一层冰纹格的推窗推开了两扇，向外面微一弹指，只听得窗外一株马樱花树下，也有人弹指作答，一会儿，一条瘦小黑影蹿上回廊，逼近窗下，“哧”地往上一起，旱地拔葱，捷如猿猱，伸手勒住檐顶短椽，两腿一起，整个身子像壁虎般绷在廊顶上了，再一移动，便贴近了上层的排窗。杨展立在窗内，知他四肢绷住了身子，无法褪出背上的东西，自己微探上身，伸手把他背上的一柄莹雪剑、一支铁琵琶替他卸下，拿进窗来，下面立着的三姑娘，忙伸手轻轻接过。

杨展向窗外低声说：“仇儿，快到外面知会曹相公，注意贼秃手下，千万见机行事，不要跑掉一个，里面的事，你们不用管了。”说罢，依然把短窗推好，跳下桌来，一转身，把床上锦被抖乱，将铁琵琶连同莹雪剑都塞在被洞里，又把室内几盏明灯都熄灭了，只留下一支画烛，移到床侧背暗之处，三姑娘也把两面排窗前遮阳垂苏软丝幔一一垂下，烛光不致外露，即使有人在窗外偷窥，也瞧不见房内动静了。

杨展坐在前窗下，暗地拉开一点窗幔，窥探外面动静。细听外室侍女们，也寂寂无声，想已走净。

片时，卍字走廊上起了笑语之声，只见影绰绰两个侍女，提着纱灯，扶着一个妖娆女人，冉冉地走向正中一所抱厦内去了。

杨展料是曹家的七姨来了，花太岁不久必到，转身把身上软巾直裰统统脱下，露出里面预备好的一身青色夜行衣，又掏出两块黑帕，一块包头，一块是蒙脸的，上有露眼透气的窟窿，掖在腰里备用。

三姑娘也照样脱卸一身华装，里面也是一身青的短打扮，也是黑帕包头，却没有蒙脸的东西，从被洞里取出铁琵琶，去了丝弦，把暗器机关察看了一下，息心澄虑地坐在床前，等待时机，杨展也把一口剑斜背在身上。

又沉了片刻，远远听得街上敲了三更，窗外夜深人静，月华如水。杨展先把脸蒙上，仅露出两眼一口，"噗"的一声把那支画烛吹灭了，悄悄把房门开了，探头向外一瞧，漆黑无人，转身向三姑娘说了句"到时候了"。三姑娘跟着杨展，一先一后闪出房去，依然把房门虚掩上。

杨展在先，三姑娘在后，悄悄从这所抱厦出来，不走卍字回廊，一齐掩入廊外草地，借着高高低低的玲珑假山和花木的阴影，隐蔽着身形，绕到正面一所前后五开间的抱厦左侧。

前面各屋窗内，黑漆一片，后身靠左尽头一间窗内，却透出灯光，屋内还有男女嬉笑、杯箸起落之声。

杨展心里起疑，一瞧那屋内并未垂下窗幔，心里得计，暗嘱三姑娘隐身暗处，他自己一耸身，跳过几折花栏，隐到窗下，缓缓长身，用舌尖湿破了一点窗纸，眇着一目往内细瞧时，只见房内一个高大和尚，扫帚眉，三角眼，阔脸暴腮，光头剃得铮亮，身上似乎未带兵刃，膝上拥着一个满头珠翠的妖娆妇人，在那儿喝酒。

听那妇人说道："今天你来得晚一点，怎的和平常不一样，悄悄地从屋上下来？没良心的行货，难道你还不放心我，特地考察我来了？"

和尚笑道："休得胡想。府里有事拴住了身子，来得晚一点是真的，因为到得略晚，怕你心焦，懒得走黑长廊，推墙摸壁的又费事，干脆从屋上翻进来了，不过今晚有点怪道，我从前面纵上屋时，瞥见了前面第三进屋脊上，似乎有个瘦小的身影，鬼影似的一晃便不见了，我过去一搜，竟没有搜着，我不信有人敢在我八指禅师面前捣鬼，也许我一时眼花，看岔了。"

女子说道："天子脚下，哪有这种事。再说你是什么样人，敢在太岁头上动土吗？也许是小偷儿？你带来的人呢？"

和尚说："我今天只带两个人来，搁在前面破院内，九姑娘照例留着人招待他们，让他们也自在一忽儿。你车上跨辕的小老头儿却真亏他，抱着鞭子，猴在驴屁股上，不管满身露水，睡得直打呼噜，怪可怜的，明天多赏他一点吧。"

杨展听得暗暗吃惊，料不到贼秃今晚改了样，从屋上进来，他瞧见的瘦小黑影定是仇儿无疑，自己和三姑娘出屋来，一心以为他也从机关的墙外进身，没有被他碰上，还算幸运，不过原定在仇人未到之先，将七姨捆缚藏过，叫三姑娘潜身入室，暗藏帐内的计划已不能用，现在只有单刀直入，立时下手的了。想定主意，一缩身，离开窗下，到了三姑娘伏身之处，附耳说明屋内情形，叫她如此如此行事。

三姑娘虽然身有武功，久闯风尘，到了真个找到仇人，千钧一发当口，一颗心也提到腔子里，因为当年花太岁武功不弱，事隔多年，也许本领益强，能否得手，尚无把握。她跟着杨展，鹭行鹤伏，亦步亦趋，向仇人窗下贴近，五官并用，宛如狸猫一般，不敢带出一点响声来。

贴着一排花窗下面的墙根，溜到后堂门口，杨展微掀软帘，一看后堂灯烛尽灭，阒然无人，两人蹑足而进，和花太岁存身屋子，还隔着一间套房，房门口也垂着一重猩红呢帘子。杨展矮着身形，把下面帘角拨开一点，瞧出套房内桌上只点了一支残烛，蜡泪堆得老高，一个青年侍女斜倚着靠墙美人榻上睡着了。

杨展艺高胆大，一迈腿便进了套房，一伸手，窥准榻上侍女胸口软骨黑虎穴轻轻一点，这是眩晕难醒的穴道，点重了长睡不醒，像杨展手有分寸，也无非使她昏睡一时罢了。杨展一回头，三姑娘已跟踪入室，向她一招手，自己一塌身，悄悄地掩到里屋门边，微一探头，从门帘缝里瞧出两扇房门只虚掩着，透出室内说话的声音，八指禅师和七姨兀自在房内吃酒逗趣。

杨展心里一转，急不如快，迟或生变，一缩身，向三姑娘耳边说："你放胆进去，进门时须把两扇门推开，我自有法接应你。"

三姑娘娇靥煞青，柳眉倒竖，微一点头，卸下背上铁琵琶，挟在左胁下，一耸身，到了里屋帘外。

屋内似已听得一点声音，喝道："小鸡子似的女孩们懂得什么？罗汉爷此刻用你们不着，挺尸去吧！"

三姑娘一咬牙，杏眼圆睁，一撩门帘，两臂一分，两扇房门"呀"地大开，一声不哼，挺身而入。

房内八指禅师酒兴未尽，兀自拥着曹府七姨，大得其乐，蓦见房门开去，闯入一个一身青、短打扮、挟着琵琶的异样女子，不禁一愣，却依然坐得纹风不动，只睁着一对三角怪眼，把三姑娘上下打量了一下，指着喝道："你是谁？这儿没有你这样人，你闯进来为什么？快说！"

三姑娘往前一迈步，右臂一抬，指着八指禅师冷笑道："我是谁？叫你死得明白，我是大同镖师左臂金刀的第三个女儿。花太岁！十年旧账，此刻是你偿还血债之日……"语音未绝，三姑娘一侧身，左肋下铁琵琶已横在胸前，右手稳住前端琵琶颈，左手一托下面琵琶肚，机关一开，"咔叮"一声，一支三寸长的纯钢雪亮丧门钉，疾逾电闪，"哧"地向花太岁脑门射去。

花太岁惊得一声厉吼，两臂一抬，竟把拥于怀里的爱宠当作挡箭牌，而且也做了打击敌人的武器。满头珠翠的七姨，一个瘦怯怯的娇躯竟被花太岁抛起，像一朵彩云似的，向三姑娘头上砸下来。

三姑娘真还不防他有这一手，一闪身，只听得七姨尖咧咧鬼也似的一声惨叫，在三姑娘脚边金莲一顿，立时玉殒香消，酥胸上已插着一支丧门钉，先做了情人的替死鬼。

在七姨中钉跌死的一刹那，花太岁跳身而起，顺手捞起绣榻旁鼎立着的一人多高落地古铜雕花长烛台，顶端莲花瓣上，还签着一支火苗炎炎的巨烛，积着油汪汪的满兜烛油，花太岁顺手牵羊，把它当作家伙，而且心狠手毒，随手一抡，虽然花太岁立在酒桌那一面，可是，蜡签上的巨烛和满满的一汪积油却向三姑娘兜头飞来。三姑娘一伏身，带着火苗的一支巨烛飞落窗口，飞溅出来的滚烫烛油却溅了三姑娘一身，幸而伏身得快，面上没有溅着。

三姑娘却也厉害，伏身之际，不忘杀敌，乘机一按琵琶颈上的机栝，又是"咔叮"一声，一支丧门钉从桌子底下射了出去。花太岁眼光虽然锐利，苦于一张圆桌面隔着灯光，也不料敌人暗器与众不同，来得太快，而且从下三路袭来，势疾锋锐，一支丧门钉，"哧"地穿透了他的右腿肚。

凶狠的花太岁咬牙忍疼，一声不哼，两眼闪闪，突得像鸡卵一般，手上长颈落地铜烛台当枪使，前把一起，把中间圆桌猛力一挑，挑起老高，向三姑娘身上砸下。同时，哗啦啦一阵脆响，桌面上杯盘酒菜粉碎了一地。三姑娘一退身，捞住砸下来的桌子腿，顺势一甩，把整张桌子甩在金碧辉煌的床榻上。花太岁一声怒吼，恶狠狠地平端着长铜烛台，利用顶端莲花瓣上七八寸长的尖锐铁烛签，向三姑娘直刺过去。三姑娘展开师父铁琵琶的独门功夫，抡、砸、拍、崩、磕，和花太岁手上长铜烛台交上了手。一个凶淫和尚，一个风尘英雌，这锦帷绣阁之间竟做了拼死决斗之场。

房内这样惊天动地一争斗，虽然是眨眼之间的事，夜深人静，声音当然震动了整个香巢。潜身门帘外面的杨展暗喊："要糟！"心里一急，把手上预备的两枚金钱镖，一抖腕，从门帘缝里飞了进去。房内花太岁疯狂如虎，挥动手上长烛台，已把三姑娘逼得娇汗淋淋，哪料到门外还有伏兵，暗器上身，躲闪不及，一中左眼，一中右肩，脸上立时血汗齐流，手上铜烛台劲力一挫，被三姑娘铁琵琶用力一拍，落在地上，顺势反臂一抡，向花太岁胸口劈去，满以为敌人已受重伤，不怕逃出手去。

哪知花太岁真个厉害，他左眼虽血肉模糊，尚非致命，一见敌人琵琶迎面劈来，势沉力疾，自己双手空空，忙一吸胸，一侧身，琵琶落空，顺势左掌向下一截，向三姑娘右腕上斩去。三姑娘一击不中，敌掌已到，疾一拧身，微退半步，正想换招，猛见花太岁双足一顿，人已跳上窗口上的琴台，右肩一摆，哗啦一声响，一扇排窗竟被他肩锋撞散，人也跟着碎窗飞了出去。不过花太岁飞身出窗时，嘴上却惨吼了一声，原来杨展又送了他一枚金钱镖，又中在后腰上。

花太岁穿窗而出，杨展一镖发出，人已蹿进房内，喝声："快追！"一个燕子穿帘，身子已经飞出窗去。

三姑娘一眼瞥见被花太岁甩落那支巨烛，火苗未绝，已把窗幔点着，烧了起来，又听得别的院落内，已有惊呼之声，料知九奶奶闻声惊起，忙把琵琶一挟，跳上琴台，蹿出窗去，再一耸身，落在花栏外面草地上。

只见杨展纵上一丛假山上面，四面探看，倏又飞身而下，向三姑娘说："秃驴身上受伤，已难上房，这一会儿工夫竟躲得踪影全无，这儿房子曲折，路道他比我们熟悉，九奶奶们已经起来，不能再流连了，我们快退。"说罢，便向前院飞驰，忽地脚下一停，向三姑娘说，"不好！我们住的房内，还留下几件衣衫，日后难免从这几件衣服上出毛病，还得把它带走才好，你在这儿停一会儿，我去去便来。"说罢，飞一般向东面一所抱厦奔去。

杨展走后，三姑娘咬牙切齿，痛恨竟被仇人逃出手去，心有未甘，金莲一顿，纵上院内卍字廊顶，仔细留神，绝无音响，忽地心里一转念，翻身跳下廊去，向出口处暗装机关的一堵假壁奔去。

刚到壁前，"吱喽喽"一响，墙壁内缩，从黑胡同里跳出一条黑影来。三姑娘娇喝一声："贼和尚！你现在还往哪儿逃？"铁琵琶一扬，一个箭步，赶近前去，便要下手。

却听得那黑影低喊道："三姑娘！是我！那秃驴已被曹相公料理了，快跟我来！我们相公呢？"

三姑娘一听是仇儿，问话之间，杨展背着一个包袱赶到，听说秃驴已死，很是惊异，回头瞧见正中抱厦后面已吐出火焰来了，九奶奶和一班侍女们的尖叫之声嘈杂一团。三人忙穿过假壁出口，杨展按动机钮，依然把壁还原。三人穿出黑胡同，经过前面客堂时，杨展瞧见堂内桌上点着一支残烛，摆着一桌残席，一个丽服的侍女和两个武士装束的大汉都死在地上，杨展料是仇儿干的事，没工夫细问，大家飞步赶出前门，只见曹勋立在一辆车边，手上提着连环蛇骨鞭，低着头瞧着脚边一具死尸。

杨展、三姑娘低头一看，又惊又喜，花太岁脑浆迸裂，血流满地，已被曹勋弄死了。

曹勋却指着地上尸首，说道："我细看这家伙，只有八个指头，大约就是三姑娘说的那话儿了。"

杨展一乐，拉着他说："这辆车是曹府七姨的，让它搁在这儿好了，快跟我走，回去再说。"

大家先回到三姑娘安身之处，因为三姑娘住身所在，原是特地拣着九奶奶香巢不远处所，租赁了隐僻地段一家后院居住，三人从后墙悄悄纵入，进入屋内，换了衣服。杨展向仇儿、曹勋问起杀死花太岁和前院几个贼党经过，经两人说明所以，才知道花太岁活该遭报，竟被曹勋毫不费事地结果了。

原来，曹勋在快到三更时分，记着刘道贞的嘱咐，悄悄溜到九奶奶挂荷包招牌门口，拣了一处黑暗所在，蹲了不少工夫，果是铃声锵锵，轮声辘辘，一辆精巧车子驾着一匹小黑驴，从胡同口进来。车上没有点灯笼，到了九奶奶香巢门口停住，跨辕的跳下车来，在门环上敲了几下，里面一开门，一个使女提着纱灯，赶到东边，撩起车帘，扶下一个环佩叮当的女子，进门去了。女子一进门，两扇大门立时关闭，驾车的没有进去，把车子拉离门口一段路，掉转车头，便靠壁停住。

曹勋觑得亲切，一个箭步过去，健膊一起，从驾车的背后夹颈一把挟住，立时拖翻在地，把他身上号衣剥下，掏出身上预备的绳索，捆了个结实，又撕下一条衣襟，塞在驾车嘴里。其实驾车的是个瘦小的老头儿，被曹勋铁臂一夹，早已弄得两眼翻白，动弹不得。曹勋还唾了一口，暗骂："没用的东西！"把地上捆缚的人提了起来，撩开车帘子，轻轻往车内一掷，鼻管里一阵乱嗅，连说："好香！你舒舒服服在这香车内睡一觉吧。"

曹勋初步工作完成，跨上车辕，鞭子一抱，在驴屁股上，伏身装睡。过了不少工夫，胡同内鬼影都不见一个，曹勋两眼一迷糊，不料真个睡着了，而且睡得挺香，直打呼噜。连花太岁带了两个从人从他身边走过，两个从人敲门而进，花太岁独自纵墙而入，他都一点没有觉察。可是花太岁从他身边过去时，认识这是七姨的车子，只见车夫抱头大睡，身上披的曹府号衣，并没有看到他的脸，当然一毫没有疑心，反以为七姨早到，急匆匆跳墙而入，会他的情人去了。

在花太岁从屋上进去当口，正是仇儿把背上铁琵琶、莹雪剑交与主人以后，从屋上退身出来，几乎和花太岁觌面相逢。幸他机警，家传小巧之技与众不同，疾逾飘风，身形一闪，闪入一重房坡后面。花太岁急匆匆心在七姨身上，直向后面秘密香巢奔去，待他去远，仇儿一长身，便向外院一层房顶纵去，在瓦上一伏身，侧耳细听，下面堂屋内有人说话，料得跟着花太岁来的，“不知门外有人没有？先下去瞧瞧再说。”心里一转，移动身形，从堂屋后进的侧房轻轻纵下，潜身暗处，偷瞧这层院内，寂无人影，只前面堂屋内透出男女嬉笑之声。

仇儿胆子一壮，问了问胯间镖袋和腰中九节亮银链子枪，掩入堂屋背后的过道，矮着身形，从门帘缝往里偷看，只见堂屋中间桌上，左右坐着两个身着箭衣的武士，正在对酌，旁边立着一个满脸脂粉的侍女，在那儿殷殷劝酒。两个武士一面喝酒，一面不断和女子调笑。仇儿掏出两支三棱枣核镖来，身形一起，左手撩开门帘，一抖手，先向左面一个武士发出一镖，眼尖镖疾，正中在太阳穴上。那武士手上酒杯“当”的一声跌落，身子往后便倒。右面的武士一声惊呼，跳身而起，说时迟，那时快，仇儿的第二镖已到。右面的武士正在这时候倏地跳起身来，无意中被他躲过，这支镖正从他胸前飞过！立在他下首身旁的侍女遭了殃，“哧”地正穿在咽喉上，一声不响倒下地去。那武士伸手拔刀，一转身，仇儿九节链子枪“毒蛇入洞”，已到胸口。武士往横里一闪，用刀一迎，不料架了个空，仇儿一抖腕，猱身进步，九节链子枪哗啦一响，反臂一抡，又从他头上砸下来。

这武士是个猛汉，对于这种软硬兼全的外门兵刃有点面生，单臂一攒劲，单刀往上一撩，似乎想用力把敌人兵刃磕飞，哪知道这种兵刃逢硬拐弯，“当”的一声，撩是撩上了，链子枪的枪头上几节却拐了弯，“壳托！”正砸在猛汉头顶上，砸得猛汉头上一昏，身子一晃，微一疏神，仇儿的链子枪活蛇似的一抽一送，银蛇穿塔，猛汉顾上不顾下，“哧”的一枪，正穿在小肚上。猛汉“吭”的一声，一个趔趄，仇儿乘机又抡圆了向他背上一砸，猛汉单刀一落，便爬在地上起不来了，再一枪结果了性命。

两男一女都已了结，仇儿在一男一女身上，起下了自己枣核镖，藏入镖袋，正想到门外知会曹勋，忽听堂屋侧面夹弄里，机关暗壁“吱喽喽”几声微响，仇儿心里一动，蹿出堂后，一闪身，隐在院子内的花坛暗处，刚一蹲身，便见夹弄里蹿出一人，月光照处，一个满脸血污的和尚踉踉跄跄奔到院子里，回头向堂屋内，喊了声："你们快去通信，这儿有匪人了。"

一语未毕，仇儿人小胆大，哧地从暗处蹿出，哗啦一声，九节链子枪"太公钓鱼"，向那和尚光头上砸去，和尚一声厉吼，一转身，左臂一起，竟把当头砸下的枪头接住，往后一带，力沉势猛，仇儿一个身子竟被他带得往前一栽。

仇儿喊声"不好"，人急智生，一撒手，那和尚手上链子枪带了个空，步下也站不稳了，往后退了好几步，几乎跌倒，却拖着仇儿的链子枪，一溜歪斜向前门冲去。仇儿手上失了兵刃，心乱意慌，预备掏出镖来袭击，前门一响，和尚已开门而出。

这时，门外的曹勋还在车辕上半醒不醒抱头打盹，朦胧之间，忽觉有人使劲推他，耳边还喊着："快送我回府，越快越好！我有重赏！"

曹勋猛一抬头，两眼一睁，瞧见身边一个脸上鲜血淋漓的光头和尚，一手攀着车辕，一手拖着仇儿的九节链子枪，一个身子似乎已站不住，摇摇欲跌，嘴上兀自哑声喊道："快！快！快送我回曹府去！"

曹勋吃了一惊，一转身，跳下车来，嘴上说着："好！我送你回去。"左手一叉和尚的臂弯，好像要扶他上车一般，右臂却捏紧了粗钵似的拳头，"砰"的一拳，实坯坯捣在和尚脸上，把和尚捣得蹦了起来，一座塔似的倒了下去。曹勋更不怠慢，急急一松腰上如意扣，解下连环蛇骨鞭，往前一迈步，抡圆了往下一砸，这一下，和尚脑浆崩裂，顿时涅槃。曹勋是个急劲儿，心里兀自迷糊糊的，瞪着一对怪眼，细瞅了半天，才看清这个和尚的两手只有八个指头，才有点明白了。这当口，仇儿已从门内奔了出来，一看八指禅师已被曹勋砸死，便从地上收起了自己九节亮银链子枪，翻身又纵进门去，通知自己主人和三姑娘去了。这才四人会合，奔回三姑娘隐身之处。

杨展、三姑娘听明了两人的经过，万想不到花太岁会死在曹勋手上，可是事情真够险的，几乎被花太岁逃出手去。如果真个被花太岁逃回曹府，便要大糟特糟，掀起无穷风波，不堪设想了。

现在三姑娘在众人扶持之下，总算克偿心愿，得报大仇，一番感恩铭德之心，自不必说，尤其在曹勋面前，不断称谢。乐得曹勋撕着阔嘴，不知如何是好。其实花太岁脸上、身上、腿上，受了好几下重伤，勉强逃到曹勋车边时，业已支持不住，否则曹勋虽然勇猛，也难得手。

九奶奶秘密窟内出了这样凶杀的事，而且关系着声势显赫的司礼太监曹府，死在香巢内的有曹府的宠姬七姨，而且房内遭火，幸而没有延烧起来，死在门外胡同里的有曹府的总教师爷八指禅师，死在前院堂内的有两名曹府卫士、一名九奶奶的侍女，外带七姨车内细缚得半死不活的车夫。一夜之间，香巢内外，惨死五命，九奶奶虽然手眼不小，也没法弥缝，第二天，当然轰动了京城。

兼掌九门提督大权的司礼太监曹化淳惊悉之下，事关切己，当然要究查案情，查缉凶手，首当其冲的当然是秘营香窟的九奶奶，饶她背有靠山，手眼通神，当不得案情重大，曹太监怒发雷霆，九奶奶也铁索锒铛，背了黑锅，要从她身上，追究出凶手来，可怜这位养尊处优的风流教主九奶奶，从此便风流云散，堕入悲惨地狱了。

照说这起凶案，九奶奶实在受了冤枉的牵连，可是她这香巢不知害了多少青年男女，也算是情屈命不屈，可怜而不足惜了。

可怜的是官法如炉，要从柳憔花困的九奶奶和她的几个侍女身上，锻炼出杀人凶手，这叫九奶奶和侍女们怎样说得出来？明知出事那晚，有不知姓名来历的一男一女，借地幽会，事后一齐失踪，当然认为可疑，无奈来到香巢的一班偷偷摸摸的男子，都是假名假姓、来历不明的主顾，便事先请教也是枉然，除非大有来头，平日知名的一班王孙公子，以及像七姨和八指禅师，与九奶奶有特殊关系的才能知根知底，最后悔的是，平时游蜂浪蝶，进入香巢，只有雄的，没有雌的，雌的都是袋中人物，偏偏这一遭，破了例，连那女的都是陌不相识的外来货，任凭有司衙门，三推六问，连过热堂，也只能说出那晚一男一女一点面貌格局罢了。

偌大的京都，人海茫茫，想寻出这一对男女来，却非易事，无非多派干役，在茶坊酒肆，热闹处所，大海捞针般四面查访而已。照例头几天，因为曹府的势力，认真地雷厉风行，日子一久，线索毫无，不由得缓缓松懈下来，渐渐变成了一桩疑案悬案了。

香巢凶案风声紧张当口，杨展自然深处廖侍郎府内，仿佛避嚣养静般足不出户，每日与刘道贞盘桓。廖侍郎公务羁身，在家时少，也料不到自己这位得意门生竟和香巢凶案有关。至于三姑娘，隐藏内院，二门不出，大门不迈，人家以为女人本分，更不易惹人起疑，邻居的人也摸不清她路道，更看不出她身有武功。帮忙的曹勋和仇儿，黑夜行事，见着他们面貌的都已死无对证，便是被曹勋捆缚的曹府车夫，黑夜之间，仓促遭殃，虽然未死，根本连曹勋面目也未看清，所以曹勋、仇儿两人，不愁官役指认，照常随意出游，暗探此案起落。

至于此案幕后策划的刘道贞更是无人知晓，在杨展深居不出的时期内，他受了杨展托付，常到三姑娘安身之处照料一切。

起初是杨展托付，后来是心熟脚勤，每天必往，每往必和三姑娘款款深谈，大有乐此不疲之势。在三姑娘，大仇已报，第二桩人事便是自身归宿的婚姻大事。

在沙河镇和杨展一夜相对，意外的希望遭了意外的打击，不得已只好另辟途径，恰好和这位风流倜傥、才高学富的刘孝廉萍水相逢，而且替她策划报仇，这几天刘孝廉又每日相见，情愫微通，形迹日密。她又想起杨展只管侠肠义胆，爱护情深，却是另一种正义的爱，和自己心内的希望背道而驰，便觉他语冰心铁，芳心里总觉委屈一般，现在和刘孝廉每日相对，觉他言语举动温暖了自己受创的心，每天盼望刘道贞到来，变成了日常功课，假使刘道贞到得晚一点，心里便有点凄楚，如果刘道贞一天不到，心里便觉失掉了一件东西，整天的茶饭无心，等到第二天见着面时，不由得把盼望之心，从言语举动之间流露出来，刘道贞心心相印，忙不及打迭起精神，转弯抹角地百般譬解，才又眉开眼笑，两人讲不断头。

这样情形瞒不过奉命照护的仇儿，他暗地通知了自己主人。杨展得知此中消息，正中心意，预备到了水到渠成的时机，自己从中一撮合，非但免去许多唇舌，而且成就了一桩快心的事了。

这样过了不少日子，外面沸沸扬扬的香巢凶案渐渐平静，在茶坊酒肆中明察暗访的快班们也渐渐松懈，似乎有点雾消云散的模样。杨展却已到了进闱会试之日。

主办武闱的是兵部、礼部，钦派监临的是勋戚王公、亲信权监，这其间主持武闱的权臣，还得推重司礼太监兼九门提督的曹化淳。杨展在廖侍郎代为安排之下，很顺利地进闱应试，谁也料不到这位应考的英俊武举，便是香巢要犯，而且便是奉旨监临武闱司礼太监曹化淳想缉捕的要犯，曹太监家里一位千娇百媚的七姨、一个保身护院的八指禅师，便是这位武举送的终。

这次会试应考的科目和成都乡闱虽然大同小异，但是集各省武举于一处，校技竞射，各显本领，自然人物荟萃，比乡闱当然要堂皇冠冕得多。论杨展一身武功文才，这次会试不敢说稳夺头名状元，像状元以次的榜眼、探花，似乎很有希望，可是武闱的考试科目是呆板的程式，重力不重技，而且重势不重才，明季一样贿赂公行，考名武进士一样可以钻门子、送人情，这其间不知埋没了多少真才实学的英雄。虽然如此，杨展在这武闱中，恰幸巧遇机缘，做了一桩出类拔萃、一鸣惊人的事。

武闱考弓马这场是在紫禁城禁卫军御校场举行。这天御校场内，晓风习习，太阳刚从地平线上冒出头来当口，一片偌大的校场围着旗甲鲜明的禁卫军，和东厂的健锐营、神机营的火枪队、标骑队，一千多名应考的武举，个个箭衣快靴，背弓挎箭，静静地排列在演武厅两旁，直排出老远去。

演武厅左首一座两三丈高的将台上，矗着直冲云霄的一支旗杆，上面扯着一面迎风乱飘的杏黄旗。旗杆的下面肃立着两位顶盔披甲、有职守的军官。演武厅台阶上下，也排着无数荷戟佩刀、全身披挂的将弁。演武厅内两旁，几张公案后面已到的是兵部、礼部的两位尚书和左侍郎、右侍郎及职司武闱应办各事的大小官员，正中公案后面，还空着三张座椅。演武厅内外以及整个御校场，虽然围着威武整齐的无数兵马，却显得静荡荡的，绝无喧哗之声，只有四围马匹奋蹄、打喷嚏的声音和各色军旗被风卷得猎猎的声音。

片时，校场外，号炮震天价响了三声，一队仪仗和无数校尉，簇拥着三乘大轿，从御校场口进来，飞风一般抬到演武厅阶下。厅内几位尚书和侍郎都步趋如风地抢出厅外，躬身迎接。这三乘轿内，便是领派监临武闱的重臣：第一个下轿的是执掌钧衡，当朝首相大学士魏德藻；第二个下轿的是勋戚襄城伯李国桢；最后下轿的便是司礼太监兼九门提督曹化淳。照说这几个大臣，论位高权重，要算大学士魏德藻，次之是襄城伯李国桢，不料这两位大臣下轿以后，忙不及趋到曹化淳轿前，拱手齐眉，然后左辅右弼地半掺半扶，和曹化淳一齐进厅。（崇祯亡国死难，多半误此三奸之手。）

三位监临大臣一到，文武各官纷纷出动，先是鼓乐齐奏，然后宣读谕旨，一套仪注完了以后，便按名点卯，架设箭鹄，分别考验步下三箭，马上三箭；凡是箭中红心的，将台上必定擂鼓一通。

杨展在这种场面上当然游刃有余，箭箭中鹄。在这马上步下校射过以后，突然演武厅内，趋出一位手执红旗的将官，手上红旗展动，大声向阶下喊道："应考各武举听着，领派监临曹公公有谕，今有口外千里马一匹，名曰'追风乌云骢'，性犷力猛，无人驾驭，应考武举们如能驾驭此马，绕场三匝，在马上三箭中鹄者，非但高高得中，并将此马赏赐，以资奖励。"

这人一连喊了几遍，唯恐远一点的听不着，又命人牵过一匹马来，跳上马背，扬着红旗，泼剌剌向场心跑去，勒住马缰，卓立场心，又照样喊了几遍，然后跑回演武厅，跳下马来，进厅缴令。

这人回厅缴令以后，便听得演武厅后身，呼咧咧一阵长嘶，声音特异，与众不同。一会儿，十几个壮健校尉从演武厅左侧，捆孽龙似的服伺着一匹异种狞马，像一阵风似的卷到演武厅阶下。只见马颈一昂，左右两个扣嚼环的校尉被马头带起老高，双脚离地，马屁股一耸，两条后腿一飞，后面夹持着的几个校尉纷纷闪退，那马摇头摆尾，一个盘旋，十几个校尉便跟着转圈，几乎制不住它，忙不及把一副锦袱向马头一罩，遮住了两眼，才屹然卓立，不发狞性了。

大家知道这是追风乌云骢了，细看时，只见那马自头至尾，丈二有余，立在地上，高出校尉们半个身子去，全身乌光油亮，玄缎似的一身黑毛，一片领鬣、一条长尾却是金黄色的，腿胫里是虎斑纹的拳毛，兰筋竹耳，雾鬣风鬃，端的是一匹千里脚程的异种宝马！这样名驹不知为什么落在曹化淳手上，大约口外番酋有事走他门子，贡献与他的了。马能识主，性狞如龙，曹化淳无福骑此烈马才牵到御校场来，一时高兴，出个难题，想考校考校武举们，能否有人驾驭，才不惜把这名驹当作奖品了。

这时，刚才传令的武官又走出厅来，手上红旗一展，高声喝道："追风乌云骢已到，自问能驾驭此马的便可下场一试，但是此马非常，性子太烈，十几个善骑的校尉围着这匹烈马，还降伏不住它的狞性，你们自问没有十分把握，切勿以性命为儿戏。"

这一喝，话带善意，但在一千多名武举耳内却变成激将的语气。有个膀阔腰粗、身似铁塔的武举便抢了出来，嘴上还喊着："烈马何足为奇，咱在居庸关外，哪一天也离不开鞍子，只消咱压它一个圈子，便乖乖服咱了。"嘴上喊着，人已到了马前，向那群校尉说："诸位闪开，瞧咱的！"

校尉们向他瞧了几眼，摇着头说："这马可和别的牲口不一样，你将自己掂着一点，我们一闪开，你一个制不住，要闹乱子的。"

这人满不在意，一挥手，说了句"诸位望安"，便欺近身去。

校尉们说了声："好！瞧你的！"

十几个校尉，忽地向四下里一散。这人一手接住缰绳，一手把马头上罩眼的锦袱一揭，正想转身攀鞍上镫，猛见马头一转，两只马眼精光炯炯，其赤如火，心里顿时一惊，觉得眼蕴凶光，确是与众不同，转念之际，左腿一起，背着马头正想踏镫上鞍，万不料他背后马头一低，四蹄一动，马嘴正兜着他屁股一掀，把他铁塔似的一个身躯，掀起一丈多高，"吧嗒"一声巨震，甩跌在演武厅的滴水阶上，人已跌得半死，那马却把头昂得高高地呼咧咧乱嘶，前蹄一起，后蹄一挫，呼地蹿出二丈多远，向校场心奔去。

演武厅阶上下许多校尉们齐声惊呼，连喊“要坏！要坏！快圈住它！”

惊喊当口，武举队中有两人不约而同一跃而出，手脚非常矫捷，齐向追风乌云骢追去。两人似乎都想夺这匹宝马，一左一右，向那马横兜过去，那马似乎听得身后脚步响，忽地一转身，又奔了回来，长鬃飞立，尾巴直竖，竟向左面追截它的武举，直冲过去，其疾如矢，威猛异常。

那武举喊声“不好”，向斜刺里纵身远避，但是那马野性发动，四蹄奔腾，毫不停留，一直往左面一队武举冲了过去。这队武举们一声惊喊，四下奔散，其中却有一人卓立不动，待得那马挟着猛厉无匹之势，冲到身前，倏地微一闪身，让过马头，奋起神威，伸手一扣嚼环，一较劲，竟把奔发之势阻住，可是那马怎肯甘心，口喷怒沫，四蹄腾蹿，把头一昂一甩，力劲势猛，这人竟有点把握不住，一个身子随着这匹怒马，在当地擂鼓似的转了几圈，扣嚼环的手一松，撩住马缰，乘势一顿足，腾身而上。人刚跨上锦鞍，那马猛地往后一挫，呼地又向场心飞纵过去，马一落地，前蹄倏又飞立起来，这人竟被那马一蹿一掀的猛劲，坐不稳鞍上，虽没有被马抛落鞍下，却已溜落到鞍后马屁股上了。那马忽地又凭空往前直蹿过去，马屁股上又滑又溜，当然更吃不住劲，一个身子刺溜往马屁股后溜了下去。这人身手却真不凡，身子落下去时，两手把竖得笔直的马尾鬣掳住，那马奋蹄往前直奔，那人平着身子，竟悬空挂在马尾上跟着跑。

那马似乎也吃惊不小，四只铁蹄翻钹似的绕场飞奔。这时演武厅上上下下，以及围着御校场的武举和军弁们，万目齐注在那人身上，没有一个不替这人担心，既然骑不上马鞍，还死命攒住马尾作甚？只要一松劲，定然跌得半死。

全场注目担心当口，扯在马尾上面的人已跟着马飞驰了半个圆场，忽见他凭空虚悬的身子，飞鱼一般，向前一蹿，两腿往下一夹，上身一起，竟又骑上锦鞍。他两脚并不找镫，两膝一扣，裆中加劲，一俯身，撩起缰绳，把马缰一收，任它绕场飞奔。这时马只管飞风似的疾驰，身子却是又平又稳，骑在马上的人，一个身子轻飘飘地粘在马鞍上，并没十分吃劲，和起初乱掀乱耸时截然不同，再也甩他不落了。这一来，围着御校场的人们春雷一般喝起彩来。

转瞬之间，绕场飞驰一周。马上的人忽地想起，骑在马上还得连射三箭，但是这匹烈马不愧称为“追风”，实在跑得太快了，快得无法在马上张弓搭箭，场心正对演武厅架着的红心箭鹄，飞马而过时，一晃即逝，哪有张弓的机会？转念之际，胯下的追风乌云骢闪电一般，又快跑到演武厅正面，人急智生，改用左手挽缰，右手在腰后箭服里抽出一支雕翎慈菇镞的硬箭，暗加腕劲，待马飞驰过箭鹄前面时，竟用三个指头，撮着箭头，像暗器中甩手箭似的，向红心遥掷过去。离那箭鹄虽没有百步，也有五六十步，马又跑得飞一般快，不用弓弦，要这样投射红心，非但四围的人瞧得悬虚，连马上发箭的本人，也是头一遭这样发箭，并没有十分把握。

箭一发出，眼不及瞬，马已飞跑过一段路，只听得将台上，鼓声像撒豆一般急擂起来，四围的人们也暴雷价喝起连环大彩来了，原来这一箭，竟不亚如弓弦所发，恰恰地直中红心。

鼓声未绝，彩声犹浓，追风乌云骢又星移电掣般从那面快转到演武厅前，这一次，马上人似乎有了把握，故意卖弄身手，一个镫里藏身，竟贴着马肚下甩出箭去。第三趟跑过圈子来时，更俏皮，更奇特，一耸身，人已立在马鞍上，手上箭一发出，两臂一抖，施展轻功，竟离马鞍飞身而起，直向马头前面飞出身去，马仍然向前飞驰，身子一落，恰好依然落在马鞍上。三次用手发箭，用了三种身法，三支箭却一齐插在箭鹄红心上，马果然跑得疾，箭也发得准，将台上的鼓声和人们的喝彩声跟着马趟子一直没有断过，上上下下整个御校场的人们，眼都瞧直了。待得马上三箭射完，鼓声、喝彩声将停未停当口，那匹追风乌云骢跑发了性，飞一般又跑了一圈。

将台上有人大喊着：“上面有令，马上人是哪省武举？快快报名！”

马上人正在将台下跑过，扭身报道：“四川杨展！”

杨展在川中骑惯了小巧驯良的川马，对于北方高头大马的性子原是生疏，起初原不想人前逞能，出头骑这匹狞烈的追风乌云骢。万不料事有凑巧，几个自命善骑的北方武举都碰了一鼻子灰，马又发了狞性，竟朝他直冲过去，逼得他出了手。

起初上手时，几乎被马甩落尘埃，幸而仗着从小锻炼的一身功夫，才勉强骑上了马鞍，不意追风乌云骢驮着人一跑开趟子，虽然快得风驰电掣一般，却是腿动身不动，骑在马上，竟比普通马还要平稳，几个圈子跑下来，杨展已略微识得此马性情了，那马似乎也服了杨展了，三箭射毕，又多跑了一趟，最后转到演武厅前时，杨展怕收不住缰，勒不住马，一偏腿，霍地飞身而下，说也奇怪，杨展一下地，那马竟屹然停住，一阵呼咧咧长嘶，好像自鸣得意一般。

杨展喜极爱极，抱着马颈，拍拍它身子，马身上也微微地出了汗。那马却作怪，似乎驯良起来，和杨展犹如旧识一般，回过马头，不断在杨展身上摩擦，一对火眼金睛不断向杨展直凑，自古英雄爱名马，名马亦能识英雄，杨展感觉那马眼光中，好像发现了一种情感，高兴得不知如何是好，竟舍不得离开。

忽听得演武厅阶上，有人高声喊道："曹公公命四川武举杨展进厅回话。"

杨展把掖在腰上的下襟放下，转身向阶上走去，那马竟跟在身后，亦步亦趋起来，阶上下一班校尉们个个失声道怪，都说："这匹宝马与这姓杨的有缘，注定是姓杨的了。"

杨展转过身去，抚摩着马头笑道："好宝贝，你且在这儿候信，也许上面说话算数，你是属于我的了。"

说罢，那马真像懂得他话一般，立住不动了。

杨展进得演武厅，控身向上面公案打躬，口称"四川武举杨展，参见列位大人"。

只见正中一个脸色惨白、没有胡子的贵官指着坐在右旁的官员笑道："此刻我才知道，你是廖侍郎提拔出来的门生，果然是个少年英雄，好孩子，今天难为你了，凭你这一手降劣马、空手发箭，你这名武进士算稳稳高中了，我这匹追风乌云骢，有话在先，你就牵回家去，好好调理它去吧。"

杨展偷眼看那侧坐的廖侍郎，满脸笑意，暗暗向上一努嘴，他忙向上打了一躬，口称："恭谢大人恩赏。"便退身走出厅来。

出厅时，隐隐听得中间没胡子的人发话道："这孩子长得倒挺英秀，可是外省的孩子们礼数总差一点，竟没有向咱们下跪。"

杨展听得剑眉一挑，暗暗冷笑，接着又暗暗叹息，心想自古功名二字，葬送了多少血性男儿，像这种祸国权监、误君首相，便该用我莹雪剑一一斩却。

第二章　螳螂捕蝉，黄雀在后

杨展经过这次会试，凭空得了一匹追风乌云骢宝马，在御校场一显身手，业已名震京都。他带着这匹追风乌云骢回到廖府，依然深居简出，只静静等候着泥金捷报。

照说凭杨展在御校场独显奇能，例行的应考各场也场场出色，艺压当场，似乎可以争魁夺元，哪知道本领出众，敌不过炙手可热的权门豪监，这种祸国之蠹，发誓想不到为国选才，只知道树党营私、位置亲信，把夹袋中人物硬给排在三鼎甲内。

泥金捷报送到廖府，杨展中在三鼎甲后的第三名武进士。既然中试，照例要赴部习仪，唱名陛见，然后谒座师、拜同年，种种繁文缛节，忙了不少天数才清净下来。算计离家日子，已将近三个多月了，他先打发两个跟来的长随动身回川，向家中报喜，安慰一下慈母娇妻的盼望，备了一封详信，报告武闱经过，说明不久即返，领到兵部凭照即可返川，归程有仇儿跟随即可，故先打发两个长随回家。

这次武科在一班昏庸大僚，无非照例行事，但在深居九重的崇祯皇帝，他却每天愁着大局日非，人才消乏，对于这科中试的武进士，颇希望他们年少气锐，戮力疆场，个个变成保国干城的忠武之臣，特地传旨兵部："本科武试，除前列鼎甲另有议叙奏报外，鼎甲以次在十名内者，一律恩赏参将职衔，十名以次者，一律恩赏游击职衔，即仰该部量才录用，分发效力，其有奇才异能、器识兼到者，得由该部另行据实保奏，候旨施行。"

这一道旨总算是个异数，以前武科中式的，钻头觅缝，不知哪一年才能得到一官半职，哪有这样便宜的事？杨展是第三名进士，便得了钦赏参将的前程，虽然是个空衔，仍得经过兵部带领引见、望阙谢恩的仪式。这当口，廖侍郎从这道旨意上想了个主意，授意西席刘道贞拟了一个保举杨展的奏折，折内大意是说："杨展祖籍川南，文武兼资，蔚为乡望，当此流寇窜扰，将及西蜀，该参将忠心为国，志愿毁家纾难，精练乡勇，捍卫一方……”这几句话，非常针对时局。

这时纵横晋陕的李自成、张献忠等各大股兵马屡败官军，逼近潼关，而且分股进展，似已由商洛分向紫荆关、老河口蔓延，将及豫、楚两省边境，伊、洛、郧、襄等地业已风声鹤唳，一夕数惊。另一股从陕南侵入汉中，大有趋褒斜，侵入西蜀之势，如果荆襄不守，溯江而上，川省亦危。

所以廖侍郎这一保奏，虽然替自己门生避重就轻，别具用意，却也切合时宜。奏上，居然得邀钦赏，立奉朱批谕旨：“杨展忠纯可嘉，仰该部转谕川督，准许该参将在籍举办团练，有事之日，准其建立靖寇将军旗号，以彰忠义。”旨下，廖侍郎很得意，觉得这一着棋没有落空。杨展凭空又得个靖寇将军的虚衔，也觉出于意外，颇有锦上添花之妙，于是又得忙着引见谢恩及赴部领取凭照等照例的官样文章，又破费不少日子的光阴。

这当口，和杨展同年的一班新科武进士哪识得廖侍郎的保举，别有苦心，只觉杨展走了先着，得了甜头，瞧得心热眼红，大家揣摩风气，觉得这时皇帝老子急来抱佛脚，急于收揽人才，不惜破格升赏，这种空头将军大可照方抓药地得个荣衔，立向兵部钻头觅缝办保举，似乎个个都变成奇才异能、器识兼到之士，都想借此衣锦荣归，以办团练为名，在本乡本土作威作福了。新进少年便存这种想头，天下焉得不糟？明室焉得不亡？

杨展向兵部领得凭照以后，在京已无别事，便觉归心如箭，和廖侍郎、刘道贞商量起程回川。凑巧警报纷传，潼关已是十分危急，襄阳一带已见张献忠大股部队。杨展更得急速离京，如再迟延，潼关一破，他们冲关而出，黄河南岸便难安渡。倘襄阳再有失，进川的下流阻断，那才要命。时局这样紧急，廖侍郎虽然依依惜别，也不敢耽误门生的行程，而且结伴回川不止杨展主仆数人，还有刘道贞、三姑娘、曹勋三人。刘道贞此次结伴返乡，虽然居停廖侍郎一力撺掇，劝他避乱返乡，其中还有一段风流蕴藉的佳话，也可说是奇缘巧合。因为三姑娘大仇报复以后，杨展在廖府深居简出，接着又忙于会试，三姑娘方面，一切都由刘道贞照料，杨展本心就想做个月老，替三姑娘谋个终身有托，不想事情凑巧，双方天天谋面，情愫易通，三姑娘感激刘道贞策划复仇，委身于这位磊落不群的佳婿已是心满意足。刘道贞风流倜傥，得此风尘奇女，借此鲲弦傥续，偕隐山林，亦属名士风流。经杨展从中一撮合，便订了百年之好。客中虽未能青庐交拜，好在彼此都非寻常儿女，为同行便利起见，大可脱略形迹，已无异鹣鹣鲽鲽了。只有廖侍郎未知细情，只知同杨展进京有位义妹，和刘道贞结为秦晋罢了。

一个身有武功、已经成名的人物，对于自己用的兵刃以及擅长的暗器，当然爱逾性命，刻刻当心。杨展虽是出身富贵，和江湖人物不同，但是从小受巫山双蝶的熏陶，当然也有这样习惯。他从那晚九奶奶香巢事了以后，先送三姑娘回安身之处，然后长衣罩体，暗藏自己宝剑和一袋金钱镖，同曹勋悄悄回转廖府，心里才觉平安无事，可以坦然高卧，休养一夜的劳神。那天未就枕之先，把莹雪剑搁在枕边，那袋金钱镖照例要倒出袋来，清数一下。他一数金钱镖还有十九枚，屈指一算，一点不错，从家中动身时，雪衣娘替他装了二十四枚金钱镖，一路平安无事，并没动他，直到沙河镇，暗制撬门行刺的贼党，发了两枚，最近在花太岁身上，中眼、中腕、中腰，发了三枚，二十四枚发了五枚，当然只剩十九枚了。数清以后，随手在床栏上一挂，以后深居简出，接着进闱应试，一直没有动它。

到了诸事就绪、预备离京的前几天，自己检点行装，把床栏上挂的镖袋照例得数一数，再挂在身边，预备路上万一用它时，心里有个数。不料他这次过数时，金钱镖却只剩十八枚了，明明以前数过是十九枚，怎会缺一枚呢？自己进闱应试，或者有事外出，房门虽未加锁，自己带来的两长随和廖宅下人们绝不敢进来动这镖袋，懂得门道的仇儿又不在身边，这一枚金钱镖怎样失去呢？而且仅仅失去一枚，事情未免可疑了。虽然可疑，并没和人说起这桩事，因为离京在即，诸事匆忙，也就搁过一边。

到了杨展和刘道贞、三姑娘、曹勋三人决定结伴起程日子的前夜，廖侍郎在内宅替门生和西席饯行，席间廖侍郎提道："杨展到京这几个月内，从京城到保定，从保定到黄河口岸直到河南一带路上，游兵散勇到处滋事，而且太行山一带盗匪充斥，行旅戎途已和你们来时的景况大不相同，你们虽然身有武艺，结伴同行，总是格外谨慎的好。今天皇上发出内帑二十万两，是犒赏把守潼关督师孙传庭部下的，督解是钦派的内监，由兵部另派一名参将率领百名兵士护运，但是我却非常担心，怕的是沿途不稳，要出毛病。这批银两如果到不了潼关，孙督师这支兵马便难维持军心了。"言罢，叹息不已。

大家依依惜别，直谈到起更以后才分别归寝。杨展回到小花厅自己卧室，一进门，便看到书桌上烛台底下，压着一个红签大信封，过去一瞧，信皮红签上写着："杨相公亲拆。"却没写寄信人的姓名。

拿在手上，掂着有点沉沉的，似乎里面装着东西，心里不由得一动，忙拆开信封，便听得信内铿锵有声，往外一倒，先骨碌碌滚出四枚金钱镖来。

自己暗器，当然一望而知，顿时大吃一惊，连喊“奇怪！”忙不及回身把房门一关，再回到桌上，把信封内几张信笺取出来，仔细瞧时，只见上面写着许多事出意外的话：

“前刑部总捕金眼雕虞二麻子，川籍，六扇门中之杰出人物也。年老退役，恩养于某监之门，九门六班快手多为其弟子行。近以九奶奶香巢一案，情况迷离，诸捕束手，不得不求教于退隐之师门。虞二不愧是斫轮老手，略一研讨，便得线索，盖九奶奶及侍女们所述，是晚不速之客，品貌气度，语多川音，及八指尸身连中要害之三枚金钱镖，最为瞩目，借此可以推测其人之身份籍贯及武功造诣。又以各省武举荟萃京门，武闱题名，不难探索，应考者川籍无多，高中者舍君莫属，此犹臆测，未得佐证，于是虞二老当益壮，乘君夜出，潜入寓斋，窃得一枚金钱，与尸身所得，合若符契，案乃迎刃而解，而君等危矣……”

杨展看到这儿，背脊冒着冷汗，暗喊：“坏了！坏了！”原来这种金钱镖和市上通用的制钱不同，有大有小，按照各人所练功夫和腕力取准的尺寸分量，叫巧匠加工打造出来的，当然可以作为案犯的有力证物，有了这样证物，杨展已落入法网之中，一人落网，牵及全局，像三姑娘、曹勋、仇儿等便难置身事外，连并未知情的廖侍郎都有隐藏凶手的处分了，杨展如何不急？一看下面还有许多话，忙又看下去：

“然虞二非老悖，彼等遇棘手之案，固有明破暗不破，暗破明不破之神通。所谓明破暗不破者，大抵张冠李戴，以假冒真，以大化小，甚至元凶自购顶替，与彼等勾结，蒙蔽有司，借以塞责；所谓暗破明不破者，明知案犯，而犯非常人，株连者众，一经彰明，即彼等之身家性命，亦难安全，此等案件，彼等亦有闪展腾挪、假作痴聋之手段，香巢之案，迹类于是。

“盖君系新贵，本领非常，居停又系显宦，而死者一为比匪为奸，为众痛恨之恶僧，一为祸国权监之妖妾，遭池鱼之殃者，亦均非正人，且审度案情，迹近复仇，下手非一人，元凶谁属，尚成疑问，京城非外省州县可比，稍一鲁莽，立兴大狱，利害相权，不如缄口。然曹监既恸宠姬，又失心腹，追比责限，颇为凶横，事难顶替，策无两全，竟使七十退役之老翁，彷徨斗室，自悔多事，无异居炉上矣……”

他瞧到这儿，长长地嘘了口气，事情似乎还有转机，难得这位退役的老虞二麻子，居然识得大体，不过虞二为了难，事情还在两可，再说这封信是谁写的呢？谁有这样好心，特地暗暗送封信来通知我，还把案内唯一证物送还呢？心里一转，急急地再看下去：

“虞二系余旧交，适余倦游东塞，悄然来京，下榻虞处，虞二密谈此事，且求决策。余不禁惊喜交并，且复失笑，即告以君之品德及出处，并代策划，谋寝其事，而老朽亦施故技，夜入曹邸，示惊权监，铩其骄炎。另由虞二暗施手段，以类似金钱，掉换原证，痕迹既泯，即换他人，亦难探索。且将尊镖四枚，随函附缴，从此当可高枕无忧。此即香巢一案，暗破明成，先张后弛之内幕……”

杨展不由得惊喊着：“这是谁？这是谁？对我这份恩情太大了！”嘴上喊着，两眼跟着信内的字，一字都不敢放松，叨叨不绝念了下去：

“然余颇有所疑，虞二亦欲暗究真相。君千里应试，竟轻身涉险，为人复仇，于冠盖云集之地，似非智者所宜出。且彼姝之子，亦具身手，薄游香巢，形同狭邪，此女又属何人？种种疑窦，未便面质，遂使龙钟二朽，鸡鸣狗盗，作无事之忙，伺隙潜踪，多方侦索，始明底蕴，于此益佩君之侠肝义胆，非常人所能企及。然国势危矣，道远多梗，君其速返，以慰倚闾，蜀险可守，君宜与川南三侠速起图之，余亦欲骋其朽骨，潜入晋陕，一觇揭竿而起者，究系如何人物？或亦有助于君等也。虞二亦有心人，业已暗识英姿，自谓老眼无花，君必鹰扬虎食，建立非常之业。

“然君知虞二麻子究为何如人乎？盖即老朽义女锦雯之伯父行也。锦雯幼孤露，虞二挈以付余，余近又挈以付君之萱帷，人生聚合，洵有前缘，尚冀成全终始，使孤寄者得追随贤伉俪，以收同济之美。此函入君手，余芒鞋竹杖，已先君等出京，将越太行而登华岳矣。”

信尾并没具名，但杨展看完了这封长信，便知是一去无踪的鹿杖翁所写，不禁又惊又喜。惊的是螳螂捕蝉，黄雀在后，可见天下事百密难免一疏；喜的是幸亏机缘凑巧，鹿杖翁赶来弥缝其事，此老对我真可算得知己之感，恩情如许，叫我如何报答？他信尾提到雯姊，音在弦外，“追随”“同济”之语更形露骨，又叫我怎样安排才好呢！

第二天清早，杨展、仇儿主仆，刘道贞、三姑娘夫妇和曹勋五人结伴登程，离京返川，五人都骑着马，除杨展一匹追风乌云骢以外，其余四匹马都是花重价选好的长行脚程，因为路途不靖，各人在马鞍上只捎着一点简单行李。刘道贞虽然是个文人，平时却也喜欢驰骋，骑术并不外行。三姑娘做了一个蓝布套，把铁琵琶套上背在身后，脸上却蒙着挡风沙的黑纱，一半还顾忌着香窟凶案那档事，总得谨慎一点。

杨展肚里有数，有虞二麻子从中维持，不致再出毛病，不过鹿老前辈神龙见首不见尾，自己又匆匆出京，没法和虞二麻子周旋一下，似乎礼数稍差，但鹿老前辈信内说他恩养某监门下，大约也是八指禅师一流人物，这种人不见也罢。不过回家去，在虞锦雯面上有点欠缺，路上想起来，总有点不安似的。这档事，他没在刘道贞面前说出来，三姑娘更是蒙在鼓里。

杨展进京是在仲春时节，这时出京已到了仲夏，而且转眼就要进入暑伏了。北地虽然不比南方，白天当头火伞似的太阳射在长途奔驰的旅客们身上，也是汗流浃背，人马都不好受，所以杨展一行人都赶着早晚凉爽当口，多赶几程，近日中时，便找地方打尖，没有打尖处所，寻个树林或山脚阴凉处所，避避当午的毒日头。

上路时，每人都顶着蒲编宽沿的遮阳凉帽，随身兵刃都捎在鞍后，杨展除一口莹雪剑、一袋金钱镖以外，却多了一张心爱的弓、两壶箭，弓是铁胎蛟筋的六石硬弓，箭是真真的雕翎三脊狼牙箭，这弓箭是他预备考武闱，在京花了重价，从一个破落户的武职世家物色到的，四川不易得到这样好弓箭，才一齐挂在鞍后。

他胯下追风乌云骢是他到京第一得意事，比中武进士还得意。说也奇怪，名马灵性，毕竟不同，天生的和杨展有缘，凶狞得像野龙一般的马，一到杨展手上，不到一个月工夫，居然被他调理得非常服帖，骑上去徐疾由心，绝不再发狞性，一路和别马同槽，也极少尥蹶子发野性了，可是生人休想近它的身，连仇儿每天替它喂料溜蹄，还得不断拍着它的鬃毛，敷衍它一阵子。

他们一女四男离了京城，晓行夜宿，过了清苑、正定，渐渐走近河北、河南两省边界，便觉得道上情形有点和来时不同。

这条邯郸古道上，来往商旅和运载货物的车辆骡驮越来越少，以前沿途的几处热闹市镇也显着有点荒凉之色，路上走的年青妇女更是难得碰到，一路只见荷枪披甲、杂乱无章的军士和不三不四、横眉竖目的无赖少年，强赊强买，结群逞凶。沿途所见所闻，尽是这种蛮不讲理的事，细一打听，才知这几月内，孙督师起初在潼关打了一次胜仗，杀了大股敌军的头儿闯王高迎祥，献首京师，全军志骄气盈，闹得乌烟瘴气，不料被小闯王李自成这支兵马拼力猛攻，官军立时吃了几次败仗，忙不及紧紧守住潼关，孙督师的大营也从潼关退到了洛阳。

偏在这当口，官军粮饷接不上，好几万兵马的军心立时不稳起来，有许多军营便向商民们无理啰唣，做出许多暗无天日的事来，吓得这一带有身家的老百姓们纷纷逃窜。万一潼关不守，孙督师的大营溃散，还不知闹得如何天翻地覆哩。杨展这一行人幸而带着兵部凭照，曹勋外表又长得威武，倒像是位奉令公干的军官，这种地方倒可唬一气，杨展的英俊、刘道贞的倜傥在沿途游兵散勇的眼内倒显不出什么来。但是一路过去，大家谨慎一点，还不至生出什么枝节。

这天过了内丘、邢台，到了沙河镇，日色已经平西。杨展一班人满心想到进京时寄宿的鸿升老店，不意进入镇内，走近鸿升老店门口，一看店门口，戳着一对气死风的六号官衔灯笼，店门口两旁站着带刀执鞭的一群衣甲鲜明的禁卫军，正在呼喝着驱逐闲人。镇上那位巡检满身大汗，衣衫俱透，在店门口脚不点地地跑进跑出，不知巴结什么差事。

刘道贞一眼瞧见店门口左边墙上新贴着长长的一张大红纸，上面写着："奉旨督运饷银，兼督练禁卫武健营司礼监掌印太监王行辕。"便向杨展笑着说："瞧这情形，这座鸿升老店已被这位内大臣整个占住，饷银重地，我们也犯不着惹火烧身，只好另找宿处了。"

三姑娘在马上悄悄说："跟我来，南头还有一家三义店。"说罢，一拎缰绳，一马当先走下去了，大家跟着她向南走去。

杨展留神两旁店铺，只疏疏落落开着几家酒饭铺，一派的惨淡景象，和来时路过情形大不相同。

大家到了镇南尽头处，三姑娘在一家破墙口的木栅门外，勒住马，翩然跳下鞍来，大家跟着一齐下马，一瞧两面白灰墙上，刷着"沙河三义店"几个大字。大家牵了马，进了木栅门，里面是一片空场，对面一排十几间灰顶平房，中间空荡荡的，大约是个过道，过道后身似乎还有一层院落，可是内外静静的没有人影，只空场上几株高柳，深绿色马尾似的柳丝被晚风吹得飘来飘去，簌簌作响。

三姑娘嘴上"咦"了一声，指着空地说道："这家也是老字号，专接南北来往客商，兼营堆栈生意的，现在一片空地毫无堆货，连鬼影儿都不见一个，难道这样老店也歇业了？"

正说着，过道后身，脚步声响，有两个汉子从过道暗处走了出来，到了空地上，瞧见了杨展等几个人，忽然脚步放慢，四只贼溜溜的眼珠瞧了又瞧，尤其在三姑娘面上，不错眼珠地盯着，因为这当口，三姑娘遮脸的黑纱已经去掉了。

杨展瞧这两人凶眉凶目，一身紫花布的短打扮，包头绑腿，满身透着骄横之气，看不出是干什么的。这两人刚一出现，过道上又踅出一个店伙模样的小老头儿，一见三姑娘，直眨眼，忽地指着她，惊喊道："你……不是三姑娘么？几个月不露面，你发福了，今天哪阵风把你吹来的？三姑娘！现在沙河镇可不是从前沙河镇了，但是你来得正好，鸿升客栈内，北京下来的钦差们正在四处找弹弹唱唱的，你……"他说到此处，忽然吃惊似的缩住了口，先向杨展等人打量了几眼，又向那两个汉子溜了一眼。

三姑娘笑着说："快嘴老王！你倒还认得我，三姑娘现在不干这营生了，废话少说，我们刚从北京到此，替我们弄几间干净的屋子是正经，再说，这么大热天，我们的牲口也受不了委屈！"

老王没口地应示道："有……有……别的不像从前了，客房有的是，前面这一排房子被来往的将爷们闹得一塌糊涂，不像屋子，拦牲口倒合适，诸位跟我来，后院有的是屋子，当真，我先去招呼柜上一声……"嘴上说着，人已翻身向过道奔进去了，那两个汉子本来往外走的，此刻竟站在一旁，听快嘴老王的话，一面不断向三姑娘打量。老王一转身，两人竟也翻身进了过道，拉着老王，不知打听什么。

仇儿悄悄说："这两人路道不正，多半是吃横梁子的，我们当心一点。"

曹勋两眼一鼓，冷笑道："老子拳头正在发痒，不捶他一个半死才怪。"

半晌，快嘴老王同着柜上的先生和另外一个伙计迎了出来，那两个汉子却不见了影子。柜上先生摇着一柄破蒲扇，立在过道口，满脸堆欢地向三姑娘点点头，又向杨展拱拱手说："诸位从京城下来，这么大热天，定然乏了，快往里请。"

快嘴老王和另一个伙计便来牵牲口，仇儿忙拉着追风乌云骢说："这匹马近它不得，我自己牵着，看情形前面没住人，牲口搁在外面，也不放心。"

快嘴老王说："正是，后面有拦牲口的地方，槽头草料都有。"

于是人和马一齐进了过道，到了后面一层院落。后院也是一排十几间平屋，比较前面整齐一点，各屋子都挂着席帘子，左右两面搭着拦牲口的棚子，中间一片空地，比前面小得多，左首几间屋子似乎住着人，苇帘晃动，有人在那儿探头，靠左马棚内，也拴着几匹长行牲口。

柜上先生把杨展一行人让在右首几间屋子内，杨展定了三间屋子，一间让刘道贞、三姑娘合住，两间是通间，由杨展、曹勋、仇儿三人合住。仇儿把五匹牲口拦在右边马棚内，指挥伙计把马上东西送进屋内，然后自己替那乌云骢卸鞍、溜缰、上水、喂料，其余几匹交店伙计服伺去。

大家在屋子里擦了脸，快嘴老王替众人沏了一大壶茶，悄悄地向大家说：“这样兵荒马乱的年头，规矩良善的老百姓算遭了劫，远的不说说近的，这沙河镇上便关闭了十几家店铺，年轻一点的堂客逃得一个不剩，诸位大约是往南方去的，依我说，诸位悄悄地在这儿住一宿，明天一早奔前程，比什么都强，当真，时候不早，也该用晚饭时候了，诸位爱吃什么？我到镇上饭铺里叫去，迟一会儿，饭铺关了门，便没有可吃的了。本店大厨房的司务们因为住店的客人越来越少，都歇了业，躲回老家去，我们掌柜也吓得脚底揩了油，前面的柜房挪在后院来了，柜上只剩了一位管账先生和我们几个没脚蟹，对付支持着这座三义店，我这一说，诸位当然满明白了。”

这位伙计不愧得个快嘴的外号，一进门，尽听他一个人说的，嘴上鞭炮一般，说得没了没结，正说着，三姑娘从隔壁房里，洗完了脸，袅袅婷婷走了过来，向伙计问道：“左首几间屋内住着什么人？我一人在屋内洗脖子，几个混账东西竟趴在我窗外偷瞧，我没好气骂他们，便踅过来了。”

曹勋一听，便要往外蹦，刘道贞忙把他拉住了。快嘴老王双手乱摇，一转身，推开一点门口苇帘子，探出头去瞧了一瞧，才转身向三姑娘扮了个鬼脸，压着声说：“说也可怜，这么一座老字号的三义店，诸位不来，便只那左面两间屋的客人。那两屋的客人，看着好像是一事，他们自己愣说不一事，瞧不透是干什么的。刚才我在前进过道外，多说了一句话，那两人赶着直打听，被我用话堵回去了。这种人八成是邪魔外道，诸位贵客，好鞋不沾臭泥，三姑娘！你眼界是宽的，大约也瞧出一点来，出门人将就点，图个平安，现在这一带，什么路道都有，诸位吃喝完了，早点安息，明天早点赶路是正经。”说罢，便踅了出去，替他们张罗饭菜去了。

掌灯时，大家吃喝刚毕，睡觉还早一点，天气又热，屋内闷不过，大家掇个杌子，坐在房门口院子里乘凉。那头紧靠马棚也有几个不三不四的汉子，围着一张破矮桌，一面喝茶，一面犷声犷气在那儿聊天。因为长长的一排平屋，乘凉的院地也是狭长形，两面相隔，也有五六丈距离，说话声音高一点，可以听个大概，听出那边几个汉子满嘴夹杂着江湖切口，有时向这边鬼头鬼脑望望，便交头接耳，嘁嘁喳喳，说个不停，情形颇为可疑。

刘道贞、曹勋对于江湖黑话一窍不通，杨展毫没把这种人放在心上，根本没注意，仇儿虽是此道中家学渊源，可惜南北路数各别，口音不同，明知是黑话，却听不出什么来。只有三姑娘是保镖的世家，从小久历江湖，懂得一点门道，但是那几个汉子虽然说着江湖切口，大约看出这边几位有点来头，说的话也是半藏半吐，她也只听得一星半点。凭这一星半点，她已蛾眉时皱，犯了心思，却没和大家说，只暗地把仇儿调到一边，悄悄嘱咐了几句。

起更以后，大家进屋睡觉。刘道贞却见三姑娘好像预备上路一般，把一方黑帕包在头上，装一筒袖箭缚在左袖内，又取了一柄解腕尖刀，带着皮鞘子，拽在腰巾上，却没动那铁琵琶。

刘道贞说："你这是为什么？道上累了一天，还不躺下来歇歇？"

三姑娘嫣然一笑，悄声说："你不用大惊小怪，你睡你的，这种年头，出门人不能不当心，两个人里边，有一个醒着，究竟好得多。"

刘道贞明白关于江湖上的事，得事事请教贤内助，她这样举动，定有所为，自已也不敢高卧了，听听隔壁，那位曹大哥早已鼻息如雷，声震屋瓦了。

三姑娘一看丈夫也不打算睡觉，娇嗔着道："你这是成心捣乱。你这文弱身体经得住熬夜吗？明天抠了眼，失神落魄地在马鞍上打困盹，不跌下马来才怪呢，快替我睡去，我和衣陪着你睡，还不成吗！"

刘道贞听着娇妻这番轻怜蜜爱的话，哪敢违拗，只好解履上炕了。三姑娘"噗"的一口把灯吹灭，轻轻把门虚掩上，侧耳听了听院子里，寂寂无声，那边几个汉子已不在院内聊天了。

沙河镇虽然兵荒马乱，闹得大不景气，可是街上敲更的，查夜的，却比往常显得紧张。这是因为那面鸿升老店是钦差行辕，里面卸着三军命脉的二十万两饷银的缘故。

在街上二更敲过，仇儿在屋内，一听自己主人似乎睡得挺香，那位曹爷更是睡得仰面八叉，人事不知。仇儿人小身轻，轻功又出色，猴儿一般跳下炕来，身上原是结束好的，把一杯茶水向门臼一泼，毫无声息地把门微微推开，闪着身出去，把门带好，向门外暗处一缩身，打量院内，寂无人影，天上白灰灰的阵云遮蔽了月光，似乎要下雨一般，他先趸到刘道贞夫妇的窗下，向窗格上轻轻弹了一下，三姑娘立时从门缝里闪了出来，在仇儿耳边，悄说道："你替我巡风，却不要离开这两间屋子，尤其是我们这位刘大爷，非得有人照护着他不可。"

她嘱咐完了，毫不迟疑，唰地蹿上了近身的马棚，由马棚一接脚，到了店房的屋顶。

这屋顶从右到左都是灰泥平顶，其平如砥，长长的一排平屋，房上好像一条通道，她像燕子般向左面尽头几间屋上掠了过去，脚下声响毫无，将到尽头几间屋上，伏身贴耳一听，听出尽头第二间屋内有人说话。她早已算定主意，一撤身，向屋后一瞧，是块废地，圈着一道土墙，靠左有几间破屋子，大约是厨房之类，看情形没有住人。她知道这一排客房都是一样格局，每间屋内后身，都有一尺半见方的小窗，打量好后窗尺寸，立时珠帘倒卷，头下脚上，两脚扣住屋檐，像蛇一般卷下身去，两手在墙上破砖缝里微一借力，贴近了窗口。因是夏天，窗开着，透着凉风，她怕被屋内人瞧见，暂不探头，把耳朵贴在窗口边，静着心听他们说什么。

原来她在院内乘凉时，听出右面几间屋内住的几个客人满嘴黑话，有几句落在耳内，很是可疑，明知仇儿轻功比自己高，可是他不懂他们的江湖切口，才决心自己探他们一下，暗地预嘱仇儿替她巡风。

不料她这一下真用上了，而且偷听出可惊的事来了。

她听得屋内有个苍老的口音笑道：“我把你们带出来，是替瓢把子来办大事的，不是陪你们来偷偷摸摸，干这风流勾当的，你是这几天找不着臭娘们，憋着一脑门的色劲儿了，还有那位憨头儿韩老四，瞧见人家一匹好马，也想伸手，不错，马是宝马，不过凭我眼光看来，那边住着的几个人绝不是省油灯，连那雌儿也有门道，有其马，必有其主，尤其骑这马的主人，定非等闲人物，我劝你们安静点，不要误了瓢把子的正事。如果把煮熟的鸭子给弄飞了，瓢把子的厉害，你们当然明白，你们有几条命不?”

又有一人说道：“范老当家的话不错，鸿升客栈内二十万两银鞘是洛阳孙老头儿的命根子，我们只要把这批饷银拾下来，孙老头儿手下十几座营头，马上得军心涣散，守不住潼关。小闯王一进潼关，我们瓢把子便是第一件大功，那时节，我们瓢把子和范老当家几位出头露脸地一干，最少也得占他十几个州县，从这儿到黄河口岸，稳稳地是咱们天下了。娘儿们算什么，那时爱怎么乐便怎么乐了。”

三姑娘听得吃了一惊，这班人简直是小闯王的内应，忽听得一个尖嗓门的嚷道：“好了，好了！我无非逗着说玩话，并没有真个做出来，范当家训了我一顿不算，你也编派起我来了。”

苍老的口音冷笑道：“我才不犯着训你哩，我比你们多吃几担盐，说的是正理，你爱听不听！当真，隔壁韩老四和两面狼出去了半天，怎的还没回来?我叫他们去探一探押饷银的官军有几支火枪，这点屁事也得费这么大的工夫，年轻的哥儿们真没法说……”

屋内正说着，忽听得那面马棚内，蹄声腾踔，呼咧咧长嘶，同时勃腾……吧嗒……几声怪响。三姑娘一听马棚要出事，又听出追风乌云骢的怒嘶，更惦着她丈夫的安危，一缩身，翻上屋檐，一想不对，马棚出了事，院子里定然有人，屋上走不得，“哧”地又纵下了后墙根，沿着墙脚，飞一般向右边奔去，到了自己房后，才蹿上屋去，一伏身，向院内一瞧，立时放了心，原来她丈夫刘道贞很平安地立在院子里，和曹勋说话。仇儿牵着追风乌云骢正走回马棚里去。杨展没露面，院子依然静静的，没有外人羼在里面。那面屋内的匪人竟一个没探头，刚才明明听得马棚一阵骚动，此刻竟像自己听错了，不明白什么一回事，一耸身，纵下屋去。

刘道贞慌忙赶到她身边，悄悄说：“你悄没声一溜，几乎把我急死，你上哪儿去了?”

三姑娘微微一阵媚笑，并没答话，却向仇儿招手。仇儿过来，低低地一说所以然，她才明白了。

第三章　齐寡妇

在三姑娘上屋探听匪人踪迹当口，仇儿也纵上了屋顶。

他就在客房顶上仰天一躺，觉得四面空阔，凉爽之至，他如果没有巡风护院的事，真想在屋顶上高卧了。他得时时抬起头来，瞧瞧下面院内的动静和左面三姑娘的身影。

他一看三姑娘施展身手，从那边屋后挂下身去，便知她从后窗偷听了。等了老大工夫，还没见她翻上屋来，正想过去查看，忽听得前面穿堂里起了沙沙的脚步声。他一转身，借着檐口一带砌着半尺高的挡水砖，隐着身子，微露了两眼，向对面穿堂口瞧时，只见两个精壮小伙子，穿着一身青的短打扮，立在院心嘁喳了几句，一人向左边客房奔去，一人却向右边马棚走来，似乎踮着脚尖走，不使脚下带出声来，不时地留神住人的两间客房。到了马棚相近，忽地一个箭步蹿入棚内。

不料他进去得快，出来得更快，似乎还没有挨近追风乌云骢的身子，那马呼咧咧一声长嘶，屁股一耸，后腿一个双飞，“噼噗”“吧嗒”，人像圆球般弹了出来，直弹出马棚一丈开外，跌在地上，还滚了一溜路。

这人死活还没有看清，唰……唰……从左面飞过一条黑影，身法极快，扑到这人所在，一俯身，把地上的人提起来，在肋下一夹，又唰……唰……飞一般跑回左尽头第二间房门口，灯影一晃，闪身而入，霎时，灯影俱无。

屋上仇儿看得暗暗点头，此人身法、步法确是不凡，在这转瞬之间，马棚内几匹马都呼咧咧乱叫，四蹄腾踔，不安分起来。那匹追风乌云骢原没有拴住缰绳，径自纵出马棚，昂头长嘶。

两间屋内的刘道贞、曹勋都开门而出，互问情由，刘道贞从睡梦中惊醒，不见了和衣而睡的三姑娘，更是惊疑万分。

仇儿从屋上飘身而下，和他一说，才略安心。仇儿忙不及先把追风乌云骢拉回棚内，转身出来，三姑娘也到了。

三姑娘心里有事，急于想和杨展商量，一看杨展始终没有露面，忙问刘道贞道："我大哥呢？"

刘道贞一愣，仇儿一个箭步，向主人房内蹿去，一进屋内，他主人踪影全无，一柄莹雪剑依然压在枕头底下。他吃了一惊，一转身，跳出门外，向曹勋问道："曹大爷，我主人上哪儿去了，你知道么？"

曹勋不信，跑到房门口，向内一瞧，果然没有在屋，立时嘴张得老大，自言自语地说："噫！这奇了，我闻声蹦出来时，却没有留神他，可是这一点地方，他愣会不见了，他从哪儿出去的呢？"

三姑娘玉手一摇，忙说："莫响，我们进屋去。"

大家走进杨展住的屋内，刘道贞便问仇儿道："你出去替她巡风时，你主人已睡着了么？"

仇儿道："我出房门时，我主人和衣睡在炕上，似乎睡得挺香，这位曹大爷呼声震耳，也没有把他吵醒，这样，我才悄悄出了房门，怎的会不见呢？如果翻屋出去，我在房上早瞧见了，从哪儿走的呢？为什么要这样悄没声地走呢？"

仇儿放心不下，急于想去找自己主人，三姑娘把他拉住了，指着后窗笑道："我相信他从这儿出去的，所以你瞧不见，这样小窗，我们想出去费事，你主人的本领你当然知道的，奇怪的是，为什么出去的呢？我相信我大哥的本领不至有差，你想，他连随身的兵刃都不带，当然不是危险的事，他有他的道理，我们不用瞎猜疑，也许马上就回来了。"

三姑娘肚里憋着事，不见杨展的面，不愿出口，刘道贞问她："探听了什么？"

她回说："等大哥回来，再说不迟。"

大家坐在屋里，疑疑惑惑的不太好受，杨展没回来，也无法再睡觉，大约等了一个时辰，猛见房门轻轻开去，杨展悄声地进来了，赤手空拳，身上依然是路上一套文生打扮，面上从从容容的，也没异样。大家见着他，如获异宝，都跳起来，都想张嘴说话。

曹勋头一个张嘴便嚷，嗓门又宽，他说："我的进士相公，你悄没声溜到哪儿去了……"

杨展指着后窗说："莫嚷！莫嚷！你们刚才在屋里说什么来着？你们去摸人家，人家也来摸我们了。"

大家一听，都暗暗吃惊，齐向后窗户瞧了又瞧。

三姑娘更吃惊，心想听他口气，自己行动，他早明白了，人家来摸我们，这一招却没有防到，屋内空坐着四个人，竟一个没觉察隔窗有耳，这一招，也算栽给人家了。她向杨展说：“还好，我们没说什么，只瞎猜大哥上哪儿去了。”

杨展点头道：“这样很好。”

三姑娘忙又说：“大哥，你坐下来，我有话和你说。”

杨展笑道：“我知道你要说什么，但是我知道的比你多得多。”

三姑娘吃惊似的张着两片嘴唇，半晌才说：“大哥！原来你也……”

杨展不等她说出来，伸出中指，往自己嘴上一比：“嘘……不必说了，你们也莫问，你听街上敲了四更，没有多大工夫天便亮了，我们总得休息一下，有什么事，明天路上和你们说吧！”

第二天清早，大家起来，盥洗、吃喝以后，聚在一屋内，整理行装，预备上路。

三姑娘肚里憋着事，没好好儿睡一觉，店伙快嘴老王进来伺候，三姑娘便问道：“天还没亮透，我听出左边几间屋内的客人，一齐摸着黑便上路了，这班人走得这么急，上哪儿去的呢？”

快嘴老王摇着头说：“嗨！这种人哪有好事，到这儿过了两宿，什么事也没有干，急急风地又往回走了，走的当口，马上驮着一个半死不活的小伙子，不知受了什么病，谁也瞧不透怎么一回事，不然，怎么叫邪魔外道呢？”

三姑娘心里明白，那半死不活的小子定是昨夜被马踢伤的。

快嘴老王出去以后，三姑娘一肚皮的话实在有点憋不住了，赶着杨展问道：“大哥，你昨夜说，你知道的比我还多，你知道这批饷银往前去要出事吗？饷银出事，碍不着我们，不过我们一上路，走的是一条道，难免碰在节骨眼儿上搅在浑水里。再说，昨夜那几个吃横梁子的，已经有人吃了我们追风乌云骢的亏，这就算结上了梁子，万一冤家路窄，有点风吹草动，不由我们不伸手，我们赶路要紧，谁愿意找麻烦。”

刘道贞坐在一旁，听他娇妻百灵鸟似的说得又快又脆，心里暗暗得意，笑嘻嘻不住点头，诌着文说：“其然！岂其然乎！”

三姑娘瞧了他一眼，娇嗔着说：“少来酸劲儿，鳝糊……鳝糊是道地南方菜，黄河边上只吃鲤鱼，没有吃鳝糊的，瞧你这酸溜溜的，少说闲白儿，好不好！”一面说，一面也咯咯笑了，大家听她说得有趣，都笑得打跌。

杨展忍着笑说：“她的话并没错，可是事到临头，身不由己，你们哪知道事情没有你们想的简单，而且已经套在我头上，只要我们一上路，往南走，是祸是福，便得听天由命，昨夜我琢磨了半夜，也没想出好办法来……”

大家一听，摸不着门路，杨展从来没有这样畏畏缩缩过，其中定然有出人意外的事了。曹勋可不管这一套，大声说：“不是为了那几个毛贼吗？小事一件，路上有点风吹草动，凭我腰里一支鞭，便把他们打发了。”

这位傻大爷一厢情愿，也没有听明白人家的话，杨展只是微笑，三姑娘向曹勋打趣道：“对！有曹大爷这条霸王鞭，小小毛贼，何足道哉，可是你得问问大哥，是不是为了几个毛贼的事呀？”

曹勋眨着一对大眼，半天没开声，却自言自语唠叨着：“谁知你们肚子里的毛病？有话不说，干吗老卖关子，憋得人都闷得慌。”

三姑娘笑得直不起腰来，刘道贞笑说：“杨兄昨夜定有所见，此刻那边几个匪人已走，不怕隔墙有耳，何妨在这儿说出来，大家商量商量，何必定要在路上说呢？”

杨展说道：“不是我故意不说，我是为了难，想打算一个妥当办法。以后，再和你们说，也罢，我们到下午再上路不迟。”说罢，叫仇儿从一个包袱内，取出一个护书夹子，自己从里面抽出一封信来，递给了刘道贞，嘴上说：“你先瞧瞧这个，我再向你们说昨晚的事。”

刘道贞拿着这封信，凝神注意细看，还没有瞧完，已惊得跳了起来，嘴上喊着：“好险！好险！差一点我们出不了京城！竟有这样的事！杨兄，你为什么不早对我说……”

杨展笑道：“事已过去，何必大家担惊？早对你说，你们离京时难免前瞻后顾，态度便没有这样自然了。实对你说，倘然没有昨晚的麻烦事，这段秘密便打算不让你们知道了。”

三姑娘文字有限，急得拉着刘道贞问道：“这信是谁写的？写的什么事？你自己瞧明白了，对不对？”

刘道贞一看三姑娘娇嗔满面，忙不及把信内的大意解释出来，他这一解释，三姑娘、曹勋以及仇儿都听傻了，都觉着此刻五个人好好儿的聚在沙河镇三义店，是天大的造化。原来这封信，便是鹿杖翁暗暗送回金钱镖，说明虞二麻子，从中维持香窟凶案的那封长信。信尾附带着虞锦雯几句话，刘道贞知趣，略而不提。可是这封信没有具名，是谁写的，刘道贞还不知道。

三姑娘想问时，杨展早开口了，笑道：“这封信是一位老前辈——道号鹿杖翁——写给我的。这位前辈老英雄是我们四川第一奇人，和我却有相当渊源。那位虞二麻子，在京时虽然没有见面，说起来，也不是外人，是我一位义姊的伯父，所以在暗中肯这样出力维护。这档事总算过去，不必再说它了。现在你们明白了这档事，我再说昨晚的意外事，而且是一桩麻烦事。”

原来昨夜院内乘凉当口，三姑娘暗地和仇儿鼓捣，杨展早已看在眼内，明白他们要去摸人家根底。仇儿门臼泼水，偷偷走出，杨展假装睡熟，其实都知道。仇儿和三姑娘一上屋，他也没闲着，早已一跃下炕，正想跟踪出屋，猛听得后窗口“卜托”一声响，一转身，“哧”地从窗口飞进一件小东西来。杨展一伸手便接住了，舒掌一瞧，原来一粒沙石，裹着一个纸团，走近床前油灯盏下一瞧，纸上寥寥几个字：“请到窗外一谈，虞二候教。”

杨展瞧这几个字却大大地吃了一惊，想不到虞二麻子也到了此地，难道鹿杖翁信内所说未全真实，虞二还要下手，缉拿香窟凶犯么？如真为了这个跟踪而来，说不得，只好本领上见高低，没法顾到虞锦雯面上了。

正在一阵犹疑，身子正背着后窗，猛又听得后窗口有人低声说道：“千万不要多疑，锦雯是我侄女。”

杨展一转身，不由得吓了一跳，只见一个怪模怪样的脑袋从后窗口探了进来，窗口既小，脑袋却特别的大，而且是个谢顶的大老秃，漆黑的一张大麻脸，灯光又弱，只见黑麻脸上，一对灼灼放光的怪眼，只见脑袋，不见身子，好像这颗鬼怪似的大脑袋长在窗口一般，而且朝着杨展龇牙一笑，丑怪异常。胆小的普通人，深更半夜碰见这样怪事，准可吓死大活人。

杨展向窗口怪脑袋双手高拱，悄悄说道：“虞老前辈，深夜光临，定有赐教，屋内有友人同榻，让晚辈出去拜见好了。”

窗口怪脑袋点点头，两眼向他眨了几眨，脑袋往后一缩，便不见了。杨展向枕头底下莹雪剑看了一眼，并没抽剑，又向后窗打量了一下，一个回旋，全身骨节咯咯作响，忽地一耸身，两臂向上一穿，两掌一合，一个燕子穿帘，人像根草似的飞出窗去。这样小的窗口，大约也将将能把身子钻出去，稍胖一点便不可能了。

杨展穿出后窗，轻飘飘落在窗外七八尺远，一转身，只见墙根下立着一个矮老头儿，向他低低赞道：“好俊的功夫，鹿杖翁毕竟老眼无花。”

杨展心里说：“原来你故意在后窗外，来考较我的。”心里这样想，看在虞锦雯面上，只好走近前去，深深一揖，嘴上说道，“匆匆和几个同伴出京，未能拜访老前辈，尚乞海涵一二，想不到老前辈也出京来了，怎知道晚辈住在三义店呢？”

虞二麻子说道："此地不是谈话之所，那边住着几个贼崽子，我瞧见你们同伴中一位女英雄也听他们去了，这几个贼崽子没有什么了不得，我们且拣个僻静处所谈一下，你跟我来。"说罢，便向屋后围墙走去，一耸身，便纵出去了。

杨展见他老气横秋，初次见面便以长者自居，谈吐却非常爽直，而且语气亲切，猛地转念：那位任性而行的鹿杖翁还不知和虞老头儿说什么来着，虞锦雯的事也许当作真事般和他说了，所以虞老头儿在窗口一探头，忙不及声明锦雯是他侄女，看情形，也许在他眼内已把我当作侄女婿了。这种事一时没法分辩，只好含糊着再说。

他跟着虞二麻子的身影，纵出三义店后身的围墙，一先一后，翻过一座黑土冈子，穿入一片高粱地，约莫走了半里路，前面一片树林挡住，月黑星稀，瞄着虞二麻子身影，穿入林内，才看出是座像样的坟地，树林是圈着坟地的，只要看周围的树木尽是合抱的白皮松，这座坟定是百年以上的老坟地。前面墓道上还有石人、石马对立着，墓左竖着巍然耸立的大石碑，墓中枯骨最少是个赫赫一时的人物。黑夜瞎摸，有事在心，也没有闲情逸致去摩挲坟前的碑文，坟后树上的夜枭子"咻溜""咻溜"在那儿悲啼，增加了深夜荒坟的凄清。

虞二麻子在石碑前面立定身，笑道："这儿很好，我今夜能够会到你，高兴极了，实对你说，你们从京城动身，过了高碑店，我已跟上你们了。你不认得我，我却认得你，因为我夜入廖侍郎家里，暗地里见过你面的。"

杨展听得未免吃惊，心说："你还是为了那档事来的。"不禁脱口而出道，"老前辈既然有意跟踪，为什么不早早露面？老前辈这样跋涉长途，倒叫晚辈心里不安了。"

虞二麻子听出软中有刺，仰天打了个哈哈，笑道："你以为我为了你们才跑这么远么？笑话！我虞老头子一辈子虽然心狠手辣，还不至在自己侄姑老爷身上施展。"

这姑老爷三个字更使杨展吃惊，心想不好，这事越扣越紧，总得说明一下才好，刚一张嘴，喊出"老前辈"三个字，虞二麻子立时抢着说道："你莫响，听我说，鹿杖翁到得真是时候，几乎使我做出见不得人的事。我一听他说虞锦雯在你府上，鹿杖翁和你老太太已办得停停当当，你又高中武进士，得了参将的前程，我真高兴极了。我虞二无男无女，我只有这么一个侄女，时时惦着她，想不到我侄女倒有志气，似乎也配得过你，而且我虞二面上也沾了光。我虞二虽然心狠手辣，在六扇门中吃了一辈子，可是自问良心没有黑过，没有做过没出息的事，虽然是个快班头儿，出身不高，在京城里还说得出去，还不至玷辱我们姑老爷……”

杨展越听越不是味儿，闹得无言可答，不知说什么才好。

虞二麻子只顾自己说话，绝不理会杨展的神气，黑夜之间，也不大瞧得出来，而且说得滔滔不绝，绝没有旁人张嘴的余地。

他吸了口气，又说道：“未出京时，我明白你得鹿杖翁那封信，心里还是疑疑惑惑的，总以为六扇门的鹰爪孙哪有好东西，绝不会去找我虞老头子的，但是我真想见你一见，所以暗地里到了廖宅，偷偷瞧了你一下，心里还是不安，还想请你出去，好好招待一下，让我同行中一班后生小辈开开眼，我虞老头子也有这门高亲。再说，我鳌里夺尊、人前显耀的姑老爷到了北京，我没有好好地会一下亲，我侄女锦雯面前也交代不过去。可是鹿老头子说走就走，你又为了那档案子，急急出京，叫我老头子干着急，毫无法想。

“不料事有凑巧，大内发出二十万两饷银，钦派了堂印太监王相臣押运。王太监是我老头子的饭东，我年老退役以后，便在王太监府里一忍，王太监为人怎样，我不管，他待我，可是称兄道弟，当我一个人物看待。我们这种人，受了人家好处，极不能搁在一边。

“王太监押运饷银，虽然有军部调拨一名参将和一队护饷官兵，他自己还带着几十名禁卫军，他却知道这条道上不比从前，沿途乱得厉害，绿林人物更是活跃，求我跟他跑一趟，随身有人保着他，放心一点。

“照说，这批饷银起运出京，大约比你动身时早一二天，可是一过涿州高碑店，我便看出情形不对，有吃横梁子的暗桩缀上这批饷银了。

“敢动这大批饷银的绝不是普通人物，没相当的把握，绝不敢动大队护运的官饷，光棍不斗势，既然敢斗一斗官家的势力，不用说，事情很棘手的了。可是我只看出一点风色，还不能十分确定，不便和王太监实说出来，推说路上有形迹可疑的人，应该留神一点，我便离开了大队，故意落后一段路，装着不相干的行人，暗地留神吃横梁子的举动，想不到我这样一来，在清苑到望都道上，便瞧出你们也从这条道上来了，不用认你本人，只远远瞧见你胯下追风乌云骢，便早认出来了。我心里一喜，有缘千里来相会，无缘对面不相逢，居然碰上了。同时却又替你担心，你骑这匹宝马，在绿林道的眼内，比万两黄金还眼热，迟早会引出麻烦来的。

“那时我算定同在这条道上走，只要不过黄河，随时都可碰上，先不忙着和你打招呼，因为这批饷银关系太大，关系着无数军民的性命，我得用心探出一点线索来，总得探明哪一个山头有这么大的胆量。我充作到河南收账的老客商，一站一站地缀下去，缀着几个暗缀银驮子的匪人，直到了这沙河镇。

“可恨的王太监，我虽然吃了他的饭，不由我不恨，这批饷银关系何等重要，他却在鸿升老店摆起了钦差的谱儿，在这儿息马养神，竟蹭蹬了两天两夜。在这两夜内，我也摸着了三义店匪人的暗舵，探出一点眉目来了。虽然只探出一点眉目，我自己明白，生有处，死有地，我这副老骨头要撂在这条道上了。我是不是为了保全这批饷银，或者为了报答王太监平日一番恩情，情愿把老命撂在此地，我自己也说不出所以然来。

“我在未死以前，得和你会一面，请你捎个口信给我侄女锦雯，万一见着鹿杖翁，也通知他一声，只要说一句，虞老头子为什么死的，便够了。还有，你们得赶快走，越快越好，马上得动身才好，千万不要蹚在浑水里，切记切记！

“我言尽于此，这便是我此刻来找你谈一谈的原因。好了，现在我可放心了，你回房去吧！我要走了！”说罢，叹了口气，点点头，便转身走去。

杨展一个箭步拦住了虞二麻子，剑眉微耸，虎目放光，斩钉截铁地说：“老前辈！请你止步，晚辈有事求教！”

虞二麻子朝杨展看了一眼说：“噫！你这是为什么？你有事么？”

杨展说：“二十万饷银，有这大队官军押运，老前辈也是江湖闻名的老英雄，晚辈真不信有这样厉害的绿林，敢向这批军饷下手，而且老前辈认定非死在这儿不可，究竟老前辈探出什么来了？何妨对晚辈说一说，晚辈虽然北道上事事生疏，也许可以稍助一臂呢！”

虞二麻子一听杨展说出这样话来，一跺脚，说道：“糟！糟！怕什么，有什么，我不和你说，便怕你有这一手。你要明白，你虽然是新中武进士，得了参将前程，你现在还没有吃上官粮，这档事和你又没有一点关系，你家里有老母、娇妻天天盼望着，连我侄女也在内，你犯得着蹚这浑水么？你不用问，没有你的事，你年纪轻轻，留着这身本领，将来替国家干大事，搅在这种事里边，为什么？”

杨展立时接口道：“为什么？为了报答老前辈维护秘窟凶案的恩义，也为了老前辈是雯姊的伯父、鹿老前辈的至友！”

虞二麻子听得直眨眼，半响，没有出声。

杨展又说道：“老前辈，你是把事绕住了。绿林人物，这种年头，什么地方都有，我们四川出名的十三家山贼，晚辈也和他们周旋过，只要他不是三头六臂的怪物，也是两手两腿的人，总有法子对付的，我也不敢大包大揽，只要老前辈把探得的一点眉目说出来，我们看事做事，有力使力，无力使智，大家商量着办，也没有关系呀！”

虞二麻子忽地拉住杨展手臂，摇了几摇，叹口气说：“你话是不错，你哪知道，这次想动饷银的不是普通的绿林人物，而且这班绿林里面，偏偏有我虞二麻子的对头冤家，事情挤在一块儿，只要一发动，便得分死活，你不要瞧这批饷银有一百多号官军跟着，我深知在京城里的官军，不论是什么营头，都是摆样儿的货，到了节骨眼儿上，他们肯卖命才怪哩，早已脚底揩油，远远地溜了，我担心的便在这上面。”

杨展道：“这不去管他，老前辈探得的是什么样的人物呢？”

虞二麻子说：“嗨！你非逼我说不可，说就说吧！你们住的左首尽头两间屋内，住着五个匪人，便是匪人的暗舵，沿途暗缀着银驮子的，便是这暗舵派出去的。这五个匪人里面，有一个五十上下的匪首，外号叫作金眼雕，因为他姓金，长着一对黄眼珠，能够黑夜辨物，手底下很有几下子。他巢穴在磁州边界，靠近河南彰德府武安县境的石鼓山。但是凭金眼雕这股匪人，还没有这么大魄力，敢摸这批饷银，他是捧粗腿，替人忙活，起了见面有份的主意，正点另有其人。

“据我这几天暗地探听他们过话的口风，才明白他们是合着三座山头的力量，来动这批饷银的，而且他们雄心勃勃，非但垂涎二十万两饷银，还与潼关外面的小闯王大批部队，都暗通声气，也许受了小闯王指使，叫他们截留这批饷银，使孙督帅部下的军心涣散，不战自乱，便可攻破潼关，直进河南。这主意很是厉害，这三座山头的匪徒中，石鼓山金眼雕的力量弱一点，无非替人跑腿，主要的匪首在卫辉府境内的浮山岭和塔儿冈两座山头，浮山岭寨主是绿林道出名的魔王，江湖上提起飞槊张，大约不知道的很少，他手上得意的兵刃就是一支铁槊，所以称为飞槊张，张是他的姓。

“这种槊是古代马上的兵刃，又称马槊，古人马上交战，有用丈二长槊，荡决于万马军中，五代李存孝便用这种长槊，槊锋长二尺五寸，宽锋三刃，形似巨剑，还有在上面缀金铃的，叫作铃槊。飞槊张用的铁槊什么样子，没有瞧见过，不过槊法似已失传，除出飞槊张以外，还没有听人用过这种兵刃，不知飞槊张从哪儿学来的招数。

“既然是长兵器，也不外从枪、矛、戟等招数中蜕化出来罢了，我虽然没有见过飞槊张的槊招，却和此人结过梁子。这事还在十几年前，飞槊张还没有上浮山岭立柜开爬，在关外做了一阵马贼，不知为什么独个儿到了京城，狂嫖狂赌，挥金如土，同时几家王公国戚都出了飞贼案，丢失不少金银珠宝，那时我正做着刑部大班头儿，得着弟兄们报告，盯着了飞槊张落脚处所，把他堵在一家私娼的屋里。

“飞槊张真够狠的，他把那个私娼当了兵器，从后窗内掷了出来，他自己却攀折了屋顶短椽，从屋上逃走，身手不弱，我一直追到城墙根，他已施展壁虎游墙功夫，上了城墙，被我打了一镖，竟带着镖被他逃走了。

“这事以后，不到两个月工夫，忽然有人送了一封信到我下处，我没在家，回去看到信时，送信的人早已走掉，信封内装着我自己一支镖，信内写着：‘记着这笔账，哪儿碰上哪儿算，连本带利一块儿算！’下面具着飞槊张三个字。吃我们这一行的，这种事当然难免，我不常出京，京城是我们的地面，也不怕他再来兴风作浪。

“过了好几年，有人传说他在浮山岭创出了字号，做开了线上买卖，我也没有十分注意。一晃好几年，想不到冤家路窄，这一次我飞蛾扑火，新账旧欠，一块儿总算，谁也没法含糊了。”虞二麻子说到这儿，不由得叹了口气。

杨展点着头说：“原来如是！飞槊张和金眼雕是石鼓山、浮山岭两处山寨的匪首，老前辈刚才说过，还有塔儿冈一处强人，又是什么人物呢？”

虞二麻子仰天嘘了口气，背着手在石碑前后转了一圈，压着声说：“江湖上不论是谁，只要提起塔儿冈这个地名，便知道说的是谁了，好像这塔儿冈三字，便可代替一个人的名字般。这人是谁呢？嘿！你想不到，这人还是个妇道，而且是个寡妇，黄河两岸，提起齐寡妇的名头，不论是达官的保镖、上线的绿林，在塔儿冈左近一带跑跑道的，总得和齐寡妇打个招呼。遇上解不开的扣儿，只要齐寡妇派个人，拿着她一张字条儿，便烟消雾散，不怕你不乖乖地听她吩咐。

“这位齐寡妇的名头，也无非在最近七八年内叫响了的，她的本领和机智，在江湖道中，实在可算得一个杰出的厉害人物。自从江湖上有了她这个人以后，没有听她栽给人家过。我替这批饷银担心，算定自己这副老骨头，准得撂在这条道上，还不是怕飞槊张、金眼雕，怕的便是那位齐寡妇……”

杨展听得有点不以为然，暗笑虞二麻子人老气衰，齐寡妇无非一个女强盗，犯不上怕得这样，嘴里不说，鼻子里却哼了一声。

虞二麻子立时觉察，微笑道：“其实我没有见过齐寡妇，关于齐寡妇的事，都是听旁人说的，你定以为齐寡妇手下党羽众多，是个大股匪徒的女强盗头儿？如果这样，和飞槊张、金眼雕差不多，不过是个女的罢了，谈不到怕字头上去。正怪她并没有占山立寨，也没有上线开爬，她在塔儿冈还守着偌大一片财产，在塔儿冈是个首户。

“有人上她家去，和别处的大家富户一样的排场，见着她本人，也和大家贵妇差不多，现在年纪大约也不过三十左右，论门第，还是位总兵夫人，看表面，谁也瞧不透这位齐寡妇，有这样大的魄力和本领。但是齐寡妇实在是个非常人物，她以前的故事，现在没有工夫细说，只说她最近几年，暗地里把塔儿冈布置得像铁桶一般，不经她许可，谁也休想走进她的禁地。据说她家里有地道，可以通到塔儿冈险要处所，也是她秘密布置的发号施令之所。她家中黑压压一片庄园，里面不论男的女的，老的小的，以及丫头使女、长工小童之类，可以说手上都有点明白，遇上事都能对付一起，表面上却和平常人一般。

“有人说，齐寡妇是当年皮岛大帅毛文龙的小姐，她丈夫便是毛文龙手下的得力臂膀，在毛文龙被袁崇焕剑斩以后，她丈夫也力屈殉难。齐寡妇那时也不过二十左右，她却带着许多人从海道逃走，隐迹江湖，暗地用了计谋，贿赂了几个奸臣权监，罗织罪状，把袁崇焕也弄到明正典刑，报了她父仇、夫仇。

“到了这七八年内，才在塔儿冈露了头角。她现在家里用的一班人，以及浮山岭的飞槊张、石鼓山的金眼雕，都是皮岛毛文龙的旧部，这是人家知道一点的，没有知道的党羽，大约也不在少数。凡是齐寡妇手下的人，对于朝廷没有不切齿痛恨的。齐寡妇和潼关外面的强徒暗通声气，这是当然的事，所以我探出了想截这批饷银的主点是齐寡妇，我便知道不妙，押运的官军又这样不济，凭我一个老头子济得了什么事？便是再添上几个，也白费事。

“我这把年纪也活腻了，这副老骨头撂在此地，毫不足惜，如果再把你也带上，我真死不瞑目了。我还是那句话，将来国家需要你们年轻人来支撑，搅在这种浑水里面，一百个犯不着，你走你的清秋大路，不要多管我老头子的事。好了！话越说越多，我还有事，你快回房去吧！”

杨展一面听，一面心里不断地打稿子，听出齐寡妇非但不是普通的绿林，简直是河南一带的心腹大患，奇怪的是，河南那班昏庸的文武大员平时在那儿干什么？难道个个都是耳聋眼瞎一般？可见齐寡妇的手段非常厉害，也许文武衙门内，都有她的心腹奸细了。既然被自己知道了此事，虞二麻子孤掌难呜，往前走确是死路一条，难道我能看着他去送死吗？

他心里稿子还没打好，虞二麻子话已说完，便要走开。

杨展忙伸手拉住了虞二麻子，说道："老前辈吩咐，晚辈不敢不遵，可是我有点小主意，也许老前辈用得上，可以解一步危难。"

杨展想留住虞二麻子，故意这么说，其实他还没想出主意来。虞二麻子一听，精神不由得一振，忙问："你有甚主意？北道上的事，你不熟悉，哪里来的主意？"

杨展一急，似乎发现了一线光明，问道："据老前辈所说，匪人有三处巢穴，老前辈能够猜度他们下手的地点么？"

虞二麻子说："这批二十几万两银子不在少数，小一点的山头是藏不住的，何况他们截留了这批饷银，另有用意，内藏机谋，据我猜度，金眼雕的石鼓山在邯郸磁州一带，还在河北境内，不会下手，一进河南，过了汤阴，大赉店是打尖处所，离浮山岭最近，便有点靠不住了，再过去，到了洪县，出洪县，地名叫十三里堡，便是通塔儿冈的要道，一过十三里堡，步步走近黄河北岸，离远了塔儿冈，便不是下手之地了，所以他们下手之处，必在汤阴、大赉店到洪县、十三里堡一段路上。对！大约便在这段路上，你问这个是什么主意？"

杨展说："既然猜得到他们下手地段，在未到他们下手之处，这批饷银可以放心地走，从这儿到汤阴，大约还有二三百里路程，老前辈何妨知会押运的王太监，故意慢慢地走，一面赶紧派人先渡过河去，通知孙督师大营，火速调兵渡过河来，星夜兼程疾进，迎护这批饷银。孙督师当然明白这批饷银关系全军安危，肯定尽力护饷，只要兵力雄厚，齐寡妇虽然了得，也无法可想了。"

虞二麻子笑道："这主意我早已想过了，我此刻到行辕去，便要对王太监说明内情，教他赶快派人渡河求救。但是我料到这一着棋，齐寡妇也想得到的，这条道上，齐寡妇定已层层布置，我们派去的人大约到不了黄河口岸，便被他们截住了。再说，我探知潼关一带非常吃紧，孙督师几座得力营头已经吃了几次败仗，大约所有兵力都已调到吃紧处所，大营能不能立时抽调得力军队赶来接应，还是个疑问。其实饷银未起程之先，军部已有紧急塘报，知会孙督师大营，怕的是这按站传递的塘报，在这条道上也是悬虚，也许这塘报已落齐寡妇之手。不管怎样，死马也得当活马医，这一步棋总要走的。"

杨展一听，凉了半截，低着头，不住地思索。他思索的，自己决计要救一下虞二麻子，救虞二麻子还有法想，救这批饷银却非常悬虚。但是虞二麻子这个倔老头儿，已和这批饷银贴上了，想救虞二麻子，便得救这批饷银，难就难在这上面了。杨展想了半天，猛一抬头，不见了虞二麻子，四面一看，踪影全无。虞二麻子竟悄悄溜了。杨展心里有点惭愧，一时想不出妥当办法，追上他也没有用，只好怏怏地回到三义店去了。

杨展从原路独个儿回转店房，刚进了围墙，远远便见自己房后小窗外，一条黑影子一闪，从墙根下像鬼影似的向左面溜了过去，被树影遮住，霎时失了踪迹。杨展有事在心，并不追踪，回到店房，经众人追问之下，才把和虞二麻子会面的事，说了出来，大家才明白杨展为难的情由。

三姑娘向杨展说道："齐寡妇这名头，我在这儿卖唱时，听人说起过，确是个厉害的女魔头。别的不知道，只由我从江湖上听到的一桩事来说，这位齐寡妇定有极大本领。"

杨展问道："你知道的什么一桩事呢？"

三姑娘说："据说齐寡妇长得很美，初到塔儿冈时，身边只带两个丫头和一个白发苍白的怪老头儿，并没住在塔儿冈内有人家的地方，拣了一处僻静所在，孤零零地盖了几间房子，房子外面，并没围墙，只用枯枝短棒编了一圈篱笆。她屋内却布置得非常华丽，用的器具，非金即银，而且不断地拿出银子来，周济邻近的穷苦山民，受了她好处的，只知道她姓齐，是个富家寡妇罢了，谁也摸不清她的来历。不知怎样一来，她乐善好施、人美而富的声名传到了左近绿林耳内，预先派手下到齐寡妇门前，踩好了道，探明了屋内除去齐寡妇以外，只有两个丫头、一个打杂的老头儿，地方又偏僻，门户又单薄，这种买卖，手到擒来，几个吃横梁子的，还想来个人财两得。

"一天夜里，两个匪首领着十几个喽啰，暗暗地摸到了齐寡妇的门前，因为她门前没有围墙，仅短短的一道篱笆，连篱笆口子的栅门都没有安设，只要立在篱笆外面，便可窥到齐寡妇的窗口。大约那时是春夏天气，其余屋内没有掌灯，只有一间开着窗，靠窗桌上，搁着一盏明角风灯，两个十六七岁的小丫头对坐着，一面说笑，一面各自拿着一件女红，一针一针地在那儿刺绣。

"一个丫鬟笑着说：'主母和老伯伯已经出去了两天，还不回来，教我们两个女孩子守在屋里，这种鬼也不见一个的野地方，多么怕人。'

"对面的一个娇骂道：'你不用吓唬我，你听听那面山坳里的狼嚎，不用说进来几个山贼，便是蹿进几只狼来，也是不了，你听听，至少有十几只狼

崽子出窝了，我说今晚有点悬虚，我老是心跳，你怕不怕?’

“窗内两个丫鬟说话，山静夜寂，外面听得逼真。篱外几个匪人听出齐寡妇不在家，这两个妞面也不坏，连人带财物一起卷，人要交了子午运，山也挡不住，天下哪里还有这样便宜事。

“两个匪首想得心里开花，这还有什么客气，也用不着掩掩藏藏，竟是高喝一声：‘哥儿们！上！可不要吓坏了咱们两个小妞儿！’一声喝罢，便率领手下向篱口进身，留神窗内两个妞儿时，真奇怪，头也不抬，依然在那儿不徐不疾地刺绣，好像都是聋子，没有听到他们吆喝一般。为首两个匪徒虽然觉得奇怪，人已迈步到了篱口，有几个心急的匪党，手上刀子一举，‘哧’地先跳进了篱笆内，第一个跳进去的，脚还没有落地，忽地‘啊哟’一声，手上刀片一掷，身子跌倒，痛得满地打滚；第二个跟着进去的，照方抓药，也是满地乱滚。

“这当口，两个匪首刚抢进篱口，瞧见跳篱的同伴变成这般模样，还有点莫名其妙。惊疑之际，猛见窗口两只小白手，朝他们一扬，极细的几缕尖风一齐刺入两个匪首的双目，立时几声狂叫，痛得两个匪首蹲下身去，动弹不得了。匪首身后还有七八个匪徒，一看情形不对，疾向篱口两旁一缩，正想拔脚逃命时，屋内窗口那盏明角风灯突然熄灭，篱外匪党们喊声‘不好’，一窝蜂向来路奔跑，猛觉迎面飞来一条黑影，还没有看清什么，前面的两三个匪党齐声惨叫，双目立瞎，后面没有受伤的，吓得掐了头的苍蝇一般，转身又往这面飞逃。哪知道太岁照命，人家是两头堵，一个个都中了暗器，都弄瞎了眼。十几个吃横梁子的，不论匪首匪党，没有一个留一只活眼的，一个个的双眼内都插着一支绣花针，一个个都变成了瞎子。

“听说这十几名瞎贼，命倒没有送，被人家像串蚱蜢似的，用绳束缚成一串，领出塔儿冈外，才放他们逃命。这十几个瞎贼，眼瞎嘴不封，从他们嘴里说出来，才传开了齐寡妇的厉害，两个小丫头都有这样本领，何况主人呢。但是江湖上各色各样人物都有，三教九流，藏龙卧虎，有的是能人，其中也有不信这回事的；也有倚仗自己的功夫想到塔儿冈去，探个实在的；也难免听得齐寡妇人美财富，存着非分之想的。

“有一次，有一个绿林中的桀骜人物，绰号穿山甲，倚仗一身横练，拳脚上也下过死功夫，一柄单刀，一袋枣核镖，在江湖上颇为有名，听得人家说起塔儿冈的齐寡妇，他便说：‘一个男子汉斗不过一个娘们，太泄气了，我不信那娘们有什么特别出手，不信，我穿山甲会会她去。’他说了这话，果真单枪匹马地走了。

“他暗暗进了塔儿冈，费了一天工夫，才把齐寡妇住的所在找到。

“通齐寡妇住的所在有一条像胡同似的窄窄的山径，两面都是直上直下的岩壁，穿山甲从一座山冈盘下来，望着这条山径走去时，瞧见路口一块磨盘大石上，一个须发虬结的老头儿，半蹲半坐，侧着身，嘴上含着一支旱烟袋，烟袋的烟锅比平常的大了好几倍，如果老头儿嘴上不喷出烟来，远望过去，好像石头雕出来一般，坐得那么纹风不动，身旁搁着比牛腰还粗的两大捆新砍下来的松木柴，上面横着整棵去枝叶的松树杆，大约是挑柴用的。窄窄的山径被这样两捆柴一搁，便塞满了。

“穿山甲远远闻到关东的老叶的烟味儿，便觉这老头儿有点异样，地上搁着两大捆湿柴，都是整段的老松干，少说也有五六百斤。穿山甲离着吃旱烟的老头儿还有两三丈远，老头儿一手托着那支旱烟管，吧嗒……吧嗒地吸着烟，头也不回，似乎毫无觉察来了人。穿山甲心里犯了疑，一闪身，闪进了路边几棵长松后面，隐着身子，从松林缝里，蹑了过去，离那老头儿约一丈多远，便住了步，想暗地窥探老头儿究竟什么路道。可是老头儿依然保持着原样，半天没有动弹一下。穿山甲越看越奇怪，他看出这老头儿有玩意儿，他来时，便听说齐寡妇身边，除出两个丫鬟以外，还有一个打杂的老头儿，也许就是他。齐寡妇身边的丫头都有几下子，这老头儿定然也有门道，不然，这么重的木柴，怎能挑得动呢？要斗齐寡妇，先把这老头儿降伏了再说，从他嘴里，可以逼问出齐寡妇的细情来。

“他倚仗自己一身本领，绿林中也是数一数二的人物，照他天生狂傲的性格，还不愿和这糟老头子动手动腿的费事。他暗地拿出一支枣核镖来，也不愿暗地伤这老头儿性命，想用这镖先试一试，老头儿除出能扛五六百斤柴担以外，还有多大功夫。自己一显本领，也许一下子便把他唬住了。他想得满对，他平时在枣核镖上下功夫，能够打到五十步开外，击灭香火头，而香签子不动，这时他隐在一株松树背后，从侧面窥准了那老头儿手上冒烟的大烟锅，一抖手，便把枣核镖发了出去。他的意思想把那支旱烟袋打出手去，镖劲势疾，眼看准准地要打中了大烟锅。不料事情真凑巧，纹风不动的老头儿，早不磕烟灰，晚不磕烟灰，不早不晚，偏在这时候一翻腕，有意无意地把烟锅向下一磕，‘当’的一声响，准准地磕在枣核镖上。这支镖被他烟锅一扣，同磕出来的烟灰一齐跌落地上。

“老头儿明明瞧见一支镖从他面前跌落，好像没有这回事一般，头也不回，从吊在旱烟管上的烟袋内，慢条斯理地又装起关东烟叶子来。发镖的穿山甲惊得背脊上冒冷汗，疑惑老头儿并没有背后眼，大约事情凑巧，正碰着他要磕烟灰了？但是镖在他面前跌落，他满不理会，这又是怎么一回事？一不做，二不休，不能被他这一下，便把我吓退了。心里一转，又拿出了一支镖来，趁老头儿正在装烟当口，‘哧’地又发了出去。

“这一下起了凶心，是向老头儿后脊梁袭去。真奇怪，老头儿真像长着背后眼一般，不早不晚，在镖锋离后脊梁不到一尺光景，忽地一歪身，枣核镖擦着他左臂膀滑了过去。老头儿右手已放下烟管，漫不经意用三个指头一撮，正撮住了镖尾，向撮住的枣核镖一看，哈哈一声狂笑，身子已转了过来，指着穿山甲藏身处所，喝道：‘你这乏镖跟谁学的？大约跟你师娘学的吧！第一镖，情尚可恕；第二镖，竟暗下毒手，像你这种狂妄小子，也敢在我面前施展，真是笑话，快替我滚出来！让我瞧瞧你这小子，是什么变的。’

“老头儿喝声如雷，须发皆张，一张赤红的脸，一对亮如严电的大目，神态威猛，直注穿山甲藏身之地。

“穿山甲在绿林中自以为足可闯一起，万不料齐寡妇还没见着，先碰上这位可怕的老头儿，论功夫，绝不是怪老头儿的对手，便是怪老头儿这样慑人的神威，已把自己罩住，自己好像渺小的一只小耗子了。穿山甲自己明白，不要看那老头儿还坐在石上，便是想逃走，也逃不出怪老头儿手心去，今天栽到了家，不如认栽，倒还光棍一点，心里一转，慌不及现身而出，抢到老头儿面前，跪了下去，报明了自己姓名，说了无数的话，求怪老头儿高高手放他走路。

“怪老头儿一声冷笑，把旱烟袋向腰里一插，一翻身，又把跌落地上的一支镖也拾了起来，一手拿了一支镖，在掌心里掂了一掂，倏地跳起身来，指着直撅撅跪在地上的穿山甲，喝道：‘我看不惯你这种乏货，快替我滚起来，我送你上路。’穿山甲听出口音不对，吓得不敢起来。

“怪老头儿手上两镖并一，右手夹脊一把，拎小鸡似的拎起了穿山甲，随手向来路上一甩，穿山甲一个身子活像风车一般翻了出去，直甩出二丈开外，甩的手法很妙，很有分寸，只让他着地滚了一溜路，翻跌得脸破血出，却没多大的重伤。穿山甲勉强挣扎着立了起来，老头儿在那边厉声喝道：‘滚……滚……快给我滚……’

“穿山甲一看老头儿没有要他命的神气，一连串地喝着滚，忍着满身的痛楚，周身骨节好像散了一般，自己一身横练禁不住老头儿一抓一甩，这还说什么？这时有了逃命机会，不走等待何时？咬着牙，忍着痛，拔脚便走，听得老头儿还在那儿呼喝：‘乏货！快滚，滚得快一点，休惹我老人家再生气，我一伸手，你便没命了！’

“这一呼喝，吓得穿山甲忘记了痛楚，没命地向前飞奔，猛觉脑后两缕尖风，穿耳而过，穿山甲突觉两耳一麻，也不敢回头，死命地向前飞奔，直逃出老远，拐过几重山脚，才敢停身立住，不住地喘气，一摸两耳，满手是血，吓得灵魂出窍，原来被怪老头儿用自己两支枣核镖回敬过来。这种枣核镖比普通镖轻得多、小得多，发镖的手法也是两种路道，不料那怪老头儿手法准而且巧，竟像耳箭似的分插在他两个耳根上，自己心寒胆落地逃命，连镖插在耳根上都没有立时觉到，一立停，可疼得难受了，一狠心，拔下镖来，掏出随身的金疮药，止住了血，悄悄逃出了塔儿冈。从穿山甲逃出塔儿冈以后，绿林道中一发把齐寡妇敬畏如神了。

“其实齐寡妇究竟怎样的一个人，有怎样特别的本领，除出齐寡妇身边的人，江湖中人谁也没亲眼见过她。这几年齐寡妇羽翼大集，塔儿冈外人轻易进不去，更没有人敢去摸她底了。”

第四章　金蝉脱壳

从三姑娘嘴上讲出齐寡妇从前的故事，大家听得，未免耸然惊异。

杨展笑道：“眼见是真，耳听是假，一桩平淡无奇的事经过几个人的传说，便可渲染得古怪神奇，照你所说，齐寡妇本人并没有在江湖上露面过，也没有人亲见着她的本领，只凭着她手下一个老头儿、两个丫鬟儿手功夫，便把齐寡妇抬得高高的，以为她手下人尚且如是高明，她本人更是了不得的了。其实，只怪去的人存心不良，本领又不济，倒造成了齐寡妇的大名了。”

三姑娘说：“齐寡妇的本领如何，暂且不去说她，我们受了虞二麻子的恩惠，尤其是我，偏又走在一条道上，我们总得想法子报答人家一下才合适。像大哥这身本领，当然不把齐寡妇放在心上，可是好汉挡不住人多，独龙不斗地头蛇，我们这几个过路的人要想救他，真还想不出好法子来。”

这当口，她丈夫刘道贞背着手，低着头，在屋子里来回大踱，三姑娘娇唤道：“喂！我大哥为了这事，心里烦得了不得，你不要装没事人啊！”

曹勋大笑道：“你不要忙，我知道他毛病，他这一溜圈儿，定然在肚子里转八卦了。”

刘道贞默默无言踱着四方步儿，忽然坐了下来，向杨展道：“齐寡妇这种举动，不能把她当作一般绿林看待，如果她真是毛文龙的女儿，她手下的党羽定然是毛文龙的旧部，毛文龙在皮岛原是野心不小的，宛然化外扶余。袁崇焕虽然有点狂妄擅杀，毛文龙也有自取杀身之道，毛文龙死后，他部下非但恨袁崇焕，当然也恨朝廷，齐寡妇切齿父夫之仇，更不用说。说她联络大帮，劫取饷银以乱军心，也是意中事。可恨的是冀、豫两省抚镇大员，境内有了这样人物，因循苟安，既不事前预防，阻遏祸患，也没设法羁縻，引为己用。大约各省情形都差不多，天下怎能不乱，明室怎能不亡？……”

三姑娘听得不耐烦起来，摇着手说：“好了！好了！这就是你的鬼主意么？说这样不相干的话有什么用？”

杨展微笑道："你不要打岔，听刘兄说下去！"

刘道贞苦笑了一下，向三姑娘说："我这话怎会不相干呢？我是说明，齐寡妇对于这批饷银别有用心，势所必劫。虞二麻子也见到，如果派几名军弁，飞马渡河求救，未必济事，还怕到不了黄河口岸，已被人截住。但是齐寡妇也无非沿途多派党羽，随时注意运饷军弁的动静罢了。如果把求救公文，改由普通来往的客商们代为传送。齐寡妇手下也没法把来往的客商都截留下来的。"

杨展拍着手说："对！这是个办法，我为了虞二麻子，我替他们跑一趟去，仗着追风乌云骢，来回更快一点。"

刘道贞笑说："你去不得，骑着追风乌云骢更去不得。江湖中人眼睛毒得很，你这气度举动，再骑着宝马，必招出麻烦来。何况渡河求救，救兵能否如期赶来，未必有十分把握，还得双管齐下，应得另想法子，保全饷银和虞二麻子的安危哩！"

三姑娘柳眉紧蹙，嘘了口气说："真麻烦！想保全饷银都不易，虞二麻子偏和饷银在一块儿，这怎么办呢？"

刘道贞说："办法不是没有，担忧的是，王太监能不能听我们的话，办得严丝密缝，不泄露一点机密，我们便没法预料了。"

杨展听他说有办法，惊喜得跳了起来，向他拱拱手说："道贞兄智珠在握，定有妙计。"

刘道贞说："我们想法保全虞二麻子，是我们知恩报恩、义不容辞的事。其实我们想法保全这批饷银，题目更大，是为了保全潼关内无数人民的生命。你想饷银一失，军心一变，潼关一破，有多少良善的百姓要遭殃？虽然这批饷银也只救急一时，未来的事谁也摸不清，但是我们既然碰上了这档事，想不出办法来没话说，如果有一点办法可想，总得试他一试。现在，我这办法能否用得上还不敢说，我想和杨兄去找虞二麻子谈一下，我这办法在未见虞二麻子之先，没法规定下面的步骤，只有四个字的总诀，便是'金蝉脱壳'。"

当天，杨展、刘道贞二人同赴王太监的行辕，秘密和虞二麻子会见以后，虞二麻子听得一脸黑麻个个都放了光，立时和督运饷银太监王相臣秘密计议了一下。王太监早从虞二麻子口中得知了饷银难保，前途有许多绿林等着他，早已吓得屁滚尿流，走投无路。突然听到虞二麻子有了帮手，有了避免危险的妙计，把虞二麻子当作护法天神，只要饷银不失，性命保全，虞二麻子怎么说怎么好，一切听他调遣。于是按照刘道贞"金蝉脱壳"的计划，暗暗布置，秘密调动起来。

沙河镇钦差行辕内，银鞘堆积如山，毫无动身模样。押运的军弁们三三两两，嘻嘻哈哈，只顾在镇街上吃喝玩乐，很自在地闲逛，从他们口中透出“第二批饷银，已从北京起运，不日就到。因为沿途办差不力，车辆不全，原有骡马十九老弱，不堪载重长行，正在向就近各县调动运银车马，大约一时难以起送，须等第二批饷银到时再定”。

在这风声传遍沙河镇时，行辕已派出一个快马传送公文的军弁，背着公文黄包袱，驰报河南大营。公文内大意也说这样的话，通知大营，派人在黄河南岸迎候饷银，帮同照料。这封公文却是预备齐寡妇沿途匪党截留的。

在这飞送公文的军弁出发以后，三义栈内杨展等五个人，也有三个人上了路，却分成两拨走。第一拨是三姑娘、刘道贞夫妇二人，第二拨是曹勋单身。

三姑娘贴身带着王太监向河南大营告急调兵护饷的重要公文，三姑娘是妇道，刘道贞是道地的孝廉相公，动身时又改扮了一下，夫妇二人好像丢官罢职、挈眷回乡的失意人物。三义栈匪人暗舵又早撤走，谁料得到这夫妇俩和大批饷银有关系呢！

曹勋远远地随着两人，预防万一有个失闪，好接应报信。三人一出发，三义栈内，只剩下杨展和仇儿主仆二人了。

三天以后，钦差行辕派出一队骑士，赶赴邢台，说是迎护第二批饷银的。因为第二批饷银是由沿途州县，按站派人护运，只要护送到邢台，虽只差沙河镇一站路，便算交差，由督运太监派去的骑士接运。

这天沙河镇上，在三更时分，车辚辚，马萧萧，第二批饷银果然运到了。装载银鞘的车辆和骡驮排列了一长街。这种银鞘是用大块坚木做成夹子，中心挖槽，嵌入二百两重的整锭银子，加钉上栓，贴上官封，便成一鞘。这批银鞘停在镇上，并未卸装。南北镇口，官军设上卡子，禁止闲人出入。好在深夜，也没有人在镇上走动。候到天色刚一发晓，还没亮透时分，原车原银便接着向前途进发。督运太监也上了轿车，带着一队护运骑兵，亲自押运，留下一名参将，带着大半军弁看守鸿升老店内第一批运到的银鞘，等候征发车驮到时，再行起运。也许等候先出发的车辆，到了河南卸了银鞘，空车回头时再来装运，原装第一批饷银的牲口，确实有许多老弱病倒，不堪长行的。

第二批饷银到得晚，运得快，从沙河镇向前途进发以后，当天到了邯郸。可是在邯郸城内，不知为了什么，竟耽搁了两天两夜，似乎那位王太监又在邯郸城内摆起钦差谱儿来了，到了第三天，才从邯郸出发，过磁州进了河南省界。一路似乎风平浪静，没有出事，等得过了汤阴，抵达浮山岭相近的大赉店，沿途便发现了几批短装快马的汉子，常常出没于队前队后，有时越队疾驰，一瞥而过。运饷队尾，押着王太监一辆华丽舒适的轿车，车前插着威武的官衔旗子，轿帘却垂下来，遮得密不通风。

由大赉店前进，过了洪县，前站是十三里堡。这段是山路，岗峦重叠，道路有点崎岖，车辆便走得滞慢起来。大队人马是在洪县打的午尖，走上这条山道，日色有点平西，可是初夏天气，一路太阳灼得皮肤生痛，押运的兵弁和赶车的夫子都是汗流口渴，牲口身上也直流汗，张着嘴直喘气儿。本来预备一气儿越过十三里堡，赶到淇县再行息宿，可是还有七八十里路，这样人困马乏，大约赶不到淇县，要在十三里堡停下了。

这样流着汗又走了一程，一轮血红的太阳已落在西面的山口，落山的太阳虽然又红又大，却已不觉得可怕了，头上已失去火伞似的阳光，一阵阵的轻风从两面山脚卷上身来，顿时觉得凉飕飕的体爽神清，腰脚也觉轻了许多。

赶车的脚夫袅着长鞭，嘴上直喊着“嘘……嘘……”想乘晚凉多赶几程。一路轮声、蹄声震得两面山冈里起了回音，可是走的山道，虽不是峻险的山道，有时过一道土冈子，上坡的道非常吃力，下坡时却非常的轻快。跨辕的脚夫只要手上勒紧了缰绳，兜着风顺坡而下，一气便可赶出一箭里路去，脚夫们这时最得意，嘴上还哼着有腔无调的野曲子。

大队车辆正过了一道黄土冈，两面山势较为开展，左面是忽高忽低的沙土冈子，土冈上面，只疏疏地长着几株大松树；右面是黑压压的一片树林，树林背后是一层层的峻拔山峰。中间一条坦坦的山道，直看到那面两山交错、形似门户的山口。大队车辆走上这条坦道，忽听得右面树林背后的山腰上，“呼咧咧……”的几声口哨，接着从树林内钻出“当啷啷……”鸽铃似的怪声，曳空而过，“噗”的一支响箭，直插在钦差的轿车上。

护运的骑士、赶车的脚夫立时起了一阵惊吼，大家都明白，这支响箭是绿林劫道的先声。赶车的脚夫尤其有这种经验，只要抱着鞭子，向道旁一蹲，没有他们的事。可是官家的公物，尤其是这种大批饷银，绝料不到有这样大胆的绿林，愣敢下手，连赶车的脚夫都觉得事出意外，不知如何是好了。这批押运的骑士仅五十多名，一半是京城的禁卫军，一半是军部抽调的京营，平时猴在京城内，本是摆样儿的货，非但没有上过阵，也没有和绿林交过手，以为这趟差使虽然辛苦一点，不至有多大风险，想不到竟有敢劫官饷的匪人，一个个都麻了脉，睁着眼向那面树林里瞧。

忽听得树顶蹄声响处，泼风似的跑出两匹马来，一色的枣红马，马上的人都把一顶大凉帽掀在脑后，一色土黄茧衫的短打扮，飞一般横冲过来，嘴上却大喊着："吃粮的哥儿们，没有你们的事，识趣的躲得远远的……"

这两人两骑一出现，山腰上又是几声口哨，树林内又纵出三四十人来，一个个扬着雪亮的长刀，却没有骑马。前面山口，也出现了一队骑马的，也有二三十人，一声呼啸，迎头驰来，把去路截住，从树林里出来的便奔了车辆。这时，照料车辆骡驮的脚夫吃了齐心酒似的，早已抱着鞭子，蹲在左面的道旁。可笑几十名押运的禁军营弁，竟一齐拨转马头，往来路飞逃，因为来路上还没有匪人拦道，却把钦差王太监一辆轿车和几十辆银鞘车驮都丢在那儿了。

先出来骑枣红马、穿土黄茧丝短衫的两人大约是首领，瞧得一班军弁没命飞逃，哈哈大笑，直奔王太监坐的那辆轿车，其中一个手持长槊的，用槊锋一挑轿帘，向车内一瞧，顿时怪眼圆睁，嘴上喊道："哦！这倒奇怪。姓王的混账小子上哪儿去了？"

原来他瞧见轿车内并没有王太监，里面只搁着两个铺盖卷儿。持槊的身旁，背着一柄短把大砍刀的，须发已经苍白，长着一对鹰眼，眼珠是黄的，却射出逼人的凶光，在马上一俯身，也瞧清了轿车内空无人影，嘴上"噫"了一声，立时喝道："不对！这里面有玩意儿，我们的人，明明瞧见他坐着这车子进邯郸城的。"

使槊的说："这人命不该绝，不去管他，我们把银驮子原车带走便了。"

背刀的微一沉思，摇着头说："这里面有事，我们不要中了他们道儿，我们得验实了，再伸手！"说罢，一带马头，奔了装银鞘的车辆，一耸身，跳下马来，反臂拔出背上大砍刀，抽出一个银鞘来，大砍刀一举，"咔吧"一声响，把银鞘劈开，仔细一瞧，木槽内倒嵌着整锭像银子般的东西，不过是铅做成的。他挨着车辆，一车里劈开一个，劈了十几个银鞘，不料都是铅的。这便可明白，这几十辆银鞘都是假银鞘，为什么要这把戏？不用多想，立时便可明白。他不明白的是，凭王太监这种混账东西，居然会玩出这手"金蝉脱壳"的把戏来，而且从什么地方泄露了机密，被人家探出底细来呢？

他气得哇哇大吼，跳着脚大喊："妈的！我们栽了！凭我们竟栽在五体不全的混账东西身上！"

原来这名匪首便是石鼓山的金眼雕，他不但生气，而且惭愧，沿途设暗桩、探动静，是他带着党羽办的，费了不少心机，竟着了人家道儿，还耽误了瓢把子的大事。

金眼雕跳脚大喊当口，使槊的也催马赶来。这使槊的便是浮山岭首领飞槊张，长得魁梧威猛，豹头环眼，年纪四十不到，三十有余，他手上倒提着那支似枪非枪的长槊，比古人用的可短得多，八尺左右长短，通体纯钢，槊杆上缠丝加漆，乌光油亮，约莫有三十多斤重量，鞍后挂着一个扁形的牛皮袋，插着两排短把飞槊，这种飞槊的形状和他手上的长槊差不多，不过一尺多长，锋长柄短，近于甩手箭一类的东西。

飞槊张催马赶近金眼雕身边，看清了一辆辆银鞘变成了铅鞘，骂了一句："狗养的把老子们冤苦了!"一抬身，左手拇食两指向嘴内一叼，脸冲着右面树林，鼓气一吹，嘴上发出尖锐口哨，其声舒卷悠远，似乎是一种传达急报的信号。

他接连吹了几次，那面林后一座高岗上，突然鸽铃嗡嗡作响，冲天而起，一只雪白鸽子在空中一阵盘旋，便向这面直泻而下，眨眼之间，鸽子落在一辆车蓬上。

手下弟兄赶过去伸手把鸽子捉住，从鸽子爪上，解下一个纸卷，飞槊张抢过来，舒开纸卷和金眼雕同看，纸卷上写着：

"顷得密报，始知昨夜洛阳孙营抽调一支兵马，星夜渡河，迎护饷运，系由新城小道向延津、滑州一路疾趋，可见饷银必定迂道渡河，汝等定必中计。即事前截获公文，亦系诡计。事机不密，致有此失。然王监庸碌小人，何得有此经纬，其中定有能者。汝等速回，另有安排。"

这几行字下面，画着一个"齐"字的花押，当然是齐寡妇的手笔了。

飞槊张、金眼雕瞧见了瓢把子的手笔，弄得你看我，我看你，半晌没开声。金眼雕又悔又恨，瓢把子条子上写着"事机不密"，便是自己的过错，多半坏在韩老四、两面狼这几个愣小子身上，一路缀着饷银过来，定然露了马脚，落在行家的眼内了。但是王太监左右几个人，自己暗地都探过，似乎没有什么扎眼的人在内，凭王太监这种龟孙子，绝闹不出这套鬼画符来，这事却有点奇怪。

他猛地想起了一档事，一偏腿，跳下马来，向飞槊张道："你且等一忽儿，我得仔细探查一下。"

他一耸身，跳上近身一辆车子，落在车的左面。因为他们这班人大半从右面树林内钻出来的，这时道上首尾相接，停着长长的几十辆运载银鞘的车辆，所有赶车的脚夫都抱着一条赶车的鞭子，蹲在左面道旁。

金眼雕怒气冲天，瞪着一对咄咄逼人的黄眼珠，向地上蹲着一溜的车夫喝问道："你们是哪儿人？车上的东西从哪儿起运的？"

蹲在地上的车夫照规矩不敢站起身来，有几个胆大的，七嘴八舌地说："我们都是邢台人，是邢台衙门抓的官差。你老圣明，我们苦哈哈敢不伺候官差吗？东西是由邢台县衙黑夜起运的，到了沙河镇，满街愣说这批东西是北京下来的，我们不明白怎么一回事，满街都有老总们押着走，不准我们随便开口，到现在我们还摸不清哩。"

金眼雕点点头道："嗯！我明白了。我再问你们，替王太监赶车的，怕不是你们邢台人吧？"

其中有人便答道："他不是我们一事的。赶这辆车的，刚才和他们一块儿骑着马逃跑了。"

金眼雕又问道："你们一路过来，有一个穿得斯文秀气的小白脸儿，骑着一匹黑身白蹄异样的骏马，大约还有几个人同行，其中还有一个美貌年轻的女子，路上瞧见了他们没有？"

车夫们摇着头说："我们没有瞧见这样的几个人，更没有瞧见年青女子，这条路上，年青女子更不易碰见的了。"其中有一个车把式却说道："我们从磁州进汤阴这段路上，却碰着一位俊秀相公，确是骑着一匹与众不同的好马，是乌云盖雪的毛片，奇怪的是，这位相公文生打扮，鞍后却挂着弓箭，而且单身匹马，马又走得飞快，我看得有点别致，这时才想得起来。"

金眼雕向这群车把式们问了一阵，已明白这批假饷银是在邢台做的手脚，沙河镇鸿升老店内一批真饷银，定然在假饷银起程，把我们引到这条路上以后，却暗暗绕道走了。真瞧不透那混账的王太监有这样鬼门道，也得怨我一时大意，把他们太看轻了。

他越想越不是滋味儿，非但瓢把子面前有点没法交代，自己金眼雕的老名头，也被这一下子摘了牌匾了。事已如此，只好和飞槊张同回塔儿冈，见了瓢把子，再想别的主意。

在金眼雕、飞槊张空手回巢的第二天，这段山道上静荡荡的不见一人，所有几十辆假银鞘，已由车把式在当日赶回原路，他们一回到沙河镇，当然会有人开发他们。在这天的清早，杨展骑着追风乌云骢，身后仇儿也骑着一匹快马，一主一仆走到这条山道上来了。

昨天这条道上的情形，杨展已从仇儿嘴上得知备细，暗暗侧服刘道贞这条金蝉脱壳的妙计。

王太监一辆空车上的车把式原是仇儿改装的，金眼雕、飞槊张拦截车辆当口，仇儿跳下车来，抢了一匹马，夹在一群押运军兵队内，假装落荒而逃，其实他又抽身回来，伏在远处，看清了金眼雕、飞槊张一群强人的起落，才撤身飞马而回，把一切情形，向主人说知备细。

这时，主仆二人装作无关的过路客人，安心走到这条道上，预备一两天内，渡过黄河，到南岸虎牢关和刘道贞、三姑娘、曹勋三人会面。这原是事先约好的，刘道贞夫妇赶往洛阳，投递公文，请孙督师大营调兵，火速奔向指定地点，迎护饷银，事情办妥，再由洛阳折回虎牢关，等候杨展主仆，一同返川。这时杨展主仆到了这段山道上，不免按辔徐行，据鞍四眺，仇儿还指点昨天强人出没处所。主仆二人以为事已过去，心里还暗暗好笑，齐寡妇这次白费心机，上了这么一个大当。

哪知道，齐寡妇并非普通人物，已经爪牙四出，另有安排，而且根据金眼雕说起三义店韩老四偷马吃亏的事，已经注意到杨展一班人身上，虽然还没十分摸清杨展和饷银有关，但是这匹追风乌云骢是个容易招眼的幌子，这时主仆二人又在这出事地段，指指点点的一流连，早被塔儿冈伏在林内的暗桩暗暗盯上了。

主仆两人过了这段山道，出了一重山口，前面道路较为平坦，两边依然是密林陡壑，不过地势却比过来的那段路开阔得多，主仆正想放辔疾驰，猛听得前面右边深林内，“嗡”的一声，一支响箭曳着破空的尖啸，从马前射了过去。

杨展在马上“咦”了一声，立时把马勒住，回头向仇儿笑道：“当心，有那话儿了。我们也会一会北道上的好汉们。”一面说，一面顺手摘下鞍后捎着的那张蛟筋铁胎六石弓，把鞍旁挂着的一壶三脊狼牙箭也问了一问。

后面的仇儿说道：“相公！莹雪剑在我鞍后铺盖卷内，待我……”

杨展忙喝住道：“莫响！用不着，没被好汉们耻笑。”正说着，林内弓弦微响，“唰”地又一箭直向杨展胸前射来，弓劲矢急，已到胸前。

他正左手持弓，横在鞍上，不慌不忙，右手一起，正把射到的那支箭绰住，一瞧手上的箭，虽非响箭，也是去掉箭镞的，不禁暗暗点头道：“盗亦有道。”便向发箭处所，高声喊道，“哪位好汉赐教？四川杨展，在此恭候！”

这样高喊了几次，只听到远远山谷里自己的回声，发箭的林内却依然静悄悄的，毫无动静，等了片刻，一个强人都没有出现，这倒出乎意料，也猜不透一支响箭、一支刨头箭是什么来意。既然平安无事，也不必流连下去，主仆二人，便整辔上道，可是这一路过去，不能不随地留神，暗自戒备了。

主仆二人一路疾驰，来到将近十三里堡一条道上，远远便见到前面一座黄土冈的冈脚下，疏疏的几株长松，松荫下影绰绰地有一个大汉，骑着马，屹立不动。

主仆两匹马跑到离那人一箭路时，虽然看不清那人面貌，却已看出那人手上拿着一张弓，而且正开弓搭箭，杨展不由得吃了一惊，可是也有点暗怒了，一声冷笑，立时放辔缓蹄，顺手在箭壶内抽出一支箭来，两眼注定了那面马上的动作。

似乎那面马上人存心和杨展过不去，远远一声大喊："来骑留神，看俺射你马项。"喊声未绝，箭已发出。

那边弓弦一响，杨展这边也同时弓开满月，斜身一箭。说也奇怪，一来一去两支箭，其疾如电，竟会不差分毫地在空中半途相撞，却不是箭镞和箭镞相撞，因为杨展扭腰探身，取了侧势，加上弓硬箭劲，一箭射去，两箭相值，竟把来箭，截为两段，半途掉下地。杨展射去这支箭，余势犹劲，飞出老远，才斜插在草地上。这一眨眼的工夫，杨展箭一发出，两腿一夹，胯下马已向那人直冲过去。在杨展存心想逼近跟前，问个清楚，再作了断。

不意追风乌云骢向前一冲，那人顺风大喝一声："好箭法!"一带马头，转身跑上黄土冈，翻过冈去，立时不见了踪影，待得杨展追上冈头，只看到这人背影驰入一条岔道，拐过一重山脚，便看不见了，始终没有看清这人长相。这种离奇举动，更摸不清是怎么一回事，能够猜想得到的，在这段地上出没的绿林是塔儿冈齐寡妇的党羽，他一想到这人和齐寡妇一党，猛地醒悟，自己已被盗党注意，也许已疑惑到自己和那批饷银很有关了。

杨展一路戒备着，往前途行进，觉得一路过去，这段路上很难得碰见走道的人，这样大白天，行旅这样稀少，可见兵荒马乱到什么程度，怪不得绿林好汉，任意出没了。主仆走了一程，已到了洪淇两县的中站——十三里堡。杨展明知道十三里堡邻近塔儿冈，无奈天已近午，夏天的毒日头在白天午时，火伞当空，灼热异常，再说，路上两次碰着离奇莫测的绿林，其中定有诡计，既然碰上了，未便示弱。主仆二人略一商量，便决定在十三里堡打午尖。

这十三里堡也算一座市镇，可比沙河镇荒凉得多。靠着一座山脚，围着几十户人家。都是泥墙土屋，偶然有几家门口挑出卖酒饭的招子。

仇儿在马上皱着眉头说："相公！这样地方没法歇腿，这种狗寓般房子，像火洞一般，怎钻得进去?”

杨展向前面一指，笑道：“不用发愁。你瞧那面山沟里黑压压一片树林，露出一段红墙，似乎是个庙宇，倒是凉爽处所，我们带着干粮，向庙内讨点水喝，定比这种小店强得多。”正说着，听得那面林内牲口打喷嚏的声音。

仇儿说：“果然是个打尖处所，已经有过路的客商在那儿息马了。”

两人离开这一带土房子，便向那面山湾走去。到了相近一看，两座冈脚环抱着一片极大的松林，林内有一条曲折的小道。杨展和仇儿跳下马来，各人牵着马，走上林下的小道。一进林内，立时觉得精神一爽，因为头上一层层的松枝松叶遮住了当午的毒日，凉阴阴的，立时换了一个境界，而且林内自然有股凉风吹上身来。主仆二人把头上遮阳宽边薄凉帽掀在脑后，迎着风往林内走进去，转了两个弯，露出短短的一带红墙，中间一座牌楼似的山门，门上横着一块“黄粱观”三字匾额。

杨展心想：“原来是座道院。邯郸道上，黄粱一梦，恰是切地对景，行旅过此，也算红尘扰扰中的一帖清凉散。”

两人牵着马进了山门。

门内一大片空地尽是参天古树，上面枝柯虬结，绿叶漫天，日光被漫天树叶，筛成流动的光影，铺在中间长长的一条甬道上，变成参差的花纹，黛色染襟，暑气全消，树上蝉噪鸟鸣，树叶被风吹着，飒飒微响，真有“蝉噪林愈静，鸟鸣山更幽”的境界。

甬道尽处，三开门的一座殿宇，并不崇宏庄严，看去只有这一座正殿，后面大约没有几层殿院，正殿阶下一株大柏树上，拴着一白一赭的两匹马，正低着头，嚼树下的青草。这两匹马鞍辔鲜明，颇为神骏，似乎不是普通行旅的脚程。骏马亦爱伴侣，两匹马同时昂起头来，朝着杨展、仇儿手上牵着的两匹马，“呼咧咧”一阵长嘶。

嘶声一起，大殿里走出一个须眉俱白、顾盼非常的老道，庞眉底下，两道炯炯有神的目光向杨展、仇儿打量了一下，又盯住在杨展身后乌云骢身上，突然，两道长眉一掀，声若洪钟地哈哈大笑，迈步迎下阶来，向杨展稽首道：“贵人下降，难得之至，这样大热天，长途跋涉，实在辛苦，快请进殿安座，待小道奉茶请教。”

杨展一面抱拳还礼，一面留神老道步履坚实，音吐洪亮，便知不是寻常道流，身上定有武功。这当口，仇儿从杨展手上接过缰绳，说道：“相公进殿，我在这儿守着牲口。”

老道士立时呵呵笑道："小管家，你放心！不论什么宝物宝马，只要进了我黄粱观内，如有失闪，小老道还担待得起。大约这百里以内，还没有人敢在我眼皮底下闹把戏的。"这一句话，锋芒顿露。

杨展、仇儿神色上都不由得一愣，杨展立时接口道："一见道长，便知是位隐迹高人，萍水相逢，真是有幸。"又向仇儿说道，"你把两匹马拴在这面树上，随我进殿好了。"

仇儿心里还有点嘀咕，不愿离开两匹马，不但乌云骢是匹宝马，两匹马鞍上还捎着莹雪剑和其他重要东西。

不意老道又咄咄逼人地笑道："相公端的不凡，难怪名震京华，艺压当场了。"

杨展、仇儿又吃了一惊，暗想这老道什么人物，似乎已知我们的来历了。杨展不愿示弱，便跟着老道进殿去了。

仇儿把两匹马拴在树上，有点不放心主人，从鞍后铺盖卷内抽出莹雪剑，连鞘背在肩后，急急飞步进殿，一瞧殿内，明洁无尘，四外空空，只中间一座佛龛，并无主人和老道的踪影。绕出龛后，跨过殿后一重门户，现出另外一重院落，花木扶疏，筠篱静下，听出正面堂屋内有自己主人说话声音，心里略宽，便掀起帘子，踅将进去。一瞧屋内，自己主人和那老道之外，还坐着一位俊俏书生，身后立着一个青衣书童，一身打扮竟和自己主仆有点相同。

仇儿悄悄地在自己主人身后一站，目不转睛地打量那一主一仆，越瞧越觉这一主一仆有点别致。

原来杨展和那老道进殿以后，老道便引着杨展往后院走，一面走，一面谈话，问出老道便是黄粱观主，道号涵虚。老道请教杨展姓名时，他也据实说了。老道领着杨展走进后院里屋时，屋内有一位方巾朱履、细葛凉衫的俊俏书生，手上摇着洒金折扇，从座上很潇洒地站了起来。

老道涵虚笑着说："这位是敝观护法檀越，毛芙山毛相公，住宅离此不远，常常到此随喜。"

老道介绍了这位毛相公，还没说杨展姓名，可是毛相公脱口说道："久仰杨兄英名，幸会！幸会！"好像早识杨展姓名似的。

这几句话声音很低，而且带点童子的娇嗓音，一对黑白分明、煞中带媚的长凤眼向杨展上下不断地打量。

杨展细瞧这位毛芙山，长眉凤目，白面朱唇，确是北道上不易碰到的美男子，料不到这十三里堡倒有这样人物。

宾主落座以后，进来两个道童，分献香茗，还拧着洁白的热手巾，请杨展擦汗。一阵殷殷招待以后，仇儿从外殿进来，杨展命他见过毛相公和老道，便站立自己背后。仇儿觉得姓毛的一主一仆与众不同，毛相公果然长得风流潇洒，连他身后那个书童也长得细眉粉面，非常秀气，不免向那书童多看了几眼。

那书童似乎被仇儿看得不好意思起来，红着脸扭过头去，冷不防又回过头来，向仇儿背上的宝剑盯了几眼，暗地小嘴一撇，身子一扭，脸又冲着屋门外去了。仇儿冷眼瞧得有气，心想你撇嘴干吗，你懂得什么，像你这样风吹得倒的身子，经不起我两个指头一捺。

这时，杨展忍不住便向毛芙山问道："刚才小弟进门，尊兄便说出贱姓来，彼此萍踪偶聚，素昧平生，从何处知道贱姓呢?"

毛芙山微微一笑，并不答话，却向老道看了一眼。老道涵虚哈哈笑道："天下何人不识君，这儿虽是小地方，也是京洛必由之路。从路过的几位武举口中，早知杨相公武闱献艺，独得宝马的鼎鼎大名，刚才一见相公气度，和牵着的尊骑，便知相公光降，随后口头动问，果然所料非虚。"

杨展嘴上顺口谦虚几句，心里却觉察老道话有漏洞。在老道自己，还可以说见到追风乌云骢，推马及人，但是这位毛相公坐在后院，并没有看到宝马，自己又是和老道一同进来的，现在老道用自己的话来替毛相公解释，便显出有意掩饰，中有别情了。可是姓毛的秀逸超群，吐属不凡，老道发眉俱白，道气俨然，实在不容人疑惑到旁的地方去。

这时，杨展有问必答，不愿以小人之心度人。毛芙山和老道动问的话也只限于武闱情况、京中近状，再不然谈谈一路风土人情，连近在咫尺的潼关战局、地方安危也没有人提起来。杨展暗暗的一点疑心，不由得置之度外了。

老道涵虚还十分殷勤，指挥两个道童，在隔室摆起一桌素斋，款待杨展。毛芙山和老道陪着吃喝，仇儿也被两个道童拉去，另屋接待。

仇儿自从跟了杨展以后，虽然是个青衣书童，杨宅上下人等都喜他伶俐聪明，杨老太太又是位仁慈宽厚的人，可怜他的遭遇，大家都另眼相待。仇儿近朱者赤，非但从小习染的江湖气去了不少，拳脚兵刃得了杨展、雪衣娘、女飞卫三位大行家指点，虽然日子不多，也增长了许多功夫，至于每日饮食起居，在这富厚之家，色色俱全，和跟他祖母铁拐婆婆奔走风尘的时候，自然有霄壤之别。仇儿一进杨家，就算一跤跌入青云。仇儿从小还有点爱喝酒，杨家有的是自制佳酿，他常常和杨家下人们偷偷地喝几杯，常常喝得小脸蛋儿红红的，杨展也没有数说他。进京以后，杨展禁止他喝酒，因为有个曹勋也是嗜酒如命，怕生出事来。仇儿禁酒多日，做梦都想闹几盅，这时被黄粱观两个道童拉到后院一间侧屋内，一瞧屋内桌上几色素斋以外，还有一盘五香牛肉，一大壶酒，未免暗暗心喜，嘴上却说道："你们出家人，怎的有酒有肉，不避荤腥？"

道童笑道："这是你们来得凑巧，这点酒肉原是预备着接待毛相公的，你只管请便，我们却没福吃这东西。"

仇儿道："毛相公那位小管家呢？他是正客。快请他去吧！"

两个道童相视一笑，摇着头说："他吗？他是不会和我们一块儿吃喝的，他是离不开自己主人的。"

这一句话，仇儿没有十分注意，他清早起来赶路，一路奔驰，肚子里实在有点告了消乏，便也不客气，坐下来，很自在地消受酒肉。吃喝之间，两个道童果然只吃点素斋相陪，对于一壶酒、一大盘牛肉，看也不看，让仇儿自斟自饮。

仇儿不敢尽量畅饮，只吃了半壶酒。因为天气太热，下午还要赶路，一大盘五香牛肉觉得可口，便不客气，尽量装在肚子里了。他手上正拿起一个白面馍馍要吃，突然一阵恶心，脑里发晕，眼上发黑，心里猛地一惊，记起从小听自己祖母铁拐婆婆说过"江湖路上吃喝当心"的话，不由得一声惊喊："不好！酒里有毛病！你们……"一抬腿，一伸手，想跳起身来，拔出背上宝剑。可是他心里打算这样做，两手两脚已不听使唤，嘴上喊出了"你们……"两字，底下变成了有声无音，嗓子里好像突然筑了一道坝，而且心里一阵阵地迷糊，屋子天摇地动地转了起来，两腿一软，身子一歪，烂醉如泥似的溜到桌子底下去了。

不知经过多大时候。仇儿做梦一般醒转了来，神志还有点迷迷糊糊，四肢还软软的不得动。半晌，突然睁开眼来，满眼漆黑，瞧不见什么，不知自己身子落在何处，只觉自己身子很平整地睡在一张凉榻上。他神志渐渐地清楚起来，第一个念头，便警觉到自己着了人家道儿，主人定也同落虎口，他一想到身落虎口，手脚定被人家捆住，搁在盗窟暗室里面了，可是立刻证明了猜想不对，四肢一活动，遍身一摸，嘴上不由得喊出声来，"咦！怪了！"原来他身上好好的并没有绳索捆缚他，自己腰里缠着九节亮银链子枪，还有暗掖着的一袋镖，依然纹风不动地缠着、掖着，自己背着的那柄莹雪剑虽然已不在背上，用手一摸，却摸着了这柄剑连鞘搁在他枕边。

仇儿急忙攥住了莹雪剑，从榻上一跃而起，一转脸，瞧见了一线灯光，从一重细竹梅花眼的湘帘内晃漾出来。他两脚站在地上，试一试自己腿劲，觉得身上好好的，已没有什么了，正想一个箭步，蹿近帘外，窥探帘内是何景象，忽听帘内有人唤道："外屋是仇儿么？身上好了么？不必惊慌，进来好了。"

仇儿一听是自己主人叫他，惊喜之下，掀开帘子，一跃而入，一眼便瞧见自己主人坐在一张华丽夺目的雕花锦榻上，身子斜靠着一个高高的朱漆凉枕，手上拿着几张水红色的信笺，凑着榻边高几上一张四角流苏的红纱高脚灯，细细地瞧着信笺上的字。

仇儿一进去，杨展抬起头来，悄悄地说："我知道你睡在外屋，我也和你一般，着了他们道儿，不过我没有贪杯，比你醒得略早一点，醒来时，便在这间屋内，看情形，天已入夜，这儿绝不是黄粱观，黄粱观绝没有这样华丽深沉的房子，现在我们已落在人家圈套之中，不过大约没有十分恶意，你且沉住气，让我看完了这件东西再说。我醒来时，头一眼便瞧见纱灯下搁着这封信，信皮上明明写着'杨相公杨展'，看不了几行，你在后屋有了响动了。现在我们仿佛做梦一般，大约在这封信上总可以瞧出一点来的。"

杨展说罢，仍然瞧他手上的信笺。原来信笺上写的是：

> 蜀客北来，时道及贤伉俪侠名韵事，夙已响慕；近日京华过客，又盛传武闱逸事，更切心仪。不期台旌南归，黄粱逅邂，求教既殷，投辖逾分，小试狡狯，情非得已，死罪死罪。然未敢以江湖污浊之药，损及玉体，谨以家传秘制"醉仙人"，使君一枕华胥，聊息长征之劳耳。尊纪安卧外室，宝马安处内厩。倘损毫发，唯妾是问。妾非他人，即切齿父仇之毛红萼，亦即塔儿冈之未亡人也。潼关破在旦夕，闯王奇兵由间道而出商洛，张献忠、罗汝才辈，且已逼近荆襄，豫、楚指日瓦解，无待龟卜。今晨复得探报，黄河渡楫悉被官军劫掳，已作逃亡北渡之备，非特阻遏入川之荆襄孔道，即黄河渡口，亦难觅得片帆矣。情势如此，与其彷徨渡口，何如且住为佳？妾如未得确报，亦何敢冒昧要留，重负太夫人倚闾之望，此实天假之缘，使妾得扫榻欢宾，抒其诚悃。十日平原，稍尽东道，届时自有良策，送君渡河而南，趋荆襄而安返珂里也。白云亲舍，未免依依，宾至如归，幸毋悒悒！
>
> 未亡人熏沐拜具

杨展把这封信看了好几遍，不由得惊得直跳起来，嘴上喊着："不得了！我们醉得真像死的一般，被人家从黄粱观抬到塔儿冈来，竟会人事不知。"

仇儿一听到了塔儿冈，也吓得变了脸色，悄悄地说："相公，我们的马呢？把我们弄到这儿，当然没有好意，我们赶快想法逃出去。齐寡妇虽然厉害，他们虽然人多，我们不和他们硬拼，偷偷逃跑，大约并非难事。"

杨展摇头道："这封信便是齐寡妇写的，信里的话，说得非常婉转，我们的马也被他们带来了，恶意大约没有，其中也许另有别情，依我猜想，多半和那批饷银有关。至于逃跑，不用说身入盗窟，路境不熟，不易逃出他们耳目去，再说现在局面，不是逃走的事，事情还没弄清，便是逃出去，也被人家耻笑，反而落个话柄。说起来，还是我们自投罗网。不进黄粱观，便不会着了道儿。你还不知道，黄河渡船都被官军抓在南岸，荆襄这条路上，也被军马堵塞，这虽是齐寡妇信内的话，大约不假，现在我们只有见机行事了。"

仇儿道："这位齐寡妇手段不小，黄粱观的老道和那个毛相公毛芙山，当然也是他们一党了？"

杨展笑道："什么毛相公，毛相公便是齐寡妇的化身，连那个书童也是女的改扮的。我在黄粱观和她同席，当时虽然被她瞒过，此刻想起来，北道上原不易见到这样清秀人物，说话又低言低语，好像带点童音，一主一仆明明都是女相。此刻她信内说着黄粱观内和我见面，又说出她便是切齿父仇的毛红萼，也就是塔儿冈的齐寡妇。她所谓切齿父仇，她父亲便是被袁崇焕杀死的皮岛毛文龙。外面传说齐寡妇是毛文龙的女儿，可见一点不假。她在黄粱观女扮男装，一时真还不易瞧出来，大约她出门时，常常改装的。她把毛红萼化名毛芙山，大约从王摩诘'木本芙蓉花，山中发红萼'那句诗里脱胎出来的。这位齐寡妇文武兼备，倒是巾帼中一位怪杰，难怪名震江湖，雄踞一方了。"

仇儿听她称赞齐寡妇，心想："身落虎口，吉凶未卜，还有心思赞扬人家。刘孝廉、三姑娘、曹相公三位约定虎牢关相会，还不知我们半路出了这样岔子，天天盼望着，不知怎样地焦急哩！"仇儿心里想着，嘴上正想说话，蓦地听得锦榻后侧，"呀"的一声响，一扇门开了，一个袅袅婷婷的青年女子，手上提着曲柄八角细纱灯，走了出来，向主仆二人看了一眼，走到杨展面前，微一屈膝，娇声说道："主人吩咐，杨相公醒来时，请相公后堂叙话。此刻已到起更时分，我家主人早在后堂设筵相待，请相公跟婢子进去好了。"

杨展微一沉思，说道："既然到此，理应见见你们瓢把子，好，请你领路。"

仇儿忙把手上提着的宝剑背在身后，说道："相公，我跟你去。"

那女子说："小管家，你放心，马上有人来招待你吃喝，主人没有吩咐，我不便领你一同去。再说，我家主人对于杨相公完全是一片敬意，绝没有意外的事，你放心好了。"

杨展向仇儿一使眼色，接口道："你且候在这儿，我们是客，听从主便了。"说罢，向那女子微一挥手，便跟着那女子，从榻后侧门里走了。

注：本集 1950 年 7 月正气书局初版。

第一章 红粉怪杰

杨展跟着提曲柄红纱宫灯的青年女子，从榻后侧门出去，穿过一层院子，步出一重后户，忽然明月在天，松涛聒耳。原来屋后并没高轩复室，却是一条步步登高的坡道，坡道上面松柏交柯，浓荫蔽月，松林背后，一座峭拔的孤峰，巍然竦峙。

提灯女子把手上红纱宫灯高高地举着，竟顺着坡道向上走去。杨展心里犯疑，上面松林黑沉沉的，并没有房子，也没有灯光人影，但既已到此，不管齐寡妇什么阵式，也得见个起落，便一声不响，跟着上了山坡，回过头来一瞧，坡脚下，高高低低，借着山势盖造的瓦房，有透出灯光来的，也有漆黑一片的，都静悄悄的鸦雀无声。一层层的屋脊浸在一片溶溶的月光下，看去好像富庶的山村，从哪儿也瞧不出这是江湖驰名、声威远播的盗窟。

提灯领路的女子领着杨展步步登高，从林内一条山径，绕着山腰，向峰背转了过去。一到峰背，山形忽变。走上了几十级磴道，两面石壁夹峙，截然如前，磴道尽头，现出一重山石筑成的穹门，好像嵌在石壁之间的天然洞穴。进了穹门，地势一展，现出宽阔的一座院子，月光照处，院内中心掘着圆圆的荷花池，田田的碧叶，亭亭的红白莲花，山风舒卷，扑鼻清香。

隔着荷花池，正面一排五开间的敞厅灯光照耀，人影幢幢，正有许多人在厅内高谈阔论，似乎有黄粱观老道涵虚的口音在内。这时正有一拨人从厅门一拥而出，其中有人说了一句："我们瓢把子也太谨慎了，管这种混账太监和那姓虞的鹰爪孙，当地结果就是，何必远远地提活口到这儿来呢。"这一句话，听在杨展耳内，老大吃惊，暗想虞二麻子难道仍然落在他们手里么？惊疑之际，这拨人和杨展擦肩而过，只向杨展看了看，出了穹门，走下磴道去了。

杨展心想，这是齐寡妇住的所在了，可是提灯女子并没领他向厅门口走去，就近向右一拐，转入一重隔墙的月洞门，走上一条长长的走廊，两面都有扶栏，靠里一面，廊外花木扶疏，参天古树，靠外一面廊外，却是断崖壁立，下临深涧，非常险峻，原来这一面房子都建筑在一层壁立的危崖上面，长廊走尽，又过了几重曲径通幽的门户，才到了待客之所。

提灯女子请杨展在此稍候，自己提着灯，冉冉地撩开一重罗帷，悄没声地进内去了。

杨展一进这屋内，颇为惊异，绝不是意想中有脂粉气的佳人绣阁，也不是有肃杀气的粉侯虎帐，竟是一所古香古色的高雅书斋。屋内华灯四照，却寂寂无人，只宝鼎内焚着沉香，散出一股细细的幽香，令人神清气爽。

他仔细打量这所书斋，深邃宏敞，堂皇古雅。一面是一排花格绿纱窗，这面大约是偏东的方向，纱窗外月影透窗，山风微拂。推窗可以望远，一层层的峰影，远列如屏。当窗陈列着一张极大的青玉书案，案上玉轴牙签、鸾笺犀管之类，位置楚楚，色色精良。案旁沿窗排列着几张紫檀镶大理石的太师椅，中间嵌着一式的高几，每只几上都搁着周敦商彝之类的古器。另一面是顶天立地的一排书架，芸编琼笈，整列如城。屋心一张雕花的大圆桌，罩着古锦的桌套，桌心放着一具高脚古玉鼎，一缕缕的沉香便从鼎盖的花孔上，袅袅而出，桌旁围着几个锦套的瓷墩。

靠里隔着一座落地红木雕花十锦格，中间镶出一个大回穹门，静静地垂着一重沉香色的罗帷。提灯女子，便从这重罗帷进去的。帷后珠灯璀璨，似乎套着复室。杨展虽然惊异盗窟中有这样布置，然想到齐寡妇是毛文龙女儿，又是总兵夫人，原与立寨占山的草寇不同。他又一眼看到排窗尽头墙壁上，挂着一轴大堂人物，走近一瞧，笔势飞舞，衣褶高古，绝非近代手笔，再一细瞧题款，竟是顾虎头的《伏生授经图》，心想齐寡妇真了不得，凭这一张绝无仅有的名画，便价值连城，他细细赏鉴得出了神，竟忘记了身在龙潭虎穴之中。

在他面对着壁上古画，鉴赏出神当口，突然听得身背后，发出银铃般声音："杨相公鉴赏不凡，这张画从前经过许多名流鉴定，说是海内第一神品哩！"

杨展忙一转身，只见大圆桌边，悄立着一位仪态万方、光彩照人的妇人。他这一转身正和她那莹如秋水的眼神四目相对，杨展和她一对眼，便看出是黄粱观同席的毛芙山，也就是威震江湖的齐寡妇了。

这时却看出她脸上薄薄匀上一点宫粉，淡淡地扫着蛾眉，一张微带鹅蛋形的俏面，珠莹玉润，光彩非常，而且丰腴的粉靥上，一对酒窝似乎蕴藏着无穷智慧，荡漾出神秘的温柔，可是颧骨似乎略耸，鼻柱似乎太挺，天庭似乎特宽，加上一对黑白太分明的长凤眼，笑时现出无限娇媚，不笑时却隐着凛凛的尊严，头上光可鉴人的青丝，慵慵地绾着堆云高髻，身上穿着对襟淡青宁丝衫，下面被圆桌隔着，一时瞧不清，手上拿着一柄湘妃竹夹绢团扇。灯光下，香肩微亸，亭亭俏立，实在是一位媕婳佳人，和易钗而弁时的毛芙山一比，又是不同。

只瞧她梨窝上，不断地漾出笑意，便增添了许多柔情媚态。她身后还立着一个二十左右的俏丫鬟，并不是提灯领路女子，双手托着朱漆描金盘，上面搁着两盏香茗，似乎等待主客就座，才能分献香茗。

可是，杨展一转身时，突然面对着齐寡妇四目相对，双方好像都愣了。一回神，齐寡妇"哧"地一笑，露出编贝似的一副细牙，指着隔桌的瓷墩说："杨相公请坐！"

杨展心里有点惶惶然，拱着手说："黄粱观内会面的毛芙山兄，不想就是齐夫人改装的。在下出京南下，沿途便听得夫人大名，不想承蒙宠召，谅必定有赐教？"说罢，就走近桌边的瓷墩上坐了。齐寡妇也款款地坐在隔桌和陪。身旁俏丫鬟献过香茗，便悄然退去。

齐寡妇说："相公乞恕无礼，妾等竟用诡计把相公赚到此地，心实不安，不过也有一点不得已的苦衷，才出此下策。贱妾在下面客馆里留下的书信，相公谅已赐察，这一封信，无非使相公略明道上情况，一面表明妾等并无恶意，免得相公和尊纪醒来时，惊诧不安……"

杨展忙说："彼此素昧平生，当然是无仇隙可言。我看到那封信以后，便知夫人智虑周详，是位不可多得的巾帼英雄，既然用计宠召，其中定有道理。此刻夫人所说，内有苦衷，尚乞见教！"

齐寡妇瞧着他，微笑道："相公是光明磊落的英雄，定然语出真诚，绝不愿欺哄女流，太监王相臣押解的二十万饷银，居然用'金蝉脱壳'之计，改途偷运，据人探报，此计系相公代为策划，并有人亲见相公逗留沙河镇，出入王太监行辕，但贱妾有点不信，像相公这样人物，岂肯和权监同流合污？

"妾部下欲以武力，沿途邀截，妾力禁不许，和我义父涵虚道长商议之下，算定尊驾必经之路，略施诡计，邀请到此，当面请教，一扫疑团，一半也仰慕相公高才绝艺，非同寻常，同时，探得黄河一时难以飞渡，借此遮留大驾，不致耽误归程。不瞒相公说，在黄粱观改装会面以后，才决定邀请到此，贱妾素不与外人谋面，对于相公，却是……”

她说到这儿，忽然微笑低头，默然不语，好像这“却是……”下面，含着无限情意，尽在不语中，不必再细批细解了，而且听她语意，如果在黄粱观会面时，认为不必邀请上山，也许她对待他就不是这样局面了。

杨展听得，心头忐忑不定，很是为难，怕什么，有什么，怕的是他们疑心他和二十万饷银有关，果不其然。为了这档事，自己和刘道贞替虞二麻子策划时，确是进出过王太监行辕，这一点，也被他们探出来了，这位齐寡妇不要瞧她一朵花似的，心计实在厉害，先把我抬得高高的，还说语出真诚，不会欺哄女流，特意先用话把我套住，逼着我实话实说，最难受的是，二十万两饷银本来与自己无关，为的是救虞二麻子一条命，但是刚才进门时，在前厅隐约听到虞二麻子仍然落到他们手中了，如果这事确实，这条“金蝉脱壳”之计满白费了。

他心里略一琢磨，慨然说道：“齐夫人！在下生长川中，这次观光北京，侥幸中名武进士，无非聊慰家慈盼子成名之望。说实了，我一瞧京城大僚们阘冗昏颓的局面，实在悔此一行，在这时候中名武进士，有甚稀罕？不瞒你说，我在京城真是少年好事，还替一个江湖女子臂助复仇，几乎闯了大祸，出不了京城。”

齐寡妇说：“哦！其中怎么一回事呢？那个江湖女子是谁呢？”

杨展便据实说了，而且从这条根上，一直说到为报答虞二麻子恩情，才连带替二十万两饷银用了“金蝉脱壳”之计，竟一五一十，毫不隐瞒地说了。

齐寡妇听得不住点头，好像对于他说的事有点明白似的，笑着说：“杨相公语出真诚，确是位光明磊落的英雄。我说像相公这样英俊，怎会和权监混在一起，幸而我预料一步，不让他们胡来，否则，便把事情办糟了——不过——那位刘孝廉这条‘金蝉脱壳’计，还是白费，而且……”齐寡妇话未说完，两个丫鬟出来，把罗帷两面一分，娇声报道：“酒筵齐备，请贵客入席。”

齐寡妇婷婷而起，向杨展笑道：“山居粗肴，不成敬意。”一面却向丫鬟问道，“老道爷进来没有？”

丫鬟说：“道爷已经差人知会，说是有事羁身，在前厅和众寨主一块儿吃喝了，明天再向杨相公陪话。”

齐寡妇向杨展笑说：“我义父有事失陪，杨相公这半天没进饮食，定然饿了，请里面坐吧。”说着，把手上团扇一扬，露出白玉似的皓腕，上面戴着一只通体透水绿的翠镯，夺目摇睛，益增妩媚。杨展情不自禁地盯了几眼，跟着她进了十锦格的穹门。

这一面是锦绣辉煌的起居室，布置又是不同，只觉处处珠光宝气，和华灯画烛掩映生辉，目不胜收。一张菱花形的镜面小圆桌上，几色精致菜肴，两副犀杯象箸。一个侍婢过来，捧着酒壶侍立一旁。齐寡妇让杨展坐定了，自己在主位相陪。

吃喝之间，杨展对于二十万饷银毫没关心，只惦着虞二麻子的安危，故意绕着弯子说："为了想报答虞二麻子一番情意，不想绕上二十万饷银的事，而且无意中破坏了夫人大事，未荷夫人谴责，反待以上宾之礼，实在惭愧之至。刚才夫人话未说全，似乎对于那批饷银，已在把握之中……"刚说到这儿，侧面一重湘帘晃动，闪出一个包头扎腿，背着宝剑，穿着一身青的短装女子，步趋如风，到了齐寡妇身边，在她耳边低低地说了几句。

齐寡妇微一颔首，那女子便倏然退去。齐寡妇向杨展瞧了瞧，嫣然一笑道："杨相公！你到现在，还以为我们垂涎二十万两饷银哩！如果我们目标只想把这批饷银得到手中，你贵友这条'金蝉脱壳'计，倒真有用，因为饷银一改道，路途太远，我们自然无法可想了。"她说到这儿，咯咯一笑，亲自拿过酒壶，替他斟了一杯，然后又说道，"二十万两银子，数目并不小，但是我们还没把它放在眼里，我们要截留它的大主意，不在于得到这批饷银，而在于使这批饷银不入官军之手，目的在此，不管它怎样改道，只要摸准他们的路线，一样可以下手，一样可以使官军得不到这批饷银。贵友——那位刘孝廉，确是向洛阳投到了公文，孙督师把这二十万两饷银当然视同命根，勉强凑集近身的一支队伍，确是星夜渡河，向延津、滑州一路迎上去了。我们在十三里堡邀截失败，还在官军渡河之后，但是我在那时，立时算定饷银迁道改途，必定是由沙河镇走小道，奔广平、大名边境走的，由大名再奔南乐、濮阳，绕入河南滑州，再从卫辉奔黄河渡口。

"你想，这一迂道远绕，骡车装着二十万两银饷，走的又是小道，要多走多少路程？要多走多少日子才能绕入河南地界？不瞒你说，渡河迎护饷银的官军，刚赶到滑州，还没迎出河南边境，我已派人星夜赶赴大名，邀同那一路几家山寨，便把二十万两饷银截下了，非但截留了饷银，而且把那位钦差太监王相臣，以及保驾的虞二麻子一起生擒活捉，马上便可能上塔儿冈来了。"

杨展一听，凉了半截，"金蝉脱壳"变成了"一网打尽"，非但白费心机，救不了虞二麻子，连自己主仆也成了自投罗网，在人家掌握之中了。刘道贞夫妇和曹勋在虎牢关还以为妙计成功，眼巴巴等着自己，结伴还乡哩。真糟！糟透了！他暗暗难受，半晌没有出声。

齐寡妇察言观色，肚内雪亮，不禁扑哧一笑，两只眼却不断地在他脸上扫来扫去，而且不断地问他“武功何人传授？尊夫人名震川南，得意的是哪门功夫？四川情形怎样？”等等。杨展心烦意乱，又不便不顺口答话，心里有一番话，想说出来，却又难以出口，一时摸不准对方这样厚待，有无别意。这种智计百出、雄踞一方的巾帼怪杰，性情最难捉摸，和雪衣娘、虞锦雯是另一路道，说不定，一翻脸便成怨仇。

在他心肠纷乱，食不知味当口，不料齐寡妇突然说道：“杨相公一心想救虞二麻子，除出香巢血案一层关系以外，还有别的渊源没有？”

杨展说：“虞二麻子也是同乡。”

齐寡妇笑道：“大约是看在一位虞姑娘面上吧？”

杨展吃了一惊，立时明白，他们乘我主仆昏醉当口，连我们行囊都搜查过了，她没看到鹿杖翁那封信，怎会知道虞锦雯和虞二麻子的关系？当面不便点破，点着头说：“虞锦雯是我一位义姊，是虞二麻子的侄女，不过，在京时并没和虞二麻子见过一面，事后才知道的。”

齐寡妇笑道：“现在虞二麻子已落他仇人之手，性命只在呼吸之间，他仇人便是浮山岭寨主飞槊张。”

杨展说：“我在沙河镇听虞二麻子说起早年和飞槊张结梁子的事，不过当年虞二麻子当差应役，身不由己，一镖之仇，情或可恕。”他说到这儿，俊目一张，英气勃发，侃然说道，“我自身尚且落入夫人掌握，虽蒙礼待，总是萍水初逢，当然不能替他求情，不过夫人智勇兼备，胸襟胜似丈夫，饷银既已如愿，像这种年迈退役、不足重轻之人，杀之不武，何不网开一面呢？这是我随便一说，夫人智虑周详，自有权衡，鱼已落网，我也不便代他屈膝求命。”他说得不亢不卑，语气之间也有点露出锋芒来了。

齐寡妇微然一笑，突又问道：“钦派太监王相臣，应该不应该网开一面呢？”

杨展脱口说：“这种祸国权监，人人得而诛之。”

齐寡妇接口道：“相公也恨这种人，和这种人混在一起的人，也不是没有可杀之理。”

杨展一听，语带冰霜，暗喊“要坏了，虞二麻子老命难保”，一时没法搭腔，却听她又缓缓地说：“这些小事不必挂怀，明日便有分晓。”

她撇开了虞二麻子的事，却谈起天下大势来，娇音呖呖，雄辩滔滔，有许多事，杨展还从未听人说过，从她这番话里，可以窥测她雄心不小，江湖上把她当作绿林英雄，还是小看了她，想不到阴差阳错，碰到了这位红粉怪杰。

散席以后，齐寡妇粉面微酡，益增娇媚，兴致勃勃地仍然陪着他在这间房内，煮茗清谈，而且从天下大势，渐渐谈到明室必亡，将来席卷华夏，安内攘外，舍闯王李自成莫属。接着又把闯王许多好处和手下雄兵猛将、人才济济的情形，说得兴会淋漓，如数家珍，弄得杨展插不下嘴，心想这位红粉怪杰，谈锋实在可以。但是杨展心里除了虞二麻子的生死以外，自己被这位红粉怪杰软困塔儿冈内，还瞧不透她究竟存着什么主意，未免满腹怀疑，表面上还要佯示镇定，对于她海阔天空的谈锋，却只当秋风过耳，并没理会她语有用意。

这样谈了一阵，杨展正想开门见山地谈到切身问题，忽然有人传报，前厅寨主们有事请她出去，这才打断了她的谈锋。叫过原先进来领路的侍女，悄悄嘱咐了一阵，便命她领着杨相公，送回客馆去，临走时，却跟着杨展身后，很恳切地说："贱妾身世，相公多已明白，对待相公，自问绝无一毫歹意。明知相公归心如箭，可是入川路上兵荒马乱，确是实情，贱妾为此事正在想法，使相公安返家乡，不必挂虑在心，明日还有要事相商。"叮咛了一阵。才含笑退入另一间复室去了。

侍婢提着纱灯，领着杨展穿过外间书斋，却没走原路，也没经过前厅，从书斋侧面一拐弯，进了一重垂花门，通过一个小小的花圃，便到了一所极精致的小院子。升阶入室，进入中堂，左右两间屋子，侍婢掀起右侧门口湘帘，请他进房。屋内虽不及书斋的古雅、复室的辉煌，却也茜窗棐儿，四壁琳琅，屋内正有一个垂髫雏婢，立在贴壁琴台边，在三明子的烛台上，点上了三支明烛。门外脚步响处，又抢进一个大一点的丫头，挟着锦衾角枕之类，在床上铺陈起来。点烛的雏婢，顺手又在靠窗书案上一具古铜镂花香盒内，焚上了一盘回纹细篆香。

杨展觉得奇怪，便向领路的女子问道："客馆不是在坡脚下那所屋内吗，怎的领我到了此处呢?"

那女子说："这是我夫人十分体贴相公，特地请到内宅安息的。因为夫人对待相公确是一番诚意，道爷两眼最能识人，说相公是位非常人物，可是我们几位寨主，未必和夫人一样心思，万一在坡下客馆有点鲁莽举动，便不是夫人待客之意了。这儿是内宅，夫人号令森严，除出道爷，不论是谁，轻易不敢进来的。”

杨展说：“既然夫人平时内外有别，我虽然是个远客，似乎在此下榻，多有不便，不如仍回原住的客馆去吧。”

那女子朝杨展瞧了一眼，抿嘴一笑，却不答话，窗口点篆香的女子忽然转身笑道：“杨相公，你瞧瞧床上香喷喷的枕被，还是我夫人自己用的哩，相公还不肯领情，真是……”一语未毕，铺床的丫头翻身娇喝道：“谁要你多嘴，仔细你的皮!”

杨展心里怦怦然，不好说什么，半晌，才向领路的女子说：“我那书童和一点行李都在外馆，两下里隔开，似乎不大方便……”

那女子答道：“相公放心，夫人已差人知会小管家，一会儿便带着行李来了。对面一间，便是安置小管家的，连相公的宝马，叫什么乌云骢的，也在这屋后内厩，和我们夫人骑的那匹照夜白一块儿喂着。两匹马都长得异样得俊，一白一黑，真像一对似的。”

杨展一听乌云骢便在屋后，忙命女子领着去瞧一下。那女子应命，领着他出了房门，从阶下花圃一条小径，通到屋后，矮矮的短墙围着一片土地，地上几株森森直立的古柏，树后盖着几间马厩，马真通灵，杨展还未走近厩前，乌云骢已在厩内长嘶起来。他进厩察看了一下，乌云骢好好儿的，也就放了心。隔壁厩内，时起蹄掌蹴地之声，大约是齐寡妇的照夜白心里有事。他懒得看人家的马，匆匆地回到前面屋内。焚香铺床的几个丫头不见了，桌上却多了一个红漆十锦格的点心盒，盒上一张字条，写着“且住为佳”四个字，笔迹秀逸，料是齐寡妇的亲笔。他对着“且住为佳”四个字，不禁默默出神。

忽听得脚步声响，仇儿脸上喝得红红的，背着莹雪剑，提着行李、弓箭，跳进屋来了。仇儿一进屋，领路的女子说了声：“相公早点安息。”便退出屋外去了。

仇儿把行李、宝剑卸下，忙不及问道：“相公，怎的又把我们提到这儿来了？这是什么处所，他们对我们究竟预备怎样？相公，我真被他们闹糊涂了。”

杨展笑道：“瞧你喝得红光满面，大约也没有亏待你。”

仇儿摸摸自己面颊，忸怩着说：“相公走后，我正心里不安，有两个大汉和我称兄道弟地谈了一阵，便拉着我到另一间屋内，大吃大喝。谈话之间，我不知相公对他们说什么，正愁着不知怎样应付才好，不料他们并没问长问短，只拣没要紧的说，我也想用话试探，他们口风也紧，被我问急了，只推说他们瓢把子号令极严，不便乱说。虽然如此，到底被我无意中探出一点点来，据他们说，黄粱观涵虚道士是齐寡妇的干爹，本领最高，也就是江湖传说，穿山甲碰着吃大亏的怪老头儿，金眼雕、飞槊张这班人非常怕他，齐寡妇面前，也只有这个老道说得上话。我吃完了夜饭，陪着我的人又和我瞎聊了一阵，后来一个女子走来，说是相公吩咐的，才带着行李，跟她到这儿来了。

“一路进来，我暗地留神，并没有喽啰们戒备，简直不像占山为王的路道，只进门时，远远瞧见一座大厅内灯烛辉煌，似乎厅内有不少人在那儿谈话，其余一路走过的所在，连鬼影儿都没得一个，这是怎么一回事？人家说的塔儿冈，不亚如龙潭虎穴，依我看来，稀松平常，相公，我们不管他们好意歹意，我们赶路要紧，神不知，鬼不觉地悄悄一溜，大约没有什么难的，相公你瞧，这主意怎样？”

杨展笑道：“你真是一厢情愿的孩子话，你瞧着鬼影都没一个，你要知道，不露面的比露面的厉害得多，否则，也不成为大名鼎鼎的齐寡妇了。其实，他们怎样厉害倒没有大关系，我们要走时，一样得想法子闯出去，不过现在没法走，你还不知道，二十万两饷银依然落到他们手中了，王太监和虞二麻子却被他们生擒活捉，快弄到塔儿冈来了。王太监和二十万两饷银不去管他，我为了虞二麻子正在犯愁呢。再说，黄河渡不过去，也是枉然。”

仇儿听得吃了一惊，杨展粗枝大叶地和他悄悄一说，仇儿才明白了。

一夜过去，倒是平安无事。主仆二人清早起来，便有二个俏丫头进来伺候，香茶细点流水般供应，在京城廖侍郎家中做客，也没有这样殷情舒服，反而弄得主仆好生不安。杨展夜里睡在床上，枕畔衾角，时时闻到温馨柔腻、不可名说的一种异香，心里又萦绕着那个雏婢泄露的一句话，心里七上八下的，未免想入非非。

可是第二天从清早起来，直到太阳下山，主仆二人吃喝之外，无所事事，除出几个俏丫鬟在面前穿花蝴蝶般殷勤服侍以外，并没有人进来和他们谈话。杨展暗地打量这几个丫头，虽然袅袅婷婷的似普通女子，可是行家眼内，从步履之间，可以瞧出她们身上都有点功夫。倒是昨夜和齐寡妇盘桓了一阵，却瞧不出她有异样的本领来，忍不住向岁数大一点的丫头问道：“这一整天，你们夫人在家里干什么？还有那位涵虚道长，怎的也没露面？我想和那位道爷谈一谈，请你去知会一声。”

那丫头笑道：“我们夫人和道爷有事出外去了，此刻快到掌灯时分，大约也快回来了，夫人临走时吩咐，相公如感觉寂寞。可以到书斋随意鉴赏那边的书法名画。书斋贴近这儿，我领相公去吧。”

杨展道：“夫人、道爷既然都快回来，我在这儿候着吧，——不过——承夫人这样优待，实在不安，黄河那岸还有几位朋友等着我，老在这儿打扰，也不是事。”

那丫头不住地抿着嘴笑。杨展看她笑得异样，问道：“你叫什么？”

那丫头低着头说：“我叫了红。”忽又悄悄说道，“相公安心，虎牢关几位贵友不会等在那儿的了，也许这时已动身离开虎牢关了。”

杨展忙问：“你怎会知道？”

了红向杨展身后侍立的仇儿看了一眼，说道：“昨夜夫人已经派人渡过河去，通知贵友，叫他们安心上路，不必坐等相公。一半也是因为贵友中有一位姓刘的，是策划什么‘金蝉脱壳’计的一位，叫他明白明白，人外有人，在我们夫人面前是枉费心机的。”

杨展、仇儿听得，面面觑看，杨展急问道：“夫人既然能够派人渡过河去，可见黄何仍有渡船相通，南岸官军封船之说，并不可靠了？”

了红说：“难怪相公有这么一想，相公还没知道我们塔儿冈的威力，黄河北岸一带有我们暗卡，常年藏着我们自备渡船，官军们只能劫掠民船，怎敢在虎身上拔毛！所以相公渡河时，只要我夫人一纸命令好了。不过渡河容易，从河南奔荆襄入川的一条路上，听说乱极了，相公带着乌云骢宝马更不易走，我夫人正在替相公设法呢，所以相公最好在这儿安心住着，我们夫人自会替相公打算的。相公！你知道夫人对待相公真是十二分的……我们还是第一遭见夫人敬重人哩！”

掌灯时分，另有一个丫头提着纱灯来请杨展，说：“夫人和道爷都在前厅恭候。”

仇儿忙把莹雪剑背在身后，抢着说：“相公，我跟着你。”

杨展看出，来访的丫头没有阻拦的意思，便命他跟同前在。主仆二人跟着提灯的丫头，仍然从书斋外面一带长廊，转出隔墙的月洞门，来到正面那座敞厅的前面，绕过院心荷花池，踏上厅阶，厅门口肃立着两个带刀壮士，把当中竹帘子高高地一撩，仇儿紧紧跟着主人走入厅内。

厅门口立着八扇落地大屏风，转过屏风，才看见黄粱观老道涵虚和齐寡妇都起身相迎，两边还有不少雄赳赳、气昂昂的人站着，都睁着眼，盯在他们主仆身上。老道涵虚身量魁伟，显得比众人高一头，一张赤红脸上布满了笑意，和当胸飘拂的一部雪白长髯，红白相映，很是别致，身上一领香灰色的细葛道袍，腰束丝绦，脚穿朱履，步履如风，异样精神，真有几分像画中仙人一般，迎着杨展，呵呵大笑道："杨相公是川中豪杰，不易到此，大家萍踪偶聚，总是前缘。"说罢，又向两面站着的人说："来，来……你们过来会一会闻名已久，新在北京武闱鳌里夺尊的杨相公。"

于是，十几个草莽豪士奔过来，和杨展一阵周旋，从中由老道涵虚提名过姓的一一介绍，杨展才认出其中两个为首的，一个须发苍白、长着一对黄眼珠的是金眼雕，一个豹头环服、体态威猛的便是飞槊张。一阵周旋，大家才谦让着分坐下来。坐的地方是大厅正中对面两排长长的红木靠背太师椅，每一面排着八把椅子，每两把椅子中间嵌着一张茶几。

这座敞厅真是特别宽大高敞，两排太师椅上面，正中一张极大的香案，围着红呢桌帷，桌后还有几尺空地，然后靠壁摆着一封书式的长案，案上陈列五供，上面挂着顶天立地的一张天神像，画着一位虬髯如戟、河目隆准、全身甲胄的坐像，上面金笺引首上，大书"故帅毛公文龙遗像"，下面左角裱绫上，还贴着一张黄绫签条，写着"不孝女红蕚率旧属将士奉祀"。

杨展一眼看到毛文龙遗像，慌不及从座上跳起身来，向齐寡妇说："不知尊大人遗像在此，太失礼了。"嘴上说着，人已抢到香案前面，向上面遗像深深一躬，一转身，瞧见齐寡妇在一旁敛衽答礼，而且金眼雕、飞槊张一班人，都已排立在齐寡妇肩下，一齐躬身抱拳，齐声唱着："谢谢相公多礼!"

杨展忙又一揖到地，朗声说道："英雄不论成败，后辈自应敬礼，诸位请坐。"

这时，只有老道涵虚，拱手远立，微笑点头。这一点动作上，杨展瞧出这班毛文龙旧部对于故主的忠诚。齐寡妇以一女子，能够指挥这班人物，多半还仗着一点父荫，尤其上面挂着的一张遗像，挂在这聚义厅式的大敞厅内，是相当有意义的。

这点礼节过去，大家照旧落座。杨展留神齐寡妇举动，见她坐在左面第一把太师椅上，有点沉默寡言，显出一派端庄严肃之态，眉梢眼角，还隐隐罩着一层杀气，和昨夜私室劝酒、谈笑风生的态度，好像换了一个人。因为杨展坐在右边第一位上，正和她遥对着，有时彼此四目相对，她忙不及把眼光避开。这种动作虽然像电光似的一瞥而过，可是她一对酒窝上，还禁不住现出一丝丝的笑意。这一丝笑意是无声的语言，是对于座上贵客的一种默契，这丝笑意像电光似的瞥过以后，脸上的杀气立时布满了。杨展明白，她脸上可怕的杀气是她在这种地位上，矫揉造作出来的，日子一久，自然而然变成了一种习惯。

这当口，几个壮丁已在大厅右侧一张大圆桌上，布置好一桌盛筵，于是宾主一阵谦让，纷纷入席，金眼雕、飞槊张等当然陪席，仇儿则站在主人背后。壮丁们川流不息地上菜敬酒，杨展坐在首席上，和这一席上不可测度的人物虚与周旋，心里实在不安，故意和飞槊张攀谈，想从他嘴上露出虞二麻子的事。但是飞槊张等好像吃了齐心酒似的，只和他海阔天空地谈些不相干的事，非但一点不提起虞二麻子，关于二十万两饷银和杨展来踪去迹，都绝口不提。

这席上，老道涵虚谈锋特健，忽然向杨展问道："我们从川中几位同道听说，知道杨相公和巫山双蝶渊源特深。听说当年巫山双蝶以五行掌、蝴蝶镖威震江湖，五行掌的功夫，奥妙宏深，内外兼修。除巫山双蝶以外，还没有听到得此秘传的，杨相公既然和巫山双蝶大有渊源，对于五行掌的功夫，当然得有真传的了。"

杨展忙说："江湖传说，多不足信，在下对于此道，虽略问津，却没深造。"

老道哈哈一笑，却老气横秋地指着杨展，向金眼雕、飞槊张说："你们练的都是外五行的功夫，是在身、眼、手、法、步上筑根基，你们瞧瞧杨相公脸上、手上，细皮白嫩，好像是一位文质彬彬的白面书生，但是你们最好仔细瞧瞧，杨相公的细嫩皮肤和普通细嫩不同，不是细嫩，是坚致油润，隐隐有一层宝光，这便是在内五行上筑的根基，内五行便是心、肝、脾、胃、肾，内五行练到有成就时，这里面有一句行话，叫作'一篓油'。杨相公皮肤隐着一层油润的宝光，便是已练到'一篓油'的地步，老朽老眼不花，从这地方可以窥测杨相公对于五行掌的功夫，定已得到真传，而且已练到惊人地步了。因为五行掌功夫内外兼修，先从内五行筑根基，然后再转到外五行的。"

老道这么一说，一席上的人都向杨展脸上细瞧，主席上的齐寡妇一对秋波，更是脉脉深注，酒窝上又现出笑意来了。杨展倒被他们看得有点讪讪的，向老道笑道："道长太夸奖了，在下年纪尚轻，便是平日练点粗浅功夫，也到不了道长所说的地步，道爷！你这一次要走眼了！"

老道伸手把长髯一撸，大笑道："我绝不会走眼，不过杨相公说得也有道理，我正奇怪，像杨相公这样年纪，不过二十左右，论岁数，实在练不到这样地步，除非一出娘胎，便得真传，世上哪有这样的事！何况杨相公出身富贵之家，也只可说禀赋不同，得天独厚了。”杨展肚里暗笑，心说：“可不是一出娘胎便在大行家手上调理的？看情形你们对于‘巫山双蝶’，也无非耳朵里听得一点传闻罢了。”

席上金眼雕、飞槊张等不时探问他拳剑上的功夫，杨展只一味谦逊，只把年轻功浅来做挡箭牌，极力不露出一点锋芒来。席散以后。仍然回到厅中客座上，这时有两个上下一身青的劲装女子，年纪似乎都不到二十，各人背着一柄剑，挎着一个皮囊，悄不声地进厅，向齐寡妇耳边说了几句，便侍立在她身后。

杨展留神这两个女子，似乎和齐寡妇身边的几个丫头不同，没有见过面，眉目如画，丰姿英秀，透着异样精神。这两个女子一进厅，便听得厅外院子里一阵脚步声，似乎院内站了不少人。这当口，齐寡妇向杨展看了一眼，眉峰微蹙，忽又脸色一整，向飞槊张说：“虞二麻子既在王太监身边，便怨不得我们心狠手辣，不过现在我们知道了杨相公和虞二麻子有点瓜葛，看在杨相公面皮上。我们倒不便处理了。”

飞槊张从下面椅子上站了起来，向杨展笑道：“我们现在已明白杨相公和二十万两饷银丝毫无关，无非为了报答虞二麻子在北京时一点恩义，才弄出‘金蝉脱壳’的把戏来，大丈夫恩怨分明，这是我们要原谅杨相公的，也是我们夫人用计请相公驾临塔儿冈以后才弄清楚的，正唯我们弄清了这层关系，敬重杨相公也是一条汉子，我们才把杨相公当贵客相待，可是杨相公那条计策并没十分成功，虞二麻子仍然落在我们手中了，杨相公，现在虞二麻子已带到门外，照我们塔儿冈规矩，便该和那王太监一刀两段，可是白天我们夫人和老道爷都有话吩咐，这事应该和杨相公当面谈一下，不瞒杨相公说，当年虞二在六扇门里，和在下还有一镖之仇，这可是在下的私事，现在公也罢，私也罢，虞二的事，我要请杨相公吩咐一下，杨相公，你看这档事怎么办？”

飞槊张这一问，连仇儿听得都觉难于应付，不要瞧他们这样礼待，说翻脸便翻脸，自己本身陷入盗窟，处处都是危机，哪有工夫保全虞二性命。

在仇儿暗地为难当口，杨展从容不迫地向飞槊张微一拱手，说声：“张寨主！你请坐，我想这事很容易解决。”他说话时，向齐寡妇和老道扫了一眼，待飞槊张坐下，才朗声说道，“张寨主！在下和诸位萍水相逢，承蒙诸位这样厚待，已出望外，怎敢乱言？足下认为虞老头子有可杀之道，现在人已落在诸位手中，要杀要剐，贵寨自有权衡，在下虽然年轻，还识得一点进退，不过，此刻张寨主既然赏脸问到在下，我不能不张嘴，但是我想说的，不是为了虞老头子，因为他已活到六十七岁，死了无非臭块地，一个糟老头子死在诸位英雄手上，更值得，至于在下对于虞老头子一点私情，总算已尽过心了，瓦罐不离井口破，将军难免阵前亡，原难保他一辈子的，所以我想说的，不是为了虞二麻子，倒是为了塔儿冈。”他说到这儿，略微一沉，齐寡妇和老道都用眼盯着他，却默不出声。

飞槊张铁青着面皮说：“高人定有高论，说的又是为了我们塔儿冈，我们更得洗耳恭听了！”

杨展微微一笑，并没理会飞槊张，却欠身向老道涵虚说：“老前辈才是世外高人，不用说见多识广，眼前这点小事，大约早已胸有成竹了。晚辈从北京出来，路上听到塔儿冈的威名，此刻又很荣幸地瞻仰了毛大将军的遗像，和诸位英雄相聚一堂，便明白了塔儿冈不是占山立寨、上线开爬的草莽人物，是怀抱大志，预备轰轰烈烈干一番大事业的英雄，上继毛大将军遗志，下展在座诸位的雄心，而且时机已到，在这乱世多事之秋，正是诸位崛起草野之日。

“诸位前程远大，眼前有多少大事要办，第一件大事莫过于广布恩德，使四方有志之士，对于塔儿冈望风响应，然后才能达到诸位的雄心。道长请想，在这紧要当口，杀死一个虞二般的糟老头子，宛似踏死一个蚂蚁，真是小而又小的一桩事，诸位如果认为杀死这样一个糟老头子毫无益处，反而污了英雄的宝刀，那么干脆一放，显得英雄们大度大量，非但虞二麻子死里逃生，要感激一辈子，也许在这上面，诸位还可以交几个好朋友，总之这档事，小事一段，不值一谈，不过这是晚辈乱谈。也许诸位英雄还把这糟老头子当作人物，有点擒虎容易放虎难的意思，那么干脆一刀，也就安心了，道长！你看晚辈这样乱谈，还有几分可取吗？”

老道涵虚长须飘扬，仰头大笑道：“说得好！说得妙！”

齐寡妇秋波一转，在暗地里不住点头，飞槊张是老粗，一时被杨展用话绕住，有点接不上话。

金眼雕一对黄眼珠灼灼乱转，大声说道：“杨相公！有你的，你是明修栈道，暗度陈仓，外带连激带损，明面上可是说得满在理，被你这么一说，倒闹得杀也不是，不杀也不是了，一言抄百总，巧语不如直道，虞二麻子这条性命，还得着落在杨相公身上，也就是杨相公刚才说过那句话上，为了饶舍虞二麻子一条不足重轻的性命，能够交几个好朋友，这是我们愿意的，不过我们塔儿冈统率着大小山头的弟兄们，说多不多，说少不少，也有好几千人，好朋友来到我们塔儿冈，总得拿出点体己功夫来，让我们死心塌地拜服一下，让我们在弟兄们面前，嘴上说得响，说是‘虞二麻子这条命，完全冲着好朋友面上了’。

“杨相公文武全才，嘴皮子上我们真得甘拜下风，真功夫上，我们虽然有点耳闻，可是眼见是真，耳闻是假，我们斗胆，要请杨相公留下点什么，杨相公有的是俊功夫，露几手，让我们瞻仰瞻仰，是轻而易举的事，为了救虞二麻子一条命，杨相公更得赏脸……”

杨展还没答话，飞槊张已跳了起来，向杨展拱拱手，说：“杨相公！我几手粗拳笨腿，愿意请教请教杨相公的五行掌。杨相公，不必客气，我们到厅外空地上玩几下。”

这一来，剑拔弩张，逼得杨展不出手是不行了，可是老道涵虚一对威棱四射的河目，却向飞槊张瞪了一下，似乎暗中示意，举动不要鲁莽，不要轻视了这位年轻客人。

第二章　英雄肝胆，儿女心肠

老道虽然暗中示意，无奈飞槊张话已出口，收不回来，明摆着当面叫阵之势，在座的人都以为杨展在这局面之下，没法不出手。背后站着的仇儿心头跳动，把背着的莹雪剑扶了一扶，心想我们主仆是祸是福，已到了节骨眼上了。

不意杨展坐得纹风不动，向飞槊张拱拱手说："张寨主，你请坐，你要和我过过手，这是练功夫的常事，彼此切磋切磋，也没有什么，可是得分什么时候说话。此刻好像为了虞老头子一条命，要从我两人功夫高下上来决定，这可不敢从命。假使你张寨主功夫高强，甚至连我姓杨的性命也垫在里面，这倒不要紧，只怨我年轻功浅，自讨没趣；万一我一失手，张寨主走了下风，这事便不好办了。

"张寨主和虞二麻子一镖之仇，事隔多年，到现在还有点化解不开这层怨结，我和张寨主无怨无仇，何必再来一下怨上加怨？何况承蒙诸位待以上宾之礼，我怎敢埋没诸位一番好意？张寨主，你不要疑惑我胆怯怕事，在这样局面下，你我两人一动手，便得分点高下，一分高下，不论谁胜谁败，都是没有意思的事，这是何必……"

这时老道涵虚站了起来，大笑道："你们有眼无珠，刚才我在席面上早已用话点明，你们偏不信，看得杨相公斯文一脉，年纪轻轻，功夫有限，你们要明白，杨相公不肯和你们交手，不是谦虚，是存心瞧得起你们，存心想彼此交个朋友！现在这么办，把虞二这档事丢开一边，我请杨相公露一手给你们开开眼。"说罢，向齐寡妇身后两个一身青的女子招手道，"你们一齐过来，你们以二敌一，讨教杨相公一点剑术。"

齐寡妇说："义父，你叫她们两人和杨相公对剑，两对一，似乎欠公平些。"

齐寡妇这意思，是深知两个女侍卫的功夫都在金眼雕、飞槊张之上，也就是涵虚的得意门徒，齐寡妇能够威震塔儿冈，一半是涵虚老道的扶佐，一半是这两个贴身护卫。金眼雕、飞槊张一班人还算不上塔儿冈的顶尖人物，齐寡妇说出以二对一不公平的话，是怕杨展耻笑，也许怕他吃亏，不是自己待客之道。

但是，老道向齐寡妇微一摇手，仍然把两个女子招了出来，指着两女，向杨展笑道："这两个妞儿，一名紫电，一名飞虹，剑术虽不高明，还说得过去，江湖上不开眼的人们，在她们手上吃过亏的倒不少，可是在杨相公大行家手底下，哪有她们施展的余地？她们两对一，未必能占便宜。好在彼此不下杀手，大家见意而已，所以我叫她们两人出来，在杨相公面前请教几手剑法，小管家身上背着的那口尊剑，很是不凡，杨相公的剑术定是高明，偶然游戏一下，大约不至于驳我这老面子，杨相公不必再谦虚，让她们也见识见识真功夫。他们要求杨相公在这儿留个纪念，也就应了点。这两个妞儿，心地还聪明，手上也还有分寸。杨相公，老朽绝没有恶意，你也不必多挂虑了。"

老道这一手却比飞槊张、金眼雕厉害，那两个女子已行如流水般向厅门口走去。

杨展剑眉一挑，心里一转，暗想到底生姜老的辣，这两个女子定有特殊功夫，我胜得了她们，说起来是两个女孩子，算不了什么；万一有个招架不住，定然弄得灰头土脸，抬不起头。事情挤到这儿，已无回旋余地，说不得只好施展师门秘传的绝技，和她们周旋一下了，他主意一定，站了起来，笑道："恭敬不如从命！这是道长逼得我献丑，我若再推托，好像不识抬举了。道长！你就请两位姑娘留步，何必老远跑到院子去，就在这儿给两位姑娘接接招吧！"

这一句话，却有点露出锋芒来了，因为大厅左右两排椅子中间，也只宽出一丈多点地方，从香案到厅口屏风却有两丈五六尺深，上面正中大梁上垂下来七宝攒瓣莲花灯，下面地皮铺着百福攒寿的地毡，杨展一说出就在厅心比剑的话，连老道也有点惊疑，心想，毕竟年轻人，禁不住几下里一挤，未免显出有点狂妄来了，你不知道我们两个妞儿，轻功绝人，身法如电，这点地方以一对一还怕你躲闪不开，何况以一敌二，这不是自找苦吃吗？心里这样想，嘴上却向那面喊着："你们回来！杨相公功夫与众不同，叫你们不必跑到院子里去，你们就在这儿请教吧。"说罢，又向杨展说，"叫他们把这两排椅子往后撤宽一点才对。"

杨展笑道："何必费这大事，我就空手接几下，接不下来时，道长休得见笑。"

这一卖味，老道心里也是一惊，金眼雕、飞槊张瞪着四只眼，还疑惑自己听错了，因为他们两人平时对于紫电、飞虹是口服心服的，肚里还怨着老道，太把姓杨的当人物了，紫电、飞虹不论是谁，有一个出手，便把姓杨的制住了，何必以二敌一呢？

这时，齐寡妇、金眼雕、飞槊张都离座散开，退到两面椅子背后，厅门屏风左右也挤满了人。这些人大约是塔儿冈有点头面的头目，得到消息，来瞧热闹的。老道涵虚却站在上面香案跟前，时时留神杨展的举动。

杨展轻衫朱履，连衣襟都没掖起，很潇洒地站在厅心，谈笑自若，连仇儿瞧得都有点悬乎，主人既已出口空手接剑，便没法把莹雪剑送上去，只好在原地方站着。

立在屏风下的紫电、飞虹也在那儿悄悄说话，因为她们瞧着杨展面目英秀，光彩照人，却一身斯文秀气，从哪儿也瞧不出有大功夫来，愣敢说空手接剑，两人暗暗惊奇，私下里在那儿商量：道爷叫我们两人一块儿上，岂不被人耻笑？不如先一个上去探他一下，真个不成时再一块儿上，真不信这样年轻轻的斯文书生，会胜得了我们。

在她们俩私下说话时，杨展已向她们含笑招手道："两位女英雄剑术定然高超，请赐招，让我瞻仰。"

这当口，她们两人已把背上宝剑出鞘，隐在臂后，一齐走上几步，和杨展也只七八步距离，飞虹先答了话："杨相公，愚姊妹初学乍练，相公手下留情。"飞虹说时，右臂一抬，并指齐眉，这是起剑的礼节，身形一挫，剑已交到右手，却看对面杨展，依然斯斯文文站着，并没显出门户来。

飞虹娇唤道："相公请赐招！"

杨展笑说："毋庸客气，有家伙的先上招。噫！那一位怎么站在一边？道爷说好两位一块儿上……"杨展话还未完，飞虹一声娇叱："我先请教！"声方入耳，剑已近身，飞虹身法，真个快如闪电，其实飞虹这一手"巧女纫针"是虚招，先探一探对方动静的。

不料杨展身子动也不动，只两道眼神紧紧盯着剑点，飞虹本预备对方一动手，便抽招换招，想不到对方好像吓傻似的，呆若木鸡，她趁势一上步，右臂一沉，剑诀一领，变成"举火烧天"，还不忍真个向白如冠玉的脸蛋上刺去，无非想吓他一下。剑势疾逾飘风，眼看剑光闪电似的已到了杨展面前，猛见他身形一晃，右腿一迈，左手两指，已到了飞虹一对眼珠上。

飞虹“哟!”的一声，后跟一垫劲，倒纵七八步去，人已立在屏门前，两腮飞红，两手已空。原来手上一柄剑，不知怎么一来，竟到了杨展手上。这一手除出老道涵虚以外，谁也没有瞧清楚，飞虹的剑竟会到了杨展手上，而飞虹的剑术又是相信得过的，何以刚一动手，剑便出了手？这真是邪门儿。

哪知道杨展早明白这两个女子，善者不来，来者不善，如果和她们招来招去地纠缠，虽然自问不至落败，也得费点劲，存心以静制动，一上手便用师门绝技，凑巧飞虹逞能，独自先动手，正中下怀。飞虹身法快，第一招“巧女纫针”明知是虚招，不去理睬，等她变招为“举火烧天”，又瞧出她轻视自己，剑招并没实刺，从自己面前，闪了过去，立时将计就计，施展师门秘传铁指功，双肩一错，右掌一沉，似乎顺着剑势，向下一压，他手法比电还快，竟用右手两指，把剑身吞口上面的侧锋钳住，同时左手两指，已点到飞虹面上。飞虹万想不到人家有这一手，愣敢用指钳剑，而且两指如铁，一下子竟抽不回剑来，敌人左手两指却已到自己眼上，如不撒手抽身，两眼难保，这两下里一合一分的势子，兔起鹘落，其快无比，杨展这一手更比飞虹的剑招还要快上几倍，非但快，还要在尺寸上扣得准、用得稳，才能一下手便分输赢。

杨展一出手便把全厅瞧着的人惊呆了，杨展却笑嘻嘻地把手上一柄剑搁在旁边茶几上，向飞虹笑道：“这一下不算数，说好你们两位一齐来，飞虹姑娘未免心急一点，先把剑拿回去，两位一齐上。”

他这么一说，飞虹有点不好意思把剑拿回去，那位紫电柳眉倒竖，杏眼生光，突然把手上的剑还入鞘内，娇声说道：“我们姊妹不论是谁，有一个用剑失败了，我们便没法再用剑来请教。杨相公既然吩咐我们一齐讨教，好!我们遵命!”

紫电、飞虹霍地左右一分，一跺脚，两人竟想用四只玉掌，挽回失剑的脸面，而且疾逾猿猱，“二龙出水式”向杨展袭来。

他一瞧，便明白两人拳剑上都下过苦功，出手的式子是少林十八罗汉拳一类，未待近身，两只长袖一扬，飘飘而舞，并没和她们接招还招，却在这一丈多点的地方，像穿花蛱蝶一般，飞舞于飞虹、紫电两个女子之间，明明瞧见他在紫电身后，紫电一转身，玉腿飞去，人影全无，再一看，人已到了飞虹身边，飞虹一挫身，粉拳一扬，人又不见。飞虹、紫电的身法、拳法都奇怪无比，却连杨展衣角都摸不着，非但局中的紫电、飞虹闹得变成捉迷藏，一身香汗，连瞧的人也弄得两眼迷离，只瞧见一条白影，忽左忽右，忽内忽外，在两条黑影里边，电掣星驰，像旋风一般飞转，转着转着，忽听得那团黑白影子里面，突然两声娇叱，一条白影倏然不见，只见飞虹、紫电两女怔怔立着，你看我，我看你，忽然一齐惊叫起来。

大家细看时，原来两女上身黑绸短衫上，凡是衣角宽松之处，都有两指对穿的圆窟窿。两女以二敌一，非但近不了人家的身子，反而在不知不觉之间，被人家做了手脚，如果对方想下绝情，怕不香消玉碎。飞虹、紫电是塔儿冈的出色人物，不料在杨展手上一毫施展不开，无怪两女吓得面面觑看，作声不得了。

这一手比刚才夺剑还要惊人，旁观的金眼雕、飞槊张等不由得心头乱跳，才明白刚才人家不愿和自己动手，不是胆怯，也不是谦恭，确是一番好意，是替自己保存脸面，真想不到斯文一脉的年轻相公，有这样出奇本领，但是出奇的杨相公上哪儿去了呢？大家四面乱寻当口，老道涵虚从上面香案前大步走了过来，抬头向中间七宝攒瓣莲花挂灯上面一片黑影处，大笑道："杨相公，我们算开了眼了，我们两个妞儿被你闹得头晕眼花，你却飞上顶梁看哈哈了。"

老道这样一提明，大家一齐抬头，因为中间莲花灯顶上，有一个极大的八角五色琉璃罩子，正把向上一面的灯光遮住，厅屋又高，顶梁上黑黝黝的，一时真还瞧不清杨展隐身之处，只听得上面黑影里有人笑道："道爷！两位姑娘实在厉害，罗汉拳里暗藏着燕青八翻手，工夫一长，我实在有点招架不住了，没法子，我只好躲到上面来，先喘口气儿。"

老道大笑道："我的杨相公，真有你的！你不要替她们脸上贴金了，我知道你在上面，又不知显什么神通了。"人随声落，杨展已在老道一片笑声中，真像四两棉花一般，飘然下地，声息全无。

杨展一下地，向老道拱着手说："道爷！恕晚辈鲁莽，刚才金、张两位寨主定要晚辈在塔儿冈留点什么，趁此刻躲在上面喘气的工夫，随手在梁上留点纪念，也是晚辈景仰诸位英雄的一点微意。"

老道听得微然一愕，嘴上"哦"了一声，两眼看着紫电、飞虹，向上面一努嘴。

两人会意，霍地一分，齐一跺脚，宛似两只燕子，飞上梁去，二龙抢珠般贴在顶梁上，向下面娇喊道："杨相公指头竟是钢铁铸的，我们这条楠木大梁却变成豆腐一般了。他在这梁心上端端正正刻上了'英雄肝胆，儿女心肠'

八个大字哩。”喊罢，“唰”地纵下地来，居然也轻飘飘的片尘不起，落地无声。

仇儿在一旁暗暗佩服，这两个女子一身轻功似乎比自己还强一点，不过地上铺着厚毡，落地无声，比较容易一点。

两个女子纵落下地时，老道涵虚向齐寡妇说：“我活了这么大岁数，眼见的后辈人物，像杨相公这样功夫、这样胸襟的，实在少有。我先说在这儿，将来杨相公定有一番极大作为，可惜我这岁数，也许看不到了。”说罢，一声长叹，忽又双目一睁，威光四射，向金眼雕、飞槊张等大声说道，“你们肚里没有多喝一点墨水，还没明白杨相公在梁上留下那八个字的用意。

“你们要知道，有了英雄肝胆，没有儿女心肠，无非是一个杀人不眨眼的混世魔王，算不得真英雄；有英雄肝胆，还得有儿女心肠。亦英雄，亦儿女，才是性情中人，才能够爱己惜人，救人民于水火，开拓极大基业，这里面的道理，便是英雄肝胆，占着一个义字；儿女心肠，占着一个仁字。仁义双全，才是真英雄！

“我们凭着一个义字聚在塔儿冈内，隐迹待时，将来机会到来，义旗所指，崛起草莽，如果心中没有一个仁字打底，杀戮任意，闹得天怒人怨，不得人心，结果还是一败涂地，所以杨相公留下这八个字，真是金玉良言。杨相公瞧得起我们，没有把我们当作草寇一流，才肯留下这情重意长的八个字，杨相公方是我们塔儿冈的真正好朋友，你们能够交到这样好的朋友，将来得益不浅，冲着好朋友，我们得知趣一点，快把虞二麻子释绑，叫他进来和杨相公见见面，然后好好护送出塔儿冈去。”

老道神威凛凛地说完，金眼雕、飞槊张齐声应是。飞槊张向屏风口一招手，便有两个头目过来听令。

飞槊张喝声：“把姓虞的放了，告诉他是看在杨相公面上，才放他一条活命，叫他穿上衣服，进来相见。”

两个头目领命，刚一转身，杨展忙说：“且慢！”说罢，向众人一躬到地，来了个罗圈揖。

大家忙一齐向他还礼，老道说：“杨相公何必多礼，有话吩咐他们就是。”

杨展说：“承蒙诸位赏脸，在下铭诸心腑，诸位都是义气汉子，君子一言，何必叫他进来见面？只消转告他一声，这么大岁数，在家颐养天年，不必再出来奔波冒险了。”

老道拍着手说：“对！叫他进来，反而没意思，而且这也是杨相公真心交友的过节，表示信得过你们，不必再验明虚实了。你们就依杨相公的话办，好好连夜把姓虞的送出塔儿冈好了。”

虞二麻子总算死里逃生，杨展暗暗喊声“侥幸”，心里一转，料得王太监和虞二麻子一块儿活擒来的，也许当晚要发落，自己坐在一旁多有不便，也得见好就收，不要再生出麻烦来，有什么话，明天再说，不要挤撂在一块儿，主意打定，便向老道说：“打扰多时，晚辈暂先告退。”

老道笑说：“好……好……杨相公只管请便，明天咱们再细谈，我们已经派人打探进川这条路上的情形，好歹总有法想，千万安心屈留几日，有什么不便之处，只管吩咐。”

老道说话时，齐寡妇暗地向紫电、飞虹吩咐了几句。飞虹点起了一盏避风纱灯，和紫电一齐走到杨展面前，娇声说：“相公，我们送相公去。”

杨展忙连声称谢，仇儿跟着，便辞了众人，走出厅来。出厅时，一眼瞧见院子里黑压压地站着不少人，都鸦雀无声地站着，也不知虞二麻子已经释放没有，既已说明，不便探问，跟着紫电、飞虹匆匆走过，向后进内宅走去。

杨展主仆和紫电、飞虹四人走过危崖上的长廊，将近书斋当口，飞虹忽然停步，在杨展耳边悄悄说：“今晚我们夫人有机密大事和相公商议，请相公在书斋内候她片时，小管家先叫紫电送回去好了。”

杨展微一迟疑，不知齐寡妇有什么机密大事居然和自己有关，便命仇儿先回，自己跟着飞虹进了书斋，飞虹却没让他在书斋内坐下，掀起罗帏，又领着他进了那座十锦格窗门的罗帏内，便是昨夜杨展和齐寡妇对酌之处。

飞虹一进这屋内，默不出声地提着纱灯，飞步进了侧面另一间复室去了，半晌没有现身。

杨展有点诧异，飞虹怎的一声不哼便走了？正想着，忽听得后壁墙内“呀”的一声响，墙上原绷着富丽辉煌的通景织锦壁衣，突见靠近壁角的一幅，变戏法似的直卷上去，露出窄窄的一重门户来，这种暗户离地有三尺多高，飞虹在上面现出身来，笑嘻嘻擎着纱灯，娇唤道：“相公！请上这密室来！”说罢，身子往里一闪，等他跳上去。

杨展心里起疑，今晚为什么这样鬼祟？但也不疑有什么歹意，走过去，一纵身，便纵上了暗户。飞虹擎着灯，等他进了暗户门，把这扇暗户一关，听得外面沙沙一阵响，大约卷上去的一幅壁衣又还了原，把这重暗户仍然遮住了。他一瞧，立身所在是窄窄的、长长的一条夹弄，飞虹提着纱灯，在前面领路，走尽这条夹弄，又拐了弯，转入另一条黑道。

杨展暗中伸手一摸两面墙壁，并非砖墙，竟是壁立如削的石壁，脚底下是一级级的磴道，步步上升，不禁问道："这好像从山腹里开辟出来的秘道，你引我到哪儿去？"

飞虹笑道："相公不要多心，这是我们塔儿冈的秘道，一半人工，一半利用天然岩壁造成的，这秘道除出夫人、道爷和我们有限几个人以外，便没有几个人知道了。从这儿过去便到我们最机密所在了，夫人肯把相公引到最机密所在，难道相公还疑惑我们有歹意么？"

杨展笑道："这是你在那儿多心。我若起疑，也不会跟着你走到此地了。"

飞虹哧地一笑，又走上十几级磴道，忽地向左一拐，从一个一人多高的洞穴里钻了出去。

杨展跟她钻出洞穴，豁然开朗，星月在天，立身所在，是一座孤立瘦削的岩腹。岩形奇特，好像一张卷心蕉叶，把岩腹一大块平坦的草地，卷入核心，草地尽处，盖着一所小小的精致整洁的院子，外面围着一道短短的虎皮石墙，回头一瞧，钻出来的洞穴原来是一株硕大无朋的枯树根，树心中空，树身几枝枯干上，藤萝密匝，垂条飘舞，好像替这洞穴挂了一张珠帘。

飞虹笑说："杨相公你瞧，这地方多幽僻。现当夏令，在这儿避暑消夏，最合适没有了。"

杨展说："你们把这儿当作机密处所，难道除出这枯树根的洞穴，别无山径可通么？"

飞虹说："正是！相公你瞧，这奇特的岩屏正把这块岩腹抱住，和四近的峰峦绝不相连，四面又壁立如削，无路可上，便是大白天立在别的山头上，也瞧不出这儿有房子的。"

杨展说："照你这样一说，万一被人堵死了这个洞穴，你们如果在这所屋内，不是也没法下山了？"

飞虹笑道："我说的是别人无法上这儿来，我们自然另有秘径，平时我们也不常钻这洞穴，因为杨相公是贵客，从这条秘道走，省事一点。"飞虹说罢，却没动步，向杨展瞧了一眼，似乎有话想说。

杨展看她口齿伶俐，眉目如画，年纪也不过将近二十，刚才大厅上和她们逗了一阵，已试出功夫很是可观，换一个人便制她们不住，这时见她想说不说，笑问道："到了地头，为什么不领我进那屋子去呢？"

飞虹抿嘴一笑，指着那所房子说："你瞧！屋内还没掌灯，夫人还没到哩！"

从她这句话，杨展便知另有秘道通那屋内了，心想，齐寡妇真了不得，在这塔儿冈内不知费了多大心机，在这秘密地方和我约会，不知为了什么？……猛地灵机一动，觉得自从被他们用诡计赚进塔儿冈以后，除出今晚在大厅内，和涵虚、金眼雕、飞槊张等谋面以外，始终都由齐寡妇本身招待，又把我留在内宅住宿，意思虽然亲切，到底有男女之嫌，何况她还是个寡妇，奇怪的是涵虚这班人视为当然，毫不闻问，这是什么缘故？他心里正在暗暗琢磨，飞虹忽然提着灯向他脸上一照，笑问道："杨相公！你不言不语想什么心思，能对我说吗？"

杨展故意说："我正在想你们夫人叫我到此密谈，不知什么事？你知道么？"

飞虹咯咯笑得娇躯乱颤，摇着头说："夫人的机密大事，我怎会知道？相公见着夫人便会明白，何必多费心思……相公！你年纪比我大得有限，你这一身本领怎么练的？我和紫电佩服极了，刚才我们上了你的当。你那手功夫我们虽没练过，却有点知道，叫作'奇门游身循环掌'，又叫作'脱影换形'，按着八卦步位，顺逆反侧，移步换形，我们一时粗心大意，不能以静镇动，反而以动继动，才上了你的当，不知不觉跟着你的身影，转了许多糊涂圈子，还把衣衫上戳了许多窟窿，当着许多人，真把我们羞死了。"

杨展忙说："对不起！对不起！好在我们是闹着玩，不是真个性命相拼，你不要搁在心里去！"

飞虹噘着嘴说："哟！说得好轻松的话，你一狠心，我们还有命吗，但是我们倒不怕死，羞辱我们比死还凶。杨相公！你好意思欺侮我们两个女孩子吗？"飞虹说得那么委屈缠绵，好像要掉泪似的。

杨展不知是计，心里真还有点不好意思，忙安慰着说："不要这么想，你们一时大意罢了。其实你们姊妹俩功夫着实可以了，我听人说过，从前有一班吃横梁子的，想摸你们，被两个女孩子用绣花针都弄瞎了眼，那两个女孩子大约便是你和紫电了。我知道不是绣花针，你们用的是梅花针，这手功夫很不易练，现在你们定然更高深了，你们有了这手功夫，足可称雄江湖，我也着实佩服呢！"

飞虹扑哧一笑，说道："你真会哄人！谁对你说的？事情是有的，可是内情不是这么一回事。梅花针是我们夫人的绝技，那时我们年纪还小，初学乍练，没有十分准头，腕劲、气劲都不足，虽然来的都是笨贼，没有夫人隐在一旁助阵，绝对办不到这样干脆。因为那档事夫人并没露面，外边的人便认为是我们两个小孩子的本领了，你不知道，我们夫人是天生的神眼，黑夜能够视物，梅花针是她防身的利器……嘿！我话说远了……相公！你欺侮了我们女孩子，你得收我们做徒弟，赏给我们几手高招，替我们遮遮羞！相公，你好意思不赏脸吗?”

飞虹口齿伶俐，巧舌如簧，死命缠住了杨展，恨不得这时先背着紫电，学上几手高招才对心思。

杨展被她磨得没法，明白她灵心慧舌，故意说得那么委屈婉转，无非想偷学几手本领，却喜她说话动听，便笑道：“我这点年纪怎配做你们师父？那是笑话，我也没法留在这儿教你们，刚才确是把你们得罪了，总得想法补偿一点。这样办，明天你们有工夫时，我把逗你们的那手‘脱影换形’的入手功夫和其中一点诀窍传给你们，像你这样聪明，轻功又这么好，一点即透，你看怎样?”

飞虹大喜道：“这可好！相公说话可得算数……我先谢谢我们老师傅的恩典!”说罢，哧地一笑，真个向他跪了下去。

杨展忙把她拦住了，笑着说：“不要淘气了，……你瞧，那屋里有人掌灯了。”

飞虹跳起身来，回头一瞧，喊声：“啊哟！我们只顾说话，夫人已在屋内了，我们快走吧!”

杨展、飞虹立身所在，地形略高，离那所房子还有百把步路远近，中间隔着一块茸茸一碧的浅草地，草地上一条小径，直通到那所房子的门口。两人走近虎皮石墙中间的一座短栅门时，栅门内正好有个人推开栅门，现出身来，指着飞虹说：“我在窗口瞧见你和杨相公站在枯树洞口捣了半天鬼，你还给杨相公下了跪，这是干什么？你休瞒我，都被我瞧在眼里了。”原来说话的是紫电，嘴上说着，眼睛却盯着杨展。

飞虹面孔一红，啐道：“我又不做亏心事，瞒你干什么，大约我手上提着灯，才被你瞧见了，你既然这么说，偏叫你闷一会儿……相公，咱们进屋去!”飞虹赌着气，领着杨展穿过进门一条短短的通道，向中间堂屋走去。

紫电跟在身后，冷笑道：“不识羞的丫头，几时又变成咱们了!”

飞虹不睬，杨展听她们斗嘴，紫电还有点酸溜溜的，想得好笑，不禁回头，向她打趣道：“她说的咱们，也有你在内呢。她给我下跪，一半为她自己，一半也为的是你呀!”

紫电听得大疑，飞虹却掩着口窃窃地笑。紫电想拉住杨展问时，大家已走上了堂屋台阶，而且齐寡妇已闻声迎出来了。

齐寡妇这时换了装束，一身可身的鸦青绉纱衫裤，脚上穿着窄窄的青缎挖花小蛮靴，上下一身黑，益发把玉面朱唇、雪肤皓腕衬得珠莹玉润，柳媚花娇，从她一对梨窝内，漾出满脸的春风，和大厅上见面时一脸沉静肃煞之态，又像换了一个人。

在堂屋门口迎着杨展，笑孜孜地说："杨相公，你料不到我们这儿还有这几间隐士之庐?"

杨展笑道："真是隐士之庐！这样乱世，能够在这儿埋名隐迹，理乱不闻，也是难得的清福。"

齐寡妇叹口气说："我也这样，可惜月易缺，花易残，假使……我真想在这儿度这乱世春秋。"

杨展听得心里一动，进了堂屋。齐寡妇赶到右侧一重屋门口，素手一扬，竟亲身撩起湘帘，让杨展进屋去。他口上谦让着，举步进室，只见屋内地方不大，却布置得精雅绝伦，桌椅几榻都是利用天然老年树根，只打细磨光，不加髹漆，镶上坚木面子，椅子再加龙须草垫，四壁都糊上砑光银花笺，疏疏地挂着一两幅宋元小景山水，南向几扇纱窗里面，挂着落地素丝窗帘，两边矗地高脚古铜雕花烛台上，点着两支明旺旺的巨烛，照得虚室生白，别有静趣。

杨展大赞道："妙极！妙极！不是夫人，也布置不出这样幽雅屋子。"

齐寡妇嫣然微笑，请他坐在右壁矮脚雕根逍遥椅上，自己在靠窗一张琴案旁边的小椅上坐了，微笑着说："山居高寒，现在虽届夏令，这儿却和秋天一般，可是冬天却不十分冷，因为这儿是岩腹，四面岩壁如屏，把风挡住了……"正说着，紫电托着两杯香茗进来，分献主客，飞虹也跟着进来，端着一个雕漆大十锦攒盒，盒上搁着一柄錾金酒壶，一直进了通连的一间内室。

紫电敬完了茶，又翻身走到杨展面前，笑道："杨相公没偏没向，我也给你下跪了！"说罢，竟插烛似的拜了下去。

杨展笑着跳起身来说："快请起来！你们要折杀我了！"

齐寡妇也笑道："这是什么把戏?"

紫电从地上跳起来说："娘还说呢！大厅上道爷叫我们和杨相公比剑，娘还低低嘱咐我们'只许败，不许胜，相公是客'。娘这样护着相公，我们可在众人面前吃了相公的大亏，还是飞虹机灵，黑地里缠着相公，求他传授'脱影换形'的奇门步法，我亲眼见她跪在相公面前苦求的，此刻逼着问她，才知杨相公竟应允了，所以我忙着找补这一跪，否则，便没我的份了。”

里屋飞虹跳了出来，笑指着紫电说：“瞧你这张破嘴，我和杨相公说了半天话，也没说出娘暗地嘱咐的话，你一张嘴，便露了。”

紫电笑骂道：“烂舌根的坏蹄子，得了便宜还使乖，我这话也没说错，这样，才显得娘敬重相公哩！横竖我没白下这一跪，有你的便有我的。”

齐寡妇笑叱道：“相公面前，休得无礼！”

飞虹忍着笑说：“娘！里屋布置好了，请相公进去喝酒吧！”

齐寡妇向杨展说：“山居气候稍差，虽届夏令，一到深夜，便觉山高风峭，宛似深秋，相公身上穿得单薄，我们到里屋喝几杯自酿的桂露莲花白去。刚才在大厅上，相公只顾和他们谈话，也没有好好儿吃喝，此刻找补一点。”

里屋情形大异，屋子也比外室深邃，珠灯璀璨，异香醉人，一派锦绣辉煌之象，靠里垂下落地杏黄透风珠丝幔，幔后烛光闪烁，隐约可以看出雕床罗帐、角枕锦衾，原来，纵深两开间的屋子中间，用丝幔隔开，分成前后两部，前部中心一张紫檀圆心小和合桌，左右两个锦墩，分坐着杨展和齐寡妇，桌上十锦格的大攒盒，装着各色精致肴果，齐寡妇亲自提着錾金鸳鸯壶，替杨展斟酒。飞虹、紫电并没在跟前，似乎有步骤地故意避开，好让两人商量机密大事，而且听得两人悄悄退出时，轻轻把外屋的门拽上了。

杨展觉得这局面有点尴尬，心里有点怦怦然，可是暗地留神对面殷情劝酒的齐寡妇，虽然满面春风，却是落落大方，谈吐从容，别无可异之处，心里又暗暗惭愧，人家从前是闺阁千金，又是总兵命妇，怎能和铁琵琶三姑娘一流女子相比？何况她是机智绝伦、威震江湖的女杰，举动当然和普通女子不同，男女礼防定然视为庸俗小节，否则也不会雄踞塔儿冈，指挥一班绿林人物了，万想不到，为了虞二麻子跳入是非之境，事情逐步变幻，像做梦一般，会在这盗窟幽秘之地，和这位巾帼英雌深宵对酌，款款深谈，真是想不到的奇缘，他自己一想到这是奇缘，心头又未免跳了几跳。

他暗地里自疑自解、似忧似喜当口，脸上神色不免跟着心里有点变化，这点变化却逃不过齐寡妇一对明察秋毫的秋波，明眸深注，梨窝上不断漾起一阵阵的媚笑。杨展明知她笑出有因，心里一发惶惶然，连举动上也有点不自然了。不料，她微微笑道：“杨相公在厅梁上留下的‘英雄肝胆，儿女心肠’八个字，我不但佩服，而且欢喜。因为这八个字暗合我的心思，相公留下这八个字，是不是和我心思一般，我不敢说，我却认为这八个字，正是我和相公萍水奇缘的无上纪念，而且最贴切没有了……”

杨展听得吃了一惊，自己刚想着奇缘两字，万不料她竟从嘴里说了出来，而且大有开门见山之势，她如果把这八个字另起炉灶，做出反面文章来，来个对客挥毫，切题切景，如何是好？在这局面之下，便是叫柳下惠、鲁男子来也受不住，看情形，今晚有点劫数难逃，正在想入非非，忽听对面“咯”地一笑，一抬头，又和脉脉含情、款款深汪的剪水双瞳重重碰了一下，立时觉得遍身发热，心旌摇摇，连耳根都有点热烘烘的，忙把面前一杯莲花白举起来，啜了一口，好像借这杯酒可以掩饰一切似的，再也不敢向她脸上瞧了。

可是眼观鼻、鼻观心通没用，对面银铃般的娇音句句入耳：“相公！人非草木，孰能无情，我毛红萼平时视一班男子粪土一般，在内宅供奔走的都是女子，塔儿冈并非缙绅阀阅之家，可是内外男女之防，胜似阀阅门第，不料和相公萍水相逢，不由我不起爱慕之念，但也止于爱慕而已！”说到这儿，竟悠悠一声长叹。

这声长叹，叹得杨展噤若寒蝉，不知说什么才好。

她一叹以后，半晌，才凄然说道：“世上最可贵的是一个‘情’字，唯不滥用情的人，才是真真懂得情的人。此刻我们两情相契，深宵相对，此情此景，谁能遣此？但是我毛红萼是绿林之英雌，非淫奔之荡妇，使君自有妇，妾是未亡人，南北遥阻，相逢何日，何必添此一层绮障！相公，只要你心头上，常常有一天涯知己毛红萼其人，妾愿已足，并无他求！”

杨展听得回肠荡气，黯然魂销，忍不住抬起眼皮，却见她玉容惨淡，泪光溶溶，正掏出一方香巾在那儿拭泪，一副凄怆可怜之色，令人再也忍受不住，脱口喊出一声：“夫人……”可是下面竟没法接下话去，不料齐寡妇娇嗔道：“谁是夫人！夫人于你何关？你只记住毛红萼三字好了！”

杨展低低喊道：“红姊！我难过极了……无奈我……辜负深情，永铭肺腑，相知在心，千里无隔，希望……”刚想说下去，齐寡妇玉手一挥，说道：“不必说了！古人说得好，‘相见争如不见’，一点不错，此刻纵有千言万语，亦无非多添一点日后的无穷相思罢了！”

杨展被她用话一拦，话里又那么柔肠百折，蚀骨销魂，越发浑身不得劲儿，两眼直直的，面上红红的，心里迷糊糊的，一个身子好像在云端里飘浮，没有着力的地方，肚里好像有许多话，嘴上却一个字说不出来。

忽又听她颤颤地发话道：“相公！你还有一事不明白哩！我内外之防素严，忽然在内宅扫榻迎宾，虽然做得机密，金眼雕、飞槊张们并没知道，可是瞒不过我义父耳目，哪知道这是我义父的主意呀！”

杨展吃惊似的问道："哦！是他的主意，这是为什么？"

齐寡妇说："我义父博古通今，平时又任性行事，不拘小节，对我又忠心耿耿，百般爱护，常劝我'古人再醮，不拘贵贱，为你自己，为塔儿冈扩展基业，都需要物色一位文才武略高出恒流的丈夫。我这么大岁数，没有多少年能扶助你的了'。

"他这话是常常说的，他一见着你，便存了这个心，沿途试你胆量和箭法，黄粱观用药酒把你们主仆运进塔儿冈，由客馆移到内宅，都是他的主意，当然，我不愿意的话，他也不会那么做，等到我偷瞧相公行李内书信，以及昨夜从相公口中探出相公身世，家中娇妻腻友，本领非常，可怜我宛如跌入万丈深渊。

"我义父却说，'英雄难得，多妻何害？'而且他擅相人之术，说'相公神清骨秀，英俊绝伦，前程无量。'加上今晚相公略显身手，连他也钦佩得了不得，硬逼着我今夜……咳！我义父当然一切为了我，一味任性而为，却没有替相公想一想，南北遥阻，两地悬心，老母娇妻，祖产家业，还有一班扶助侠友尽在川中，怎能为我一人舍弃一切？我亦不能舍塔儿冈已成之业，从君入川，情势如此，有离无合，万无法想。

"我昨夜千思万想，一夜未眠，你瞧我在大厅上默默无言，不知我心里难过已极，此刻我又看出相公也是情种，益发叫我不知如何是好。相公！外面传说，都以为我齐寡妇有了不得的本领，江湖闻名丧胆，哪知道全仗我驾驭有方，辅佐得人，说到武功，我除出从小练习梅花针防身暗器外，其余仅属皮毛，别无他长，全仗着飞虹、紫电随身护卫，这是外面所不知道的，不过从小随侍先父，出入疆场，对于行军布阵、攻坚守险之道，却略有心得，假使真个能够嫁得像相公这样英雄丈夫，在这举世鼎沸、明室危亡当口，也许倚仗我塔儿冈这点基业，可以纵横河朔，逐鹿中原。我义父的主意多半在此，无奈……一片痴情，结果还是一场春梦，我义父一厢情愿，无非白费心机罢了！"

这一番至情缠绵的话，若迎若却，好像在那儿施展欲擒故纵的迂回战术，极尽笼络之能事，又像推心置腹，把一片真情宣露无遗，究竟是真情还是策略，只有齐寡妇自己肚里明白，只可怜我们这位天涯归途的杨相公，被这一片似怨似慕的哀诉，化作千万缕漫天情丝，缠绕得晕头转向，不知天南地北了。

他在沙河镇碰到风尘中的三姑娘，还有方法对付，凭定力摆脱，可是也险而又险，现在又巧遇了这位智机绝伦的红粉怪杰、绿林英雌，一切一切比三姑娘不知高了多少倍！我们这位驾了云的杨相公，除出低头降伏，还有什么办法呢？

但是我们这位杨相公到底不凡，居然还要挣扎一下，不过他挣扎的方式，在这浑淘淘的局面之下，已无暇仔细考虑一下，在这局面之下，他和她好像对峙的两座火山，肚里几杯莲花白又是最危险的导火线，两座大山只隔着一张桌子，这是一道最薄弱的防线，如果这道防线一动摇，两座火山爆发无疑。

不料，魂不守舍的杨相公竟放弃了这道防线，迷糊糊站了起来，而且离开了座位，向她走近了一步，万般无奈地说："夫人……不……红姊！我们天涯巧遇，洵是前缘。红姊说得好，'人之相知，贵在知心'，何必拘泥于形迹之间。我虽然辜负一片深情，却把红姊当作平生知己，从此虽千里相隔，可是形隔神交，永铭肺腑的了。将来红姊如有需弟相助之处，一纸相招，定必尽力奔赴，此刻我……不瞒你说……方寸大乱，你……"

他心里想说，"你赶快让我躲开你吧，否则……"可是嘴上结结巴巴的，竟有点说不下去。

不料这当口，齐寡妇两颊飞红，两眼盯着他，忽然"嘤"的一声，从席上跳起身来，失神似的喊了一声："你想走！你害死我了！"一个身子却向他直扑过去。

杨展也吃惊似的喊一声："啊哟！"两只手却不由得张了开来，防止跌倒似的，想扶住她，也许由扶住改为拥抱。

哪知他这一声"啊哟"刚喊出口，扑到身前的她也是一声"啊哟！"忽地双手一捣粉面，转身向那落地杏黄珠丝幔奔去，飞风一般，撩开丝幔，钻了进去。虽然隔着珠丝幔，无奈这座落地丝幔薄于蝉翼，幔内烛光映处，很清楚地瞧见她投身幔内一张雕床上，芳肩一耸一耸地在那儿隐隐啜泣，忽又跳起身来，指着幔外痴立的杨展，哀哀欲绝地娇喊着："相公！这幅丝幔，你把它当作四川到我塔儿冈的千山万水吧！你把它当作无情的老天爷，捉弄我的一重铁门关吧！我真愿你带着剑进幔来，把我这颗心掏了去！天啊！天南地北的两个人为什么鬼使神差碰在一块儿呢？毛红萼强煞也是个女子呀！"悲戚戚喊得那么动心，而且一翻身，又扑倒床上，在那儿婉转娇啼了。

可怜这位杨相公，心非铁铸，魂已离身，明知是火炕，也得往下跳，而且也算自作自受，谁叫他逞能在厅梁上写那"英雄肝胆，儿女心肠"八个字呢！这时，珠丝幔内这位英雌正在抓住这个题目，把这篇文章做得淋漓尽致，把中间隔开的落地杏黄珠丝幔，霎时化作蜘蛛精的千丈蛛丝，紧紧把他罩住，从一片婉转娇啼声中，放射出无比的吸力，把心旌摇摇、脚底飘飘的杨相公，一步步吸进幔里去，这时要叫他悬崖勒马，除非珠丝幔内的佳人突然变作白骨镵镵的骷髅，青脸獠牙的魔鬼，可是事情真奇怪，万不料在这要命当口，突然来了天外救星，居然救了他这步磨难。

第三章 回头见！

原来，在杨展六神无主，一头钻进珠丝幔内当口，忽地听得——丁零零——丁零零——一阵铃铛急响之声。这铃声似乎发自床后，可又像床后墙壁内，而且响个不停，这阵清脆的铃声，变成震破迷魂阵的法宝，非但把杨展的痴魂收回了一半，也把毛红萼的娇啼立时打断，从床上一跃而起，一转脸，瞧见目瞪口呆的杨展，在丝幔中间探进了半个身子，似进不进，似退不退，竟被这阵铃声定在那儿。

她一瞧他这傻样儿，不禁扑哧一声，破涕为笑，接着玉手一挥，似乎叫他退出幔去，忽又赶过去，一把将他拉住，两眼瞅着他，珠泪又一颗一颗掉了下来，呜咽着说："相公！我明白，这是老天爷捉弄人，不许我们到一块儿！但是我……我已满足了，我已得到你的爱了！古人说：'朝闻道，夕死可矣。'我是朝闻爱，夕死可矣！"

杨展惘然问道："这……这铃声，——怎么一回事？"

齐寡妇叹口气说："这是前面发生重大的事故，飞虹、紫电在隔室掣铃通报，要我赶快出去，咳！这断命铃，真是……"一语未毕，铃声又起，齐寡妇悄然说道，"相公，你先到那面坐一会儿，待我问清了什么事，咱们再谈。"

杨展缩身退出幔外，一个身子还像站在云端里一般，却听得幔内"呀"的一声响，似乎里面床边有一重暗门，一开一关，似乎齐寡妇从这暗门出去了。他一个人坐在幔外，约有一盏茶时，心魂才逐渐安定，暗暗喊声："好险啦！"

在他暗地喊险当口，外屋门户一响，飞虹悄然而入，瞧瞧杨展，瞧瞧珠丝幔内，咬着牙，似乎极力忍住了笑，飞步进了幔内，半晌，转身出来，向他说："杨相公，我送你回去吧！"

这一声"回去吧"，杨展听得不由得黯然神伤，魂又飞去，忍不住问道："前面发生了什么事？夫人呢？"

飞虹忍着笑说：“潼关破在旦夕，闯王密派几员心腹健将，各带几支精兵，已从间道潜入潼关，会同我们塔儿冈各山寨义军，分布黄河两岸要口，扫荡败逃官军，乘势一鼓尽占黄河两岸要地。此刻闯王几员勇将，暗藏兵符，潜踪到此，和夫人密商军事机要，兵贵神速，也许连夜就要发动，这样大事，前面道爷明知夫人陪着相公，也只好请她出去，真是没法子的事。偏在这当口，大事之外，又夹进了一点小事，据外面密报，还有一个冒失鬼，竟偷偷摸进我们塔儿冈来了。夫人临走时，吩咐我在相公面前不必隐瞒，还叫我嘱咐相公不必挂心，请相公先回房安息，明天夫人再和相公谈话。”

杨展听得，吃了一惊，在这局面之下，自己回川路程一发困难了，已经过河的刘道贞、三姑娘、曹勋，不知有没有动身？如在路上发生凶险，如何是好？心里一阵历乱，把有人偷进塔儿冈这句话，没有听进去，便和飞虹走出屋去。临走时，不免又向珠丝幔内怅然张望，幔内凤去楼空，只剩了摇曳的烛影，照着那锦衾角枕的雕床，立时觉得心里一紧，满室生凉，刚才还是热焰飞空的一座火山，转瞬之间，便变成冷飕飕冰窟，那阵丁零的铃声，实在有点不可思议，一路跟着飞虹从秘道回去，似乎那阵铃声还老是在耳边响着。

飞虹领着杨展从秘道回来，送到书斋侧面，花圃前面一道垂花门口，便说：“相公，我不送你进屋去了，我们得伺候娘到前厅会客议事。”

杨展说：“你去吧！”

飞虹忽又回身问道：“相公，我从没瞧见娘掉过泪，刚才却是满面啼痕，这是什么缘故，莫非相公欺侮我娘了？”说罢，却哧哧地笑。

杨展不防她有这一问，一时正还不好回答，只好说：“你问你娘去吧！”

飞虹笑道：“问爹不是一样的么！”说罢，一转身，飞风似的跑了。

这一个“爹”字钻在杨展耳内，实在不大好受，马上跳进黄河，也洗不清，幸而问的人跑掉了，否则其窘无比。可见，凡是齐寡妇的贴身心腹，都明白今晚的把戏，于此也可见得，今晚的把戏是他们预先布置好的阵势，要逼自己上梁山的。啊哟！好险，好险！今晚算是跳出龙潭虎穴，但是事情没有完，几时才跳出这龙潭虎穴呢？

他信步向花圃走去，心里却七上八落地在那儿转念头，他一进自己住的那所精致小院，忽听得屋后有兵器击撞的声音，似乎有人在那儿交手，还夹杂着娇声叱骂。他心里一惊，忙向屋内喊了一声：“仇儿！”无人答应，一撩衣襟，唰地飞纵上屋，翻过屋脊，立时瞧见了屋后马厩前面空地上，月光照处，仇儿把九节亮银链子枪来回飞掣，正和了红一支檀木棍打得难解难分。

杨展忙喝声："仇儿休得无礼！"人随声下，纵落空地上。

仇儿一见主人到来，一撤招，霍地往后一退，拖着九节亮银链子枪笑道："我们闹着玩的。"

了红指着仇儿娇叱道："闹着玩的，你真能说，我不和你说，只向你主人评理好了。"说罢，提着檀木棍走到杨展面前，诉说道，"你这个小管家，坏透了，不好好睡觉，仗着一点轻功，半夜三更，满屋上乱跑，掐了头的苍蝇似的，乱跑了一阵，竟跑到后面我们姊妹们住所，倒卷珠帘，偷偷窥探她们在房内洗澡。今晚是我的班，远远在屋上眺望，认出是他，追到跟前，他还没觉察，还倒挂在檐口，死命偷瞧。我不看相公的金面，早已一棍把他搁下房去了。我不去揍他，提醒了他一声，他翻上屋檐，拔腿便逃，我追到此地，向他论理，他还说我们不是好人，和我动起手来。刚动手，相公便到了，他还说闹着玩哩！相公，你评评这个理，为什么半夜三更在屋上乱跑？为什么偷窥女孩们洗澡？相公，你问他！"

她虽说得这么凶，脸上却露着笑意，仇儿在一边极力喊道："你休得血口喷人，我是为了屋内失落了重要东西，看看月色快近三更，相公还没回来，路径又不熟，人也碰不到一个，只好从屋上去找相公，瞧见下面一间屋内有灯光，有人说话，才去探听一下，谁愿意偷瞧人家洗澡！你还说好听话，不是我躲闪得快，你一棍早已撩上我了。我们是客，我几次三番让你，你得理不饶人，硬逼着我出手，你还评理呢！"

杨展忙把仇儿喝住，向了红说："确是他不对，回头我责罚他。夫人此刻在前厅和客人商量大事，紫电、飞虹也去了，内宅没有人，你只管值班守望去吧。我们也要安息，明天我再叫他向你赔礼。"

了红笑道："谁要他赔礼！相公，你也不要责罚他，我知他护主心切，才到处乱跑的，我一半也是和他闹着玩的。我听飞虹她们说，相公本领惊人，强将手下无弱兵，我故意试试他的。相公！他说的失落了东西，倒是真的，但是不要紧，东西会回来的。"说罢，向仇儿扑哧一笑，提着棍先自走了。

了红走后，仇儿悄悄地说："相公，你再不回来，我真急死了，今晚我碰着怪事，相公那柄莹雪剑也丢了，到现在我还摸不清怎么一回事？"

杨展听得摸不着头脑，忙说："跟我回屋子里去说。"

主仆回到房内，杨展急问："什么怪事？那柄剑怎样丢的？"

仇儿先不说话，跳出房外，屋前屋后查勘了一遍，才进房来，掩上房门，悄悄地向主人说出自己碰见的怪事。

原来，仇儿跟着主人从大厅回来时，半途和主人分手，紫电并没送他进屋，送到花圃相近便匆匆地走了。仇儿一人回到自己主人卧室，把背上莹雪剑卸下来，照常横在主人枕边，心想自己在前厅伺候着主人，还没吃夜饭，肚子里早觉得饿了，人生地不熟的，只好饿着肚皮，等人来再说。

没有多大工夫，便听得屋外嘻嘻哈哈的几个女子的笑声，半响，一个小丫头探进头来说："小管家，请到那边屋子用饭去吧。"

仇儿跟着她到了自己屋内，一瞧，桌上已摆列着许多丰盛讲究的佳肴，还有一壶扑鼻香的好酒，心中暗喜，忙说："教姊妹们这样张罗，实在太打扰了——姊妹们有事，请便吧！"

小丫头说："好！你自己慢慢吃喝，回头我们再来收拾家伙。"说毕，转身便走。

仇儿又说："这位姊姊，我问你一句话，我们相公和夫人在哪儿讲话？我吃完了饭，可以进去伺候么？"

小丫头回头说："我们夫人所在，从来不许男子进去。相公身边有人伺候，依我看，你老老实实吃喝完了，早点睡觉。"说罢，笑得咯咯地走出房去了。

仇儿心想："我相公不是年轻男子么？强盗窝里也有这臭排场。"

仇儿在自己房内吃了独桌儿，一桌的佳肴美酒，吃喝得兴致勃勃，暗想那小丫头乳毛未退，不解事，假使那个鬼灵精似的了红在面前，还可以和她斗斗嘴、臊臊皮，也是一乐，也许还可从她嘴上探出点什么来，一个人吃闷酒，毕竟有点乏味，他也有点想入非非了。正想着，猛听得后窗外悠悠的一声长叹，这叹声非常特别，真有点不像人的声音。

仇儿酒杯一放，侧耳细听，却又声响寂然，屋外也没人走动的声音，疑惑自己听错了，也许是屋后马厩前面几株古柏，被风刮得作响，一时不以为意，端起酒杯，刚到唇边，猛又听得堂屋那面主人房内，又是一声悠悠的长叹，还逼紧喉门，哭着声音说："小臭要饭进了女儿国，臭美呀！可把我这个游魂孤鬼馋坏了！"

仇儿大惊，酒杯一放，托地跳起，一纵身，跳出房门，喝声："谁在我们主人房内说话！"人已从中间里屋蹿进主人房去，一瞧，主人房内，桌上烛台上三支明烛点得旺旺的，一切如常，哪有人影！

仇儿心里大疑，略一琢磨，又翻身回到自己房内，一瞧桌上，自己吃剩的半壶酒没有了，一盆堆尖雪粉似的新蒸馍馍，只剩下小半盆了，茶碗里还没动的整只红烧鸡也飞了，这可以看出有人和他开上玩笑了，这是谁呢？身法这样奇快，本领定然非常。齐寡妇手下许多大小丫头，看情形都有几下子，但未必有这样功夫，也许是飞虹、紫电两个女子，在大厅上看出这两人轻功甚高，定是特地来试我的，我不信斗你们不过，咱们走着瞧！我心里一转，故作镇定似的，泰然坐下来，酒壶被人拿走，酒是没得喝了，便狼吞虎咽，吃那小半盆里的馍馍，眼睛、耳朵可是四面留神，且看她们再闹出什么把戏来。他以为她们既然存心开玩笑，定有下文，不如一面吃，一面坐以观变，来个以逸待劳。

不料在他吃饱了肚子以后，隔了不多工夫，还是音响全无。两个丫头却笑嘻嘻进来收家伙了。进房时，一个手上却提着那把酒壶，向他笑道："小管家，你喝完了酒，把这酒壶搁在房外门口上，这是为什么？几乎把我们摔一跤。"

仇儿弄得无话可说，只好说："刚才偶然高兴，想来个月下赏花，把这家伙忘在门外了。"仇儿嘴上瞎诌，心里越发起疑，忙又问道："飞虹、紫电两位姑娘，你们进来时瞧见她们没有？"

一个丫头答道："你问她们干什么？她们是顶儿尖儿的人物，夫人到哪儿，她们便跟到哪儿，焦不离孟，孟不离焦，她们无缘无故上这儿来干什么！"

仇儿心想，飞虹、紫电既然不会上这儿来，和我开玩笑的又是谁呢？心里想着，便走向自己主人的卧室。一进门，便见桌上乱七八糟的散着许多鸡骨头，走近一看，敢情用大小块鸡骨排成了三个字——回头见！仇儿大惊，一翻身，忙不及检查主人的行李，有没有被人动过，似乎并没走样，再到床前一瞧，自己搁在枕畔的莹雪剑不见了。

这一下，仇儿惊得背上冒汗，后悔自己安心坐在隔室足吃一气，还以为以逸待劳，不料这人偷了酒食，安心坐在主人房内也吃上了，吃空以后，偷了莹雪剑，还把酒壶搁在自己房外，才悄悄走了。看这情形，不是飞虹、紫电两个女子开的玩笑了，另外有人摸上我们了，这里边定然有事，不见得是开玩笑。

奇怪的是，他既然把鸡骨头摆出"回头见"三字，定然还得回来，却把主人莹雪剑偷去干什么？这人先开玩笑，后拿剑去，存着什么主意？能够到这儿的人，当然是塔儿冈内的人，这人是谁呢？是善意还是恶意呢？他把桌上鸡骨头收拾干净，便在主人房内，守候这人回来，却又怕他这“回头见”三字是缓兵之计，故意布作疑阵，他却偷着莹雪剑溜掉了。

仇儿疑疑惑惑，摸不准怎么一回事，又不敢离开这屋子，万一这人真回来呢？一个人只在屋内转圈儿，急得像热锅上蚂蚁一般。

越等越急，越急越没有着落，非但偷剑的人没有踪影，连自己主人隔了这许多工夫，还没见影儿，他猛地想起自己吃喝时，这人骂我“小臭要饭”，塔儿冈的人们不会知道我的出身的，在成都假扮小要饭，暗探仇人的事，除出主人夫妇和川南三侠几个人以外，知道的没有几个，怎的在这塔儿冈内，也有人会骂出“小臭要饭”来呢？还是随意开玩笑，无心暗合的呢？

仇儿越想越糊涂，跳出屋外，抬头看看月色，似乎已近三更，别的不要紧，那柄剑失落不得。主人不在家，连一柄剑都看不住，怎样对得起主人呢？奇怪，自己主人到了这般时候，还没回来，难道发生了意外么？今晚情形不对，万一主人发生意外怎么好？

他想到这儿，可真急，问了问腰里缠着的九节亮银链子枪和暗器，一纵身，蹿上屋檐，施展轻功，飞房越脊，向房屋多的地方，蹑足潜踪地趟了过去。他是急于找寻自己主人，却没法知道自己主人和齐寡妇在哪一所院内，想暗地探听一下，也许从几个丫头口中，探出主人所在，一瞧下面，相近几所院子都黑黝黝的，只有左面一所偏院内，漏出灯光，似乎有人在屋内说笑。

他奔了过去，刚一伏身，从檐口卷下身去，忽然飞来一块小小的沙土，打在他身上，他吃了一惊，忙又翻上屋檐，一耸身，落在房坡暗处，四面偷瞧，却无人影。他疑惑这块小沙土是天上飞鸟嘴上掉下来的，心犹未甘，第二次又想卷下屋去，偷听屋内说话，刚在檐口一探头，身后“呼”的一声，一条木棍从身后横扫过来。

这一下真够险的，幸而仇儿轻功得有真传，没工夫再回头，两手一按屋檐，像飞鸟般蹿下檐去，那条木棍竟扫了个空。仇儿身一落地，脚一沾土，哧地又蹿上对屋，月光下看清了对面屋檐口，俏立着了红，手上木棍向他一指，却不开声，大约她也怕惊动人。仇儿心头火发，一声冷笑，向她一招手，“唰”地蹿过一层屋脊，向自己住的所在退了回来，他向了红一招手，明摆着较上劲了。

了红当然明白，在屋面上飞风似的赶了过来，居然脚上没带出响声来，似乎对于轻功很有几下子，而且追了个首尾相连。仇儿被她追得紧，向下一扑，正是自己住屋后面，安设内厕的那块空地。

仇儿一落地，了红也飘身而下，娇叱道："你不好生睡觉，为什么在屋上乱跑？你不是好人。"

仇儿急道："你们才不是好人，我找我们相公，碍着你们什么事？竟向我暗下毒手。"

了红说："小管家，你休急，我知道你是为了一柄剑被人偷走了，不要紧，这柄剑跑不出塔儿冈去，你快回房去，不要捣乱。"

仇儿怒道："原来是你偷的！"两人三言两语，便在空地上交起手来了。

仇儿把上面经过向主人一说，杨展一琢磨，也识不透怎么一回事，但是宝剑被人偷去，岂能置之不理，如说宝剑是了红偷的，她偷去干什么？似无此理。

主仆二人正在想主意，忽听得后窗外飒啦啦一阵轻响，似乎一阵沙土撒在纱窗上，同时鬼也似的，"嘘"的一声口哨。

杨展一声冷笑，一个箭步蹿出房去，跃下堂阶，翻身纵上屋檐，一耸身，越过屋脊，纵下屋后空地，在几株古柏间一搜索，哪有人影，马厩里的乌云骢也是好好儿的。杨展转身，瞧见仇儿跟在身后，忽地省悟，笑道："你一跟来，又中了人家调虎离山计了，快回屋去！"

主仆一先一后，又翻过屋去，仇儿先奔入房内，杨展听他在房内欢呼道："相公快来，宝剑回来了！"

杨展一进房，仇儿立在床前，眼开眉笑地捧着莹雪剑说："这人本领不小，居然把剑又搁回原处了。"

杨展先不看剑，上下打量屋内，并无躲藏之处，一张南式雕花红木床，床顶浅浅的，下面床帷吊得高高的，四脚落地，一望空空，床前床后，都无人影。杨展以为这人放下宝剑，早已走了，却想不出这人偷剑还剑，是什么主意了，心里放不下，叫仇儿留在房内，自己出屋去，再查勘一下这人来踪去迹。

杨展前脚刚出门，仇儿把手上莹雪剑放回枕边，这当口，忽听得屋内有人逼紧嗓音，低低喊着："小臭要饭，你这半壶酒，把我酒虫都引上来了，这不是要我命吗！"

真奇怪，仇儿刚俯身床上安放那柄剑，这几句话便像枕头底下说出来一般，惊得仇儿一声怪喊，连身子都直蹦起来。杨展也闻声回进房内，猛见从床后转出一个怪模怪样的人来，细一看，真像活鬼一般，可是一入杨展眼内，便知这人是谁，却惊喜得指着这人喊道："你……原来是你，你怎会也到此地来了？”一面说，一面奔过去，把这人拉了出来。

这时，仇儿也看清是谁了，原来这人便是川南三侠之一的丐侠——铁脚板。

川南的铁脚板，怎会到了黄河北岸的塔儿冈？这是出乎意料的事。

铁脚板一现身，向杨展扮了一个鬼脸，指着他说：“我的进士相公，我的靖寇将军，你大约想在这儿招驸马了，你把刘道贞、曹勋和三姑娘撂在虎牢关，急得要上吊，你统不管了？”

杨展吃惊似的说：“噫！你难道和他们都会过面了？”

铁脚板刚要张嘴，忽听得屋外甬道上脚步声响，有个女子说道：“娘真是未卜先知，准知道杨相公还没安睡，不是正在房内和人说话吗？”

房内铁脚板忙向杨展、仇儿一摇手，一伏身，向床帷下一钻，立时踪影全无，可是床下好像依然空空的，仇儿瞧得奇怪，伏下身去，向床帷下一探头，才明白铁脚板整个身子像一张皮似的，绷在床上棕棚底下了，不钻进床下去，当然瞧不出他的身影，怪不得刚才满屋子找不出他躲藏处所了。

铁脚板床下一隐身，两个女子走进房来。前面走的是了红，两手都提着食盒酒具，进门随手搁在桌上。后面进来的是飞虹，进门时，却向屋内四处留神，嘴上说道：“娘正在前厅议事，分不开身，她知道杨相公有远客到来，私底下吩咐我们，快送酒食到此，预备相公们消夜，免得远客受饿。——我娘又说，相公回川的事已有办法，请相公安心，还有重要大事，明天再和相公商谈。”

杨展和仇儿听得都发愣了，听飞虹口风，铁脚板到来，她们已知道了，嘴上只好含糊着连连道谢。飞虹一笑，便和了红走了。出房时，了红走在后面，却转过身来，向仇儿嫣然一笑，点点头说：“小管家！刚才的事，谁也不许搁在心里，咱们谁也不许记恨谁，你道好吗？”仇儿似笑非笑朝她点点头，目送了红翩然出房，心里却也怦怦然，两眼还盯在房门口的帘子上，觉得这丫头有点意思，刚才诬赖她偷剑，有点对不起似的。

两女走后，铁脚板从床下钻出来，跳身而起，一吐舌头，低喊着：“姓齐的小寡妇够厉害的，名不虚传，怎会知道我到此呢？……”一语未毕，房帘一晃，飞虹悄没声地又进房来，这一下，谁也没防到，连铁脚板也呆在一边了。

飞虹立在房门口，不错眼珠地向铁脚板上下打量，一面向杨展笑道：“我把娘一句话忘掉了！我娘叫我请问相公，贵客尊姓大名，是哪路英雄？”

杨展这时被人家捉着真赃实据，无法掩饰，索性直说道："这位便是川南三侠里边的丐侠铁脚板，是岷江一带几万袍哥们的大龙头，是来接我回川去的。"

飞虹对于"袍哥"等字样有点生疏，脸上有点迷惘之色。杨展觉察，笑道："我们川中'袍哥'的大龙头，就和北道上好汉所说的瓢把子，差不多。"

飞虹笑道："哦！原来如此，失敬失敬。"又向铁脚板扫了一眼，才款款地走了。

飞虹一走，铁脚板"啪"地一拍双手，喊声："罢了！老虎不离窝，蛟龙不离水，老虎离山变成猫，蛟龙离水变虾米，我的相公——你还替我报什么脚本，我栽给这女孩子了！"说罢，哈哈大笑。

他知道既已露形，不必再藏头露尾，不用人家开口，旋风似的扑到桌上，从食盒内提出两壶莲花白来，揭开壶盖一闻，大赞道："好酒！好酒！"回头向仇儿笑道，"小臭要饭，你闻闻！这是小寡妇敬相公的体己物事，比你那半壶酒强得多了，老臭要饭这趟没白跑，先得找补一下，再说别的！"一面说，一面拿起酒壶，嘴对嘴的，"咯"地先来了一大口，直赞，"好极！好极！不在我们茅台、大曲以下！"

仇儿忙赶过来，把食盒里的肴果、点心、杯箸，一样样搬到桌上，请铁脚板和主人坐下对酌。

最奇怪是，铁脚板出这样远门，迢迢几千里，行李毫无，光身一人，连随身包裹、雨伞都不带一样，头上依然是一蓬鸡窝似的乱发，身上依然是一身七洞八穿、泥垢寸积的破短衫裤，下面依然是一双热铜似的精赤瘦毛腿，光着脚板，连草鞋都没穿一双，他身上只缺少了一样东西——一根精铁的讨饭棒，却没有拿在手上，不知搁在哪儿了。

杨展深知他脾气，让他诙谐一阵、吃喝一阵，吃喝到差不多当口，才问他：从什么时候动身？单身到北方来，有什么重要的事？路上很不好走，怎么过来的？怎么会碰着刘孝廉等三个人，又怎样渡过了黄河？——被你偷进塔儿冈，寻到我们住所呢？

一连串地问他，他统不理会，一口气把两壶莲花白都喝得点滴不存，才长长地嘘口气，低低喊声"痛快！"突又仰头哈哈大笑，扎手舞脚地说道："一出夔门，水路到荆襄，旱路到黄河两岸，可以说已经变成活地狱。一段路是官军，一段路是乱民，官军、乱民还没到的地方，也是成群结队的游兵散勇，水盗山匪。不论兵匪，都像蝗虫过境一般，洗劫一空，道上哪还有正经过客。但是这样鬼哭神嚎的路上，世间只有一种人可以随意出入，安然无事……”他说到这儿，向自己鼻尖一指，笑着说，“只有像我这样臭要饭，才能放心大胆，安步当车。你想！路上为什么闹得这样乱？这样凶？无非有的要防要躲，没有的要抢要杀罢了。不论兵也罢，匪也罢，大家都红了眼睛，在金银财宝、美色娇娘上面，争杀抢夺，像我一无所有的臭要饭，谁也不会瞧在眼内，这样，我便安心走我的清秋大路了。

“可笑的，一路吃喝住宿不用发愁，兵匪洗劫过的村庄富宅，留下一点劫余，便好像替我预备的一般，可是眼睛看到的，耳朵听到的，只有一个字，‘惨’！不是人世，是地狱；不是人类，是禽兽世界！想从这条路回川，便是臭要饭当中，也只有我铁脚板一人可走的了，所以，固守虎牢关的三位急得要上吊了。——现在你先瞧瞧那位酸气冲天孝廉公的便信。”说罢，从腰里掏出一封信来，交与杨展。

他接过一看，是刘道贞亲笔，信内写着：

“弟偕拙荆自洛返途，道出偃师，被溃卒游勇所困，拙荆独力难支，幸遇川南丐侠仗义解救，得免于难，结伴护行，同赴虎牢。互剖衷曲，始悉丐侠跋涉千里，专诚迎君。既念君状，回寓坐盼，但兵氛日恶，黄河渡断，益愁兄驾难以飞渡，正焦盼间，忽有豪客指名索访，自称奉塔儿冈齐氏命，嘱先返川，毋庸坐候，并称计成画饼，虞翁入网，兄客齐氏，视同贵宾，此则取瑟而歌，意在揶揄。

“所惊怪者，吾兄何以深入塔儿冈？齐氏礼待，是否真诚？来客匆匆一晤，倏然别去，不容诘询。倘况迷离，益滋疑虑。丐侠潜蹑来客，暂探真相，此行殊险，唯冀天佑。以内子臆测，绿林尤物定加青睐，礼待之语，竟或非虚。以兄英杰，岂受牢笼，但荆襄之路已阻，势须返旆改道，由晋陕入川耳。而弟等三人，大河既阻，进退维谷，形同坐困，其势更危。唯望吾兄善处齐氏，别图良谋，加以援手也。风声鹤唳，心与函驰，丐侠此行，生死系之！”

杨展看完刘道贞的信，心里暗暗惭愧，信内三姑娘已经料到齐寡妇的举动，正唯女人能识女人，但是自己几乎成了情俘，此刻想起来，好像做梦一般。但是他们三人隔河坐困，潼关危机一天险似一天，还得赶快想法才好。

铁脚板瞧他双眉紧凑，看信看得出了神，大笑道：“进士相公，我说他们三人急得要上吊，不假吧！相公休急，臭要饭虽然虎落平阳，能够如影随形地跟着塔儿冈喽啰们，渡过黄河，深入塔儿冈，见着了我们进士相公，便不愁没有办法了。”

杨展问道：“我从这儿几个丫头口中，得知他们备有渡船，密藏隐僻之处，塔儿冈喽啰们来往两岸，原是意中事，但是你缀着他们，怎样过的河呢？”

铁脚板五官乱动，扮着鬼脸说：“丢人！丢人！把我一根讨饭棒掉在黄河里了。相公！我们岷江水急如箭，不亚崩山倒海一般，我臭要饭赤手空拳，也能泅过江去，黄河虽阔，我暗中附在他们渡船的舵后上，也风平浪静过来了，不过流年不利，一个疏神，讨饭棒丢在河里了，这是臭要饭最丢人的事！将来回去，被狗肉和尚、药材贩子知道，真得一世抬不起头，可是完全为的是你呀！你可不许恩将仇报，你得对天立誓，替我遮瞒这档事。”

杨展笑道：“你还是老脾气，我们说正经的——哦——，我明白了，猢狲没有了棒弄，才把我枕边这柄剑偷走了——当真！你拿着我宝剑，到前面去窥探他们了。你不知道，他们雄心勃勃，今晚是和闯王派来的心腹商议军情大事哩！”

铁脚板点了头说：“我知道。我在暗中已听出他们的机密大事了。我来时，三姑娘把塔儿冈说得龙潭虎穴一般，但是我臭要饭赤手空拳，也悄没声地进来了。不过——那位小寡妇，不由我不佩服，她从什么地方瞧见我的身影呢？而且知道是找你来的呢？到现在我还弄不清楚——你要知道，我暗地跟着喽啰们进身，并不困难，困难的是在这许多屋内，要找你主仆二人实在太不易了。幸而坐困虎牢关那位傻大爷曹勋，告诉我你在武闱怎样得宝马，叫什么追风乌云骢，毛片怎样各别，形态怎样神骏，听过心里有点根。一到这儿，满屋乱蹦，误打误撞地在这屋后，瞧看了厩里两匹异样好马，一白一黑，黑的和傻曹爷所说一般无二，这才在这所院子里留上意了。果不其然，从隔屋后窗，瞧见我们小臭要饭正在吃独桌儿，我正蹦得又饿又渴，小臭要饭一个人臭美得神气活现，老实不客气，先偷了一只鸡，半壶酒，解解馋个……”

仇儿笑道：“你偷东西吃不要紧，你一声不响把相公的剑偷去，几乎吓得我半死，因此，我也上屋乱蹦，去找我相公，不想在这屋后，和一个丫头交起手来了，这事你瞧见么？”

铁脚板摇着头说：“这事倒没瞧见，大约正是我拿着剑，上前厅窥探他们去的当口了。”

杨展说：“这些没要紧的事且不谈它。你究竟怎样来的？我岳父定然知道你来的，舍间情形怎样，你知道吗？我先打发两个长随回去，未知到家没有？”

铁脚板并没理睬，却伸手把桌上两把酒壶摇了几摇，叹口气说：“唉！菜真不错，可惜酒没有了，这也难怪，主人怎知相公的贵客是位醉鬼呢！可是斋僧不饱，不如不斋，酒又这么好法，满肚子酒虫一齐向上爬，真要醉鬼的命了！”

杨展和仇儿忽听他自言自语，不知他捣的什么鬼。铁脚板嘴上唠叨，两眼却盯着前窗，又悄悄说道：“臭要饭神通广大，我念的是仙家咒语，一会儿，这桌上两壶酒会变成四壶酒，你们信不信？”

杨展坐在下首，是背窗坐的，仇儿却机灵，站在一边，已瞧出铁脚板神气各别，便明白他的用意了，走到桌边，悄说道：“窗外定然有人偷听，我瞧瞧去。”

铁脚板一伸手把他拉住，笑道：“你一动，破了我的法，便没得酒喝了。”

果然不到一盏茶时，了红又提着食盒进房来了。盒内两壶酒之外，还添上两色肴点，她把盒内东西搬上桌子，又把桌上两把空酒壶和几碟残肴放进盒去，笑嘻嘻说：“我们好酒有的是，贵客想喝，只管说话。”

铁脚板笑道：“好一个贵客！你们想不到杨相公有一个臭要饭的贵客，你们背后没笑掉大牙才怪！”

了红说：“真人不露相，露相不真人。我们塔儿冈不是普通人进得来的，能够让他进来的，定是贵客。”

铁脚板脖子一缩，两眼乱翻，点点头说：“小姑娘有一手，话里含骨头，你是说我进来时露了相，不是真人了。”

了红扑哧一笑，瞧着铁脚板这副怪相，不禁笑道：“不瞒你说，你缀着我们的人，一进塔儿冈那两面石壁的口子，便被石壁顶上守望的人瞧见，一路传报进来了。你以为一路进来，如入无人之境，其实各处要口，都有暗桩守着，不过我们这儿和别处山寨不同，平时轻易没人敢闯进来的，既敢进来，定有所为，当时绝不动手，非要看清来人是为什么来的，才下手，而且来人一进内宅，外面监视的人们便不用管了，因为我们的暗器太厉害，一动手，来人不死必伤，极难逃出手去。我们在暗处，你在明处，你路径又不熟，到处瞎摸，我们在暗地看得很清楚。

“后来，你在这屋后柏树上蹲了半天，忽又纵下来和小管家开玩笑了。最奇怪的，你竟敢放心大胆，把偷来的东西，在这儿吃喝起来，那时我们真还瞧不出你干什么来的。我们夫人和杨相公又在商量机密大事，一时不便通报，还是我们道爷有先见之明，暗地派人知会我们：‘不得鲁莽，此人不是寻常人物，也许和杨相公有关。’

“凑巧外厅到了许多客人，夫人和道爷出外陪客，杨相公也回屋来了。但是你没见着杨相公，先偷偷到了前厅，胆也真大，竟敢在厅屋上，揭开几片瓦，偷听下面说话。说也真险，你身后远处，有两张打百步开外的连珠匣弩伺着你，下面夫人身边飞虹、紫电预备着两套见血封喉梅花针，针对着你在瓦上揭开的一点小窟窿，但是夫人暗地传令，不准出手，非得看清了路道和来意再说，横竖不怕你逃出手去。后来你和杨相公见了面，才明白是相公的贵客了。那时你上前厅，这位小管家失了主人的宝剑，害得他到处乱寻主人，我又不便明说，用话点他，他反而疑心到我身上来了。真可笑！害得我们也瞎打了一阵。”她说到这儿，又向仇儿说，“你现在可明白了，不是我冲撞你，我们对付着这位贵客，怕你夹在里面受害呀！”说罢，提着食盒出去了。

铁脚板指着出房的了红后影，嘴上啧啧地响了几声，笑道：“这位姑娘，说得一口京腔，百灵鸟似的脆嗓子，多受听，可是她说的两张匣弩、两套梅花针，对付我臭要饭，似乎还错一点，未必能够把我怎样。不过她们这样一声不响暗中监视，这法子真够累的。唉！我早说过了，流年不利，蛟龙搁浅变虾米嘛！独龙难斗地头蛇呀！”

杨展恨着声说：“你这人真是……我问你的正经话，一句都没说，故意逗着人急，这是何苦！”

铁脚板大笑说：“慢来！慢来！我还得问问你，我的相公，你放着平阳大道不走，为什么蹦进了寡妇人家的门？刚才小要饭满屋乱蹦地找寻，据那小姑娘说，你和小寡妇商量机密大事去了，那是什么机密大事呀？我在前厅瞧见那小寡妇一对水淋淋的眼，心里直犯疑，我来时，你尊夫人——雪衣娘，因为身怀六甲，肚子有点鼓鼓的，不好意思见人，叫小苹到乌尤寺嘱咐我，见着相公，千万留神他在北道上，有没有拈花惹草，招灾惹祸！我的相公，受人之托，忠人之事，我不能不问个牙清口白呀！”

仇儿笑得别过头去，杨展却听得心里扑腾一跳，又暗暗喊声：“险呀！”忙不及一本正经地把自己到塔儿冈经过说了。

促狭的铁脚板点点头说：“原来吃了人家迷魂药进来的，这算明白了。还有今晚你们商量的机密大事呢？”

杨展心里这个恨呀！却又不能不张嘴，人急智生，忙说：“也没有什么机密大事，无非她野心勃勃，和闯王大股人马有联络，也想联络我们罢了。”

他原是没话好说，无非触景生情，随口编出来的，不料随口一编，却对了景，铁脚板说：“嗯！怪不得那位小寡妇在厅上，和闯王派来一班人物提起你来了。好，这儿的情形，我有点明白了。现在要说我的事了——当真，你酒也不喝，东西也不吃？我一到，相公堵了心了。”

杨展笑道：“今晚你没来时，我已是骗过两顿酒了，这算第三顿，是这儿主人敬远客的，你就毋庸客气，一面喝，一面快说正经的，时候不早，你说明以后，我们得好好想办法啊！”

第四章　天晓得

铁脚板说："我虽没有上你府上去，从破山大师口中，知道你们府上平安无事。老太太和尊夫人以及那位女飞卫虞小姐，都平平安安的。你高中进士的泥金捷报，已经高贴尊府，听说府上亲友们还很热闹地庆贺了一场。不过先回去的两位尊随，大约还没到府，没有听人提起，这是我捎来的府上平安吉报，让你先放了心，——可是我们四川，却有点祸事进门，恐怕要生灵涂炭了！"

杨展听得吃了一惊，忙问："我们川中也闹战乱吗?"

铁脚板叹口气说："没有家鬼作祟，野鬼便不易进门，现在是家鬼引野鬼，家寇招外寇了。"

杨展关心桑梓，连催快说。铁脚板却连灌了三杯莲花白，才说道："黄龙这班怨魂，自从串通活僵尸，在大佛岩上碰了一鼻子灰以后，居然匿迹销声，但是我们料定这班怨魂难成正果，怨气不散，怨魂缠腿，还得兴风作浪。我们邛崃派下暗地盯着他们，并没放松。果不其然，被我们探出，黄龙为首一班怨魂暗地和盘踞房竹山内那颗煞星——八大王张献忠有了联络，这还是你北上以后没多久的事。

"在近两个月内，张献忠蹿出房竹山，裹胁了一二十万人马，分扰荆、襄、蕲、黄各地。官军四面堵截，疲于奔命。在我来的当口，长江下流已被张献忠闹得一塌糊涂。我们四川，踞长江上流，谣言四起，人心惶惶，各处谣传张献忠已有进蜀的檄文在某处张贴，某处已埋伏多少兵马。我们四下一打听，敢情都是华山派黄龙那班人放的谣言，他们确是暗集党羽，预备趁火打劫，做张献忠的内应。这事我们已查得有凭有据，万一真个如了他们的心愿，不用说，对于切齿深仇的我们，当然要尽量报复，这还是小事一段。如果那颗煞星真个进了四川，川中一班老百姓劫数临头，个个都是死数，富庶安乐的川境，定变成修罗地狱。

“说起来，夔、巫江流有十三隘之险，足可自守，但是你定明白，蜀中几位偷生怕死的大僚，能有这种担当吗？何况还有家鬼在里边捣乱！为保全自己，为捍卫全川百姓，这是我们川南三侠和邛崃派下几万同道，到了卖命的时候了。为了这事，我和狗肉和尚、药材贩子几次到乌龙寺请教令岳破山大师，他说：‘家国兴亡，匹夫有责，何况为了生长的桑梓，成败不计，虽死犹荣。’

“道高德重的老和尚这么一助劲，我们三位宝货便像喝了狂药似的，立时在佛前歃血为盟，警卫桑梓。大家一商量，凭臭要饭、狗肉和尚、药材贩子三个宝货，要办这样大事，毕竟还差一点，蛇无头不行，可是我们没有把自己当蛇看，最不济也是条孽龙，不过我们三块料都是龙爪龙尾，没有龙头可不成。我的相公，你是我们的龙头呀！我们众口同声，非得马上请回钦点靖寇将军杨大相公不可，于是药材贩子、狗肉和尚，凑上两位牛鼻子矮纯阳和摩天翮，叫他们在家召集同道，暗暗布置，先盯住了黄龙一班怨鬼，我狗癫疯般甩开两只铁脚板，哪管路上兵荒马乱、鬼哭神嚎，充军似的来请我们进士相公了——我的相公，玩笑管玩笑，君子一言，快马一鞭，现在臭要饭要听相公一句话了！”

杨展剑眉一扬，霍地站起身来，朗声说道：“众志成城，义无反顾！我在北京和刘道贞兄早有预约，匆匆出京，结伴回川，多半为此。岂但保卫桑梓，假使行有余力，义旗所指，何尝不可以扫荡群魔，由保卫桑梓而保卫华夏！”

铁脚板哈哈一笑，跳起来，一只脚搁在椅子上，拿起酒壶，向嘴便灌，只听他喉头咯咯有声，宛如长鲸吸川般，吸得淋漓满襟，酒壶一放，大拇指向杨展一竖，大喊道：“有志气！有胸襟！这才是破山大师的快婿，川南三侠的好朋友，——对！一言为定，我先替我们邛崃派几万同道，川南千万生灵，谢谢你！”喊罢，猛地一耸身，向杨展跪了下去，咚咚咚！叩了三个响头。

杨展惊得双膝一屈，对跪下去，他却一跳而起，喊一声：“咱们一言为定，咱们嘉定见，我要走了。”

杨展大惊，跳起来一把拉住，急问道：“这般时候，你上哪儿去？休得胡闹！”

铁脚板大笑道：“你以为我出不了塔儿冈，渡不了黄河么？这点事难得住我，也不成其为铁脚板了。至于入川的荆襄要道，不管他刀枪如林，鬼多人少，我早说过，只有我臭要饭还可走得。一到巴东，在进川的江口上，早已安置下几位吃水皮饭的袍哥们，到了那儿，便算到家了。我的相公，不是我走得急，你不知道，川中局势一天紧似一天，黄龙这班怨鬼，说不定先出花样。再说，我走法和你们不同，你也没法和我同行，让我先走一步，充作我们龙头的先站，早点到家，通知他们一声，也好叫他们安心，你拉住我怎的？”

杨展硬把他推回椅子上，笑道：“你且少安毋躁，早走一步，晚走一步，不争这一会儿工夫。你听听——外面山脚下已有鸡声报晓了。以我推测，今晚此地几位头儿脑儿，也和我们一般，多半没有睡觉。也许这儿瓢把子要找我说话，也许所说大有关系，而且我还要想法子，把困守虎牢关三位救过河来。你从外表看，以为刘道贞酸气冲天，其实此人胸有经纬，是条臂膀；那位曹勋，性憨而直，气刚而勇，还是个世袭指挥，一旦有事，此人在黎雅、建昌一带，也可号召一部分人马。你要走，总得等我们这几个人有了起程的办法，才能安心返川。那时，你愿意和我们同行也好，你愿意独行也无所谓，你说是不是？”

他说的原是正理，也明知铁脚板听到刚才了红说的塔儿冈暗地监视森严，有点负气，想显点本领给他们瞧瞧，但在杨展想来，多一事不如少一事，回川要紧，何必多生枝节呢。

铁脚板这种人也真特别，一听杨展说得有理，马上点头应允，连说：“依你！依你！”一抬头，向窗外瞧了瞧，笑道，“可不天要亮了，既然如此，没有我的事了，我可两夜没好生睡觉，我得高卧一下，我不管你们了。”忽又向仇儿启牙一笑，点点头说，“小臭要饭，你得留点神，老虎也有打眯盹时，不要叫人家把老臭要饭这颗头偷去！”说罢，一个虎跳滚进床去，一转身，竟抱头大睡起来了。

这时，纱窗外渐渐发现天光，晓风习习。杨展主仆被铁脚板闹了一夜，而且出乎意料的，铁脚板竟会离川北上，来到塔儿冈。杨展满腹心事，暗地筹划了一阵，一看床上铁脚板，竟已睡得呼声如雷，嘱咐仇儿在房内守着，自己踱出房外，走下堂阶，徘徊花圃之间，运用内功，近着清晓爽气，调节呼吸，疏散一夜的神思。半轮残月，几颗晨星，兀自挂在发晓的天空。

他信步向花圃出口那重垂花门外走去。忽儿对面书斋墙角拐弯处，转出了齐寡妇和飞虹。她扶着飞虹肩头，正袅袅婷婷地向垂花门走来，一抬头，瞧见了杨展，立时笑靥迎人，远远娇喊道：“噫！相公也在这儿。我料定相公被贵客打扰，和我一般，一夜没好生安睡的——我听她们说，来客便是大名鼎鼎的川南丐侠铁脚板，我特地来会会这位贵客。”

杨展说："他是来迎接我的。他昨夜暗地进来，夫人爱屋及乌，不肯难为他，我先谢谢夫人！"说罢，紧走几步，向她深深一揖。

齐寡妇满脸娇嗔地瞅着他，悄悄地说："相公！你……这是为什么？我们一夜之隔，便这样生疏了么？"

杨展听得心里一荡，不由得想起了昨夜两人的情况，自已也不觉得为什么，竟悠悠地叹了口气。他一叹气，她眼圈立时一红，痴痴地瞧着他。两人你看我，我看你，谁也不说话，竟对立了半天。还是杨展先警觉，一瞧她身后的飞虹，不知什么时候走掉了，怕被仇儿出来瞧见，忙说："敝友性好诙谐，不修边幅，昨夜到时，夫人正在议事，不敢叫他冒昧求见，此刻他又正在睡觉，夫人一夜劳神，不如请回吧！"

齐寡妇粉头低垂，微一思索，笑道："相公！你跟我来，趁这时候，我们先谈一谈也好！"

杨展说："好！我也有事和夫人相商。"

两人进了书斋，齐寡妇一瞧室内无人，伸手拉着杨展，又进了书斋罗帷内的复室，未待坐下，齐寡妇叹口气说："相公！昨夜我们两人的事，把它当作梦境吧，但是这样梦境，我一辈子忘不掉，不过——我劝你把它忘掉吧！"

齐寡妇说时，好像咬着牙，忍着泪说的。杨展听得有点承受不住，心头辣辣的，半晌无言。

齐寡妇忽然苦笑道："我们有离无合，这是命中注定的事，梦已过去，不必再提了——相公！我不瞒你，昨夜丐侠和你谈了一夜，谈的什么事，我都知道，并不是故意叫人监视，你身上的事，我不能不注意。从你们谈话里，才知你多么被川南三侠重视。你既然有这么好的羽翼，在这乱世，大有可为，我不敢以儿女之私，耽误你的英雄事业。我虽然是个女子，这儿也有我应做的事。我们虽然一南一北，迢迢千里，但是鱼龙变化，岂能逆料，也许我们重见有日，不过希望我们不要走到敌对地步。

"相公，你前程无量，千万不要拘泥迂儒之见，千古英雄事业都从审机达权而来。明室必亡，外患必至，英雄命世，中兴谁属，此时言之过早，以眼前而论，崛起草野的人物，沉毅雄伟，羽毛日丰，隐有席卷天下之势者，莫如闯王。余如'曹操'罗汝才、老回回、张献忠之辈，狼奔豕突，不顾民命，不脱草寇行为，难成大业。尤其惨无人道，凶杀如魔的张献忠，现在已和闯王分道扬镳，志在得蜀。闯王也恨他残暴不仁，时时想消灭他。相公，你回川以后，千万注意此人，能够固守全蜀，阻止这颗煞星进川，便是替桑梓挽回大劫，替国家保全一方元气，然后雄踞天府之国，沉机观变，以待中兴之主，这是上策。相公，我这妇人之见，还有几分可取否？”

杨展昂然说道：“夫人，你这些话所见甚大，我真佩服之至！但是你把我抬得太高了。张献忠裹胁二三十万，如火燎原，将逼蜀境，蜀中执掌兵柄的人们，又无出色人物，我虽有志保卫桑梓，无奈年轻资浅，建树毫无，此刻还是赤手空拳，虽有川南三侠等一班豪侠臂助，亦非旦夕所能成事，我正在这儿焦急呢！”

齐寡妇笑道：“我早料定相公还不免拘执之见。这样乱世，讲什么资望和建树？我听说相公家中富甲全郡，川南三侠也有上万同道，这便是英雄崛起的基本，然后振臂一呼，广揽羽翼，便可号召全局。张献忠这颗煞星还能随地裹胁，相公岂不能号召乡子弟？张氏出之以邪，终难成事；相公出之以正，便能日起有功。可是我所谓出之以正，并非效忠一姓，听命于人，必须权由己出，砥柱中流，志在保民，不拘一格，然后方能绾握全蜀锁钥，保障一方生命。这里面千变万化，非三言两语所能尽，扼要一句话，贵在审机达变而已。”

杨展明白她话内用意，是想自己割据称雄，她原把明室危亡，置之度外，自然有此想头，但在我做起来，谈何容易！可是，能够摆脱蜀中阘冗大僚的束缚，独树一帜地干起来，确是痛快爽利得多，川南三侠，这种想头不是没有，所以她这种策划，不是没有道理，而且可以说是对的，不过从自己嘴上却没法出口，也不便赞一词，只好朝她不住点头，表示心领而已。

一个丫鬟送茶进来，在齐寡妇耳边低低说了几句话。齐寡妇吩咐道：“你去告诉飞虹，暂缓传令，还得带点东西去。”丫鬟退出，飞虹走进屋来，在齐寡妇耳边说了几句，忽然转身向杨展笑道：“杨相公！听我娘说，相公便在这天内要动身回川，我和紫电急得不得了，昨夜相公允许我们的话，不要忘记呀！那手‘脱影换影’的功夫，今天得传授我们呀！”

杨展笑说：“好……好！你们武功已到火候，人又聪明，武功这样东西，只要功夫到，诀窍一点就透，回头有工夫时，就传给你们，绝不失信。”

飞虹大喜，再三称谢而去。

齐寡妇笑道：“相公归心如箭，她们还这样啰唆，相公还有耐心教她们，不过，相公可以安心，昨夜她们听到那位丐侠所说，还有在虎牢关三位贵友，束手坐困，没法动身，相公定然犯愁。这档事，我也替你安排好了，现在要从荆、襄这条路上进川，阻碍重重，那条路上，又是张献忠出没之处，不用说三位贵友没法走，便是相公仗着本领，情愿冒险，我也不放你投这条路上去，也犯不着冒这种险。不走这条路，便得走潼关进陕，由汉中奔剑阁，可是这几天潼关内外变成战场，如何过得去，这条路也走不得，只有辛苦一点，从小道避开战场绕过潼关去，沿着黄河北岸，由垣曲进山西，越中条山，从龙门渡河入陕，奔肤施，再达汉中。这条道虽然路上辛苦一点，比返回去，从娘子关进山西，毕竟近得多。”

杨展笑道：“现在我是忙不择路，有路就走。夫人替我想的路程，绝不会错，不过还有黄河南岸三位敝友，还得求夫人派人接他们渡回北岸来呢。”

齐寡妇说道：“你莫急，听我说呀！我不是说替你安排好了么，虎牢关的三位既难南行，势须返回北岸同走，我已预备派人去接，但须带着相公亲笔字条，免得他们疑虑不前，事不宜迟，请你就在这儿一挥吧。”

杨展说：“这太好了，不过那位丐侠铁脚板，决计走原路回川，而且急于先走，就请夫人顺便把他带过河去，由他嘴上通知虎牢三位，连字条都可不用了。”

齐寡妇惊诧道：“这人真特别。但是他能够过来，也许便能走回去。”

杨展把铁脚板的情形和本领，略微一提，齐寡妇不住点头，向他说：“相公有这样人物辅佐，何愁事业不成！现在你快去叫醒他，我马上发令，请他一同过河好了。”

杨展匆匆回到自己住室，不料铁脚板在这一会儿工夫，已经一觉睡醒，正和仇儿谈得很起劲，一见杨展回房，指着他笑道：“我知道你又和……”

杨展知道他没好话，忙拦着他说：“白天耳目众多，休得乱说！你不是急于回去么，我此刻替你和刘兄们办渡河事去了，齐夫人此刻已传令派船送你渡河，顺便把刘兄们接回北岸，和我一同从小道绕潼关走。潼关破在旦夕，马上得走，我也不必写信了，请你嘴上通知他们。”

铁脚板一跃而起，说：“礼不可废，你领我见见这位瓢把子去。”

杨展和他出房，他忽翻身，在房门口探进头去，向仇儿一扮鬼脸，笑道：“小臭要饭，我走后，你盯着他一点，你主母会重重犒赏你的，说不定会犒赏你一个花不溜丢的小媳妇，你自己掂着办吧！”说罢，才哈哈一笑，跟着杨展，去见齐寡妇去了。

齐寡妇真有手腕，并不以貌取人，厌恶丐侠一身腌臜，在书斋内殷勤礼待，一席话说得铁脚板肃然起敬，嘴上的小寡妇固然收起，而且也满嘴的夫人、夫人了。

飞虹进来，报说派去头目已在外面恭候贵客动身，铁脚板才起立告辞。齐寡妇和杨展直送到大厅近处，由外面派好的两个头目陪着铁脚板，一同骑马赶奔黄河渡口。

两人送走了铁脚板，并肩进内，经过悬崖上那条长廊，齐寡妇立停身，扶着栏杆，指点崖外景物，和杨展絮语，忽地向他笑道："今天我塔儿冈，变成空城了。"杨展不解，她说，"金眼雕、飞槊张等都被我分头派出去了，连我义父也亲自出了马，我身边只有飞虹、紫电两人，岂不变成一座空城！他们这次分头出发，至少三四天，才能回来，恰好他们回来时，你也动身了，天赐给我，叫你在这儿陪我几天，这几天，是我……"她说到这儿，没说下去，却叹了口气，两眼不断向他盯着。

杨展心里也跳了起来，忙问："怎的连涵虚道长都远出了么？"

她缓缓说道："这几天也是我塔儿冈一鸣惊人，替我先父扬眉吐气的日子。也许你在四川途中，便能听到我们塔儿冈办的什么事。我毛红萼自问不是普通女子，而且有胆能够办普通男子所不敢办的事，但是有一样东西，普通女子或者得来不难，我却偏偏缺少这东西。"

杨展听得一愣，贸然说道："既然普通女子都能得到，在你手上，更不为难了！"

她冷笑道："这件东西确是俯拾即是，原不为难，不过因为我不是普通女子，我所要的也不是普通东西，这就难了——喂！你知道我要的什么呀？"

杨展有点觉察了，哪敢答话，自己心里扑腾扑腾在那儿跳，好像听到跳的声音似的，心里一面跳，一面又琢磨着，这儿派人去接刘道贞三人，来回往返，途中毫无耽搁，最快也得两天，在这两天内，叫我……怎么办？……怎么办？……她不是说过当作梦境么？对！这两天当作做梦吧！

齐寡妇瞧他半晌没开声，怔怔地在那儿出神，鼻子里哼了一声，冷冷地说："我知道你明白我的话，但是你想的，未必想得到我说的用意——你不必为难，对你说，毛红萼不是普通女子，一般普通女子想得的，是有形的东西；我想得到的，是无形的东西。说也可怜，我想得到的这件无形的东西，并不是整个的，但是我能得到一小半，便心满意足了——喂！我这样一说，你便明白，和你想的有点不同吧？"说罢，头也不回地一个人走了。

这两天内，这位杨大相公究竟怎么过去的呢？是不是像他自己所说，当作做梦一般过去的呢？还是清醒白醒地过去的呢？这成了上海人的口头语："大舞台对过——天晓得。"不过，从齐寡妇所说，可以证明她要的不是有形的，是无形的东西，这无形的东西，大约便是她自己说过的，“朝闻爱，夕死可矣”的“爱”字。但是世上最难捉摸、最难保险的，便是这个“爱”字，而且这个爱的东西，看着好像无形，但是爱的表现，未必是真个无形，不在于有形无形，这要瞧杨大相公有没有给她这个东西，或者用什么方法给她，这都是“天晓得”的事。便是忠心护主、有意监视的仇儿，也瞧得五花八门，摸不清怎么一回事，所以这档事，依然是个千古疑案。

两天光阴，一晃即过，第三天上，困守虎牢关的刘道贞、三姑娘、曹勋三人，居然脱离险境，渡回了北岸。他们不必再进塔儿冈，因为这次结伴同行的路线是照齐寡妇指定的，沿着北岸，进垣曲，向中条山这条道上走的，不必老远地返回来。渡过北岸以后，叫他们在北岸指定处所等着，杨展骑着追风乌云骢，仇儿也骑着塔儿冈的快马，另外还带着三匹，是替刘道贞三人预备的，这都是齐寡妇爱屋及乌的赠品，赶到指定处所，大家相会。大家经过这场奇而不奇、险而不险的曲折风波，真像做梦一般，于是重行结伴，向垣曲进发。

路程迢迢，沿途烽烟在目，难民成群。进了垣曲，走的又是中条山的崎岖山道，而且匪寇出没，到处横行，能否一路无事，安抵故乡，实在没有把握。在这时候，杨展一行归客，只好走一程算一程了。

注：本集1950年11月正气书局初版。

第七集

第一章　小脚山

跋涉长途、不辞劳瘁的杨展等一行归客，因为潼关内外，闯王李自成兵马正与官军交战，一攻一拒，烽火连天，万难通行，只好绕道走中条山的崎岖僻径。但由垣曲渡河，经过晋、陕边境，以及入陕到长安一条路上，也难免碰上闯王部下的兵马。杨展对于这层阻碍，却有办法，因为他身上密藏着毛红萼私自送他的护身符。

杨展在塔儿冈时，适值闯王精锐先锋，已有一部分潜入潼关，和塔儿冈齐寡妇取得联络，塔儿冈一股绿林已变成闯王部下的别动队，毛红萼自然容易弄到闯王的兵符令旗之类。杨展有了这样护身符，跋涉长途，自然比较有点把握了。

杨展等走僻径，绕潼关，越秦岭，入汉中，然后登栈道，进剑阁，一程又一程，迢迢数千里，才能回到川中。这样兵荒马乱，遍地荆棘当口，能不能安返家乡，实在难以想象，便是一路不起风波，也要走不少日子，才能回到本乡本土的川南。

现在作者的笔头，暂时不跟着三十条腿（杨展等五人和五匹马的腿数）进中条山去，却要掉转笔锋，紧跟着一对铁脚板，向荆、襄路上跑了。

川南丐侠铁脚板自从别了杨展，趁了毛红萼令派船只渡回虎牢关刘道贞等三人之便，渡过了南岸。过了黄河，铁脚板把杨展嘱咐的话通知了刘道贞、三姑娘、曹勋三人以后，他便甩开两只精赤的铁脚，独自走了。他是从虎牢关，越嵩山，奔汝州、方城、南阳这条路上走去。这一条路上也是草木皆兵，比他来时还要紧张，他居然顺利地到了南阳。

照他来时走的原路，应该走新野，出河南境，望襄阳，奔宜昌，但是这当口，他在路上一打听，张献忠和“曹操”罗汝才两大股流寇，从房、竹蹿出来，蚁聚蜂屯，各路并进，官军方面也逐步设防，实在没法过去。他由南阳小道，奔了邓州，渡过老河口，进了湖北，预备从谷城、保康、歇马河、兴山而达秭归，从秭归下船，便可溯江而上，由巴东进川了。但是这条路上，只比襄阳路上略好一点，也是张献忠兵马从老巢房山、竹山蹿出来的几道必由之路。从谷城到歇马河这一带已被张献忠这颗煞星屠城洗村，杀得鸡犬不留，鬼哭神嚎，必须过了兴山，到了秭归入川江口，大约还没有遭到煞星光顾，路上才比较好一点，但是富厚一点的也早逃光了。

铁脚板一过老河口，越看情形越不对。官道上难得看到有个人影，河里漂着的，岸上倒着的，走几步便可瞧见断头折足的死尸。饿狗拖着死人肠子满街跑，天空成群的饥鹰，公然飞下来啄死人吃。一路腥臭冲天，沿路房屋，十有八九，都烧得栋折墙倒，劫灰遍地。抬头看看天，似乎天也变了颜色，显得那么灰沉沉的惨淡无光，简直不像人境，好像走上幽冥世界，像铁脚板这样人物也觉得凛凛乎不可再留，只有加紧脚步，向前飞奔。走着走着，突然听到前途号角齐鸣，霎时千骑万马奔腾而来。慌不及一耸身，蹿入隐僻之处。待得这批人马一阵风似的卷过，才能现身出来，重向前进，也没法分辨过去的人马是官兵还是匪兵？

他一看大道上兵马络绎不绝，时时要伏身躲避，而且在大道上走，反而不易找到果腹的东西，连喝口冷水都带着一股血腥臭，于是他避开了官道，拣着小道走。一走小道，倒还能碰着人影儿，离大道远一点的山径上，居然还有完全的村庄。沿途听着逃难的人们谈着灾难的凄惨故事，说是现在金银珠宝，绫罗锦绣，都变成废物，谁也看不入眼，宝贵的是能够解饥解渴，苟延生命的东西。有几家避入深山的富户，人口既多，随带粮食有限，吃完以后，拿出成袋的珠宝，成锭的金银，向近处山民贫户换一点治饿延命的粗粮，还十求九不应，终于全家大小活活饿死在深山内。因为山村人家没法下山，也只剩了一点点的余粮，如果换一点给别人，等于缩短自己的生命，这时金银珠宝堆成山，也当不了饭吃，自然没法换取性命相关的粮食了。

躲在深山的富户和不敢下山的山民，把苟延性命的粮食视同奇宝。可是一路行来的铁脚板，却没感受到缺粮的威胁，因为他是两脚不停，路上碰着兵马，无非暂时闪避隐身，有时还施展轻身小巧之能，在虎口上拔毛，从路过兵匪的大群给养队伍内，偷点东西，足可吃喝一气。有时还利用偷来的东西，救济了不少难民。有时弄到偷无可偷的时候，空中的飞鸟，深林的野兽，他只要施展一点本领，便可手到擒来，在僻静处所，几块石头一搭，便是他的行灶，枯枝败叶，塞进行灶，生起火来，把捉来的飞禽走兽，或烤或炙，一顿野餐，还吃得异常香甜。偶然走到逃避一空的村子，顺手牵羊，捉着几只无主的鸡鸭之类，他便哈哈一笑，施展他叫花的独有吃法，用黄泥一圈，便煨起神仙鸡来，饱餐一顿。可惜美中不足，这时候想弄瓶好酒，解解酒馋，却有点为难，赶路要紧，也没心去细细搜寻这件东西。

有一天，铁脚板从谷城、保康一路过来，已经过了歇马河，再往前走一百几十里，便可到达秭归相近的兴山。这一百几十里路尽是山道。这天他清早从歇马河动身，走到日落月上，约莫已走了七八十里。在铁脚板一双铁脚的行程，虽不是飞行太保，一天工夫，还不止走这点路，无奈路径生疏，崎岖难行，时常迷失方向，因此耽误了他的脚程。这时他走上一段没有人烟的山岭上，时候已快到起更时分。在岭上四面一看，山影重重，尽是山套山的重冈叠峰，天上一钩新月，发出微茫的光辉，也只略辨路径，山风一阵阵吹上身来，却觉得凉爽舒适，把白天顶着毒日头赶路的一身臭汗，都吹干爽了。他想乘着月夜，多走几程，这条山道，在歇马河走来时，已向路人探问清楚，地名叫作五道峡，要走出五道峡，渡过霸王河，便能踏进兴山县境了。

他在这条山道上向前飞奔，忽高忽低，翻过几重峻险的冈陵。这条山路上虽无人影，沿途却发现许多蹄印马屎，而且山道上还有遗弃的破弓、折箭、军灶帐篷之类。好像这一带驻扎过兵马大队似的。再向前走，经过一座山口，瞧见山口竖着一座巍峨的石牌坊，石牌坊下一步步整齐的磴道，直通到山腰上，楼道尽头，现出寺院的山门，林木掩映之中，露出气象庄严的几重殿脊，似乎这座寺院规模不小，不知哪一朝敕建的古刹，寺内寂寂无声，听不到晚课的钟磬之音。

铁脚板一想，走了这许多荒凉的山路，想不到这儿倒有这样整齐的庙宇，既然有这现成处所，何妨进寺去，向寺内出家人借宿一宵，如果是座空寺，也是一个憩宿之所。心里这样一转，两腿已登上石碑坊下的磴道，走上山腰，到了山门口，借着微茫的月色，依稀辨出山门口寺匾上“雷音古刹”四个大字。向山门内一迈腿，便闻到一股难闻的气味，这种气味是他过老河口以后，一路闻到的死人腥臭气味，不禁嘴上喊出一声“噫……”

越过当门的护法韦陀佛龛，露出大殿阶下一块空地，正想从中间甬道走向大殿，目光之下，蓦见甬道上有不少圆圆的像西瓜一般的东西，活的一般，在地上一蹦一蹦地来回乱蹦。铁脚板看得奇怪，心想这是什么东西？往前过去仔细一辨认，连铁脚板这样勇胆的人，也惊得怪叫起来。原来他看出甬道上蹦着走的东西，竟是人的脑袋，而且是光光的和尚脑袋，地上蹦着的脑袋竟有六七个之多。甬道两旁，没有乱蹦乱跳的光脑袋到处都是，简直数不清。被人砍下的和尚脑袋会在地上蹦着走，这是从来没有的怪事。

铁脚板瞧得也有点毛骨森森，忍不住大喝道："休在我面前作怪，我铁脚板岂怕这个!"

不料经他大声一喝，甬道上来回乱蹦的几颗光头脑袋，好像怕他似的，突然一齐向大殿那面平移过去，好像脑袋下面长着脚一般。铁脚板越看越奇，一个箭步蹿了过去，把一颗擦着地皮跑的脑袋用脚尖一拨，把这颗脑袋拨得翻了个身，猛见从脑袋腔子里，钻出毛烘烘的一件东西，四条小腿飞快地跑得没有影儿。铁脚板一时没有瞧清，又赶上一颗脑袋，踢了一脚，才看清跟着脑袋滚出一只黄鼠狼来，这才明白，这几颗脑袋能蹦能走，因为几只黄鼠狼钻进腔子里去吃死人血肉，一时钻了进去，退不出身来，才在地上乱蹦，听得铁脚板的大喝，又吓得带着脑袋奔逃，在稀微月色之下看去，才变成了怪物。铁脚板看清了底细，不禁哈哈大笑，在这荒山古刹，满地脑袋，绝无人影的深夜，突被他一声哈哈大笑，震破了凄惨荒凉之境，连大殿口几棵古柏上的宿鸟，也惊得噗噗乱飞。

不料他笑声一起，猛听得大殿内，当！当！两声钟响，这一下却把铁脚板吓了一大跳。这样境地，庙内和尚定已杀光，便是没有杀光，也逃得一个不剩，哪会有人躲在殿内撞钟？这两下钟声，却比满地乱蹦的脑袋还奇怪。而且有点可怕了。

铁脚板对于这两下钟声，未免耸然惊异，他正在惊异当口，不料殿内，又是当！当！……几下，不过这钟声有点各别，其声哑而闷，而且一声比一声弱，真不像是人撞的。铁脚板艺高胆大，不管殿内藏着什么怪物，非看个究竟不可，赤手空拳，大踏步向大殿直闯。

两扇大殿门原是敞着的，他一走近大殿门口，便看出大殿内，近门口的地上，像小山似的堆着高高的一大堆东西，一阵阵的烂尸臭向殿外直冲。铁脚板捏着鼻子，伸腿往大殿内一迈，猛地惊喊了一声："好惨，世上竟有这样的事!"伸进去的一条腿，不由得又缩了出来。

原来，他向殿内一迈腿时，两眼瞧清了殿内小山似的一堆东西，竟是斩下来的一只只的女人小脚，而且只只都是三寸金莲，依然穿着绣花弓鞋。堆得像小山似的一座小脚山，怕是有几百只女人小脚，不知斩下来有多少日子，时当夏令，有这许多血肉淋漓的小脚，当然要发出浓厚的烂肉臭了。奇怪的是，大殿外甬道上有那么许多和尚脑袋，大殿内又堆着这么多的女人小脚，却没见到剁脚砍头的一具尸体，惨死的和尚和女人的尸体又藏在哪里去了呢？是谁在这寺院内惨杀了这许多人？还特地把小脚堆成山呢？

艺高胆大的铁脚板亲眼瞧见这样凶惨的怪事，也有点头皮发炸，殿内又一阵阵冲出难闻的臭味，心里想查究殿内的钟声，无奈殿内这座小脚山当门堆着，实在看得恶心。心里一转，从大殿左侧转了过去，且瞧一瞧大殿后面是什么景象。

他从大殿前面，沿着走廊，绕到殿后，是品字式三间殿屋，院子里清清楚楚，却没有什么碍眼的东西，院心一具一人高的石鼎香炉，居然余烟袅袅，石鼎内还烧着一大束佛香，想不到这样死气沉沉、头颅满地滚的荒寺凶刹，后殿还有人烧着大捆佛香，这真是奇而又奇的事了。

铁脚板认为生平未遇之奇，大步走入正面一重殿门，一看殿内，空空无物，连佛龛内的佛像，都不知搬到哪里去了。地上灰尘却积得厚厚的，实在不像还有人住着的光景。顶梁悬挂的长明琉璃灯，却还存着一点油脚，灯芯上还留着鬼火似的一星星火苗。他瞧见琉璃灯上一点点火苗，算计这座寺内杀人剁脚的日子不至过远，因为寺院里佛前长明琉璃灯内一缸清油，总可点个十天半月，但是处处都是显出一座空寺的光景，前殿微弱的钟声，后殿石鼎内的烧残束香，又是怎么一回事？满腹狐疑地绕到佛龛后身，是一重敞开的后殿门，门外松声如涛，十几株长松把门外一块园地遮得黑沉沉的，松树下还搁着石桌石凳之类。从几株松树后面，远远地透出一线灯光。

铁脚板瞧见了这点灯光，双臂一抖，一个“飞鸟投林”，从后殿门飞身而起，跃出二丈开外，一落身，向一株松树身上一贴，探头向灯光所在细瞧，才辨出那面距离隐身所在四五十步以外，有孤零零的一两间矮屋，一线灯光，便从一间矮屋的窗口上透射出来。矮屋后身，靠着短短的一圈围墙，沿着围墙四面，还有几间大小不等的房屋，却正由这间矮屋内射出灯光。铁脚板看清了四面情形，一耸身，直向矮屋蹿去，蹑足潜踪，到了有灯光的屋窗下，破纸窗上窟窿甚多，不用费事，贴近破纸窗向屋内一瞧，又被他瞧见了莫名其妙的怪事，奇怪得几乎喊出声来。

原来他瞧见这间屋内，是所空屋，没有什么家具床铺之类，却有半个人好像从地上钻了出来一般。这个人，是个披头散发的年轻女子，脸上像白纸一般，血色全无，上身还穿着讲究的绣花红衫，自腰以下埋在土里，所以变成半个人，而且活像从地上钻出来一般，骤然一瞧，这半截女子像木雕一般，两手合掌当胸，纹风不动，疑惑这女子是死人。可是这女子面前地皮上，摆着一具烛台、一具香炉，烛台上点着烛，炉上插着香，烛光香火映着半截女子的脸，却见她的两瓣毫无血色的薄嘴唇，不断地在那儿颤动，好像在那儿默不出声地喃喃诵佛，这真是不可思议的怪事。铁脚板在窗外偷瞧得两眼发直，心里想着，我一路行来，所见所闻，尽是凶掠惨杀的事，却没有像这座寺内奇凶极惨以外，还加上种种不可测度的怪事。不用说别的，这屋内半截女子究竟是人是鬼？鬼，也许会从地上钻出半截来，人，世间哪有埋了半截的大活人？我的天！难道我臭要饭的在这儿做梦吗？

他越看越奇，正想推门入室，探个水落石出，猛听得身后突然发出“哈哈……”一阵怪笑，其声惨而厉。铁脚板大惊，一顿足，从窗脚下斜蹿出丈把路，回头一瞧，只见一株松树底下。闪出一个满头白发直披到肩上的丑怪老婆子，简直是个活鬼，穿着一件硕大无朋的僧衣，两脚被衣服掩没，下摆拖在地上，一手拄着一根拐棍，一手指着铁脚板，咧着一张阔嘴，还在那儿怪笑。

这一下，又出铁脚板意料之外，他简直没有把这怪老婆当作活人，在这怪寺内，所见所闻，都非人世，这怪老婆幽灵似的出现，对他发出刺耳怪笑，声音又那么难听，一身本领的铁脚板，这时也闹得汗毛根根直竖，两眼直勾勾地盯着那白发老鬼，不知如何是好。却见那老鬼，竟拖着身上又肥又长的僧衣，一步一步向他逼近过来，衣角扫着地面，沙沙直响，却走得非常之慢。

走到半途上，那老鬼笑声一停，一只鸟爪似的瘦手，颤抖抖地指着他，发出嘶哑的怪喊：“你……你……你这还有脑袋的冤魂，八大王作了这么大孽，你们这班冤鬼怎的没本领去找八大王算账，却在我老婆子面前来显魂？我老婆子和你也只差了一口气……在这儿受活罪，还怕你显什么魂……”哆哆嗦嗦地说罢，又咧着大嘴怪笑起来。

铁脚板一听，自己错把他当作鬼物，原来是个活人，而且那老婆子也把自己当作鬼了，当作幽魂冤鬼在她面前显灵了，这真是从来没有的事。在这样荒山古寺，凶杀惨境的局面之下，她如果真个是鬼，倒是顺理顺章的事，偏偏在这幽冥一般的境界内，无端出来一个活人，而且是个龙钟不堪的老婆子，这又是出乎意料的奇事，她嘴上所说的八大王，当然就是张献忠这颗煞星（八大王是张献忠的诨号），这寺内一切古怪的事情，也许从这怪婆子口中，可以探出一点来。

他一认清面前老婆子是这座寺内的唯一活人，不由得哈哈一笑，走了过去，指着老婆子笑道：“喂！老太太！你定定神，我和你都是有口活气的人，我是从这儿过路的。奔波了一天一夜，进寺来想休息一忽儿，万想不到这样古怪的空寺，还有你一位老太太住在这儿，我问你……”

铁脚板话还未完，哪知老婆子不等他说下去，颤抖抖的那只手，指着他怪喊起来：“咦！怪事……怪事……你是活人？谁信？连我自己是不是活人，还弄不清楚，这条路上哪里还有活人？你过来，让我摸摸你，是活人不是活人？”

她这几句话说得铁脚板真有点毛发直竖，心里直犯嘀咕，竟有点举足不前。铁脚板一犯嘀咕，那老婆子又哈哈怪笑道：“如何……我说你不是人，你准不敢过来让我摸一摸，你做了鬼还怕死，我老婆子如果还是人的话，人哪会捏死了鬼？如果我老婆子也是鬼的话，鬼和鬼打架，老鬼也斗不过壮鬼呀！”

铁脚板越听越奇，真还摸不准这老婆子是人是鬼了？心里又好气又好笑，我铁脚板嬉笑怒骂，横行川南，想不到在这儿，被这怪老婆当面耻笑，还把我当作鬼怪，真是做梦都想不到的事，一赌气，挺身而前，站在怪老婆面前，说道：“让你摸一摸吧！”一面说，一面打量怪老婆脸上，白发蓬松之中，藏着一张皮包骨的灰白丑怪脸，两颗眼珠又特别小，皱纹层叠的一对眼眶，凹得深深的，却嵌着极小的两粒白多黑少的小眼珠，只微微有点光芒，活像棺材里面蹦出来的活僵尸。

铁脚板瞧清了她这张死人的面孔，慌忙暗运了一口气。怪老婆颤抖抖的一只手已向他臂上、肩上摸去，嘴上说着：“有点像活人，怎的身子像铁打一般？”

铁脚板唾了一口，说：“好说！有点像活人……大约七分还像鬼……老太太，我也有点不放心，我得摸摸你。”嘴上说着，手已搭在怪老婆手臂上，顿时吃了一惊，怪老婆一条臂膀，瘦得比麻秸秆粗得有限，如果两指一用劲，准得嘎嘣就断。

怪老婆说：“你摸我怎的？我便不是鬼，也是半截埋进了土里的人。”

铁脚板被老婆一语提醒，忙问：“老太太，那屋内真有半截埋进土里的人，这是怎么一回事？还有你老太太，怎会独自一人住在这种地方？大殿内我听到几下钟响，也许还有别人住在这儿吧？还有……”

老太婆没等他说下去。瘦爪一摇，阔嘴一咧，又磔磔怪笑起来，笑得并不自然，声音难听异常，简直没有人音。笑时脸上无数皱纹，又抽风似的一阵阵牵动，全身四肢，也像拘挛一般。铁脚板看出她笑时，全然是疯癫状态，这种疯狂形状，定然经过极可怕的事，才吓成这样的。

怪老婆疯狂一般几阵怪笑过去，一对绿豆眼向铁脚板瞧了半天，点点头说："不错，你准是活人，真难得，我老婆子还能看到一个活人，你跟我来，我告诉你……"说完这话，她拄着拐棍，拖着又肥又长的僧衣，转身便走，穿过几株松树底下，真像幽灵一般缓缓地向那一面走去。

铁脚板跟着她身后，走到那面围墙近处，才瞧清了这一面还有一排整齐的僧寮，大约是以前寺内僧众憩息之所。怪老婆推开一扇门户，走了进去，点上一支烛火。铁脚板进门一瞧，这间屋内，起居饮食一类的东西居然色色俱全，墙角一捆捆的束香，还堆成了垛。

怪老婆举动虽有点疯疯癫癫，却也礼数周全，居然拿出解饥解渴的东西，请铁脚板吃喝。铁脚板身上带的干粮不多，也就无须客气，可是他满腹疑云，急于探问内情，一面吃喝，一面向怪老婆问长问短。经怪老婆把这座寺内遭遇惨劫的经过，从头至尾说了出来，才明白了种种怪象的原因。

原来这座雷音古刹遭劫，还是最近的事，离铁脚板向这条道上走时，不过十几天光景。张献忠和"曹操"罗汝才两大股流寇从房、竹分途窜出来，"曹操"罗汝才一股从竹山出发，志在劫掠郧城、均州、襄阳等地，张献忠一股从房山窜出来，志在先占据称归、巴东一带，预备窜进夔、巫，攫取天富之区的川蜀，五道峡一带山地变成张献忠这股人马的冲要之地。张献忠分派部下进窥秭归、巴东，他自己率领亲信，占据了五道峡一带山地作为根据，便把这座雷音古刹当作他发号施令的黄罗宝帐，全寺僧众三四十人，一个没有逃脱，起先并没杀死，拘留起来，关在一间屋内。

这当口，张献忠分派几支兵马，分途进窥秭归、巴东以外，他自己带着三四万人，分布五道峡一带，原预备一鼓而下巴东，然后水陆并进，溯江而上，长驱进川。不料出兵不利，先遣部队和秭归、巴东两地守将及义勇乡练相持了多日，一时未能攻克。攻打均州的"曹操"罗汝才一股部队，也被襄阳、郧阳两支官军夹击，吃了败仗，向张献忠飞书告急，请他暂停进川之举，回兵直攻襄阳。襄阳富庶，名闻天下，王府财宝山积，早已闻名，只要他肯合力攻进襄阳，"曹操"罗汝才愿与他平分襄阳城内的财富。

"曹操"罗汝才完全为了解救夹击之危，不惜把自己垂涎的襄阳和张献忠秋色平分。张献忠正值前进受阻，他又一贯狼奔豕突、乘虚剽掠的作风，"曹操"罗汝才这样一求救，正中下怀。使预备撤回攻打秭归、巴东两处人马，改途向谷城、襄阳进发，一面派人飞报"曹操"罗汝才。这边向襄阳疾进，夹攻“曹操”罗汝才的官军当然要撤围，回救后路襄阳重镇，教罗汝才人马蹑官军之后，牵制这支官兵，使他没法回救。计议停当，张献忠一心要攻取襄阳了。

张献忠这人，虽是个残忍疯狂的煞星，有时却能从残忍疯狂里面，使出想入非非的心计。当他和“曹操”罗汝才一股人马商量好要合力攻取襄阳当口，他暗地巡查自己部下各处营帐，侦查出他部下几个重要得力的头领，营帐内都有女子嬉笑之声，他明白这种女子都是一路掳掠来的，自己身边也带着几个美貌的女子，这种女子还是自己部下挑选出来献给他的。他这时却想到这次攻打秭归、巴东劳而无功，头领们似乎不甚卖力，多半是营帐内有了女子的毛病。他忽然心生一计，在他自己驻扎所在雷音古刹内，宰牛杀羊，大会自己部下全体大小头领，而且传谕各头领们，挑着自己营盘内的美貌女子，随身带来，大家快乐喝酒。

各头领们以为八大王要取乐，尽量挑了貌美脚小的，带到雷音古刹，一时如虎如狼的勇士们，夹着许多莺莺燕燕的美人儿，挤进了雷音古刹大雄宝殿。大殿正中莲花宝座上的如来佛，早已搬走，变成了八大王的虎皮宝座，宝座两旁，还偎着他几个得宠的美人儿，酒海肉林，莺啼燕语，大雄主殿内，成了对对成双的欢喜道场，杀气腾腾中，又夹杂着粉白黛绿的脂粉气。

酒至半酣，上面虎皮座上的张献忠忽然怪眼一瞪，大声说道：“这次我们齐心合力去攻打襄阳，大家可得卖点气力，你们大约也明白，襄阳城内是什么所在。不用说别的，只说襄阳王府内的美人儿和数不尽、用不完的金银财宝，便够你们大乐一辈子，我们如果迟到一步，被老罗先得了手，我们可真泄气了。喂！哥儿们，泄气不泄气？”

张献忠这么一说，下面无数的粗拳头都举得高高的，齐声大喊着：“不泄气！不泄气！”一片“不泄气！”的声浪像春雷一般，震撼着大雄宝殿。

有几个重要大头领还喊着：“我们这次攻取襄阳，只要我们一努力，稳稳地可以进了襄阳城，老罗不济事，在均州对付着官兵，哪会赶在我们先头，可是兵贵神速，我们得马上开发。”

张献忠喝声：“好！准定今晚子时起马——可有一节，襄阳城内有的是美多娇，你们身边玩腻了的一班小脚婆，可得替我留下来。现在我替你们摆座小脚山玩玩，免得你们牵肠挂肚。”说罢，他煞气满脸，喝一声：“把这班小脚婆都推出去，要脚不要人，拿她们小脚来，好好儿堆成尖垛儿。”

一声令下，两边预备好的大队刀斧手，齐声嗷应，马上把殿内众头领身边的莺莺燕燕，捉小鸡似的，一只只提出大殿门外，片刻工夫，一个个刀斧手，端着满筐血淋淋的小脚，在大殿口堆起小脚山来，最少也有二三百只三寸金莲。

上面张献忠瞧着下面小脚山，呵呵大笑道：“小脚堆成山，你们没有开过这个眼吧！可是还差一点，还差一个尖儿，上面得放一只最小最尖的脚才合适。”他说这话时，凑巧坐在他近身的一个得宠的美人儿，大约命里该死，把自己裙下一只小脚，向张献忠跷了一跷，撒娇撒痴地说：“大王，你瞧！叫他们去找像我这样小脚，使可凑上小脚山的尖儿了。”

在她以为是八大王的宠人儿，这一下是献媚卖风流。哪知道张献忠向她裙下一瞧，又向她滴酥搓粉的脸蛋上嘬了一下，点点头说：“好！没偏没向，就借你的用一用吧。”话一出口，刀斧手马上把这位得宠的美人儿拿下去了，立时拿进一只最尖最小的小脚，凑上小脚山尖尖儿了。

众头领一瞧，八大王把自己最得宠的一双小脚都剁下了，还有什么话说，好在砍了几个女人有什么关系，只要卖点力气，攻进襄阳，还不是随意挑选吗？但是张献忠砍了自己宠妾的小脚，非但是一点权术作用，要买众头领的心，其实还是一举两用。他平时在暗地里，已体察出这位宠妾和自己身边一个年轻头目发生了暧昧，借此也消泄了胸中一股酸气。

在当夜兵马出发，离开雷音古刹当口，命手下合力把大殿角里一口千把斤重的大铜钟，从钟架上拿下来，又把那个年轻头目推入钟内，扣在地上，这比当场杀死还凶，让这人活活在钟内饿死，这样荒山古刹，路绝行人，便是有人，谁能够把这千把斤重的大钟掀起来，救他一命呢。

但是天下事，往往有非意料所及的。张献忠大批人马离开雷音古刹时，还把关在一间屋内几十个本寺僧人都牵出来，在大殿外一个个砍下脑袋，这许多无头和尚的尸体和许多砍下小脚半死不活的女子，因为张献忠要在大殿外空地上，学了官军的排场，举行一次出师典礼，嫌地上许多血淋淋尸体碍手碍脚，就命人一齐都丢入山涧里去，只有地上乱滚的几颗光头脑袋和殿内一座小脚山不甚碍事，也没工夫清除它，便没人理会，留作了荒山古刹的纪念品了。在张献忠人马离开这座寺时，以为寺内绝没留着一个活人，谁知道还留下一个白发龙钟的老太婆。因为寺内留着这个老太婆，非但砍去小脚，凑成小脚山尖的那位宠妾，还留着一线生机，连扣在钟下的那位小情郎，过了十余天，也还没有饿死，还能有气无力地从里面敲几下哑钟。

这位老太婆是谁呢？她是在路上逃难，被那位斩足宠妾一念之仁，带在身边，作为伺候自己的用人。在大殿堆小脚山时，她在后面得知宠妾也被八大王砍去小脚，吓得魂灵出窍，因为是个年迈老太婆，没有人注意她，竟被她偷偷地从后面围墙一重小门逃了出去，躲进了偏僻的山窟窿里。等得张献忠人马开拔尽净，才敢露出身来。她不是此地人，身边一无所有，连路的方向都认不清，这么大年纪也没法逃出山去，唯一的地方只有仍回寺去。她知道寺内还留着不少可吃的东西，还能延长自己一条老命，钻出了山窟窿，望见了雷音古刹的殿屋，便向那面走了过去。

她走过一条山脚下的旱沟，蓦地瞧见一个穿红衫的女子，在沟内慢慢地爬着走，而且已从一条斜坡上，一点点地爬了上来。她奔过去一瞧，这女子不是别人，正是自己伺候的那位断足宠姬，人已经变成活鬼一般，居然还没有死，拖着两条断腿，居然还能爬着走。她慌不及赶到宠妾跟前，抱是抱不动，只好蹲下身去，半推半拖地帮着那女子爬路。两人挣命似的费了不少功夫，才爬进了寺后的那重小门，那女子已奄奄一息，昏死过去。片刻，又慢慢地醒了过来，老婆子想法弄了点米汁，从女子嘴上灌了下去，又到各处搜出许多僧衣，裂了许多布条，把那女子两条断脚裹了起来。经过了两天两夜，断脚女子居然没有死，也不知她裹着布的两条断脚，有没有止血生肌，不过那女子虽然不死，好像吓得失了知觉，忘记了以前的一切，连自己被八大王斩了双脚都像没有感觉，只嘴皮老在那儿牵动，细听着好像不断地在那儿念佛。但是想把她身体平放下去，让她睡一忽儿，却办不到，身子一放平，百脉拘挛，嘶声鬼叫。没法子，想了个主意，在一间空屋里平地掘了个地洞，把她下身放了下去，每天喂她一点吃喝，让她在那空屋里半死不活地插在地洞内。所以铁脚板骤然瞧见，好像从地下钻出来的活鬼一般。

还有那位扣在钟下的小情人，身受的活罪不亚于这位半截宠妾。老婆子发现钟内有人，已在四五天以后，扣在钟下的这一位已经饿得两眼发蓝，因为他在钟下已饿了四五天，而前殿小脚的尸臭气味已一阵阵发泄出来。老婆子明白，这是八大王作的大孽，她搜罗了全寺所有的佛香，每天大把地点着，投在二殿院内那具石香炉内，略微可以解点难闻的秽气。

她在各处搜索可烧的香类时，像铁脚板般，听见了几下哑哑的钟声，她奓着胆大声喝问时，钟内的人已喉头干裂，没法出声呼救。却从钟下起伏波形的边缘空隙内露出鬼爪一般的手来。

这时老婆子只知道钟内有人，还没知道钟内扣的是谁。慈心的老婆子想法弄点汤水米汁之类，从下面空隙递了进去，慢慢把这人救得能张嘴，有声无气地说话了，才知道钟内扣着的和那位半截美人是一对可怜虫。

这位钟内小情人，虽然仗着老婆子一点东西，延缓了几天生命，可是大殿内小脚山上发出来的秽臭，越来越盛，钟内小情人，已经身体虚弱，怎经得天天熏着这样秽气，早已熏得命如游丝，只剩一口气了。在铁脚板听到钟声时，他已水米难进，只剩了奄奄一息，命在旦夕了。

这位老婆子目击这种千古未有的惨境，荒山古刹只剩下她一个孤老婆子，和两个半死不活的一男一女相处，连她也变成半疯半癫的形状，常常咧着嘴惨笑。

上面这种奇惨极凶的经过，这怪老婆疯疯癫癫地东一句西一句说出来，一半还是铁脚板凭她所说和自己所见，推想出来的。铁脚板明白了这么一回事，打量房内贮藏的东西，倒还够这怪老婆吃喝不少日子，那间小屋内半死不活的半截美人已经与鬼为邻，连自己也无法可想，还有大殿内扣在钟底下那个小情郎，虽已奄奄一息，凭自己两臂之力，也许能够掀起那口钟来，救那小情郎一命，可怕的是殿中一堆腐烂的小脚山，实在臭秽难当。他在怪老婆屋内，想法弄了两橛粗香头，塞住了鼻孔，点了一支残烛，同怪老婆走到前面大殿，凭一念之仁，满心想救活扣在钟下的小情郎。

不料一到钟前，用烛火照时，一只鸡爪般血色全无的僵手，从钟底边缘空隙内伸了出来。铁脚板一瞧这只僵手，便知钟内的人业已有死无生，蹲下身去，向腕上一按，其冷如冰，早已脉息全无。大约起初铁脚板听到殿内最后一声钟响时，便是这人绝命时，最后敲的一下钟响。既然人已死去，算是劫数难逃，不必再费气力去掀这口钟了。他朝着这口钟连连叹息，忽又哧哧一笑，扣着钟笑道："钟内的老兄！你这样死法真特别，我还佩服你的色胆，居然敢在张献忠魔头身上找便宜。"说罢，哈哈大笑，和怪老婆回到后面，坐到天色发晓，不忍再往前殿去瞧那种惨象，别了怪老婆，从寺后越墙而出，向兴山直奔而去。

第二章 婷 婷

铁脚板离开雷音古刹时，天色刚刚发晓，时当夏令，他贪图清早红日未出，路上凉爽，甩开两只铁脚板，不管路高路低，向前飞步赶路。约莫赶到一二十里路时，天气忽变，眼看东方太阳已经探出头来，乌云四合，日色无踪，而且起了大风，山路上树木被风吹得东摇西摆，呼呼怒号，头上一阵阵泼墨似的黑云，霎时布满了天空。迎风急行，凉爽已极。可是天色骤变，眼看倾盆大雨，就要降临。这时他正翻过一座高岭，岭下冈脚起伏，树林稀少，并无避雨之处。前面一二里外偏东山坳内，一片森林之中，似乎露出几层高耸的屋脊，慌不及飞步下岭，向那面奔去。

他为了避雨，飞步进了偏东的山坳，钻进一片大松林。天上阵云如墨，电光乱闪，闷雷如万鼓齐鸣，加上狂风怒卷，走石飞沙，连林内也震撼得天摇地动。忽地眼前金光乱掣，一个惊天动地的焦雷打了下来，一株极大的枯松，竟被天雷劈为两半，还从树上冒出火光。铁脚板几乎被倒下来的枯干砸在身上。焦雷过去，大雨如翻江倒峡般直泻下来，松林虽密，也挡不住这样豪雨。铁脚板身上已被雨淋得落汤鸡一般，拣着枝叶稠密之处，穿出松林一瞧，林外是一所规模崇宏，已经破败的世家祠堂。石库大墙门的两面，还矗立着半支断旗杆、一对石狮子，门楼上挂着匾额，漆落木腐，也只剩了匾额的骨架子，依稀还看得出匾上“王氏宗祠”四个字。

铁脚板两臂一抖，一个“燕子穿林”，从雨林中飞纵出两丈开外，一停身，已站在祠门台阶上。他想在祠堂大门的檐下，躲避直淋的大雨，一看祠堂两扇大门并没关严落锁，半扇大门是虚掩的，被狂风摇撼得吱喽喽直响。他一偏身，闪进了大门。门内倒是风雨不透，绝好一个躲雨避风的处所。因为门内还有第二重落地屏门，上面盖着椽瓦，左右两面是两堵磨砖对缝的墙壁，门斗内四方正正的一块干燥地。铁脚板心想：“一夜未眠，这样大雨，一时怕停不住，便是雨止风收，这条山路也是泞泥难走，有这现成地方，不如脱下身上衣服，在地上睡他一觉再说。”

想定主意正要脱衣，忽听得屏门内，檐下直挂的雨水哗哗落地声音之中，夹杂着“喔喔……喔喔咕……咕……”一种异样的叫声。这种声音一入铁脚板之耳，立时听出这是巨蛇的叫声，而且其声颇异，是一种异样的怪蛇。他虽不是真的叫花子，却是四川叫花子里面的王，叫花子捉蛇的门道，他也有点明白，所以能听声辨异。

他一听祠内有异蛇的叫声，而且“喔喔……”之声越叫越厉，不禁耸然惊异，把他预备脱衣睡觉的主意也打消了，向第二至四扇屏门一打量，这四扇屏门，年深月久，扇扇都露着透光的缝隙，靠左的一扇，已经脱了臼，歪歪地虚掩着，里面并没上闩，他先不推这扇脱臼的边门，凑向中间屏门缝上，打量屏门内是何景象？有什么怪蛇出现？不料他一凑向门缝上，朝洞内一瞧，怪蛇倒没瞧见，却瞧见了出乎意料的一件奇事，几乎失声怪叫起来，疑惑自己眼花了。再一细瞧，几乎要回头大唾，却又不敢出声。既然瞧上了，索性屏着气，瞧个究竟。

原来他瞧见了稀罕景儿了。房门内是一条蛾卵石砌就的甬道，甬道两面对峙着几株两人抱不过来的大柏树。只有一株，上面还长着疏疏的柏叶，其余几株都已枯死，遍身缠绕的藤萝，却又肥又粗，朱藤翠带，花叶缤纷，紧绕着虬枝螭干，飘舞树巅，好像几个顶天立地的巨怪，披着锦绣，在甬道两面，啸风迎雨，作天魔之舞。

甬道尽头，白石为阶，巍巍然一座享堂，虽已破败不堪，犹存当年规模。奇怪的是，享堂廊檐下石阶上，赫然站着一个长发披肩，只穿紧身小衫裤的人。这人面里背外地站着，虽瞧不见她的脸孔，从她披肩的长头发和全身体态，可以断定是个女的。最奇的是颈下膝上，露出雪也似白的一段皮肉，膝下和小臂却漆也似的黑，而且黑里泛紫，比他一对铁脚板还黑几分。那女子左手拿着长长的一支细竹鞭，这支竹鞭不是寻常的细竹，是一寸一节，生长高峰石缝的异竹，其坚如铁，右手拿着一把碧油油的不知什么一种草，孤零零地立在石阶上，让上面檐口上直奔下来像瀑布般的雨水，冲刷全身，而且仰着脖子，张着嘴，接那冲下来的雨水，不时把手上一把草，送到嘴上乱嚼，嚼一阵青草，便接一口雨水送了下去，把手上满把青草，吃了个干干净净以后，忽地一转身，面孔朝外，竟淋着这样大雨走下阶来。

这人一转身下阶，屏外门缝里张望的铁脚板倒咽了一口凉气。果然是个女子，虽然漆黑的一张脸孔，五官楚楚，还带着几分英秀之气，左边耳上，还戴着一个玉环，下面是一双天足，精赤着，看年纪不过二十五六样子。铁脚板万想不到这种地方，会碰着这样怪女子，如在黑夜里碰见，还以为山精海怪出现了。这样孤身女子，竟会一个人留在荒山野祠内，而且小衫小裤，举动异常，难道和雷音古刹内怪老婆一般，也是个半疯半傻的女子吗？铁脚板看得出奇，顾不得什么忌讳，也忘记了刚才异蛇的叫声，单目吊线，凑在门缝上，非要看个水落石出不可。

只见那神秘莫测的女子，把左手一支三尺多长的细竹鞭交在右手上，走下台阶，立在甬道上，抬头向右侧一株枯柏上直瞅。瞅了一忽儿，撮口作声，发出“喔喔……喔咕……咕……”的异声，她嘴上一发出这种怪音，那株枯柏上“喔喔……”之声大起，其音急促，非常难听。门缝张望的铁脚板猛地省悟，却恨中间这条门缝，只能往直瞧，看见甬道上的情形，没法拐弯看清树上的怪蛇。忙移身换了右边一条门缝，缝窄光直，依然没法瞧仔细，而且瞧见了树身，瞧不见那女子了。一转身，悄悄地闪出了大门，知道祠内那个女子，面向着右边一株枯柏上，从相反的方面偷瞧，不怕女子觉察。他不顾雨还淋着头上，沿着祠外墙基，向左边绕了过去，一耸身，上了墙头，却喜墙内一株柏树的粗枝，正伸到墙头上，树身也正可遮住自己身形，立时施展轻功，从墙头蛇行到柏树枝上，又从枝上渡到古柏枝干相接的杈丫上。这一下，很得法，人隐在粗干后面可以俯察无遗，和女子所立的甬道距离甚近，看那女子，全副精神都贯注在右边那株枯柏上，似乎一毫没有觉察这边树上有人偷瞧。

这时，铁脚板已潜身入祠，把全盘情形看清楚了。原来右边那株枯柏顶上，蟠着一条从未见过的双头怪蛇，遍身赤斑，隐似鳞甲，头下尾上蟠在一条横出的粗干上，身子并不十分长，形似壁虎，前半身长着四条短腿，紧抓着树干，下半身一条尾巴，比前半身长得多，不到一丈，也有七八尺，可怕地并生着两个蛇头，头顶上长着鸡冠似的东西，鲜红夺目，四只蛇眼，其赤如火，两个怪蛇头，朝着下面那女子，此伸彼缩，不断地发出急促的“喔喔……”的怪叫，两个并生蛇头，并没同时发声，是一递一声地互换着出声怪叫，下面甬道上的女子，也不断地学着蛇叫，好像此应彼和一般。铁脚板明白那女子想引诱双头怪蛇下树，却替这女子担心，这样怪蛇，定然奇毒，何况是衣衫单薄，手上又只有一支细竹鞭，实在危险异常。心想助那女子一臂之力，可是身无寸铁，这样怪蛇，没有捉蛇的本领，万难近身，万一自己染上蛇毒，却是不了。心里一转，把自己上身破短衫两颗铜钮摘了下来，暗藏掌心，预备万一。

这当口，甬道上女子和树上双头怪蛇，对耗了半天，似乎有点不耐，赶到那株柏树下，把手上一支细竹鞭，向左膀一挟，双足一顿，竟纵起一丈多高，挽住树上垂下来的一条紫藤，一悠一荡，跳上了努出的一枝树干上，和上面双头怪蛇盘踞之处，也只一丈五六的高下了。那女子在树干上稳定了身子，嘴上又学着蛇叫，“喔喔……”之声不绝。

上面双头怪蛇忽地停住叫声，双头往后一缩，四条短腿不住向树干爬动，后面一条长尾伸得笔直，突然呼的一声，比箭还疾，竟向下面女子存身所在，直射下来。

这边树上的铁脚板，吃了一惊，一瞧那女子早有防备，左胁下那支细竹鞭已交右手，左手握住了一条荡空的粗藤，觑准那双头怪蛇飞蹿下来，快到身上时，两腿一蜷，左手上粗藤一颤动，身子向对面一悠，那怪蛇正从她脚下飞过，她右手上那支细竹鞭呼地向下一撩，“噼啪”一声怪响，正鞭在怪蛇腰尾之间。这一下，大约力量不轻，减去了怪蛇飞蹿的力量，怪蛇前腿还没搭到弩出的树干上，身子往下一沉，竟翻下地来，吧嗒一声，双头怪蛇跌落树下，一阵翻滚，倏地四腿撑起，双头高昂，喔喔乱叫，一条长尾来回乱扫，把近身柏树椿子，鞭得叭叭直响，靠近一片带雨的野草，被它长尾一阵乱卷，齐根拔起，四面飞舞。

那女子竟胆大包身，在那条粗藤上打了个千斤堕，把悬空悠荡的那条粗藤拉长了不少，然后忽地在这条藤上一使身法，变成头下脚上，仅用两脚钩住粗藤，上身倒挂下来，抡起手上细长竹鞭，向地上怪蛇的双头和腰项上，鞭如雨下，噼啪之声震耳。双头怪蛇大约禁不住这阵竹鞭乱抽，双头一缩，四腿划动，掉尾转身，向甬道这边逃走。倒挂藤上的那个女子一声娇叱，两腿一松，哧溜地直泻而下，一个悬空筋斗，双脚落地，挥鞭便赶。

不料双头怪蛇狡凶异常，似通灵性，并非真个逃走，竟也懂得诱敌之计，待得那女子双脚落地，倏地一转身，一条长尾呼地向女子两腿缠去。女子一耸身，长尾从脚下扫过。可恶的怪蛇竟也满身解数，女子两腿一落，怪蛇的长尾又泼风似的扫了回来。幸而这女子轻身飞腾之术很有功夫，两脚一沾地皮，哧地又斜纵出去一丈多远，人已到了铁脚板隐身的树下。瞧那怪蛇时，双头高昂，两条歧舌，吞吐如火，转身拖着长尾，直追过来。

那女子一时降伏不下怪蛇，已显出焦急之色，一纵身，攀住密绕树身的藤萝，向树上直升，似乎想暂避怪蛇的追噬，定了喘息，再想别法。不意双头怪蛇追到树下，毫不停留，上身向树上一贴，四条短腿攀着树根密绕的藤根，竟也追上树来，而且动作比人快得多，四腿齐施，游身而上，两个怪蛇头离那女子脚下，已只四五尺距离，蛇嘴翕张，钩牙尽露，白涎下挂，其形凶恶异常。女子一面向上猱升，一面挥鞭下击，兀自打不退怪蛇。

上面隐身杈丫的铁脚板忍不住一探身，一声怪喊："不要慌！瞧我的！"

一声喊出，手上两颗铜钮已先后脱手飞出。他急于替女子解危，用了十二分功劲，两颗铜钮从他手上发出，不亚于两颗铁弹，劲急势足，窥准怪蛇双头袭击，居然一齐命中，一颗铜钮竟把左面怪蛇上的一撮鲜红鸡冠打落，一颗中在右面蛇脑上，直陷入骨，巧不过，这两处都是怪蛇要害，蛇头上的鸡冠是蛇身蕴毒所在，却最脆嫩，一经击落，怪蛇便像抽了筋似的，又加上右面头上，也受了重伤，四腿一松，立时向树下翻跌下去。可是下面附身藤萝的女子，猝不及防，也吓得魂灵出窍。

她攀着藤萝，往上猱升，全副精神都贯注在下面怪蛇身上，万料不到树上面还藏着人，而且是个男人。铁脚板在上面一声怪喊，那个女子抬头一瞧，一声惊喊，两脚向树身上一蹦，小衣紧裹的一个身子几乎和怪蛇同时翻了下去。不过那个女子并非失足惊跌，是因为树上突然发现男人，羞急惊慌之下，两腿一蹦，人像弩箭离弦似的，向远处翻身纵下，飞一般往享堂直奔，连手上一支细竹鞭掉在树下，也顾不得了。

这当口，狂雨已停，变了蒙蒙细雨，太阳像金线般，从乌云缝里漏射下来。铁脚板瞧那女子急匆匆奔进享堂去，还有点惘惘然，不知她为何逃进屋去。再瞧树下双头怪蛇时，两个怪蛇头上，都冒出血浆来，一阵翻腾，并没死掉，四腿划动，长尾竖得旗杆一般，蹿过甬道，奔向它原来栖身的那株古柏根下，上身一起，两腿一搭，似想逃回树上。

铁脚板手上两颗铜钮已经发出，别无武器，已无法制那怪蛇死命，一阵犹豫之间，蓦见那女子从享堂内飞跃而出，身上已加上了一件露臂赤腿，长仅及膝的破烂黑衫，腰束一根草绳，胸口却斜挂着一个豹皮袋，左手上倒提着一柄铓光耀目的短刀，从享堂内一跃而出，蹿下台阶，向铁脚板栖身的树上瞧了一眼，便飞步向怪蛇所在赶去。

这时，双头怪蛇已全身离地，向树上爬升。那女子伸手向胸口豹皮袋一探，随手一撒，便见一道白光，向怪蛇身上飞去，连探连撒，哧！哧！哧！接连从她手上撒出几道白光，一一中在怪蛇四条短腿上。双头怪蛇身子像钉在树上一般，已没法往上爬升，只一条长尾来回摆动。那女子转身又飞纵到铁脚板藏身树下，从地上捡起那支细竹鞭，抬头向树上招手道："喂！你是谁？怎会走到此地来的？承你相助，谢谢你！不过你不明白我的用意，以为我斗不过那怪蛇了，其实不是这么一回事。"

铁脚板在树上瞧出她用几柄飞刀，很不费劲地便把双头怪蛇钉在树上，既然有这本领，为什么刚才要费这么大劲，仅用一支细竹鞭，像逗着玩一般，和那怪蛇追奔逐北，以身涉险呢？正在思索，听她在树下招呼，哈哈一笑。像燕子般飞纵下来，身子一落地，忽见那女子柳眉倒竖，黑脸蛋绷得紧紧的，指着他娇叱道："你笑什么？你笑我刚才身穿小衣，被你偷偷地瞧见了，是不是？瞧你这贼头贼脑，便不是好人，须知我不是好欺侮的。"

铁脚板真还吃了一惊，想不到她翻了脸皮，而且听她口音也是川人，可是自己偷瞧人家是真的，一时真还说不出什么来，慌把手一拱，一本正经地说："我不是有意偷瞧，我长途跋涉，途逢大雨，到此暂避风雨，听得蛇声有异，才翻墙上树，万不料这样荒山野祠，还藏着你孤身女子，而且你又——我想回避，已经来不及，我又担心你孤身和怪蛇拼斗，想瞧个究竟，才隐身树上，原拟看清了起落，悄没声地退出祠外，不料你也奔到我栖身的树上来了，这真是没法子的事。不过你可放心，我不是歹人，请你多多原谅吧！"

那女子听得一声冷笑，向铁脚板上下打量了几眼，手上细竹鞭一摆，转身便走。

这时风云渐止，云开日出，铁脚板大可撤身一走，赶奔自己的前程，可是他瞧得这个女子，身有功夫，绝非普通人物，不知是何路道？举动又这样诡异，用飞刀把双头怪蛇钉在树上，有什么用意？种种疑窦，还想看个清楚，他舍不得走，便站在树下，瞧着那女子转身又进了享堂，一忽出来。一头披在肩上的湿发已绾了起来，用一块布扎住，脚上也套上一双男人似的洒鞋，身上又多了一个黄布口袋，一柄锋利的短刀插上皮鞘，拽在束腰的草绳上，一手仍然拿着那支细竹鞭，走下阶来。一眼瞥见铁脚板还站在那边树下，并不理会，大步走到钉蛇的树下，挥动手上细竹鞭，便向怪蛇身上用力排抽，从头到尾，从尾到头，来回鞭打了一阵，停了手，向怪蛇全身上下细看。

这边站着的铁脚板，瞧得莫名其妙，不禁一步步走了过去，逼近细看，看她为什么用鞭抽打，见她向蛇身上下细看了一忽儿，突又抡鞭专向蛇腰一处，不停手地抽打。每逢她抽下鞭去，蛇腰上便像气包似的向外一鼓，越抽得猛，气包越鼓得高，她专向蛇腰鼓起的气包抽了几十下，气包已突得老高，猛地里她掷掉手上细竹鞭，拔出腰刀，向蛇暖气包上划了一个十字，蛇皮绽裂，血肉分离，她左手疾向绽裂处一探，掏出墨绿色亮晶晶的一件东西，右手刀插进腰上皮鞘，从黄布袋内掏出一块油布，把这件东西仔细包好，放入袋内。

铁脚板在她背后瞧清了这点动作，才恍然大悟，点点头说："哦！原来是取蛇胆！"

那女子一转身，怒叱道："你还不走，意欲何为？"说时，怒容满面，两眼发光，一手叉腰，一手扶着腰里刀柄。

铁脚板仰天打了个哈哈，大笑道："蛟龙出水被虾戏，我铁脚板这趟出门，真是流年不利，到处吃哑巴亏，算了！算了！好男不和女斗，走路要紧。"说罢，转身便走。

那女子忽地赶了过去，嘴上喊着："莫走！莫走！你真是川南丐侠么？"

铁脚板不睬，直向大门口那重屏门走去。那女子急了，一耸身，从横堵里跃到铁脚板面前，拦住去路，急喊道："尊驾慢行，我有话说。"

铁脚板看了她一眼，冷笑道："我不瞧你是咱们乡音和孤身女子，真想教训你一顿，你疯疯癫癫地拦住我干什么？我是川南丐侠便怎样？快说！"

那女子瞧见铁脚板有点急了，忙说："尊驾如果真是川南丐侠，这真太巧了。我先提一个人。现在寄寓在嘉定杨府的女飞卫虞锦雯，尊驾可认识？"

铁脚板大愕，忙问："你是谁？你怎会知道虞小姐？"

那女子说："我叫婷婷，我自己不知姓什么。我的事说来话长，我此刻得用蛇胆去治一个人的病，蛇胆越新鲜越好，迟了吃下去，便差得多，我求你跟我到一个地方去，这地方没多远，便在祠后山峡内，我替你引见一个人，这人你许认识，你如果真是川南丐侠的话，我们有极重要的大事，和你相商，请你快跟我走吧！"

铁脚板听得大奇，点着头说："好！你领路！"

婷婷大喜，忙说："你稍等一忽儿，我把蛇身上几柄飞刀取下来。"

说罢，她走向那面柏树下，一看双头怪蛇兀是在树上颤动，拔出腰刀，向致命处再搠了几刀，才绝了命，把钉在四条短腿上几柄飞刀拔下来，收入豹皮袋，把腰刀也抹拭干净了，还入鞘内，从地上拿起细竹鞭，一瞧树上怪蛇，虽已死去，四条短爪，竟还趴在树身上，不再管它，转身走到铁脚板跟前，笑着说："我们走吧！"

铁脚板一面走，一面说："这样怪蛇真还少有，刚才你站在雨地里乱嚼青草，大约是一种专解蛇毒的药草。"

婷婷听得妙目大张，瞅着铁脚板喊道："哟！你这人！原来你偷瞧了半天了，你瞧着女人家短袖露腿，以为好玩么？"

铁脚板后悔不迭，嘴上不小心，又露了马脚，凭自己称为川南丐侠，这样没出息的事，传到人家耳朵去，可不大好，被狗肉和尚、药材贩子两位宝货知道，更是不了，可恨自己嬉笑怒骂，游戏三昧，从没抬不起头的事，想不到误打误撞地碰着这位女叫花似的婷婷，把柄偏落在她手上，真是流年太不利了。

婷婷回过头来，看他半天没开声，误会他老想着她吃药草捉蛇的怪剧，冷笑道："你以为我奇奇怪怪干这勾当，有点疯魔了，是不是？你哪知道我是救人性命要紧，这样荒山，明知路断行人，才这样子的，因为蛇性最淫，这怪蛇又是毒蛇里面最出奇的一种，叫作'双头蝮'，不是露出腿臂，不易诱它下树，不是大雷雨，不易制伏它，因为它一逢雷雨，凶威顿杀，毒气大减，所以没法子才只穿了小衣，趁这场大雨下手，天气又热，借着檐口的急流，才偷闲淋了个爽快。

"你定奇怪，我为什么不先用飞刀？因为蛇胆非常难取，如果飞刀误中在身上致命之处，蛇胆立碎，非得趁它活命时候，用鞭抽击蛇胆所在，一下子取出来才合用，刚才你用暗器伤了它双头，我怕它致命胆碎，忙不及用飞刀钉住它四腿，急急下手割取，还算好，胆没有碎。

"可是事情真怪，万想不到这样地方，还藏着你这么一个人，我说——尊驾是川南大侠，大名鼎鼎，我虽打扮成女要饭一般，女儿家身体，也一样的宝贵，想不到鼎鼎大名的丐侠，把我偷瞧了半天，你叫我怎么说呢？"

铁脚板万不防她说出这样话来，还摸不准她是什么主意？竟把他一张口似悬河，善于诙谐的利嘴，窘得哑口无言，如果不是她说出虞锦雯和替他引见熟人的话，真想远走高飞，一溜了事。暗想我平时捉弄人，想不到在她身上现世现报，路走得好好的，偏下了雨，偏不争气，凑在屏门缝里多看了几眼，偏又跳进墙去，要看个水落石出，一步步地自投罗网，碰着这颗克星，非但流年不利，简直是劫数。满肚皮搜索了半天，竟找不出半句应付得体的话，只好权时装听不见。

他装哑巴，前面走的婷婷，一张嘴却没法堵住她，听她又说道："我也是四川去的，是奉了一位老神仙之命，才回川去的。我知道你认识这位老神仙，定然在我之先，而且我此刻请你去见一个人，和同你想商量的重大要事，都是那位老神仙吩咐我们这样办的。"

铁脚板听得大奇，忙喊道：“慢走！慢走！你且说那位老神仙是谁！”

婷婷一字一句地说：“那位老神仙便是鹿杖翁。”

铁脚板大喊道：“怪哉！快哉！快领我见见那个人去！”

大雨以后，泞泥的山路很不好走。夏天的阵雨来势虽然凶，晴得却快，这时，脚下烂浆似的黄泥，头上却是火钵似的太阳。铁脚板跟着婷婷离开了王氏宗祠，踏着烂泥路，从祠路后面一条高高低低的山峡小径走去。

路径越走越窄，进了两面截然如削的峭壁缝，长长的两面十几丈的峭壁，形似夹弄，上面只露着一丝天光，走尽这条峭壁夹道，突然开朗，别有天地，奇峰列嶂围绕之中，一片平坂曲沼的盆地，树木蔚秀，溪水潆洄，蔀屋茅檐，自成村落，竟有点世外桃源的意味。可是在矮屋土墙内，进进出出的村民，都是囚形鹄面，身上破破烂烂的，和一群叫花一般，叽叽嘈嘈，一片口音各处都有，经婷婷说明原因，才知这地方叫作冷盘垭，原住村民也有四五十户，尽是王姓。那座王氏宗祠，也是当年冷盘垭发达时候的王姓族建祠堂。到了最近，张献忠一路杀到此地，向兴山进兵窥蜀，冷盘垭内住户逃避一空，等得张献忠回兵转攻襄阳，冷盘垭原住户回来的，只有十分之二三，却被各处逃来的一批难民，发现这地方偏僻安全，有不少现成的空屋，大家拥进村内，鹊巢鸠占，作为避难之所。

婷婷领着铁脚板渡过一座独木溪桥，走入村内，茅屋矮檐下，一群老老小小的难民，赶着婷婷打招呼。有几个泥腿小孩，伸着小手乱招乱喊：“姑姑！你父亲不放心，到桥上望你好几次了！”

婷婷一路含笑招呼，拐过一堵黄泥土墙，便见一家瓜棚底下，站着一个怪模怪样的矮老头儿，一张漆黑的大麻脸，秃着卸了顶的大脑门，赤足草履，身上披着一件破衫，身子靠着棚柱，手上扶着一支小松树削就的木拐，两眼盯着婷婷身后的铁脚板。

婷婷一见那矮老头儿，麻雀似的跳了过去，向矮老头儿耳边说了一阵，伸手向铁脚板乱招。铁脚板走到眼前，婷婷笑着说：“这是我干爹，你认识他么？”

铁脚板觉得这矮老头儿面目很生，拱着手，摇着头说：“恕我眼拙，似乎和老丈没有会面过。”

矮老头儿双手举着拐杖乱拱，满面笑容地说：“幸会！幸会！久仰川南三侠大名。想不到在此相逢，巧极！巧极！门外非说话之地，快请进屋坐谈，小老儿有事奉告。”说罢。扶着拐杖，一跛一跛地当先领路，进了瓜棚。

婷婷向铁脚板笑道："原来你们没有会过面，进屋一谈，便明白了。"说罢，过去扶了矮老头儿穿过瓜棚，进了矮矮的三间茅屋中间的一重门户，铁脚板满腹狐疑："这是谁？他们和虞锦雯、鹿杖翁，又是什么关系？"

铁脚板一进门，中间屋内一张折脚破桌子以外，什么东西都没有。矮老头儿、婷婷两人又领他进了左面的一间屋内。这间屋内和外面也差不多，地上用砖头支着两块破板，铺着一领草席，壁上却挂着两具皮囊。

铁脚板肚里暗暗直乐："想不到我独步川南的一个臭要饭，现在进了叫花窝，一村子男女老少，都是叫花，其实这村里面真真叫花子出身的，怕挑不出一个来，这两位不知什么路道？看情形有意扮作叫花模样，混在难民里面的。"

矮老头儿和铁脚板同坐在离地半尺高的两块破板上，婷婷在矮老头儿面前蹲下身去，掏出胸前黄布口袋内那颗蛇胆，从油布包内取出来，硬逼着矮老头儿一口吞了下去。

矮老头儿直着脖子吞了蛇胆以后，向婷婷说："姑娘！真难为你手到擒来，姑娘！你可不要染上了蛇毒？"

婷婷笑道："不要紧，我特地拣着大雷雨时下手，双头蝮虽然奇毒，却没法喷出毒气来，这位助了我一臂之力，两个蛇头一齐重伤，更减了它不少凶毒。你放心，我一点没沾毒气——你们谈着，我去替你们弄点茶来解解渴。"说罢，站起身来，出屋去了。

婷婷一出屋，铁脚板忙请教矮老头儿姓名。矮老头儿叹口气说："我虽久仰大名，尊驾大约还没晓得从前华山派下，有我虞二麻子这个人——"

虞二麻子话还未完，铁脚板一听他自报名姓，他便是在塔儿冈死里逃生的虞二麻子，不禁跳起身来喊道："喂！你就是北京城赫赫有名的虞大班？不瞒你说，我是从塔儿冈见着杨相公以后，从这条路回川去的，老丈的事，我略知一二，但是你为什么不回北京去？却走到这条路上来，又弄成这一般模样呢？这位姑娘，又是你什么人呢？"

铁脚板这样一说破，虞二麻子也吃了一惊，颤巍巍地指着他说："你……你怎会进了塔儿冈，又见着了我们杨姑老爷？"

虞二麻子嘴上一声"杨姑老爷"，铁脚板莫名其妙，杨相公怎会变了他的姑老爷？事情可真怪，忙问道："虞老先生，你且慢问我，我得先问一声，你和杨家几时结的亲戚？"

虞二麻子原没知道侄女虞锦雯和杨家结合的详情，只从鹿杖翁口中得来了一点消息。鹿杖翁认定了千妥万妥，自己义女已由杨老太太、破山大师两位做主，和雪衣娘共事一夫。虞二麻子也认定了这个死扣，在沙河镇见着杨展，常面称姑老爷，杨展又没解释内情，更是千信万信。此刻见着铁脚板，“杨姑老爷”脱口而出，铁脚板一追问，他还居然不疑地说出“自己侄女虞锦雯，便是杨展第二房妻子，是由鹿杖翁、破山大师和杨老太太作成的”。

铁脚板听得暗暗好笑，自己并没听到有这档事，里面定有可笑的误会，但也难说，也许还没水到渠成，这位虞老头子，听风当雨，便认定结成亲了。一时不便说破，忙把话扯过一边，说出自己进塔儿冈，见着杨展主仆的经过。只说奉破山大师、杨老太太之命，去迎接杨相公回川，并没细说其中原委。虞二麻子听得不住点头，接着悠悠地一声长叹，说出自己蒙杨展救了性命，逃出塔儿冈以后的情形来。

原来虞二麻子在塔儿冈得了性命，恓恓惶惶地变成了孤身一人。王太监身落虎口，性命难保，二十万两银子关系非轻，自己这样回转北京，官面上要在自己身上追问下落，一样难以活命，自己多少年的威名，到老受了这样挫折，也没有面目再见京中的朋友和徒弟们。好在京中并无家眷，素来孤身一人，时局日非，这样年纪何苦再去现世？不如悄悄地回转自己家乡，去瞧瞧自己多年不见的侄女锦雯，再作打算。

他打消了回京之意，便暗筹渡河回川的计划。他知道从塔儿冈奔黄河渡口，距离洛阳军营太近，无舟可渡，只好往回走，没法子，再走饷银改道失事被擒的那条小道。这条小道，得绕大名边境，奔濮阳、滑州、卫辉，一路装作商民，渡过河去。好在身边，还带着一点银两，能够挨到荆、宜一带水道上，再想法搭船进川。

他远兜远绕地进了河南，从许昌奔南阳，想走湖北襄阳、荆门一条路上，奔进川水口。不料一到南阳，路上塞满了官军，奸掠凶杀，不亚于流寇，而且沿途设卡，盘诘甚严，再往前走，形势严重，想从这条路上奔襄阳已不可能。混在潮水一般的难民队中，糊里糊涂地进了伏牛山，由伏牛山穿过紫荆关。走向郧西路上，正碰着“曹操”罗汝才大股流寇，在天河口、郧阳一带，蚁屯蜂聚，和官军左光斗部下大战。成万难民，都被流寇围住，少壮的胁裹入队，老弱的拉去当牛马使唤。虞二麻子仗着身上功夫，逃出兵匪交战之区。一路受尽千辛万苦，晓伏夜行，为的是躲避沿途兵匪骚扰。

这天走到竹山相近的崔家寨，已是夜半时分，远远便见崔家寨内火光冲天，人声呐喊。不用说，定有大批匪徒攻进寨内，尽情杀掠了。他不敢再往前走，正在进退两难之际，猛见前途，蹄声杂沓，火把簇拥，已有一批匪徒，从这条道上卷将过来。慌不及闪开正道，蹿入道旁树林内躲避。刚躲入林内，偷偷地向那面张望，只见一匹马驼着一个黑衣女子，飞奔而来，后面两匹马，两个凶汉，各人手上一柄长锋斩马刀，追得首尾相连，嘴上大喝道："野丫头！还往哪里逃，乖乖地下马受缚，有你的好处！"

当先的凶汉嘴上吆喝着，裆劲一紧，坐下马往前一蹿，恶狠狠扬刀便剁，正剁在女子身后马屁股上。这一下，等于助女子一臂之力，因为女子的马被后面凶汉用刀一剁，皮绽血流，疼得拼命往前一蹿，却把鞍上女子带出一丈多路。马上女子却也来得，柳腰一扭，一抬手，白光一闪，不知发出甚暗器，后面扬刀的凶汉，竟难躲闪，猛地一声狂吼，倒撞下马来。原来前面女子撒手一飞刀，正中在凶汉胸口致命处所，立时废命。

第二骑的凶汉看见同伴遭了毒手，一声怒喝，催马横刀，泼风般逼近前来，一个横刀平斩，向女子上身扫去。女子赤手空拳，无法招架，倏地一个镫里藏身，竟被她躲过刀锋，趁势弃却自己伤马，从马肚下斜纵了出去。那凶汉也甩镫下马，举刀便追。这当口一逃一追，已逼近了虞二麻子藏身的林内。

虞二麻子在林内，瞧得两个马上凶汉追杀马上女子，原想暗地助那女子一下，瞧不清怎么一回事，不敢造次。此刻女子弃马逃入林内，后面凶汉也下马穷追，虞二麻子怕被他们发现，有点藏不住身，同时瞧见道上女子的一匹伤马，已带伤惊奔，不知去向，还有两个凶汉骑来的马，仍在道上，并没走远。心里一动，想乘机夺匹马，脱离是非之地。

刚一动念，那女子飞奔入林，提刀追赶的汉子也蹑足伏腰，掩进林来，而且正向虞二麻子隐身的一株大树跟前闯来。他心里一急，伸手向怀里一掏，摸出两枚制钱，当金钱镖使。一擦身，右臂一招，一声不哼，哧！哧！那两枚制钱向凶汉迎面袭去。林深夜黑，追杀女子的凶汉，认定逃走的女子是孤身一人，绝不防有人埋伏，瞪着眼只顾往前瞧，哪料到身边树后藏着人。距离又近，两镖齐中。只听他一声狂喊，两眼立瞎。

虞二麻子一不做，二不休，一个箭步从树后蹿出，提腿向凶汉后腰着力一踹，凶汉撒手弃刀，扑地便倒。虞二麻子飞风般捡起刀来，顺手一刀，立时了账。他把刀一掷，一耸身，蹿出林去，伸手拉住一匹马的缰绳，一跃上鞍，正想飞逃。

忽然听得林内一声娇喊："老英雄！谢谢你！我们一块儿走！"喊声未绝，

从林内飞出一条黑影，像燕子般一起一落，已纵上另外一匹马鞍上，向身后一指说：“快走！那面追兵来了。”

虞二麻子扭腰一瞧，那面火把簇拥，蹄声奔腾，火光影里，约有十几个包头缠腰、扣弓搭箭的强徒，骤马飞追过来。羽箭破空的声音，呼呼直响，哧的一箭，正从耳旁飞过。事机紧迫，没法向女子探问别的，只喝了一声：“走!”和那女子，一先一后，风驰电掣般向来路跑下去了。

女子在先，虞二麻子在后，没命地催着坐下的马向前飞奔。方向不明，路径不熟，黑夜逃命，哪管路高路低，跟着前面女子那匹马，一路疾驰，拐过几座山弯，翻过一条山岭，也不知跑了多少路，只觉后面没有了追蹄之声，胸头才安定了一点，嘴上才喘了几口气。

前面的女子忽地勒缰停蹄，跳下马来，伏在地上，听了又听，跳起身来，笑道：“老英雄放心，强盗们追迷了路，没有从这条路上追来，我们可以放心走了。”女子说时，身子已跃上马背。

虞二麻子说：“姑娘！我不是此地人，是远道路过此地，本想避开沿途兵马，从崔家寨绕道奔竹山、房山一路，再向兴山、秭归路上搭船进川。现在这样一阵乱跑，人地生疏，弄不清在那条道走了，姑娘如果熟悉路径，请你指示一二，感激不浅!”

那女子说：“老英雄，你幸而碰着我，你单想从房、竹这条路上走可不妥。房山、竹山是‘曹操’罗汝才、张献忠两大股匪徒的老巢，刚才烧掠崔家寨的强人，便是‘曹操’罗汝才的部下。听你口音，虽然一嘴京腔，还带点本乡川音。不瞒你说，我也不是此地人，我原籍也是川东。老英雄，你替我解了围，我们又是同乡，请你相信我，跟我到一个安稳处所，保你有办法，稳稳回乡。”

虞二麻子对于马上女子，摸不清她是什么路道。跟着女子瞎跑了许多路，走的已非来时之路，路径不熟，进退两难。心想我是个老头儿，一身之外，没有什么贵重东西，权且同她去，弄清了方向路程再说。主意一定，便笑道：“姑娘这番好意，小老儿感激不浅，但是姑娘你自己刚从崔家寨逃出来，大约是奔就近亲戚家去，带着小老儿不方便吧?”

马上女子说：“不！我不在崔家寨住家。说来话长，我们还得赶二三十里路才到地头，老英雄跟我走吧！”说罢，一拎马缰，当先跑下去了。虞二麻子无可奈何，只好跟着她走。

第三章　神策营

虞二麻子跟那女子黑夜奔驰，盘旋于密林陡壑之间，只觉那女子控纵自如，履险如夷。虞二麻子糊里糊涂跟着她马后，亦步亦趋，只觉两匹马在高山丛中盘旋，不知把他领到什么地方去。走了不少工夫，也不知走了多少山路，瞧见前面山顶上，已现出鱼肚白色，才知天已发晓。路是向东走的，一面走，一面瞧着天慢慢地亮了起来。

前面女子马蹄一放缓，在鞍上转过身来，指着前面一座树木葱郁的岭脊，笑道："老英雄！我们奔驰了一夜，总算走到地头了，岭上便是我们息足的处所。老英雄跟我上岭去，不论瞧见什么事，切莫惊怪，到了地头，自会明白。"说罢，拎缰催马，向那山岭奔去。

虞二麻子仓促之间，跟着她黑夜奔逃，只依稀看出她是个异样的年青女子，并没十分看清。此刻天色发晓，道路树木都一一由晦而明，那女子在马上转身一说话，这才看清那女子眉目楚楚，却长着一张黑里泛紫的可怕面孔，头上黑帕束发，身上黑色紧身密扣短衣裤，身后背着一个红布包袱，腰里挎着一个豹皮镖囊，最注目的，腰里亮晶晶的，围着软鞭似的一件奇形兵刃，起初在崔家寨附近，两名匪徒提刀追逼，竟没用随身兵刃招架，一味穿林躲闪，不知她什么意思？

思索之间，两匹坐骑，一先一后，已进了一重交叉的山口。那女子一马当先，刚进山口，便听得两岭腰森林内，有人齐声大喝："报号！"

那女子从怀里掏出一面小小的尖角红旗，向左右两面，晃了几晃，两面岭腰上便寂然无声，也没人影出现。这一下，后面鞍上的虞二麻子暗暗吃惊，这是什么地方？这女子是什么样人？他心里惊疑当口，两匹马已进了山口，一进山口，立时瞧见山口内层冈起伏之间，旗帜缤纷，营帐遍地，带刀扛枪的军健，络绎不绝，一律红帕包头，青布裹腿，见着马上女子，也有打躬行礼的，也有含笑招呼的，却不交谈。

那女子把尖角红旗插在衣领上，向身后虞二麻子低声说了句："紧跟着我走!"便向前面第二重山口疾驰，却没进第二重山口，把马一带，从一条坡道上，直上岭腰，沿着岭腰一条小道，走了一程，跳下马背，把马拴在一株松树上，招呼虞二麻子也下骑拴马。跟着她穿过一片松林，从一重断崖脚下一拐弯，走入两崖对峙的缺口。

缺口处，列着牛腿粗的木栅，栅门口，竖着两面杏黄大旗，一面旗上写着"监军太保孙"，一面旗上写着"神策营"。一队红帕包头手执梭镖的大汉，守着栅口，瞧见那女子，便欢呼着："黑姑娘这时才回来，这趟太辛苦了！后面是谁?"

那女子说："诸位辛苦，跟我来的这位老英雄，是老神仙的老乡，求我引见老神仙的。"

女子这么一说，守卫栅门的人们，便闪出路来，让两人进了栅门。虞二麻子却不明白所说的话，满腹狐疑。

栅门口不远处，露出一所道院，也有两三层殿宇，尚不十分破败，道院后面，紧贴着长长的岭脊，岭脊上营帐雁立，戈戟森森。道院山门口，架着两具行军造饭用的大铜锅，下面架着砖石，燃着整段的松柴，火光融融，几个身高膀粗的赤膊大汉，用了粗木棍，向锅内使劲搅动，从大锅内冒出扑鼻的药香。山门口立着一个道装的清瘦老头儿，须眉俱白，形貌清奇，手上拿着一根奇特的短杖，杖头四面枝出几个短角。瘦老道拿着短杖，指指点点的，和身边几个红帕包头的彪形大汉说着话。一眼瞧见黑面女子到来，哈哈一笑，飞步下阶。突然瞧见了女子身后的虞二麻子，两目放光，白发飘拂，低喊了一声："咦！他怎会来到此地?"

黑脸女子飞步迎了上去，瘦老道说了声："姑娘太辛苦了!"却又低低说道，"后面的人是我老友，快把他带到后殿谈话。"说罢，立时转身，进道院去了。

黑脸女子还没知道虞二麻子的来历，无非为了他仗义解围，路境不熟，又是四川乡人，把他带来，预备暂且安置在老神仙帐下，免蹈危机，却不料歪打正着，他竟是老神仙的朋友，而且老神仙并没当场认友，叫她带进后殿去，立时明白老神仙的用意。灵机一动，转身向虞二麻子高声喝道："老人家，休要害怕，你既然懂得一点医药，我们正用得着你，跟我来!"

这当口，虞二麻子远远便瞧出山门口的瘦老道，便是京城分手的鹿杖翁，不用瞧人，只瞧他手上那支鹿角杖便得。分手不过个把月工夫，怎会到了此地？那女子又喊他“老神仙”，这又是怎么一回事？奇怪的是鹿杖翁明明瞧见了自己，故作不见，举动很是诡异，此刻女子又高声呼喝，言语离奇，一发莫名其妙了。可是他毕竟是多年快班老手，虽一时不明白是何用意，察言观色，猜测其中定藏机关，慌不及向那女子躬身应道：“多谢姑娘指引！”不便多言，紧跟着女子身后，进了山门。偷瞧山门以内，院子里站着两排大脚蛮婆，一色红布包头，黑色紧身衣裤，每人左挽藤牌，右抱长刀，两排蛮婆瞧见了黑脸女子进门，一齐躬身致敬，却都肃静无哗。

虞二麻子暗暗惊异，穿过前院一层大殿，殿内来来往往的也都是蛮婆兵。进了后院第二层殿门，只殿阶下分站着两个手捧长戟的蛮婆，殿内却空无一人。这层殿屋，左右两面，都有配殿，黑脸女子领着虞二麻子进了右侧一间配殿，鹿杖翁已在配殿内等候。一见虞二麻子，甚话不说，光掏出一块红布，替他包在头上，又拿过一个极大的葫芦，葫芦腰里系着长丝绦，又替他绑在后背上。

虞二麻子被鹿杖翁左右一摆布，一发像做梦一般，忍不住急喊道：“我的老爷子，我有许多话和你说，你满不理会，却把我扮作了背药童儿，这是为什么？”

鹿杖翁低喝道：“莫响！少停和你细说。”

黑脸女子站在一边，抿着嘴直乐。

鹿杖翁把虞二麻子装扮停当，向黑脸女子说：“这位虞老先生也是川中华山派下的老前辈，在京中多年，本乡本土的事有点隔膜，真想不到他会到了此地，你又怎样遇见他的呢？”

黑脸女子便把崔家寨巧遇的事，大略一说。

鹿杖翁点着头说：“姑娘！你先到岭上孙娘娘总帐缴令，顺便替我说一声，收了个年老的伙伴，却不要说他是从京城下来的，姑娘，你明白我的意思么？”

黑脸女子应声“晓得”，便转身要走，鹿杖翁忙又把她喊住，悄悄地吩咐了几句话，才让她走去。

黑脸女子一走，马上有两个蛮婆搬来许多吃喝的东西，搁在佛龛前面的桌上。

鹿杖翁一挥手，蛮婆们退去，便向虞二麻子说：“你奔波了一夜，吃点东西再谈。”

虞二麻子说：“不成！我没把事情弄清楚，便是一桌子山珍海味，也吃不下去。”

鹿杖翁哈哈一笑，把他拉到佛龛后身一张凉榻上，斟了一大碗凉茶与他，笑道：“我先听听你的，你好好地蹲在京城内，怎会跑了出来？而且充军似的，会奔到这里来？瞧你从这条路上走，大约闪避着沿途的兵荒马乱，走迷了路途了？”

虞二麻子喝了几口茶，一声长叹，便把跟着钦派押运二十万两饷银的太监王相臣出京，途遇塔儿冈强寇，巧逢杨展，与盗斗智，“金蝉脱壳”，饷银改途，不意仍然失败，饷银尽失，力屈被擒。万不料杨展深入盗窟，暗中说情，保全自己性命，闹得无颜回京，决定孤身回乡，一路绕道，夜走崔家寨等情，一一说明。

鹿杖翁听得惊诧不已，向他说：“想不到分别个把月工夫，你出生入死，闹出这样事来。杨相公定然感激你弥缝香窟一案，极力想法救你脱难。不过照你一说，你在塔儿冈并没和杨相公会面。我知道杨相公和北道上的绿林毫无渊源，怎会深入盗窟，居然有这手眼，塔儿冈瓢把子，竟会看在他面上，轻轻把你放掉呢？这真奇怪了。”

虞二麻子说：“这且不去管他，将来回到四川，碰着我们杨姑老爷，自会明白。现在我急于想知道，这是什么地方？你怎会到了此地？那个黑面女子又是什么人物？看情形，你把我们华山派祖师传授下来，许多神秘的医道，在这儿大显神通，所以他们称你为老神仙了。”

鹿杖翁笑道：“且莫心焦，你且吃点喝点，解了一夜的饥渴再说。”说罢，拉着他转到佛龛前面的桌上。

虞二麻子实在也饿极了，一面吃喝，一面逼着鹿杖翁细说情由。

鹿杖翁说：“你来得正好，你要知道，我这么大岁数，还特地自投虎狼之窝，你瞧着我有点发疯？其实我有极大用意的，想不到你误打误撞地会在此地巧遇，这是天使机缘，我却高兴之至。”

虞二麻子听得摸不着头脑，朝着鹿杖翁发愣。

鹿杖翁说：“我出京以后，原打算从太行转华岳，由陕进川，一半想瞧瞧闹得沸天翻地的几位魔王，究系什么人物？不料我从娘子关由晋入陕，华岳一带，尽是李自成大队人马，正和潼关官军大战。我没法一游华岳之胜，由华阴转入商洛，又听到‘曹操’罗汝才这股人马，想从郧西进攻襄阳，张献忠一股，想进巴蜀。我一想不好，张献忠这位魔王，如果攻进四川，我们家乡大难临头，不知要葬送多少性命。我们家乡不乏保卫桑梓的英杰俊豪，不过事机仓促，一时难以合力保乡。我这样年纪，死何足惜！无论如何，也得替自己桑梓尽点力量。但是不入虎穴，焉得虎子，半路里定了这主意，便从商洛进了豫、楚交界的紫荆关，一路避开了攻打郑西的‘曹操’罗汝才这股人马，渡过天河口，进了大佛山，到了崔家寨，然后由崔家寨向竹山、房山一路走来。

“因为我在路上探得张献忠一股人马，是由房山出发，向兴山秭归一路进兵的。从崔家寨走到此地，碰上了张献忠留守房山的一支人马，便是这儿的神策营。这神策营是监军太保孙可望，和他妻子——绰号玉面狐——带领的人马。孙可望是张献忠第三个养子，他们称为三太保，又号称神策将军，玉面狐便称为神策娘娘。这儿便是由竹山到房山的要口，地名吕祖岭，这座道院便叫吕祖观。

“我到这儿当口，正值这位神策娘娘在战场上受了伤，跌断了臂骨，在这座吕祖观内养伤，四近贴着招揭：‘有人治好神策娘娘臂伤者受重赏。’我便揭了招贴，作为进身之阶，居然被我医治好了，大得监军太保和这位神策娘娘的宠信。神策营内不少受伤生病的头目喽啰们，也纷纷请我医治，也被我治好了十分之六七。这一来，神策营上上下下几万人马，都知道有个穷道爷仙医转世，八大王是真命天子，自有神灵降世扶佐，一派胡言，越说越奇。这位监军太保和神策娘娘大喜之下，一定要加我一个封号。他们不知我是谁，我也没说出鹿杖翁三个字，初到这儿，便把穷道爷三字，当作我的别号。大约这班杀人不眨眼的魔君，也怕极了这个穷字，嫌穷道爷三个字的称呼不好听，硬要给我加上一个封号。可笑他们替我加封号时候的奇怪典礼，换了别个老头儿，不跌死，也得吓死。你道他们怎样替我加封号？

“有一天，监军太保和神策娘娘，突然下令，吩咐部下搜集九百九十九张八仙桌，把这许多桌子，在这吕祖岭背后一大片平地上，像宝塔似的一层层叠起来，一直叠到上面只剩一张桌子为止。最上面的一张桌子上，再摆一把太师椅。你想九百九十九张八仙桌，像宝塔似的叠起来，底下一层，是用六十张八仙桌拼起来的，一直到上面一把椅子为止，有多么高？差不多比这座吕祖岭还高。下面广场上监军太保和神策娘娘，率领着蚂蚁似的喽啰们，密密层层围着九百九十九张堆起来的桌塔。却叫我老头儿一层层地爬上去，一直要爬到最上一层，坐在那把太师椅上才算数。不用说身上有武功没武功，只要轻功差一点，胆气怯一点，便到不了最高一层。

“他们为什么出这个毒主意？是不是有意试探？到现在我还弄不明白。凡是在张献忠部下的一班魔君，非但杀戮任性，惨无人道，有时出个新鲜花样，奇凶极惨到你做梦也想不出的举动，所以不能说他是有意试探。

“最可怕的，我向九百九十九张桌子爬上去时，故意做出战战兢兢、手颤身晃的害怕样子。下面密层层围着的喽啰们，个个手上张弓搭箭，箭头都瞄准着我的身上，每逢我爬上一层，底下万口同声地便喝起雷一般的好来。我只要从上面回头向下面一瞧，底下的喽啰们便同声大喝：‘加劲！加劲！往上爬！往上爬！’万口同声，闹得山摇地动，而且个个拉满着弓弦，好像只要我畏缩不往上爬，便要把我射成刺猬一般。

“我在上面又好气又好笑，这班魔鬼简直存心当作猴儿戏般瞧我哈哈，故意用弓箭逼着我拼死往上爬。我在这局面之下，只好将计就计，假作出被他们的弓箭威逼，拼死直爬到最上层，坐到那把太师椅上。等我向椅上坐下时，下面喽啰们和监军太保夫妇二人一齐弃弓丢箭，俯伏于地，拜了几拜，跳起身来，齐声大喊：‘老神仙！老神仙！’声震山谷，足足喊了几十声。我坐在顶上一层，想得好笑，大约‘老神仙’三字，便是他们替我加的封号了。

“从这天起，我穷道爷的别号算取消了，上上下下都喊我老神仙。我将计就计，便借此隐身，随时暗探这班魔君的举动。其实我到这儿，也没有多久日子，这便是我在这儿逗留的经过。”

虞二麻子又问道：“把我带到此地的那个女子，又是谁呢？据她说，是川东人，她是神策娘娘的心腹么？”

鹿杖翁说：“她原名婷婷，这是她小时候的乳名，这儿的人却不知她的名字，因她面孔长得黑，都喊她‘黑姑姑’。其实她面孔并不黑，到此以前，故意把面孔和手脚用药擦成黑紫色，免去许多麻烦。她原是蛇人寨相近的苗族，她幼年时，父母都死在虎面喇嘛手上，她从小长得白皙可爱，被巴中金鹫姆姆救去，收为养女，传授了一身功夫。你大约也知道金鹫姆姆当年的名头，也是我们华山派下著名的人物，所以婷婷也算是华山派门下。她跟了金鹫姆姆也算川东人了。

“金鹫姆姆没死时，为了躲避仇家，曾经带婷婷上鹿头山，住在我近处，和我见过几面，和你侄女虞锦雯以及铁驼妹子江小霞，还做过几个月闺伴。那时婷婷只十五六岁的小姑娘。金鹫姆姆生前，在江湖上很有威名，和巫山双蝶也有交谊。金鹫姆姆死后，婷婷继承衣钵，在江湖上也得了小金鹫的绰号。她同道中有个口盟姊妹，绰号玉面狐的，便是这儿的神策娘娘。玉面狐和监军太保孙可望结为夫妇，玉面狐招募了许多大脚蛮婆，自成一军，把婷婷拉下来做帮手。

“你不要轻视婷婷这个女孩子，她虽然在玉面狐身旁，对于张献忠一路惨杀和玉面狐夫妇种种违背人道的凶惨举动，很不以为然，看出难成大事，虽然和玉面狐从前是口盟姊妹，劝了几次，不肯听她的忠告，她便从此不劝，暗地打自己的主意，不愿和他们再混在一起。凑巧我到了此地，却没认出她便是小时见过的婷婷，她却认得我。这位姑娘很有心计，当面并不叫破，暗地里才和我密谈，竟先说明她自己的心意。于是我得到这位姑娘做心腹，便有了主意了，而且从她嘴里，得知了许多机密大事，使我吃惊不小。”

虞二麻子急问道：“什么机密大事？”

鹿杖翁一摇手，悄说：“莫响！有人来了。”

外殿脚步响处，一个背刀大汉闯了进来，高声报道：“监军太保请老神仙上岭商议机密大事！”

鹿杖翁向虞二麻子吩咐了一句：“我去去便来，你只管安心吃喝，切莫走向外殿。”说罢，便跟着背刀大汉走了。

鹿杖翁走后，虞二麻子治饱了肚子，一个人在配殿内闲踱了半天，还不叫鹿杖翁回来。探头向外殿瞧瞧，正瞧见婷婷从殿后转了出来，向他点点头，便向配殿走了进来。

虞二麻子悄问：“你们头儿把他叫去了，这半天还没回来，不妨事么？”

婷婷进了配殿，笑道：“老前辈放心！鹿老前辈身在虎穴，安如泰山。因为这儿的人们少不了他，而且现在五道峡八大王大营的一班魔头，都知道我们这儿有位老神仙医道如神了。最近八大王张献忠的先锋在兴山、秭归一带，和官军、义勇军交战，吃了一次大败仗，伤了许多魔头，派遣快马，来请鹿老前辈到五道峡去治伤。这儿神策娘娘和监军太保夫妇不肯放手让鹿老前辈离此就彼，因为神策娘娘伤虽治好，尚未复原，神策营的兄弟们又把鹿老前辈当作救命仙人。可是八大王将令谁敢违背，此刻他们正和鹿老前辈秘密商量哩。”

虞二麻子说：“哦，原来这么一回事，听说张献忠喜怒无常，不分亲疏，动辄杀人，能够不去才好。”

婷婷向他眨了一眼，说道：“鹿老前辈不是常人。他抱了不入虎穴，焉得虎子的主意，早已把生死置诸度外，依我看，定然乘机前往的。”

正说着，鹿杖翁回来了。一进配殿，便向婷婷悄悄说道：“明天我上五道峡，这位虞老乡，扮作背药伙伴，原可跟我一块儿走，已和他们说好了，你也可以和我们一路同行。这样一来，倒给了我们机会，你们乘机远走高飞，从兴山回川，比这儿脱身便当得多。我到五道峡，看事行事，将来再想脱身之计。”

婷婷说：“这儿神策营也难久驻此地，听说‘曹操’罗汝才人马进攻郧西，和官军左光斗人马打了几仗，很是不利，已向五道峡八大王那儿告急求援。八大王先锋也没得利，想从秭归溯江而上，窥觑西蜀之计，受了打击，以后还不知变化到怎样！他们安排在川东的内应，一时还难作祟。鹿老前辈能够早日脱身的话，还是早离虎口的好。”

虞二麻子瞧着鹿杖翁和婷婷的言语举动，多半莫名其妙，光瞪着眼，没法插话。

鹿杖翁向婷婷笑道：“我这位老乡初来乍到，诸事还没接头，我还得向他细批细解。明天我们一早便走，你也得安排一下，不要错了我们预定的步骤。”

婷婷应声：“好！晚辈也有点事，应该预先安排一下，晚上我们再见面。”说罢，先自走了。

婷婷走后，鹿杖翁叫进一个蛮婆，言语不通，只打手势，叫她撤去虞二麻子吃喝过的残肴，另外沏了一壶茶送进来。

鹿杖翁向虞二麻子说：“这批大脚蛮婆都是云、贵边界半开化的苗人，玉面狐不知从什么时候，被她威逼利诱地裹胁了两千多苗婆，成了一队娘子军，打起仗来，却比男子还凶狠。玉面狐恭维我，在我周围伺应的都是这班蛮婆。其实言语不通尽打哑谜，非常别扭，可是也有好处，我们只管打着乡谈，她们一个字都听不懂，不怕泄露机密。”

虞二麻子说：“刚才监军太保派来请你去的大汉，却是汉人。”

鹿杖翁笑道：“前后殿门都有蛮婆守卫，不奉监军太保夫妻命令，任何人不敢进来，你放心好了。”

虞二麻子说：“刚才咱们说了一半，你便走了，有许多事，我统没明白，你快告诉我吧。”

鹿杖翁说：“我们到佛龛后面谈去，格外隐秘一点。”

两人转到配殿后身，落座细谈，虞二麻子才明白了鹿杖翁一切举动的内容。

原来鹿杖翁身入虎穴，原为探得张献忠志在进川，深怕四川难保，要遭大劫，才不惜以身入险，想乘机暗探虚实。然后偷偷一走，赶回四川，召集川中豪杰，想法保卫桑梓。机会凑巧，以治病隐身，进了孙可望、玉面狐夫妇的神策营，无意中又碰到了金鹫姆姆的养女婷婷，而且婷婷在暗地告诉他，张献忠一意图川，完全因为华山派下黄龙、摇天动等，在川东占立山寨，聚集了不少党羽，已和张献忠这股人马勾结，愿为内应。从中两面勾结，暗通消息的中间人，便是监军太保孙可望和玉面狐。玉面狐把婷婷当作心腹人物，而且明白婷婷也是华山派下的门徒，有时黄龙、摇天动暗地派人到此，婷婷还出面接洽。

最近黄龙、摇天动又派了几个心腹，画了进川要口十三隘的详细地图，和黄龙等的内应计划，从川东起旱，沿着楚、陕边境，绕道进了崔家寨，因为崔家寨内的首户和派来的人有点渊源，借此隐身。这人探得由崔家寨到房山吕祖岭神策营，路虽不远，中间竹山一带却是“曹操”罗汝才部下出没之所，恐怕身边地图等机密物件，被别股人马截留，特地暗派崔家寨的人，到神策营通信。玉面狐夫妇便派婷婷乘夜到崔家寨去，和那人接洽，就手取回十三隘地图。婷婷到了崔家寨，取了地图要件，把玉面狐交代的话转达以后，把取到手的东西用红色包袱背在身上，别了黄龙贼党，连夜骑马出寨，踏上归途。

不料“曹操”罗汝才部下，正在这时，突然发动围攻崔家寨。幸而她业已出寨，慌不及策马疾驰，已被埋伏崔家寨外的强徒瞧见，从后便追。追的人也许不知道她是神策营的人，在婷婷也不便自报角色，因为她深知“曹操”罗汝才诡计多端，虽然两方面原是一流人物，平时称兄道弟，好像休戚相关，碰着争权夺利，利害相关地方，也一样互相猜忌，各谋自利。如果红包袱机密东西落在“曹操”罗汝才手中，难免不生出事来，自己也没法回营交代，也许性命送在这上面。所以，她只顾催马狂奔，也不便回身对敌。后来被追骑逼到身后，无法躲避，才出手用飞刀杀死一人，既出手，便得杀人灭口。凑巧虞二麻子藏在林内，起了夺马远飙之心，阴差阳错地又替她杀死了另外一个追骑。婷婷喜出望外，感激虞二麻子相助之情，才带他到神策营来。

鹿杖翁从婷婷口中，得知黄龙、摇天动这班人竟与张献忠部下暗地勾结，约为内应，又惊又怒，恨不得背上长翅，立时飞回川东，以自己华山派前辈身份，抬出祖师戒条，亲手杀贼除奸。幸而张献忠前锋在秭归一带遭了挫折，长驱进川一时尚难如愿。可喜的婷婷深明大义，出淤泥而不染，实在难得，鹿杖翁暗地里把川中几位豪杰的情形，和黄龙等平时荒谬举动，以及想法保卫桑梓，免遭惨劫的道理和志愿，细细说与婷婷听。

婷婷非常感动，情愿和鹿杖翁一同脱离神策营，偷偷地回到四川去，但鹿杖翁人老心雄，志高愿大，他预备先叫婷婷想法脱身，先替自已到川中，暗报消息。自已还想潜进张献忠部下，随时暗探，实行间谍工作。婷婷照着他的计划，已在玉面狐面前，假作自告奋勇，暗地进川，代替玉面狐夫妇和黄龙、摇天动当面接洽，一面侦察川中官兵实力，勘察进兵路线，以备日后大举进川之用。监军太保孙可望和玉面狐大为赞许。鹿杖翁和孙可望见面时，也假作希望他们力取西川，作为根本，大谈川中天富之利。玉面狐夫妇听得心痒难抓，决计先派婷婷暗地进川。婷婷从崔家寨回营缴令的当口，把十三隘地图交与玉面狐夫妇二人，观看之下，还故意指点出地图上错误之处，非自已人亲自勘查不可。

玉面狐暗派婷婷进川之计既已决定，又发生了五道峡总营闻名调取老神仙前往治伤之事。鹿杖翁在监军太保、玉面狐面前，也告了奋勇，五道峡既然有几位好汉受伤，理应效力医治，治好以后，仍回神策营来。同时，婷婷也决定走兴山，从秭归水道入川，愿和老神仙同行。这样，机会凑巧，婷婷便得了脱身之计。鹿杖翁乘机叫虞二麻子扮作背药伙伴，和婷婷一块儿同行返乡。只要离开神策营范围，便叫虞二麻子和婷婷扮作逃难的父女，杂在难民堆内，从兴山向秭归一带走去，窥便搭船进川。如果路上碰着张献忠部下人马，婷婷带着神策营监军太保的符令，不怕盘诘，身上乔装难民，又适合秘密进川的使命，原是预备官兵看出破绽用的，这样一举两用，颇为微妙。

虞二麻子明白了内容和计划，第二天便跟着鹿杖翁和婷婷，离开了吕祖岭的神策营，向五道峡进发。走到半途上，碰着张献忠部下调动的人马，才知张献忠攻打秭归不利，部下人马已经调转头来，去攻襄阳。五道峡驻扎的人马都向襄阳路上进发。

鹿杖翁半路得知这样消息，便把婷婷和虞二麻子领到僻静之处，向他们说："张献忠大队人马既然向襄阳进发，从五道峡到兴山，由兴山到秭归，这条路上已无他们人马，正可走路。你们乔装回川难民，一路父女相称，便可平安到川，我们就此分手。最要紧的，你们进川以后，直奔嘉定城，先到杨家和虞锦雯、雪衣娘会面，杨相公如果已经返家最好，把黄龙等勾结张献忠举动和我隐身贼队，暗探动静的主意，仔细说明。杨相公如尚未回家，你们和虞锦雯、雪衣娘再去见乌尤寺破山大师，老和尚自会召集川南三侠，消灭黄龙等的阴谋，挽救四川大劫。不要以为现在张献忠转攻襄阳，已息进川之念。据我从太行、华阴一路绕道过来所见所闻，闯王李自成的兵马比张献忠雄厚得多，河南亡在旦夕。闯王和张献忠同床异梦，已如水火，绝不容张献忠占据襄阳，迟早逼得张献忠往我们四川这条路上走，我们家乡迟早要遭大劫。川中豪杰能够早有预备，毕竟好一点。你们两人回川，关系匪浅，路上千万谨慎小心，我们现在就分手吧。”

虞二麻子说：“既然如此，五道峡人马已撤，你已脱离虎口，正好远走高飞，同我们一路回川。你是华山派尊宿，你能回川，黄龙、摇天动等有所惧惮，便不敢胡作非为了。”

鹿杖翁冷笑道：“你离川多年，还没明白黄龙以往的行为，他们早把华山派置诸脑后，野心越来越大，党徒大约也越结越多，和一班川中侠士的怨仇，更越结越深，已不惜倒行逆施，勾结外寇，以图一逞，便是我回去，也难以制伏他们，这时已不是一人之力所能济事。而且，我既看出张献忠迟早向西川发动，有我这个老头子，隐迹贼队之中，可以暗通消息，于川中一班义侠，很有用处，机不可失，我志已决，不必替我担心。我此刻可以推说五道峡人马已撤，仍回吕祖岭神策营去，再见机行事。倘若张献忠人马发动攻川，监军太保孙可望也是张献忠手下一员勇将，也许还是进川先锋，我在那时候便可暗随进川，想法和你们秘密联络，暗通军情，有我在里面，岂非大有用处？你们记着我这主意，暗地通知杨相公、破山大师，他们定有妙策，和我暗通消息，你们不要把这意思看轻了，要紧要紧！至于你们二人，一到杨家，不论杨相公回家与否，虞锦雯、雪衣娘两人自会好好地招待你们。言尽于此，你们自管走吧！”

虞二麻子、婷婷两人领了鹿杖翁言语，便和鹿杖翁分手。两人真扮成难民模样，一路父女相称，沿途混在难民队里，直向兴山走去。因为两人混在一队难民里面，并没走入五道峡的山道，从房山边境台口、爱阳坪一条沿河路上，绕到了五道峡尽处，到了冷盘垭。这冷盘垭就是丐侠铁脚板偷瞧婷婷，斩取蛇胆以后，婷婷领着他从王氏宗祠后面，走入山峡深处的难民窝。在虞二麻子和婷婷初到冷盘垭时，原因天气炎热，在这凉爽处所休息一夜，再向兴山走去，不料在这夜里，虞二麻子突然病发，非但满身酸痛，两腿也一阵阵地抽搐起来，病势似乎不轻。折腾到天亮，才好了一点，两腿兀是不断转筋，已难启程走路。婷婷急得了不得，问他怎样得的病？

虞二麻子说：“饷银改道，在大名奔濮阳道上，突逢塔儿冈匪徒，和飞槊张、金眼雕一群强寇孤身力斗，力绝被擒，身上未免受了暗伤。一路捆绑到塔儿冈，血气阻滞，暗伤潜伏，一时没察觉。再加上奔波道途，连受惊吓，到了这儿，病根便发作了。”

婷婷一想，在这种地方哪有医药调治，只好陪着虞二麻子，混在冷盘垭难民堆里，暂时安身下来，等候虞二麻子身体有点复原，再行动身。婷婷陪着他耽搁了几天，虞二麻子两腿还难行动如常，只能拄着一根松木，勉强走几步，跋涉长途，还是不成。

婷婷心里急得了不得，不便把他丢下独行，又怕他年老血衰，做了残废，如何是好？这当口，冷盘垭内难民群中，忽然哄传开无端死了两个年轻力壮的难民，是被毒蛇咬死的。细一打听，死的两人是在冷盘垭山峡前面，一座祠堂里面被树上一条四脚双头怪蛇咬死的。因为死的两人，发现了王氏宗祠一所大屋，想到里面过夜，不料在夜里都被怪蛇咬死。第二天有人去寻找他们两人，找到祠堂里面，瞧见两人尸骨，同时又发现大柏树上盘着那条“双头蝮”，细验伤处，才明白是被那怪蛇咬死的。婷婷听在耳内，计上心来，从前自己养母金鹭姆姆常入深山，寻取蛇胆，配制秘药，越是奇毒怪蛇，胆越有效。这种蛇胆，治湿热瘴毒、跌打损伤，都有神效。自己也跟着金鹭姆姆学会了采取各种蛇胆的门道。心想这是天赐良药，医治虞二麻子两腿，定可见功，便和虞二麻子说明。虞二麻子是练家子，虽不明白取蛇胆的门道，也知蛇胆是好东西，自己也急于动身回川，没法子，只好让婷婷冒险到王氏宗祠一显身手的了。婷婷冒雨到了王氏宗祠，诱蛇取胆，这才巧碰着了铁脚板。

上面种种经过是铁脚板跟着婷婷进了冷盘垭，由虞二麻子嘴上讲出来的。铁脚板得知了这样消息，对于鹿杖翁格外肃然起敬，便把自己也为了黄龙等勾结外寇，桑梓危险，才千里寻友，去接杨展回川，共谋卫乡的内容，向虞二麻子直说出来。两人谈到这儿，婷婷居然想法，烹了一黄沙壶山泉，拿了几只破粗碗进来。

铁脚板向她说：“姑娘！现在经这位虞老先生说明一切，我才明白了。姑娘！你是女中丈夫，不愧金鹭姆姆的高足，现在我们只希望虞老先生吃了蛇胆，去病复原，我们可以早早上路。这儿到兴山已没有多远，我准定和你们同走。我这一身臭要饭的怪相，本来独来独往，没法和人同走，现在你们两位身上，和我也差不多，凑合在一起，还不碍事。我在秭归、巴东一带水皮子上，有不少同道，你们跟我走，便当得多，想不到误打误撞，会凑在一起，真是无巧不成书了。”

铁脚板在冷盘垭待了两天，虞二麻子两条腿，吃了蛇胆，居然发生效力，可以弃杖行走了。三人便结伴同行，离了冷盘垭，向兴山前进。过了兴山，人烟便稠密起来了。大约当地居民得知张献忠回兵攻打襄阳，地方秩序有点恢复，便都回到老家来了。三人在路上行走，沿路都有做卖做买的，便也吃喝不愁，平安无事地过去。到了秭归，已临江口，铁脚板便在沿江一带，找着几个吃水皮上饭的袍哥，想法弄了一只快船，溯江而上。一路无事到了重庆，船泊在码头上，铁脚板上岸，替虞二麻子、婷婷两人，各人置办了一身衣衫，把两人在路上一身难民装束，换个干净。婷婷却在贴身摸出药方来，托铁脚板上岸配了几味秘药，在船上后舱熬成药水，把头面手脚统统洗了一下，再走到前舱时，虞二麻子和铁脚板几乎不认得她了，活像换了个人。因为她一张黑里泛紫的面孔变成白白的娇嫩脸了。

婷婷说："晚辈和虞姊姊虞锦雯小时在一块，分别了不少年，如果我不把面上擦成的怪相用药水洗掉，虞姊姊定然认不出是我了。再说，我从此也算跳出了龙潭虎穴，不愿再和玉面狐混在一起，无须再掩蔽本来面目。我在神策营时，黄龙等几家贼寇，常常派人和玉面狐们打交道，我也常常参与其间，贼党们只认得我一副黑面目，现在我还了本来面目，以后在川中，便可游行自在，不愁贼党们认出来了。"

铁脚板说："姑娘！好是好，将来我们也许要借重姑娘，去探贼党动静，不知姑娘随时擦上药水，还能变成黑紫色么？"

婷婷说："当然可以。只怕日子一久，神策营方面见我一去不回，消息全无，贼党们得知因由，便无济于事了。"

铁脚板说："姑娘想得周到，到那时再看事做事好了。"

三人在重庆码头耽搁了一天，便开船向合江、犍为，走岷江，直赴嘉定。

铁脚板从塔儿冈渡黄河，由豫奔楚，由楚入川，一路晓行夜宿，避兵匪，走险道，路迷道曲，沿途停留，好容易巧遇虞二麻子、婷婷二人，结伴回乡。到了嘉定，屈指算算，在路上也走了将近一个月的日子。不料到了嘉定，舍舟登陆，还没进城，突又得到杨展回川的意外消息。

第四章　仇儿的急报

铁脚板、虞二麻子、婷婷三人，船到嘉定，泊在沿江码头上，已是日落时分。铁脚板向虞二麻子、婷婷两人说："你们一老一少从这儿上岸，没多远便进城，进城一问杨府，便可找到，我可不能同你们一块儿进杨府，我得神不知鬼不觉地进门，如果和你们一同进杨家，明天嘉定城内茶坊酒肆。便讲开新闻了。他们绝不信杨家有个臭要饭的朋友，准会编个漫天谎，说是'进杨家的臭要饭，绝不是人'……"

虞二麻子和婷婷听得一愣。婷婷笑道："不是人，是什么？"

铁脚板大笑道："是神——不然，怎么叫漫天谎呢？他们定说：'杨家积善之家，杨相公在京高中武进士，杨少夫人又身怀六甲，进去的臭要饭，绝不是人，定然神仙下凡来投胎的，那臭要饭一进门，定然没了踪影，钻到雪衣娘肚里去了。'你说，我能吃这个亏么？"

婷婷笑得直不起腰来。虞二麻子笑着说："神仙什么不会变化，偏要变个臭要饭？你是不讲笑话不过日子，可是人们确是长着一对势利眼，我们先走一步也好。"

铁脚板把船家打发了，陪着虞二麻子、婷婷上岸。岸上是高高的一带长堤，堤上正有一个小姑娘骑着一匹俊驴，蹄声嘚嘚，銮铃锵锵，从南往北，飞快地跑了过来，看情形也是进城去的。

三人从岸下走上长堤，驴上小姑娘飞快地向三人身边跑过。铁脚板眼光如电，已看出驴上小姑娘是谁。

那小姑娘已跑过了一段路，忽地勒住驴缰，也扭腰回头，嘴上"啊哟"一声，驴缰一带又跑了过来。到了三人面前，翻身跳下驴背，指着铁脚板娇喊道："咦！你……你不是陈师傅么……什么时候回来的？陈师傅回来得太巧了……你不知道，事情不得了，把我们少夫人快急死了，我此刻刚从乌尤寺外老太爷那儿回来，陈师傅！快跟我去，我们少夫人一定有话问你……这两位是……”这位小姑娘一张小嘴，百灵鸟似的叽叽呱呱，说得没头没尾，苹果似的小脸蛋，还显出焦急之色，恨不得伸手拉着铁脚板就走。

虞二麻子、婷婷两人在一旁瞧得莫名其妙。铁脚板却从容不迫地笑道："小苹！瞧你急得这个样子——算算日子，你们少夫人十月怀胎，还没满足呀！这可不是性急的事，如果肚子里有点不安稳。我不是收生婆，你到乌尤寺请老和尚也没用……”

小苹被他呕得咬牙跺脚地说："陈师傅！你和我开什么玩笑，你知道什么？我家虞小姐悄没声地溜掉了——我家相公好容易回家来了，听说从陕西旱道回来的，可没到家，不知怎么一来，仇儿和相公失散了，还有多少奇奇怪怪说不清的事，不得了，吉凶难卜，请你快跟我走吧！”

铁脚板听得吃了一惊，忙说："此地不是谈话之所。小苹！你快领这两位先回家去，这位是虞小姐的伯父，这位婷婷姑娘，也是虞小姐的幼年同伴，你快领他们家去，我一忽儿就到，从你们后花园进去，一切事，见了你们少夫人再说，你们一块儿走吧！”

小苹嘴上说的“虞小姐悄没声地溜掉了”，听着好像女飞卫虞锦雯自己不愿在杨家留恋下去，才悄悄走掉的。其实不是这么一回事，其中藏着复杂微妙的内情，这内情，杨家上上下下，除出杨老太太、雪衣娘婆媳两人以外，只有小苹略微明白一点表面，其余便莫名其妙了。而且虞锦雯离开杨家，还是最近几天的事，她走了两天以后，杨家突然得到杨展从陕西旱道返川，中途出事的意外消息，把雪衣娘急得坐立不安，一面派人追赶虞锦雯，一面请破山大师召集僧侠七宝和尚、贾侠余飞等，商量机密，这档事发生，便在铁脚板到嘉定的前一天。

从杨展春初上京会试，直到由陕返川，已是夏末，算日子，离家已半载有余。在这半年之中，杨老太太盼望儿子，雪衣娘悬念丈夫，自不必说。便是以义女的身份，寄身杨家的女飞卫虞锦雯，暗地里也何尝不盼望着杨展早日荣归，盼到泥金捷报到门，杨展高中第三名武进士，钦赏参将职衔的喜讯，传遍嘉定城。杨老太太盼得儿子成名，当然笑口常开，喜集门楣，满城亲友，闹嚷嚷庆贺一番以后，一家上下，便只盼这位进士公荣归的家报。无奈一天一天地过去，杨展的平安家报，鱼雁杳沉，连一个便人捎来的口信俱无。

这不是杨展忘记了家，他在中试以后，原派两个长随，带着亲笔详信，先行返川，向慈母娇妻报喜，哪知道这两位长随，一直没有回到嘉定，是否在途中遇险，生死难明，或者荆、襄道阻，到现在还停滞中途，都已没法考查。可是杨老太太和雪衣娘，不知杨展已派两个长随返川，当然心头焦虑，盼望弥切。过了不多日子，谣言蜂起，下江流寇纵横荆、楚，潼关内外，烽火连天，张献忠窥觑川蜀等等风声，从下江传到上江，川北传到川南。

杨老太太头一个急得求神拜佛，保佑儿子平安。雪衣娘更急得常常向乌龙寺进香，她不是拜佛，是借拜佛为名，去求她父亲破山大师探听丈夫消息。照她暗地想的主意，便要单枪匹马，万里寻夫，无奈低头看看自己肚皮，已经怀孕六个多月，一天比一天往外鼓，身体上也起了变化，实在不便长行。事实上，也没法丢下杨老太太，如果自己再一走，杨老太太非急出病来不可。幸而这当口，川南三侠动了保卫桑梓的雄心，铁脚板赤脚长征，去接杨展回川。铁脚板这一走，杨老太太和雪衣娘两颗心，也跟着铁脚板两条泥腿走了。每天非但盼望杨展平安回家，还盼望着铁脚板一路顺风地迎着杨展，携手同归。再不然，铁脚板神通广大，也得有个消息到来。

哪知道铁脚板走后不多日子，下江风声越来越紧，一忽儿谣传张献忠前锋，已攻下秭归，直叩夔门；一忽儿传说汉中也有一股流寇，从米仓山杀进川东，已到巴峪关；又乱传某处某处张贴着张献忠进蜀的檄文，某处某处有接应张献忠的伏兵。谣言百出，人心惶惶，非但全蜀百姓，心惊胆寒，已如大祸临头，便是蜀中几位宗室和守土的大员们，也手忙脚乱，不知如何是好。

这样不祥消息传到了雪衣娘、女飞卫两人耳朵内，也不由得暗暗惊心。暗地里两人窃窃私谈，还不敢使老太太知道。可是杨家是嘉定首富，产业遍地，头一个执掌五通桥盐井全权的舅老太爷，感觉时势严重，出入匪轻，慌不及进城和老太太商量保产安家之策。这一来，杨老太太忧上加忧，急中加急，财产在其次，第一是爱子尚未回家，这样兵荒马乱，万一爱子在千里迢迢的路上，有个闪失，如何是好。急得她茶饭不思，夜不安枕，日夜烧香念佛。雪衣娘和女飞卫何尝不心如火烧，在杨老太太面前还得假装欢颜，百般劝慰。

雪衣娘日夜盼念丈夫安危，实在有点难以再安坐家中了，预备不顾自己怀孕，想仗剑出门，探一探远道上真实消息，也许半路上迎着自己丈夫呢，但是事实上极难办到。

她忽然起了一个念头，有一夜悄悄拉着女飞卫虞锦雯到自己房内，把小苹打发开了，私下和虞锦雯商量，她说："雯姐！咱们情深手足，外面消息，一天紧似一天，你玉弟到现在依然消息全无，下江已乱得一塌糊涂，我想丐侠铁脚板从荆、襄这条路上北行，未必过得去，我们不能指着铁脚板等消息了。我想玉哥也和我们一样，在这时候，定然惦记着家中，谅必早已出京，得知荆、襄道阻，难以回川，定然改道进陕，从汉中栈道回来。我思想多日，到乌尤寺和我父亲商量，他老人家也说玉哥定走陕、蜀旱道，怕的是，这条道上崎岖难走，盗寇横行。听说黄龙这班贼党，已和下江贼寇勾结，在川东一带出没，也许得信寻仇？这条道路，也不是容易走的。他孤身独行，虽有仇儿跟着，毕竟力量单薄。妹子发愁的，便怕他路上遇上事，连一个接应都没有。

“不瞒你说，妹子与其在家中坐立不安，还不如从这条路上迎了上去，从成都到剑阁、广元，沿途都有咱们运销盐块的骡驮车辆，不难一步步地打探消息，也许凑巧在这条路上迎着他呢。我把这意思和我父亲一说，老人家却把我训斥了一顿，说我任性胡闹，还说他曾仔细思量过，预料玉哥不久便可安归故乡，不必心急等话。我明知妹子这点私意，非但我父亲不许，老太太也绝不会答应。但是我们不是普通女子，虽然身上有孕，离分娩毕竟还远，悄悄地去跑一趟，大略还不碍事，明知在老太太面前说不过去，好在有雯姊在老太太身边，我还放心得下，这事只有求雯姊……”

雪衣娘话还未完，女飞卫虞锦雯慌说道：“瑶妹！你不必说下去了，我明白你的意思。这几天我瞧你的神色举动，我便知道你在家中坐不住了。在普通女子身上，是没法儿，只好老实待在家里。在我们身上，碰着这种事，谁也得往外蹦，但是你现在情形，和别人不同，万无出门远行之理。玉弟在路上不出事，自然能平安回来，万一有点阻碍，你迎上去，也无济于事。你想你这样重身子，还能纵跃如飞吗？老太太对于你身上怀孕，刻刻当心，看得何等重大。你真个悄悄一走，老太太更不知急得什么样子。伯父说得一点不错，你是任性胡闹。”

雪衣娘被她一说，急得想哭，恨得跺着脚说：“做女人的太吃亏了，偏有这种碍手碍脚的事。”

虞锦雯笑道：“莫急！听我说——这几天，我瞧你魂不守舍，早已明白就里，暗暗地也仔细盘算过，事到如今——唉！我也没法不自告奋勇了……”

虞锦雯说到这儿，娇脸上不由得罩上一层淡淡的红晕，似乎有点说不下去。雪衣娘玲珑剔透，慌抢着说：“雯姊！我的雯姊，小妹如果能够把心掏出来，早已掏出来给你瞧了，你只当可怜我这妹子吧，玉哥如果再不回来，老太太非急出病来不可。往大处说，川南三侠还天天盼望他回来，做个领袖，保卫家乡哩。雯姊！小妹既然难以出门，雯姊情同手足，替妹子到陕、川交界上探他一探，非但妹子感激一辈子，老太太也要感激一辈子的。不过，老太太也未必让雯姊单身远走的。”

虞锦雯叹口气说：“瑶妹！不瞒你说，我身在此地，心里老惦着我义父，他老人家这样高年，在这兵荒马乱当口，走得不知去向，我一样的不安心呀。偏逢着这位情深义重的老太太，待自己亲生儿女也不过如是，还有你们两位这样深情，我屡次想走，毕竟没法出口。现在老太太盼子心切，你又怀着身孕，我不自告奋勇，便是没良心的人了。我此去一面探寻玉弟消息，一面也探寻我义父踪迹。好在这条路上，你们有运销盐块的伙友来往，好歹我可以托人捎回信来。咱们一言为定，你千万不要乱动，我准定明天便走，老太太面前，我自有法和她说的。”

雪衣娘拉着虞锦雯的手，叮咛再三地说：“雯姊！我先谢谢你，可有一样，你在半路里碰着玉哥的话，可得和他一同回家来。鹿老前辈行踪不定，知道他在南在北？绝不能踏遍天涯地去找他。姊姊！我们虽然不是普通女子，到底是女孩子，姊姊说我胡闹，你自己可不许犯糊涂，无论如何，碰着了玉哥，或者得着他消息，姊姊得马上回来。如果回来了一位，又走掉了一位，可坑死我了，我们老太太也一样要急坏的。”

虞锦雯笑着说：“好吧！我怎能不回来，我还舍不得你这位好妹子哩！事不宜迟，我此刻便和老太太商量去。”说罢，便自走了。

雪衣娘在她出房以后，暗自点点头说：“但视天从人愿，她这一去，非但碰着我玉郎，一同平安回家，也许她这一去，促成了老太太娥、英并美的私愿。”

原来雪衣娘和虞锦雯说的一番话，并非真个自己要不顾一切，去寻丈夫，实在是个激将计。一半自己思念丈夫，想虞锦雯代替自己打探消息，一半也想虞锦雯和自己丈夫半途相逢，同行同止，也许可以达到自己一番心愿。因为老太太这档心愿，始终没有放下，杨展中进士捷报到后，杨老太太暗地和她旧事重提，有时当着虞锦雯面前，话里话外，也有点露骨。冷眼观察虞锦雯，似乎没有不乐意的表示。暗想自己丈夫将来飞黄腾达，虞锦雯也是一条好臂膀，看老太太意思，迟早要促成这段姻缘，自己何乐而不两全其美。这几个月来，早夕和虞锦雯相处，彼此交情，有增无减，确也情投意合，舍不得彼此分离。暗地思维了多日，决计想法促成其事。这次自己挂念丈夫安危，故意在虞锦雯面前施展激将法，也算得一计两用，煞费苦心。

在虞锦雯方面，心里也起了微妙复杂的作用。她自从义父鹿杖翁一走，跟着杨老太太由成都回嘉定，她眼瞧着雪衣娘、杨展花团锦簇地成婚，心里似酸非酸，似辣非辣，没法说的一种滋味。杨老太太和杨展夫妇越待她情深谊厚，她越觉得心里委屈。不过这种委屈，实在没有理由可说，连自己也觉得受着人家这样情谊，还抱委屈，实在不对。无奈这种没来由的委屈，还是常常兜上心头。

杨展出门进京以后，自己义父绝无消息，光阴飞快，瞬已半载，虽然在杨老太太百般爱怜之下，心里时时感觉空虚，时时想到自己在杨家这样漂浮着不是事，屡次想远走高飞，心里却总决定不下。日子一久，杨老太太不留神，话里带出话来，杨家丫鬟使女们，人前人后，瞎揣瞎指，又透露出一点消息来，听在虞锦雯耳内，疑假疑真，似愁似喜，又惹她柔肠百折，万种思量。虽然还常想远走高飞，却敌不过感念杨老太太情深恩重了。

直到外面谣言四起，杨老太太盼子，雪衣娘盼夫，一家上上下下，弄得眉头不展，茶饭无心，她也没有例外，一样地盼着杨展早早地平安返乡。忽然雪衣娘在她面前说出独身寻夫的话，她便觉得这是义不容辞的时候了，这才自告奋勇，代替雪衣娘去跑一趟。明知自己义父鹿杖翁是没法寻找的，也得把这个题目说在先头。她自己琢磨着，觉得这一举动是光明正大的侠肠义胆，在杨家一门中，除出她自告奋勇，义不容辞以外，没第二个人能办这档事。上自杨老太太，下至丫鬟使女，除出感激以外，不能说出第二句话来。只希望此次走没多远，迎头便碰着杨展，平平安安地接他回家，但是她一想到半路上碰着了杨展以后，还是一块儿联辔而回呢，还是真个从此远走高飞，走遍天涯去寻义父鹿杖翁呢？这一层越想越委决不下，想下去，又觉委屈似的，只好暂时不做决定，寻着了杨展，再看事行事。

杨老太太对于虞锦雯自告奋勇，去一路探访杨展归踪，又高兴，又犯愁。自己儿子消息杳沉，能够有个亲信、有本领的人去探访，当然是好，可是虞锦雯也是位如花似玉的大闺女，让她一人独行，实在不放心，但是除出她，还有谁能够走一趟呢？随便差一个没本领的人，一点用处没有，在这局面之下，只好让她走了。杨老太太千叮咛、万叮咛地送走了虞锦雯，没有第二件事可做，只在她手上一串念佛珠，佛堂内一尊观世音，早晚烧香念佛，保佑儿子平安回来，又保佑虞锦雯碰着自己儿子，快去快回。

虞锦雯一走，雪衣娘便把自己两全其美的一点意思和杨老太太悄悄一说，又乐得杨老太太不住口地说：“我的好孩子！你真是我贤德的好孩子，知道娘的心，我有了你们姊妹似的两房贤惠媳妇，在我面前孝敬着我，娘真要乐死了，但愿我玉儿早早平安回来，听了你的劝，不发左性，早点如了我的心愿才好。”

虞锦雯走后第三天午后，雪衣娘正陪着杨老太太谈话，忽然外面管事的老家人进来禀报，说是“成都盐栈派伙友星夜赶来，有要事面禀少夫人”。

杨老太太听得奇怪，便吩咐管事的说：“你去领那伙友进来，难道虞小姐到了成都，便得着消息了？没有这么快呀！”

管事的领命出去，把成都伙友引进了中堂。那伙友本想避开老太太，独见少夫人，为的是怕老太太受惊吓。不想一进中堂，老少两位女主都在一块儿，行礼以后，赶忙先报喜信：“老太太！大喜，大喜，我们相公高中荣归，从陕西、汉中走栈道回乡，已到剑阁了！”

老太太和雪衣娘大喜之下，慌问：“你怎的知道？你见着相公没有？”

伙友说：“在下是成都联号派到梓潼到广元一条路上去的，沿途运销事毕，收齐账目，从广元、昭化回来，走到剑门，无意中碰着了相公贴身小管家戴仇儿，这才知道我们相公回来了。”

雪衣娘急问道：“你既然见着了仇儿，当然也见着了相公，怎的他们还没到家？”

伙友在女东家面前，没法使眼色、歪嘴巴，急得抓耳摸腮，没法子才从贴身掏出一张折叠得小小的字条，恭恭敬敬地双手送与雪衣娘，嘴上说：“在下没有见着我家相公，这是仇儿草草写成的字条，嘱咐我不分昼夜，赶到嘉定，面呈少夫人的，请少夫人一看便知。”

杨老太太一听，便知其中有事，便说：“这是怎么一回事？瑶霜你快瞧瞧仇儿写的什么？”

其实雪衣娘比老太太还急，早料伙友在剑门，见仆不见主，定出事故，慌不迭把字条舒开，只见上面潦潦草草，一笔淡，一笔浓，字不成字，行不成行，不逐字细看，简直认不大清。她知道仇儿从小跟着铁拐婆婆，没有好好儿念几年书，能够写成一张字条，已是不易了，忙一字一字地细认下去，才看清上面写着：

“主母容禀：傻爷结傻友，二傻闯穷祸，害得我主仆失散，快请三侠赶来接应，遍地有黄龙贼党们作祟，仇儿急煞了，寻不着我主人，没脸见主母了！剑门仇儿飞禀。”

雪衣娘瞧得心惊肉跳，要命的是，从仇儿字条内瞧不出怎么一回事来！二傻是谁？闯的什么祸？主仆怎会失散？仇儿肚里没有多少墨水，不能怨他写得不清楚，而且从歪歪斜斜、浓浓淡淡的字迹上，可以看出仇儿是手忙脚乱写的，可见他急得了不得，事情定然很凶险，照说不能给老太太知道，可是老太太是认识字的，事情又当着面，想掩饰一下都没法。

杨老太太一回头，瞧见雪衣娘柳眉深锁，面色有异，急问："仇儿写的什么？拿来我瞧！"

雪衣娘忙说："仇儿这孩子没认识多少字，字也写得看不清。娘眼花，一发认不清。我把字条上的意思说与娘听吧，字条上大概是这样说，他们已经到了剑阁，玉哥在路上认识了两个朋友，大约这两个朋友闯了点祸，玉哥为了这两个朋友的事离开了仇儿，仇儿人地生疏，一时找不着主人，急坏了，怕娘责备他，先托伙友送个信来，字果然看不清，话又说得没头没脑，大约没有什么了不得的事，一半天他们主仆也快到了。"

雪衣娘怕老太太受惊，把字条上凶险的字眼，都去掉了，便觉平和得多。

老太太虽然信以为真，没索字条瞧，心里一样焦急，嘴上说："哦！玉儿心肠是热的，为了朋友的事，仗着自己有点本领，排难解纷，原也难免的。仇儿这孩子，怎会找不着主人呢？他们既然到了剑门，本乡本土，比较兵荒马乱的在外乡总好一点，不过为什么失散的呢？"

老太太居然往宽处想，却又问那伙友道："大前天，我们虞小姐上成都去了，你们碰着她么？"

伙友说："老太太，在下在剑门碰上了仇儿，回到成都，便搭船赶来，和虞小姐一来一去，不会碰上头的。"

老太太说："你快回成都去，马上再派联号两位妥当的人，向剑门一路迎上去，把玉哥儿主仆接回来，最好能够碰着虞小姐，也通知她一声，和玉哥一块儿早早回家，你费心替我赶一程吧。"

伙计领命退出，雪衣娘却急得了不得，在老太太面前敷衍了一阵，始终没把字条让老太太过目，急急回到自己房内，暗想主意，虞锦雯已走，没人可以商量，和小苹一说，小苹出主意说："这事非川南三侠出马不可，铁脚板还没回来，七宝和尚和余飞，乌尤寺外老太爷定能找得到。"

雪衣娘被她一语提醒，一看窗外日色，已经西斜，急忙抽毫挥翰，写了一封短信，把仇儿字条附在里面，吩咐小苹带着这封信，骑着家养俊驴，悄悄从花园后门出去，赶奔南门外乌尤寺求见外老太爷——破山大师，面呈书信，立等回谕。这样，小苹奉命而去，从乌尤寺取得破山大师回谕，赶回家时，凑巧在城外碰着了刚刚上岸的铁脚板、虞二麻子、婷婷三人。小苹不料会上了铁脚板，喜出望外。恨不得马上把铁脚板拉到雪衣娘主母面前，可算奇功一件。可是铁脚板不愿和她们同行，于是小苹领着虞二麻子和婷婷先回杨家。

小苹在雪衣娘和虞锦雯谈话时，也听过虞锦雯说起北京有位当官差的伯父，想不到会突然在嘉定出现，还带着一位貌美脚大的姑娘。她一手牵着黑驴，领着一老一少往城内走，一面不断地打量婷婷。

虞二麻子边走边向她问："姑娘！听你说，我们姑老爷还没到家，我们侄姑奶奶也出门了，我们这样去见亲家太太，太没礼貌了！姑娘！听你随上称着'虞小姐'，你是我侄女身边的么？"

小苹起初听他满嘴姑老爷、姑奶奶的称呼有点发愣，心里一转，便明白了几分，暗暗直乐，不便点破，笑着说："老先生，你在京里碰着我们相公么？"

虞二麻子说："怎么不碰着呢！非但碰着了我们姑老爷，还碰着了鹿杖翁，我不碰着姑老爷，我这老头子便不回到家乡了，回头见着我们亲家太太，我的话多着呢。"

小苹明知这老头儿回来得古怪，偏又会和铁脚板在一起，其中定然有事，暗地一琢磨，忙说："老先生，我叫小苹，伺候我们少夫人的，——我们少夫人，便是外面称为雪衣娘的一位，和虞小姐情投意合，彼此不分，胜似骨肉。老先生！你不知道，我们少夫人得到相公回川已到剑门的消息，可又不知为了什么，主仆失散了，其中定有凶险的事，这消息不能让我们老太太知道，免得老太太急坏了身子，此刻我是奉少夫人之命出来办事的，也是悄悄地从后花园出来的。依我说，老先生和这位姑娘暂时避屈一点，先跟我进后门，见见我们少夫人再说。老太太盼子情切，早夜烧香念佛，带点凶险的事总是要避开了老太太的耳目，这也是少夫人一点孝心。老先生！你见着我们少夫人，和见着你侄小姐是一样的，她们两位亲上加亲，和同胞姊妹一般，——老先生，前面石狮子大墙门便是杨府，请两位跟我绕后门进去吧。"

虞二麻子听她口齿伶俐，说话婉转，便说："也好！请你领我们去好了！"

小苹把虞二麻子、婷婷两人领进了后门，天色已黑下来，屋内已掌灯了。一进门，在花园内碰见了独臂婆，小苹和独臂婆悄悄一说，嘱咐独臂婆领两人先到靠近内宅一所精致内客堂坐候，自己飞也似的向雪衣娘报告去了。

雪衣娘骤然听到铁脚板已经回来，而且还有虞锦雯的伯父和一位姑娘到来，惊喜之下，慌不及吩咐厨房安排款待酒食，一面又嘱咐下人们，暂先瞒着老太太，等自己探听明白以后，再行禀报，安排妥帖，才和小苹到了后面，和虞二麻子、婷婷相见。

雪衣娘对于虞二麻子，依礼拜见，口称“伯父”，对于婷婷也问长问短，显得非常亲热。一阵周旋以后，虞二麻子忙不及把自己出京经过，和杨展身入盗窟，救他一命的情形，一五一十地说了出来，最后又说到鹿杖翁隐身贼营，和婷婷先行回川，路遇铁脚板，结伴同行的经过。他说得非常详细，连杨展在武闱得宝马，京城闹血案，都说得一字不遗。幸而杨展在塔儿冈内一段离奇经过他毫不知情，没有漏出来。饶是这样，雪衣娘听得自己丈夫在北道上经过了这许多惊奇故事，一个劲儿问他：“齐寡妇怎样的一个人？伯父见过她没有？外子和她并没认识，怎能替伯父说情？”

虞二麻子也是老江湖，一听雪衣娘问得紧，才明白自己嘴上说得太急，这位少夫人面前得有点避讳，忙说：“我没见着齐寡妇。我们姑老爷多大能耐，艺压当场，怕她们不乖乖地听他吩咐——当真，我们侄女怎的没等姑老爷回来便独自出了门呢，为什么走的呢？上哪儿去的呢？偏不凑巧，我们到此偏没碰着她。刚才这位小苹姑娘说，我们姑老爷到了剑门，和仇儿失散了，究竟是怎样的情形呢？”

雪衣娘听他一口一个姑老爷，非常刺耳，定又是鹿杖翁在他面前，说得活灵活现，当作真有其事了，这样半空里飘的侄姑老爷，敞着口喊个不停，被下人们听到，定然当笑话讲，将来雯姊知道了，也不是事，初见之下，又不便细细解说，正在心口相商，略一迟疑当口，门外哈哈一笑，神不知鬼不觉地闯进了铁脚板，也不知他从哪儿进身，寻到这屋子来的，一进门，便向雪衣娘笑道：“姑奶奶，臭要饭这趟万里迢迢可不易呀！虎落平阳受犬戏，蛟龙离水被虾欺，足足打掉我三千年道行，连我命根子——一条讨饭棒，都掉在黄河里了——你说，为的是谁呀？为的是姑奶奶你呀！好容易把我们新贵人进士公、钦赐参将前程、外加靖寇将军旗号的一位姑爷请回来了，奇功一件，姑奶奶定有上赏？”说罢，哈哈大笑。

刚才虞二麻子一口一个姑老爷，雪衣娘听着刺耳，此刻铁脚板嘴上的姑老爷却听着觉得受用，抿着嘴笑道：“不用忙，早已吩咐厨下，预备着接风洗尘的筵席，但是你夸了半天响嘴，人呢？人还没到家呀！”

铁脚板脖子一缩，舌头一吐，扮着鬼脸向虞二麻子笑道：“老先生，你听听，我们路上过五关、斩六将，出生入死，差点把我臭要饭一身臭骨葬在千军万马之中，还讨不了姑奶奶一个好来，这差使真不易呀！”

虞二麻子笑道："这也是真话，陈师傅这一趟真不易。"

雪衣娘笑道："虞伯父！你不知道，这位鼎鼎大名的丐侠不讲笑话不过日子……咱们说正经的。"说罢，从身上掏出仇儿写的那张字条，送与铁脚板过目，说道，"这是仇儿在剑门碰上了我家收账的伙友，才送回家来的，刚才我派小苹送到我父亲那儿讨主意，我父亲看得平淡无奇，在上面只批了'放心'两个字，真叫人哭不得，笑不得，他老人家现在面壁功深，不问世事，连自己女儿都不管了。"

铁脚板把仇儿字条略微一瞧，随手还了雪衣娘，笑道："姑奶奶，你莫急，刚才叫小苹领着虞老先生两位先到尊府，我甩开两只臭脚，便奔了乌尤寺，早已领了破山大师法谕，已派几个同道连夜赶奔成都，分头知会药材贩子、狗肉和尚、矮纯阳几个宝货，设法向梓潼、剑阁一路探查姑老爷行踪。现在姑老爷是我们龙头，龙爪、龙尾和龙头是分不开的，姑奶奶，你望安！臭要饭千里迢迢回到家乡，没有缺臂少腿，天大的事也有法想了。姑奶奶有什么军国大事且放在一边，现在可得先救臭要饭一条命，饱人不知饿人饥，臭要饭肚皮饿瘪已不得了，酒虫偏又在嗓眼里打群架，实在受不了！"

雪衣娘笑着忙命小苹到厨房催摆筵席，一面却向铁脚板探问他杨展深入塔儿冈、和齐寡妇打交道的细情。

铁脚板虽然到处装疯卖傻，性好诙谐，遇到有关出入的地方，不论大小事情，他却机智绝伦，一丝不乱。雪衣娘一打听齐寡妇的情形，他肚内雪亮，如果实话实说，杨大相公回家来时，苦头定然不小，急忙口上戒严，拣着好听的说，而且说得有板有眼，一丝不乱，简直无懈可击。其实，他在塔儿冈仅仅留了一夜工夫，察言观色，举一反三，早瞧料出风流小寡妇和美丈夫杨大相公，里面大有说处，身落虎口的虞二麻子居然能够三言两语，逃出命来，这里面便可看出机关，否则，哪有这样容易的事。

小苹指挥下人们，在内客堂摆起一桌盛筵，美酒珍肴，流水献上。可笑虞二麻子以新亲自居，还要谦让再三。铁脚板满不理会，早已虎踞高座，酒到杯干。雪衣娘拉着婷婷贴身就座，自己亲自相陪，殷殷劝酒。

酒过三巡，雪衣娘在三人嘴上已探出杨展在京的大概情形，便盈盈起立，向三人告罪，说道："三位到来，上面老太太还没知情，因为怕老太太听得外子一路凶险情事，难免受吓担惊，故而先和诸位见面，此刻趁老太太还没安睡，理应去禀报一声，尤其虞伯父和婷婷姑娘初次光降，老太太也许要出来面谈，回头如果老太太出来，诸位口头还得留神一点，拣着可说的说。"说罢，便要走向内室。

铁脚板一看雪衣娘要去请老太太，慌不及双手乱摇，喊着："慢来！慢来！我的姑奶奶，我刚喝得滋滋有味，老太太一到，还让我喝不喝？我这一身臭要饭的鬼相，不用说老太太瞧着堵心，连我自己也觉得八下里不合适。姑奶奶谅你还记得，你大喜日子，我们三块臭料躲在后花园吃喝得海晏河清，没到老太太面前叩头贺喜，此刻如果你把老太太请来，他们两位认亲认眷，有说有道，我臭要饭夹在里面，算哪棵葱？姑奶奶！你行好，饶了我吧！说实了，我实在舍不得这桌美酒佳肴，否则，我便溜之乎也。"

雪衣娘笑道："你是没话找话，我娘可不是嫌穷的人，你千里迢迢地找外子去，我娘还早晚叨念着，感激不尽呢，出来见见何妨，一听你到，娘还非出来不可，想当面谢谢你呢！"

铁脚板笑道："姑奶奶！你且安坐，听我说——刚才我说的是笑话，可是笑话里面有文章，你不是怕老太太听着我们讲话，担惊受吓吗？我本想肚子治饱，酒虫往下，再和你说军国大事，现在被你姑奶奶一逼，天生穷命，没法吃顿安心饭，这有什么办法！"

雪衣娘笑道："谁不让你安心吃喝呢？一面喝，一面说，也碍不了什么事呀！"

铁脚板几句话把雪衣娘留住，暂不进内去请老太太，他却安心大吃大喝。吃喝得差不多了，才说道："姑奶奶，臭要饭两条臭腿，刚从千山万水，挣着命似的跑回来，满心想找个叫花窝，睡几宿安稳觉，养养精神，哪知道命中注定，我一对铁脚板没福气安定一会儿。刚在城外上岸，便碰着小苹急急风地一报，不由我不脚板打屁股，急急风地跑到乌尤寺，你们外老太爷——破山大师和我说了仇儿字条内没头没脑几句话，破山大师虽然在字条上批了'放心'两个字，这是他老人家怕这儿老太太和姑奶奶愁急，才下了两个字的安心药，其实他自己一手训练出来的姑老爷，哪会不关心。

"他一见我狗癫疯般地跑进山门，马上吩咐我：'剑门接近川东，小婿主仆失散，仇儿字条虽没写出细情，已可看出，那条路上定有黄龙贼党作祟，说不定已和小婿为难，沿途拦截，想报前仇。也许贼党一心勾结外寇，怕小婿回乡，和你们联合一气，压制贼党们野心，发生阻碍，不外乎这样情形。现在你们川南三侠得火速想法打接应，再说，虞小姐孤身已向这条路上赶去，也颇可虑。'

"大佛似的老方丈这么一说，姑奶奶你想，我还能安心在嘉定睡觉么？"

雪衣娘一听，急得站了起来，睁圆了一对杏眼，叹口气说：“我也料定他碰上黄龙这班贼党了，怎么好呢？双拳难敌四手，他强煞是单枪匹马呀！”

虞二麻子也说：“此刻老太太不在这儿，我们随便说着不妨事。姑老爷如果在那条路上真个被贼党们困住了，救兵如救火，我们可不能待在嘉定了。我虽然老朽无能，我也得赶往前去凑个数。婷婷姑娘惦记着我侄女锦雯，她是金鹫姆姆的传人，轻功更出色，也得前往，帮手不怕多，我说陈爷，咱们得赶快想法打接应！”

铁脚板向虞二麻子瞧了一眼，提起酒壶替他满满地斟了一杯，笑道：“我的亲家老爷！你且安心喝了这杯会亲酒，听我说。”

雪衣娘听他喊亲家老爷，忍不住别过头去暗乐，暗骂铁脚板“缺德”，蓦地计上心来，拉着婷婷，在她耳边悄悄地说了一阵。雪衣娘暗地说的是：“老太太确已做主，将来锦雯姊姊和自己共事一夫，事情不久成熟，不过得等外子回来，才能正式办事，现在，亲眷们和家中上下还没知道这桩事的内情，替锦雯姊姊着想，还是隐瞒一点的好。”

婷婷一听这几句要言不烦的话便明白了，这位虞老头子满嘴“姑老爷”，非闹成笑话不可，如果被虞锦雯知道，真难为情，非恨死这位伯父大爷不可，也许这档好事还被这位伯父大爷闹决撒了，忙向雪衣娘暗暗点头，附耳说明“自己得便暗地知会虞老头子，叫他把这‘姑老爷’三字，先藏一藏”。

雪衣娘和婷婷私谈当口，铁脚板和虞二麻子对干了那杯会亲酒，忽地一扮鬼脸，向雪衣娘笑说：“两位咬完了耳朵没有？”

雪衣娘笑道：“你不用管我们咬耳朵，我正等着你酒虫掉头，说正经话呢！”

铁脚板忽地面色一整，向婷婷说道：“姑娘！你既然和女飞卫虞小姐有交情，姑娘胸襟又胜似男子，我们斗胆，要请姑娘替我们四川几千万生灵出点力。”

婷婷看他一本正经地说得郑重，便昂然说道：“陈师傅，有话只管吩咐，鹿老前辈叫我回川，原预备跟着诸位义士，效点微劳，只要是办得了的事，没有不遵命而行的。”

铁脚板说：“姑娘言重，我想请姑娘依然掩饰本来面目，脸上用药搽成以前在神策营时一般，和我们同到成都再行分手。分手以后，姑娘假装负着神策营使命，去见黄龙这班贼党。姑娘刚到嘉定，又是本来面目上岸的，料想贼党们绝不疑惑姑娘和我们有关。黄龙等见着姑娘是神策营派来的人，定然远接高迎，姑娘便可临机应变，窥探贼党一切动静，随时可以假借一种理由，脱离贼党，飘然远行。我不必细说，姑娘便可明白这里面用处很大。

“姑娘这一去，从贼党里面，非但可以探出贼党们是否沿途拦截回川的杨相公，或者和单身前往的虞小姐为难，还可以替我们探清贼党们最近的举动，将来在我们力图保卫家乡的这桩大事上，得益匪浅。我们也不愿姑娘长留贼巢，日子一久，也许要露出马脚来，我们另外还得挑选几位同道，暗随姑娘，潜身贼巢近处。万一姑娘感觉孤掌难鸣，需要同道帮助，暗通消息，便可随时和他们接头办理。”

婷婷说：“一切听陈师傅吩咐行事，我多年不见面的雯姊已经走了两三天，事不宜迟，我得赶快就走。”

铁脚板说：“姑娘且自安心，横竖今夜来不及动身，我已派人雇好妥当快船，明早还有几位同道和我陪着姑娘同赴成都。”说罢，又向雪衣娘说，“狗肉和尚和药材贩子两人，据此地同道们说均在成都，矮纯阳是在沱江一带出没的，刚才我和破山大师见面以后，立时派遣得力同道，连夜起早出发，分头知会他们，各人挑选得力同道，立时向梓潼、剑阁一条道上蹚去。

“我相信狗肉和尚一班宝货，他们耳目灵通，平时原派着精细同道，在黄龙贼巢一带暗探动静，杨相公从那条道上回川，不论中途出何事，狗肉和尚们定比我们先得消息。贼党如有动作，也许早已赶往接应，现在算他们是第一拨的接应人马，我们是第二拨的接应人马。

“我相信我们龙头——杨大相公本领惊人，他身边还有仇儿以及那位傻曹爷和新婚燕尔的刘大奶奶——三姑娘，都有几下子，黄龙等这班贼坯未必敢虎口捋毛，便是单枪匹马赶去迎接的女飞卫，也是非同寻常的女英雄，碰着贼党，足够对付一起，不必过分担忧。”

虞二麻子说：“久仰陈师傅，英名远振，是邛崃派的龙头，手下袍哥们到处都有，自然声气广通，容易办事。但愿我姑老爷和我侄女仰仗大力，平安无事。我明天也得跟陈师傅一同前在，凑个数，让我也会会本乡本土的高人。”

铁脚板笑说：“虞老前辈吃了蛇胆，病体刚刚复原，依我说，你可不必劳动了，且在这儿的高楼大厦安息几天，听我们消息。我们这位姑奶奶身上有喜，不比往时可以动枪抡剑，令侄女虞锦雯又走了，杨府上也得有人守护，老前辈千万不要动了。”

雪衣娘也说：“虞伯父多年没回家乡来，一切情形多半隔膜，这么远道回来，路上受了许多辛苦，务必在舍下静养一下。万一老前辈一走，雯姊回来了呢？再说，今晚没通知老太太，明天老太太知道了，准得要和虞伯父见面，谈谈北方情形，有虞伯父在这儿和老太太谈谈外面的故事，我们老太太盼子的心肠也可宽解一点，如果虞伯父再一走，老太太便要责备我不是了。”

虞二麻子一听说得很恳切，便没法再说别的了。

于是大家按照铁脚板的主意，决定了一切。铁脚板走后，雪衣娘替虞二麻子安排好寝宿之所，吩咐下人们好好照料，然后拉着婷婷回到自己房内，畅谈一切。一面替婷婷预备改头换面的应用药品和出门的应用东西。婷婷碰着这位娇艳如花、温情厚待的雪衣娘，大有相见恨晚之感。两人谈谈武功和张献忠贼营的古怪事情，讲得非常投机。雪衣娘派人打听得老太太已经安睡，索性明天再说明一切。

第二天婷婷离了杨家，和铁脚板等几个同道同赴成都，然后分道扬镳，按计行事。

铁脚板等也奔赴剑阁一带，暗探杨展和虞锦雯等人的行踪去了。

正气书局附启：本书至此，暂告结束。续集是否刊行，均待与著者详细商讨以后，再行决定。

注：本集1951年3月正气书局初版。

附录：

朱贞木小说年表

书名	出版商	单行本出版时间	备注
武侠小说			
铁板铜琵录	天津大昌书局	1940	后改名《虎啸龙吟》并沿用至今
龙冈豹隐记	天津合作出版社	1942.11—1943.10	
蛮窟风云	京华出版社	1946	又名《边塞风云》
龙冈女侠	上海平津书店	1947	又名《玉龙冈》
罗刹夫人	天津雕龙出版社	1948.05—1949.12	
飞天神龙	上海元昌印书馆	1949.03	
炼魂谷	上海元昌印书馆	1949.03	《飞天神龙》续集
艳魔岛	上海元昌印书馆	1949.03	《炼魂谷》续集
五狮一凤	上海育才书局	1949.12—1950.01	
塔儿冈	上海正华出版社	1950	
七杀碑	上海正气书局	1950.04—1951.03	未完
庶人剑	上海广艺书局	1950.08—1951.03	未完
玉龙冈	上海民生书店	1950.10	即《龙冈女侠》
苗疆风云	上海正华书店	1951.01—1951.03	
罗刹夫人续集	上海正华书店	1951.04	疑雕龙出版社版亦有
铁汉	上海利益书店	1951.06	题“通俗小说”，仍为武侠套路
谁是英雄	不详	不详	仅见于预告，或许从未出版
酒侠鲁颠	不详	不详	仅见于预告，或许从未出版
龙飞豹子	不详	不详	仅见于预告，或许从未出版
历史小说			
闯王外传	上海元昌印书馆	1948.12—1950.06	
翼王传	上海广艺书局	1949	借名之作，朱同意
杨幺传	不详	不详	仅见于预告，或许并未出版

续表

其他小说			
郁金香	上海元昌印书馆	1949.05	社会小说,抗日题材
红与黑	上海元昌印书馆	1950.11—1951.02	社会小说,煤矿题材
附　注			
碧血青林	不详	不详	仅1944年《369画报》中提及,并未出版
千手观音	香港出版	1950—60年代	《虎啸龙吟》中部分内容
云中双凤	香港出版	1950—60年代	《虎啸龙吟》中部分内容

图书在版编目(CIP)数据

七杀碑 / 朱贞木著. －－ 北京 : 中国文史出版社, 2021.2

(民国武侠小说典藏文库. 朱贞木卷)

ISBN 978－7－5205－2152－9

Ⅰ. ①七… Ⅱ. ①朱… Ⅲ. ①侠义小说－中国－现代 Ⅳ. ①I246.5

中国版本图书馆 CIP 数据核字(2020)第 142514 号

整　　理: 顾　臻
责任编辑: 薛媛媛

出版发行: **中国文史出版社**
社　　址: 北京市海淀区西八里庄路 69 号院　邮编: 100142
电　　话: 010－81136606　81136602　81136603（发行部）
传　　真: 010－81136655
印　　装: 北京新华印刷有限公司
经　　销: 全国新华书店
开　　本: 720×1020　1/16
印　　张: 27.75　　　字数: 458 千字
版　　次: 2021 年 2 月第 1 版
印　　次: 2021 年 2 月第 1 次印刷
定　　价: 79.80 元